Scherz Krimi
Spannung
mit Niveau

AGATHA CHRISTIE
Psycho

Zwei klassische Hercule-Poirot-
Romane in einem Band
- ungekürzt -

Das Böse unter der Sonne

Rendezvous mit einer Leiche

Scherz

»Das Böse unter der Sonne«
Einzig berechtigte Übertragung
aus dem Englischen von Ursula Gaïl
Titel des Originals: »Evil Under the Sun«

»Rendezvous mit einer Leiche«
oder »Der Tod wartet«
Einzig berechtigte Übertragung
aus dem Englischen von Ursula Gaïl
Titel des Originals: »Appointment with Death«

Sonderausgabe 1997

Umschlaggestaltung: Erich Flückiger unter Verwendung
einer Illustration von Werner Opitz.

Das Böse unter der Sonne

1

Als Kapitän Roger Angmering 1782 auf der kleinen Insel in der Bucht von Leathercombe ein Haus baute, hielt man das für den Gipfel der Verschrobenheit. Für einen Mann aus guter Familie wie ihn hätte sich ein ordentliches Herrenhaus mit großem Park gehört, mit guten Weiden und vielleicht auch einem kleinen Fluß.

Aber Kapitän Angmering hatte nur eine einzige Liebe – das Meer. Und deshalb baute er sein Haus, ein massives, festes Haus, wie es in diesem Teil Englands üblich war, auf der kleinen windgepeitschten Insel, die nur bei Ebbe vom Festland aus zu erreichen war.

Angmering heiratete nie. Das Meer war seine große und einzige Liebe. Nach seinem Tod erbte ein entfernter Vetter Haus und Insel. Dieser Vetter und seine Nachkommen hielten wenig von der Erbschaft, obwohl der Familienbesitz mit der Zeit zusammenschmolz und die Familie immer ärmer wurde.

1922, als es große Mode geworden war, zur Erholung an die See zu fahren, und die Leute das Klima an der sommerlichen Küste von Devon und Cornwall nicht mehr als zu heiß empfanden, mußte Arthur Angmering feststellen, daß sein großer unpraktischer Besitz aus dem achtzehnten Jahrhundert unverkäuflich war. Aber für das seltsame Haus und die Insel seines seefahrenden Ahnen bekam er einen guten Preis.

Das Haus erhielt Anbauten und wurde renoviert. Ein Betondamm verband nun die Insel mit dem Festland. Es entstanden Spazierwege und Aussichtspunkte, zwei Tennisplätze und Sonnenterrassen, die bis hinunter zu einer kleinen Bucht mit Badeflößen und Sprungbrett führten. Das Hotel »Jolly Roger« auf der Schmugglerinsel in der Bucht von Leathercombe stand da in seiner ganzen Pracht. Von Juni bis September und während der kurzen Saison an Ostern war es voll bis unters Dach. 1934 baute man eine Cocktailbar an, der Speisesaal wurde vergrößert, mehrere zusätzliche Badezimmer entstanden. Die Preise gingen in die Höhe.

»Waren Sie schon mal in der Bucht von Leathercombe?« fragten die Leute. »Wirklich ein nettes Hotel, auf einer Art Insel. Sehr bequem, keine Touristen und Ausflugsbusse. Gutes Essen und so weiter. Sie sollten da mal hinfahren.« Und die Leute fuhren hin.

Im Augenblick hielt sich nur eine bedeutende Person (zumindest seiner eigenen Einschätzung nach) im »Jolly Roger« auf: Hercule Poirot. Er trug einen eleganten weißen Leinenanzug und einen Panamahut, den er sich schräg in die Stirn gezogen hatte. Von seinem Liegestuhl aus konnte er die ganze Badebucht überblicken, zu der man über eine Reihe von Terrassen vom Hotel aus hinuntergelangte. Am Strand lagen Luftmatratzen, Bälle, Segelboote und Gummispielzeug. Es gab ein großes Sprungbrett und in verschiedenen Abständen vom Ufer drei Badeflöße.
Ein paar Leute schwammen im Wasser, andere lagen ausgestreckt da und sonnten sich oder rieben sich mit Sonnenöl ein.
Auf der Terrasse direkt über dem Strand saßen die Nichtschwimmer und unterhielten sich über das Wetter, das Schauspiel am Strand, die Artikel in den Morgenzeitungen und alle möglichen anderen Themen, an denen sie Gefallen fanden.
Links von Poirot saß Mrs. Gardener und strickte mit klappernden Nadeln, während freundlich und monoton ein ununterbrochener Schwall von Worten aus ihrem Mund drang. Neben ihr, auf der anderen Seite, lag ihr Mann Odell C. Gardener mit über die Augen geschobenem Hut in einem Liegestuhl und äußerte hin und wieder kurze zustimmende Worte, wenn es von ihm verlangt wurde.
Miss Brewster, eine drahtige, sportliche Frau mit grauem Haar und einem offenen, wettergegerbten Gesicht, saß rechts von Poirot und machte von Zeit zu Zeit eine mürrische Bemerkung. Das Ergebnis klang eher, als unterbreche ein Schäferhund mit kurzem dunklen Bellen das unaufhörliche Gekläff eines Spitzes.
»Und deshalb meinte ich zu Mr. Gardener«, sagte Mrs.

Gardener eben, »Sehenswürdigkeiten zu besichtigen ist ja schön und gut, und ich seh' mir ja auch gern alles gründlich an. Aber schließlich, sagte ich, kennen wir England nun ziemlich gut, und ich sehne mich nach einem stillen Plätzchen am Meer, wo ich mich ausruhen kann. Habe ich das nicht gesagt, Odell? Ausruhen, habe ich gesagt. Das brauche ich. Stimmt's, Odell?«

»Ja, meine Liebe«, murmelte Mr. Gardener.

Mrs. Gardener ließ nicht locker. »Ja, also, als ich das Mr. Kelso vom Cooks-Büro erzählte... er hat alle unsere Reisen zusammengestellt und war in jeder Beziehung äußerst hilfsbereit. Ich weiß wirklich nicht, was wir ohne ihn gemacht hätten... ja, also, als ich das Mr. Kelso erzählte, meinte der, es gäbe keinen besseren Ort als diesen hier. Sehr malerisch, sagte er, sehr weltabgelegen und trotzdem sehr bequem und in jeder Beziehung äußerst exklusiv. Und natürlich mischte sich da Mr. Gardener ein und fragte, wie es denn mit den sanitären Einrichtungen stünde. Denn, ob Sie's glauben oder nicht, Monsieur Poirot, Mr. Gardeners Schwester wohnte mal in einem Gästehaus mitten im Moor, sehr exklusiv, hieß es, aber dann gab es dort nur ein Plumpsklo! Natürlich war Mr. Gardener seitdem mißtrauisch, wenn er was von einem abgelegenen Hotel hörte, was, Odell?«

»Ja, meine Liebe«, erwiderte Mr. Gardener.

»Aber Mr. Kelso beruhigte uns sofort. Die sanitären Einrichtungen, erklärte er, seien das Neueste vom Neuen, die Küche sei exzellent. Und ich finde, es stimmt. Was mir besonders gefällt, ist die intime Atmosphäre, wenn Sie wissen, was ich meine. Es ist kein großes Hotel, man unterhält sich miteinander, jeder kennt jeden. Wenn die Briten einen Fehler haben, dann ist es ihre Meinung, man müsse etwas zurückhaltend sein, solange man sich nicht schon ein paar Jahre kennt. Dann allerdings gibt es keine netteren Menschen. Mr. Kelso sagte mir, daß die interessantesten Leute herkämen, und er hat recht. Sie, zum Beispiel, Monsieur Poirot, und Miss Darnley. Ach, war das eine Überraschung, als ich herausbekam, wer Sie sind, was, Odell?«

»Wirklich, meine Liebe?«

»Ha!« sagte Miss Brewster. Es klang wie eine Explosion. »Wie aufregend, was, Monsieur Poirot?«
Hercule Poirot hob wie verzweifelt die Hände. Aber es war nicht mehr als eine höfliche Geste. Mrs. Gardener plapperte munter weiter:
»Verstehen Sie, Monsieur Poirot, ich habe von Cornelia Robson eine Menge über Sie gehört. Mr. Gardener und ich waren im Mai in Badenhof. Und natürlich erzählte uns Cornelia alles über die Geschichte in Ägypten. Damals, als Linna Ridgeway ermordet wurde. Sie sagte, daß Sie ganz großartig gewesen seien. Ich war schon immer verrückt darauf, Sie kennenzulernen, nicht wahr, Odell?«
»Ja, meine Liebe.«
»Und auch Miss Darnley. Ich kaufe viel im Atelier Rose Mond, und natürlich ist sie Rose Mond persönlich, nicht wahr? Ich finde ihre Kollektion so chic. Elegant und schwungvoll! Das Kleid, das ich gestern abend trug, stammt aus ihrem Atelier. Sie ist einfach in jeder Beziehung eine entzückende Frau.«
Major Barry, der hinter Miss Brewster saß und mit großen Augen wie gebannt zu den Leuten am Strand hinunterschaute, brummte:
»Glänzend aussehende Person!«
Mrs. Gardener klapperte mit ihren Nadeln. »Ich muß Ihnen etwas gestehen, Monsieur Poirot«, fuhr sie unbeirrt fort, »es gab mir gewissermaßen einen Stich, als ich Sie hier entdeckte... natürlich war ich entzückt, Sie kennenzulernen. Mr. Gardener kann das bestätigen. Aber mir kam plötzlich der Gedanke, daß Sie nicht – nun, daß Sie beruflich hier sein könnten. Verstehen Sie, was ich meine? Also, ich bin schrecklich empfindsam, wie Ihnen Mr. Gardener bestätigen wird, und könnte es einfach nicht ertragen, in irgendein Verbrechen hineingezogen zu werden. Verstehen Sie...«
Mr. Gardener räusperte sich und sagte: »Verstehen Sie, Monsieur Poirot, meine Frau ist sehr empfindsam.«
Hercule Poirot warf die Hände in die Höhe. »Ich darf Ihnen versichern, Madame, daß ich aus demselben Grund hier bin

wie Sie – mich zu amüsieren, meine Ferien hier zu verbringen. Ich denke nicht einmal an Verbrechen!«
»Keine Leichen auf der Schmugglerinsel!« warf Miss Brewster in bellendem Ton ein.
»Ach, das stimmt nicht ganz.« Poirot deutete hinunter zum Strand. »Sehen Sie mal da unten, wie die Leute dort im Sand liegen. Sie haben gar nichts Persönliches mehr an sich. Sie könnten genausogut tot sein.«
Major Barry mischte sich ein. »Gutaussehende Mädchen dabei«, sagte er. »Vielleicht ein wenig dünn.«
»Aber wo ist da der Reiz?« rief Poirot. »Das Geheimnisvolle? Was mich betrifft, so gehöre ich noch zur alten Schule. Als ich jung war, zeigte man kaum den Fußknöchel. Der rasche Blick auf einen faltenreichen Unterrock – wie verführerisch! Die sanfte Wölbung einer Wade ... ein Knie ... ein besticktes Strumpfband ...«
»Schlimm, schlimm«, sagte Major Barry rauh.
»Sehr viel praktischer – das Zeug, das man heutzutage trägt«, warf Miss Brewster ein.
»Nun ja, Monsieur Poirot«, bemerkte Mrs. Gardener. »Ich finde, wissen Sie, daß unsere Jungen und Mädchen heute ein viel natürlicheres und gesünderes Leben leben. Sie gehen miteinander aus und – und –« Mrs. Gardener errötete etwas, denn sie war eine unschuldige Seele. »Nun, sie finden nichts dabei, wenn Sie verstehen, was ich meine.«
»Ich verstehe sehr genau«, erwiderte Hercule Poirot. »Es ist höchst bedauerlich!«
»Bedauerlich?« quiekte Mrs. Gardener.
»Es gibt keine Romantik mehr, keine Geheimnisse. Heute ist alles genormt!« Poirot winkte in Richtung der bewegungslos daliegenden Gestalten. »Die Szene erinnert mich sehr an die Morgue in Paris.«
»Aber Monsieur Poirot!« Mrs. Gardener war entsetzt.
»Körper, die nebeneinander auf Holzrosten liegen – die reinste Fleischbeschau.«
»Monsieur Poirot, ist das nicht ein wenig zu weit hergeholt?«
»Vielleicht, ja«, mußte Poirot zugeben.

»Trotzdem!« Mrs. Gardener strickte energisch. »Ich neige dazu, Ihnen in einem Punkt zuzustimmen. Die Mädchen, die da so in der Sonne liegen, werden an Armen und Beinen Haare bekommen. Das habe ich auch Irene gesagt. Irene ist meine Tochter, Monsieur Poirot. Irene, sagte ich, wenn du dich so von der Sonne braten läßt, wirst du überall Haare bekommen, an den Armen, an den Beinen, auf dem Busen, und wie siehst du dann aus? Das habe ich zu ihr gesagt. Nicht wahr, Odell?«

»Ja, meine Liebe«, erwiderte Mr. Gardener.

Alle schwiegen. Vielleicht malten sie sich im Geiste aus, wie Irene aussehen würde, wenn es zum Schlimmsten gekommen war.

Mrs. Gardener rollte ihr Strickzeug zusammen und bemerkte: »Ich frage mich...«

»Ja, meine Liebe?« sagte Mr. Gardener. Er zog sich etwas mühsam aus dem Liegestuhl hoch und nahm Mrs. Gardener das Strickzeug und ein Buch ab. »Wie wär's, wenn Sie mit uns was trinken gingen, Miss Brewster?« fragte er.

»Nein, danke, im Augenblick nicht.«

Die Gardeners machten sich auf den Weg zum Hotel.

»Amerikanische Ehemänner sind großartig«, stellte Miss Brewster fest, während sie ihnen nachblickte.

Auf Mrs. Gardeners Platz saß Pfarrer Stephen Lane. Mr. Lane war ein großer, energischer Mann von über fünfzig mit braungebranntem Gesicht und verbeulten dunkelgrauen Flanellhosen.

»Was für eine schöne Gegend!« sagte er begeistert. »Ich bin von der Bucht bis Harford gelaufen. Und zurück über die Klippen.«

»Ganz schön warm heute, beim Spazierengehen«, sagte Major Barry, der sich nur ungern bewegte.

»Gutes Training«, erklärte Miss Brewster. »Ich war heute auch noch nicht rudern. Für die Bauchmuskeln ist Rudern das beste.«

Etwas schuldbewußt glitt Poirots Blick zu der leichten Wölbung seines Bauchs.

Miss Brewster, die diesen Blick bemerkte, meinte freundlich: »Den kriegen Sie bald weg, Monsieur Poirot, wenn Sie täglich rudern.«
»*Merci*, Mademoiselle. Ich hasse Schiffe.«
»Auch kleine Boote?«
»Schiffe aller Größen!« Poirot schloß die Augen und erschauerte. »Der Seegang ist nicht angenehm.«
»Mein Gott, das Meer ist heute so glatt wie ein Dorfteich!«
»So etwas wie eine ruhige See existiert nicht!« entgegnete Poirot mit Nachdruck. »Das Wasser ist immer in Bewegung. Immer!«
»Wenn Sie mich fragen«, sagte Major Barry, »dann ist die Seekrankheit zu neunzig Prozent eine Frage der Nerven.«
»Aus Ihnen spricht der begeisterte Segler«, sagte der Kirchenmann mit leisem Lächeln, »nicht wahr, Major?«
»Ich war nur einmal seekrank, als wir den Kanal überquerten. Nicht daran denken – das ist meine Devise.«
»Die Seekrankheit ist wirklich etwas sehr Seltsames«, grübelte Miss Brewster. »Warum leiden gewisse Leute darunter und andere wieder nicht? Es erscheint mir so unfair. Es hat nichts mit der eigentlichen Gesundheit zu tun. Auch kranke Leute können gute Segler sein. Jemand erzählte mir mal, daß es was mit dem Rückgrat zu tun hat. Da gibt's sogar Leute, die können die Höhe nicht vertragen. Ich vertrage sie selbst nicht besonders, aber Mrs. Redfern ist noch schlimmer dran. Als wir kürzlich auf dem Klippenweg nach Harford gingen, wurde ihr ganz schwindlig, und sie klammerte sich förmlich an mich. Sie erzählte mir, daß sie mal auf dem Mailänder Dom in einer Treppe feststeckte. Sie war hinaufgegangen, ohne an etwas Schlimmes zu denken, aber beim Runtergehen wurde ihr schwindlig.«
»Dann sollte sie auch nicht die Leiter zur Feenbucht hinunterklettern«, bemerkte Mr. Lane.
Miss Brewster zog eine Grimasse. »Ich drücke mich auch davor. Das ist etwas für die Jugend. Die Cowan-Jungen und der junge Masterman klettern ständig rauf und runter. Es macht ihnen Spaß.«
»Da kommt ja Mrs. Redfern«, rief Mr. Lane. »Sie war beim

Schwimmen.«
»Sie wird Monsieur Poirot gefallen«, bemerkte Miss Brewster. »Sie gehört nicht zu den Sonnenanbeterinnen.«
Die junge Mrs. Redfern hatte ihre Badekappe abgenommen und schüttelte ihr Haar aus. Sie war aschblond und besaß eine sehr helle Haut, wie sie Blondinen häufig haben. Arme und Beine waren sehr weiß.
»Im Vergleich zu den andern sieht sie etwas ungekocht aus«, stellte Major Barry fest und kicherte rauh.
Christine Redfern hüllte sich in einen bodenlangen Bademantel und kam die Treppe zur Terrasse herauf. Sie hatte ein helles, ernstes Gesicht, auf eine eher unattraktive Art hübsch, und zierliche Hände und Füße. Sie lächelte und ließ sich in einen Stuhl fallen, wobei sie den Bademantel enger um sich zog.
»Sie haben von Monsieur Poirot ein Lob bekommen«, bemerkte Miss Brewster. »Er mag die Massen nicht, die in der Sonne braten. Er behauptete, daß sie ihn an eine Fleischbeschau erinnerten, wie beim Metzger.«
Christine Redfern lächelte bedauernd. »Ich wünschte, ich könnte mich in die Sonne legen. Aber ich werde nicht braun. Ich bekomme nur einen Sonnenbrand und überall Sommersprossen.«
»Besser, als wenn Ihnen an Armen und Beinen Haare wüchsen, wie Mrs. Gardeners Tochter Irene«, antwortete Miss Brewster. Als sie Christines fragenden Blick bemerkte, fügte sie hinzu: »Mrs. Gardener war heute vormittag in Hochform. Nicht zu bremsen. Odell hier und Odell dort!« Sie schwieg einen Augenblick. »Ich wünschte, Monsieur Poirot, Sie hätten gute Miene zum bösen Spiel gemacht. Warum taten Sie es nicht? Warum erzählten Sie ihr nicht, daß Sie hergekommen seien, um einen besonders grauenvollen Mordfall aufzuklären? Daß der Täter, ein Verrückter, sich vermutlich unter den Hotelgästen befände?«
Hercule Poirot seufzte. »Ich fürchte sehr, daß sie mir sogar geglaubt hätte.«
Major Barry stieß ein leises keuchendes Lachen aus. »Davon bin ich überzeugt«, sagte er.

»Nein«, protestierte Emily Brewster, »ich bin der Meinung, daß sogar Mrs. Gardener einen Mord an einem Ort wie diesem für unmöglich hält. Hier findet man keine Leichen.«
Hercule Poirot bewegte sich etwas in seinem Sessel. »Aber warum nicht, Mademoiselle?« fragte er. »Warum sollte es auf der Schmugglerinsel keine Toten geben?«
»Das weiß ich nicht so genau«, antwortete Miss Brewster. »Vermutlich sind gewisse Orte unglaubwürdiger als andere. Die Insel paßt einfach nicht zu...« Sie brach ab. Offenbar fand sie es schwierig zu erklären, was sie meinte.
»Sie ist romantisch, ja«, stimmte Poirot zu. »Und friedlich. Die Sonne scheint – auf die Guten und die Schlechten. Das Meer ist blau. Aber Sie vergessen, Miss Brewster, daß überall auf der Welt das Böse lauert.«
Der Pfarrer beugte sich interessiert vor. Seine stahlblauen Augen blitzten.
»Oh, natürlich ist mir das klar!« rief Miss Brewster und zuckte die Achseln. »Trotzdem...«
»Trotzdem erscheint Ihnen die Szenerie für ein Verbrechen ungeeignet? Dabei vergessen Sie etwas, Mademoiselle.«
»Die menschliche Schwäche vermutlich?«
»Ja, das auch. Das spielt auch eine Rolle. Aber ich wollte etwas anderes sagen. Ich wollte sagen, daß hier jeder ein Feriengast ist.«
Emily Brewster blickte ihn erstaunt an. »Ich fürchte, ich verstehe nicht, was Sie meinen.«
Hercule Poirot lächelte sie freundlich an und fuhr mit dem Zeigefinger nachdrücklich durch die Luft. »Nehmen wir mal an, Sie haben einen Feind. Wenn Sie ihn in seiner Wohnung treffen wollen, in seinem Büro, auf der Straße – nun, da müssen Sie einen Grund haben, Sie müssen sich rechtfertigen. Aber hier am Meer ist so etwas überflüssig. Warum sind Sie nach Leathercombe gekommen? Wieso? Es ist August – alle Welt fährt im August ans Meer –, Sie sind zur Erholung hier. Das ist ganz normal, sehen Sie, daß Sie hier sind, oder Mr. Lane oder Major Barry, oder Mrs. Redfern und ihr Mann. Weil es in England üblich ist, im August ans Meer zu

fahren.«
»Nun«, gab Miss Brewster zu, »das ist ganz gewiß eine geniale Idee. Aber was ist mit den Gardeners? Sie sind Amerikaner.«
Poirot lächelte. »Sogar Mrs. Gardener möchte sich erholen, wie sie mir selbst erzählt hat. Außerdem gehört zu einer Besichtigungsreise durch England auch ein vierzehntägiger Aufenthalt am Meer. Es macht ihr Spaß, andere Leute zu beobachten.«
»Sie beobachten auch gern die Leute, nicht wahr?« murmelte Mrs. Redfern.
»Ich gestehe, Madame, das tue ich.«
»Sie sehen eine Menge«, meinte sie nachdenklich.

Es entstand eine lange Pause. Schließlich räusperte sich Pfarrer Stephen Lane und sagte mit einer Spur von Verlegenheit:
»Was Sie vorhin äußerten, Monsieur Poirot, fand ich sehr interessant. Sie meinten, daß die Sonne auf die Guten und die Schlechten scheine. Das klingt fast nach einem Bibelzitat.« Er schwieg einen Augenblick und zitierte dann: »Ja, auch in den Herzen der Menschen ist das Böse, und der Wahnsinn wird in ihren Herzen sein, solange sie leben.« Über sein Gesicht glitt ein beinahe fanatisches Leuchten. »Ich war froh, daß Sie das gesagt haben. Heute glaubt niemand mehr an das Schlechte im Menschen. Bestenfalls betrachtet man es als die Verneinung des Guten. Der Glaube ist weit verbreitet, daß nur die Leute Böses tun, die es nicht besser wissen, die nicht aufgeklärt sind. Sie seien eher zu bemitleiden. Man könne sie nicht dafür verantwortlich machen. Aber, Monsieur Poirot, das Böse existiert! Es ist eine Tatsache! Ich glaube an das Böse, wie ich an Gott glaube. Es existiert! Es ist mächtig!«
Heftig atmend wischte sich Lane mit dem Taschentuch über die Stirn. Dann sagte er entschuldigend: »Tut mir leid. Da ist wohl der Gaul mit mir durchgegangen.«
»Ich kann Sie sehr gut verstehen«, erwiderte Poirot gelassen. »Bis zu einem gewissen Grad bin ich ganz Ihrer Mei-

nung. Das Böse existiert und ist auch als solches zu erkennen.«
Major Barry räusperte sich. »Da wir gerade von so etwas reden – in Indien habe ich mal einen Fakir gesehen...«
Major Barry wohnte schon so lange im »Jolly Roger«, daß alle Gäste seine fatale Neigung kannten, endlose Geschichten über Indien zu erzählen, und auf der Hut waren. Deshalb unterbrachen ihn Miss Brewster und Mrs. Redfern fast gleichzeitig. »Ist das nicht Ihr Mann, der da draußen schwimmt, Mrs. Redfern? Wie gut er kraulen kann. Ein hervorragender Schwimmer.«
Im selben Augenblick rief Mrs. Redfern: »Nein, sehen Sie mal, was für ein hübsches kleines Boot dort, mit den roten Segeln. Es gehört Mr. Blatt, nicht wahr?«
Das Boot passierte eben das Ende der Bucht.
»Rote Segel, so was Verrücktes«, brummte Major Barry, aber die Gefahr, daß er die Geschichte mit dem Fakir erzählte, war gebannt.
Hercule Poirot betrachtete wohlwollend den jungen Mann, der inzwischen an Land geschwommen war. Patrick Redfern war das Musterexemplar von einem Mann – schlank, braungebrannt, mit breiten Schultern und schmalen Hüften. Er strahlte Lebensfreude aus, Fröhlichkeit und eine gewisse angeborene Natürlichkeit, die besonders den Frauen gefiel. Er stand da, schüttelte das Wasser ab und winkte grüßend zu seiner Frau hinauf.
Sie winkte zurück und rief: »Komm rauf, Pat!«
»Sofort.«
Er ging ein Stück den Strand entlang, um das Handtuch zu holen, das er auf dem Sand liegengelassen hatte. In diesem Augenblick kam eine Frau vom Hotel zum Strand herunter. Ihre Ankunft erinnerte an einen Bühnenauftritt. Und sie ging auch so, als wüßte sie das sehr genau. Dabei wirkte sie völlig unbefangen. Offensichtlich war sie an die verschiedenen Reaktionen, die ihr Erscheinen auslöste, gewöhnt.
Sie war groß und schlank und trug einen einfachen, tief ausgeschnittenen weißen Badeanzug. Jedes Stückchen Haut, das zu sehen war, schimmerte in einem ebenmäßigen Bron-

zeton. Sie war vollkommen wie eine Statue. Das dichte rotbraune Haar fiel ihr in sanften Wellen bis über die Schultern. Auf ihrem Gesicht lag eine leichte Herbheit, wie man sie häufig bei Frauen über dreißig beobachten kann. Trotzdem wirkte sie wie die Jugend selbst – ein Sinnbild strahlender Vitalität. Ihre dunkelblauen Augen standen leicht schräg. Auf dem Kopf trug sie einen verrückten chinesischen Hut aus jadegrüner Pappe.

Im Vergleich zu ihr wirkten alle anderen Frauen am Strand farblos und unbedeutend. Genauso unvermeidlich war es, daß sie die Blicke aller anwesenden Männer auf sich zog.

Poirots Augen wurden größer, sein Schnurrbart zitterte anerkennend. Major Barry setzte sich auf. Seine vorstehenden Augen schienen vor Begeisterung noch weiter hervorzuquellen. Links von Poirot atmete Pfarrer Stephen Lane mit einem leisen Zischlaut hörbar ein, seine Miene wurde eisig.

»Das ist Arlena Stuart«, flüsterte Major Barry rauh. »So hieß sie jedenfalls, ehe sie Marshall heiratete. Ich habe sie noch in ›Kommen und Gehen‹ gesehen, kurz bevor sie die Schauspielerei aufgab. Ein sehenswerter Anblick, was?«

»Sie ist hübsch – ja«, erwiderte Christine Redfern zögernd und mit kühler Stimme. »Aber ich finde, sie sieht wie ein gemeines Biest aus.«

Da mischte sich Emily Brewster ein. »Sie unterhielten sich eben über das Böse im Menschen, Monsieur Poirot«, sagte sie. »Also, in meinen Augen ist diese Frau die Gemeinheit in Person. Durch und durch schlecht. Zufällig weiß ich eine Menge über sie.«

»Ich erinnere mich an ein Mädchen, damals in Simla«, bemerkte Major Barry. »Die hatte auch rote Haare. Sie war die Frau eines meiner Untergebenen und machte alle Männer verrückt. Natürlich hätten ihr die Frauen am liebsten die Augen ausgekratzt. Wegen ihr gab es mehr als einen Familienkrach.« Er kicherte zufrieden.

»Der Ehemann war ein netter, ruhiger Kerl. Er küßte die Erde, über die sie ging. Hat nie was gemerkt – oder tat jedenfalls so.«

»Solche Frauen sind eine Bedrohung«, flüsterte Stephen Lane empört. »Eine Bedrohung für...« Er brach ab.
Arlena Marshall stand jetzt am Wasser. Zwei junge Männer, kaum erwachsen, waren aufgesprungen und kamen eilig auf sie zu. Sie lächelte ihnen entgegen.
Ihr Blick glitt an ihnen vorbei zu Patrick Redfern, der den Strand entlangging.
Als beobachtete man eine Kompaßnadel, dachte Hercule Poirot. Patrick Redfern wurde wie von magischer Kraft angezogen, seine Schritte änderten die Richtung. Ob sie wollte oder nicht – die Nadel mußte den Gesetzen der Anziehungskraft gehorchen und sich nach Norden drehen.
Patrick Redfern lief auf Arlena zu.
Sie erwartete ihn mit einem Lächeln. Dann schlenderte sie nahe am Wasser den Strand entlang. Patrick Redfern blieb an ihrer Seite. Als sie zu einem großen Stein kamen, ließ Arlena sich darauf nieder, und Redfern setzte sich neben sie.
Christine Redfern sprang auf und lief zum Hotel. Die andern blieben unbehaglich schweigend zurück. Schließlich meinte Emily Brewster: »Es ist wirklich zu schade. Sie ist ein so nettes kleines Ding. Die beiden sind erst ein oder zwei Jahre verheiratet.«
»Die Frau, von der ich eben erzählte«, sagte Major Barry. »Die in Simla. Sie hatte ein paar ganz glückliche Ehen auf dem Gewissen. Ein Jammer, was?«
»Es gibt einen Typ von Frau«, stellte Miss Brewster fest, »dem macht es Spaß, eine Ehe zu zerstören.« Und nach einer Minute des Schweigens fügte sie noch hinzu: »Dieser Redfern ist ein Idiot!«
Hercule Poirot mischte sich nicht ein. Er beobachtete den Strand, ohne Patrick und Arlena Marshall weiter zu beachten.
»Na, ich zieh lieber los und kümmere mich um mein Boot«, sagte Miss Brewster. Sie ging davon.
Major Barry blickte Poirot mit seinen Augen, die an gekochte Stachelbeeren erinnerten, leicht neugierig an. »Na, Poirot, was halten Sie von der Geschichte? Sie haben Ihren

Mund bis jetzt noch nicht aufgemacht. Wie finden Sie unsere Sirene? Ganz schön scharf!«
»Möglich«, erwiderte Poirot.
»Geben Sie's doch zu, alter Knabe! Ich kenne euch Franzosen!«
»Ich bin kein Franzose«, bemerkte Poirot kühl.
»Sie wollen mir doch nicht erzählen, daß Sie kein Auge für hübsche Mädchen haben? Was halten Sie von ihr?«
»Sie ist nicht mehr jung.«
»Was spielt das für eine Rolle? Eine Frau ist so alt, wie sie aussieht. Und sie sieht blendend aus!«
Poirot nickte. »Ja, sie ist schön. Aber Schönheit ist nicht alles. Nicht nur, weil sie schön ist, sehen sie alle an – bis auf einen.«
»Sie hat das gewisse Etwas, mein Junge«, erklärte der Major. »Das ist es – das gewisse Etwas.« Dann fragte er plötzlich neugierig: »Worauf starrten Sie eigentlich die ganze Zeit?«
»Ich beobachtete die Ausnahme von der Regel«, erwiderte Poirot. »Ich beobachtete den Mann, der von ihrem Erscheinen keine Notiz genommen hat.«
Major Barry folgte Poirots Blick zu einem Mann von etwa vierzig Jahren, mit hellem Haar und offenem gebräuntem Gesicht. Er saß da, rauchte Pfeife und las die »Times«.
»Ach, der!« rief Major Barry. »Das ist ihr Mann, alter Junge. Das ist Marshall.«
»Ja, ich weiß.«
Major Barry kicherte. Er war Junggeselle und beurteilte jeden verheirateten Mann nur im Licht dreier Möglichkeiten – entweder war der Mann ein Hindernis, eine Unannehmlichkeit, die man in Kauf nehmen mußte, oder ein Schutz.
»Scheint ein netter Kerl zu sein. Ruhig. Ich frage mich, ob meine ›Times‹ gekommen ist.« Er stand auf und ging auf das Hotel zu.
Poirots Blick wanderte zu Lanes Gesicht. Lane beobachtete Arlena und Patrick Redfern. Plötzlich wandte er sich Poirot zu. In seinen Augen lag ein fanatisches Glimmen.
»Die Frau ist durch und durch schlecht«, rief er. »Zweifeln Sie etwa daran?«

»Schwer zu beurteilen.«
»Aber, mein lieber Mann, spüren Sie es denn nicht? Es liegt doch in der Luft. Der Pesthauch des Bösen!«
Poirot nickte bedächtig.

2

Als Rosamund Darnley erschien und sich neben Poirot setzte, machte dieser kein Hehl daraus, daß er sich darüber freute.
Er gab offen zu, daß er sie bewunderte wie kaum eine Frau, die er in seinem Leben bisher getroffen hatte. Er mochte ihre Vornehmheit, ihre anmutige Gestalt, die stolze Art, den Kopf zu drehen. Ihm gefiel ihr welliges dunkles Haar und ihr ironisches Lächeln.
Sie trug ein Kleid aus irgendeinem dunkelblauen Stoff mit einem Hauch von Weiß. Es wirkte sehr einfach, wahrscheinlich gerade, weil es so gut geschnitten war. Rosamund Darnley gehörte das Atelier Rose Mond, einer der bekanntesten Modesalons von London.
»Ich glaube, ich mag den Ort nicht«, sagte sie. »Ich frage mich, warum ich hergekommen bin.«
»Sie kannten das Hotel von früher, nicht wahr?«
»Ja, vor zwei Jahren war ich schon mal hier, an Ostern. Damals waren nicht so viele Leute da.«
Poirot musterte sie. »Irgend etwas macht Ihnen Sorgen«, sagte er freundlich. »Habe ich recht?«
Sie nickte. Sie wippte mit dem Fuß und starrte auf den Schuh. »Ich bin einem Geist begegnet«, sagte sie dann. »Das ist mein Problem.«
»Einem Geist?«
»Ja.«
»Was für einem Geist?«
»Meinem eigenen.«
»Hat es sehr weh getan?«
»Seltsamerweise ja. Ich wurde zurückversetzt in meine Kin-

derjahre, wissen Sie...« Sie schwieg einen Augenblick und überlegte. »Erinnern Sie sich, wie es damals war? Nein, Sie sind ja kein Engländer.«
»War Ihre Kindheit denn so typisch englisch?«
»Ja, unglaublich englisch. Wir wohnten auf dem Land in einem großen alten Haus, mit Pferden und Hunden... Spaziergänge im Regen... Holzfeuer im Kamin... ein Obstgarten mit vielen Äpfeln... wenig Geld... alte Tweedmäntel... ein verwilderter Garten, wo im Herbst die Astern in Mengen blühten...«
»Und Sie sehnen sich danach zurück?« fragte Poirot mitfühlend.
Rosamund Darnley schüttelte den Kopf. »Man kann das Rad der Zeit nicht zurückdrehen. Trotzdem – ich hätte vieles anders gemacht.«
»Tatsächlich?« fragte Poirot und fügte hinzu: »Als ich jung war – und das ist schon lange her –, war ein Spiel sehr beliebt, das hieß: Wer würdest du gern sein? Die Antwort schrieben sich die jungen Damen in ein Album mit Goldschnitt, in blaues Leder gebunden. Die Antwort, Mademoiselle, ist nicht einfach.«
»Vermutlich nicht. Es wäre ein großes Risiko. Man will nicht gerade ein Politiker oder die Königin von England sein. Und was die Freunde angeht, so weiß man zuviel über sie. Allerdings fällt mir da etwas ein. Ich erinnere mich an ein besonders nettes Ehepaar. Sie waren so höflich und herzlich zueinander und schienen sich so gut zu vertragen – obwohl sie schon lange verheiratet waren –, daß ich die Frau sehr beneidete. Ich hätte sofort mit ihr getauscht. Später erzählte mir dann jemand, daß sie seit elf Jahren nicht mehr miteinander sprachen, wenn sie allein waren.« Sie lachte. »Was beweist, daß man nie sicher sein kann, nicht wahr?«
Nach einem kurzen Augenblick des Schweigens meinte Poirot: »Sie werden sicherlich von vielen Leuten beneidet.«
»O ja, natürlich«, erwiderte Rosamund Darnley kühl. Sie überlegte kurz. Ihre Lippen verzogen sich zu einem ironischen Lächeln.
»Ja, ich bin genau der Typ der erfolgreichen Frau. Ich genieße

die Befriedigung, die es mir macht, schöpferisch zu sein und als Künstlerin Erfolg zu haben. Ich entwerfe gern Kleider. Dazu kommt der finanzielle Erfolg. Ich kann sorglos leben, habe eine gute Figur, ein annehmbares Gesicht und kein zu böses Mundwerk.« Ihr Lächeln wurde breiter. »Nur eines stimmt bei mir nicht – ich habe keinen Mann. Da habe ich versagt, nicht wahr, Monsieur Poirot?«
»Wenn Sie nicht geheiratet haben, Mademoiselle, kommt es wohl daher, daß keiner meiner Geschlechtsgenossen Sie überzeugen konnte«, erwiderte Poirot galant. »Es war Ihre freie Wahl, allein zu bleiben, kein von außen aufgezwungenes Muß.«
»Trotzdem bin ich überzeugt, daß Sie im Grunde Ihres Herzens wie alle Männer glauben, eine Frau kann ohne Mann und Kinder nicht glücklich werden.«
Poirot zuckte die Schultern. »Heiraten und Kinder bekommen – das ist üblicherweise das Schicksal einer Frau. Nur eine von hundert, ja von tausend geht ihren eigenen Weg und hat eine Stellung wie Sie.«
Rosamund grinste ihn an. »Und doch bin ich nichts anderes als eine arme alte Jungfer. Jedenfalls fühle ich mich heute so. Mit einem brutalen Kerl von Mann, einem Haufen Kinder, der an meinem Schürzenzipfel hängt, und Geldsorgen wäre ich glücklicher. Das stimmt doch, oder?«
Poirot sah sie zweifelnd an. »Da Sie es sagen, wird es wohl zutreffen, Mademoiselle.«
Rosamund lachte. Sie hatte ihre Fassung wiedergewonnen. Während sie eine Zigarette aus einem Etui nahm und sie sich anzündete, meinte sie:
»Sie wissen wirklich sehr genau, wie man mit Frauen umgehen muß, Monsieur Poirot. Ich habe jetzt das Gefühl, als würde ich nun genau das Gegenteil denken und mich Ihnen gegenüber *für* die Karrierefrau starkmachen. Natürlich geht's mir verdammt gut – und das weiß ich auch.«
»Dann ist ja alles in bester Ordnung, Mademoiselle.«
»Ja.«
Nun holte auch Poirot sein Zigarettenetui hervor und zündete sich eine der winzigen Zigaretten an, die er gern rauchte.

Während er nachdenklich beobachtete, wie der Dunst vom Wasser aufzusteigen begann, murmelte er:
»Wenn ich mich nicht täusche, ist Mr. Marshall – nein Captain Marshall ein alter Freund von Ihnen, Mademoiselle?«
Rosamund richtete sich auf. »Wie haben Sie das erfahren? Ach, vermutlich hat Ken es Ihnen erzählt.«
Poirot schüttelte den Kopf. »Das hat mir niemand erzählt. Schließlich bin ich Detektiv. Es war eine naheliegende Schlußfolgerung.«
»Das verstehe ich nicht.«
»Überlegen Sie doch!« Poirot fuhr mit den Händen durch die Luft. »Sie sind seit einer Woche hier. Sie sind lebhaft, fröhlich, sorglos. Heute reden Sie plötzlich von Geistern, von alten Zeiten. Was ist passiert? Die letzten Tage sind keine neuen Gäste eingetroffen. Aber gestern abend kam Captain Marshall mit Frau und Tochter an. Und heute diese Veränderung. Das ist doch offensichtlich!«
»Ja, es ist wirklich wahr!« antwortete Rosamund. »Kenneth Marshall und ich sind mehr oder weniger wie Geschwister aufgewachsen. Die Marshalls wohnten nebenan. Ken war immer nett zu mir – wenn auch etwas von oben herab, weil er vier Jahre älter war. Ich habe ihn lange nicht gesehen. Es ist mindestens fünfzehn Jahre her.«
»Eine lange Zeit«, sagte Poirot nachdenklich.
Rosamund nickte.
Nach einer Pause fragte Poirot: »Er hat ein gutes Herz, nicht wahr?«
»Ken ist der beste Mensch, den ich kenne«, erwiderte Rosamund mit Wärme. »Schrecklich ruhig und reserviert. Er hat nur den einen Fehler, daß er mit Vorliebe die Frau heiratet, die nicht zu ihm paßt.«
»Aha...«, machte Poirot verständnisinnig.
»Kenneth ist ein solcher Dummkopf, wenn es um Frauen geht«, fuhr Rosamund fort. »Ein großer Dummkopf. Erinnern Sie sich noch an den Martingdale-Fall?«
Poirot runzelte die Stirn. »Martingdale? Martingdale? Es war Arsen, nicht wahr?«

»Ja. Es ist siebzehn oder achtzehn Jahre her. Die Frau wurde beschuldigt, ihren Mann umgebracht zu haben.«
»Aber man hat sie freigesprochen?«
»Genau! Nach dem Freispruch hat Ken sie geheiratet. Es ist genau die Art Dummheit, die zu ihm paßt.«
»Aber sie war doch unschuldig«, murmelte Poirot.
»Ich glaube es ja auch. Doch man kann nie wissen! Trotzdem – es gibt so viele Frauen auf der Welt, die man heiraten kann. Warum muß man sich ausgerechnet eine aussuchen, die eine Mordanklage am Hals hatte!«
Poirot schwieg. Vielleicht weil er wußte, daß Rosamund dann weitersprechen würde. Er hatte recht.
»Natürlich war er damals noch sehr jung, erst einundzwanzig. Er war verrückt nach ihr. Sie starb bei Lindas Geburt – ein Jahr nach ihrer Heirat. Ihr Tod hat Ken schwer getroffen. Danach trieb er es ziemlich wild – vermutlich, um sie zu vergessen.«
Sie schwieg wieder eine Weile.
»Und dann kam die Sache mit Arlena Stuart. Sie trat damals in einer Revue auf. Lady Codrington wollte sich wegen ihr von ihrem Mann scheiden lassen. Lord Codrington war angeblich ganz verrückt nach Arlena. Alle Welt nahm an, daß die beiden nach der rechtskräftig gewordenen Scheidung sofort heiraten würden. Aber es kam anders. Er ließ sie sitzen. Ich glaube sogar, daß sie ihn wegen Bruchs des Eheversprechens verklagte. Wie auch immer – die Geschichte machte damals viel Wirbel. Und was passierte dann? Ken ging hin und heiratete sie! Völlig verrückt!«
»So etwas ist doch verständlich«, murmelte Poirot. »Sie ist sehr schön.«
»Ja, zweifellos. Es gab dann noch einen Skandal, vor etwa drei Jahren. Der alte Erskine hinterließ ihr sein ganzes Vermögen, bis auf den letzten Penny. Man hätte annehmen sollen, daß diese Sache Ken endlich die Augen öffnen würde.«
»Das war nicht der Fall?«
Rosamund Darnley zuckte mit den Schultern.
»Ich sagte Ihnen doch, daß ich ihn jahrelang nicht gesehen

habe. Offenbar nahm er es sehr gelassen auf. Wieso eigentlich? Das wüßte ich zu gern. Vertraut er ihr einfach blind?«
»Vielleicht gibt es noch andere Gründe.«
»Ja, Stolz. Sich nichts anmerken lassen! Ich weiß nicht, was er für sie fühlt. Keiner weiß es.«
»Und sie selbst? Wie steht Arlena zu ihm?«
Rosamund starrte ihn wütend an. »Arlena? Sie ist die geldgierigste Person, die ich kenne. Und hinter den Männern her wie der Teufel hinter der armen Seele. Wenn ihr ein Mann auch nur auf hundert Meter nahe kommt, macht sie Jagd auf ihn.«
Poirot nickte langsam. »Ja«, sagte er. »Es stimmt, was Sie erzählen... sie hat nur Augen für eine einzige Sache – Männer.«
»Und jetzt ist sie auf Patrick Redfern scharf. Er sieht glänzend aus, ein unkomplizierter Typ. Sie wissen schon, er liebt seine Frau und ist kein Schürzenjäger. Der ist für Arlena ein gefundenes Fressen. Mir gefällt die kleine Mrs. Redfern. Sie sieht auf eine blasse, schüchterne Art hübsch aus. Aber ich glaube nicht, daß sie gegenüber dieser männerfressenden Tigerin die geringste Chance hat.«
»Sie haben sicher recht.« Poirot wirkte besorgt.
»Christine Redfern war Lehrerin, glaube ich. Sie gehört zu denen, die den Geist für wichtiger halten als den Körper. Das wird für sie ein böses Erwachen geben.« Rosamund erhob sich. »Es ist eine Schande«, bemerkte sie und fügte dann etwas vage hinzu: »Jemand sollte etwas dagegen tun.«

Linda betrachtete sachlich ihr Gesicht im Schlafzimmerspiegel. Sie mochte es nicht. Im Augenblick schien es ihr nur aus Knochen und Sommersprossen zu bestehen. Voll Abscheu betrachtete sie ihr dichtes hellbraunes Haar, das sie zu farblos fand, die graugrünen Augen, die hohen Wangenknochen und das lange energische Kinn. Der Mund und die Zähne waren nicht so übel, aber wen interessierten schon die Zähne? War da am Nasenflügel etwa ein Pickel?
Nein, sie hatte sich getäuscht. Schrecklich, wenn man erst sechzehn war, dachte sie, wirklich schrecklich!

Linda war so störrisch wie ein kleines Fohlen, so stachelig wie ein Igel. Sie wußte einfach nicht, wohin sie gehörte. In der Schule hatte sie es nicht so empfunden. Aber sie ging nicht mehr zur Schule. Kein Mensch schien zu wissen, was sie jetzt tun sollte. Ihr Vater hatte davon gesprochen, sie im nächsten Winter nach Paris zu schicken. Aber Linda wollte nicht nach Paris, nur – zu Hause bleiben wollte sie auch nicht. Bis jetzt hatte sie sich nie richtig klargemacht, wie sehr sie Arlena haßte.

Stiefmütter! Es war schlimm, wenn man eine Stiefmutter hatte. Das sagten alle. Und es stimmte. Nicht, daß Arlena unfreundlich zu ihr war. Meistens bemerkte sie sie nicht einmal. Und wenn, dann behandelte sie sie mit Herablassung und Amüsiertheit. Sie spürte es an ihrem Blick, an ihren Worten. Die vollkommene Anmut von Arlenas Bewegungen betonte Lindas eigenes linkisches Benehmen noch. Wenn Arlena da war, wurde einem ganz besonders bewußt, wie unreif und häßlich man war, dachte Linda.

Aber das war es nicht allein.

Linda grübelte darüber nach. Es lag ihr nicht besonders, ihre Gefühle zu analysieren. Es hing damit zusammen, was Arlena mit den Leuten tat – mit dem Haus...

Sie ist einfach schlecht, dachte Linda. Sie ist von Grund auf schlecht.

Aber dabei konnte man es nicht einfach belassen. Man konnte nicht einfach die Nase rümpfen und sich erhaben über sie fühlen und nicht mehr an sie denken.

Es hing damit zusammen, wie sie die Leute behandelte. Ihr Vater, also, ihr Vater war ganz anders...

Linda dachte daran, wie ihr Vater gekommen war und sie von der Schule genommen hatte. Wie sie mit ihm einmal eine Schiffsreise gemacht hatte. Und dann ihr Vater zu Hause – mit Arlena. So – so verschlossen, als wäre er in Wirklichkeit gar nicht da.

Und so geht's jetzt weiter, überlegte Linda. Tag für Tag, Monat für Monat. Das halte ich nicht aus!

Das Leben schien sich endlos vor ihr auszudehnen, eine endlose Kette von Tagen, die durch Arlenas Gegenwart

verdunkelt wurden. Linda war noch sehr kindlich, sie besaß noch kein Gefühl für die richtigen Proportionen. Ein Jahr erschien ihr wie eine Ewigkeit.
Eine dunkle heiße Welle von Haß auf Arlena stieg in ihr auf. Ich wünschte, sie wäre tot, dachte sie. Ihr Blick wanderte vom Spiegel zum Fenster.
Eigentlich war es hier ganz nett. Jedenfalls hätte es nett sein können. Die vielen Strände und Buchten und komischen kleinen Wege. Es gab so viel zu entdecken, so viele Möglichkeiten, sich herumzutreiben. Die Cowan-Jungen hatten sogar erzählt, daß es Höhlen gab.
Wenn Arlena nicht da wäre, würde es mir hier bestimmt gefallen, dachte Linda.
Sie erinnerte sich an den Abend ihrer Ankunft. Es war alles sehr aufregend gewesen. Die Flut hatte den Damm überschwemmt, sie mußten ein Boot nehmen. Das Hotel hatte so ungewöhnlich gewirkt, so unheimlich. Als sie die Terrasse betraten, sprang eine große dunkelhaarige Frau auf und rief: »Aber das ist ja Kenneth!«
Ihr Vater schien schrecklich überrascht gewesen zu sein. »Rosamund!« hatte er nur gesagt.
Linda überlegte ernsthaft, was sie von Rosamund Darnley hielt.
Sie beschloß, daß ihr Rosamund gefiel. Rosamund, überlegte sie, war eine vernünftige Person. Und ihr Haar war so schön. Es paßte genau zu ihr. Die meisten Leute hatten häßliche Haare. Und sie trug immer so hübsche Kleider. Und sie hatte ein fröhliches Gesicht, als machte sie sich über sich selbst lustig und nie über andere. Rosamund war nett zu ihr gewesen. Sie hatte sie nicht totgeredet oder dummes Zeug gesagt. Unter »dummes Zeug sagen« verstand Linda eine Menge von Dingen, die ihr aus irgendeinem Grund nicht gefielen. Und Rosamund hatte nicht ausgesehen, als fände sie Linda blöd. Vielmehr hatte sie Linda behandelt, als sei sie ein richtiges menschliches Wesen. Linda hatte so selten das Gefühl, ein richtiges menschliches Wesen zu sein, daß sie tief dankbar war, wenn irgend jemand sie dafür zu halten schien.

Offenbar hatte sich ihr Vater auch gefreut, Miss Darnley wiederzusehen.
Komisch – er hatte plötzlich ganz anders ausgesehen. Er hatte ausgesehen wie... Linda überlegte angestrengt. Er hatte so jung ausgesehen. Ja, das war es! Er hatte gelacht – ein seltsames jungenhaftes Lachen. Sie hatte ihn sehr selten auf diese Art lachen gehört.
Sie war beunruhigt. Sie sah ihren Vater in einem ganz anderen Licht. Wie er wohl in meinem Alter war, dachte sie. Aber sich das vorzustellen, war ihr zu schwierig. Sie gab es auf.
Ein Gedanke durchzuckte sie. Wie lustig es gewesen wäre, wenn sie und ihr Vater Miss Darnley allein getroffen hätten – ohne Arlena.
Einen Augenblick sah sie die Szene vor sich. Wie ihr Vater jungenhaft lachte... Miss Darnley und sie... was für Spaß sie auf der Insel haben würden... sie könnten zusammen schwimmen und die Höhlen erforschen...
Das Bild verdunkelte sich. Man konnte das Leben nicht genießen, solange Arlena da war. Warum nicht? Jedenfalls sie, Linda, konnte es nicht. Man konnte nicht glücklich sein zusammen mit einer Person, die man haßte. Ja, haßte! Sie haßte Arlena.

Kenneth Marshall klopfte an die Zimmertür seiner Frau. Als Arlena »Herein!« rief, öffnete er die Tür und trat ein.
Arlena war fast fertig. Sie trug ein glänzendes grünes Kleid und sah fast wie eine Seejungfrau aus. Sie stand vor einem Spiegel und legte Lidschatten auf.
»Ach, du bist es, Kenneth«, sagte sie.
»Ja. Ich wollte fragen, ob du fertig bist.«
»Noch einen Augenblick.«
Kenneth Marshall trat ans Fenster und blickte aufs Meer hinaus. Sein Gesicht war wie gewöhnlich völlig ausdruckslos. Es war freundlich und durchschnittlich. Plötzlich drehte er sich um und fragte: »Du hast Redfern schon früher mal getroffen, Arlena?«
»Ja, mein Lieber. Bei irgendeiner Cocktailparty. Ich fand

ihn ganz nett.«

»Wußtest du, daß er und seine Frau herkommen würden?«

Arlena machte große Augen. »Nein, natürlich nicht. Es hat mich völlig überrascht.«

»Ich dachte«, antwortete Kenneth Marshall, »daß du deshalb gern hierherfahren wolltest. Du warst sehr scharf darauf, hier die Ferien zu verbringen.«

Arlena legte den Pinsel hin und lächelte – ein sanftes, verführerisches Lächeln. »Irgend jemand hat mir von diesem Hotel erzählt. Ich glaube, es waren die Rylands. Sie sagten, es sei fast zu schön, um wahr zu sein – so unberührt. Gefällt es dir nicht?«

»Ich bin mir nicht sicher.«

»Ach, mein Lieber, du schwimmst doch gern und liegst gern in der Sonne. Ich bin überzeugt, daß du begeistert bist.«

»Jedenfalls kann man sehen, daß du dich amüsierst.«

Sie blickte ihn fragend an. »Was heißt das?«

»Meiner Meinung nach hast du dem jungen Redfern erzählt, daß wir herkommen wollten.«

»Mein lieber Kenneth«, sagte Arlena, »du willst doch keinen Streit anfangen?«

»Hör zu, Arlena. Ich kenne dich. Es ist wirklich ein reizendes junges Paar. Der Mann liebt seine Frau. Mußt du unbedingt Unruhe stiften?«

»Es ist sehr unfair, mir daran die Schuld zu geben. Ich habe nichts getan – absolut nichts! Ich kann nichts dafür, wenn...«

»Wenn was?« unterbrach er sie.

Sie senkte den Blick. »Nun, ich habe natürlich gemerkt, daß die Männer verrückt nach mir sind. Es ist nicht meine Schuld. Sie reagieren einfach so.«

»Du gibst also zu, daß der junge Redfern dir nachläuft?«

»Er benimmt sich wirklich zu dumm«, sagte Arlena leise und trat einen Schritt auf ihren Mann zu. »Aber du weißt doch, Kenneth, daß ich nur dich liebe, nicht wahr?« Sie blickte durch ihre dichten dunklen Wimpern zu ihm auf. Es

war ein herrlicher Blick, ein Blick, dem nur wenige Männer hätten widerstehen können.
Kenneth Marshall blieb ernst. Sein Gesicht verriet nicht, was er dachte. »Ich glaube, ich kenne dich sehr gut, Arlena«, sagte er ruhig.

Wenn man das Hotel auf der Südseite verließ, lagen Sonnenterrassen und Badebucht direkt vor einem. Ein Pfad lief an der Südwestseite der Insel oben an den Klippen entlang. Von diesem Pfad führten Stufen zu einer Reihe von Nischen hinunter, die man in den Fels geschlagen hatte. Auf dem Hotellageplan wurden sie als Sonnenklippen bezeichnet. Die Nischen enthielten aus dem Felsen gehauene Steinbänke.
Gleich nach dem Abendessen gingen Patrick Redfern und seine Frau zu einer dieser Nischen hinunter. Es war eine warme klare Nacht mit einem hellen Mond.
Sie setzten sich auf eine Steinbank. Eine Weile sagte keiner ein Wort. Schließlich brach Patrick Redfern das Schweigen.
»Eine herrliche Nacht, nicht wahr, Christine?« sagte er.
»Ja.«
In diesem »Ja« schwang ein Unterton mit, der ihm nicht gefiel.
»Wußtest du, daß diese Frau hier im Hotel sein würde?« fragte Christine mit ihrer ruhigen Stimme.
»Ich verstehe nicht, was du meinst«, erwiderte er scharf.
»Ich glaube, das verstehst du genau!«
»Hör mal, Christine. Ich weiß nicht, was mit dir los ist...«
»Mit *mir* los ist?« unterbrach sie ihn. Ihre Stimme zitterte plötzlich. »Die Frage ist doch, was mit *dir* los ist.«
»Wieso? Gar nichts.«
»Ach, Patrick! Das stimmt nicht. Du wolltest unbedingt herkommen. Du warst richtig hartnäckig. Ich wollte wieder nach Tintagel fahren, wo wir – wo wir unsere Flitterwochen verbrachten. Aber du wolltest unbedingt in dieses Hotel!«
»Warum auch nicht? Es ist sehr schön hier.«
»Möglich. Aber du wolltest herkommen, weil sie hier sein würde.«

»Wieso ›sie‹? Wer denn?«
»Mrs. Marshall. Du – du bist ganz verrückt nach ihr.«
»Mein Gott, Christine, sei kein Dummkopf! Eifersucht paßt nicht zu dir!« Sein Protest klang etwas unsicher. Er übertrieb.
»Wir waren so glücklich«, sagte sie.
»Natürlich waren wir glücklich. Wir sind es noch! Aber wir werden es nicht mehr lange sein, wenn ich mich mit keiner anderen Frau unterhalten kann, ohne daß du wütend wirst.«
»Darum geht es nicht.«
»O doch. Auch wenn man verheiratet ist, braucht man – nun – man braucht Freunde. Diese Verdächtigungen sind ungerecht. Ich – ich kann mich mit keiner hübschen Frau unterhalten, ohne daß du den Verdacht hast, ich sei in sie verliebt...« Er brach ab und zuckte resigniert die Schultern.
»Du bist in sie verliebt...«, begann Christine.
»Ach, sei kein Dummkopf, Christine!« wiederholte Redfern.
»Ich habe – ich habe kaum ein Wort mit ihr gewechselt.«
»Das ist nicht wahr!«
»Mein Gott, mach es dir nur nicht zur Gewohnheit, auf alle Frauen eifersüchtig zu sein, mit denen ich mal ein Wort rede!«
»Sie ist nicht nur irgendeine hübsche Frau«, antwortete Christine. »Sie ist – sie ist anders. Sie ist schlecht, ja, sie ist schlecht! Sie wird dir schaden, Patrick, bitte, kümmere dich nicht mehr um sie. Laß uns nach Hause fahren!«
Patrick Redfern reckte das Kinn vor. Er sah sehr jung aus, während er sagte: »Mach dich nicht lächerlich, Christine! Laß uns nicht darüber streiten.«
»Ich möchte mich nicht streiten.«
»Dann benimm dich wie ein vernünftiger Mensch! Gehen wir ins Hotel zurück.«
Er stand auf. Nach kurzem Zögern erhob sich Christine auch.
»Na schön, wenn du meinst...«, sagte sie.
In der Nische nebenan saß Hercule Poirot und schüttelte betrübt den Kopf.
Andere Leute hätten sich vielleicht diskret außer Hörweite begeben. Nicht so Hercule Poirot. Solche Skrupel

kannte er nicht.
»Außerdem«, sagte er später zu seinem Freund Hastings, »außerdem handelte es sich um Mord.«
Hastings starrte ihn entgeistert an. »Aber da war er doch noch nicht passiert«, sagte er.
Poirot seufzte. »*Mon cher*«, erwiderte er. »Es war völlig klar, daß ein Mord geschehen würde.«
»Warum haben Sie ihn nicht verhindert?«
Und mit einem zweiten Seufzer erklärte er Hastings, daß es nicht so einfach sei, einen Mord zu verhindern, wenn der Täter entschlossen sei, ihn durchzuführen. Er mache sich wegen dem, was dann geschah, keine Vorwürfe. Es sei, so erklärte Poirot, unvermeidlich gewesen.

3

Rosamund Darnley und Kenneth Marshall saßen auf der Wiese über den Klippen der Möwenbucht. Sie befand sich auf der Ostseite der Insel. Die Leute kamen manchmal am Morgen her, um hier ungestört zu schwimmen.
»Es ist hübsch, mal keinen Menschen zu sehen«, sagte Rosamund.
»Hm – ja«, murmelte Marshall fast unhörbar. Er legte sich auf den Bauch und roch an dem kurzen Gras. »Riecht gut. Erinnerst du dich noch an die Wiesen in Shipley?«
»Natürlich!«
»War eine schöne Zeit.«
»Ja.«
»Du hast dich nicht sehr verändert, Rosamund.«
»O doch, ich habe mich verändert. Sehr sogar.«
»Du hast Erfolg, du bist reich und so weiter, trotzdem bist du die alte Rosamund geblieben.«
»Ich wünschte, du hättest recht«, erwiderte Rosamund leise.
»Was heißt das?«
»Ach, nichts. Ist es nicht schade, Kenneth, daß man die

Ideale und die Heiterkeit und Harmlosigkeit seiner Jugend verliert?«
»Ich kann mich nicht erinnern, daß du als Kind besonders nett warst. Du hattest häufig schreckliche Wutanfälle. Einmal hast du dich sogar auf mich gestürzt und wolltest mich erwürgen.«
Rosamund lachte. »Weißt du noch die Aufregung, als wir Toby zum Bisamfangen mitnahmen?« Ein paar Minuten lang schwelgten sie in der Erinnerung an alte Zeiten. Dann schwiegen sie eine Weile. Rosamunds Finger spielten mit dem Handtaschenverschluß.
»Kenneth?« sagte sie dann fragend.
»Hm.« Seine Antwort klang ziemlich undeutlich. Er lag immer noch auf dem Bauch, das Gesicht ins Gras gedrückt.
»Ich würde dich gern etwas fragen, Kenneth. Aber es ist ziemlich persönlich. Hoffentlich nimmst du es mir nicht übel.«
Er rollte sich auf den Rücken und setzte sich auf. »Natürlich nicht«, antwortete er ernst. »Frage, was du willst. Schließlich kennen wir uns schon so lange.«
Sie nickte. Sie freute sich, daß er das gesagt hatte. »Warum läßt du dich nicht scheiden, Kenneth?« fragte sie.
Sein Gesicht verdüsterte sich. Der glückliche Ausdruck darauf verschwand schlagartig. Er nahm eine Pfeife aus der Hosentasche und begann sie zu füllen.
»Entschuldige. Ich wollte dir nicht zu nahe treten«, sagte Rosamund.
»Du hast mich nicht beleidigt«, erwiderte er ruhig.
»Na gut, warum also nicht?«
»Das verstehst du nicht, mein liebes Mädchen.«
»Magst du sie so sehr?«
»Darum geht es nicht. Sieh mal – ich habe sie schließlich geheiratet.«
»Das weiß ich. Aber sie ist so – sie hat keinen guten Ruf.«
Er überlegte einen Augenblick, während er den Tabak sorgfältig andrückte. »Glaubst du? Vermutlich hast du recht.«
»Dein Wunsch nach einer Scheidung wäre durchaus ver-

ständlich.«
»Mein liebes Mädchen, ich finde, daß du so etwas nicht sagen solltest. Nur weil die Männer wegen ihr den Kopf verlieren, muß man nicht gleich annehmen, daß sie mannstoll ist.«
Rosamund schluckte eine heftige Erwiderung hinunter. Sie meinte nur: »Du könntest es so einrichten, daß sie sich scheiden läßt – wenn dir das lieber ist.«
»Das wäre eine Möglichkeit.«
»Wirklich, Ken, du mußt etwas unternehmen! Denk an deine Tochter!«
»Linda?«
»Ja, Linda!«
»Was hat Linda damit zu tun?«
»Arlena schadet Linda nur, wirklich! Ich halte Linda für ein sehr feinfühliges Kind.«
Kenneth Marshall steckte seine Pfeife in Brand. Während er daran zog, sagte er: »Ja, ich glaube, da ist etwas dran. Arlena und Linda passen nicht zusammen. So eine Stiefmutter ist nicht das richtige für ein junges Mädchen. Es macht mir tatsächlich etwas Sorge.«
»Ich mag Linda, ich mag sie sogar sehr. Sie ist etwas Besonderes.«
»Sie gleicht ihrer Mutter. Sie nimmt das Leben so schwer wie Ruth.«
»Nun«, sagte Rosamund nachdenklich, »glaubst du da nicht, daß es das beste wäre, wenn du dich von Arlena trennst?«
»Eine Scheidung?«
»Ja. Das ist doch heute nichts Besonderes mehr.«
»Ja, und genau das gefällt mir nicht«, sagte Kenneth Marshall mit plötzlicher Heftigkeit.
»Wieso?« fragte Rosamund erstaunt.
»Weil es typisch ist für die heutige Zeit. Wenn man etwas unternimmt, und es gefällt einem nicht mehr, macht man so schnell wie möglich einen Rückzieher. Verdammt, es gibt doch so etwas wie Vertrauen! Wenn man heiratet und verspricht, für seine Frau zu sorgen, nun, dann sollte man es auch tun. Es ist deine Pflicht. Du hast es versprochen. Ich

habe diese Schnellheiraten und raschen Scheidungen satt. Arlena ist meine Frau, und damit Schluß!«
Rosamund beugte sich vor. »So steht es mit dir? ›Bis daß der Tod euch scheidet‹, wie es heißt...«
Kenneth Marshall nickte. »Stimmt genau.«
»Aha, ich verstehe.«

Als Mr. Horace Blatt auf der engen gewundenen Landstraße zur Bucht von Leathercombe zurückfuhr, hätte er Mrs. Redfern beinahe überfahren. Sie preßte sich erschrocken in die Hecke, die die Straße begrenzte, während Mr. Blatt heftig auf das Bremspedal seines Sunbeam trat. »Hallo-hallohallo!« rief er fröhlich zum Fenster hinaus. Er war ein großer Mann mit einem roten Gesicht und einem rötlichen Haarkranz, der seinen schimmernden kahlen Schädel umgab.
Es war Mr. Blatts offensichtlicher Ehrgeiz, stets Herz und Seele der Gesellschaft zu sein, in der er sich gerade befand. Die Stimmung im »Jolly Roger Hotel« konnte etwas Aufmunterung vertragen. Das war seine Meinung, die er etwas zu laut kundgetan hatte. Er verstand nicht, wieso die Leute immer zu verschwinden schienen, wenn er die Szene betrat.
»Hätte Sie beinahe zu Marmelade gemacht, was?« rief Mr. Blatt fröhlich.
»Ja, beinahe«, antwortete Christine Redfern.
»Hüpfen Sie rein!« sagte Mr. Blatt.
»Ach nein, danke, ich möchte laufen.«
»Unsinn! Wozu ist ein Auto da?«
Christine Redfern fügte sich in ihr Schicksal und stieg ein. Mr. Blatt ließ den Motor wieder an, den er bei seinem plötzlichen Bremsmanöver abgewürgt hatte. »Und wieso gehen Sie hier ganz allein spazieren? Ein hübsches Mädchen wie Sie? Da stimmt etwas nicht.«
»Oh, ich bin gern allein«, erwiderte Christine Redfern hastig.
Mr. Blatt stieß ihr jovial mit dem Ellbogen in die Seite, wobei er beinahe den Wagen in die Hecke gefahren hätte, und erklärte: »Das behaupten die Frauen immer. Aber sie meinen es nicht wirklich. Wissen Sie, dieses Hotel, das ›Jolly

Roger‹ – keine Fröhlichkeit. Kein Leben! Na ja, ich weiß, es wohnt eine Menge langweiliger Leute dort. Viele Kinder sind da und auch Alte. Wenn ich nur an diesen langweiligen Typ denke, der lange in Indien war, oder an den athletischen Pfarrer oder diese ewig redenden Amerikaner und den Ausländer mit dem Schnurrbart. Wenn ich den Schnurrbart sehe, muß ich immer lachen. Vermutlich ist er Friseur oder etwas Ähnliches.«

Christine wandte ihm das Gesicht zu. »Nein, er ist Privatdetektiv.«

Um ein Haar hätte Mr. Blatt den Wagen doch noch in die Hecke befördert. »Er ist Privatdetektiv? Wollen Sie damit andeuten, daß er sich verkleidet hat?«

Christine lächelte schwach. »Natürlich nicht. Er sieht immer so aus. Er ist Hercule Poirot. Sie müssen doch schon von ihm gehört haben.«

»Ich hatte seinen Namen nicht richtig verstanden. Natürlich habe ich schon von ihm gehört. Aber ich dachte, er sei längst gestorben. Auf wen macht er denn Jagd?«

»Er ist aus keinem besonderen Grund hier. Er verbringt hier die Ferien.«

»Na ja, vielleicht stimmt das«, erwiderte Mr. Blatt, nicht ganz überzeugt. »Scheint mir ziemlich gewöhnlich zu sein, dieser Poirot, wie?«

»Nun«, sagte Christine zögernd. »Er wirkt allerdings etwas sonderbar.«

»Da fragt man sich doch«, rief Mr. Blatt, »wo bleibt Scotland Yard? ›Steh treu zu England‹ – das ist meine Devise!«

Sie waren am Fuß des Hügels angelangt. Mit triumphierendem Hupen fuhren sie in die Hotelgarage, die gegenüber dem Hotel auf dem Festland lag.

Linda Marshall betrat den kleinen Laden, in dem Touristen, die die Bucht von Leathercombe besuchten, alles fanden, was sie brauchten. An der einen Seite des Raumes standen Regale mit Büchern, die für zwei Shilling ausgeliehen wurden. Die neuesten waren gut zehn Jahre alt, manche zwanzig oder älter.

Nachdenklich nahm Linda erst eines, dann ein anderes heraus und blätterte in ihnen. Sie entschied, daß sie »Die vier Federn« unmöglich lesen konnte. Dann entdeckte sie einen schmalen in braunes Leder gebundenen Band. Sie vertiefte sich in seinen Inhalt.
Als sie plötzlich Christine Redferns Stimme neben sich hörte, stellte sie das Buch erschrocken ins Regal zurück.
»Was liest du denn Schönes, Linda?« fragte Christine.
»Nichts Besonderes. Ich suche einen guten Roman.« Sie nahm das nächstbeste Buch heraus – es war »Die Ehe des William Ahse« – und ging damit zur Theke.
Christine blieb an ihrer Seite. »Mr. Blatt hat mich hergefahren – nachdem er mich beinahe überrollt hätte. Aber ich hätte es nicht mehr ertragen, mit ihm über den Damm zum Hotel zu gehen, und deshalb habe ich gesagt, daß ich noch etwas einkaufen müßte.«
»Er ist widerlich, nicht wahr?« sagte Linda. »Immer reibt er einem unter die Nase, wie reich er ist. Und dann macht er ständig die dümmsten Witze.«
»Der arme Kerl. Er kann einem wirklich leid tun.«
Linda war anderer Meinung. Sie war jung und unbarmherzig. Gemeinsam verließen sie den Laden und schlenderten auf den Damm zu. Linda schwieg gedankenversunken. Sie mochte Christine Redfern. Ihrer Meinung nach waren sie und Rosamund Darnley die einzigen erträglichen Menschen auf der Insel. Keine der beiden Frauen unterhielt sich viel mit ihr, und das gefiel Linda. Auch jetzt redete Christine nicht. Sehr vernünftig, dachte Linda. Wenn man sich nichts zu sagen hatte, warum dann ständig drauflosplappern?
»Mrs. Redfern«, sagte sie plötzlich, »haben Sie auch schon mal das Gefühl gehabt, daß alles schrecklich ist, daß – daß man am liebsten zerspringen würde...?«
Die Worte klangen fast komisch, aber Lindas Gesicht war ernst, beinahe ängstlich. Christine Redfern, die sie zuerst erstaunt angesehen hatte, begann zu begreifen. Ganz sicher gab es da nichts, worüber man sich hätte lustig machen können. Sie holte kurz Luft und erwiderte: »Ja, ja – ich habe mich auch schon mal so gefühlt...«

»Aha, Sie sind also der berühmte Detektiv?« fragte Mr. Blatt. Sie saßen in der Cocktailbar, wo Mr. Blatt häufig zu finden war.
Mit seinem üblichen Mangel an Bescheidenheit bestätigte Hercule Poirot Blatts Frage.
»Und warum sind Sie hier?« bohrte Mr. Blatt. »Aus beruflichen Gründen?«
»Nein, nein. Ich erhole mich hier. Ich verbringe die Ferien im ›Jolly Roger‹.«
»Sie würden es wohl kaum zugeben, was?« Mr. Blatt zwinkerte ihm zu.
»Warum denn nicht?« erwiderte Poirot.
»Dann mal los! Mir können Sie doch vertrauen! Ich erzähle nicht alles weiter, was ich so höre. Ich habe schon vor vielen Jahren gelernt, den Mund zu halten. Sonst hätte ich nicht das erreicht, was ich erreicht habe. Sie kennen die Leute ja – alles, was sie hören, müssen sie weitererzählen und zerreden. In Ihrem Beruf können Sie sich das nicht leisten. Und deshalb müssen Sie so tun, als seien Sie privat hier.«
»Welchen Grund haben Sie zu dieser Annahme?« fragte Poirot.
Mr. Blatt zwinkerte wieder. »Ich bin Menschenkenner. Ich weiß, wie man die Leute beurteilen muß. Ein Mann wie Sie würde in Deauville oder Le Touquet oder Juan les Pins Ferien machen. Das ist – wie sagt man doch – das ist Ihre geistige Heimat.«
Poirot seufzte. Er blickte aus dem Fenster. Es regnete, die Insel war vom Nebel eingehüllt. »Vielleicht haben Sie recht«, antwortete er. »Zumindest gibt es dort bei schlechtem Wetter gewisse Möglichkeiten, sich zu zerstreuen.«
»Das gute alte Spielkasino!« rief Mr. Blatt. »Wissen Sie, ich habe mein Leben lang hart arbeiten müssen. Keine Zeit für Ferien oder Hobbys oder irgendwelche andern Spielereien. Ich wollte im Leben etwas erreichen, und das habe ich auch. Jetzt kann ich tun, was mir paßt. Mein Geld ist genausogut wie das andrer Leute. In den letzten paar Jahren habe ich eine Menge erlebt, das kann ich Ihnen verraten.«
»Ach ja?« bemerkte Poirot.

»Mir ist nicht ganz klar, warum ich hierhergekommen bin«, fuhr Mr. Blatt fort.
»Das habe ich mich auch schon gefragt.«
»Was? Wieso?«
Poirot machte eine beredte Handbewegung. »Ich verfüge auch über eine gewisse Beobachtungsgabe. Von Ihnen hätte ich erwartet, daß Sie nach Deauville fahren oder Biarritz.«
»Statt dessen hocken wir beide hier, was?« Mr. Blatt stieß ein rauhes Kichern aus.
»Ich weiß wirklich nicht, was ich hier will«, meinte er nachdenklich. »Ich glaube, es zog mich her, weil es so romantisch klang: ein Hotel auf einer Schmugglerinsel. Das macht einen neugierig. Die Träume seiner Jugend fallen einem wieder ein – Piraten, Schmuggler, das ganze Zeug.« Er lachte selbstgefällig.
»Ich bin als Junge viel gesegelt. Nicht in dieser Ecke, sondern an der Ostküste. Komisch, daß man den Spaß daran auch später nicht verliert. Ich könnte mir eine große Jacht leisten, wenn ich wollte, aber irgendwie gefällt mir das nicht. Mir gefällt es, mit einem kleinen Boot rauszufahren. Redfern segelt auch gern. Er ist schon ein paarmal mitgekommen. Aber jetzt ist nichts mehr mit ihm los. Er hat nur noch Augen für die rothaarige Mrs. Marshall.«
Er schwieg einen Augenblick, dann fuhr er im Flüsterton fort: »Die meisten Gäste sind alt und vertrocknet. Mrs. Marshall ist eigentlich der einzige Lichtblick. Ich nehme an, daß Marshall alle Hände voll zu tun hat, damit sie keine Dummheiten macht. Man erzählt sich alle möglichen Geschichten über die Zeit, als sie noch auf der Bühne auftrat – und auch über die Zeit danach. Die Männer waren verrückt nach ihr. Sie werden es noch erleben, daß es hier Ärger gibt.«
»Was für Ärger?« fragte Poirot.
»Das hängt von verschiedenen Dingen ab. Ich würde sagen, daß Sie auf Marshall achten sollten. Der sieht aus, als könnte er ganz schön jähzornig werden. Ich weiß es sogar genau. Ich habe einiges über ihn gehört. Diese ruhige Sorte kennt man doch! Man weiß nie, woran man bei denen ist. Redfern sollte lieber aufpassen...«

Er schwieg plötzlich, weil der Gegenstand ihres Gesprächs die Bar betrat. Dann sagte er laut und jovial: »Wie ich schon sagte, es macht Spaß, an dieser Küste zu segeln. Hallo, Redfern. Trinken Sie was mit uns? Was möchten Sie? Einen trockenen Martini? Sehr schön. Und wie steht's mit Ihnen, Monsieur Poirot?« Poirot schüttelte den Kopf.
Patrick Redfern setzte sich zu ihnen und sagte: »Segeln ist mein liebster Sport. Ich wünschte nur, ich käme öfter dazu. Als Junge habe ich die meiste Zeit in einem Segelboot hier an dieser Küste verbracht.«
»Dann kennen Sie diesen Teil von England gut?« fragte Poirot.
»Ziemlich gut. Ich kannte die Insel schon, als das Herrenhaus noch kein Hotel war. Es gab nur ein paar Fischerhütten und das große alte Haus, in dem niemand mehr wohnte.«
»Es stand früher schon ein festes Gebäude auf der Insel?«
»Ja, aber kein Mensch wohnte mehr dort. Es war bereits baufällig. Man erzählte sich die unglaublichsten Geschichten über Geheimgänge von diesem Haus zur Feenhöhle. Ich erinnere mich, daß wir immer danach suchten.«
Mr. Blatt vergoß etwas von seinem Drink. Er fluchte, wischte sich ab und fragte: »Was ist das für eine Höhle?«
»Ach, wissen Sie das nicht?« fragte Patrick Redfern. »Sie liegt in der Feenbucht. Der Eingang ist nicht leicht zu finden. Er ist hinter einem Haufen Felsbrocken versteckt. Nicht viel mehr als ein langer, schmaler Riß. Man kann sich gerade hindurchschieben. Drinnen weitet sich die Höhle zu einem riesigen Raum. Sie können sich vorstellen, wie begeistert wir als Jungen von dieser Höhle waren. Ein alter Fischer zeigte sie uns. Heute wissen nicht mal die Fischer mehr Bescheid. Kürzlich fragte ich einen, warum der Strand dort Feenbucht genannt wird. Er hatte keine Ahnung.«
»Ich verstehe immer noch nicht«, sagte Poirot, »was für eine Fee das ist.«
»Ach, davon gibt's hier in Devonshire eine Menge«, erwiderte Redfern. »Bei Sheepstor im Moor liegt auch eine Feenhöhle. Man muß dort eine Haarnadel zurücklassen, sozusagen als Geschenk für die Fee, verstehen Sie.«
Hercule Poirot nickte freundlich. »Aha, sehr interessant.«

»Im Dartmoor erzählt man sich immer noch eine Menge Feenmärchen, Geschichten über verzauberte Steinhügel und so weiter. Bauern, die nach einer durchzechten Nacht spät nach Hause kommen, behaupten sogar heute noch, daß sie von einer Fee in die Irre geführt worden seien.«

»Sie meinen, wenn sie betrunken waren?« fragte Blatt.

Redfern lächelte. »Das ist die nüchterne Erklärung, die man für so etwas hat.«

Blatt warf einen Blick auf seine Uhr. »Ich muß mich fürs Abendessen umziehen. Wenn ich ehrlich bin, Redfern, sind mir Piraten lieber als Feen.«

Nachdem Blatt verschwunden war, meinte Redfern lachend: »Na, der ist wohl auch schon einer Fee begegnet.«

Poirot bemerkte nachdenklich: »Für einen abgebrühten Geschäftsmann scheint mir Mr. Blatt eine blühende Phantasie zu haben.«

»Das kommt, weil er keine richtige Erziehung gehabt hat«, erwiderte Redfern. »Jedenfalls behauptet das meine Frau. Allein schon was er liest! Nichts als Thriller und Westernromane.«

»Sie meinen, er besitzt immer noch die Mentalität eines kleinen Jungen?«

»Finden Sie nicht, Sir?«

»Nun, ich kenne ihn nicht so genau.«

»Ich auch nicht. Ich bin nur ein paarmal mit ihm gesegelt. Allerdings habe ich den Eindruck, daß er nicht gern jemand dabei hat. Am liebsten segelt er allein.«

»Das ist wirklich seltsam«, antwortete Poirot. »An Land ist er das genaue Gegenteil.«

»Ich weiß. Wir haben alle ziemliche Mühe, ihm aus dem Weg zu gehen, was?«

Ein paar Minuten schwieg Poirot und betrachtete nur das fröhliche Gesicht seines Gegenübers. Plötzlich sagte er übergangslos: »Ich glaube, Mr. Redfern, Sie lieben das Leben.«

Redfern blickte ihn überrascht an. »Das stimmt. Warum auch nicht?«

»Ja, wirklich«, pflichtete ihm Poirot bei. »Warum auch nicht. Ich beglückwünsche Sie zu Ihrer Lebensfreude.«

»Das ist sehr freundlich von Ihnen, Monsieur Poirot.«
»Deshalb erlaube ich mir auch, Ihnen einen Rat zu geben.«
»Ja, Sir?«
»Ich bin soviel älter als Sie, daß Sie es mir nicht übelnehmen werden. Ein sehr kluger Freund, ein hoher Polizeibeamter, sagte mal vor Jahren zu mir: ›Hercule, mein Freund, wenn du in Frieden leben möchtest, bleib von den Frauen weg!«
»Ich fürchte, da ist es bei mir bereits zu spät, Sir«, antwortete Redfern. »Ich bin verheiratet, wissen Sie.«
»Ja, das weiß ich. Ihre Frau ist entzückend, ein großartiger Mensch. Ich glaube, sie mag Sie sehr, nicht wahr?«
»Ich liebe meine Frau«, entgegnete Redfern scharf.
»Ah!« rief Poirot. »Ich bin entzückt, das zu hören.«
Redferns Miene verfinsterte sich. »Sagen Sie mal, Monsieur Poirot«, fragte er, »worauf wollen Sie eigentlich hinaus?«
»Les femmes!« Poirot lehnte sich zurück und schloß die Augen. »Ich kenne sie! Sie können einem das Leben sehr schwer machen. Und wie die Engländer sich benehmen, wenn sie einen Seitensprung machen, ist unfaßbar! Wenn Sie schon herkommen mußten, Mr. Redfern, warum, in Gottes Namen, haben Sie Ihre Frau mitgebracht?«
»Ich weiß nicht, was Sie meinen«, antwortete Redfern ärgerlich.
»Sie wissen es ganz genau«, sagte Poirot ruhig. »Ich bin nicht so dumm, mich mit einem verliebten Mann zu streiten. Ich möchte Sie nur warnen.«
»Sie glauben wohl, was diese Lästermäuler hier im Hotel herumerzählen? Diese Mrs. Gardener, die Brewster – sie haben nichts anderes zu tun, als den ganzen Tag dazusitzen und die Leute durchzuhecheln. Nur weil eine Frau gut aussieht, zerreißen sie sie gleich in Stücke.«
Hercule Poirot erhob sich. »Sind Sie wirklich so naiv?« fragte er leise. Dann ging er hinaus.
Wütend starrte Redfern ihm nach.

Hercule Poirot trat aus dem Speisesaal und durchquerte die Halle. Die Eingangstüren standen offen, eine milde Abend-

brise wehte herein. Der Regen hatte aufgehört, der Nebel war verschwunden. Es war ein herrlicher Abend.
Mrs. Redfern saß an ihrem Lieblingsplatz auf den Klippen. Poirot blieb stehen und sagte: »Die Steine sind feucht. Sie sollten sich nicht hier hinsetzen. Sonst holen Sie sich noch einen Schnupfen.«
»Nein, sicher nicht. Außerdem – was spielt es schon für eine Rolle.«
»Na, na, Sie sind doch kein Kind mehr! Sie sind eine erfahrene Frau. Seien Sie vernünftig!«
»Ich versichere Ihnen, daß ich mich nie erkälte«, antwortete sie kühl.
»Es war heute sehr naß. Es wehte ein heftiger Wind, es regnete, und der Nebel war so dicht, daß man kaum etwas sehen konnte. *Eh bien*, und nun? Der Nebel hat sich gelichtet, der Himmel ist klar, die Sterne leuchten. So ist nun mal das Leben, Madame.«
»Wissen Sie, was ich hier am meisten hasse?« sagte Christine mit leiser, wütender Stimme.
»Was, Madame?«
»Mitleid.« Das Wort klang wie ein Peitschenknall. Dann fuhr sie fort: »Glauben Sie, ich merke es nicht? Glauben Sie, ich weiß es nicht? Daß die Leute hinter mir hertuscheln und sagen: ›Die arme Mrs. Redfern! Die arme kleine Frau!‹ Jedenfalls bin ich nicht klein, sondern groß. Sie sagen nur ›klein‹, weil sie mich bemitleiden. Und das ertrage ich nicht!«
Vorsichtig breitete Poirot sein Taschentuch auf der Steinbank aus und setzte sich. »Da ist etwas Wahres dran«, meinte er nachdenklich.
»Diese Person ...«, rief Christine wütend und brach ab.
»Erlauben Sie mir, daß ich Ihnen etwas sage, Madame?« fragte Poirot ernst. »Etwas, das so wahr ist wie die Sterne über uns? Die Arlena Stuarts – oder Arlena Marshalls – dieser Welt zählen nicht.«
»Unsinn!« protestierte Christine.
»Ich versichere Ihnen, es ist wahr! Ihre Herrschaft gilt nur dem Augenblick, zählt nur einen kurzen Moment. Was wirklich – und allein – wichtig ist, sind Güte oder Verstand.«

»Glauben Sie tatsächlich, daß die Männer sich für Güte oder Verstand interessieren?« fragte Christine verächtlich.
»Im Grunde genommen, ja«, erwiderte Poirot ernst.
Christine lachte auf. »Ich bin nicht Ihrer Meinung.«
»Ihr Mann liebt Sie, Madame. Ich weiß es.«
»Wieso können Sie das wissen?«
»Doch, glauben Sie mir. Ich habe beobachtet, wie er Sie ansah.«
Da verlor sie die Fassung. Sie lehnte sich an Poirots Schulter und weinte heftig. »Ich halte es nicht mehr aus...«, schluchzte sie. »Ich halte es nicht mehr länger aus...«
Poirot tätschelte ihr den Arm und meinte begütigend: »Haben Sie Geduld. Nur ein wenig Geduld.«
Sie richtete sich auf und betupfte sich mit dem Taschentuch die Augen. »Ist schon gut«, sagte sie mit erstickter Stimme. »Ich fühle mich besser. Bitte, gehen Sie. Ich möchte – ich möchte allein sein.«
Poirot gehorchte. Christine blieb sitzen, während er den gewundenen Pfad zum Hotel hinunterging. Er hatte es beinahe erreicht, als er Stimmengemurmel hörte. Er trat vom Weg weg. In den Büschen war ein Spalt, durch den Poirot Arlena sehen konnte. Patrick Redfern stand neben ihr. »Ich bin verrückt nach dir – vollkommen verrückt...«, sagte er mit leidenschaftlicher Stimme. »Du magst mich doch? Du magst mich doch ein wenig...«
Poirot sah Arlena Marshalls Gesicht. Es erinnerte ihn an eine schlaue zufriedene Katze. »Natürlich, mein lieber Patrick«, sagte sie leise. »Ich bete dich an. Das weißt du doch.«
Ausnahmsweise zog sich Poirot jetzt von seinem Lauscherposten zurück. Er trat wieder auf den Weg und ging zum Hotel hinunter.
Plötzlich tauchte eine Gestalt neben ihm auf. Es war Captain Marshall.
»Eine herrliche Nacht, nicht wahr? Nach einem so häßlichen Tag.« Er blickte zum Himmel hoch. »Sieht aus, als gäbe es morgen schönes Wetter.«

4

Es war der 25. August. Der Morgen zog hell und wolkenlos herauf, sogar der hartnäckigste Langschläfer wäre versucht gewesen, früh aufzustehen. Im »Jolly Roger« standen verschiedene Gäste früh auf.

Es war gegen acht Uhr, als Linda, die vor ihrem Frisiertisch saß, ein kleines dickes, in Leder gebundenes Buch mit der aufgeschlagenen Seite nach unten hinlegte und ihr Gesicht im Spiegel betrachtete. Sie preßte den Mund zusammen, so daß er kaum mehr als ein Strich zu sein schien, und flüsterte: »Ich tue es, ja, ich tue es!«

Sie schlüpfte aus dem Nachthemd und zog einen Badeanzug an. Sie hing sich einen Bademantel um die Schultern und band die Strandschuhe zu.

Lautlos huschte sie aus dem Zimmer. Am Ende des Ganges war eine Tür, die auf eine Außentreppe hinausführte. Über diese Außentreppe gelangte man direkt zu den Felsen unterhalb des Hotels. Ein schmaler, in den Felsen gehauener Zickzackweg mit vielen Stufen reichte von dort bis hinab zum Wasser. Viele Hotelgäste, die vor dem Frühstück rasch schwimmen wollten, benützten ihn, weil sie so schneller am Wasser waren als über den Hauptweg.

Als Linda auf die Außentreppe trat, kam ihr Vater gerade die Stufen herauf. »Du bist früh auf«, bemerkte er. »Gehst du schwimmen?«

Linda nickte. Sie trennten sich, ohne noch ein Wort zu wechseln.

Doch statt die Steinstufen zum Strand hinabzugehen, bog Linda am Fuß der Außentreppe nach links, schlenderte um das Hotel herum und lief zum Damm hinunter, der die Insel mit dem Festland verband. Es war Flut, und der Damm stand unter Wasser. Aber am Steg daneben lag ein Boot, mit dem die Gäste hinübergerudert wurden. Der Mann, der sich gewöhnlich um das Boot kümmerte, war nicht zu sehen. Linda sprang ins Boot, machte es los und ruderte allein hinüber.

Auf der anderen Seite band sie es sorgfältig fest und lief den

Hang hinauf, vorbei an der Hotelgarage, bis sie zu dem kleinen Laden kam.
Die Besitzerin hatte eben die Rolläden hochgezogen und fegte den Fußboden. Bei Lindas Auftauchen sagte sie erstaunt: »Na, Miss, *Sie* sind aber früh aufgestanden!«
Linda steckte die Hand in die Bademanteltasche und holte ein paar Geldscheine heraus. Dann machte sie ihre Einkäufe.

Als Linda wieder ihr Zimmer betrat, stand Christine Redfern vor ihr.
»Ah, da bist du ja«, rief Christine. »Ich dachte nicht, daß du schon so früh auf sein würdest.«
»Ich war schwimmen«, antwortete Linda.
Christine bemerkte das Päckchen in ihrer Hand und sagte erstaunt: »Heute ist die Post aber früh gekommen.«
Linda errötete. In ihrer Nervosität entglitt ihr das Päckchen und fiel auf den Boden. Der dünne Bindfaden zerriß, das Einwickelpapier ging auf, der Inhalt rollte über den Teppich.
»Wozu, in aller Welt, brauchst du Kerzen?« rief Christine.
Zu Lindas Erleichterung schien Christine keine Antwort zu erwarten. Während sie gemeinsam die Gegenstände einsammelten, sagte Christine: »Ich kam, um dich zu fragen, ob du heute vormittag mit mir zur Möwenbucht gehst. Ich möchte dort ein bißchen zeichnen.«
Linda war von dem Vorschlag begeistert.
In den letzten Tagen hatte sie Christine Redfern mehr als einmal auf einem solchen Ausflug begleitet. Christine war keine sehr gute Malerin, aber offensichtlich fand sie in dem Vorwand, malen zu wollen, Trost für ihren verletzten Stolz, denn ihr Mann verbrachte jetzt die meiste Zeit mit Arlena Marshall.
Linda war gern mit Christine zusammen, die wenig redete, wenn sie sich auf ihre Arbeit konzentrierte. Es war beinahe so schön, als wenn man mit sich allein blieb, fand Linda. Seltsamerweise sehnte sie sich trotzdem nach Gesellschaft, gleichgültig, welcher. Es bestand so etwas wie Sympathie

zwischen dem jungen Mädchen und der jungen Frau, die wahrscheinlich auf der Tatsache beruhte, daß beide dieselbe Person nicht mochten.
»Um zwölf spiele ich Tennis«, sagte Christine. »Es wäre also besser, wir brechen früh auf. Paßt dir halb elf?«
»Aber ja. Ich bin fertig. Dann auf bald in der Halle!«

Rosamund Darnley schlenderte nach einem späten Frühstück aus dem Eßsaal in die Halle, als Linda die Treppen heruntergeschossen kam und sie beinahe über den Haufen gerannt hätte.
»Oh, entschuldigen Sie, Miss Darnley!« rief Linda.
»Ein schöner Morgen, was?« sagte Rosamund. »Nach dem schlechten Wetter von gestern kann man es kaum glauben.«
»Ja. Ich gehe mit Mrs. Redfern zur Möwenbucht. Um halb elf wollten wir uns hier in der Halle treffen. Ich dachte schon, ich habe mich verspätet.«
»Nein, es ist erst fünf Minuten vor halb.«
»Ah, gut!« Linda schien ein wenig außer Atem zu sein, und Rosamund sah sie neugierig an.
»Du hast doch nicht etwa Fieber, Linda?« sagte sie.
Die Augen des Mädchens glänzten auffallend, auf ihren Wangen zeichneten sich rote Flecken ab.
»Aber nein! Ganz bestimmt nicht!«
Rosamund lächelte. »Der Tag ist so schön, daß ich zum Frühstücken aufgestanden bin. Gewöhnlich frühstücke ich im Bett. Aber heute kam ich herunter und habe mit Eiern und Schinken gekämpft wie ein Mann.«
»Heute ist es wirklich herrlich, kein Vergleich zu gestern! Die Möwenbucht ist am Morgen besonders schön. Ich werde mich gut einölen und in der Sonne braten, damit ich richtig braun werde.«
»Ja«, bestätigte Rosamund, »heute vormittag wird es in der Möwenbucht besonders angenehm sein. Dort ist es ruhiger als am Strand hier.«
»Kommen Sie doch auch hin«, sagte Linda etwas schüchtern.
Rosamund schüttelte den Kopf. »Es geht nicht. Ich habe ein anderes Eisen im Feuer.«

Da kam Christine Redfern die Treppe herab. Sie trug großgemusterte Strandhosen mit weiten Beinen und eine lose Jacke aus irgendeinem dünnen grünen Stoff mit gelben Mustern. Rosamund brannte es auf der Zunge, ihr zu sagen, daß Grün und Gelb genau die Farben seien, die sie bei ihrem blassen, fast etwas blutleer wirkenden Teint nicht tragen durfte. Es ärgerte Rosamund jedesmal, wenn sie feststellen mußte, daß die Leute keinen Farbensinn besaßen.
Wenn *ich* die Frau anziehen könnte, dachte sie, würde ihr Mann bald merken, wie schön sie ist. Was für eine dumme Person Arlena auch ist, eines kann sie: Sie weiß, wie man sich anzieht. Dieses arme Geschöpf dagegen sieht aus wie ein welkes Salatblatt.
Laut sagte sie: »Na, dann viel Vergnügen. Ich gehe zum Sonnenfelsen und lese.«
Wie gewöhnlich nahm Hercule Poirot das Frühstück – Kaffee und Brötchen – auf seinem Zimmer ein. Doch der schöne Morgen verlockte ihn dazu, das Hotel früher als gewöhnlich zu verlassen. Es war erst zehn Uhr, mindestens eine halbe Stunde vor seiner üblichen Zeit, als er zur Badebucht hinunterging. Der Strand war leer – bis auf eine Person. Es war Arlena Marshall.
Sie trug ihren weißen Badeanzug und den grünen Chinesenhut und versuchte, ein weißes Holzfloß flottzumachen. Galant eilte ihr Poirot zu Hilfe, wobei seine weißen Wildlederschuhe durch und durch naß wurden.
Arlena dankte ihm mit einem verführerischen Seitenblick, wie sie ihn oft den Herren der Schöpfung zuwarf, und schwang sich hinauf. Dabei rief sie: »Monsieur Poirot?«
Poirot sprang bis knapp zu den Wellen vor. »Madame?«
»Sie tun mir doch einen Gefallen, nicht wahr?« sagte Arlena.
»Jeden!«
Sie lächelte ihn an und sagte: »Bitte, verraten Sie niemand, wo ich bin.« Ihr Blick bekam etwas Flehendes. »Immer ist jemand hinter mir her. Dieses eine Mal möchte ich allein sein.« Sie begann, energisch zu paddeln.

Während Poirot am Strand entlanggging, murmelte er vor sich hin: »Ah, unglaublich! Das, zum Beispiel, kaufe ich dir nicht ab!«
Er bezweifelte, daß Arlena Stuart, wie sie mit ihrem Bühnennamen hieß, je auch nur eine Minute ihres Lebens hatte allein sein wollen. Als Mann von Welt wußte Hercule Poirot es besser. Arlena hatte zweifellos eine Verabredung, und Poirot wußte auch, mit wem. Oder vielmehr, er glaubte es zu wissen, denn wie sich herausstellen sollte, irrte er sich.
Gerade als das Floß um den Felsvorsprung verschwunden war, tauchte Patrick Redfern auf, dicht gefolgt von Kenneth Marshall. Sie kamen vom Hotel herunter.
Marshall nickte Poirot zu. »Morgen, Poirot! Haben Sie zufällig meine Frau hier irgendwo gesehen?«
»Ist Ihre Frau so früh aufgestanden?« fragte Poirot diplomatisch.
»Sie ist nicht in ihrem Zimmer.« Marshall blickte zum Himmel hoch. »Was für ein schöner Tag. Ich werde gleich ins Wasser gehen und schwimmen. Muß heute vormittag noch eine Menge Briefe tippen.«
Patrick Redfern war nicht gesprächig. Schweigend blickte er den Strand hinauf und hinunter. Er setzte sich neben Poirot und schien entschlossen zu sein, so lange zu warten, bis die Dame seines Herzens erscheinen würde.
»Und Madame Redfern?« fragte Poirot. »Ist sie auch so früh aufgestanden?«
»Christine?« sagte Patrick Redfern. »Ach, sie ist zum Zeichnen losgezogen. Seit neuestem ist sie ganz scharf aufs Malen.«
Aus seiner Antwort klang Ungeduld. Offensichtlich war er mit seinen Gedanken woanders. Je länger er wartete, um so nervöser schien er zu werden. Bei jedem Schritt, den er hörte, wandte er den Kopf, um festzustellen, wer vom Hotel herunterkam. Eine Enttäuschung folgte der anderen. Zuerst tauchte Mr. Gardener mit seiner Frau auf, komplett mit Strickzeug und Buch, dann Miss Brewster.
Mrs. Gardener, fleißig wie eh und je, machte es sich in

ihrem Stuhl bequem und begann energisch zu stricken und gleichzeitig zu reden.
»Na, Monsieur Poirot, der Strand ist heute morgen ja so leer. Wo sind denn alle?«
Poirot antwortete, daß die Mastermans und die Cowans, zwei Familien mit halbwüchsigen Kindern, einen Segelausflug machten, der den ganzen Tag dauern würde.
»Ja, das ist wirklich ein Unterschied – wenn sie nicht hier sind und lachen und rufen. Nur einer ist im Wasser, Captain Marshall.«
Marshall schwamm ans Ufer und ging zu seinem Badetuch, das auf dem Sand lag. »Das Wasser ist herrlich!« sagte er. »Schade, daß ich soviel zu tun habe. Ich muß los und mich an die Arbeit machen.«
»Wirklich ein Jammer, Captain Marshall. An einem so schönen Tag wie heute«, sagte Mrs. Gardener. »War es gestern nicht fürchterlich? Ich meinte noch zu meinem Mann, wenn das Wetter so bleibt, sollten wir abreisen. Diese melancholische Stimmung drückt aufs Gemüt, wissen Sie, all der Nebel... Es wird einem richtig unheimlich. Allerdings reagiere ich immer sehr auf die Atmosphäre, die mich umgibt. Das war bei mir schon als Kind so. Manchmal hatte ich das Gefühl, ich müßte schreien und immer nur schreien. Das war für meine Eltern ziemlich anstrengend. Aber meine Mutter war eine verständnisvolle Frau, und sie sagte zu meinem Vater immer: ›Sinclair, wenn das Kind schreien muß, dann müssen wir es schreien lassen. Zu schreien ist auch eine Art, sich auszudrükken.‹ Und natürlich war mein Vater ihrer Meinung. Er betete meine Mutter an und tat alles, was sie wollte. Sie verstanden sich ausgezeichnet. Ich bin sicher, daß mein Mann auch so denkt. Waren sie nicht ein bemerkenswertes Paar, Odell?«
»Ja, meine Liebe«, antwortete Mr. Gardener.
»Wo steckt denn Ihre Tochter heute, Captain Marshall?«
»Linda? Ich weiß es nicht. Bestimmt streunt sie irgendwo auf der Insel herum.«
»Wissen Sie, Captain Marshall, ich finde, das Mädchen

sieht etwas spitz aus. Sie sollte mehr essen. Sie braucht viel Zärtlichkeit und Liebe.«

»Linda ist in Ordnung«, erwiderte Kenneth Marshall trocken. Er grüßte kurz und ging in Richtung Hotel davon.

Patrick Redfern schwamm nicht. Er saß am Strand und blickte immer wieder erwartungsvoll zum Hotel hinauf. Allmählich bekam sein Gesicht einen leicht trotzigen Ausdruck.

Dann gesellte sich Miss Brewster zu ihnen, energisch und fröhlich wie immer.

Die Unterhaltung verlief ähnlich wie die am vorangegangenen Morgen. Freundliches Kläffen von Mrs. Gardener, unterbrochen von Miss Brewsters kurzem dunklen Bellen.

Miss Brewster bemerkte: »Der Strand sieht so verlassen aus. Machen die andern alle Ausflüge?«

»Ich sagte noch beim Frühstück zu meinem Mann, daß wir mal nach Dartmoor fahren müssen. Es ist ziemlich nahe, die Vorstellung allein schon romantisch. Ich würde gern das Zuchthaus sehen. Es ist in Princetown, nicht wahr? Ich finde, wir sollten gleich einen Entschluß fassen, Odell. Fahren wir doch schon morgen.«

»Ja, meine Liebe«, erwiderte Mr. Gardener.

»Gehen Sie ins Wasser, Miss Brewster?« fragte Hercule Poirot.

»Ich war schon vor dem Frühstück schwimmen. Beinahe hätte man mir den Schädel eingeschlagen: Irgend jemand warf eine Flasche aus seinem Fenster.«

»Na, das kann sehr gefährlich sein«, meinte Mrs. Gardener. »Ich hatte eine liebe Freundin, die einen Schädelbruch bekam, als ihr auf der Straße eine Zahnpastatube auf den Kopf fiel. Jemand hatte sie aus dem fünfunddreißigsten Stock eines Hauses geworfen. So was ist gefährlich.« Mrs. Gardener begann, in ihren Wollknäueln zu kramen. »Ach, Odell, ich glaube, die hellrote Wolle ist nicht da. Sie muß in der zweiten Kommodenschublade liegen, oder vielleicht in der dritten.«

»Ja, meine Liebe.« Mr. Gardener erhob sich folgsam und machte sich auf die Suche.

»Manchmal, wissen Sie«, fuhr Mrs. Gardener fort, »glaube ich, daß wir es heutzutage etwas zu weit treiben. Bei all den großen Entdeckungen, die man gemacht hat, und den elektrischen Wellen in der Atmosphäre – da muß es doch viel geistige Unrast geben. Ich habe das Gefühl, als sei die Zeit reif für eine neue Botschaft an die Menschheit. Ich weiß nicht, Monsieur Poirot, ob Sie sich je für die Prophezeiungen der Pyramiden interessiert haben?«

»Nein, das habe ich nicht«, erwiderte Poirot.

»Nun, ich kann Ihnen versichern, daß sie äußerst interessant sind. Da Moskau genau tausend Meilen nördlich von – ja, wovon ... könnte es Ninive sein? Jedenfalls, wenn Sie einen Zirkel nehmen und einen Kreis ziehen, entdecken Sie die erstaunlichsten Dinge. Und man erkennt, daß es ihnen jemand gezeigt haben muß und diese alten Ägypter nicht allein, ohne Hilfe, das entdecken konnten, was sie entdeckt haben. Und wenn man sich erst mal mit der Zahlentheorie befaßt hat, dann ist es so einleuchtend, daß ich nicht begreife, wie irgend jemand auch nur für einen Augenblick an der Richtigkeit zweifeln kann.«

Mrs. Gardener schwieg triumphierend, aber weder Poirot noch Mrs. Emily Brewster spürten das Bedürfnis, mit ihr über diesen Punkt zu debattieren.

Poirot betrachtete bedauernd seine weißen Wildlederschuhe.

»Haben Sie mit Ihren Schuhen gepaddelt, Monsieur Poirot?« fragte Miss Brewster.

»Leider. Ich war zu hastig«, murmelte Poirot.

Miss Brewster beugte sich etwas vor. »Wo ist denn unser Vamp heute morgen?« fragte sie leise. »Sie hat sich verspätet.«

Mrs. Gardener hob die Augen von ihrem Strickzeug und musterte Patrick Redfern. »Er sieht aus wie eine Gewitterwolke«, bemerkte sie. »Ach Gott, ich finde, es ist ein Jammer. Ich möchte nur wissen, was Captain Marshall darüber denkt. Er ist so ein netter ruhiger Mann – sehr englisch und bescheiden. Man weiß bloß nie, was er denkt.«

Patrick Redfern erhob sich und begann, am Strand auf und ab zu laufen.

»Wie ein Tiger im Käfig«, murmelte Mrs. Gardener.

Drei Augenpaare beobachteten seine Wanderung. Die for-

schenden Blicke schienen Patrick Redfern Unbehagen zu bereiten. Er wirkte jetzt mehr als nur trotzig. Er hatte eine große Wut.
Durch die stille Morgenluft klang Glockenläuten vom Festland herüber.
»Wir haben wieder Ostwind«, bemerkte Emily Brewster. »Ein gutes Zeichen, wenn man die Kirchturmuhr schlagen hören kann.«
Keiner sagte mehr etwas, bis Mr. Gardener mit dem Strang hellroter Wolle zurückkam.
»Mein Gott, Odell!« rief Mrs. Gardener, »wo hast du so lange gesteckt?«
»Entschuldige, meine Liebe. Aber die Wolle war nicht in der Schublade. Ich habe lange gesucht und sie dann in deinem Kleiderschrank gefunden.«
»Na, das ist sehr merkwürdig. Ich hätte schwören können, daß ich sie in die Kommodenschublade legte. Es ist wirklich ein Glück, daß ich nie als Zeuge vor Gericht aussagen mußte. Ich würde mir die größten Vorwürfe machen, wenn ich mich an irgend etwas nicht genau erinnern könnte.«
»Meine Frau ist sehr gewissenhaft«, bemerkte Mr. Gardener.

Etwa fünf Minuten später fragte Patrick Redfern Miss Brewster: »Rudern Sie heute vormittag wieder? Hätten Sie was dagegen, wenn ich mitkäme?«
»Ich würde mich darüber sehr freuen«, antwortete Miss Brewster herzlich.
»Rudern wir rund um die Insel«, schlug Redfern vor.
Miss Brewster warf einen Blick auf ihre Uhr. »Reicht die Zeit denn aus? Ja, es ist noch nicht mal halb zwölf. Kommen Sie!«
Die beiden liefen zum Boot. Patrick Redfern nahm die Ruder. Er hatte einen kräftigen Schlag. Das Boot schoß vorwärts.
»Sehr gut«, sagte Emily Brewster lobend. »Mal sehen, ob Sie das durchhalten.«
Er lachte sie an. Seine Stimmung hatte sich gebessert.

»Wenn wir zurückkommen, werde ich eine Menge Blasen haben.« Er reckte den Kopf und warf das Haar zurück. »Mein Gott, was für ein schöner Tag. Wenn man einen richtigen englischen Sommertag erwischt – der ist unvergleichlich.«

»Meiner Ansicht nach ist England in jeder Beziehung unvergleichlich. Der einzige Fleck auf der Welt, wo man leben kann.«

»Da bin ich ganz Ihrer Meinung.«

Sie umrundeten die westliche Buchtspitze und ruderten unter den Klippen entlang. Patrick Redfern blickte hoch. »Ist jemand auf der Sonnenklippe? Ja, ich sehe einen Sonnenhut. Wer ist das wohl?«

»Muß Miss Darnley sein«, antwortete Emily Brewster. »Sie trägt so ein flaches japanisches Ding.«

Sie ruderten weiter die Küste entlang. Zu ihrer Linken lag die offene See.

»Wir hätten anders herum rudern sollen. Jetzt haben wir die Strömung gegen uns.«

»Sie ist nicht sehr kräftig. Ich bin mal bis hierher geschwommen und habe sie nicht gemerkt. Außerdem hätten wir nicht in entgegengesetzter Richtung rudern können, weil der Damm jetzt noch nicht unter Wasser ist.«

»Natürlich. Das hängt von der Flut ab. Aber man sagt, daß es gefährlich ist, in der Feenbucht zu baden. Man soll nicht zu weit hinausschwimmen.«

Patrick ruderte kräftig weiter, wobei er die ganze Zeit über die Felsen im Auge behielt.

Er sucht nach dieser Marshall, dachte Emily Brewster plötzlich. Deshalb wollte er mitkommen. Sie ist heute vormittag nicht aufgetaucht, und er möchte wissen, was sie treibt. Sicherlich hat sie ihn mit Absicht versetzt. Nichts als ein Schachzug – damit er noch verrückter auf sie wird.

Sie umruderten den Felsvorsprung am Südende der Bucht. Sie war ziemlich klein, mit großen Felsen, die hier und da aus dem Sand ragten. Die Bucht lag nach Nordwesten, und die Klippen hingen an mehreren Stellen weit über. Es war ein beliebter Picknickplatz. Am Morgen, wenn die Sonne

nicht hinschien, war die Bucht nicht gefragt. Dann kam selten jemand her.
Heute jedoch lag eine Gestalt dort.
Patrick Redfern hörte einen Augenblick zu rudern auf. »Hallo, wer ist denn das?« fragte er in gezwungen harmlosem Ton.
»Sieht mir wie Mrs. Marshall aus«, entgegnete Miss Brewster trocken.
»Ja, tatsächlich«, sagte Redfern, als sei ihm das gerade erst aufgefallen. Mit einem kurzen Paddelschlag änderte er den Kurs und ruderte auf den Strand zu.
»Wir wollen dort doch nicht anlegen?« protestierte Miss Brewster.
»Ach, wir haben noch Zeit genug«, antwortete Redfern rasch. Sein flehender Blick erinnerte Miss Brewster an einen bettelnden Hund. Sie brachte es nicht übers Herz, weiteren Einspruch zu erheben. Sie schwieg.
Armer Kerl, den hat's aber erwischt, dachte sie. Na ja, man kann nichts dagegen tun. Mit der Zeit kommt er schon drüber weg.
Das Boot schoß auf den Strand zu.
Arlena Marshall lag mit dem Gesicht nach unten auf dem groben Sand, die Arme ausgestreckt. Das weiße Floß hatte sie neben sich aufs Trockene gezogen.
Irgend etwas beunruhigte Emily Brewster. Sie hatte das Gefühl, als blicke sie auf jemanden, den sie genau kenne, und doch war da etwas, das nicht stimmte. Es dauerte ein paar Augenblicke, bis sie erkannte, was es war.
Arlena Marshall lag da, als würde sie sich sonnen. Miss Brewster hatte sie oft am Hotelstrand so gesehen, den gebräunten Körper wohlig ausgestreckt, den spitzen grünen Papphut auf dem Kopf, um das Haar vor der Sonne zu schützen.
Aber jetzt schien die Sonne noch nicht in die Feenbucht. Es würde noch ein paar Stunden dauern, bis sie kam. Die überhängenden Felsen machten morgens lange Schatten. Eine böse Vorahnung beschlich Miss Brewster.
Das Boot knirschte auf dem Sand. Patrick Redfern rief:

»Hallo, Arlena!«
Und dann nahm Emily Brewsters böse Vorahnung festere Formen an, denn die ausgestreckte Gestalt rührte sich nicht und antwortete auch nicht.
Emily Brewster beobachtete, wie sich Patrick Redferns Gesichtsausdruck veränderte. Er sprang aus dem Boot. Miss Brewster folgte ihm. Sie zogen es an Land, in die Nähe der Gestalt, die still und regungslos unter den Klippen lag.
Patrick Redfern war zuerst bei ihr, aber Miss Brewster folgte ihm dicht auf den Fersen.
Es war wie in einem Traum – sie sah die braunen Arme und Beine, den tiefausgeschnittenen weißen Badeanzug, die rotbraunen Locken, die unter dem grünen Hut hervorquollen. Und Miss Brewster sah noch etwas – den seltsam abgewinkelten Arm. Im selben Augenblick erkannte sie, daß die Gestalt sich nicht einfach hingelegt hatte, sondern von jemand gewaltsam in den Sand gedrückt worden war.
Sie hörte Patrick Redferns Stimme – es war nicht mehr als ein erschrockenes Flüstern. Er kniete neben der leblosen Gestalt, berührte eine Hand, einen Arm...
»Mein Gott, sie ist tot!« sagte er leise und erschauerte. Sein Blick glitt zu ihrem Nacken. »Mein Gott, sie wurde erwürgt...«, stotterte er. »Ermordet...«

Es war einer jener Augenblicke, wo die Zeit stillzustehen scheint. Mit einem seltsamen Gefühl der Unwirklichkeit hörte Emily Brewster sich sagen: »Wir dürfen nichts berühren. Erst muß die Polizei kommen...«
»Nein – nein, natürlich nicht«, antwortete Redfern automatisch und fügte gepeinigt hinzu: »Wer? Warum? Wer konnte so etwas tun?« Er war völlig verstört. »Sie kann doch nicht – sie kann doch nicht ermordet worden sein. Nein, das ist nicht wahr!«
Emily Brewster schüttelte nur den Kopf. Sie wußte nicht, was sie sagen sollte. Sie hörte, wie er tief Luft holte. Dann stöhnte er mit unterdrückter Wut: »Mein Gott, wenn ich den gemeinen Kerl in die Finger kriege...«
Emily Brewster kroch es kalt den Rücken hinauf. Im Geist sah

sie den Mörder hinter irgendeinem Felsen lauern. Dann sagte sie nachdrücklich: »Wer es auch getan hat – er ist bestimmt nicht mehr hier. Wir müssen die Polizei holen. Eigentlich«, sie zögerte, »eigentlich sollte einer von uns bei der Toten bleiben.«
»Ich bleibe bei ihr«, sagte Redfern.
Emily Brewster stieß einen erleichterten Seufzer aus. Sie gehörte nicht zu den Frauen, die zugaben, daß sie Angst hatten, aber insgeheim war sie froh, daß sie nicht allein in der Bucht bleiben mußte. Schließlich bestand immer noch die schwache Möglichkeit, daß der Täter noch in der Nähe war.
»Gut«, sagte sie. »Ich mache so schnell, wie ich kann. Ich nehme das Boot. Die Leitern hochzuklettern ist mir zu riskant. In Leathercombe gibt's ein Revier.«
»Ja, ja, tun Sie, was Sie für richtig halten«, murmelte Redfern mechanisch.
Während Miss Brewster eilig vom Strand wegruderte, beobachtete sie, wie sich Redfern neben der Toten in den Sand warf und den Kopf in den Händen vergrub. Es lag etwas so Trostloses in seiner Haltung, daß sie unwillkürlich Mitleid mit ihm hatte. Er war wie ein Hund, der bei seinem toten Herrn Wache hielt. Trotzdem regte sich ihr gesunder Menschenverstand.
Was Besseres konnte ihm gar nicht passieren, überlegte sie sachlich. Ihm und seiner Frau – und auch Marshall und seiner Tochter. Aber vermutlich sieht er die Sache anders, der arme Teufel.
Emily Brewster war eine Frau, die auch in einem Notfall einen klaren Kopf behielt.

5

Inspektor Colgate wartete darauf, daß der Polizeiarzt die Untersuchung der Leiche beendete. Patrick Redfern und Emily Brewster standen ein paar Schritte hinter ihm.

Schließlich erhob sich Dr. Neasdon mit einer schnellen, geschickten Bewegung von den Knien und sagte:
»Erwürgt – und das von einem Paar ganz schön kräftiger Hände. Offensichtlich hat sie nicht viel unternommen, um sich zu wehren. Sie war wohl zu überrascht. Hm – eine scheußliche Sache.«
Emily Brewster hatte nur einen kurzen Blick auf die Tote geworfen und sich dann abgewandt. Was für ein entsetzlich verzerrtes, rotes Gesicht!
»Wie steht's mit der Tatzeit?« fragte Inspektor Colgate.
»Kann ich, ohne mehr von ihr zu wissen, nicht sagen«, antwortete Neasdon etwas ärgerlich. »Eine Menge von Faktoren spielen dabei eine Rolle. Mal sehen – jetzt ist es Viertel vor eins. Wann haben Sie sie gefunden?«
Patrick Redfern, an den sich der Arzt mit seiner Frage gewandt hatte, erwiderte: »Irgendwann vor zwölf Uhr. Ich weiß es nicht genau.«
»Aber ich weiß es«, sagte Emily Brewster. »Es war genau Viertel vor zwölf, als wir die Tote fanden.«
»Aha! Und Sie kamen mit dem Boot. Wie spät war es, als Sie sie am Strand entdeckten?«
Emily Brewster überlegte kurz. »Ich glaube, wir kamen fünf oder sechs Minuten früher um die Felsenspitze.« Sie warf Redfern einen fragenden Blick zu. »Sind Sie nicht auch der Meinung?«
»Ja – ja, ungefähr um diese Zeit«, erwiderte er unsicher.
»Ist das der Ehemann?« fragte Neasdon den Inspektor leise.
»Ach so, ich verstehe. Hielt es aber für möglich. Es scheint ihn doch ziemlich mitzunehmen.«
Mit lauter Stimme sagte er: »Einigen wir uns auf zwanzig Minuten vor zwölf. Viel früher kann sie nicht umgebracht worden sein. Frühestens um elf – oder sagen wir, Viertel vor elf.«
Der Inspektor schloß sein Notizbuch mit einem lauten Knall.
»Danke«, sagte er. »Das dürfte uns ein großes Stück weiterhelfen. Die Zeitspanne ist damit sehr begrenzt. Alles zusammen weniger als eine Stunde.«
Er wandte sich an Miss Brewster. »Nun, ich glaube, soweit ist alles klar. Sie sind Miss Emily Brewster, und dies ist Mr.

Patrick Redfern. Sie wohnen beide im ›Jolly Roger‹, wo auch die Tote wohnte. Sie identifizierten sie als die Frau eines gewissen Captain Marshall.«
Emily Brewster nickte.
»Dann sollten wir uns zum Hotel begeben«, sagte der Inspektor. Er nickte einem Polizisten zu. »Hawkes, Sie bleiben hier und lassen niemand in die Nähe. Ich schicke Ihnen Phillips her.«

»Beim Teufel!« rief Oberst Weston. »Was für eine Überraschung, daß ich Sie hier treffe!«
Hercule Poirot begrüßte den Polizeichef ebenso erfreut und meinte dann: »Ja, es ist viele Jahre her seit damals, als die Geschichte in St. Loo passierte.«
»Ich habe sie aber nicht vergessen«, entgegnete Weston. »Es war die größte Überraschung, die ich je erlebt habe. Worüber ich mich nie beruhigen werde, ist die Sache mit der Beerdigung. Da haben Sie mich ganz schön reingelegt. Absolut unorthodoxe Methoden. Phantastisch!«
»Trotzdem, *mon Colonel*«, sagte Poirot. »Wir erreichten, was wir wollten.«
»Hm, schon. Aber ich möchte behaupten, daß wir es auch auf die übliche Art und Weise geschafft hätten.«
»Möglich«, meinte Poirot diplomatisch.
»Und jetzt stecken Sie wieder mitten in einem Mordfall!« sagte der Polizeichef. »Schon irgendwelche Ideen?«
»Nichts Genaues«, erwiderte Poirot zögernd. »Aber sehr interessant.«
»Werden Sie uns helfen?«
»Wenn Sie es erlauben – gern.«
»Mein lieber Freund, ich freue mich. Ich weiß noch nicht genug über den Fall, um entscheiden zu können, ob wir Scotland Yard einschalten müssen oder nicht. Auf den ersten Blick sieht es so aus, als ob unser Mörder nicht weit zu suchen ist. Andererseits sind alle Leute hier Fremde, Hotelgäste. Wenn wir mehr über sie und ihre Motive herausfinden wollen, müssen wir in London nachfragen.«
»Ja, da haben Sie recht«, sagte Poirot.

»Als erstes«, begann Weston, »müssen wir feststellen, wer die Tote zuletzt lebend gesehen hat. Das Zimmermädchen brachte ihr um neun das Frühstück. Das Mädchen am Empfang sah sie durch die Halle gehen. Das war gegen zehn.«
»Mein Freund«, sagte Poirot, »ich fürchte, ich bin der Mann, nach dem Sie suchen.«
»Sie haben sie heute vormittag auch gesehen? Wann?«
»Um fünf Minuten nach zehn. Ich half ihr, mit dem Floß loszupaddeln. Unten in der Badebucht.«
»Und sie schwamm damit los?«
»Ja.«
»Allein?«
»Ja.«
»Beobachteten Sie, in welche Richtung sie paddelte?«
»Rechts um den Landvorsprung.«
»In Richtung der Feenbucht, nicht wahr?«
»Ja.«
»Und wieviel Uhr war es da?«
»Ich würde sagen, daß sie um Viertel nach zehn loszog.«
Weston überlegte. »Das paßt genau«, meinte er dann. »Wie lange brauchte sie Ihrer Meinung nach bis zur Feenbucht?«
»Ach, ich bin kein Fachmann. Ich segle nicht und mag auch keine Flöße oder Luftmatratzen. Vielleicht eine halbe Stunde?«
»Das ist auch meine Schätzung«, antwortete der Oberst. »Sie hatte es sicherlich nicht eilig. Also, wenn sie dort gegen Viertel vor elf ankam, paßt alles zusammen.«
»Was für eine Todeszeit hat der Arzt genannt?«
»Ah, Neasdon legt sich da nicht fest. Er ist ein vorsichtiger Bursche. Viertel vor elf, meint er, ist das früheste.«
Poirot nickte. »Ich möchte noch einen anderen Punkt erwähnen. Bevor sie lospaddelte, bat mich Mrs. Marshall, niemand zu verraten, daß ich sie gesehen hätte.«
Weston starrte ihn nachdenklich an. »Hm, das scheint mir sehr bezeichnend zu sein.«
»Ja«, murmelte Poirot »das finde ich auch.«
Weston zupfte an seinen Schnurrbartenden. »Hören Sie,

Poirot«, sagte er dann. »Sie sind doch ein Mann von Welt. Was für eine Frau war Mrs. Marshall Ihrer Meinung nach?«
Ein flüchtiges Lächeln huschte über Poirots Gesicht. »Haben Sie den Klatsch noch nicht gehört?« fragte er.
»Ich weiß, was die Frauen über sie reden«, erwiderte der Polizeichef trocken. »Das ist immer so. Aber wieviel Wahrheit steckt dahinter? Hatte sie tatsächlich mit diesem Burschen Redfern ein Verhältnis?«
»Zweifellos.«
»Er folgte ihr hinunter zum Strand?«
»Es besteht Anlaß, das zu glauben.«
»Und der Ehemann? Wußte Bescheid? Wie stellt er sich dazu?«
»Es ist nicht leicht zu beurteilen«, sagte Poirot zögernd, »was Captain Marshall denkt oder fühlt. Er gehört zu den Männern, die ihre Gefühle nicht zeigen.«
»Trotzdem kann er welche haben«, entgegnete Weston scharf.
Poirot nickte wieder. »O ja, natürlich. Sicherlich ist er nicht aus Stein.«

Bei seinem Gespräch mit Mrs. Castle benahm sich der Polizeichef so taktvoll, wie es ihm möglich war.
Mrs. Castle war die Besitzerin des »Jolly Roger«, eine Frau um die Vierzig mit üppigem Busen, rostrotem Haar, das sie mit Henna färbte, und einer gedehnten Sprechweise, die beinahe beleidigend wirkte.
»Daß so etwas in meinem Hotel passieren mußte!« rief sie. »Es war immer das ruhigste Fleckchen, das man sich vorstellen konnte! Die Leute, die herkommen, sind alle so reizend! Nie gab es Schwierigkeiten, wenn Sie wissen, was ich meine! Nicht wie in den großen Hotels von St. Loo.«
»Ganz recht, Mrs. Castle«, sagte Oberst Weston. »Aber so etwas kommt in den besten Familien – hm – kann überall passieren.«
»Ich bin sicher, daß Inspektor Colgate für mich bürgt«, sagte Mrs. Castle und sandte dem Inspektor einen hilfesuchenden Blick. Der Inspektor saß aufrecht da und wirkte sehr amtlich.

»Was die Ausschankzeiten betrifft, so bin ich da immer sehr genau gewesen. Keine Unregelmäßigkeiten!«
»Schon gut«, sagte Weston. »Wir machen Ihnen doch keine Vorwürfe, Mrs. Castle. Wir haben nichts zu beanstanden. In keiner Beziehung.«
»Aber es wirft doch einen Schatten auf das Hotel«, rief Mrs. Castle, und ihr üppiger Busen hob und senkte sich vor Aufregung. »Wenn ich nur an die lärmenden neugierigen Menschenmassen denke. Natürlich haben nur die Hotelgäste Zutritt zur Insel – trotzdem werden Neugierige kommen und vom Festland aus auf uns zeigen!« Sie erschauerte.
Inspektor Colgate sah eine Chance, dem Gespräch eine günstigere Wendung zu geben. »Da wir gerade davon sprechen«, sagte er. »Ich meine, daß nur die Hotelgäste sich auf der Insel aufhalten dürfen. Wie schaffen Sie es, die andern fernzuhalten?«
»Da bin ich sehr streng!«
»Ja, schon, aber wie machen Sie das? Was hält die Leute ab, die Insel zu betreten? Im Sommer überfallen die Touristen die Gegend wie die Heuschrecken!«
Mrs. Castle zuckte leicht die Achseln. »Daran sind die Ausflugsbusse schuld. Ich habe einmal achtzehn Stück gezählt, die am Kai von Leathercombe standen. Achtzehn Busse!«
»Gut, gut. Aber wie hindern Sie die Leute daran, auf die Insel zu kommen?«
»Es gibt Warntafeln. Und natürlich sind wir zur Flutzeit vom Festland abgeschnitten.«
»Und bei Ebbe?«
Mrs. Castle erklärte den Sachverhalt. Zwischen Insel und Dammende befand sich ein Tor. Daran war eine Tafel befestigt: »Zugang nur zum Hotel. Privatgrundstück.« Die Felsen zu beiden Seiten des Tores waren sehr steil. Man konnte sie nicht hinaufklettern.
»Aber jeder kann sich ein Boot nehmen, um die Insel rudern und irgendwo an Land gehen«, stellte Colgate fest. »Niemand kann sie daran hindern. Das Küstenvorland ist öffentlich. Sie, Mrs. Castle, haben keine rechtliche Handhabe, es

den Touristen zu verwehren, sich auf den Teil des Strandes zu legen, der bei Ebbe nicht unter Wasser ist.«
Aber das geschah offenbar sehr selten. Zwar konnte man in Leathercombe Boote mieten, aber schon bis zur Insel selbst war es ein gutes Stück zu rudern, und außerdem gab es genau vor dem Hafen eine starke Gegenströmung.
Auch in der Möwenbucht und in der Feenbucht standen Warnschilder neben der Leiter. Mrs. Castle fügte hinzu, daß entweder George oder William immer auf den Badestrand aufpaßten, der gegenüber dem Festland lag.
»Wer sind George und William?«
»George kümmert sich um die Badebuchten. Er hält die Strände und Boote in Ordnung. William ist der Gärtner. Er pflegt die Tennisplätze, bessert die Wege aus und so weiter.«
»Na, das wäre wohl klar«, mischte sich Oberst Weston ein. Er wurde ungeduldig. »Es steht also fest, daß ein Fremder auf die Insel gelangen kann, aber es ist riskant. Er würde vermutlich gesehen. Wir werden uns nachher sofort mit George und William unterhalten.«
»Ich halte nicht viel von Tagesausflüglern«, erklärte Mrs. Castle. »Sie sind nur laut und lassen Orangenschalen und leere Zigarettenschachteln auf dem Damm und unten bei den Felsen zurück. Trotzdem hätte ich nie gedacht, daß einer von ihnen ein Mörder ist. Mein Gott, was für eine schreckliche Geschichte. Ich finde keine Worte! Eine Dame wie Mrs. Marshall wurde ermordet! Und was so schrecklich ist, sie wurde – sie wurde erwürgt...«
Mrs. Castle brachte es beinahe nicht über sich, das Wort auszusprechen.
»Ja, eine scheußliche Geschichte«, bemerkte Inspektor Colgate in dem Versuch, sie etwas zu beruhigen.
»Und dann die Zeitungen! Mein Hotel kommt in die Zeitungen!«
Colgate grinste schwach und sagte: »Na, in gewisser Weise ist das auch Reklame.«
Mrs. Castle straffte sich. Ihr Busen wogte, eine Korsettstange knackte. »Das ist nicht die Art von Publicity, die ich schätze«, erklärte sie eisig.

Weston eilte dem Inspektor zu Hilfe. »Also, Mrs. Castle, Sie haben die vollständige Gästeliste da, um die ich Sie bat?«

»Ja, Sir.«

Oberst Weston vertiefte sich ins Hotelregister. Dann blickte er Poirot an, der als vierter bei der Gruppe im Direktionsbüro saß. »Sicherlich könnten Sie uns dabei helfen«, sagte er. »Was ist mit den Angestellten?«

Mrs. Castle reichte ihm ein Blatt Papier, auf dem die Namen notiert waren. »Ich habe vier Zimmermädchen, einen Oberkellner, drei Kellner und den Barmixer Henry. William putzt Schuhe und Stiefel. In der Küche arbeitet ein Koch mit zwei Hilfen.«

»Was sind das für Leute?«

»Nun, Sir, Albert, der Oberkellner, kommt aus dem ›Vincent‹ in Plymouth. Dort arbeitete er mehrere Jahre. Die drei Kellner sind schon seit drei Jahren hier, einer sogar schon seit vier. Es sind nette, tüchtige Kerle und über jeden Verdacht erhaben. Henry ist dabei, seit ich das Hotel aufgemacht habe. Er ist so etwas wie eine Institution.«

Weston nickte. »Die Angestellten scheinen in Ordnung zu sein«, sagte er zu Colgate. »Sie lassen sie natürlich noch überprüfen. Vielen Dank, Mrs. Castle.«

»Ist das alles, was Sie wissen wollen?«

»Im Augenblick, ja.«

Mrs. Castle verließ raschelnd das Zimmer.

»Jetzt sollten wir vor allem mit Captain Marshall sprechen«, sagte Weston.

Kenneth Marshall saß ruhig da und beantwortete alle Fragen mit anscheinender Gelassenheit. Abgesehen von einem etwas harten Zug um den Mund, wirkte er völlig unberührt. Das helle Sonnenlicht fiel durch das Fenster auf ihn und unterstrich noch den Eindruck, daß er ein gutaussehender Mann war. Er hatte ebenmäßige Züge, klare blaue Augen und einen energischen Mund. Seine Stimme war tief und angenehm.

»Ich verstehe sehr gut, Captain Marshall, was für ein

Schock es für Sie gewesen ist. Doch Sie begreifen sicherlich, daß ich so schnell wie möglich genaue Informationen haben muß.«
Marshall nickte. »Das verstehe ich sehr gut. Fragen Sie nur.«
»Mrs. Marshall war Ihre zweite Frau?«
»Ja.«
»Und wie lange sind Sie verheiratet?«
»Knapp vier Jahre.«
»Wie hieß sie vor ihrer Heirat?«
»Helen Stuart. Ihr Künstlername Arlena Stuart.«
»Sie war Schauspielerin?«
»Sie spielte in Revuen und Musicals.«
»Nach der Heirat gab sie ihre Bühnenkarriere auf?«
»Nein, sie machte weiter. Erst vor etwa eineinhalb Jahren hörte sie auf.«
»Gab es dafür einen besonderen Grund?«
Kenneth Marshall schien zu überlegen. »Nein«, sagte er schließlich. »Sie erklärte, sie habe das Ganze satt.«
»Es war nicht – hm –, weil Sie es wünschten?«
Marshall zog die Augenbrauen hoch. »O nein.«
»Sie hatten nichts dagegen, daß sie nach der Eheschließung weiterspielte?«
Marshall lächelte leicht. »Mir wäre es lieber gewesen, wenn sie aufgehört hätte – das schon. Aber ich habe es nicht so wichtig genommen.«
»Es gab deswegen keine Unstimmigkeiten mit Ihrer Frau?«
»Gewiß nicht. Meine Frau konnte tun und lassen, was sie wollte.«
»Und – Ihre Ehe war glücklich?«
»Natürlich«, antwortete Marshall kühl.
Oberst Weston schwieg eine Weile. Dann meinte er: »Captain Marshall, haben Sie eine Vorstellung, wer Ihre Frau getötet haben könnte?«
Die Antwort kam ohne das geringste Zögern. »Absolut keine.«
»Hatte Ihre Frau Feinde?«
»Das ist möglich.«
»Wie bitte?«

»Verstehen Sie mich nicht falsch«, sagte Marshall hastig. »Meine Frau war Schauspielerin. Und sie sah glänzend aus. Beides zusammen erregte bis zu einem gewissen Grad Eifersucht und Neid. Es gab Aufregung wegen dieser oder jener Rolle, Rivalität mit Kolleginnen, es herrschte ziemlich viel allgemeiner Neid, Mißgunst und Unfreundlichkeit. Was aber nicht bedeutet, daß irgend jemand fähig gewesen wäre, sie vorsätzlich umzubringen.«
Zum erstenmal mischte sich Hercule Poirot ein. »Damit meinen Sie doch wohl, Monsieur, daß ihre Feinde fast nur oder ausschließlich Frauen waren?«
Kenneth Marshall sah ihn an. »Ja«, antwortete er. »Das meine ich.«
»Kennen Sie einen Mann, der etwas gegen sie hatte?« fragte der Polizeichef.
»Nein.«
»Kannte sie irgendwelche Gäste hier im Hotel von früher?«
»Soviel ich weiß, hatte sie Mr. Redfern schon einmal getroffen – bei irgendeiner Cocktailparty. Sonst niemand.«
Weston schwieg eine Weile. Er schien zu überlegen, ob er dieses Thema weiterverfolgen sollte. Dann entschloß er sich, es nicht zu tun.
»Wir kommen jetzt zum heutigen Vormittag«, sagte er. »Wann haben Sie Ihre Frau zum letztenmal gesehen?«
Marshall zögerte kurz. »Ich schaute bei ihr hinein, ehe ich zum Frühstück hinunterging«, erwiderte er dann.
»Entschuldigen Sie die Frage: Sie haben getrennte Zimmer?«
»Ja.«
»Wann war das?«
»Es muß gegen neun Uhr gewesen sein.«
»Was tat sie da?«
»Sie riß einen der Briefe auf, die sie bekommen hatte.«
»Sagte sie etwas Besonderes?«
»Nichts Wichtiges. Nur ›guten Morgen‹, und was für ein schöner Tag es sei und ähnliches.«
»Wie benahm sie sich? Anders als sonst?«
»Nein, völlig normal.«
»Sie wirkte nicht aufgeregt oder deprimiert oder wütend?«

»Das ist mir nicht aufgefallen.«
»Erwähnte sie, was in den Briefen stand, die sie erhalten hatte?« fragte Poirot dazwischen.
Wieder erschien ein schwaches Lächeln auf Marshalls Gesicht. »Soweit ich mich erinnere, sagte sie, es seien alles Rechnungen.«
»Ihre Frau frühstückte im Bett?«
»Ja.«
»Tat sie das immer?«
»Immer.«
»Wann kam sie gewöhnlich herunter?« fragte Poirot.
»So zwischen zehn und elf – meistens kurz vor elf.«
»Wenn sie um zehn heruntergekommen wäre, hätte Sie das überrascht?«
»Ja. Sie erschien selten so früh.«
»Aber heute tat sie es. Was war der Grund, Captain Marshall?«
»Ich habe nicht die geringste Ahnung«, entgegnete Marshall gelassen. »Vielleicht war das Wetter daran schuld – ein so schöner Tag...«
»Haben Sie sie gesucht?«
Marshall bewegte sich leicht in seinem Sessel. »Nach dem Frühstück ging ich zu ihr. Aber das Zimmer war leer. Darüber war ich etwas erstaunt.«
»Und dann liefen Sie zum Strand hinunter und fragten mich, ob ich Ihre Frau gesehen hätte?«
»Hm – ja«, erwiderte Marshall und fügte etwas anzüglich hinzu: »Und Sie erzählten mir, Sie hätten sie nicht gesehen.«
Der unschuldige Blick in Poirots Augen verschwand nicht. Nachdenklich streichelte er seinen prächtigen Schnurrbart.
»Hatten Sie einen bestimmten Grund, warum Sie wissen wollten, wo Ihre Frau war?« fragte Weston.
Marshalls Blick wanderte zum Polizeichef. »Nein«, sagte er. »Ich wollte einfach nur wissen, wo sie steckte, das ist alles.«
Weston legte wieder eine Pause ein. Er verrückte seinen Stuhl etwas und fragte dann mit einem etwas härteren Unterton: »Eben sagten Sie, Captain Marshall, daß Ihre Frau

und Mr. Redfern sich schon einmal begegnet seien. Wie gut kannte Ihre Frau ihn?«

»Haben Sie etwas dagegen, wenn ich rauche?« fragte Kenneth Marshall. Er klopfte seine Taschen ab. »Verdammt, ich habe meine Pfeife verlegt.«

Poirot bot ihm eine Zigarette an, die Marshall nicht ablehnte. Während er sie sich anzündete, sagte er: »Sie fragten mich nach Redfern. Meine Frau erzählte mir, daß sie ihn auf irgendeiner Cocktailparty getroffen habe.«

»Er war also nicht mehr als ein oberflächlicher Bekannter?«

»Ich glaube, ja.«

»Seitdem...« Der Polizeichef zögerte. »Soviel ich hörte, hatte sich diese Bekanntschaft zu einer engeren Beziehung entwickelt.«

»Das haben Sie also gehört?« entgegnete Marshall scharf. »Wer hat Ihnen das erzählt?«

»Es ist im Hotel allgemein bekannt.«

Für einen kurzen Augenblick schweiften Marshalls Augen zu Hercule Poirot. »Hotelklatsch ist gewöhnlich nichts weiter als ein Haufen Lügen«, sagte er mit unterdrücktem Ärger.

»Möglich. Aber ich habe erfahren, daß Mr. Redfern und Ihre Frau Gründe für derartigen Klatsch lieferten.«

»Was für Gründe?«

»Sie waren ständig zusammen.«

»Ist das alles?«

»Sie streiten doch nicht ab, daß es so war?«

»Vielleicht stimmt es. Ich habe es nicht bemerkt.«

»Sie hatten nichts gegen die Freundschaft Ihrer Frau mit Mr. Redfern?«

»Es war nicht meine Gewohnheit, das Benehmen meiner Frau zu kritisieren.«

»Sie haben nicht dagegen protestiert?«

»Gewiß nicht.«

»Auch nicht, als sich die Geschichte zu einem Skandal auszuwachsen drohte und es zwischen Mr. Redfern und seiner Frau zu immer größeren Mißstimmungen kam?«

»Ich kümmere mich um meine eigenen Angelegenheiten«,

erklärte Marshall kühl, »und erwarte, daß das die andern Leute auch tun. Ich höre nicht auf Klatsch und Tratsch.«
»Sie bestreiten doch nicht, daß Mr. Redfern Ihre Frau bewunderte?«
»Vermutlich tat er das. Die meisten Männer bewunderten sie. Sie war eine sehr schöne Frau.«
»Aber Sie waren überzeugt, daß die Sache keine Bedeutung hatte?«
»Es wäre mir nicht im Traum eingefallen, etwas anderes zu denken.«
»Angenommen, wir haben Zeugen, die beweisen können, daß die beiden auf höchst vertrautem Fuß miteinander standen?«
Wieder wanderten die kühlen blauen Augen zu Hercule Poirot. Wieder huschte ein Ausdruck der Abneigung über das gewöhnlich so bewegungslose Gesicht.
»Wenn Sie diesen Geschichten glauben wollen, dann glauben Sie ihnen eben. Meine Frau ist tot und kann sich nicht mehr verteidigen.«
»Meinen Sie damit, daß Sie persönlich ihnen nicht glauben?«
Zum erstenmal glänzte es feucht auf Marshalls Stirn. »Ich halte nichts davon, nein.« Dann fügte er hinzu: »Sind Sie nicht ein gutes Stück vom Kern der Sache abgekommen? Was ich glaube oder nicht glaube, dürfte kaum eine Rolle spielen, wenn es um einen klaren Fall von Mord geht.«
Bevor irgend jemand etwas antworten konnte, sagte Hercule Poirot rasch: »Sie sehen die Sache nicht richtig, Captain Marshall. So etwas wie einen klaren Fall von Mord gibt es nicht. In neun von zehn Fällen hängt der Mord mit dem Charakter und den Lebensumständen der ermordeten Person zusammen. Eben weil das Opfer eine Person mit diesen oder jenen Eigenschaften war, wurde er oder sie getötet. Bis wir nicht genau wissen, was für ein Mensch Arlena Marshall war, können wir auch nicht abschätzen, was für eine Art von Person sie umgebracht hat. Und das ist der Grund, warum wir diese Fragen stellen müssen.«
Marshall wandte sich an den Polizeichef und fragte: »Ist das

auch Ihre Meinung?«
Weston schwankte etwas. »Nun, bis zu einem gewissen Grad«, begann er zögernd. »Bis zu einem gewissen Grad würde ich sagen...«
Marshall lachte auf. »Ich dachte mir schon, daß Sie damit nicht einverstanden sind. Dieser Unsinn über Charakter und solches Zeug ist Poirots Spezialität.«
»Zumindest können Sie sich beglückwünschen, daß Sie sich nicht die Mühe gemacht haben, mir zu helfen!« bemerkte Poirot.
»Was meinen Sie damit?«
»Was haben Sie uns über Ihre Frau denn schon verraten? Eigentlich gar nichts. Sie haben uns nur erzählt, was jeder selbst feststellen kann. Daß sie schön war und bewundert wurde. Mehr nicht.«
Kenneth Marshall zuckte die Achseln. »Sie sind verrückt«, sagte er nur. Er blickte wieder zum Polizeichef. »Noch etwas, Sir, das *Sie* mich fragen möchten?«
»Ja, Captain Marshall. Ich würde gern wissen, was Sie heute vormittag gemacht haben.«
Kenneth Marshall nickte. Offensichtlich hatte er das erwartet. »Wie gewöhnlich frühstückte ich gegen neun Uhr unten im Speisesaal und las die Zeitung. Ich erzählte Ihnen bereits, daß ich danach in das Zimmer meiner Frau ging und sie nicht da war. Ich lief zum Strand hinunter, entdeckte Monsieur Poirot und fragte ihn, ob er sie gesehen habe. Dann schwamm ich eine Runde und kehrte zum Hotel zurück. Da muß es ungefähr – warten Sie mal – ja, da muß es etwa zwanzig Minuten vor elf gewesen sein. Ja, das stimmt. Ich warf einen Blick auf die Uhr in der Halle. Ich ging wieder auf mein Zimmer, aber das Mädchen war noch nicht fertig. Ich bat sie, sich zu beeilen. Ich wollte ein paar Briefe schreiben, die wichtig waren. Ich ging wieder hinunter und wechselte ein paar Worte mit Henry, dem Barmixer. Um zehn Minuten vor elf ging ich wieder hinauf und tippte meine Briefe. Das dauerte bis zehn Minuten vor zwölf. Dann zog ich mich zum Tennisspielen um, weil ich für zwölf Uhr zum Spielen verabredet war. Wir hatten den Platz am Vortag bestellt.«

»Wer wir?«
»Mrs. Redfern, Miss Darnley, Mr. Gardener und ich. Ich war pünktlich auf dem Platz. Miss Darnley und Mr. Gardener warteten bereits. Mrs. Redfern erschien ein paar Minuten später. Wir spielten eine Stunde lang. Als wir danach ins Hotel zurückkehrten, erfuhr ich – erfuhr ich es.«
»Vielen Dank, Captain Marshall. Es ist eine reine Formsache, wenn ich Sie frage, ob irgend jemand bestätigen kann, daß Sie auf Ihrem Zimmer waren und zwischen zehn Minuten vor elf bis zehn Minuten vor zwölf getippt haben?«
Kenneth Marshall antwortete spöttisch: »Sie glauben wohl, ich hätte meine Frau selbst umgebracht? Warten Sie mal. Das Zimmermädchen war beim Aufräumen. Sie muß die Schreibmaschine gehört haben. Und da sind auch noch die Briefe. Bei all der Aufregung habe ich vergessen, sie aufzugeben. Ich würde meinen, daß sie als Beweismaterial durchaus glaubwürdig sind.«
Er holte drei Briefe aus seiner Tasche. Sie waren alle adressiert, aber ohne Marke. »Eigentlich sind sie streng vertraulich, aber wenn es um Mord geht, ist man wohl gezwungen, auf die Diskretion der Polizei zu bauen. Sie enthalten Listen mit Zahlen und finanzielle Berechnungen. Wenn Sie sie von einem Ihrer Leute abtippen lassen, werden Sie sicher feststellen, daß es in weniger als einer Stunde kaum zu schaffen ist.« Er schwieg eine Weile. »Sind Sie jetzt zufrieden?« fragte er dann.
»Es ist nicht, weil wir Sie verdächtigen«, antwortete Weston glatt. »Wir bitten jeden auf dieser Insel, Rechenschaft darüber zu geben, wo er in der fraglichen Zeit zwischen Viertel vor elf und zwanzig Minuten vor zwölf gewesen ist.«
»Ich verstehe«, sagte Marshall.
»Noch eine Frage, Captain Marshall. Wissen Sie, wie Ihre Frau über das Vermögen verfügte, das sie besaß?«
»Sie meinen, ob sie ein Testament gemacht hat? Das glaube ich nicht.«
»Aber Sie sind nicht sicher?«
»Ihre Anwälte waren Barkett, Markett & Applegood in London, Bedford Square. Die kümmerten sich um alle ihre

Verträge und so weiter. Ich bin ziemlich sicher, daß sie nie ein Testament gemacht hat. Einmal meinte sie, daß sie davor Angst habe.«
»In diesem Fall, wenn sie also keine Verfügungen getroffen hat, sind Sie als ihr Mann der Alleinerbe.«
»Vermutlich.«
»Hatte sie Angehörige?«
»Glaube ich nicht. Und wenn doch, dann hat sie sie nie erwähnt. Ich weiß, daß ihre Eltern starben, als sie noch ein Kind war. Geschwister hatte sie keine.«
»Wie dem auch sei – ich nehme an, daß sie nicht sehr viel besaß?«
»Im Gegenteil«, antwortete Marshall kalt. »Vor zwei Jahren starb Sir Robert Erskine, ein alter Freund von ihr, und hinterließ ihr fast sein ganzes Vermögen. Es belief sich, wenn ich mich recht erinnere, auf etwa fünfzigtausend Pfund.«
Inspektor Colgate schaute auf. Eine gewisse Wachsamkeit trat in seine Augen. Bis jetzt hatte er geschwiegen. Nun fragte er: »Dann war Ihre Frau also sehr reich?«
Kenneth Marshall zuckte mit den Achseln. »Das nehme ich an.«
»Und Sie behaupten immer noch, daß kein Testament existiert?«
»Fragen Sie doch die Anwälte. Aber ich bin mir ziemlich sicher, daß es keines gibt. Sie hielt es für ein böses Omen.«
Keiner sagte etwas. Schließlich fragte Marshall: »Ist das alles?«
Weston nickte. »Ich glaube, ja – was, Colgate? Captain Marshall, ich möchte Ihnen noch einmal mein herzliches Beileid zu Ihrem schmerzlichen Verlust aussprechen.«
Marshall schloß kurz die Augen. »Oh – vielen Dank«, sagte er knapp und ging hinaus.

Die drei Männer sahen sich an. »Ein eiskalter Bursche«, stellte Weston fest. »Gab sich keine Blöße, was? Was halten Sie von ihm, Colgate?«
Der Inspektor schüttelte den Kopf. »Schwer zu sagen. Er

gehört nicht zu den Leuten, die zeigen, was sie denken. Genau die Sorte, die auch im Zeugenstand einen schlechten Eindruck macht, und trotzdem ist es unfair, sie so negativ einzuschätzen. Manchmal sind diese Typen völlig durcheinander und können es nur nicht zeigen. Genau diese Haltung hat die Geschworenen zum Beispiel veranlaßt, Wallace schuldig zu sprechen. Es lag nicht am Beweismaterial. Sie konnten einfach nicht glauben, daß ein Mann, der erst vor kurzem seine Frau verloren hatte, imstande war, so kühl zu bleiben und so gelassen darüber zu sprechen.«

»Was halten Sie von ihm, Poirot?« fragte Weston.

Hercule Poirot hob die Hände. »Was kann man schon sagen? Er ist verschlossen wie eine Auster. Er hat seine Wahl getroffen: Er hat nichts gehört, nichts gesehen und weiß nichts.«

»Wir haben eine Reihe von Motiven«, sagte Colgate. »Eifersucht und ihr Vermögen. Natürlich ist der Ehemann in gewisser Weise der Verdächtige Nummer eins. Es ist ganz normal, daß man an ihn zuerst denkt. Wenn er wußte, daß seine Frau was mit dem andern hatte ...«

»Ich glaube, er wußte Bescheid«, unterbrach ihn Poirot.

»Wieso nehmen Sie das an?«

»Hören Sie, mein Freund. Gestern abend habe ich mich mit Mrs. Redfern auf dem Sonnenfelsen unterhalten. Dann ging ich zum Hotel hinunter. Unterwegs habe ich die beiden beobachtet – Mrs. Marshall und Patrick Redfern, und zwar kurz bevor mir Captain Marshall begegnete. Sein Gesicht war wie erstarrt. Es verriet nichts – absolut nichts. Es war fast zu ausdruckslos, wenn Sie verstehen, was ich meine. Ja, er wußte sehr wohl Bescheid!«

Colgate räusperte sich zweifelnd. »Tja, wenn Sie meinen ...«

»Ich bin ganz sicher! Aber was bringt uns das? Was *fühlte* Kenneth Marshall für seine Frau?«

»Er hat ihren Tod ziemlich gefaßt aufgenommen«, stellte Weston fest.

Poirot schüttelte den Kopf. Er war mit dieser Erklärung nicht zufrieden.

»Manchmal sind diese ruhigen Typen die schlimmsten«,

bemerkte Colgate. »Sie kochen innerlich und sind nur verschlossen. Vielleicht hat er sie wie ein Wahnsinniger geliebt und war schrecklich eifersüchtig. Er ist nicht der Mann, der so was zeigen würde.«
»Das wäre eine Möglichkeit – ja«, sagte Poirot nachdenklich. »Ein sehr interessanter Typ, dieser Captain Marshall. Und ich interessiere mich sehr für ihn. Und für sein Alibi!«
»Eine Schreibmaschine als Alibi«, sagte Weston und lachte auf, was wie ein kurzes Bellen klang. »Was sagen Sie dazu, Colgate?«
Inspektor Colgate verdrehte die Augen. »Nun, wissen Sie, Sir, mir gefällt es. Es ist nicht zu glaubwürdig, wenn Sie verstehen, was ich damit meine. Es ist – es wirkt natürlich. Und wenn wir feststellen, daß das Zimmermädchen oben war und das Tippen hörte – nun, dann halte ich es für stichhaltig und finde, daß wir woanders nach dem Täter suchen müssen.«
»Hm«, machte Oberst Weston. »Und *wo* wollen Sie suchen?«

Ein paar Minuten lang grübelten die drei Männer über die Frage nach. Inspektor Colgate gelangte als erster zu einem Entschluß. »Es läuft doch auf folgendes hinaus«, sagte er. »War es ein Außenseiter oder ein Hotelgast? Natürlich schließe ich die Angestellten nicht völlig aus, aber ich glaube nicht daran, daß einer von ihnen dabei mitgemacht hat. Nein, es mußte ein Hotelgast sein oder jemand von außerhalb. Von diesem Punkt aus sollten wir die Sache angehen. Also, zuerst einmal – das Motiv. Es ist viel Geld da. Die einzige Person, der ihr Tod etwas nützt, ist offenbar der Ehemann. Was für andere Motive haben wir? Vor allem Eifersucht. Mir scheint es – jedenfalls auf den ersten Blick –, als hätten wir es mit einem *crime passionnel*, einem Verbrechen aus Leidenschaft, zu tun.« Er machte in Richtung Poirot eine Verbeugung.
»Es gibt so viele Leidenschaften«, murmelte Poirot, während er zur Decke hinaufblickte.
»Ihr Mann hält es für undenkbar, daß sie Feinde hatte«, fuhr Inspektor Colgate fort. »Das heißt, wirkliche Feinde, aber ich

glaube nicht eine Sekunde, daß das stimmt. Ich möchte behaupten, daß eine Frau wie sie immer einen Haufen Neider hat, Leute, die ihr das Schlimmste wünschen. Was glauben Sie, Sir?«
»*Mais oui,* das ist immer so«, erwiderte Poirot. »Arlena Marshall kann nicht nur Freunde gehabt haben. Aber meiner Meinung nach ist die Feindtheorie nicht stichhaltig, denn, Inspektor, Arlena Marshalls Feinde können immer nur Frauen gewesen sein, wie ich eben schon sagte.«
Oberst Weston gab einen Grunzlaut von sich und meinte: »Da ist was dran. Auch hier waren es die Frauen, die sie nicht in Ruhe ließen.«
»Es sieht nicht so aus, als wäre das Verbrechen von einer Frau begangen worden«, fuhr Poirot fort. »Was hat denn die ärztliche Untersuchung ergeben?«
Weston grunzte wieder. Dann sagte er: »Neasdon ist ziemlich sicher, daß sie von einem Mann erwürgt wurde. Große Hände – viel Kraft. Es könnte natürlich auch sein, daß eine ungewöhnlich kräftige Frau der Täter ist – aber es ist verdammt unwahrscheinlich.«
Poirot nickte. »Eben. Arsen in einer Tasse Tee – eine Schachtel mit vergifteten Pralinen – ein Messer – sogar eine Pistole – das ja. Aber eine Frau als Würger – nein! Wir müssen nach einem Mann als Täter suchen.« Er schwieg einen Augenblick. »Und sofort wird alles viel schwieriger«, fuhr er dann fort. »Hier im Hotel gibt es zwei Menschen, die einen Grund hatten, Arlena Marshall zum Teufel zu schicken – doch beide sind Frauen.«
»Eine von den beiden ist Redferns Frau, nehme ich an«, warf Oberst Weston ein.
»Ja, vielleicht war Mrs. Redfern dazu entschlossen, Arlena zu töten. Sie hatte – sagen wir mal so –, sie hatte guten Grund dazu. Ich halte es auch für möglich, daß Mrs. Redfern einen Mord begehen könnte. Aber nicht diese Art von Mord. Trotz all ihrer Eifersucht, ihres Unglücks ist sie keine Frau, die zu starker Leidenschaft fähig wäre, glaube ich. In der Liebe ist sie ergeben und treu, doch nicht leidenschaftlich. Wie ich gerade sagte – Arsen in einer Tasse Tee, das wäre möglich,

aber jemand erwürgen – nein, das könnte sie nicht. Ich bin auch sicher, daß sie dazu nicht kräftig genug ist. Sie hat auffallend kleine Hände und Füße.«
Weston nickte. »Ja, das ist kein Verbrechen, das eine Frau begangen hat. Der Täter war ein Mann.«
Inspektor Colgate hüstelte. »Ich möchte gern noch eine andere Möglichkeit erwähnen, Sir. Nehmen wir einmal an, daß die Dame schon vorher eine Affäre hatte, bevor sie diesen Mr. Redfern kennenlernte. Nennen wir diesen Liebhaber mal Mr. X. Sie läßt Mr. X wegen Mr. Redfern sitzen. X ist außer sich vor Wut und Eifersucht. Er folgt ihr hierher, nistet sich irgendwo in der Nachbarschaft ein, kommt rüber auf die Insel und erledigt sie. Das ist auch eine Möglichkeit.«
»Ja, es könnte möglich sein«, antwortete Weston. »Und wenn es stimmt, dürfte es leicht sein, das herauszufinden. Kam er zu Fuß oder nahm er ein Boot? Letzteres erscheint mir glaubwürdiger. Dann muß er irgendwo ein Boot gemietet haben. Lassen Sie das überprüfen.« Weston blickte Poirot an. »Was halten Sie von Colgates Idee?«
»Dabei wird zuviel dem Zufall überlassen, finde ich. Und außerdem – irgendwie ist das Bild schief. Ich kann mir diesen Mann nicht richtig vorstellen ... den Mann, der blind vor Wut und Eifersucht ist.«
»Obwohl es Männer gibt, die ganz verrückt nach ihr sind. Zum Beispiel Redfern.«
»Ja, schon. Trotzdem ...«
Colgate blickte Poirot fragend an.
Poirot schüttelte nur den Kopf und sagte stirnrunzelnd: »Ich weiß nicht, aber ich habe das Gefühl, daß wir etwas übersehen haben, irgend etwas ...«

6

Oberst Weston brütete über dem Hotelregister und las dann laut:

»Major und Mrs. Cowan,
Miss Pamela Cowan,
Master Robert Cowan,
Master Evan Cowan,
Rydal's Mount, Leatherhead.
Mr. und Mrs. Masterman,
Mr. Edward Masterman,
Miss Jennifer Masterman,
Mr. Roy Masterman,
Master Frederick Masterman,
5 Marlborough Avenue, London.
Mr. und Mrs. Gardener,
New York.
Mr. und Mrs. Redfern,
Crossgates, Seldon, Princes Risborough.
Major Barry,
18 Cardon St., St. James, London.
Mr. Horace Blatt,
5 Pickersgill Street, London.
M. Hercule Poirot,
Whitehaven Mansions, London.
Miss Rosamund Darnley,
8 Cardigan Court, London.
Miss Emily Brewster,
Southgates, Sunbury-on-Thames.
Pfarrer Stephen Lane,
London.
Captain und Mrs. Marshall,
Miss Linda Marshall,
73 Upcott Mansions, London.«
Er blickte hoch.

»Ich glaube, Sir«, sagte Inspektor Colgate, »die ersten beiden können wir weglassen. Mrs. Castle berichtete mir, daß die Familien Masterman und Cowan regelmäßig jeden Sommer herkommen. Heute vormittag brachen sie zu einem Segelausflug auf und nahmen Lunchpakete mit. Sie zogen kurz nach neun Uhr los. Ein Mann namens Andrew Baston segelte sie mit seinem Boot hinaus. Wir können ihn noch fragen, doch ich glaube, daß wir uns um diese Leute nicht zu kümmern brauchen.«

Weston nickte. »Da stimme ich Ihnen zu. Streichen wir so viele Namen wie möglich. Können Sie uns noch Hinweise geben, wer von dem Rest ausscheidet, Poirot?«

»Oberflächlich betrachtet ist das einfach. Die Gardeners sind verheiratet, in mittlerem Alter, freundlich, weltgewandt. Eigentlich redet nur immer die Dame. Der Ehemann ist sehr geduldig. Er spielt Tennis und Golf und hat eine Art von trockenem Humor, wenn man ihn mal ohne seine Frau erwischt.«

»Klingt, als wären die in Ordnung.«

»Dann die Redferns, Mr. Redfern ist jung, wirkt unerhört auf Frauen, ist ein hervorragender Schwimmer, ein guter Tennisspieler und glänzender Tänzer. Seine Frau erwähnte ich schon. Sie ist ruhig, hübsch auf eine etwas blasse Art. Sie liebt ihren Mann sehr. Sie hat etwas, das Arlena Marshall nicht besaß.«

»Und das wäre?«

»Sie hat Verstand.«

Inspektor Colgate seufzte. »Der Verstand spielt keine große Rolle«, sagte er, »wenn sich jemand verliebt.«

»Vielleicht nicht. Und doch bin ich überzeugt, daß Patrick Redfern trotz seiner Gefühle für Mrs. Marshall seine Frau gern hat.«

»Möglich, Sir. Es wäre nicht das erste Mal, daß so was passiert.«

»Das ist ja der Jammer!« murmelte Poirot. »Es ist immer der Punkt, den die Frauen am wenigsten glauben können.«

Poirot überlegte einen Augenblick. »Dann ist da Major Barry«, fuhr er fort, »ein pensionierter Armeeoffizier. Er diente in Indien. Ein Frauenverehrer. Er erzählt gern lange und langweilige Geschichten.«

Inspektor Colgate grinste. »Sie brauchen ihn nicht weiter zu beschreiben. Ich habe schon ein paar Kostproben zu hören bekommen.«

»Dann hätten wir noch Mr. Horace Blatt, anscheinend ein reicher Mann. Er redet viel – meistens über Mr. Blatt. Er

möchte mit allen auf freundschaftlichem Fuß stehen. Und das ist sehr betrüblich, denn keiner kann ihn besonders leiden. Und da ist noch etwas. Gestern abend stellte er mir eine Menge Fragen. Er schien sich in seiner Haut nicht sehr wohl zu fühlen. Ja, irgend etwas stimmte nicht mit Mr. Blatt.«
Wieder legte Poirot eine kurze Pause ein. Als er fortfuhr, lag so etwas wie Bewunderung in seiner Stimme.
»Jetzt ist Miss Rosamund Darnley an der Reihe. Sie besitzt ein bekanntes Modeatelier und nennt sich beruflich Rose Mond. Was gibt es von ihr zu erzählen? Sie hat Verstand und Charme und Chic. Es ist ein Vergnügen, sie zu betrachten.« Er machte eine bedeutungsvolle Pause. »Und sie ist eine sehr alte Freundin von Captain Marshall.« Weston richtete sich in seinem Stuhl auf. »Ach, tatsächlich?«
»Ja. Aber sie hatten sich seit Jahren nicht gesehen.«
»Wußte sie, daß er hier sein würde?«
»Sie behauptet, nein.« Poirot warf einen Blick ins Hotelregister. »Wer ist der nächste? Ja, Miss Brewster. Ich finde sie etwas verdächtig. Sie hat eine tiefe Stimme, die männlich klingt. Sie ist resolut und geradeaus. Sie rudert und ist eine glänzende Golfspielerin.« Er schwieg kurz. »Trotzdem glaube ich, daß sie ein weiches Herz hat.«
»Bleibt nur noch Pfarrer Stephen Lane. Wer ist dieser Mann?« fragte Weston.
»Ich kann Ihnen nur eine einzige Sache über ihn verraten. Er scheint mir ein Mann zu sein, der unter großer nervlicher Spannung steht. Außerdem ist er ein Fanatiker.«
»Aha, zu *der* Sorte gehört er!« sagte Inspektor Colgate.
»Das wären alle«, meinte Weston. »Sie wirken so nachdenklich, mein Freund?« fragte er Poirot.
»Ja. Denn sehen Sie, als Mrs. Marshall heute vormittag lospaddelte und mich bat, niemandem zu erzählen, daß ich sie gesehen habe, zog ich daraus sofort einen gewissen Schluß. Ich nahm an, daß es wegen ihrer Freundschaft mit Patrick Redfern zu einem Streit mit ihrem Mann gekommen sei. Ich dachte, daß sie Patrick Redfern irgendwo treffen wollte und ihr Mann das nicht erfahren sollte.
Aber das war ein Irrtum, verstehen Sie? Denn nicht nur ihr

Mann tauchte kurz nach ihr am Strand auf und fragte mich, ob ich sie gesehen habe, sondern auch Patrick Redfern erschien, der ganz offensichtlich ebenfalls nach ihr suchte. Und deshalb, meine Freunde, frage ich mich, wen Arlena Marshall nun eigentlich treffen wollte?«
»Das paßt doch zu der anderen Lösung, die ich vorhin andeutete. Daß ein Mann aus London oder von sonst irgendwo dahintersteckt.«
Hercule Poirot schüttelte den Kopf. »Aber, mein Freund, nach Ihrer Theorie hatte Arlena Marshall mit diesem großen Unbekannten doch gebrochen. Warum sollte sie sich dann soviel Mühe machen, ihn zu treffen?«
»Was steckt dann *Ihrer* Meinung nach dahinter?«
»Das ist es ja, was ich nicht herausbekomme! Wir sind eben die Hotelliste durchgegangen. Alles langweilige Leute, nicht mehr jung. Ist ein Mann darunter, den Arlena Marshall Patrick Redfern vorziehen würde? Nein, undenkbar! Und doch wollte sie jemanden treffen – und dieser Jemand war *nicht* Patrick Redfern.«
»Halten Sie es nicht für möglich, daß sie gar niemand treffen, sondern für sich bleiben wollte?« fragte Weston.
Poirot schüttelte den Kopf. »Mein Lieber«, sagte er, »Sie sind der Toten offensichtlich nie begegnet. Jemand schrieb mal eine gelehrte Abhandlung über die unterschiedlichen Auswirkungen, die eine Einzelhaft auf einen Gesellschaftslöwen wie Beau Brummel oder einen Wissenschaftler wie Newton haben würde. Arlena Marshall hätte in der Einsamkeit praktisch nicht existieren können. Sie lebte nur im Schein der männlichen Bewunderung. Nein, Arlena Marshall wollte ganz sicher jemand treffen. Aber wen?«

Oberst Weston seufzte, schüttelte den Kopf und sagte: »Na ja, wir können später weiter theoretisieren. Wir müssen jetzt jeden einzelnen befragen. Wir brauchen es schwarz auf weiß, wo sich alle zur fraglichen Zeit aufhielten. Am besten nehmen wir uns erst mal die kleine Marshall vor. Vielleicht erfahren wir etwas von ihr, das uns weiterbringt.«
Linda betrat linkisch das Zimmer, wobei sie gegen den

Türrahmen stieß. Sie atmete in kurzen Stößen, ihre Augen glänzten. Sie sah aus wie ein aufgeschrecktes Fohlen. In Oberst Weston regten sich väterliche Gefühle. Armes Mädchen, dachte er. Sie ist ja fast noch ein Kind. Es muß ein ziemlicher Schock für sie gewesen sein. Er bot ihr einen Stuhl an und sagte mit beruhigend klingender Stimme: »Es tut mir leid, daß wir Sie belästigen müssen, Miss – Linda, so heißen Sie doch?«
»Ja, ich bin Linda.«
Ihre Stimme hatte diesen atemlosen Klang, der für junge Mädchen häufig typisch ist. Ihre Hände lagen auf der Tischplatte vor ihr und wirkten sehr hilflos, groß und rot, mit langen Fingern und kräftigen Gelenken.
So ein junges Ding sollte man nicht verhören, dachte Weston. »Bitte, regen Sie sich nicht auf«, sagte er tröstend. »Wir möchten Sie nur bitten, uns zu erzählen, was Sie wissen. Vielleicht hilft es uns weiter.«
»Sie meinen – wegen Arlena?« fragte Linda.
»Ja. Haben Sie sie heute vormittag überhaupt gesehen?«
Das Mädchen schüttelte den Kopf. »Nein. Arlena steht meistens spät auf. Sie frühstückt im Bett.«
»Und Sie, Mademoiselle?« fragte Hercule Poirot.
»Erzählen Sie uns einfach, wie Sie den Vormittag verbracht haben«, sagte Weston.
»Na, zuerst bin ich geschwommen, dann habe ich gefrühstückt. Danach begleitete ich Mrs. Redfern zur Möwenbucht.«
»Wann brachen Sie und Mrs. Redfern auf?«
»Sie sagte, sie würde um halb elf Uhr in der Halle sein und auf mich warten. Ich hatte schon Angst, ich würde zu spät kommen, aber ich war doch sehr pünktlich. Drei Minuten vor halb brachen wir auf.«
»Und was machten Sie in der Möwenbucht?«
»Na ja, ich rieb mich mit Sonnenöl ein und legte mich in die Sonne, und Mrs. Redfern zeichnete. Später schwamm ich eine Runde, und Christine kehrte ins Hotel zurück, weil sie sich zum Tennisspielen umziehen wollte.«
»Erinnern Sie sich, wie spät es war?« fragte Weston und

bemühte sich, seine Stimme so ausdruckslos wie möglich klingen zu lassen.
»Als Mrs. Redfern zum Hotel zurückging? Ein Viertel vor zwölf.«
»Sind Sie sicher? Es war Viertel vor zwölf?«
Linda riß die Augen auf. »Ja, klar. Ich habe doch auf die Uhr gesehen.«
»Ist es die Uhr, die Sie auch jetzt tragen?«
Linda blickte auf ihr Handgelenk. »Ja.«
»Darf ich mal sehen?« fragte Weston.
Sie hielt ihm ihre Hände hin. Er verglich ihre Uhr mit der seinen und der Hoteluhr an der Wand. »Stimmt auf die Sekunde«, erwiderte er lächelnd. »Und danach gingen Sie schwimmen?«
»Ja.«
»Und wann waren Sie wieder im Hotel?«
»Ungefähr um eins. Und dann – dann – erfuhr ich, daß Arlena...« Die Stimme versagte ihr.
»Kamen Sie mit Ihrer – hm – mit Ihrer Stiefmutter gut aus?« fragte Weston.
Linda blickte ihn minutenlang an, ohne zu antworten. Dann sagte sie nur: »Natürlich!«
»Mochten Sie sie, Mademoiselle?« fragte Poirot.
»Natürlich!« antwortete Linda. »Arlena war immer sehr nett zu mir.«
»Nicht wie die böse Stiefmutter aus dem Märchen, was?« fragte Weston mit etwas gezwungener Munterkeit.
Linda schüttelte den Kopf, ohne zu lächeln.
»Das freut mich«, sagte Weston. »So etwas hört man gern. Manchmal gibt es da Schwierigkeiten. Eifersucht und so weiter. Die Tochter und der Vater sind dicke Freunde, und dann paßt es dem Mädchen nicht, wenn der Vater sich plötzlich um seine neue Frau kümmert. Sie hatten nie so ein Gefühl?«
Linda starrte ihn ausdruckslos an. Dann erwiderte sie ernst: »Nein, natürlich nicht.«
»Ich nehme an«, sagte Weston, »daß Ihr Vater sie sehr – sehr mochte?«

»Ich weiß es nicht«, erwiderte Linda nur.
»Es gibt doch alle möglichen Arten von Familienstreit«, fuhr Weston fort. »Wenn Vater und Mutter böse aufeinander sind, ist das für die Tochter doch ziemlich schlimm.«
»Wollen Sie damit wissen, ob mein Vater und Arlena sich stritten?« fragte Linda direkt.
»Nun – ja.«
Widerliche Sache, dachte Weston, so ein junges Mädchen über den Vater auszuhorchen. Warum bin ich bloß Polizist geworden? Aber einer muß es ja tun, verdammt!
»Nein, nie«, erklärte Linda entschieden. »Vater streitet nicht, mit niemand. So was mag er nicht.«
»Also, Miss Linda«, sagte Weston, »ich möchte, daß Sie genau überlegen! Haben Sie irgendeine Vermutung, warum Ihre Stiefmutter umgebracht wurde? Haben Sie irgend etwas gehört, wissen Sie etwas, was uns weiterhelfen könnte?«
Linda schwieg eine Minute. Sie schien sich die Antwort auf die Frage genau zu überlegen.
»Nein, ich weiß nicht, wer Arlena hätte töten wollen«, erwiderte sie zögernd. »Außer, natürlich, Mrs. Redfern.«
»Sie glauben, daß Mrs. Redfern sie umbringen wollte? Warum?«
»Weil ihr Mann sich in Arlena verliebt hatte. Aber ich glaube nicht, daß sie sie tatsächlich töten wollte. Ich will damit sagen, daß sie sich einfach wünschte, sie wäre tot – und das ist nicht das gleiche, nicht wahr?«
»Nein, das ist nicht das gleiche«, sagte Poirot freundlich.
Linda nickte. Ein komisches Zucken ging über ihr Gesicht.
»Außerdem würde Mrs. Redfern so was nie tun – ich meine, jemand töten. Sie ist nicht – sie ist nicht gewalttätig, wenn Sie verstehen, was ich damit sagen will.«
Weston und Poirot nickten. »Ich weiß genau, was Sie damit sagen wollen, mein Kind«, erklärte Poirot, »und ich bin völlig Ihrer Meinung. Mrs. Redfern gehört nicht zu den Menschen, die ›rotsehen können‹, wie es so schön heißt. Sie würde nicht von einem Sturm von Gefühlen geschüttelt werden...« Poirot lehnte sich mit halbgeschlossenen Augen zurück und wählte die Worte sehr sorgfältig. »Sie würde

keinen Abgrund vor sich sehen – ein verhaßtes Gesicht – einen weißen Nacken – spüren, wie sich ihre Hände verkrampften – spüren, wie sie sich danach sehnte, sie ins Fleisch zu pressen ...« Er schwieg abrupt.
Linda sprang auf. Zitternd stand sie da. »Kann ich jetzt gehen?« fragte sie leise. »Ist das alles?«
»Ja, ja, das ist alles«, antwortete Oberst Weston. »Vielen Dank, Miss Linda.«
Er stand auf und öffnete ihr die Tür. Als Linda hinausgegangen war, setzte er sich wieder an den Tisch und zündete sich eine Zigarette an.
»Puh!« sagte er. »Kein angenehmer Beruf, den wir haben! Ich kam mir etwas gemein vor, als ich das arme Kind fragte, wie ihr Vater und ihre Stiefmutter zueinander gestanden hatten. Mehr oder weniger eine Einladung an die Tochter, dem Vater einen Strick zu drehen. Trotzdem – es ging nicht anders. Mord ist Mord! Und sie hätte – als nahe Verwandte – etwas wissen können. Trotzdem bin ich froh, daß sie uns nichts zu erzählen hatte.«
»Ja, den Eindruck hatte ich auch«, bemerkte Poirot.
Weston hüstelte verlegen. »Übrigens, Poirot«, sagte er, »ich finde, daß Sie zum Schluß etwas zu weit gingen. Diese Geschichte mit den Händen, die sich danach sehnen, sich in den weißen Hals zu pressen und solches Zeug. Nicht gerade das, was man einem jungen Ding erzählen sollte.«
Poirot blickte ihn nachdenklich an. »Sie glauben also, ich hätte sie auf dumme Gedanken gebracht?« fragte er.
»Na, wollten Sie das nicht?«
Poirot schüttelte den Kopf.
Weston beharrte nicht weiter auf seiner Frage. »Im großen und ganzen haben wir nicht viel von ihr erfahren«, stellte er fest. »Außer, daß diese Redfern ein mehr oder weniger stichhaltiges Alibi besitzt. Wenn die beiden von halb elf bis Viertel vor zwölf zusammen waren, können wir Christine Redfern von unserer Liste streichen – die eifersüchtige junge Ehefrau ist über jeden Verdacht erhaben.«
»Es gibt bessere Gründe, warum Mrs. Redfern nicht als Täter in Frage kommt«, stellte Poirot fest. »Ich bin fest davon

überzeugt, daß es ihr weder körperlich noch geistig möglich wäre, jemand zu erwürgen. Sie ist der ruhige Typ, nicht heißblütig. Sie ist zu tiefer Liebe und beständigen Gefühlen fähig, aber nicht zu heißblütiger Leidenschaft oder Wut. Außerdem sind ihre Hände viel zu klein und zart.«
»Das finde ich auch, Monsieur Poirot«, sagte Colgate. »Sie ist also aus dem Schneider. Denn Dr. Neasdon behauptet, daß es große Hände waren, die die Damen erwürgten.«
»Na, dann sollten wir uns diesen Redfern mal vorknöpfen«, meinte Weston. »Sicherlich hat er sich von dem Schock schon etwas erholt.«

Redfern hatte sich offenbar etwas gefaßt. Er sah blaß und verhärmt aus und sehr jung, aber er benahm sich wie immer.
»Sie sind also Mr. Patrick Redfern aus Crossgates, Seldon, Princes Risborough?«
»Ja.«
»Wie lange kannten Sie Mrs. Marshall?«
Patrick Redfern zögerte. »Drei Monate«, sagte er dann.
»Captain Marshall erzählte uns, daß Sie sich bei einer Cocktailparty kennenlernten. Stimmt das?«
»Ja. Da haben wir uns kennengelernt.«
»Captain Marshall deutete an, daß Sie erst hier näher miteinander bekannt wurden. Ist das wahr, Mr. Redfern?«
Wieder zögerte Patrick Redfern ein paar Augenblicke. »Nun, nicht ganz. Vielmehr habe ich sie schon in London ziemlich oft getroffen.«
»Ohne Captain Marshalls Wissen?«
Redfern errötete etwas. »Ich habe keine Ahnung, ob er Bescheid wußte oder nicht.«
»Und geschah dies auch ohne Wissen Ihrer Frau?« fragte Poirot.
»Ich glaube, ich erzählte ihr, daß ich die berühmte Arlena Stuart kennengelernt hätte.«
»Aber sie wußte nicht, wie oft Sie sie sahen?« fragte Poirot hartnäckig weiter.
»Vermutlich nicht.«

»Haben Sie mit Mrs. Marshall verabredet, hierherzukommen?« fragte Weston.
Redfern schwieg eine Weile. Dann zuckte er mit den Schultern und sagte: »Na gut, ich nehme an, daß Sie es ja doch erfahren. Es hat wohl keinen Zweck, Sie länger hinzuhalten. Ich war verrückt nach der Frau, völlig verrückt! Ich war verliebt in sie, vernarrt – was immer Sie wollen. Sie bat mich, sie hier zu treffen. Erst zögerte ich noch, doch dann gab ich nach. Ich – ich – ja, ich hätte alles getan, was sie verlangte. Die unsinnigsten Dinge. Sie hatte diese Wirkung auf die Leute.«
»Sie zeichnen ein sehr deutliches Bild von ihr«, murmelte Poirot. »Sie war die ewige Circe. Genau das!«
»Sie verwandelte die Männer in Schweine, ja, das stimmt«, bemerkte Patrick Redfern bitter. »Ich möchte offen zu Ihnen sein, meine Herren. Ich werde nichts verschweigen. Was hätte es auch für einen Zweck? Wie ich schon sagte, ich war verrückt nach ihr. Ob sie mich mochte oder nicht, weiß ich nicht. Sie tat jedenfalls so, aber ich fürchte, sie gehörte zu jener Sorte von Frauen, die das Interesse an einem Mann verliert, wenn sie ihn mit Haut und Haaren gefressen hat. Sie wußte, daß ich am Haken zappelte. Heute vormittag, als ich sie am Strand fand, traf es mich wie ein Schlag. Ich war wie benommen – völlig erledigt!«
»Und jetzt?« fragte Poirot und beugte sich vor.
Patrick Redfern blickte ihm ruhig in die Augen. »Ich habe Ihnen die Wahrheit erzählt. Ich möchte jetzt nur eines wissen: Wieviel müssen die andern erfahren? Nicht daß es irgendwelche Bedeutung für ihren Tod hätte. Aber wenn alles herauskommt, wird meine Frau ziemlich zu leiden haben.« Er runzelte die Stirn. »Sie finden wohl, daß ich bis jetzt kaum an meine Frau gedacht habe? Vielleicht ist das wahr. Aber wenn das auch wie unglaubliche Heuchelei klingt – die Wahrheit ist jedenfalls, daß ich meine Frau immer noch liebe. Daß ich sie sogar sehr liebe. Die andere«, er zuckte mit den Schultern, »die andere ... es war wie ein Anfall von Wahnsinn. So etwas Dummes können nur Männer tun. Aber Christine ist anders. Sie bedeutet mir wirklich etwas. Obwohl ich so gemein zu ihr war, wußte ich doch die ganze Zeit tief in meinem Innern,

daß sie die einzige Frau ist, die für mich zählt.« Er schwieg und seufzte. Etwas pathetisch fügte er dann hinzu: »Ich wünschte, ich könnte sie davon überzeugen!«
Hercule Poirot beugte sich vor. »Aber ich glaube Ihnen!«
Redfern sah ihn dankbar an. »Das ist sehr freundlich von Ihnen«, sagte er.
Oberst Weston räusperte sich. »Sie können überzeugt sein, Mr. Redfern, daß wir uns auf das Wichtigste beschränken werden. Wenn Ihre Gefühle für Mrs. Marshall bei diesem Mordfall keine Rolle spielen, sehe ich keinen Sinn darin, sie näher zu untersuchen. Aber was Sie offenbar nicht begreifen, ist der Umstand, daß dieses – hm – vertraute Verhältnis in einem direkten Zusammenhang mit dem Mord steht. Es könnte sich daraus ein Motiv ableiten lassen, verstehen Sie?«
»Was heißt Motiv?« fragte Patrick Redfern.
»Ja, Mr. Redfern, so ist es. Vielleicht wußte Captain Marshall über die Affäre nicht Bescheid. Angenommen, er entdeckte die Wahrheit?«
»Mein Gott!« rief Redfern. »Sie meinen, er kriegte es heraus – und tötete sie?«
»Diese Möglichkeit ist Ihnen nicht in den Sinn gekommen?« fragte der Polizeichef trocken.
Redfern schüttelte den Kopf. »Nein. Komisch, daß ich nicht daran dachte. Wissen Sie, Marshall ist ein so ruhiger Bursche. Ich – ach, es ist doch höchst unwahrscheinlich!«
»Wie benahm sich Mrs. Marshall ihrem Mann gegenüber während der ganzen Zeit? War sie – nun, hatte sie Angst, daß er es erfahren könnte? Oder war es ihr egal?«
»Sie war ein wenig – ja, ein wenig nervös«, erwiderte Redfern langsam. »Sie wollte nicht, daß er Verdacht schöpfte.«
»Hatte sie Angst vor ihm?«
»Angst? Nein, das möchte ich nicht behaupten.«
»Entschuldigen Sie, Mr. Redfern«, sagte Poirot, »es tauchte zu keinem Augenblick die Frage auf, ob Sie sich scheiden lassen sollten?«
Patrick Redfern schüttelte heftig den Kopf. »Nein, nie. Da war doch Christine, verstehen Sie? Und Arlena dachte nie

daran. Davon bin ich überzeugt. Die Ehe mit Marshall war genau das, was sie wollte. Er ist ein ziemlich großes Tier...« Er grinste plötzlich. »In der Länderverwaltung und so weiter, und auch ziemlich reich. Sie hat an mich nie als an einen möglichen Ehemann gedacht. Nein, ich war nur einer von den vielen armen Kerlen, mit denen sie spielte. Ich wußte es die ganze Zeit, und doch änderte es nichts an meinen Gefühlen für sie...« Er schwieg nachdenklich.
Weston war es, der ihn in die Wirklichkeit zurückholte.
»Also, Mr. Redfern, was wir gern wissen möchten: Hatten Sie heute vormittag eine Verabredung mit Mrs. Marshall?«
Patrick Redfern machte ein erstauntes Gesicht. »Nein, keine Verabredung im eigentlichen Sinn. Aber wir trafen uns gewöhnlich morgens am Strand. Wir paddelten dann meistens mit einem Schlauchboot herum oder mit einem Holzfloß.«
»Wunderten Sie sich, als Mrs. Marshall heute morgen nicht da war?«
»Ja, sehr sogar. Ich verstand nicht, warum.«
»Und was dachten Sie?«
»Eigentlich wußte ich nicht recht, was ich von der Sache halten sollte. Ich meine, ich dachte die ganze Zeit über, daß sie noch auftauchen würde.«
»Falls sie eine andere Verabredung hatte – Sie wissen nicht zufällig, wer das sein könnte?«
Patrick Redfern starrte ihn nur schweigend an und schüttelte dann den Kopf.
»Wenn Sie eine Verabredung mit Mrs. Marshall hatten – wo trafen Sie sich gewöhnlich?«
»Nachmittags trafen wir uns manchmal in der Möwenbucht. Nachmittags scheint die Sonne dort nicht mehr, wissen Sie, und deshalb sind gewöhnlich kaum noch Leute da. Wir haben uns dort ein- oder zweimal verabredet.«
»Nie in der andern Bucht? In der Feenbucht?«
»Nein. Die Feenbucht liegt nach Westen, und die Leute kommen dort nachmittags hin, mit Booten oder auf Luftmatratzen und so weiter. Wir haben nie versucht, uns vormittags zu sehen. Es wäre zu sehr aufgefallen. Aber am Nach-

mittag machen die Leute ein Nickerchen oder sitzen herum, und keiner weiß genau, wo die andern stecken.«
Weston nickte.
»Nach dem Abendessen«, fuhr Patrick Redfern fort, »gingen wir oft spazieren, wenn das Wetter schön war – irgendwo auf der Insel.«
»Ah, ja!« murmelte Poirot, und Redfern warf ihm einen fragenden Blick zu.
»Dann können Sie uns keinen Hinweis geben«, sagte Weston, »warum Mrs. Marshall heute vormittag zur Feenbucht wollte?«
Redfern verneinte. »Ich habe nicht die leiseste Ahnung«, sagte er dann, und seine Stimme klang ehrlich bestürzt. »Es paßt gar nicht zu Arlena.«
»Hatte sie irgendwelche Freunde, die hier in der Nähe wohnten?«
»Nicht daß ich wüßte. Eigentlich bin ich sicher, daß sie weiter niemanden hier kannte.«
»Jetzt möchte ich Sie bitten, Mr. Redfern, sehr genau zu überlegen. Sie kannten Mrs. Marshall bereits in London. Sie müssen auch Leute gekannt haben, mit denen sie verkehrte. Erinnern Sie sich an jemand, der einen persönlichen Groll gegen sie hegte? Zum Beispiel jemand, dessen Platz Sie einnahmen?«
Patrick Redfern dachte einige Minuten lang nach. Dann schüttelte er den Kopf. »Ehrlich«, sagte er, »ich kenne niemand.«
Weston trommelte mit den Fingern auf die Tischplatte. »Na, das wär's dann wohl«, sagte er schließlich. »Anscheinend haben wir die Wahl unter drei Möglichkeiten: Es war ein Unbekannter, der zufällig in der Gegend war, ein Verrückter, was für meinen Geschmack zu weit hergeholt ist...«
»Und doch ist es bei weitem die plausibelste Erklärung«, unterbrach ihn Redfern.
Weston machte eine abwehrende Geste. »Das ist kein Fall von ›Mord im einsamen Wald‹. Diese Bucht ist ziemlich schwierig zu erreichen. Entweder ist der Täter über den Damm gekommen, dann mußte er auch am Hotel vorbei,

und kletterte die Leiter hinunter in die Bucht, oder er hat sich ein Boot genommen. Für eine Affekthandlung ist beides nicht glaubwürdig.«
»Sie sagten, es gebe drei Möglichkeiten«, bemerkte Redfern.
»Hm – ja«, sagte der Polizeichef. »Das heißt, es gibt zwei Personen auf dieser Insel, die ein Tatmotiv haben. Da ist einmal ihr Mann, und dann noch Ihre Frau, Mr. Redfern.«
Redfern starrte ihn entgeistert an. Er wirkte wie vom Donner gerührt. »Meine Frau?« rief er. »Christine? Sie wollen doch nicht behaupten, daß Christine irgend etwas mit dem Mordfall zu tun hat?« Er sprang auf. Vor Aufregung begann er zu stottern. »Sie sind verrückt – völlig – verrückt! Christine? Mein Gott, das – das ist unmöglich. Lächerlich!«
»Trotzdem, Mr. Redfern, die Eifersucht ist ein sehr überzeugendes Motiv. Frauen können in ihrer Eifersucht jede Beherrschung verlieren.«
»Christine ist anders!« entgegnete Redfern ernst. »So etwas würde sie nie tun. Sie war unglücklich, ja. Aber sie gehört nicht zu den Menschen, die – ach, verstehen Sie denn nicht? Es ist nichts Gewalttätiges in ihr.«
Hercule Poirot nickte nachdenklich. Gewalttätigkeit – davon hatte auch Linda Marshall gesprochen. Und in beiden Fällen war er einer Meinung gewesen.
»Außerdem«, fuhr Redfern etwas ruhiger fort, »außerdem ist es völlig absurd! Arlena war zweimal so kräftig wie Christine. Ich bezweifle, ob Christine eine junge Katze umbringen könnte – geschweige denn eine kräftige Person wie Arlena. Außerdem hätte Christine nie die Leiter zur Bucht hinunterklettern können. Sie mochte so etwas nicht. Und – ach, die ganze Geschichte ist einfach zu phantastisch!«
Oberst Weston kratzte sich nachdenklich am Ohr. »Nun«, meinte er, »wenn man es so sieht, klingt es wenig überzeugend. Da muß ich Ihnen recht geben. Aber das erste, nach dem wir immer suchen müssen, ist das Motiv.« Und dann fügte er noch hinzu: »Motiv und Gelegenheit.«

Nachdem Redfern gegangen war, bemerkte der Polizeichef mit einem leichten Lächeln:
»Ich hielt es nicht für nötig, dem Burschen zu verraten, daß seine Frau ein Alibi hat. War neugierig, was er zu so einer Möglichkeit sagen würde. Hat ihn ganz schön geschockt, was?«
»Die Argumente, die er vorbrachte, waren beinahe so gut wie ein Alibi selbst«, murmelte Poirot.
»Ja. Sie war es nicht. Sie hätte so was nie tun können – schon rein körperlich unmöglich, wie Sie sagten. Marshall könnte als Täter in Frage kommen. Aber offensichtlich war er es nicht.«
Inspektor Colgate hüstelte. »Entschuldigen Sie, Sir, aber ich habe über dieses Alibi nachgedacht. Wenn er nämlich diese Sache plante, Sir, könnte er die Briefe im voraus geschrieben haben.«
»Das ist eine gute Idee«, meinte Weston. »Wir müssen darüber Näheres...« Er brach ab, weil Christine Redfern hereinkam.
Sie wirkte wie immer, ruhig und ein wenig zu beherrscht in ihren Bewegungen. Sie trug einen weißen Tennisrock und einen hellblauen Pullover, der ihr helles Haar und ihre etwas blutarme Hübschheit betonte. Und doch, überlegte Hercule Poirot, ist es weder ein dummes noch ein weiches Gesicht. Es verrät viel Entschlossenheit, Mut und gesunden Menschenverstand. Er nickte wohlwollend.
Nette kleine Person, dachte Weston. Vielleicht ein wenig nichtssagend. Auf jeden Fall viel zu gut für diesen Schürzenjäger von Ehemann. Na ja, der Bursche ist noch jung. Irgendwann im Leben wird jeder mal von einer Frau zum Narren gehalten.
»Setzen Sie sich doch, Mrs. Redfern«, sagte er. »Es ist immer ein Haufen Routinearbeit zu erledigen, wissen Sie. Wir müssen alle Leute fragen, wo sie heute vormittag gewesen sind. Einfach der Ordnung halber.«
Christine Redfern nickte. »Ja, das begreife ich sehr gut«, sagte sie mit ihrer ruhigen, sachlichen Stimme. »Wo wollen wir anfangen?«

»Beim heutigen Vormittag«, antwortete Poirot. »So früh wie möglich, Madame. Wann sind Sie aufgestanden, und was taten Sie dann?«
»Warten Sie mal! Auf meinem Weg hinunter zum Frühstükken ging ich bei Linda vorbei und verabredete mich mit ihr zu einem Spaziergang zur Möwenbucht. Wir wollten uns in der Halle treffen – um halb elf Uhr.«
»Sie hatten nicht die Absicht, vor dem Frühstück zu schwimmen, Madame?«
»Nein. Ich schwimme selten«, sagte sie und lächelte. »Das Wasser muß richtig warm sein, ehe ich hineingehe. Mir ist schnell kalt.«
»Aber Ihr Mann schwimmt morgens?«
»O ja. Fast jeden Tag.«
»Und Mrs. Marshall auch?«
Christines Stimme änderte sich. Sie wurde kalt, fast scharf.
»Nein. Mrs Marshall gehörte zu den Leuten, die immer erst am späten Vormittag auftauchten.«
»Entschuldigen Sie, Madame«, sagte Hercule Poirot mit verlegenem Gesicht. »Ich habe Sie unterbrochen. Sie erzählten gerade, daß Sie zu Miss Linda Marshall gingen. Wieviel Uhr war es da?«
»Lassen Sie mich überlegen – ich glaube, halb neun, nein, etwas früher.«
»Und Miss Marshall war bereits auf?«
»Aber ja. Sie war schon weggewesen.«
»Weggewesen?«
»Ja, sie behauptete, sie habe geschwommen.«
Ein schwacher, ein sehr schwacher Unterton der Verwirrung schwang in Christines Stimme mit, was Hercule Poirot nachdenklich machte.
»Und dann?« fragte Weston.
»Ich frühstückte.«
»Und nach dem Frühstück?«
»Ging ich wieder in mein Zimmer hinauf, holte meine Zeichentasche, und wir zogen los.«
»Sie und Miss Linda Marshall?«
»Ja.«

»Wie spät war es?«
»Ich glaube, so gegen halb elf.«
»Und weiter?«
»Wir wanderten zur Möwenbucht. Sie wissen schon, die Bucht auf der Ostseite der Insel. Dort ließen wir uns häuslich nieder. Ich zeichnete, und Linda legte sich in die Sonne.«
»Wann brachen Sie auf?«
»Um Viertel vor zwölf. Ich wollte um zwölf Uhr Tennis spielen und mußte mich noch umziehen.«
»Sie hatten Ihre Uhr dabei?«
»Nein. Ich fragte Linda, wie spät es sei.«
»Aha. Und dann?«
»Ich packte meinen Zeichenkram zusammen und kehrte zum Hotel zurück.«
»Und Mademoiselle Linda?« fragte Poirot.
»Linda? Ach, Linda ging ins Wasser.«
»Saßen Sie weit weg vom Wasser?«
»Nun, wir befanden uns hinter der Hochwasserlinie. Direkt unter den Felsen. So konnte ich im Schatten sitzen, und Linda konnte in der Sonne liegen.«
»War Linda Marshall schon im Wasser, als Sie aufbrachen?« fragte Poirot.
Christine runzelte die Stirn und überlegte angestrengt.
»Warten Sie. Sie lief den Strand hinunter. Ich machte meine Zeichenkiste zu – ja, ich hörte noch, wie sie in den Wellen herumplanschte, während ich den Felsenpfad hinauflief.«
»Sind Sie sicher, Madame? War sie tatsächlich im Wasser?«
»Ja, bestimmt.« Sie blickte ihn erstaunt an.
Weston musterte Poirot nachdenklich. Dann sagte er: »Erzählen Sie weiter, Mrs. Redfern.«
»Ich kehrte also ins Hotel zurück, zog mich um und ging zu den Tennisplätzen, wo die andern bereits warteten.«
»Wer waren die andern?«
»Captain Marshall, Mr. Gardener und Miss Darnley. Wir spielten zwei Sätze. Wir wollten gerade neu anfangen, als wir hörten, was mit – mit Mrs. Marshall geschehen war.«
Hercule Poirot beugte sich vor. »Und was dachten Sie da, Madame? Als Sie die Nachricht erfuhren?«

Ihr Gesicht verriet, daß ihr die Frage nicht gefiel. »Was ich dachte?«
»Ja.«
»Eine schreckliche Sache. Entsetzlich, daß so was passieren kann«, sagte sie langsam.
»Ja, Sie regten sich darüber auf, das verstehe ich. Aber was bedeutete es für Sie – persönlich?«
Sie warf ihm einen kurzen Blick zu, in dem etwas Flehendes lag. Er reagierte darauf und sagte sachlich:
»Ich frage Sie, Madame, als eine Frau, die intelligent ist und eine Menge gesunden Menschenverstand besitzt. Während Ihres Aufenthaltes hier hatten Sie sich zweifellos eine Meinung von Mrs. Marshall gemacht. Was für eine Frau war sie?«
»Ich denke doch, daß man sich von den andern Gästen immer eine Meinung macht, wenn man längere Zeit mit ihnen zusammen in einem Hotel ist.«
»Gewiß. Das ist ganz normal. Und deshalb frage ich Sie, Madame, waren Sie tatsächlich über die Art ihres Todes sehr überrascht?«
»Ich glaube, ich verstehe, was Sie sagen wollen«, erwiderte Christine. »Ja, vielleicht überraschte es mich tatsächlich nicht. Aber ich war schockiert. Nur – sie gehörte zu den Frauen, die ...«
»Sie gehörte zu der Art von Frauen«, ergänzte Poirot, »der so etwas passieren könnte. Ja, Madame, das ist die glaubwürdigste und wahrste Bemerkung, die heute vormittag in diesem Raum ausgesprochen wurde. Wenn wir alle – hm – persönlichen Gefühle beiseite lassen –, was hielten Sie von der toten Mrs. Marshall?«
»Ist es wirklich wichtig, daß wir uns darüber unterhalten?« fragte Christine Redfern ruhig.
»Ich glaube doch.«
»Also, was soll ich sagen?« Ihr blasses Gesicht überzog sich plötzlich mit einer sanften Röte. Ihre Vorsicht verschwand. Sie entspannte sich. Für einen kurzen Augenblick konnte man erkennen, was für eine Frau sie in Wirklichkeit war. »Sie gehörte zu den Menschen«, sagte sie, »die in meinen

Augen völlig wertlos sind! Sie tat nichts, was ihre Existenz rechtfertigte. Sie hatte kein Herz, keinen Verstand. Sie dachte nur an Männer, an Kleider und Bewunderung. Überflüssig, ein Parasit der Gesellschaft. Sie gefiel den Männern, nehme ich an – ja, natürlich gefiel sie ihnen. Und sie lebte nur für diese Art von Leben. Und deshalb, glaube ich, war ich nicht besonders überrascht, daß sie ein so trauriges Ende nahm. Sie war der Typ Frau, der bei allen schmutzigen Dingen mitmacht – Erpressung, Eifersucht, Gewalt. Sie – sie brachte immer das Schlechteste im Menschen zum Vorschein.«
Sie schwieg, etwas außer Atem. Ihre zu kurze Oberlippe zog sich verächtlich nach oben. Oberst Weston dachte verblüfft, daß er keine Frau kannte, die so genau das Gegenteil von Arlena Marshall war wie Mrs. Redfern. Das Leben mit ihr mußte farblos und langweilig sein. Kein Wunder, daß ein Mann wie Redfern sich zu Frauen vom Schlage Arlena Marshalls besonders hingezogen fühlte.
Noch während er das dachte, wurde ihm plötzlich bewußt, daß Christine Redfern ein Wort gesagt hatte, das ihm besonders im Gedächtnis geblieben war. Das Wort »Erpressung«.
Er straffte sich und fragte: »Warum, Mrs. Redfern, haben Sie im Zusammenhang mit der Toten das Wort ›Erpressung‹ gebraucht?«

7

Christine Redfern starrte ihn an, ohne offenbar zu begreifen, was er meinte. Fast mechanisch antwortete sie: »Ich nehme an, weil sie tatsächlich erpreßt wurde. Sie war der Typ, der so was direkt herausforderte.«
»Wissen Sie das genau? Daß sie erpreßt wurde?« fragte Weston ernst.
Wieder stieg Christine ein schwaches Rot in die Wangen. Etwas verlegen meinte sie: »Tatsächlich weiß ich es zufällig genau. Ich – ich habe es gehört.«
»Können Sie das genauer ausführen, Mrs. Redfern?«

Christine Redfern wurde noch röter. »Ich wollte – ich wollte nicht lauschen. Es war reiner Zufall. Es ist zwei, nein, drei Tage her. Wir spielten abends Bridge.« Sie blickte Poirot an. »Erinnern Sie sich? Mein Mann und ich, Sie, Monsieur Poirot, und Miss Darnley. Ich war der Dummy. Die Luft im Spielzimmer war so stickig, und deshalb schlüpfte ich aus der Terrassentür, um etwas frische Luft zu schöpfen. Ich schlenderte den Pfad Richtung Strand hinunter, da hörte ich plötzlich Stimmen. Die eine gehörte Arlena Marshall, ich erkannte sie sofort. Sie sagte: ›Es hat keinen Zweck, mich zu drängen. Im Augenblick habe ich nicht mehr Geld zur Verfügung. Mein Mann könnte mißtrauisch werden.‹ Dann sagte eine männliche Stimme. ›Ich lasse mich nicht mit Ausflüchten abspeisen. Sie werden das Geld ausspucken!‹ Und Arlena Marshall rief: ›Sie gemeiner Erpresser!‹ Und der Mann antwortete: ›Gemein oder nicht, meine Dame, Sie werden zahlen!‹«

Christine schwieg.

»Ich kehrte um«, sagte sie dann. »Und ein paar Augenblicke später lief Arlena Marshall an mir vorbei. Sie sah – ja, sie sah verängstigt aus.«

»Und der Mann? Wissen Sie, wer es war?« fragte Weston.

Christine Redfern schüttelte den Kopf. »Er flüsterte die ganze Zeit. Ich verstand kaum, was er sagte.«

»Die Stimme kam Ihnen nicht bekannt vor?«

Sie überlegte wieder und schüttelte den Kopf. »Nein, ich erkannte sie nicht. Sie war wütend und leise. Es hätte jeder sein können, irgend jemand.«

»Vielen Dank, Mrs. Redfern«, sagte Oberst Weston.

Nachdem sich die Tür hinter Mrs. Redfern geschlossen hatte, sagte Inspektor Colgate: »Na, allmählich kommen wir weiter.«

»Finden Sie?« fragte Weston.

»Nun, das war doch deutlich, Sir. Daran ist nicht zu rütteln: Jemand in diesem Hotel erpreßte die Tote.«

»Aber nicht der verrückte Erpresser ist tot. Es ist sein Opfer«, murmelte Poirot.

»Das ist der Haken an der Sache«, gab der Inspektor zu. »Erpresser bringen gewöhnlich ihre Opfer nicht um. Aber eines können wir daraus schließen: Wir wissen jetzt den Grund, warum sich Mrs. Marshall heute vormittag so seltsam benahm. Sie hatte eine Verabredung mit dem Burschen, der sie erpreßte, und wollte nicht, daß ihr Mann oder Redfern es erfuhr.«

»Das wäre eine Erklärung«, pflichtete ihm Poirot bei.

»Und bedenken Sie, welchen Treffpunkt sie wählte. Geradezu der ideale Ort! Die Dame paddelte mit ihrem Holzfloß davon. Das ist völlig unverdächtig. Sie tut es jeden Tag. Sie paddelt zur Feenbucht, wo am Morgen kein Mensch ist, ein nettes, ruhiges Plätzchen für das Gespräch.«

»Ja, auch mir fiel dieser Punkt auf«, meinte Poirot. »Wie Sie sagen, der ideale Ort für eine Verabredung. Er ist einsam gelegen, vom Land aus nur über eine steile Eisenleiter zu erreichen, die nicht jedermanns Sache ist. Außerdem ist der größte Teil der Bucht wegen der überhängenden Felsen von oben nicht einzusehen. Und da ist noch etwas! Mr. Redfern erzählte es mir kürzlich. Es gibt dort eine Höhle, deren Eingang nicht leicht zu finden ist und in der man sich gut verstecken kann.«

»Natürlich!« rief Weston. »Die Feenhöhle! Von der habe ich auch schon gehört.«

»Jahrelang hat niemand mehr von ihr gesprochen«, meinte Inspektor Colgate. »Sehen wir sie uns doch mal genauer an! Man kann nie wissen. Vielleicht finden wir einen Beweis.«

»Ja. Sie haben recht, Colgate. Für die eine Hälfte des Rätsels haben wir die Lösung: Wir wissen jetzt, warum Mrs. Marshall zur Feenbucht wollte. Doch die andere Hälfte ist nach wie vor ungeklärt: Wen wollte sie dort treffen? Vermutlich jemand, der hier im Hotel wohnt. Als Liebhaber schien kein Gast ins Bild zu passen. Aber als Erpresser? Das ist eine andere Sache.«

Er zog das Hotelregister näher.

»Wenn wir die Kellner und anderen Angestellten weglas-

sen, die kaum in Frage kommen dürften, bleiben folgende Personen: der Amerikaner – Gardener, Major Barry, Mr. Horace Blatt und Pfarrer Stephen Lane.«
»Wir können den Kreis der Verdächtigen noch enger ziehen, Sir«, sagte Colgate. »Ich glaube, daß wir den Amerikaner ausschließen sollten. Er war den ganzen Vormittag über am Strand. Stimmt doch, Monsieur Poirot?«
»Er war kurze Zeit nicht da, als er für seine Frau ein Knäuel Wolle holte.«
»Ach, das brauchen wir nicht weiter zu beachten«, sagte Colgate.
»Und was ist mit den andern drei?« fragte Weston.
»Major Barry fuhr gegen zehn Uhr weg und kam um halb zwei Uhr wieder. Mr. Lane war noch früher dran. Er frühstückte um acht. Er behauptete, er wollte eine Wanderung machen. Mr. Blatt ging segeln, wie jeden Tag. So gegen halb zehn Uhr. Keiner von den beiden ist schon zurückgekommen.«
»Segeln, soso!« Oberst Westons Stimme klang nachdenklich.
»Könnte gut passen«, bemerkte Colgate.
»Na, wir werden ein Wörtchen mit diesem Major reden. Lassen Sie mal sehen, wen haben wir denn noch? Rosamund Darnley. Und diese Brewster, die die Tote fand, zusammen mit Redfern. Was für ein Typ ist sie, Colgate?«
»Ach, ganz vernünftig, Sir. Steht mit beiden Beinen im Leben.«
»Sie hat sich über die Tote nicht geäußert?«
Der Inspektor schüttelte den Kopf. »Ich glaube nicht, daß sie uns viel verraten kann, Sir. Trotzdem werden wir uns wohl besser mit ihr unterhalten. Sicher ist sicher. Dann sind da noch die Amerikaner.«
Weston nickte. »Lassen wir die mal holen, damit wir die Sache hinter uns haben. Wer weiß, vielleicht können sie uns was erzählen – über die Erpressergeschichte oder über irgend etwas anderes.«

Mr. und Mrs. Gardener erschienen gemeinsam. »Sie wissen ja, wie das ist, Oberst Weston«, begann Mrs. Gardener

sofort. »So ist doch Ihr Name, nicht wahr?« Und als man ihr das bestätigte, fuhr sie fort: »Es war für mich ein schrecklicher Schock, und Mr. Gardener ist immer sehr besorgt um meine Gesundheit...«
»Mrs. Gardener«, unterbrach sie ihr Mann, »ist äußerst zart.«
»... und er sagte zu mir: ›Aber selbstverständlich begleite ich dich, Carrie.‹ Nicht, daß wir nicht die höchste Meinung von den britischen Polizeimethoden hätten! Wir bewundern sie sehr. Man hat uns erzählt, daß die britische Polizei äußerst umfassend und vorsichtig arbeitet, und das habe ich nie bezweifelt, und als ich einmal ein Armband vermißte – da wohnten wir im ›Savoy‹ in London –, war der junge Mann, der mich deswegen befragte, ganz reizend, höchst sympathisch, entzückend. Und natürlich hatte ich das Armband gar nicht verloren, nur verlegt. Das ist das Schlimmste, wenn man soviel unterwegs ist, man vergißt ständig, wo man seine Sachen hingetan hat...« Mrs. Gardener machte eine Pause, holte etwas Luft und legte wieder los: »Was ich damit sagen möchte – und ich weiß, daß Mr. Gardener völlig meiner Meinung ist –, ich möchte sagen, daß wir der britischen Polizei in jeder Beziehung behilflich sein wollen. Wir tun alles, was in unseren Kräften steht. Fangen Sie nur an, und fragen Sie mich alles, was Sie wissen wollen...«
Oberst Weston öffnete seinen Mund, um dieser Einladung nachzukommen, mußte aber seine Frage noch verschieben, weil Mrs. Gardener inzwischen bereits weitersprach. »Nicht wahr, Odell, das sagte ich doch? Und es stimmt auch, nicht?«
»Ja, Liebling«, erwiderte Mr. Gardener.
»Soviel ich weiß«, sagte Oberst Weston hastig, »waren Sie, Mrs. Gardener, und Ihr Mann den ganzen Vormittag am Strand?«
Ausnahmsweise gelang es Mr. Gardener, seiner Frau zuvorzukommen. »Ja«, antwortete er.
»Natürlich waren wir am Strand«, rief Mrs. Gardener. »Und was für ein schöner, friedlicher Vormittag es war, genau

wie alle anderen, wenn Sie verstehen, was ich meine, vielleicht war es sogar noch friedlicher. Und keiner von uns hatte auch nur die geringste Ahnung, was da gleich um die Ecke, in der nächsten Bucht, passierte.«

»Haben Sie Mrs. Marshall heute gesehen?«

»Nein. Und ich bemerkte noch zu Odell: ›Wo steckt nur diese Mrs. Marshall heute morgen?‹ Erst tauchte ihr Mann auf und suchte nach ihr, dann dieser gutaussehende junge Mann, Mr. Redfern. Mein Gott, wie ungeduldig er war, obwohl er nur dasaß und alle Leute wütend anstarrte. Und ich fragte mich insgeheim, warum er dieser schrecklichen Frau nachlaufen mußte, wo er doch so eine reizende kleine Frau hatte. Denn das dachte ich von ihr, nicht wahr, Odell?«

»Ja, Liebling.«

»Ich begreife nicht, wie dieser nette Captain Marshall so eine Frau heiraten konnte. Wo er doch eine heranwachsende Tochter hat. Und es ist so wichtig, daß die jungen Mädchen in der richtigen Umgebung aufwachsen. Mrs. Marshall war ganz und gar nicht geeignet – keine Erziehung –, ein sehr animalisches Wesen. Wenn Captain Marshall auch nur ein wenig Vernunft besessen hätte, würde er Miss Darnley geheiratet haben, eine sehr charmante Frau und aus bestem Stall. Ich muß gestehen, ich bewundere die Art und Weise, wie sie sich ihr Geschäft aufgebaut hat, noch dazu ein erstklassiges Unternehmen. Dazu braucht man Köpfchen. Man muß Rosamund Darnley nur ansehen, um zu erkennen, was für eine kluge Person sie ist. Sie wird immer erreichen, was sie erreichen will. Ich bewundere sie mehr, als ich sagen kann. Und erst gestern sagte ich zu Mr. Gardener, daß sogar ein Blinder merkt, wie verliebt sie in Captain Marshall ist. Ich glaube, ich sagte, daß sie verrückt nach ihm sei, nicht wahr, Odell?«

»Ja, Liebling.«

»Anscheinend kennen sie sich seit ihrer Kinderzeit. Wer weiß, vielleicht kommt jetzt alles in Ordnung, seine Frau ist tot und … ich habe ein weites Herz, Oberst Weston, nicht daß ich es mißbilligen würde, wenn eine Frau zur Bühne geht, doch ich sagte noch zu Mr. Gardener, daß diese Frau

keine gute Ausstrahlung hat. Und Sie sehen, daß ich recht habe.«
Sie schwieg triumphierend.
Hercule Poirot verzog den Mund zu einem schwachen Lächeln. Eine Minute lang blickte er Mr. Gardener in die schlauen grauen Augen.
»Nun, vielen Dank, Mrs. Gardener«, sagte Oberst Weston etwas verzweifelt. »Ich nehme an, daß keiner von Ihnen beiden etwas bemerkt hat, was für unseren Fall von Wichtigkeit sein könnte?«
»Nein, ich glaube nicht«, sagte Mr. Gardener gedehnt. »Mrs. Marshall war die meiste Zeit mit dem jungen Redfern zusammen – doch das kann Ihnen jeder andere auch erzählen.«
»Und wie steht's mit ihrem Mann? Hatte er etwas dagegen? Was glauben Sie?«
»Captain Marshall ist sehr reserviert«, antwortete Mr. Gardener vorsichtig.
Mrs. Gardener bestätigte dies. »Er ist sehr britisch«, sagte sie.

Auf Major Barrys rotem Gesicht spiegelten sich verschiedene Gefühle wider, die alle die Oberherrschaft gewinnen wollten. Er bemühte sich, entsetzt zu wirken, wie es sich gehörte, konnte aber eine Art von verschämtem Behagen nicht ganz unterdrücken.
»Es freut mich, wenn ich Ihnen helfen kann«, sagte er mit seiner rauhen, leicht keuchend klingenden Stimme. »Natürlich weiß ich nichts Näheres – rein gar nichts. War nicht mit den Leuten bekannt. Aber ich bin im Leben weit herumgekommen. War lange im Orient, wissen Sie. Und ich kann Ihnen verraten, daß Sie alles Wissenswerte über die menschliche Natur erfahren haben, wenn Sie mal in den indischen Bergen stationiert waren.«
Er schwieg, holte tief Luft und legte wieder los.
»Der Fall erinnert mich an eine Geschichte in Simla. Der Bursche hieß Robinson – oder hieß er Falconer? Ich weiß es nicht mehr genau, spielt ja auch keine Rolle. Ein ruhiger

Knabe, verstehen Sie, las viel – lammfromm, könnte man sagen. Eines Abends ging er zu Hause auf seine Frau los. Er würgte sie. Sie hatte es eine Zeitlang mit einem Kerl getrieben, und er hatte es erfahren. Bei Gott, er hätte sie beinahe umgebracht! Um ein Haar. Erstaunte uns alle! Wir hätten so was bei ihm nicht vermutet.«

»Und Sie sehen da eine Ähnlichkeit mit der Ermordung von Mrs. Marshall?«

»Also, ich wollte sagen – ich meine, sie wurde erwürgt, nicht wahr? Ist doch ähnlich. Der Bursche sah plötzlich rot!«

»Glauben Sie, daß Captain Marshall solcher Gefühlte fähig ist?« fragte Poirot.

»Na, hören Sie mal, das habe ich nicht behauptet!« Major Barrys rotes Gesicht wurde noch röter. »Ich hatte nie was gegen Marshall. Ein anständiger Bursche. Nicht um alles in der Welt würde ich etwas Schlechtes über ihn sagen.«

»Entschuldigen Sie«, sagte Poirot, »aber eben erzählten Sie uns noch die Geschichte eines wütenden Ehemannes, der auf seine Frau losging.«

»Nun, ich meinte damit nur, daß sie ganz schön raffiniert war. Der junge Redfern zappelte an ihrer Angel. Und vor ihm gab's sicherlich eine Menge anderer Verehrer. Aber es ist eine komische Sache mit den Ehemännern. Sie merken es immer als letzte. Es hat mich immer wieder verblüfft. Sie sehen, daß ein Kerl hinter der eigenen Frau her ist, aber sie merken nicht, daß *sie* auch wild auf *ihn* ist. Ich erinnere mich an eine Geschichte in Poona. War eine sehr hübsche Frau. Mein Gott, die tanzte ihrem Mann auf der Nase herum ...«

Oberst Weston wurde unruhig. »Ja, ja, Major Barry«, sagte er. »Im Augenblick müssen wir uns auf die Fakten beschränken. Können Sie uns aus eigener Anschauung sagen – ich meine, haben Sie etwas gesehen oder gehört, was uns bei unseren Nachforschungen weiterhelfen könnte?«

»Tja, Weston, das möchte ich eigentlich nicht behaupten. Einmal sah ich sie und den jungen Redfern nachmittags in der Möwenbucht ...« Er zwinkerte vielsagend und gab ein rauhes Kichern von sich. »Eine nette Szene, das muß ich sagen. Aber das gehört wohl nicht hierher, haha!«

»Sie haben Mrs. Marshall heute vormittag nicht gesehen?«
»Ich sah überhaupt niemand. Ich fuhr hinüber nach St. Loo. So ein Pech. Monatelang passiert hier nichts, und wenn dann was los ist, bin ich nicht da!« Die Stimme des Majors klang sehr bedauernd.
»Sie fuhren nach St. Loo, sagen Sie?« bohrte Oberst Weston weiter.
»Ja, ich wollte ein paar Telefonanrufe erledigen. Hier gibt's ja kein Telefon, und in der Poststelle von Leathercombe kann jeder mithören.«
»Waren Ihre Gespräche denn so privat?«
Wieder blinzelte der Major anzüglich. »Ja und nein«, antwortete er. »Ich wollte einen Freund anrufen und ihn bitten, auf ein bestimmtes Pferd zu setzen. Konnte ihn aber nicht erreichen. Da hatte ich schon wieder Pech.«
»Von wo riefen Sie an?«
»Im Postamt von St. Loo ist eine Telefonzelle. Auf dem Rückweg habe ich mich verfahren – die vielen kleinen krummen Straßen, die hierhin und dorthin führen. Ich muß mindestens eine Stunde vertrödelt haben. Höchst verwirrend, die Gegend hier. Ich bin erst vor einer halben Stunde zurückgekommen.«
»Haben Sie in St. Loo jemand Bekannten getroffen?« fragte Weston.
Major Barry kicherte wieder. »Sie wollen wohl mein Alibi überprüfen? Mir fällt dazu nichts Nützliches ein. Ich bin in St. Loo einem Haufen Leute begegnet, was nicht heißt, daß sie sich an mich erinnern werden.«
»Es ist reine Routinesache, wenn wir Sie danach fragen.«
»Ja, ich weiß. Sie können immer mit mir rechnen. Eine ganz bezaubernde Frau war sie. Ich würde Ihnen gern helfen, den Mörder zu fassen. ›Mord am einsamen Strand‹ wird es in den Zeitungen heißen. Das erinnert mich an die Zeit, als ich ...«
Diesmal war es Inspektor Colgate, der die neue Geschichte schon im Keim erstickte. Er brachte den gesprächigen Major zur Tür. Nachdem der Major verschwunden war, meinte der Inspektor:
»Schwierig zu überprüfen, was er in St. Loo getrieben hat.

Wir sind mitten in der Hochsaison.«
»Wir können ihn noch nicht von der Liste der Verdächtigen streichen«, sagte der Polizeichef. »Nicht, daß ich ernsthaft einen Verdacht gegen ihn habe. Es laufen Dutzende alter Langweiler wie er herum. Ich erinnere mich noch an den einen oder anderen aus meiner Soldatenzeit. Trotzdem – er kommt als Täter in Frage. Ich überlasse es Ihnen, Colgate, zu überprüfen, um wieviel Uhr er den Wagen aus der Garage holte, tankte und so weiter. Es wäre ja möglich, daß er den Wagen irgendwo an einer einsamen Stelle parkte und zur Bucht ging. Doch es erscheint mir höchst unglaubwürdig. Das Risiko, gesehen zu werden, wäre zu groß gewesen.«
Colgate nickte. »Allerdings sind heute eine Menge Ausflugsbusse da. Bei so schönem Wetter! Die ersten kamen um halb zwölf an. Flut war um sieben. Ebbe gegen ein Uhr. Es müssen viele Leute am Strand und auf dem Damm gewesen sein.«
»Ja, schon. Aber er hätte vom Damm aus am Hotel vorbeigehen müssen.«
»Nicht unbedingt, Sir. Er hätte vorher abbiegen und den Weg über die Mitte der Insel nehmen können.«
»Ich behaupte ja auch nicht, daß er es nicht hätte tun können, ohne gesehen zu werden. Praktisch waren alle Hotelgäste am Badestrand, mit Ausnahme von Mrs. Redfern und Marshalls Tochter, die zur Möwenbucht gingen. Der Weg ist nur von ein paar Hotelzimmern aus einzusehen, und die Wahrscheinlichkeit, daß gerade im richtigen Augenblick jemand zum Fenster hinaussah, sehr gering. Was das betrifft, so glaube ich, daß es durchaus möglich ist, das Hotel zu betreten, durch die Halle zu gehen und es wieder zu verlassen, ohne daß es jemand auffällt. Aber ich meine etwas ganz anderes: Er konnte nicht damit *rechnen*, daß ihn niemand sehen würde.«
»Er hätte mit einem Boot zur Bucht fahren können«, meinte Colgate.
Weston nickte. »Das ist schon eher möglich. Wenn er sich ein Boot besorgt und es in einer nahen Bucht versteckt hätte, brauchte er nur den Wagen zu parken, hinzurudern oder hinzusegeln, Mrs. Marshall zu ermorden und wieder zu

verschwinden. Später tischte er uns dann die Geschichte auf, daß er in St. Loo gewesen sei und sich verfahren habe, wobei er ganz genau wußte, daß es schwierig sein würde, ihm einen Widerspruch nachzuweisen.«
»Sie haben vollkommen recht, Sir.«
»Na, ich überlasse alles weitere Ihnen, Colgate«, sagte Weston. »Sehen Sie sich gründlich um. Sie wissen ja, was zu tun ist. Am besten sprechen wir jetzt mit Miss Brewster.«

Emily Brewster hatte nichts Wichtiges zu berichten, nichts, was ihnen weitergeholfen hätte.
Nachdem sie ihre Geschichte noch einmal erzählt hatte, fragte Weston: »Sie haben also nichts beobachtet, was uns nützlich sein könnte?«
»Ich fürchte, nein«, erwiderte Miss Brewster kurz. »Was für eine schreckliche Sache. Aber ich bin sicher, daß Sie bald dahinterkommen werden.«
»Ich hoffe es«, sagte Weston.
»Es dürfte nicht allzu schwierig sein«, bemerkte Miss Brewster trocken.
»Was meinen Sie damit, Miss Brewster?«
»Entschuldigen Sie. Ich wollte Ihnen keine guten Ratschläge geben. Ich meine nur, daß es bei so einer Frau ganz leicht sein wird, den Täter zu finden.«
»Glauben Sie?« fragte Poirot.
»Natürlich. Man soll ja nichts Schlechtes von den Toten sagen und so weiter, aber um die Tatsachen kommt man eben nicht herum. Die Frau war durch und durch böse. Man braucht sich nur ihre nicht sehr rühmliche Vergangenheit anzusehen.«
»Sie mochten sie nicht?« fragte Poirot freundlich.
»Ich wußte zuviel über sie«, antwortete Miss Brewster. Und als sie die fragenden Blicke sah, fuhr sie fort: »Eine meiner Kusinen heiratete einen Erskine. Sie haben sicherlich gehört, daß diese Person den alten Sir Robert dazu überredete, ihr fast sein ganzes Vermögen zu hinterlassen statt seinen Verwandten. So vernarrt war er in sie!«

»Und die Verwandten – hm –, denen paßte das nicht?« fragte Weston.
»Natürlich nicht. Sein Verhältnis mit ihr war sowieso schon ein Skandal, und dann hinterläßt er ihr noch eine Summe von fünfzigtausend Pfund. Das verrät doch, was für eine Art Frau sie war. Sicherlich klingt es sehr hart, aber ich finde, daß die Arlena Stuarts dieser Welt sehr wenig Mitgefühl verdienen. Ich weiß noch ein wenig mehr: Es gab einmal einen jungen Mann, der wegen ihr völlig den Kopf verlor. Er war schon immer etwas zu stürmisch gewesen, und natürlich gab ihm diese Liaison den Rest. Er machte irgendwelche illegalen Geschäfte mit Aktien, selbstverständlich nur, um Geld in die Finger zu bekommen, das er mit ihr ausgeben konnte, und wäre um ein Haar vor Gericht gestellt worden. Diese Frau hat jeden Mann, den sie traf, verdorben. Sehen Sie sich den jungen Redfern an. Wie weit sie es mit ihm trieb! Nein, ich fürchte, ich habe kein Mitleid mit ihr. Obwohl es besser gewesen wäre, sie wäre ertrunken oder einen Felsen hinuntergestürzt. Jemand zu erwürgen ist nicht sehr schön.«
»Sie glauben also, daß der Mörder in ihrer Vergangenheit zu suchen ist?«
»Ja.«
»Der Mörder kam vom Festland, ohne daß ihn jemand bemerkte?«
»Wieso hätte ihn jemand sehen sollen? Wir waren alle am Strand. Soviel ich hörte, war Marshalls Tochter mit Christine Redfern in der Möwenbucht. Captain Marshall war in seinem Hotelzimmer. Wer, in aller Welt, hätte ihn denn sehen sollen – außer vielleicht Miss Darnley.«
»Wo befand sich Miss Darnley?«
»Sie saß oben auf den Klippen, auf dem sogenannten Sonnenfelsen. Mr. Redfern und ich sahen sie, als wir um die Insel ruderten.«
»Vielleicht haben Sie recht, Miss Brewster.«
»Bestimmt habe ich recht!« erwiderte Miss Brewster entschieden. »Wenn eine Frau mehr oder weniger von Grund auf verdorben ist, dann findet man in ihr selbst den besten

Schlüssel für ihren gewaltsamen Tod. Glauben Sie das nicht auch, Monsieur Poirot?«
Hercule Poirot blickte auf. Seine Augen begegneten den selbstsicheren grauen Augen von Miss Brewster. »O ja, ich stimme mit dem überein, was Sie eben sagten: Daß Arlena Marshall selbst der beste, der einzige Schlüssel zu ihrem Tod ist.«
»Na also!« Gerade aufgerichtet stand Miss Brewster da und ließ ihren sachlichen, selbstsicheren Blick von einem zum andern wandern.
»Sie können sicher sein, Miss Brewster«, meinte Oberst Weston, »daß wir keinen wichtigen Hinweis übersehen werden, den wir in Mrs. Marshalls Vergangenheit entdecken.«
Emily Brewster ging hinaus.

Inspektor Colgate setzte sich auf seinem Stuhl bequemer zurecht. Mit nachdenklicher Stimme sagte er: »Eine ziemlich energische Person, was? Sie konnte die Tote nicht leiden, das merkte man deutlich.« Er schwieg einen Moment und fuhr dann grübelnd fort: »Ein Jammer, daß sie für den ganzen Vormittag so ein hieb- und stichfestes Alibi hat. Haben Sie ihre Hände gesehen, Sir? So groß wie bei einem Mann. Und sie ist eine kräftige Person, stärker als viele Männer, würde ich sagen...« Er warf Poirot einen fast flehenden Blick zu. »Und Sie behaupten, daß sie den ganzen Vormittag über am Strand saß?«
Poirot schüttelte den Kopf. »Mein lieber Inspektor«, sagte er, »sie erschien am Strand, als Mrs. Marshall die Feenbucht noch nicht erreicht haben konnte, und sie blieb in meinem Blickfeld, bis sie mit Mr. Redfern im Boot wegfuhr.«
»Dann ist sie aus dem Schneider.« Er schien wütend darüber zu sein.

Wie jedesmal, war Rosamund Darnleys Anblick für Hercule Poirot ein großes Vergnügen. Sogar in eine sachliche polizeiliche Untersuchung über die häßlichen Einzelheiten eines Mordfalles kam bei ihrem Erscheinen etwas Heiteres. Sie

setzte sich Oberst Weston gegenüber und blickte ihn mit ihren klugen Augen ernst an.
»Sie brauchen meinen Namen und meine Adresse? Ich bin Rosamund Anne Darnley. Ich habe ein Modeatelier, das Rose Mond in der Brook Street 662.«
»Danke, Miss Darnley. Wissen Sie irgend etwas, was uns weiterhilft?«
»Ich fürchte, nein.«
»Was taten Sie heute vormittag?«
»Ich frühstückte um halb zehn Uhr. Dann ging ich wieder in mein Zimmer hinauf und holte ein paar Bücher, meinen Sonnenschirm und wanderte zum Sonnenfelsen. Das muß etwa um fünfundzwanzig Minuten nach zehn gewesen sein. Zehn Minuten vor zwölf kehrte ich ins Hotel zurück, holte meinen Tennisschläger und spielte bis zum Mittagessen Tennis.«
»Sie waren also auf diesem Felsenband, das allgemein der Sonnenfelsen heißt, von etwa halb elf bis zehn Minuten vor zwölf?«
»Ja.«
»Haben Sie Mrs. Marshall heute vormittag getroffen?«
»Nein.«
»Sahen Sie, wie sie mit ihrem Floß zur Feenbucht paddelte?«
»Nein. Sie muß früher vorbeigekommen sein, bevor ich auf dem Felsen war.«
»Haben Sie irgend jemand auf einem Floß oder in einem Boot bemerkt?«
»Nein. Wissen Sie, ich habe gelesen. Natürlich blickte ich hin und wieder von meinem Buch auf, aber ich erinnere mich, daß das Meer immer glatt und leer war.«
»Haben Sie Mr. Redfern und Miss Brewster bemerkt, als sie vorbeiruderten?«
»Nein.«
»Sie kannten Mrs. Marshall, soviel ich weiß?«
»Captain Marshall ist ein alter Freund der Familie. Seine Familie und meine waren Nachbarn. Aber ich hatte ihn viele Jahre nicht gesehen, mehr als zwölf Jahre nicht.«
»Und Mrs. Marshall?«

»Ich habe kaum je ein Wort mit ihr gewechselt, bis ich sie hier wiedertraf.«
»Hatten Sie den Eindruck, daß Captain Marshall und seine Frau gut miteinander auskamen?«
»Sie verstanden sich glänzend, soweit ich das beurteilen kann.«
»Liebte Captain Marshall seine Frau?«
»Vermutlich«, antwortete Rosamund. »Eigentlich kann ich Ihnen darüber nichts Genaueres sagen. Captain Marshall ist ein eher konservativer Mann. Er hat nicht die Angewohnheit, seine Liebesschwüre hinauszuposaunen, wie so viele moderne Männer.«
»Mochten Sie Mrs. Marshall?«
»Nein.« Sie sagte es ruhig und leise. Es klang so, wie es klingen sollte – die einfache Feststellung einer Tatsache.
»Warum mochten Sie sie nicht?«
Etwas wie ein Lächeln erschien auf Rosamunds Gesicht.
»Sicherlich haben Sie herausgefunden, daß Arlena Marshall bei ihren Geschlechtsgenossinnen nicht sehr beliebt war? Frauen fand sie tödlich langweilig, und sie zeigte das auch. Trotzdem hätte ich sie gern angezogen. Sie besaß einen ausgezeichneten Geschmack. Sie trug immer das Richtige und konnte sich bewegen. Ich hätte sie gern als Kundin gehabt.«
»Gab sie viel für Kleider aus?«
»Das muß sie wohl. Aber sie besaß ja eigenes Geld, und Captain Marshall ist auch nicht unvermögend.«
»Haben Sie je davon gehört, daß Mrs. Marshall erpreßt wurde?«
Ein Ausdruck von größtem Erstaunen erschien auf Rosamunds sensiblem Gesicht. »Arlena soll erpreßt worden sein?«
»Das scheint Sie zu überraschen.«
»Nun ja, eigentlich schon. Es kommt mir so unglaubwürdig vor.«
»Aber es wäre doch möglich?«
»Alles ist möglich, nicht wahr? Das merkt man ziemlich bald. Aber ich frage mich doch, weswegen jemand Arlena erpreßt haben könnte.«

»Vermutlich gab es ein paar Dinge, die ihr Mann nicht erfahren sollte.«
»Ja, möglich.« Es klang zweifelnd. Dann sagte sie mit einem halben Lächeln: »Es mag skeptisch klingen, aber Arlena kannte keine Hemmungen. Sie tat, was sie wollte, und hielt nicht viel von Anstand.«
»Sie glauben also, daß ihr Mann Bescheid wußte – über den vertraulichen Umgang mit gewissen Leuten?«
Es entstand eine Pause. Rosamund runzelte die Stirn. Schließlich sagte sie zögernd: »Eigentlich weiß ich nicht genau, was ich glauben soll. Ich dachte immer, daß Kenneth Marshall seine Frau so nahm, wie sie war, daß er sich über sie keine Illusionen machte. Aber vielleicht stimmt das nicht.«
»Er hat ihr völlig vertraut?«
»Die Männer sind solche Dummköpfe!« rief Rosamund leicht erregt. »Und Kenneth Marshall ist so weltfremd, obwohl er nach außen hin kühl und unbeeindruckt tut. Möglich, daß er ihr blind vertraute. Er glaubte vielleicht, daß sie einfach nur bewundert wurde.«
»Und Sie kennen niemand – oder besser gesagt, Sie haben von niemand gehört, der Mrs. Marshall gehaßt haben könnte?«
Rosamund Darnley lächelte jetzt offen. »Nur neidische Ehefrauen. Und ich nehme an, daß ein Mann der Täter war, weil sie erwürgt wurde.«
»Ja.«
»Nein, mir fällt niemand ein«, erwiderte Rosamund nachdenklich. »Aber wie sollte ich auch etwas wissen. Sie müssen jemand fragen, der näher mit ihr bekannt war als ich.«
»Vielen Dank, Miss Darnley.«
Rosamund wandte sich Hercule Poirot zu. »Haben Sie keine Fragen an mich, Monsieur Poirot?« Sie lächelte ihm leicht spöttisch zu.
Poirot schüttelte nur den Kopf und erwiderte: »Nein, mir fällt keine ein.«
Rosamund Darnley erhob sich und ging hinaus.

8

Sie standen in Arlena Marshalls Zimmer. Zwei große Fenstertüren führten auf einen Balkon, von dem man einen herrlichen Blick auf die Badebucht und das Meer hatte. Die Sonne schien ins Zimmer, und die Ansammlung von gläsernen Flaschen und Töpfchen auf dem Schminktisch funkelte in allen Regenbogenfarben.
Es sah aus wie in einem Schönheitssalon. Jede nur erdenkliche Art von Lotion und Creme schien vorhanden zu sein. Inspektor Colgate begann, Schubladen aufzuziehen und den Inhalt zu überprüfen.
Plötzlich grunzte er zufrieden. Er hatte ein Päckchen Briefe entdeckt. Er und Weston vertieften sich in die Lektüre.
Hercule Poirot trat an den Schrank und öffnete ihn. Nachdenklich musterte er die vielen Kleider und Kostüme, die dort hingen. In den Fächern auf der einen Seite lagen Stöße duftiger Wäsche. Auf einem breiten Fach stapelten sich die Hüte – zwei Strandhüte in Rot und Hellgelb, ein großer Strohhut, ein Ungetüm aus dunkelblauem Leinen, und drei oder vier verrückte kleine Dinger, die bestimmt sehr teuer gewesen waren, eine Art Barett in Dunkelblau, ein Nichts von einem schwarzen Samttuff und ein blaßgrauer Turban.
Hercule Poirot stand da und betrachtete sie, während ein spöttisches Lächeln um seine Lippen spielte. »*Les femmes!*« murmelte er.
Oberst Weston faltete die Briefe zusammen. »Drei stammen vom jungen Redfern«, sagte er. »Der verdammte Idiot! In ein paar Jahren wird er begreifen, daß man Frauen keine Briefe schreibt. Sie heben sie immer auf und schwören, daß sie sie verbrannt hätten. Da ist noch ein weiterer Brief. Auch Verehrerpost.«
Er reichte ihn Poirot. Poirot nahm ihn und las:

»Geliebte Arlena,
mein Gott, bin ich traurig! Ich muß nach China reisen und werde Dich sicher viele Jahre nicht wiedersehen. Ich hatte keine Ahnung, daß ein Mann nach einer Frau so verrückt

sein kann. Vielen Dank für den Scheck. Jetzt wird man mich nicht vor Gericht stellen können. Um ein Haar wäre es schiefgegangen, und alles nur, weil ich einen Haufen Geld verdienen wollte – für Dich. Kannst Du mir verzeihen? Ich wollte Dir Diamanten in die Ohren stecken, in Deine hübschen kleinen Ohren. Und ich wollte Dir eine Kette aus milchweißen Perlen um den schlanken Hals legen, doch angeblich sind Perlen heute nicht mehr gefragt. Wie wäre es mit einem Smaragd? Ja, der paßt zu Dir! Ein großer Smaragd, kühl und grün und voll verstecktem Feuer. Vergiß mich nicht – nein, Du wirst mich nicht vergessen, das weiß ich. Du gehörst mir – immer.

J. N.«

»Vielleicht lohnt es sich herauszufinden, ob dieser J. N. tatsächlich nach China gefahren ist«, sagte Inspektor Colgate. »Sonst – na ja, er könnte die Person sein, nach der wir suchen. Er war verrückt nach ihr, hob sie in den Himmel, und dann entdeckte er plötzlich, daß sie mit ihm Katz und Maus spielte. Er klingt nach dem Burschen, den Miss Brewster erwähnte. Ich glaube, der Brief kann uns weiterbringen.«

Hercule Poirot nickte. »Ja, er ist wichtig. Ich halte ihn sogar für sehr wichtig.« Er wandte sich um und musterte das Zimmer, die vielen Flaschen und Dosen auf dem Schminktisch, den offenen Schrank und die große Harlekinpuppe, die auf dem Bett saß.

Dann gingen sie in Kenneth Marshalls Zimmer.

Es lag neben dem seiner Frau, hatte aber keine Verbindungstür. Es besaß keinen Balkon und lag ebenfalls aufs Meer hinaus, war allerdings viel kleiner. Zwischen den beiden Fenstern hing ein Spiegel mit goldenem Rahmen. In der Ecke neben dem rechten Fenster stand der Ankleidetisch, auf dem zwei Haarbürsten mit Elfenbeingriff und eine Kleiderbürste lagen. Daneben thronte eine große Flasche Haarwasser. In der Ecke beim linken Fenster stand ein Schreibtisch mit einer offenen Schreibmaschine und einem Stoß Papiere.

Colgate sah die Papiere rasch durch und bemerkte: »Sieht

alles echt aus. Hier ist der Brief, den er vorhin erwähnte. Datiert vom Vierundzwanzigsten – das war gestern. Und da ist auch der Umschlag, heute in Leathercombe abgestempelt. Scheint alles zu stimmen. Jetzt müssen wir feststellen, ob er diese Antwort schon früher verfaßt haben kann.« Er setzte sich an den Schreibtisch.
»Machen Sie's nur mal allein«, sagte Oberst Weston. »Wir sehen uns inzwischen in den anderen Räumen etwas um. Das Stockwerk war bis jetzt abgeriegelt, und die Leute werden allmählich ungeduldig.«
Sie gingen in Linda Marshalls Zimmer. Es lag nach Osten, mit Blick auf die Felsen und das Meer.
Weston sah sich um und murmelte: »Ich glaube nicht, daß wir hier einen Hinweis finden. Allerdings ist es möglich, daß Marshall im Zimmer seiner Tochter etwas versteckte, das wir nicht finden sollen. Obwohl es mir ziemlich unwahrscheinlich vorkommt. Nach einer Tatwaffe oder ähnlichem suchen wir schließlich nicht.« Er ging wieder hinaus.
Hercule Poirot zögerte. Er hatte im Kamin Spuren eines Feuers entdeckt, die ihm interessant zu sein schienen. Jemand hatte dort kürzlich etwas verbrannt. Er kniete sich nieder und machte sich geduldig an die Arbeit. Sorgfältig legte er seine Fundstücke auf ein Blatt Papier: einen Rest Kerzenwachs, einige verkohlte grüne Papierfetzen oder Pappestückchen, vermutlich von einem Abreißkalender, da noch eine Fünf und zwei gedruckte Worte – gute Taten – zu erkennen waren, und eine gewöhnliche Nähnadel mit einigen Haaren.
»Was soll man davon halten?« murmelte Poirot. »Phantastisch!« Er nahm die Nadel in die Hand und betrachtete sie. Seine Augen wurden groß. »*Pour l'amour de Dieu!*« rief er. »Ist so was möglich?« Er erhob sich von dem Kaminrost, vor dem er gekniet hatte.
Langsam blickte er sich im Zimmer um. Ein völlig neuer Ausdruck lag auf seinem Gesicht. Es war ernst, beinahe besorgt.
Links vom Kaminsims war ein Regal mit einer Reihe von Büchern. Hercule Poirot las die Titel. Da standen eine Bibel,

ein zerlesener Band mit Shakespeare-Dramen, »Die Ehe des William Ashe« von Humphry Ward, »Die junge Stiefmutter« von Charlotte Yonge, T. S. Eliots »Mord im Dom«, Shaws »Heilige Johanna«, »Vom Winde verweht« und »Des Kaisers Schnupftabakdose« von John D. Carr.
Poirot blätterte in den Büchern und betrachtete den verwischten Stempel auf den Titelseiten. Als er das letzte zurückstellen wollte, fiel sein Blick auf einen Band, der hinter den anderen verborgen war, ein kleines, in braunes Leder gebundenes Buch.
Er nahm es heraus und öffnete es. Langsam nickte er. Dann murmelte er: »Also hatte ich doch recht ... ja, ich habe mich nicht getäuscht! Aber was das andere betrifft ... könnte es auch möglich sein? Nein, ich glaube nicht, außer ...«
Er stand da und strich sich nachdenklich über die Schnurrbartspitzen, während er weiter über das Problem nachgrübelte. Dann sagte er leise. »Nein, ich glaube nicht, außer ...«

Oberst Weston erschien im Türrahmen. »Hallo, Poirot, bleiben Sie noch länger hier?«
»Nein, ich komme! Ich komme!« Poirot eilte in den Korridor hinaus.
Neben Lindas Zimmer lag das der Redferns. Poirot warf einen Blick hinein und stellte automatisch fest, daß dort zwei völlig verschiedene Menschen wohnten; der eine war ordentlich, das mußte Christine sein, der andere liebte das malerische Durcheinander, was typisch für Patrick Redfern war. Abgesehen von diesen interessanten Schlaglichtern auf die beiden konnte Poirot dort nichts Wichtiges entdecken.
Nebenan war Rosamund Darnleys Zimmer, und hier verweilte Poirot etwas länger, um die Atmosphäre, die die Bewohnerin des Raumes verriet, zu genießen.
Auf dem Tischchen neben dem Bett lagen ein paar Bücher. Die Toilettengarnitur auf dem Frisiertisch war von scheinbarer Einfachheit. Ganz zart stieg Poirot das teure Parfüm in die Nase, das Rosamund Darnley benutzte.
Am nördlichen Ende des Korridors, neben Rosamund Darnleys Zimmer, führte eine Fenstertür auf eine Außentreppe

hinaus, über die man zu den Felsen unterhalb des Hotels gelangen konnte.
»Die Treppe benützen die Gäste, wenn sie morgens vor dem Frühstück noch rasch schwimmen wollen«, erklärte Weston. »Das heißt, wenn sie bei den Felsen schwimmen wollen, was die meisten tun.«
In Hercule Poirots Augen leuchtete Interesse auf. Er trat hinaus und blickte in die Tiefe.
Am Ende der Treppe war ein Zickzackweg in den Fels gehauen mit Stufen, die bis hinunter zum Strand liefen. Außerdem gab es noch einen Weg links am Hotel vorbei.
»Man könnte diese Treppe hinuntergehen«, sagte Poirot, »links abbiegen und so den Hauptweg zum Damm erreichen.«
Weston nickte. »Man kann auf die Insel kommen, ohne am Hotel vorbei zu müssen«, bestätigte er und fügte dann hinzu: »Allerdings kann man vom Fenster aus gesehen werden.«
»Von welchem Fenster aus?«
»Zwei Badezimmer liegen auf dieser Seite, außerdem die Garderobe im Erdgeschoß, das Badezimmer der Angestellten und auch das Billardzimmer.«
Poirot nickte. »Alle haben Milchglasscheiben, bis auf das Fenster des Billardraums. Und an einem so schönen Vormittag spielt kein Mensch Billard!«
»Eben.« Weston schwieg nachdenklich. »Aber wenn er es war«, fuhr er dann fort, »ging er über diese Treppe.«
»Sie meinen Captain Marshall?«
»Ja. Erpressung oder nicht, ich finde immer noch, daß alles auf ihn als Täter hinweist. Und sein Benehmen – na, er benimmt sich sehr seltsam.«
»Möglich. Aber deshalb ist man noch kein Mörder«, bemerkte Poirot trocken.
»Sie glauben also, er war's nicht?«
Poirot schüttelte den Kopf. »Nein, das möchte ich nicht behaupten.«
»Mal sehen, was Colgate über das Alibi mit der Schreibmaschine herausgefunden hat«, sagte Weston. »Außerdem wartet das Zimmermädchen, das für dieses Stockwerk zuständig

ist. Wir können sie gleich vernehmen. Vielleicht hängt von ihrer Aussage einiges ab.«

Das Zimmermädchen war eine Frau von dreißig Jahren, lebhaft, tüchtig und intelligent. Sie beantwortete bereitwillig alle Fragen.

Captain Marshall war kurz nach halb elf Uhr in sein Zimmer gekommen, als sie gerade aufräumte. Er hatte sie gebeten, sich möglichst zu beeilen. Sie hatte nicht beobachtet, wie er zurückkam, aber kurze Zeit später hatte sie die Schreibmaschine gehört. Das war etwa fünf Minuten vor elf gewesen. Da hatte sie gerade im Zimmer von Mr. und Mrs. Redfern Ordnung gemacht. Danach war sie in Miss Darnleys Zimmer am Ende des Korridors gegangen. Von dort war die Schreibmaschine nicht mehr zu hören. Es mußte kurz nach elf Uhr gewesen sein. Sie erinnerte sich, daß die Kirche von Leathercombe geläutet hatte, als sie ins Zimmer trat. Um Viertel nach elf Uhr war sie hinuntergegangen, um Tee zu trinken und etwas zu essen. Danach hatte sie im anderen Flügel gearbeitet. Auf die Frage des Polizeichefs, in welcher Reihenfolge sie die Zimmer in Ordnung gebracht habe, antwortete sie:

»Erst Miss Lindas Zimmer, dann die beiden Badezimmer, danach Mrs. Marshalls und ihr Privatbad, Captain Marshalls, Mr. und Mrs. Redferns, ebenfalls mit Privatbad, Miss Darnleys, die auch ein eigenes Bad hat. Captain Marshalls und Miss Marshalls Zimmer haben kein Bad.«

Während sie in Miss Darnleys Zimmer war, hatte sie niemand draußen vorbeigehen hören, aber es war sehr gut möglich, daß man niemand bemerkte, wenn derjenige leise war.

Dann kam Weston auf Mrs. Marshall selbst zu sprechen.

Nein, Mrs. Marshall habe nicht zu den Gästen gehört, die früh aufstanden. Sie, Gladys Narracott, sei erstaunt gewesen, daß die Tür offen gewesen und Mrs. Marshall schon kurz nach zehn hinuntergegangen sei. Das sei sehr ungewöhnlich gewesen.

»Frühstückte Mrs. Marshall immer im Bett?«

»Ja, Sir, immer. Aber nicht viel. Nur Tee und Orangensaft

und eine Scheibe Toast. Sie achtete auf ihr Gewicht, wie viele Frauen.«
Nein, ihr sei heute morgen in Mrs. Marshalls Benehmen nichts Besonderes aufgefallen. Sie sei wie immer gewesen.
»Was hielten Sie von ihr, Mademoiselle?« fragte Poirot.
Gladys Narracott starrte ihn verblüfft an. »Na, dazu kann ich mich wohl kaum äußern, Sir«, meinte sie.
»Doch, doch, das müssen Sie. Wir sind neugierig – sehr neugierig, was für einen Eindruck Sie von ihr hatten.«
Gladys warf dem Polizeichef einen etwas unbehaglichen Blick zu. Weston bemühte sich, ein verständnisvolles Gesicht zu machen, obwohl er in Wirklichkeit über die Methoden seines ausländischen Kollegen etwas verlegen war. Er sagte: »Hm, ja, selbstverständlich. Erzählen Sie!«
Zum erstenmal, seit sie ausgefragt wurde, verließ Gladys Narracott ihre Sicherheit. Ihre Finger spielten nervös mit dem buntbedruckten Kleid.
»Na ja«, begann sie, »Mrs. Marshall war nicht gerade das, was man eine Dame nennen würde. Ich meine, sie war eher eine Schauspielerin.«
»Sie war ja auch Schauspielerin«, bemerkte Weston.
»Das sagte ich gerade, Sir. Sie tat nur das, wozu sie Lust hatte. Sie – also, sie nahm sich zum Beispiel nicht die Mühe, höflich zu sein, wenn sie nicht höflich sein mochte. Im einen Moment war sie nichts als Freundlichkeit, und im nächsten, wenn sie etwas nicht fand oder die Wäsche nicht rechtzeitig aus der Wäscherei zurückkam, konnte sie richtig gemein werden. Keiner von uns mochte sie besonders. Sie hatte schöne Kleider, und natürlich war sie eine sehr schöne Frau, und deshalb war es ja nur verständlich, daß sie von allen bewundert wurde.«
»Es tut mir leid, wenn ich Ihnen diese Frage stelle, aber sie ist sehr wichtig: Können Sie uns sagen, wie es zwischen ihr und ihrem Mann stand?«
Gladys Narracott zögerte ein paar Augenblicke. »Sie glauben doch nicht...«, stotterte sie dann, »es war doch nicht – glauben Sie, daß er es war?«
»Glauben Sie's denn?« fragte Poirot rasch dazwischen.

»Ach, der Gedanke gefällt mir nicht. Er ist ein so netter Mensch, so was könnte er nie tun. Da bin ich sicher.«
»Aber ganz überzeugt sind Sie doch nicht. Ich merke es an Ihrer Stimme.«
»Man liest es ja immer wieder in der Zeitung«, sagte Gladys zögernd. »Aus Eifersucht. Wenn es jemand anders gab – und alle Welt redete natürlich davon: über sie und Mr. Redfern, meine ich. Dabei ist Mrs. Redfern so eine reizende, freundliche Dame. Es ist eine Schande. Und Mr. Redfern ist auch ein netter Mann, aber offenbar können Männer nicht anders, wenn sie einer Frau wie Mrs. Marshall begegnen – die es gewöhnt ist, daß man nach ihrer Pfeife tanzt. Die Ehefrauen müssen eine Menge einstecken, finde ich.« Sie seufzte und schwieg. Dann fügte sie zögernd hinzu: »Aber wenn Captain Marshall entdeckte, daß...«
»Ja?« sagte Oberst Weston scharf.
»Ich dachte manchmal, daß Mrs. Marshall Angst hatte, ihr Mann könnte es erfahren.«
»Haben Sie einen Grund für diese Annahme?«
»Es war nichts Bestimmtes, Sir. Ich hatte nur so ein Gefühl – als ob sie manchmal Angst vor ihm hatte. Er ist ein sehr ruhiger Mann, aber er ist nicht – er ist nicht einfach.«
»Sie wissen nichts Genaues? Hat einer von den beiden irgend etwas gesagt?«
Gladys Narracott schüttelte den Kopf. Weston seufzte. »Wir kommen jetzt zu den Briefen, die Mrs. Marshall heute morgen erhielt«, sagte er. »Können Sie uns mehr darüber erzählen?«
»Es waren sechs oder sieben, Sir. Genau weiß ich es nicht.«
»Haben Sie sie ihr gebracht?«
»Ja, Sir. Ich holte sie aus dem Büro wie immer und legte sie aufs Frühstückstablett.«
»Erinnern Sie sich, ob einer dabei war, der anders aussah als die andern?«
Gladys verneinte. »Es waren ganz gewöhnliche Briefe. Es müssen Rechnungen und Reklame darunter gewesen sein, denn ein paar lagen zerrissen auf dem Tablett.«
»Was machten Sie damit?«

»Ich warf sie in den Mülleimer. Einer der Polizisten durchsucht ihn gerade.«
Weston nickte. »Und wohin kam der Inhalt der Papierkörbe?«
»Auch in den Mülleimer.«
»Hm – ja«, sagte Weston. »Ich glaube, das ist im Augenblick alles.« Er blickte Poirot fragend an.
Poirot beugte sich vor. »Als Sie heute vormittag Miss Linda Marshalls Zimmer aufräumten, säuberten Sie da auch den Kaminrost?«
»Das war nicht nötig, Sir. Es hatte kein Feuer gebrannt.«
»Und es lag auch nichts auf dem Rost?«
»Nein, Sir. Er war völlig sauber.«
»Wann waren Sie in ihrem Zimmer?«
»Etwa um Viertel nach neun, Sir. Da war sie schon zum Frühstück hinuntergegangen.«
»Kam sie nach dem Frühstück noch mal ins Zimmer hoch?«
»Ja, Sir. So gegen Viertel vor zehn.«
»Blieb sie lange in ihrem Zimmer?«
»Ich glaube schon, Sir. Jedenfalls kam sie kurz vor halb elf herausgerannt.«
»Sie gingen nicht mehr hinein?«
»Nein, Sir. Ich war ja fertig.«
Poirot nickte. »Da ist noch etwas, das ich gern wissen möchte«, fuhr er fort. »Wer war heute vor dem Frühstück schon schwimmen?«
»Über den anderen Flügel und das obere Stockwerk weiß ich nicht Bescheid. Ich kann nur für diese Zimmer hier sprechen.«
»Das genügt mir auch.«
»Nun, Sir, Captain Marshall und Mr. Redfern waren heute morgen die einzigen, glaube ich. Sie schwimmen immer vorher.«
»Haben Sie sie gesehen?«
»Nein, Sir, aber ihre nassen Badeanzüge hingen über dem Balkongeländer wie gewöhnlich.«
»Miss Linda Marshall ist heute früh nicht geschwommen?«
»Nein, Sir. Ihr Badezeug war trocken.«

»Aha«, sagte Poirot. »Das wollte ich nur wissen.«
»Eigentlich schwimmt sie jeden Morgen, Sir«, sagte Gladys Narracott ungefragt.
»Und die anderen drei Damen, Miss Darnley, Mrs. Redfern und Mrs. Marshall?«
»Mrs. Marshall schwimmt nie so früh, Sir. Miss Darnley war ein- oder zweimal unten, soviel ich mich erinnere. Mrs. Redfern schwimmt selten vor dem Frühstück, nur wenn es sehr heiß ist. Heute schwamm sie nicht.«
Wieder nickte Poirot. »Ich frage mich«, begann er dann, »ob Sie eine Flasche vermissen. Fehlt irgendwo eine, hier in diesem Flügel des Hotels?«
»Eine Flasche, Sir? Was für eine Flasche?«
»Unglücklicherweise kann ich sie nicht näher beschreiben. Aber wäre es Ihnen aufgefallen... oder ist Ihnen aufgefallen, daß eine fehlt?«
»Bei Mrs. Marshall hätte ich es nicht gemerkt, Sir«, gab Gladys offen zu. »Sie hat so viele.«
»Und die andern?«
»Bei Miss Darnley bin ich mir nicht so sicher. Sie hat auch eine Menge Cremes und Lotionen. Aber wenn bei den andern eine fehlte, wüßte ich es, ja. Ich meine, wenn ich besonders darauf achten würde. Dann würde es mir auffallen.«
»Aber es ist Ihnen nichts aufgefallen?«
»Nein, weil ich ja nicht besonders darauf achtete, wie ich schon sagte.«
»Vielleicht gehen Sie jetzt noch mal durch die Zimmer und halten danach Ausschau.«
»Wenn Sie meinen, Sir.«
Ihr buntes Kleid raschelte, während sie aus dem Zimmer ging. Weston blickte Poirot an und fragte: »Was soll das alles bedeuten?«
»Meinen Ordnungssinn stören selbst die geringsten Kleinigkeiten«, erklärte Poirot. »Miss Brewster schwamm vor dem Frühstück unten bei den Felsen und erzählte, daß eine Flasche aus einem Fenster geworfen wurde und sie beinahe getroffen hätte. Nun, ich möchte gern wissen, wer diese Flasche hinauswarf und warum.«

»Mein Lieber, das kann irgend jemand gewesen sein.«
»Nein, bestimmt nicht. Erst einmal kann die Flasche nur aus einem Fenster an der Ostseite des Hotels geworfen worden sein – das heißt, aus einem Fenster der Zimmer, die wir uns gerade angesehen haben. Jetzt frage ich Sie: Wenn Sie eine leere Flasche auf Ihrem Ankleidetisch oder im Badezimmer stehen haben, was tun Sie mit ihr? Ich werde es Ihnen verraten: Sie werfen sie in den Papierkorb. Sie machen sich nicht die Mühe, auf den Balkon zu gehen und sie hinunterzuwerfen. Erstens, weil Sie jemand treffen könnten, und zweitens, weil es zu viele Umstände macht. Nein, Sie würden es nur tun, wenn keiner diese Flasche sehen soll.«
Weston starrte ihn verblüfft an. »Chefinspektor Japp, den ich kürzlich traf, hat mir schon erzählt, was für krumme Wege Ihre Gedanken manchmal gehen. Sie wollen mir doch jetzt nicht erzählen, daß Arlena Marshall nicht erwürgt wurde, sondern vergiftet mit dem geheimnisvollen Inhalt aus einer geheimnisvollen Flasche?«
»Nein, nein, ich glaube nicht, daß Gift in jener Flasche war.«
»Was dann?«
»Keine Ahnung. Deshalb interessiert es mich ja so.«
Gladys Narracott erschien wieder. Sie wirkte etwas außer Atem. »Tut mir leid, Sir«, sagte sie, »aber ich kann nicht feststellen, ob eine Flasche fehlt. Ich bin ziemlich sicher, daß aus Captain Marshalls Zimmer oder Miss Lindas Zimmer nichts fehlt, auch nicht aus Mr. und Mrs. Redferns Zimmer oder Miss Darnleys. Aber bei Mrs. Marshall weiß ich es nicht. Wie ich schon sagte, sie hatte soviel Zeug.«
Poirot zuckte die Achseln. »Es macht nichts«, sagte er. »Lassen Sie es gut sein.«
»Brauchen Sie mich noch, Sir?« fragte Gladys. Sie blickte vom einen zum andern.
»Ich glaube nicht«, antwortete Weston. »Vielen Dank.«
»Ich danke Ihnen auch«, sagte Poirot. »Und Sie sind sicher, daß Sie uns alles – aber auch alles erzählt haben?«
»Über Mrs. Marshall?«
»Nicht nur über Mrs. Marshall. Ist ihnen irgend etwas Ungewöhnliches aufgefallen, irgend etwas, das anders war

als sonst, so daß Sie zu sich selbst oder zu einer Ihrer Kolleginnen gesagt haben: ›Hm, das ist aber seltsam!‹«
»Nun, sicherlich nicht das, was Sie meinen, Sir?« antwortete Gladys zweifelnd.
»Was ich meine oder denke, ist gleichgültig«, erklärte Poirot. »Stimmt es also, daß Sie zu sich selbst oder zu einer Kollegin sagten: ›Das ist aber komisch!‹« Die letzten vier Worte sprach er langsam, mit einem leicht ironischen Unterton.
»Eigentlich ist es gar nichts Wichtiges«, sagte Gladys. »Es hat sich nur jemand ein Bad eingelassen. Und ich meinte zu Elsie, daß es doch komisch sei, wenn jemand gegen zwölf Uhr badete.«
»Wessen Bad war es?«
»Das könnte ich nicht sagen, Sir. Wir hörten nur den Abfluß gurgeln, hier in diesem Teil des Hotels, und da machte ich zu Elsie diese Bemerkung.«
»Sind Sie sicher, daß es der Badewannenabfluß war? Nicht ein Waschbecken?«
»Oh, ganz sicher, Sir. Man kann es nicht verwechseln.«
Poirot erklärte, daß er Gladys nicht mehr länger aufhalten wolle, und man erlaubte ihr zu gehen.
»Sie glauben doch nicht, daß diese Geschichte mit dem Bad wichtig ist, Poirot?« fragte Weston dann. »Ich sehe da keinen Zusammenhang. Keine Blutflecken oder irgend etwas, das der Täter wegwaschen wollte. Das ist der Vorteil, wenn ...« Er zögerte.
»Sie wollten sagen, das ist der Vorteil, wenn das Opfer erwürgt wurde«, sagte Poirot. »Keine Blutflecken, keine Waffe, nichts, was man loswerden oder verstecken muß. Alles, was man braucht, ist Körperkraft – und die Mentalität eines Mörders.« Seine Stimme klang so zornig, so erregt, daß Weston etwas zusammenzuckte.
Hercule Poirot lächelte entschuldigend. »Nein«, sagte er, »vermutlich spielt das Bad keine Rolle. Jeder kann gebadet haben. Mrs. Redfern, ehe sie zum Tennisspielen ging. Captain Marshall, Miss Darnley – wie ich sagte, es kann jeder gewesen sein. Es ist nicht wichtig.«
Es klopfte an die Tür, und ein Polizist steckte den Kopf

herein. »Es ist Miss Darnley, Sir. Sie sagt, sie würde Sie gern für eine Minute sprechen. Sie hat vergessen, Ihnen etwas Wichtiges zu erzählen.«
»Wir kommen hinunter – sofort!« sagte Weston.

Als erstes begegnete ihnen Colgate. Er machte ein düsteres Gesicht. »Einen Augenblick, Sir«, sagte er.
Weston und Poirot folgten ihm in Mrs. Castles Büro.
»Ich habe zusammen mit Heald die Sache mit der Schreibmaschine überprüft«, erklärte Colgate. »Es gibt keinen Zweifel, daß es nicht unter einer Stunde zu schaffen ist. Es würde sogar länger dauern, wenn man bedenkt, daß man hin und wieder unterbrechen und überlegen muß. Damit scheint mir dieser Punkt geklärt zu sein. Sehen Sie sich mal diesen Brief an.« Er reichte Weston ein Blatt Papier.
Weston las: »Mein lieber Marshall, tut mir leid, daß ich Sie im Urlaub stören muß. Aber wegen der Burley- und Tender-Verträge gibt es ein paar Fragen, die erst jetzt...«
»Der Rest ist unwichtig«, unterbrach ihn Colgate. »Der Brief trägt das Datum von gestern, es war der Vierundzwanzigste. Der Umschlag wurde gestern in London und heute in Leathercombe abgestempelt. Die Schreibmaschinentypen auf Umschlag und Brief sind dieselben. Und dem Inhalt nach ist es eindeutig unmöglich, daß Marshall die Antwort vorausplanen konnte. Die Zahlen in seinem Antwortbrief ergeben sich aus dem Schreiben aus London – die ganze Geschichte ist ziemlich kompliziert.«
»Hm.« Weston war nicht sehr erfreut. »Damit scheint Marshall draußen zu sein. Und wir müssen woanders suchen.« Er fügte noch hinzu: »Ich muß jetzt mit Miss Darnley sprechen. Sie wartet schon.«
Kurz darauf trat Rosamund mit raschen Schritten ein. Sie lächelte etwas entschuldigend und sagte: »Es tut mir so leid. Vielleicht ist es auch nicht weiter wichtig. Aber man vergißt so häufig etwas.«
»Ja, Miss Darnley?« Der Polizeichef deutete auf einen Stuhl. Sie schüttelte den Kopf mit dem schönen Haar. »Oh, es lohnt sich nicht, daß ich mich setze. Es geht um folgendes: Ich

erzählte Ihnen, daß ich am Vormittag auf dem Sonnenfelsen war. Das ist nicht ganz richtig. Ich vergaß zu erwähnen, daß ich zwischendurch einmal ins Hotel zurückkehrte.«

»Um welche Zeit, Miss Darnley?«

»Es muß etwa Viertel nach elf gewesen sein.«

»Sie sagten, Sie kehrten ins Hotel zurück?«

»Ja, ich hatte meine Sonnenbrille vergessen. Erst dachte ich, es würde mich nicht stören, doch meine Augen wurden immer müder, und da beschloß ich, sie zu holen.«

»Sie gingen direkt auf Ihr Zimmer und dann sofort wieder zum Sonnenfelsen?«

»Ja. Oder vielmehr, ich schaute noch bei Ken – bei Captain Marshall hinein. Ich hörte seine Schreibmaschine und fand es schade, daß er bei so schönem Wetter auf seinem Zimmer saß und arbeitete. Ich wollte ihm vorschlagen mitzukommen.«

»Und was sagte Captain Marshall?«

Rosamund lächelte etwas verlegen. »Nun, als ich leise die Tür öffnete und hineinsah, erkannte ich, daß er ganz versunken in seine Arbeit war. Er tippte wie ein Wilder und hatte einen so angestrengten Gesichtsausdruck, daß ich die Tür leise ins Schloß drückte und mich davonmachte. Ich glaube, er hat mich nicht einmal bemerkt.«

»Und das war – um wieviel Uhr, Miss Darnley?«

»Um zwanzig Minuten nach elf. Ich erinnere mich, daß die Uhr unten in der Halle diese Zeit anzeigte.«

»Und das ist das Tüpfelchen auf dem i«, stellte Inspektor Colgate fest. »Das Zimmermädchen hörte ihn bis fünf Minuten nach elf Uhr tippen. Miss Darnley sah ihn um zwanzig Minuten nach elf, und die Frau starb um Viertel vor zwölf. Er behauptet, er war die fragliche Stunde in seinem Zimmer und tippte, und allem Anschein nach war er tatsächlich dort. Damit können wir Captain Marshall abhaken.« Er schwieg einen Augenblick und fügte dann mit einem neugierigen Blick auf Poirot hinzu: »Monsieur Poirot sieht aus, als ob ihm irgend etwas Sorgen macht.«

»Ich habe mich nur gefragt«, antwortete Poirot nachdenk-

lich, »warum Miss Darnley plötzlich noch freiwillig eine zusätzliche Aussage machen wollte.«
Inspektor Colgate legte den Kopf schräg. »Sie glauben, daß da etwas nicht stimmt? Daß sie es nicht nur vergessen hatte?«
Er dachte einige Zeit über diese Frage nach und sagte dann: »Hören Sie, Sir, vielleicht sollten wir die Sache mal anders sehen. Angenommen, Miss Darnley war nicht auf dem Sonnenfelsen, wie sie behauptet. Angenommen, die Geschichte ist eine Lüge. Weiter angenommen, daß sie woanders gesehen wurde oder jemand zum Sonnenfelsen kam und sie nicht dort war. Das hat sie herausgefunden, nachdem sie ihre Aussage bei uns machte. Sie erfindet also schnell noch eine Geschichte und kommt zu uns, damit wir sie direkt von ihr hören. Es wird Ihnen aufgefallen sein, wie sehr sie betonte, daß Captain Marshall sie nicht bemerkte.«
»Ja, das fiel mir auf«, bestätigte Poirot.
»Wollen Sie behaupten, daß Miss Darnley in diese Geschichte verwickelt ist?« rief Weston ungläubig. »So ein Unsinn! Das erscheint mir völlig absurd. Was für einen Grund hätte sie denn?«
Inspektor Colgate hüstelte. »Sie erinnern sich sicherlich, was die amerikanische Dame berichtete, Mrs. Gardener. Sie deutete an, daß Miss Darnley in Captain Marshall verliebt ist. Das könnte ein Motiv sein, Sir.«
»Arlena Marshall wurde nicht von einer Frau umgebracht«, antwortete Weston ungeduldig. »Der Täter war ein Mann. Und von dieser Überzeugung dürfen wir nicht abgehen.«
Inspektor Colgate seufzte. »Ja, das ist wahr, Sir. Alle Wege führen immer wieder dahin zurück.«
»Lassen Sie einen Polizisten die Zeitangaben überprüfen«, fuhr Weston fort. »Er soll vom Hotel über die Insel bis zum Anfang der Leiter gehen. Mal schnell, mal langsam. Und dann soll er feststellen, wie lange es dauert, die Leiter hinunterzuklettern. Und jemand anders soll feststellen, wie lange man mit so einem Holzfloß von der Badebucht bis zum Strand braucht, wo die Tote gefunden wurde.«

Inspektor Colgate nickte. »Ich werde mich darum kümmern, Sir.«
»Ich glaube, ich sehe mir jetzt mal diese Bucht an. Vielleicht hat Phillips etwas gefunden. Und dann ist da noch diese Höhle. Wir sollten feststellen, ob wir Anzeichen dafür finden, daß dort jemand gewartet hat, was, Poirot? Was halten Sie davon?«
»Ja, das ist eine Möglichkeit«, sagte Poirot.
»Wenn ein Außenseiter heimlich auf die Insel kam, wäre das ein gutes Versteck – falls er überhaupt über diese Höhle Bescheid wußte. Die Einheimischen kennen sie sicherlich, nicht wahr?«
»Ich glaube, die jungen Leute wissen es nicht mehr. Seit es dieses Hotel gibt, sind die Höhlen Privatbesitz. Und die Fischer kommen nicht dorthin, und Leute, die picknicken wollen, auch nicht. Die Hotelangestellten sind nicht von hier. Und Mrs. Castle stammt aus London.«
»Redfern könnte mitkommen. Er hat uns von dieser Höhle erzählt. Wie steht's mit Ihnen, Monsieur Poirot?«
Hercule Poirot zögerte. Dann antwortete er, wobei sein ausländischer Akzent deutlicher zu hören war als sonst: »Ich? Ich halte es mit Miss Brewster und Mrs. Redfern. Ich klettere nicht gern steile Leitern hinunter.«
»Sie können mit dem Boot fahren«, bemerkte Weston.
Poirot seufzte. »Mein Magen fühlt sich auf dem Meer nicht wohl«, erwiderte er pathetisch.
»Unsinn, Mann, es ist ein herrlicher Tag! Das Meer ist glatt wie ein Dorfteich. Sie können uns doch nicht im Stich lassen.«
Hercule Poirot sah nicht so aus, als ob ihn das sehr beunruhigte. In diesem Augenblick steckte Mrs. Castle ihren elegant frisierten Kopf zur Tür herein. »Ich hoffe, ich störe nicht«, sagte sie, »aber Mr. Lane, der Pfarrer, ist gerade zurückgekommen. Ich dachte, daß Sie das gern sofort wissen wollten.«
»Ja, vielen Dank, Mrs. Castle. Am besten sprechen wir sofort mit ihm.«
Mrs. Castle machte einen Schritt ins Zimmer. »Ich weiß ja

nicht, ob's wichtig ist, aber ich habe gehört, daß man nicht das kleinste Detail unerwähnt lassen soll...«

»Ja, ja?« sagte Weston ungeduldig.

»Es ist so, daß gegen ein Uhr eine Dame und ein Herr hier waren. Sie kamen vom Festland. Zum Mittagessen. Ich teilte ihnen mit, daß es einen Unfall gegeben habe und wir kein Essen servieren könnten.«

»Haben Sie eine Ahnung, wer sie waren?«

»Nein. Natürlich nannten sie nicht ihren Namen. Sie waren nur enttäuscht und neugierig zu erfahren, was für ein Unfall es gewesen war. Selbstverständlich habe ich keine Einzelheiten berichtet. Ich würde sagen, es waren Sommergäste der besseren Sorte.«

»Na ja, vielen Dank, daß Sie uns informierten«, erwiderte Weston kurz. »Vielleicht nicht wichtig, aber trotzdem gut, daß Sie daran gedacht haben.«

»Es war meine Pflicht«, erklärte Mrs. Castle.

»Richtig, richtig. Bitten Sie doch jetzt Mr. Lane, hereinzukommen.«

Stephen Lane trat mit energischen Schritten ins Zimmer.

»Ich bin der Polizeichef der Grafschaft, Mr. Lane«, sagte Weston. »Ich nehme an, Sie wissen, was passiert ist?«

»Ja, ja, natürlich. Ich habe es gehört, sobald ich ankam. Entsetzlich... schrecklich...« Sein hagerer Körper schien zu erzittern. »Die ganze Zeit, seit ich hier bin«, sagte er mit leiser Stimme, »war ich mir bewußt, sehr bewußt, daß die Mächte des Bösen auf uns lauerten.« Sein brennender Blick wanderte zu Hercule Poirot. »Erinnern Sie sich, Monsieur Poirot? An unser Gespräch vor ein paar Tagen? Über die Realität des Bösen?«

Weston betrachtete die große, hagere Gestalt mit einer gewissen Verblüfftheit. Offensichtlich fiel es ihm schwer, sich ein Bild von Lane zu machen. Lanes Blick kehrte zu Weston zurück. »Sicherlich klingt das in Ihren Ohren sehr phantastisch, Sir«, sagte Lane mit einem leichten Lächeln. »Heute glaubt man nicht mehr an das Böse. Das Feuer der Hölle ist erloschen. Wir glauben nicht mehr an den Teufel.

Aber Satan und seine Sendboten waren noch nie so mächtig wie jetzt.«

»Hm, ja, vielleicht«, sagte Weston. »Das, Mr. Lane, fällt jedoch in Ihr Fach. Meine Aufgabe ist prosaischer – ich muß nur einen Mordfall klären.«

»Was für ein schreckliches Wort: Mord!« rief Stephen Lane. »Eine der ersten Sünden auf dieser Welt – das Blut des unschuldigen Bruders wurde vergossen...« Er schwieg, die Augen halb geschlossen. Dann fragte er in weniger pathetischem Ton: »Wie kann ich Ihnen helfen?«

»Vor allem möchten wir Sie bitten, Mr. Lane, uns zu erzählen, wo Sie sich heute aufgehalten haben.«

»Aber gern. Ich brach schon sehr früh zu einer meiner üblichen Wanderungen auf. Ich wandere gern, wissen Sie. Ich kenne bald die ganze Gegend hier. Heute war ich in St. Petrock-in-the-Combe. Es ist etwa sieben Meilen entfernt – eine sehr hübsche Wanderung über gewundene Pfade, durch Täler und über Hügel. Ich nahm etwas zum Mittagessen mit und aß unterwegs in einem Gehölz. Ich sah mir die Kirche an. Dort gibt es Reste früher Glasmalerei, leider nur spärliche Reste, und eine sehr interessante bemalte Tür.«

»Vielen Dank, Mr. Lane. Sind Sie unterwegs zufällig jemand begegnet?«

»Eigentlich nicht. Ein Pferdefuhrwerk kam vorbei, dann traf ich noch auf ein paar Jungen mit Fahrrädern und ein paar Kühe. Allerdings«, fügte er lächelnd hinzu, »wenn Sie einen Beweis für meine Behauptung brauchen – ich schrieb meinen Namen in das Gästebuch, das in der Kirche aufliegt.«

»Sie sprachen mit niemandem, der zur Kirche gehört, wie dem Pfarrer oder dem Meßdiener?«

Stephen Lane schüttelte den Kopf. »Nein, es war niemand zu sehen, und ich war nur als Besucher gekommen. St. Petrock ist sehr abgelegen. Das dazugehörige Dorf ist noch eine halbe Meile weiter.«

»Sie dürfen nicht glauben«, sagte Oberst Weston freundlich, »daß wir Ihre Aussage anzweifeln. Wir überprüfen routinemäßig jeden Hotelgast. In einem Fall wie diesem müssen wir uns vor allem an die Routine halten.«

»O ja, ich verstehe«, sagte Stephen Lane.
»Jetzt zu meiner nächsten Frage. Wissen Sie irgend etwas, das uns weiterhelfen könnte? Irgend etwas über die Tote? Irgendeinen Hinweis, der uns bei der Suche nach dem Mörder nützen würde? Haben Sie etwas gehört oder gesehen?«
»Ich habe nichts gehört«, antwortete Stephen Lane. »Aber soviel kann ich Ihnen sagen: Als ich Arlena Marshall sah, wußte ich ganz instinktiv, daß sich in ihr das Böse konzentrierte. Ja, sie war das Böse selbst! Das personifizierte Böse! Eine Frau kann Stütze und Inspiration im Leben eines Mannes sein – sie kann ihn aber auch ins Verderben reißen. Sie kann den Mann zum Tier machen. Die Tote war genauso eine Frau. Sie appellierte an alle niederen Instinkte in der Natur des Mannes. Sie war eine Frau wie Jezabel. Jetzt ist sie in ihrer ganzen Sündhaftigkeit zerschmettert worden.«
Hercule Poirot machte eine abwehrende Handbewegung.
»Sie wurde nicht zerschmettert – sie wurde erwürgt! Erwürgt, Mr. Lane, von einem Paar menschlicher Hände!«
Die Hände des Geistlichen begannen zu zittern. Die Finger öffneten und schlossen sich. Mit leiser, erstickter Stimme sagte er: »Das ist entsetzlich – entsetzlich. Müssen Sie das so brutal sagen?«
»Es ist einfach die Wahrheit«, erwiderte Poirot. »Haben Sie irgendeine Vorstellung, Mr. Lane, wessen Hände es gewesen sein könnten?«
Der andere schüttelte den Kopf. »Ich weiß nichts – nichts ...«
Weston stand auf. Nach einem raschen Blick zu Colgate, den dieser mit einem fast unmerklichen Nicken beantwortete, sagte er: »Tja, dann brechen wir jetzt auf. Wir wollen zur Bucht gehen.«
»Wo es passierte?« fragte Lane.
Weston nickte.
»Darf ich – darf ich Sie begleiten?« fragte Lane.
Weston wollte gerade kurz abwehren, da kam ihm Poirot zuvor. »Aber gewiß«, sagte er. »Wir fahren mit dem Boot, Mr. Lane. Es geht sofort los.«

9

Zum zweitenmal an diesem Tag ruderte Patrick Redfern zur Feenbucht. Mit im Boot saßen Hercule Poirot, sehr blaß, die Hand auf dem Bauch, und Stephen Lane. Oberst Weston hatte den Landweg gewählt. Da er unterwegs aufgehalten wurde, traf er erst am Strand ein, als das Boot anlegte. Ein uniformierter Polizist und ein Beamter in Zivil waren bereits da. Weston stellte dem Beamten in Zivil ein paar Fragen, während die drei Männer aus dem Boot kletterten und zu ihm gingen.

»Ich habe jeden Fleck hier abgesucht, Sir«, sagte Phillips.

»Gut. Was haben Sie gefunden?«

»Es liegt alles bereit, Sir. Wollen Sie bitte mitkommen und es sich ansehen.«

Auf einem Stein lag eine kleine Sammlung von Gegenständen ausgebreitet: eine Schere, eine leere Zigarettenschachtel, fünf Flaschenkapseln, einige gebrauchte Streichhölzer, drei Fadenstücke, ein paar Zeitungsfetzen, der Teil einer Pfeife, vier Knöpfe, ein Hühnerknochen und eine leere Sonnenölflasche.

Weston betrachtete alles mit kritischem Blick. »Hm«, meinte er. »Ziemlich bescheidene Ausbeute. Heutzutage scheinen die meisten Leute gewöhnlich einen Strand mit einer Müllhalde zu verwechseln. Die leere Flasche liegt wohl schon länger hier, dem verwaschenen Etikett nach zu schließen. Und die anderen Dinge auch. Nur die Schere ist neu. Sie glänzt und hat keine Flecken. Sie kann gestern noch nicht dagelegen haben, weil es da geregnet hat. Wo haben Sie sie gefunden?«

»Bei der Leiter, Sir. Auch das Pfeifenstück.«

»Nun, das könnte jemand verloren haben, der hinauf- oder hinunterkletterte. Es ist nicht zu erkennen, wem sie gehört?«

»Nein, Sir. Nur eine gewöhnliche Nagelschere. Das Pfeifenstück stammt von einer Bruyère-Pfeife – gute Qualität, ziemlich teuer.«

»Ich erinnere mich«, sagte Poirot nachdenklich, »daß Captain Marshall eine Pfeife erwähnte, die er verlegt hatte.«

»Marshall gehört nicht mehr zu den Verdächtigen«, erklärte Weston. »Jedenfalls ist er nicht der einzige Mensch, der Pfeife raucht.«
Hercule Poirot beobachtete, wie Stephen Lane mit der Hand in die Tasche griff und sie leer wieder zurückzog. Er fragte freundlich: »Sie sind auch Pfeifenraucher, Mr. Lane?«
Der Geistliche zuckte zusammen. Er blickte Poirot an und erwiderte: »Ja, natürlich. Die Pfeife ist mir eine gute alte Freundin und begleitet mich überall.« Wieder schob er die Hand in die Tasche. Diesmal holte er die Pfeife hervor. Er füllte sie mit Tabak und steckte sie an.
Hercule Poirot ging zu Redfern und sagte leise: »Ich bin froh, daß man sie weggebracht hat...«
»Wo wurde sie gefunden?« fragte Stephen Lane.
»Ungefähr dort, wo Sie jetzt stehen, Sir«, sagte Phillips fröhlich.
Lane trat hastig ein paar Schritte zur Seite und starrte auf die Stelle, wo er eben gestanden hatte.
»So, wie das Floß an den Strand hochgezogen war, muß sie um Viertel vor zehn eingetroffen sein«, erklärte Phillips. »Das paßt auch zum Wasserstand. Inzwischen hatte die Ebbe eingesetzt.«
»Mit dem Fotografieren sind Sie fertig?« fragte Weston.
»Ja, Sir.«
Weston wandte sich an Redfern. »Also, Mann, wo ist der Eingang zu der Höhle, die Sie erwähnten?«
Patrick Redfern betrachtete immer noch die Stelle, an der Lane gestanden hatte. Als sähe er noch die Tote daliegen, die längst schon fortgebracht worden war. Westons Frage rief ihn in die Wirklichkeit zurück.
»Er ist dort drüben«, sagte er.
Er schritt den anderen voran zu einem Haufen heruntergefallener Gesteinsbrocken, der malerisch an der Seite des Felsens lag. Er ging, ohne zu zögern, auf zwei große Steine zu, die nur durch einen schmalen Spalt getrennt waren.
»Hier ist der Eingang«, sagte er.
»Was, hier?« rief Weston. »Es wirkt nicht so, als könnte sich da ein Mensch hindurchquetschen.«

»Der Schein trügt, Sir, das werden Sie gleich merken. Es ist zu schaffen.«
Weston schob sich zögernd durch die Spalte. Sie war nicht so eng, wie es auf den ersten Blick geschienen hatte. Dahinter weitete sich der Durchgang zu einer ziemlich großen Höhle. Man konnte darin stehen und ein paar Schritte hin und her machen.
Hercule Poirot und Stephen Lane folgten Weston. Die anderen blieben draußen. Das Tageslicht fiel nur gedämpft durch den Spalt. Weston hatte eine starke Taschenlampe mitgebracht, deren Strahl jetzt das Innere beleuchtete.
»Sehr praktisch«, meinte Weston. »Von außen ist nichts zu sehen. Man würde hier nie eine Höhle vermuten.« Er leuchtete gründlich den Boden ab. Hercule Poirot zog schnuppernd die Luft ein. Als Weston es bemerkte, sagte er:
»Die Luft ist gut, es riecht nicht nach toten Fischen oder Tang. Aber natürlich liegt die Höhle über der Flutgrenze.«
Aber für Poirots feine Nase war die Luft nicht nur gut. Sie duftete sogar. Und er kannte zwei Leute, die diesen Duft als Parfüm benützten.
Weston ließ seine Taschenlampe sinken. »Ich kann nichts Verdächtiges finden«, sagte er.
Poirots Blick wanderte zu einem Sims über seinem Kopf. »Ob dort oben wohl etwas liegt?« fragte er.
»Wenn wir dort etwas finden«, sagte Weston, »so muß es jemand absichtlich hingelegt haben. Am besten sehen wir nach.«
Poirot wandte sich an Lane. »Sie sind der größte von uns, Monsieur. Dürfen wir Sie bitten, nachzuprüfen, ob dort oben etwas ist?«
Lane reckte sich, doch er reichte nicht weit genug hinein. Da entdeckte er eine Vertiefung in der Wand. Er schob den einen Fuß hinein und zog sich hoch. »He!« rief er. »Da ist eine Schachtel!«
Ein oder zwei Minuten später standen sie draußen im Sonnenschein und untersuchten den Fund, den der Geistliche gemacht hatte.

»Vorsicht!« sagte Weston. »Fassen Sie sie nicht überall an. Vielleicht finden wir Fingerabdrücke.«
Es war eine dunkelgrüne Blechschachtel, auf der »Sandwiches« stand.
»Wurde vermutlich bei irgendeinem Picknick vergessen«, bemerkte Phillips. Er legte sein Taschentuch über den Deckel und öffnete ihn.
Kleine Behälter mit der Aufschrift »Salz«, »Pfeffer«, »Senf« standen darin. Außerdem zwei größere quadratische Dosen, offensichtlich für Sandwiches gedacht. Phillips, der Polizeibeamte in Zivil, schraubte den Deckel vom Salzstreuer. Er war voll bis zum Rand. Er schraubte den nächsten Deckel ab und bemerkte dann: »Auch im Pfefferstreuer ist Salz.« Der Senftopf enthielt ebenfalls Salz.
Plötzlich erschien ein wachsamer Ausdruck auf seinem Gesicht. Er öffnete eine der größeren quadratischen Dosen. Auch in dieser war das gleiche körnige weiße Pulver.
Zögernd tauchte Phillips den Zeigefinger hinein und leckte ihn ab. Aufgeregt rief er: »Das ist kein Salz, Sir. Niemals! Es schmeckt bitter. Meiner Meinung nach ist das Rauschgift.«

»Ein ganz neuer Aspekt«, sagte Oberst Weston und seufzte. Sie waren wieder ins Hotel zurückgekehrt. »Wenn eine Rauschgiftbande in diesen Fall verwickelt ist«, fuhr er fort, »gibt es verschiedene Möglichkeiten. Zuerst einmal kann die Tote zu dem Schmuggelring gehört haben. Halten Sie das für möglich?«
»Es wäre durchaus möglich«, erwiderte Poirot vorsichtig.
»Vielleicht war sie süchtig?«
Poirot schüttelte den Kopf. »Das möchte ich bezweifeln«, sagte er. »Sie hatte gute Nerven, war von strahlender Gesundheit, und Einstichstellen habe ich auch nicht bemerkt. Obwohl das nichts besagt. Manche Leute schnupfen das Zeug. Nein, ich glaube nicht, daß sie Rauschgift nahm.«
»In diesem Fall«, sagte Weston, »ist sie vielleicht durch Zufall draufgekommen und wurde von den Leuten, die dahinterstecken, zum Schweigen gebracht. Wir werden bald erfahren, was für Zeug es ist. Ich habe es Neasdon geschickt.

Wenn wir einer Rauschgiftbande auf der Spur sind, werden seine Leute sich nicht lange mit Kleinigkeiten aufhalten...«

Er schwieg, weil sich die Tür öffnete. Mr. Horace Blatt trat mit energischen Schritten ins Zimmer. Offensichtlich war ihm sehr heiß. Er wischte sich den Schweiß von der Stirn und sagte mit seiner lauten, dröhnenden Stimme:

»Ich bin gerade erst zurückgekommen und habe die Neuigkeit gehört. Sie sind der Polizeichef? Man sagte mir, daß Sie hier drin seien. Ich heiße Blatt – Horace Blatt. Kann ich Ihnen irgendwie behilflich sein? Vermutlich nicht. Ich war seit heute morgen draußen auf dem Wasser. Habe alles verpaßt. Wenn schon mal an diesem abgelegenen Fleckchen Erde was passiert, dann bin ich nicht da! Genau wie im Leben, nicht wahr? Hallo, Poirot, habe Sie nicht gleich bemerkt. Sie sind also auch dabei? Ja, natürlich, das ist wohl selbstverständlich. Sherlock Holmes im Wettlauf mit der Ortspolizei, was? Ha, ha! Es macht mir Spaß, Ihnen ein wenig beim Schnüffeln zuzusehen.«

Mr. Blatt ging in einem Stuhl vor Anker und holte sein Zigarettenetui hervor, das er Oberst Weston anbot. Weston schüttelte denKopf.

»Ich bin ein unverbesserlicher Pfeifenraucher«, sagte er mit einem leichten Lächeln.

»Genau wie ich. Ich rauche zwar auch Zigaretten, aber nichts geht über eine Pfeife.«

»Dann zünden Sie sich doch eine an, Mann!« sagte Oberst Weston, dem ein genialer Einfall gekommen war.

»Ich habe sie im Augenblick nicht bei mir. Aber, bitte, weihen Sie mich doch in die Einzelheiten ein! Bis jetzt weiß ich nur, daß Mrs. Marshall ermordet wurde und man sie irgendwo am Strand gefunden hat.«

»In der Feenbucht«, erklärte Weston, während er ihn genau beobachtete.

»Und sie wurde erwürgt?« rief Mr. Blatt aufgeregt.

»Ja, Mr. Blatt!«

»Gemein, wirklich widerlich! Aber wissen Sie, sie war selbst schuld. Eine scharfe Puppe – *très moutarde* –, was,

Monsieur Poirot? Haben Sie eine Ahnung, wer es gewesen ist? Oder sollte ich das lieber nicht fragen?«
»Nun ja«, sagte Oberst Weston, »eigentlich sind wir es, die hier die Fragen stellen.«
Mr. Blatt wedelte mit seiner Zigarette. »Entschuldigung, Entschuldigung. Das ist meine Schuld. Bitte, fragen Sie.«
»Sie waren segeln. Wann brachen Sie auf?«
»Um Viertel vor zehn Uhr.«
»Nahmen Sie jemand mit?«
»Keine Menschenseele. Ich war ganz allein.«
»Und wohin segelten Sie?«
»Die Küste entlang in Richtung Plymouth. Ich nahm das Mittagessen mit. Es war nicht viel Wind, deshalb kam ich nicht sehr weit.«
Weston stellte noch ein paar weitere Fragen zu diesem Thema und sagte dann: »Sprechen wir über die Marshalls. Wissen Sie irgend etwas, das uns weiterhelfen könnte?«
»Also, meiner Meinung nach handelt es sich um ein Verbrechen aus Leidenschaft. Und dazu kann ich nur eines sagen: *Ich* war es nicht. Die schöne Arlena hatte nichts für mich übrig. Da war nichts zu machen. Sie hatte ihren eigenen blauäugigen Verehrer. Und wenn Sie mich fragen, dann hat Marshall etwas gemerkt.«
»Haben Sie dafür Beweise?«
»Ich habe beobachtet, wie er den jungen Redfern mehrmals wütend anstarrte. Ein stilles Wasser, dieser Marshall! Er sieht so freundlich und harmlos aus, als würde er die halbe Zeit schlafen, aber in der Geschäftswelt hat er einen ganz anderen Ruf. Ich habe ein paar Dinge über ihn gehört. Einmal wäre er beinahe wegen tätlichen Angriffs vor Gericht gekommen. Allerdings hatte man ihn auch böse reingelegt. Marshall hatte dem Kerl vertraut, und der hatte ihn kalt hängengelassen. Eine besonders schmutzige Geschichte, soviel ich weiß. Marshall schnappte sich ihn und hätte ihn beinahe umgebracht. Der Bursche ging nicht vor Gericht, weil er Angst hatte, es würde zuviel herauskommen. Denken Sie von dieser Geschichte, was Sie wollen. So hat man sie mir jedenfalls berichtet.«

»Sie halten es also für möglich«, sagte Poirot, »daß Captain Marshall seine Frau umbrachte?«
»Ganz und gar nicht. So etwas habe ich nie behauptet. Ich habe Ihnen nur erzählt, daß er zu der Sorte gehört, die zum Berserker werden kann.«
»Mr. Blatt«, sagte Poirot, »wir haben allen Grund zu der Annahme, daß Mrs. Marshall heute vormittag zur Feenbucht paddelte, weil sie jemand treffen wollte. Haben Sie eine Idee, wer das gewesen sein könnte?«
»Ich habe nicht nur eine Idee. Ich weiß es genau: Redfern!«
Mr. Blatt blinzelte.
»Es war *nicht* Mr. Redfern!«
Das schien Mr. Blatt zu verblüffen. Zögernd meinte er: »Da – da weiß ich nicht ... nein, ich kann mir nicht vorstellen ...«
Dann fand er etwas von seinem früheren Schwung wieder. »Wie ich schon sagte«, fuhr er dröhnend for, »*ich* war es bestimmt nicht. Mal sehen – Gardener kann es auch nicht gewesen sein, seine Frau läßt ihn kaum aus den Augen! Der alte Idiot Barry? Unsinn! Und der Geistliche kommt wohl kaum in Frage. Obwohl ich ihn öfters dabei erwischte, wie er sie beobachtete. Alles heilige Empörung, aber trotzdem ein Auge für die Kurven, was? Ein Haufen Heuchler, diese Pfarrer. Wenigstens die meisten. Haben Sie die Geschichte gelesen, die vor vier Wochen in der Zeitung stand? Der Pfarrer und die Tochter des Küsters! Das hat einem die Augen geöffnet.« Mr. Blatt kicherte.
»Es fällt Ihnen nichts ein, das uns weiterhelfen könnte?« fragte Oberst Weston kühl.
Der andere schüttelte den Kopf. »Nein, gar nichts.« Dann fügte er hinzu: »Das wird eine ziemliche Aufregung geben, meine ich. Für die Presse ist es ein gefundenes Fressen! Aus ist es mit der Vornehmheit und Exklusivität vom ›Jolly Roger‹.«
»Der Aufenthalt hier hat Ihnen nicht gefallen?« fragte Hercule Poirot.
Mr. Blatts rotes Gesicht wurde noch röter. »Um ehrlich zu sein, es hat mir nicht gefallen. Essen und Service sind in Ordnung, die Insel ist schön, es läßt sich herrlich segeln –

aber es fehlt die Herzlichkeit, wenn Sie wissen, was ich meine. Ich will damit sagen, daß mein Geld genausogut ist wie das der andern. Wir sind alle hier, um unsere Ferien zu genießen. Warum setzen wir uns dann nicht zusammen und tun das auch? All diese kleinen Gruppen und die Leute, die allein dasitzen und einem höchstens kühl guten Morgen oder guten Abend wünschen und eine kurze Bemerkung über das Wetter machen. Keine Lebensfreude. Ein Haufen hochnäsiger Statisten des Lebens.« Mr. Blatt schwieg. Jetzt war er wirklich sehr rot.
Er wischte sich wieder über die Stirn und sagte entschuldigend: »Nehmen Sie es nicht ernst, was ich sage. Ich habe mich nur schrecklich aufgeregt.«

»Und was halten wir von Mr. Blatt?« fragte Hercule Poirot, nachdem Blatt gegangen war.
Oberst Weston grinste. »Was halten *Sie* denn von ihm? Sie waren öfter mit ihm zusammen als ich.«
»Auf ihn passen verschiedene Beschreibungen«, sagte Poirot. »Er ist ein ungeschliffener Diamant. Ein Selfmademan, ein Emporkömmling. Je nachdem, unter welchem Blickwinkel man ihn betrachtet, ist er pathetisch, lächerlich, angeberisch. Das ist Ansichtssache. Aber ich glaube, daß er noch etwas anderes ist.«
»Und das wäre?«
Hercule Poirots Blick wanderte zur Decke. Er murmelte: »Ich glaube, er ist sehr nervös.«

»Ich habe die verschiedenen Zeiten festgestellt«, sagte Inspektor Colgate. »Vom Hotel bis zur Leiter in die Feenbucht – drei Minuten. Das heißt, wenn man normal geht, solange man in Sichtweite des Hotels ist, und dann rennt wie der Teufel.«
Weston zog die Brauen hoch. »Das ist kürzer, als ich dachte.«
»Die Leiter hinunter bis zum Strand – eindreiviertel Minuten. Hinauf – zwei Minuten. Das ist die Zeit von Polizist Flint. Er ist ein ziemlicher Sportler. Wenn man wie ein

normaler Mensch geht und klettert, braucht man für die ganze Sache fast eine Viertelstunde.«
Weston nickte. »Da ist noch ein anderes Problem, um das wir uns kümmern müssen: die Pfeife.«
»Blatt raucht Pfeife«, sagte Colgate. »Marshall auch, der Geistliche ebenfalls. Redfern raucht Zigaretten, der Amerikaner mag nur Zigarren. Major Barry raucht überhaupt nicht. In Marshalls Zimmer liegt eine Pfeife, in Blatts liegen zwei, im Zimmer des Geistlichen fanden wir eine. Das Zimmermädchen behauptet, Marshall hätte zwei. Das zweite Zimmermädchen ist keine Leuchte. Sie weiß nicht, wie viele Pfeifen die andern beiden haben. Sie glaubt, sie hat zwei oder drei bei ihnen gesehen.«
Weston nickte. »Noch etwas?«
»Ich habe die Angestellten überprüft. Sie scheinen alle ganz in Ordnung zu sein. Henry, der Barmann, bestätigt Marshalls Aussage. Er hat ihn um zehn Minuten vor elf gesehen. William, der den Strand in Ordnung hält, hat den ganzen Vormittag die Leiter an den Felsen beim Hotel repariert. Er ist auch unverdächtig. George hat den Tennisplatz frisch markiert und dann vor dem Eßsaal Pflanzen gesetzt. Keiner der beiden hätte sehen können, ob jemand über den Damm zur Insel kam.«
»Wann war der Damm wieder im Trockenen?«
»Um halb zehn Uhr, Sir.«
Weston zupfte an seinem Schnurrbart. »Es ist gut möglich, daß jemand über den Damm auf die Insel gekommen ist, Colgate. Wir haben eine Neuigkeit für Sie.«
Er berichtete von der Brotschachtel, die sie in der Höhle gefunden hatten.

Es klopfte an die Tür. »Kommen Sie herein!« rief Weston.
Es war Captain Marshall. »Würden Sie mir wohl sagen, was für Vorbereitungen ich wegen der Beerdigung treffen kann?« fragte er.
»Ich glaube, daß wir die gerichtliche Voruntersuchung für übermorgen ansetzen können, Captain Marshall.«
»Vielen Dank.«

»Entschuldigen Sie, Sir«, sagte Inspektor Colgate. »Darf ich Ihnen die hier zurückgeben?« Er reichte Marshall die drei Briefe.
Kenneth Marshall lächelte etwas spöttisch. »Die Polizei hat also geprüft, wie schnell ich Schreibmaschine schreiben kann? Ich hoffe, ich bin jetzt von jedem Verdacht reingewaschen.«
»Ja, Captain Marshall«, antwortete Oberst Weston freundlich, »ich glaube, wir können Ihnen ein gutes Führungszeugnis geben. Um diese Briefe zu tippen, braucht man eine Stunde. Außerdem hörte Sie das Zimmermädchen bis fünf Minuten vor elf, und jemand anders hat Sie um zwanzig Minuten nach elf noch gesehen.«
»Ach, tatsächlich?« sagte Captain Marshall. »Das ist ja sehr erfreulich!«
»Ja. Miss Darnley kam um zwanzig Minuten nach elf in Ihr Zimmer. Aber Sie waren so eifrig bei der Arbeit, daß Sie ihr Erscheinen nicht bemerkten.«
Kenneth Marshalls Gesicht wurde ausdruckslos. »Behauptet Miss Darnley das?« Er schwieg einen Augenblick. »Sie täuscht sich! Ich habe sie nämlich doch gesehen – im Spiegel.«
»Aber Sie unterbrachen Ihre Arbeit nicht?« fragte Poirot.
»Nein«, erwiderte Marshall knapp. »Ich wollte schnell fertig werden.« Wieder machte er eine Pause. »Kann ich sonst noch etwas für Sie tun?« fragte er dann.
»Nein, vielen Dank, Captain Marshall.«
Kenneth Marshall nickte kurz und ging hinaus. Weston seufzte. »Da geht unser Verdächtiger, auf den wir alle Hoffnungen gesetzt hatten. Er hat ein hieb- und stichfestes Alibi! Hallo, da ist ja Neasdon!«
Der Arzt war ins Zimmer gekommen. Er wirkte sehr aufgeregt. »Da haben Sie mir ja eine hübsche kleine Sendung geschickt«, rief er.
»Was ist es denn?«
»Was es ist? Diazetyl-Morphin. Gewöhnlich nennt man das Zeug Heroin.«
Inspektor Colgate stieß einen Pfiff aus. »Allmählich kommen

wir weiter«, sagte er. »Scheint, als würde es bei dieser Geschichte im Grunde um Drogenschmuggel gehen.«

10

Es waren nicht sehr viele Leute, die nach der vorgerichtlichen Untersuchung das »Red Bull« verließen. Die Sitzung hatte nicht lange gedauert und war dann um vierzehn Tage vertagt worden.
Rosamund Darnley trat zu Captain Marshall und sagte mit leiser Stimme: »Es war nicht so schlimm, nicht wahr, Ken?«
Er antwortete nicht sofort. Vielleicht weil er die neugierigen Blicke der Dorfbewohner spürte, die Finger, mit denen sie am liebsten auf ihn gedeutet hätten, es aber doch nicht taten.
»Das ist er, meine Liebe!« – »Sieh mal, das ist der Ehemann!« – »Das muß ihr Mann sein!« – »Schau, da geht er!«
Das Gemurmel war nicht so laut, daß Marshall es deutlich verstanden hätte, trotzdem beunruhigte es ihn. Ihm war, als würde er am Pranger stehen. Die Presse hatte er schon getroffen, selbstsichere, glatte junge Männer, die geschickt die Mauer des Schweigens einrissen, die er aufzubauen versucht hatte. Selbst seine kurzen Antworten, sein »Kein Kommentar« waren in den Morgenzeitungen in einem völlig anderen Zusammenhang gedeutet worden, obwohl er gedacht hatte, durch seine Einsilbigkeit jede Art von Entstellung der Tatsachen verhindern zu können. »Befragt, ob das Geheimnis um den Tod seiner Frau nur mit der Vermutung erklärt werden könne, daß ein wahnsinniger Mörder seinen Weg auf die Insel gefunden habe, erklärte Captain Marshall, daß...« und so weiter und so weiter.
Die Kameras klickten unaufhörlich. Gerade in diesem Augenblick wurde ihm das Klicken wieder bewußt. Marshall wandte halb den Kopf. Ein fröhlich lächelnder junger Mann nickte ihm zu. Er hatte sein Ziel erreicht.
»Captain Marshall und eine Freundin beim Verlassen des

›Red Bull‹ nach der gerichtlichen Untersuchung«, sagte Rosamund.

Marshall zog ein Gesicht.

»Es hat doch keinen Zweck, Ken!« sagte Rosamund. »Du mußt den Tatsachen ins Auge blicken! Ich meine damit nicht nur Arlenas Tod. Ich meine auch die damit zusammenhängenden Gemeinheiten. Die neugierigen Blicke und die Klatschereien, die albernen Berichte in den Zeitungen. Die beste Methode, sich zu wehren, ist, alles komisch zu finden! Sollen sie doch ihre verstaubten idiotischen Klischees gebrauchen! Lächle dazu! Verspotte sie!«

»So was liegt dir?« fragte er.

»Ja.« Sie schwieg einen Augenblick. »Ich weiß, dir liegt es nicht. Mimikry ist dir lieber. Nichts unternehmen und im Hintergrund bleiben! Aber hier geht es nicht. Es gibt keinen Hintergrund. Du stehst mitten auf der Bühne, und alle Leute können dich genau sehen! Der Ehemann der Ermordeten.«

»Um Gottes willen, Rosamund...«

»Ich versuche doch nur, dir zu helfen, mein Lieber«, sagte sie leise.

Schweigend gingen sie ein paar Schritte weiter. Dann sagte Marshall in völlig anderem Tonfall: »Das weiß ich. Ich bin dir auch sehr dankbar, Rosamund.«

Kurze Zeit darauf hatten sie den Ort hinter sich gelassen. Sie wurden noch weiter beobachtet, aber niemand war in Hörweite. Rosamunds Stimme klang zweifelnd, als sie ihre Frage von vorhin wiederholte: »Es war nicht so schlimm, nicht wahr, Ken?«

Er zögerte mit der Antwort. »Ich weiß nicht«, meinte er dann.

»Was glaubt die Polizei?«

»Sie haben nicht viel gesagt.«

Eine Minute später fragte Rosamund: »Dieser kleine Mann – Poirot –, hat er wirklich ein Interesse an dem Fall?«

»Ich hatte den Eindruck, daß er mit dem Polizeichef sehr befreundet ist.«

»Ich weiß – aber tut er was?«

»Wie, zum Teufel, soll ich das wissen, Rosamund?«
»Er ist schon ziemlich alt«, überlegte sie laut. »Wahrscheinlich schon recht senil.«
»Vielleicht.«
Sie erreichten den Damm. Gegenüber lag die Insel im Sonnenlicht.
»Manchmal kommen einem die Dinge so unwirklich vor«, sagte Rosamund plötzlich. »Ich kann es immer noch nicht fassen, daß es wahr ist...«
»Ich glaube, ich weiß, was du meinst«, sagte er zögernd. »Die Natur ist rücksichtslos. Eine Ameise weniger – mehr bedeutet es nicht für die Welt.«
»Ja«, antwortete Rosamund. »Und es so zu sehen, ist der einzig richtige Weg.«
Er warf ihr einen raschen Blick zu. »Mach dir keine Sorgen, mein Liebling. Es ist alles in Ordnung. Es ist alles in Ordnung.«

Linda kam ihnen über den Damm entgegengelaufen. Sie bewegte sich mit der Sprunghaftigkeit eines nervösen Fohlens. Ihr junges Gesicht war durch tiefe dunkle Schatten unter den Augen entstellt. Ihre Lippen waren trocken und aufgesprungen.
»Was war los?« fragte sie außer Atem. »Was haben sie gesagt?«
»Die Sitzung wurde um zwei Wochen vertagt«, antwortete ihr Vater knapp.
»Das heißt, sie haben sich noch nicht entschieden?«
»O doch. Daß mehr Beweise notwendig sind.«
»Aber – aber was glauben sie?«
Marshall mußte gegen seinen Willen lächeln. »Ach, mein liebes Kind, wer kann das wissen? Und wen meinst du eigentlich mit ›sie‹? Den Richter, die Jury, die Polizei, die Reporter, die Fischer von Leathercombe?«
»Ich glaube, ich meine die – die Polizei«, erwiderte Linda zögernd.
»Was die Polizei auch denkt«, bemerkte Marshall trocken, »im Augenblick verrät sie es uns nicht.« Er preßte die Lippen

zusammen und ging ins Hotel.
Als Rosamund ihm folgen wollte, rief Linda: »Einen Augenblick, Rosamund!«
Rosamund wandte sich um. Der stumme Hilferuf in dem unglücklichen Gesicht des Mädchens berührte sie. Sie legte den Arm um Linda, und gemeinsam gingen sie den Weg entlang, der vom Hotel weg zum anderen Ende der Insel führte.
»Nimm es dir doch nicht so zu Herzen, Linda«, sagte Rosamund freundlich. »Ich weiß, wie schrecklich es für dich ist und was du für einen Schock erlitten hast, aber es hat keinen Zweck, darüber zu brüten. Und es kann nur das Entsetzen über die Tatsache selbst sein, was dich so mitnimmt. Du hast Arlena nicht gemocht, das weißt du doch.«
Sie spürte, wie Linda ein Schauder überlief. »Ja, ich mochte sie nicht besonders...«, sagte sie.
»Trauer um einen Menschen ist etwas anderes«, fuhr Rosamund fort. »Die kann man nicht einfach beiseite schieben. Aber Schock und Entsetzen kann man überwinden, indem man sich zwingt, nicht die ganze Zeit daran zu denken.«
»Sie verstehen mich nicht«, rief Linda.
»O doch, ich verstehe dich, Linda.«
Linda schüttelte den Kopf. »Nein. Sie begreifen nicht das geringste – und Christine auch nicht. Sie beide waren sehr nett zu mir, aber Sie können nicht nachempfinden, was ich fühle. Sie finden so etwas krankhaft – daß ich nicht darüber hinwegkomme, obwohl es mich doch kaltlassen sollte.« Sie schwieg einen Augenblick. »Aber darum geht es gar nicht. Wenn Sie wüßten, was ich weiß...«
Rosamund blieb abrupt stehen. Ihr Körper versteifte sich. Langsam nahm sie den Arm von Lindas Schulter. »Auf was spielst du an, Linda? Was weißt du?«
Das Mädchen blickte sie nur an. Dann schüttelte sie den Kopf und murmelte nur: »Nichts.«
Rosamund packte sie beim Arm. Ihr Griff schmerzte, und Linda zuckte etwas zusammen.
»Nimm dich in acht, Linda!« sagte Rosamund. »Nimm dich verdammt in acht!«

Linda war totenbleich geworden. »Ich nehme mich ja in acht – die ganze Zeit!«
»Hör zu, Linda«, sagte Rosamund eindringlich. »Was ich eben sagte, ist wirklich wichtig. Denk nicht mehr daran! Laß die ganze Sache ruhen! Vergiß alles – vergiß alles... Du kannst es, wenn du willst. Arlena ist tot, und nichts in der Welt kann sie ins Leben zurückholen. Vergiß alles, und denk an die Zukunft! Und vor allem – halt den Mund!«
Linda wich etwas vor ihr zurück. »Sie – Sie wissen wohl Bescheid?« fragte sie.
»Ich weiß gar nichts!« erwiderte Rosamund nachdrücklich. »Meiner Meinung nach war es irgendein Verrückter, der zufällig auf die Insel kam und Arlena umbrachte. Das ist die wahrscheinlichste Lösung. Ich bin ziemlich sicher, daß die Polizei schließlich auch zu diesem Ergebnis gelangt. So muß es einfach gewesen sein. Es *muß* so passiert sein!«
»Wenn mein Vater...«, begann Linda.
»Sei still!« unterbrach sie Rosamund.
»Aber eines muß ich noch sagen. Meine Mutter...«
»Ja, was ist mit ihr?«
»Sie – sie wurde des Mordes angeklagt, nicht wahr?«
»Ja.«
»Und dann hat mein Vater sie geheiratet«, sagte Linda leise. »Das sieht doch aus, als würde mein Vater es nicht wirklich schlimm finden, wenn jemand einen Mord begeht – jedenfalls nicht immer.«
»Sag so etwas nicht!« rief Rosamund scharf. »Auch nicht zu mir! Die Polizei hat keine Beweise gegen deinen Vater. Er hat ein Alibi – ein Alibi, das sie nicht widerlegen kann. Er hat nichts zu befürchten!«
»Dachten sie zuerst, daß mein Vater...«, fragte Linda leise.
»Ich weiß nicht, was die Polizei dachte! Aber jetzt wissen sie, daß er es nicht gewesen sein kann. Verstehst du nicht? Er kann nicht der Täter sein!«
Sie sprach mit solcher Eindringlichkeit, daß Linda sich beruhigte. Linda seufzte tief auf.
»Du wirst bald abreisen und alles vergessen – alles!«
»Ich werde es niemals vergessen«, rief Linda mit plötzlicher

Heftigkeit. Sie wandte sich abrupt um und rannte zum Hotel zurück. Rosamund folgte ihr nachdenklich.

»Ich möchte Sie gern etwas fragen, Madame.«
Christine Redfern blickte leicht zerstreut zu Poirot auf und sagte: »Ja, bitte?«
Hercule Poirot ließ sich von ihrem zerstreuten Blick nicht beeindrucken. Er hatte bemerkt, wie ihre Augen ihrem Mann folgten, der draußen vor der Bar auf der Terrasse auf und ab ging, aber im Augenblick hatte er kein Interesse an ehelichen Problemen. Alles, was Poirot brauchte, waren sachliche Informationen.
»Also, Madame«, begann er, »es handelt sich um eine Bemerkung, die Sie machten. Eine Bemerkung, die meine Aufmerksamkeit erregte.«
Christine, deren Blick immer noch ihrem Mann folgte, sagte: »Ja? Was sagte ich denn?«
»Sie beantworteten eine Frage des Polizeichefs. Sie erzählten, wie Sie in Miss Lindas Zimmer gingen, am Morgen des Verbrechens. Der Polizeichef fragte Sie, wo Linda Ihrer Meinung nach gewesen sei.«
»Und ich erwiderte, sie sei schwimmen gewesen«, sagte Christine ungeduldig. »Stimmt's?«
»Ja, aber es war doch etwas anders. Sie sagten nicht, daß sie schwimmen gewesen sei. Ihre Worte waren: ›Sie sagte, sie sei schwimmen gewesen.‹«
»Das ist doch wohl dasselbe!«
»Nein, nicht ganz. Die Art Ihrer Antwort läßt auf eine bestimmte Geisteshaltung von Ihnen schließen. Linda Marshall kam ins Zimmer. Sie trug einen Bademantel, und trotzdem nahmen Sie nicht automatisch an – aus irgendeinem Grund –, daß sie im Meer gebadet hatte. Das verraten Ihre Worte: ›Sie sagte, sie sei schwimmen gewesen.‹ Weswegen waren Sie denn erstaunt, als Linda sagte, sie sei im Meer gewesen? Lag es an ihrem Benehmen, an ihrem Aussehen, an einer Bemerkung, die sie machte, oder was?«
Christine wandte ihre Aufmerksamkeit jetzt voll Poirot zu. Offensichtlich interessierten sie Poirots Überlegungen. »Sie

sind sehr klug«, sagte sie. »Und Sie haben recht. Wenn ich jetzt daran zurückdenke... ich war tatsächlich über Lindas Behauptung etwas erstaunt.«
»Aber warum, Madame, warum?«
»Ja, warum eigentlich? Genau das versuche ich ja, herauszubekommen. Oh, ich glaube, das Päckchen in ihrer Hand war schuld.«
»Sie trug ein Päckchen?«
»Ja.«
»Sie wissen nicht, was drin war?«
»Doch, das weiß ich. Der Bindfaden riß. Er war nicht ordentlich verknotet. Die Verkäuferinnen im Dorf nehmen sich nie die Mühe, die Sachen richtig zu verpacken. Es waren Kerzen drin. Sie lagen überall auf dem Boden verstreut. Ich half ihr, sie aufzuheben.«
»Soso«, sagte Poirot. »Kerzen!«
Christine musterte ihn kühl. »Sie scheinen aufgeregt zu sein, Monsieur Poirot«, bemerkte sie.
»Erklärte Linda, warum sie die Kerzen gekauft hatte?« fragte Poirot.
»Nein, das tat sie nicht. Vielleicht, weil sie nachts lesen wollte. Vielleicht war das elektrische Licht nicht stark genug.«
»Im Gegenteil, Madame! Auf dem Nachttisch steht eine Lampe mit einer tadellos funktionierenden Glühbirne.«
»Dann weiß ich wirklich nicht, warum sie sie kaufte.«
»Wie verhielt sie sich, als die Schnur riß und die Kerzen herausfielen?«
»Sie war aufgeregt – verwirrt.«
Poirot nickte. »Haben Sie in ihrem Zimmer einen Kalender gesehen?«
»Einen Kalender? Was für einen Kalender?«
»Wahrscheinlich einen grünen. Einen grünen Abreißkalender.«
Christine bemühte sich so angestrengt, sich zu erinnern, daß sie die Augen verdrehte. »Einen grünen Kalender – ein helles, leuchtendes Grün! Ja, so einen Kalender habe ich gesehen – aber ich kann mich nicht mehr erinnern, wo.

Vielleicht in Lindas Zimmer. Ich bin mir nicht sicher.«
»Aber Sie haben so ein Ding bestimmt gesehen?«
»Ja.«
Wieder nickte Poirot.
»Worauf wollen Sie eigentlich hinaus, Monsieur Poirot?« fragte Christine scharf. »Was hat das Ganze zu bedeuten?«
Statt einer Antwort holte Poirot einen kleinen, in braunes Leder gebundenen Band hervor. »Haben Sie den schon mal gesehen?« fragte er.
»Wieso? Ich glaube, ja, aber ich bin mir nicht sicher. Linda hat vor ein paar Tagen mal drin geblättert, als sie in der Leihbücherei war. Aber sie schloß das Buch und stellte es hastig zurück, als sie mich entdeckte. Ich habe mich noch gefragt, was das bedeuten sollte.«
Schweigend wies Poirot auf den Titel des Buches. »Geschichte der Magie und Zauberei und der nicht nachweisbaren Gifte« stand da.
»Ich begreife gar nichts«, sagte Christine. »Was soll das bedeuten?«
»Es bedeutet eine Menge«, erwiderte Poirot würdevoll.
Sie sah ihn fragend an, aber Poirot äußerte sich nicht weiter zu ihrer Frage. Statt dessen sagte er: »Noch etwas, Madame. Nahmen Sie an jenem Vormittag ein Bad, ehe Sie Tennis spielen gingen?«
Christine starrte ihn verblüfft an. »Ein Bad? Nein. Ich hätte gar keine Zeit dazu gehabt, und außerdem hatte ich gar keine Lust zu baden, nicht vor dem Tennisspielen. Eher danach.«
»Haben Sie Ihr Badezimmer benützt, als Sie vom Strand zurückkamen?«
»Ich wusch mir Hände und Gesicht, das ist alles.«
»Sie drehten nicht die Badewannenhähne auf?«
»Nein, selbstverständlich nicht.«
Poirot nickte. »Es ist auch nicht weiter wichtig.«

Hercule Poirot stand neben dem Tischchen, an dem Mrs. Gardener saß und sich bemühte, ein Puzzle zu legen. Sie blickte auf und zuckte zusammen.
»Mein Gott, Monsieur Poirot, wie leise Sie sind! Ich habe Sie

gar nicht kommen hören. Sie sind sicherlich eben von der gerichtlichen Voruntersuchung zurückgekehrt. Wissen Sie, allein schon der Gedanke an so etwas macht mich so nervös, daß ich nicht weiß, was ich tun soll. Deshalb lege ich ein Puzzle. Ich hätte es nicht ertragen, einfach zum Strand zu gehen, als sei nichts geschehen. Und Mr. Gardener weiß, wenn ich mit den Nerven am Ende bin, gibt es nichts Besseres als ein Puzzle, um mich zu beruhigen. Also, wo paßt nur dieses weiße Stück hin? Es gehört bestimmt zum Fellteppich, aber ich kann nicht entdecken, wo es fehlt.«
Vorsichtig nahm Poirot ihr das Stückchen aus der Hand und sagte: »Hier paßt es genau, Madame. Es gehört zur Katze.«
»Unmöglich. Die Katze ist schwarz.«
»Ja, es ist eine schwarze Katze. Aber das Schwanzende ist weiß.«
»Tatsächlich! Wie klug Sie sind! Ich finde, daß die Leute, die die Puzzles machen, ziemlich hinterhältig sind. Sie tun alles, um einen zu täuschen!«
Sie legte ein anderes Stückchen an seinen Platz und fuhr fort: »Wissen Sie, Monsieur Poirot, ich habe Sie die letzten Tage beobachtet. Ich wollte einfach sehen, wie Sie arbeiten und ein Verbrechen aufklären – wenn Sie verstehen, was ich meine. Es soll nicht herzlos klingen, als sei alles ein Spiel. Schließlich ist die arme Person umgebracht worden. Mein Gott, jedesmal, wenn ich daran denke, überläuft es mich eiskalt! Heute morgen sagte ich noch zu Mr. Gardener, daß ich es nicht mehr länger ertrage und wir unbedingt abreisen müssen, und jetzt, nachdem die Untersuchung vorbei ist, glaubt er, daß wir morgen abfahren können. Ein Segen, da bin ich sicher. Aber was Ihren Beruf betrifft, Monsieur Poirot, ich würde so gern Genaueres wissen. Es wäre mir wirklich eine Ehre, wenn Sie mir die Sache etwas genauer erklärten.«
»Es ist ungefähr so wie mit Ihren Puzzles, Madame. Man setzt sie Stück für Stück zusammen. Wie ein Mosaik – viele Farben, viele Muster. Und jedes noch so seltsam geformte Teil muß den passenden Platz finden.«

»Ist das nicht interessant? Ich finde, Sie erklären das wunderschön!«
»Und manchmal ergeht es mir wie Ihnen eben. Man ordnet die verschiedenen Stücke des Puzzles, zum Beispiel nach Farben, und dann paßt ein Teil, das zum – sagen wir mal – zum Fellteppich gehört, nicht. Statt dessen gehört es zum schwarzen Schwanz der Katze.«
»Na, wenn das nicht faszinierend ist! Und sind es viele einzelne Teile, Monsieur Poirot?«
»Ja, Madame. Fast jeder hier im Hotel hat mir ein Teilchen gegeben. Sie auch.«
»Ich?« Mrs. Gardeners Stimme wurde schrill.
»Ja. Eine Bemerkung von Ihnen, Madame, war äußerst nützlich. Ich möchte sogar behaupten, sie war sehr aufschlußreich.«
»Na, das ist aber eine Freude! Können Sie mir nicht noch mehr erzählen, Monsieur Poirot?«
»Ach, Madame, die Erklärungen hebe ich mir immer für den letzten Akt auf.«
»Was für ein Jammer!« murmelte Mrs. Gardener.

Hercule Poirot klopfte leise an die Tür von Captain Marshalls Zimmer. Von drinnen war das Klappern einer Schreibmaschine zu hören.
Ein kurzes »Herein« ertönte. Poirot trat ein.
Captain Marshall saß mit dem Rücken zu ihm an dem Tisch zwischen den beiden Fenstern und tippte. Er drehte sich nicht um, aber ihre Blicke begegneten sich in dem Spiegel, der vor Marshall an der Wand hing.
»Was gibt's denn, Monsieur Poirot?« fragte Marshall gereizt.
»Entschuldigen Sie tausendmal, daß ich bei Ihnen eindringe«, sagte Poirot. »Sie sind beschäftigt?«
»Ja, ziemlich«, antwortete Marshall kurz.
»Ich habe nur eine kleine Frage auf dem Herzen, die ich gern loswerden möchte.«
»Mein Gott, ich habe es satt, Fragen zu beantworten!« rief Marshall. »Ich habe alle Fragen der Polizei beantwortet. Ich glaube nicht, daß ich auch noch Ihre beantworten muß.«

»Sie ist ganz harmlos. Es geht um folgendes: Am Morgen des Tages, an dem Ihre Frau starb – badeten Sie da, nachdem Sie mit Tippen fertig waren und bevor Sie zum Tennisspielen gingen?«
»Ob ich gebadet habe? Nein, natürlich nicht! Ich hatte schon eine Stunde früher ein Bad genommen.«
»Vielen Dank. Das wäre alles«, sagte Poirot.
»Na, hören Sie mal. Ach...« Marshall schwieg unentschlossen. Poirot ging hinaus und zog leise die Tür hinter sich zu.
»Der Kerl ist verrückt!« murmelte Kenneth Marshall.

Vor der Tür zur Bar stieß Poirot auf Mr. Gardener, der zwei volle Cocktailgläser trug und offensichtlich auf dem Weg zu Mrs. Gardener war. Mrs. Gardener saß in der Halle und war in ihr Puzzle vertieft. Mr. Gardener lächelte Poirot freundschaftlich zu und sagte: »Wollen Sie sich nicht zu uns setzen, Monsieur Poirot?«
Poirot schüttelte den Kopf. »Wie fanden Sie die Voruntersuchung, Mr. Gardener?« fragte er.
Mr. Gardener senkte die Stimme. »Die Herrschaften schienen etwas unentschlossen zu sein. Soviel ich hörte, hat Ihre Polizei noch einen Trumpf im Ärmel.«
»Möglich«, sagte Hercule Poirot.
Mr. Gardener senkte seine Stimme noch mehr. »Ich bin froh, wenn ich Mrs. Gardener wegbringen kann. Sie ist äußerst sensibel, und diese ganze Geschichte hat ihre Nerven schwer angegriffen. Sie war schon immer sehr nervös.«
»Erlauben Sie mir eine Frage, Mr. Gardener«, sagte Poirot.
»Aber natürlich, Monsieur Poirot. Ich freue mich, wenn ich Ihnen irgendwie helfen kann.«
»Sie sind ein erfahrener Mann«, sagte Hercule Poirot. »Sie haben viel gesunden Menschenverstand und eine große Urteilskraft. Was ist Ihre ehrliche Meinung über die tote Mrs. Marshall?«
Mr. Gardeners Augenbrauen hoben sich vor Erstaunen. Er blickte sich vorsichtig um und flüsterte: »Nun, Monsieur Poirot, ich habe ein paar Dinge gehört, die man sich hier

erzählt, wenn Sie verstehen, was ich meine. Vor allem die Frauen haben über sie geredet.« Poirot nickte. »Aber wenn Sie mich persönlich fragen, dann sage ich Ihnen auch meine ehrliche Meinung: Die Frau war ein verdammter Dummkopf!«
»Also, das ist wirklich interessant«, meinte Hercule Poirot nachdenklich.

»Jetzt bin ich wohl an der Reihe?« sagte Rosamund Darnley.
»Wie bitte?«
Sie lachte. »Erst veranstaltete der Polizeichef sein Verhör, und Sie saßen schweigend dabei, Monsieur Poirot. Jetzt führen Sie offensichtlich Ihre eigene inoffizielle Untersuchung. Ich habe Sie beobachtet. Erst fragten Sie Mrs. Redfern. Dann sah ich durch ein Fenster der Halle, wo Mrs. Gardener bei ihrem schrecklichen Puzzle sitzt, wie Sie sich mit ihrem Mann unterhielten. Und jetzt bin ich dran.«
Hercule Poirot nahm neben ihr Platz. Sie waren auf dem Sonnenfelsen. Tief unter ihnen lag das Meer, das zum Strand hin dunkelgrün war. Weiter draußen schimmerte es in einem leuchtenden Hellblau.
»Sie sind sehr intelligent, Mademoiselle«, sagte Poirot. »Das habe ich schon gedacht, als ich Sie kennenlernte. Es wäre mir ein großes Vergnügen, mich mit Ihnen über die ganze Sache zu unterhalten.«
»Sie wollen wissen, was ich darüber denke?« fragte Rosamund freundlich.
»Das würde mich sehr interessieren.«
»Ich glaube, es ist alles sehr einfach. Der Schlüssel zum Ganzen liegt in der Vergangenheit der Toten.«
»In der Vergangenheit? Nicht in der Gegenwart?«
»Nun, vielleicht nicht in der fernen Vergangenheit. Ich sehe die Sache so: Arlena Marshall war eine attraktive Frau, eine sehr attraktive Frau. Ich halte es für möglich, daß sie einen Mann schnell satt bekam. Unter ihren zahlreichen – sagen wir – Verehrern gab es einen, dem das gar nicht gefiel. Oh, mißverstehen Sie mich nicht, es ist bestimmt niemand, dem

man so was schon von weitem ansehen würde. Sicherlich irgendein unscheinbarer Mann, eingebildet und empfindsam – der Typ, der alles in sich hineinfrißt. Ich glaube, er ist ihr hierher gefolgt, wartete, bis sich eine günstige Gelegenheit bot, und brachte sie um.«

»Sie sind also überzeugt, daß es ein Außenseiter war, daß er vom Festland kam?«

»Ja. Wahrscheinlich versteckte er sich in der Höhle, bis er seine Chance sah.«

Poirot schüttelte den Kopf. »Würde sie sich mit einem Mann, wie Sie ihn beschreiben, getroffen haben? Nein, sie hätte ihn ausgelacht und wäre nie gekommen.«

»Vielleicht wußte sie nicht, daß sie ihn treffen würde. Er kann ihr eine Nachricht geschickt haben, unter dem Namen eines anderen.«

»Das wäre möglich«, murmelte Poirot. Dann meinte er: »Aber Sie vergessen eines, Mademoiselle! Ein Mann, der einen Mord plant, konnte es nicht riskieren, am hellen Tag über den Damm zu gehen, vorbei am Hotel. Jemand hätte ihn sehen können.«

»Vielleicht hat man ihn sogar gesehen – aber ich halte das nicht für sicher. Ich glaube vielmehr, daß er vorbeigehen konnte, ohne daß es auffiel.«

»Es wäre möglich, ja, das gebe ich zu. Aber der Witz dabei ist, daß er nicht darauf bauen konnte.«

»Vergessen Sie nicht einen wichtigen Punkt? Das Wetter!«

»Das Wetter?«

»Ja. Am Mordtag selbst war das schönste Wetter, aber am Tag davor regnete es, und es war ziemlich neblig. Da konnte jeder auf die Insel kommen, ohne bemerkt zu werden. Er brauchte nur hinunter zum Strand zu gehen und die Nacht in der Höhle bleiben. Der Nebel, Monsieur Poirot, spielt eine große Rolle.«

Poirot betrachtete sie nachdenklich. Nach ein paar Augenblicken sagte er: »Wissen Sie, da ist was dran, an Ihren Überlegungen.«

Rosamund errötete. »Das ist meine Theorie, ganz gleich, was Sie davon halten. Und wie lautet Ihre?«

»Ah!« sagte Hercule Poirot. Er blickte aufs Meer hinaus. »*Eh bien*, Mademoiselle. Ich bin ein sehr einfacher Mensch. Ich glaube immer, daß die Person die Tat beging, die am ehesten dafür in Frage kommt. Am Anfang dachte ich noch, daß völlig klar sei, wer diese Person ist.«
»Und weiter?« Rosamunds Stimme klang jetzt etwas härter.
»Aber sehen Sie, die Sache hat einen Haken! Allem Anschein nach ist es unmöglich, daß derjenige Mrs. Marshall tatsächlich ermordete.«
Er hörte, wie Rosamund scharf die Luft ausstieß. Etwas atemlos sagte sie: »Und nun?«
Hercule Poirot zuckte die Achseln. »Tja, was kann man da tun? Das ist eben das Problem.« Er schwieg eine Weile und sagte dann: »Ich möchte Sie etwas fragen.«
»Nur zu!«
Sie sah ihn wachsam an. Aber auf die Frage, die dann kam, war sie nicht gefaßt gewesen.
»Als Sie ins Hotel zurückkehrten, um sich zum Tennisspielen umzuziehen, haben Sie da vorher gebadet?«
Rosamund starrte ihn verblüfft an. »Gebadet? Was soll das heißen?«
»Genau das, was ich gefragt habe. Ob Sie ein Bad nahmen. Man dreht die Hähne auf, läßt das Wasser in die Wanne, legt sich hinein, steigt wieder hinaus und gusch – gusch – gusch – fließt das Wasser durch den Abfluß weg.«
»Monsieur Poirot, sind Sie nicht ein bißchen verrückt?«
»Nein, ich bin völlig normal.«
»Nun, jedenfalls habe ich nicht gebadet.«
»Ha!« rief Poirot. »Dann hat also niemand gebadet! Das ist hochinteressant!«
»Aber warum hätte denn jemand ein Bad nehmen sollen?«
»Ja, warum?« echote Poirot.
»Jetzt spielen Sie wohl Sherlock Holmes, was?« sagte Rosamund etwas empört.
Hercule Poirot lächelte nur. Dann schnupperte er in der Luft. »Erlauben Sie mir eine unverschämte Frage, Mademoiselle?«

»Sie können doch gar nicht unverschämt werden, Monsieur Poirot!«
»Es ist sehr freundlich von Ihnen, das zu sagen. Dann erlauben Sie mir die Bemerkung, daß Sie ein sehr gutes Parfüm benutzen. Es hat eine gewisse Nuance... einen zarten, schwer faßbaren Zauber...« Er wedelte mit den Händen und fügte dann in sachlichem Ton hinzu: »Gabrielle Nummer 8, nicht wahr?«
»Was Sie alles wissen! Ja, ich benütze es immer.«
»Wie die tote Mrs. Marshall. Es ist in Mode, nicht wahr? Und sehr teuer.«
Rosamund zuckte nur mit den Schultern und lächelte leicht.
»Am Morgen des Verbrechens saßen Sie auch hier, Mademoiselle. Man hat Sie gesehen, oder zumindest Ihr Sonnenhut wurde gesehen – von Miss Brewster und Mr. Redfern, als die unten vorbeiruderten. Sind Sie sicher, Mademoiselle, daß Sie an diesem Vormittag nicht zufällig zur Feenbucht hinuntergingen und die Höhle betraten, die berühmte Feenhöhle?«
Rosamund wandte ihm ihr Gesicht zu und musterte ihn scharf. Mit ruhiger, ausdrucksloser Stimme fragte sie: »Fragen Sie mich etwa, ob ich Arlena Marshall umgebracht habe?«
»Nein, ich frage Sie nur, ob Sie in die Feenhöhle gingen.«
»Ich weiß nicht einmal, wo sie ist. Warum sollte ich denn hingehen wollen? Aus welchem Grund?«
»Am Tag des Verbrechens, Mademoiselle, war jemand in der Höhle, der Gabrielle Nummer 8 benützt.«
»Sie haben eben selbst gesagt, daß Arlena Marshall dieses Parfüm auch benützte«, antwortete Rosamund kühl. »An jenem Tag war sie unten am Strand. Sicherlich ging sie in die Höhle.«
»Warum aber? Dort ist es dunkel und eng und sehr unbehaglich.«
»Das müssen Sie nicht mich fragen«, sagte Rosamund ungeduldig. »Da sie tatsächlich am Strand war, kommt sie doch am ehesten in Frage. Ich habe Ihnen bereits erzählt,

daß ich den ganzen Vormittag über den Sonnenfelsen nicht verlassen habe.«
»Außer während der Zeit, als Sie ins Hotel zurückkehrten und zu Captain Marshalls Zimmer gingen«, erinnerte Poirot.
»Ja, natürlich. Das hatte ich vergessen.«
»Sie täuschten sich, Mademoiselle, als Sie dachten, daß Captain Marshall Sie nicht gesehen hätte.«
»Kenneth hat mich gesehen?« fragte Rosamund ungläubig.
»Hat er das gesagt?«
Poirot nickte. »Er sah Sie, Mademoiselle. Im Spiegel über dem Tisch.«
Rosamund hielt den Atem an. »Ach so, ich verstehe.«
Poirot blickte nicht mehr länger aufs Meer hinaus. Er betrachtete Rosamund Darnleys Hände, die gefaltet in ihrem Schoß lagen. Es waren wohlgeformte Hände, mit langen schönen Fingern.
Rosamund warf ihm einen raschen Blick zu und folgte dann der Richtung seiner Augen. »Warum sehen Sie sich meine Hände an?« fragte sie scharf. »Glauben Sie etwa – Sie glauben doch nicht...«
»Was glaube ich, Mademoiselle?«
»Ach, nichts«, sagte Rosamund.

Etwa eine Stunde später stand Hercule Poirot oben auf dem Pfad, der in die Möwenbucht hinunterführte. Jemand saß am Strand. Eine schlanke Gestalt in einem roten Hemd und dunkelblauen Shorts.
Vorsichtig, um seine eleganten Schuhe nicht zu beschmutzen, ging Poirot hinunter.
Linda Marshall wandte hastig den Kopf zu ihm um. Poirot schien, als sei sie bei seinem Anblick zusammengezuckt. Während er sich auf einem Stein neben ihr niederließ, beobachtete sie ihn mit dem wachsamen, mißtrauischen Blick eines in die Falle gegangenen Tieres. Es gab Poirot einen Stich, als ihm bewußt wurde, wie jung und verletzbar sie war.
»Was ist los?« fragte sie. »Was wollen Sie von mir?«
Hercule Poirot schwieg ein oder zwei Minuten. Erst dann

antwortete er. »Sie haben dem Polizeichef erzählt, daß Sie Ihre Stiefmutter mochten und daß sie Sie auch mochte.«
»Und?«
»Das ist nicht wahr, Mademoiselle.«
»O doch!«
»Ich will nicht behaupten, daß sie Sie schlecht behandelt hat. Aber Sie mochten sie nicht. Im Gegenteil, ich glaube sogar, daß Sie sie haßten. Das merkte man sofort.«
»Vielleicht mochte ich sie nicht besonders«, gab Linda zu. »Aber so etwas soll man von einem toten Menschen nicht sagen. Das gehört sich nicht.«
Poirot seufzte. »Das hat man Ihnen wohl in der Schule beigebracht?«
»Mehr oder weniger schon.«
»Wenn jemand ermordet worden ist«, sagte Hercule Poirot, »ist es wichtiger, die Wahrheit zu sagen als das, was sich gehört.«
»Ich könnte mir vorstellen, daß Sie tatsächlich die Wahrheit sagen würden.«
»Das würde ich. Und ich tue es auch jetzt. Es ist meine Aufgabe, herauszufinden, wer Arlena Marshall tötete.«
»Ich möchte die ganze Geschichte vergessen. Es ist zu schrecklich!« murmelte Linda.
»Aber Sie können sie nicht vergessen, nicht wahr?«
»Ich glaube, daß irgendein gemeiner verrückter Kerl sie umbrachte.«
»Nein, ich bin nicht überzeugt, daß es so war«, entgegnete Poirot.
Linda holte tief Luft. »Das klingt, als ob Sie – als ob Sie Bescheid wüßten.«
»Vielleicht weiß ich Bescheid.« Er zögerte einen Moment. »Bitte, glauben Sie mir, mein Kind«, sagte er dann, »daß ich mein möglichstes tun werde, um Ihnen bei Ihren Schwierigkeiten zu helfen.«
Linda sprang auf. »Ich habe keine Schwierigkeiten!« rief sie. »Sie brauchen nichts für mich zu tun. Ich weiß gar nicht, wovon Sie eigentlich reden.«
»Ich spreche von den Kerzen...«, sagte Poirot und beobach-

tete sie dabei scharf. Er sah, wie sich ihre Augen vor Schreck weiteten.
»Ich will nichts hören!« rief sie. »Ich will nichts hören!« Sie rannte den Strand entlang, schnell wie eine junge Gazelle, und verschwand den Zickzackweg hinauf.
Poirot schüttelte den Kopf. Er sah ernst und besorgt aus.

11

»Ich habe etwas entdeckt, Sir«, berichtete Inspektor Colgate, »eine sensationelle Entdeckung! Es handelt sich um Mrs. Marshalls Vermögen. Ich habe mir die Unterlagen bei ihren Anwälten angesehen und muß sagen, es war ein ganz schöner Schock für die. Ich habe nämlich Beweise für die Erpressergeschichte. Sie erinnern sich doch, daß der alte Erskine ihr fünfzigtausend Pfund hinterließ? Tja, also, alles, was davon noch übrig ist, sind ungefähr fünfzehntausend.«
Der Polizeichef stieß einen Pfiff aus. »Und wo ist der Rest?« fragte er.
»Das ist ja das Interessante an der Sache, Sir! Von Zeit zu Zeit hat sie Aktien verkauft und sich dafür jedesmal Bargeld geben lassen – und das bedeutet doch, daß sie jemand Geld gab und nicht wollte, daß es herauskommt. Also Erpressung!«
Der Polizeichef nickte. »Genau danach sieht es aus. Und der Erpresser ist hier im Hotel. Was bedeutet, daß er einer der drei fraglichen Männer sein muß. Haben Sie über die noch mehr herausgefunden?«
»Möchte ich nicht behaupten, Sir. Nichts Definitives. Major Barry ist ein pensionierter Armeeoffizier, genau wie er sagte. Er wohnt in einer kleinen Mietwohnung, hat eine Pension und ein kleines Einkommen aus ein paar Aktien. Aber im letzten Jahr hat er beträchtliche Summen auf sein Bankkonto eingezahlt.«
»Das klingt vielversprechend. Wie erklärt er das?«
»Er behauptet, es seien Wettgewinne. Es stimmt, daß er zu

allen großen Rennen geht. Er plaziert seine Wetten am Schalter, nicht beim Buchmacher.«
Der Polizeichef nickte. »Schwierig, ihm was anderes nachzuweisen. Aber es ist doch vielversprechend.«
»Dann haben wir da Pfarrer Stephen Lane«, fuhr Colgate fort. »Er hat auch keine weiße Weste. Er war Pfarrer von St. Helen in Whiteridge, einem Ort in Surrey. Vor einem Jahr ging er in Pension – wegen Krankheit. Diese Krankheit veranlaßte ihn, sich in eine Nervenheilanstalt zu begeben. Er war dort mehr als ein Jahr.«
»Interessant«, sagte Weston.
»Ja, Sir. Ich habe versucht, den leitenden Arzt so gründlich wie möglich auszuhorchen, aber Sie wissen ja, wie diese Mediziner sind, Sir. Es ist schwierig, sie auf irgend etwas festzunageln. Aber soviel ich erfahren habe, war das Problem des Pfarrers, daß er sich vom Teufel besessen glaubte, und zwar vor allem von einem Teufel, der als Frau erschien, als die Verführung in Person – die Hure von Babylon.«
»Hm«, machte Weston. »Für Mord aus solchen Motiven gibt es Präzedenzfälle.«
»Ja, Sir. Es scheint, daß Stephen Lane zumindest als möglicher Täter in Frage kommt. Die verstorbene Mrs. Marshall war das Musterbeispiel einer Verführerin, wie ein Pfarrer sie sich vorstellt – sogar die Haare und alles andere auch. Es wäre nicht undenkbar, daß er sich berufen fühlte, sie zu erledigen. Das heißt, wenn er wirklich nicht alle Tassen im Schrank hat.«
»Nichts, was bei ihm auf unsere Erpressertheorie hinweist?«
»Nein, Sir. Ich glaube, was das anbetrifft, so ist er sauber. Er besitzt etwas Vermögen, nicht sehr viel, und auf seinem Konto tauchen keine großen Eingänge auf.«
»Was ist mit seiner Geschichte, wo er am Tag des Mordes war?«
»Niemand kann sie bestätigen. Niemand erinnert sich, den Pfarrer gesehen zu haben. Und was das Besucherbuch in der Kirche betrifft: die letzte Eintragung war drei Tage alt. Zwei Wochen lang hatte vorher niemand reingesehen. Er hätte ganz einfach einen oder zwei Tage früher hingehen und

seine Eintragung auf den Fünfundzwanzigsten datieren können.«
Weston nickte. »Und der dritte Mann?«
»Horace Blatt? Meiner Meinung nach ist bei ihm ganz bestimmt etwas faul, Sir. Er zahlt Einkommensteuer für Gewinne, die er nicht nur mit seinem Eisenwarenhandel macht. Und er ist aalglatt! Sicherlich kann er eine glaubwürdige Erklärung dafür herbeizaubern – er spekuliert ein wenig an der Börse und macht hin und wieder auch mal ein nicht ganz sauberes Geschäft. Ja, ja, er wird überzeugende Argumente vorbringen, aber trotzdem bleibt die Tatsache bestehen, daß er seit ein paar Jahren ganz hübsche Summen einnimmt, deren Ursprung er nicht erklären kann.«
»Was darauf schließen lassen könnte«, sagte Weston, »daß Mr. Horace Blatt ein berufsmäßiger Erpresser ist?«
»Entweder das, Sir, oder Drogen. Ich sprach mit Chefinspektor Ridgeway, der das Drogendezernat leitet, und er war sehr interessiert. Offenbar ist eine große Menge Heroin auf dem Markt aufgetaucht. Sie sind den Verteilern auf der Spur und wissen auch mehr oder weniger, wer am andern Ende die Fäden in der Hand hat, aber wie das Zeug ins Land kommt – das ist ihnen noch ein Rätsel.«
»Wenn der Mord an der Marshall mit dem Drogenhandel zusammenhängt und sie – unschuldig oder nicht – darin verwickelt war, sollten wir die ganze Geschichte lieber Scotland Yard übergeben. Dann ist das ihr Fall. Hm, was meinen Sie?«
»Ich fürchte, Sie haben recht, Sir«, antwortete der Inspektor bedauernd. »Wenn es um Rauschgift geht, ist es ein Fall für den Yard.«
Weston überlegte lange. »Es ist wirklich die plausibelste Erklärung«, meinte er schließlich.
Colgate nickte düster. »Ja. Marshall hat ja ein Alibi. Obwohl ich ein paar Informationen bekommen habe, die nützlich gewesen wären, wenn er keine saubere Weste hätte. Offenbar steht seine Firma kurz vor dem Bankrott. Es ist nicht seine Schuld, auch nicht die seines Partners, es hängt einfach mit der Wirtschaftskrise vom letzten Jahr zusammen und mit

der allgemeinen wirtschaftlichen und finanziellen Lage. Außerdem dachte er wohl, daß er fünfzigtausend Pfund erben würde, wenn seine Frau starb. Und fünfzigtausend wären eine ganz hübsche Summe gewesen.« Er seufzte. »Ein Jammer, wenn ein Mann zwei perfekte Motive für einen Mord hat und dann beweisen kann, daß er nichts damit zu tun hatte!«

Weston lächelte. »Verlieren Sie nicht den Mut, Colgate! Wir haben immer noch eine Chance, die Lösung des Falles für uns buchen zu können. Vielleicht war es doch ein Erpresser. Außerdem ist da noch der verrückte Pfarrer. Obwohl ich persönlich die Möglichkeit, daß es sich um Rauschgift handelt, für die wahrscheinlichste halte.« Dann fügte er noch hinzu: »Und wenn der Täter zu einem Rauschgiftring gehört, haben wir immerhin Scotland Yard nützlich sein können und mitgeholfen, die Rauschgiftsache zu klären. Alles in allem haben wir uns doch ganz ordentlich geschlagen, ob es nun so oder so kommt.«

Colgate lächelte gezwungen. »Nun, das wär's, Sir«, sagte er. »Ach, übrigens habe ich den Verfasser des Briefes überprüft, den wir in ihrem Zimmer fanden. Der mit J. N. unterschrieben war. Auch da eine Niete. Der Mann ist tatsächlich in China. Es ist derselbe Bursche, von dem uns auch Miss Brewster erzählte. Ein ziemlicher Windhund. Auch die anderen Freunde von Mrs. Marshall habe ich überprüft. Keinerlei Hinweise. Was es da zu wissen gibt, wissen wir, Sir.«

»Also hängt alles von uns ab«, stellte Weston fest. Er schwieg nachdenklich und fragte dann: »Haben Sie was von unserem belgischen Kollegen gesehen? Weiß er, was Sie mir eben berichtet haben?«

Colgate grinste. »Ein komischer kleiner Kerl, was? Wissen Sie, was er mich vorgestern fragte? Er wollte Einzelheiten wissen über alle Fälle von Strangulation, die in den letzten drei Jahren passiert sind.«

Oberst Weston richtete sich auf. »Tatsächlich? Da frage ich mich...« Er schwieg. »Wann, sagten Sie, wurde Stephen Lane in die Nervenheilanstalt eingewiesen?« fragte er dann.

»Ostern vor einem Jahr, Sir.«

Oberst Weston verfiel ins Grübeln. Schließlich meinte er: »Da war doch der Fall von – man fand die Leiche einer jungen Frau, irgendwo bei Bagshot. Sie wollte sich mit ihrem Mann treffen und kam nicht. Und dann gab es noch ›das Geheimnis der einsamen Leiche‹, wie die Zeitungen es nannten. Beide Male passierte der Mord in Surrey, wenn ich mich richtig erinnere.«
Ihre Blicke trafen sich. »In Surrey?« rief der Inspektor. »Mein Gott, Sir, das paßt. Ich frage mich...«

Hercule Poirot saß auf dem höchsten Punkt der Insel im Gras. Nicht weit zu seiner Linken war die Eisenleiter, die zur Feenbucht hinunterführte. Am oberen Ende lagen ein paar große Steine, wie er feststellte, hinter denen man sich sehr gut verstecken konnte. Vom Strand selbst konnte man wenig sehen, da die Felsen zu weit überhingen.
Hercule Poirot nickte bedächtig. Die Teile seines Puzzles paßten fast alle zusammen. Im Geist ging er sie noch einmal durch und bemühte sich, jedes einzelne getrennt vom anderen zu betrachten.
Ein Morgen in der Badebucht, ein paar Tage vor Arlena Marshalls Tod.
Ein, zwei, drei, vier, fünf verschiedene Bemerkungen, die an jenem Morgen gemacht wurden.
Der Abend, an dem Bridge gespielt wurde. Er, Patrick Redfern und Rosamund Darnley saßen am Spieltisch. Christine ging hinaus, als sie Dummy wurde, und hatte ein bestimmtes Gespräch gehört. Wer war zu dieser Zeit noch in der Halle gewesen? Wer hatte gefehlt?
Der Abend vor dem Verbrechen. Die Unterhaltung mit Christine auf dem Felsen und die Szene, die er auf dem Rückweg ins Hotel beobachtet hatte.
Gabrielle Nummer 8.
Eine Schere.
Ein Pfeifenstück.
Eine Flasche, die zu einem Fenster hinausgeworfen worden war.
Ein grüner Kalender.

Ein Paket Kerzen.
Ein Spiegel und eine Schreibmaschine.
Ein Knäuel hellrote Wolle.
Eine Mädchenarmbanduhr.
Wasser, das aus der Badewanne abläuft.
Alle diese Punkte, die dem Anschein nach nicht zusammengehörten, mußten zusammenstimmen. Es durften keine Fragen offenbleiben.
Und dann, als alle Fakten richtig eingeordnet waren, zum nächsten Schritt: seine eigene Überzeugung, daß es auf der Insel das Böse gab.
Das Böse...
Er blickte auf die vollgetippten Bogen in seiner Hand hinunter. Weiter unten hieß es da:
»Nellie Parsons wurde in einem einsamen Wäldchen bei Chobham erwürgt aufgefunden. Bis heute keine Hinweise auf den Täter.«
Und Alice Corrigan?
Poirot las sehr gründlich alle Einzelheiten über die Ermordung von Alice Corrigan durch.

Hercule Poirot saß noch immer bei der Leiter, die zur Feenbucht hinunterführte, als Inspektor Colgate auftauchte. Poirot mochte ihn. Das zerfurchte Gesicht, die klugen Augen, seine ruhige Art gefielen ihm.
Inspektor Colgate ließ sich neben ihm im Gras nieder. Während er einen Blick auf die mit Schreibmaschine vollgetippten Bogen in Poirots Hand warf, fragte er: »Konnten Sie mit diesen Fällen etwas anfangen, Sir?«
»Ich habe die Berichte genau gelesen – ja.«
Colgate stand wieder auf, ging zu den großen Steinen, spähte dahinter und kam zurück. »Man kann nicht vorsichtig genug sein«, bemerkte er, während er sich setzte. »Ich möchte nicht, daß wir belauscht werden.«
»Sie denken an alles«, sagte Poirot.
»Ich verschweige Ihnen nicht, Monsieur Poirot, daß ich mich auch schon für diese Fälle interessiert habe, obwohl ich vielleicht nicht auf den Gedanken gekommen wäre, wenn

Sie nicht nach ihnen gefragt hätten.« Er schwieg nachdenklich. »Vor allem die eine Geschichte hat mich beschäftigt«, sagte er dann.

»Alice Corrigan?«

»Ja, Alice Corrigan. Ich habe bei der Polizei von Surrey nachgefragt – ich wollte alle genauen Einzelheiten erfahren.«

»Erzählen Sie, mein Freund! Das interessiert mich, das interessiert mich sogar sehr!«

»Das dachte ich mir schon. Alice Corrigan wurde im Cäsarhain auf der Blackridge-Heide erwürgt aufgefunden, keine zehn Meilen vom Marley-Wäldchen entfernt, wo man die tote Nellie Parsons entdeckte. Beide Orte liegen keine zwölf Meilen von Whiteridge entfernt, wo Mr. Lane Pfarrer war.«

»Erzählen Sie mir mehr über den Tod von Alice Corrigan.«

»Zuerst brachte die Polizei von Surrey ihren Tod nicht mit dem von Nellie Parsons in Zusammenhang. Der Grund war, daß sie den Ehemann für den Täter hielten. Ich weiß nicht, warum. Er war wohl das, was die Zeitungen ›mysteriös‹ nennen. Man wußte nicht viel über ihn, wer er war und woher er stammte. Sie hatte ihn gegen den Willen ihrer Eltern geheiratet und besaß etwas eigenes Geld. Und sie hatte eine Lebensversicherung zu seinen Gunsten abgeschlossen. All das genügte, um ihn verdächtig erscheinen zu lassen. Sie stimmen mir doch bei, Sir?«

Poirot nickte.

»Aber als man dann zum Kern der Sache kam, stellte sich heraus, daß der Ehemann eine weiße Weste hatte. Die Leiche wurde von einer Anhalterin gefunden, eine dieser sportlichen jungen Frauen in Shorts. Sie war eine absolut zuverlässige und glaubwürdige Zeugin. Eine Turnlehrerin aus Lancashire. Sie notierte, wann sie die Leiche fand – es war genau Viertel nach vier –, und sagte aus, daß ihrer Meinung nach die Frau noch nicht lange tot gewesen sein konnte. Nicht länger als etwa zehn Minuten. Das stimmte genau mit der Meinung des Polizeiarztes überein, der die Leiche um Viertel vor sechs untersuchte. Die junge Frau ließ die Tote liegen, wie sie sie entdeckt hatte, trampte nach Bagshot und meldete dort auf der Wache ihre Entdeckung. Von drei Uhr bis zehn

Minuten nach vier saß Edward Corrigan im Zug von London. Er war an jenem Tag aus geschäftlichen Gründen in die Hauptstadt gefahren. Vier Leute saßen mit ihm im Abteil. Am Bahnhof stieg er in den Bus, zwei Mitreisende aus seinem Abteil ebenfalls. Er stieg beim Café ›Pine Ridge‹ aus, wo er sich mit seiner Frau zum Tee verabredet hatte. Da war es fünfundzwanzig Minuten nach vier. Er bestellte Tee für sich und seine Frau, bat die Bedienung aber, ihn erst zu bringen, wenn seine Frau käme. Während er auf sie wartete, ging er draußen auf und ab. Als sie um fünf Uhr noch nicht erschienen war, wurde er unruhig. Er dachte, daß sie sich vielleicht den Knöchel verstaucht hätte. Sie hatten verabredet, daß sie über die Heide gehen und zum Café kommen sollte. Nach Hause wollten sie dann den Bus nehmen. Der Cäsarhain ist nicht weit weg vom Café entfernt, und man nahm später an, daß sie zu zeitig dran war und sich etwas ausruhte und die Aussicht bewunderte. Da muß irgendein Verrückter oder ein Landstreicher aufgetaucht sein und sie überfallen haben. Nachdem erwiesen war, daß der Ehemann als Täter nicht in Frage kam, brachte man natürlich ihren Tod mit dem von Nellie Parsons in Zusammenhang. Nellie Parsons war eine leichtsinnige Person, eine Kellnerin, die im Marley-Wäldchen erwürgt wurde. Die Polizei stellte fest, daß es in beiden Fällen derselbe Täter gewesen war, aber sie erwischten ihn nie. Und was noch schlimmer ist, sie waren auch nie nahe daran. Bei ihren Nachforschungen zogen sie nichts als Nieten.«

Er schwieg eine Weile und fügte dann nachdenklich hinzu: »Und jetzt haben wir einen dritten Fall – wieder wurde eine Frau erwürgt. Und ein gewisser Gentleman, dessen Name ich nicht nennen möchte, ist auch am Tatort.«

Seine kleinen schlauen Augen musterten Poirot. Er wartete hoffnungsvoll. Poirot bewegte die Lippen, und Inspektor Colgate beugte sich vor.

»... so schwierig zu beurteilen, welche Stücke zum Fellteppich gehören und welche zum Katzenschwanz.«

»Wie bitte, Sir?« Inspektor Colgate war verblüfft.

»Entschuldigen Sie«, sagte Poirot hastig. »Ich habe nur laut gedacht.«
»Worum geht's denn bei dem Fellteppich und der Katze?«
»Es ist unwichtig – völlig unwichtig«, erwiderte Poirot. »Sagen Sie mal, Inspektor, wenn Sie jemand im Verdacht hätten, daß er lügt, daß er schon häufig gelogen hat, und Sie hätten keine Beweise – was würden Sie tun?«
Inspektor Colgate überlegte.
»Schwierig, schwierig. Aber wenn jemand immer wieder Lügen erzählt, wird er sich meiner Meinung nach eines Tages in Widersprüche verwickeln und ins eigene Messer laufen.«
Poirot nickte. »Ja, wie wahr! Wissen Sie, es ist nur meine eigene Überzeugung, daß gewisse Aussagen falsch sind. Ich *glaube*, daß es Lügen sind, aber ich weiß es nicht sicher. Vielleicht könnte man einen kleinen Test machen, einen kleinen, unwichtigen Test, bei dem niemand Verdacht schöpft. Wenn sich dabei herausstellt, daß es eine Lüge war, nun, dann wüßte man, daß auch der Rest gelogen ist.«
Inspektor Colgate blickte ihn neugierig an. »Ihr Verstand geht seltsame Wege, Sir. Aber ich finde, am Schluß stimmt dann doch alles. Entschuldigen Sie die Frage – wie kamen Sie darauf, daß es ähnliche Mordfälle geben müßte?«
»Weil mir dieses Verbrechen zu glatt erschien«, erwiderte Poirot langsam. »Ich fragte mich, ob es nicht mehr als der erste Versuch war.«
»Aha, ich verstehe.«
»Ich sagte mir«, fuhr Poirot fort, »daß es das beste wäre, ähnliche Fälle zu überprüfen, und wenn es ein Verbrechen gab, das diesem glich – *eh bien*, dann hatten wir damit einen sehr wertvollen Hinweis.«
»Sie meinen, weil man dieselbe Mordmethode verwendete?«
»Nein, nein, es geht mir um mehr! Der Tod von Nellie Parsons zum Beispiel verrät mir gar nichts. Aber der Tod von Alice Corrigan – sagen Sie mal, Inspektor Colgate, merken Sie nicht, wie auffallend ähnlich diese beiden Verbrechen sind?«

Inspektor Colgate wendete im Geist die Frage hin und her, kam aber zu keinem Schluß. Schließlich sagte er: »Nein, Sir, mir ist da nichts aufgefallen. Außer daß in beiden Fällen der Ehemann ein hieb- und stichfestes Alibi hat.«
»Aha!« sagte Poirot leise. »Dann haben Sie's also doch gemerkt!«

»He, Poirot. Freut mich, Sie zu sehen. Kommen Sie rein! Sie sind genau der Mann, den ich suche.«
Hercule Poirot folgte der Einladung. Der Polizeichef schob ihm eine Schachtel Zigaretten zu, nahm sich selbst eine, zündete sie an und sagte, während er Rauchwolken ausstieß: »Ich habe mich zu einem bestimmten Vorgehen entschlossen. Aber ehe ich loslege, hätte ich gern Ihre Meinung dazu gehört.«
»Erzählen Sie, mein Freund«, sagte Poirot.
»Ich werde Scotland Yard hinzuziehen und ihnen den Fall übergeben. Obwohl gegen ein oder zwei Leute ein gewisser Verdacht besteht, hängt der ganze Fall meiner Meinung nach mit dem Drogenschmuggel zusammen. Es ist doch klar, daß diese Feenhöhle ein Treffpunkt für die Mitglieder der Bande war.«
Poirot nickte. »Ich bin ganz Ihrer Meinung.«
»Das freut mich. Und ich bin mir auch ziemlich sicher, wer unser Drogenschmuggler ist: Horace Blatt!«
»Ja, darauf deutet alles hin«, bestätigte Poirot.
»Wie ich sehe, sind unsere Gedanken in die gleiche Richtung gegangen. Blatt segelte oft mit seinem Boot. Manchmal lud er sich Leute ein, aber die meiste Zeit war er allein. Er hatte ziemlich auffallend rote Segel, aber wir stellten fest, daß auch weiße Segel an Bord verstaut sind. Ich denke es mir so: An einem schönen Tag segelte er zu einem verabredeten Treffpunkt, wo ein anderes Schiff auf ihn wartete, ein Segler oder eine Motorjacht, und dann fand die Übergabe statt. Blatt segelte zur Küste zurück und paßte einen günstigen Augenblick ab, um das Zeug in die Feenhöhle zu befördern...«
»Ja, ja, um halb zwei Uhr«, unterbrach ihn Poirot lächelnd. »Die Stunde, da ganz England beim Mittagessen ist und er

sicher war, daß die Hotelgäste im Eßsaal saßen. Die Insel ist Privatgrund, kein Ort, wohin Fremde zum Picknicken kommen. Manchmal gehen die Leute zum Teetrinken an den Feenstrand, am Nachmittag, wenn die Sonne hineinscheint. Wenn Hotelgäste ein Picknick machen wollen, ist es immer irgendwo im Innern der Insel, Meilen weg.«

Der Polizeichef nickte. »Genau«, sagte er. »Blatt ging also an Land und versteckte das Zeug auf dem Sims in der Höhle. Jemand anders sollte es dort dann abholen.«

»Erinnern Sie sich an das Paar, das am Tag des Mordes mittags ins Hotel kam?« fragte Poirot. »Das wäre eine Möglichkeit, wie man das Zeug wegschafft. Irgendwelche Sommergäste aus einem Hotel im Moor oder in St. Loo kommen auf die Schmugglerinsel und verkünden, daß sie hier zu Mittag essen wollen. Zuerst machen sie einen Spaziergang über die Insel. Kein Problem, zum Strand hinunterzuklettern, die Brotschachtel zu holen, sie – sagen wir mal – in Madames Badetasche zu verstecken, die sie selbstverständlich dabeihat, und zum Essen ins Hotel zurückzukehren. Vielleicht hat man sich etwas verspätet, sagen wir, es ist inzwischen zehn vor zwei, weil man den Spaziergang so genossen hatte. Und die andern sitzen inzwischen im Speisesaal und essen.«

»Ja, so kann es gewesen sein«, sagte Weston. »Und diese Rauschgiftbande ist ziemlich rücksichtslos. Wenn jemand zufällig etwas entdeckt und etwas erfährt, was er nicht erfahren sollte, machen sie keine langen Geschichten und bringen die Person zum Schweigen. Mir scheint, daß dies die plausibelste Erklärung für Arlena Marshalls Tod ist. Es ist gut möglich, daß Blatt an jenem Vormittag das Rauschgift gerade versteckte. Seine Komplicen wollten es an diesem Tag abholen. Arlena kommt mit ihrem Holzfloß angepaddelt und sieht ihn mit der Schachtel in die Höhle gehen. Sie fragt ihn aus, und er tötet sie. Dann haut er mit seinem Boot ab, so schnell er kann.«

»Sie meinen also, daß Blatt der Täter ist?«

»Mir scheint dies die glaubwürdigste Lösung zu sein. Natürlich könnte es auch möglich sein, daß Arlena schon früher

hinter die Wahrheit kam, Blatt gegenüber eine Bemerkung machte und ein anderes Bandenmitglied sich mit ihr verabredete und sie erwürgte. Wie ich schon sagte, es ist das beste, wenn wir den Fall Scotland Yard übergeben. Sie haben eine bessere Möglichkeit, Blatt eine Verbindung zum Rauschgiftschmuggel nachzuweisen als wir.«
Hercule Poirot nickte nachdenklich.
»Finden Sie nicht auch, daß wir so vorgehen sollten?« fragte Weston.
»Möglicherweise«, antwortete Poirot nach längerem Zögern.
»Verdammt, Poirot, Sie haben doch noch einen Trumpf im Ärmel! Oder täusche ich mich?«
»Könnte schon sein«, erwiderte Poirot würdevoll. »Aber ich kann nichts beweisen.«
»Natürlich weiß ich, daß Sie und Colgate noch eine andere Möglichkeit einkalkulieren. Sie erscheint mir ein wenig phantastisch, aber ich gebe zu, daß etwas dran ist. Doch selbst wenn Sie recht haben – ich glaube nach wie vor, daß es eine Sache für Scotland Yard ist. Wir informieren sie über die Fakten, und dann können sie sich mit der Polizei von Surrey dranmachen. Ich finde, daß dies kein Fall für uns ist. Er geht über das Lokale hinaus.« Er machte eine Pause. »Was denken Sie, Poirot? Was sollten wir Ihrer Meinung nach tun?«
Poirot schien tief in Gedanken versunken zu sein. Schließlich sagte er: »Ich weiß, was ich tun möchte.«
»Ja, Mann, raus mit der Sprache!«
»Ich würde gern ein Picknick veranstalten!« murmelte Poirot.
Oberst Weston starrte ihn entgeistert an.

12

»Ein Picknick, Monsieur Poirot?« Emily Brewster sah ihn an, als sei er von allen guten Geistern verlassen.
»Es klingt unerhört, nicht wahr?« stellte Poirot freundlich fest. »Aber ich finde es wirklich eine herrliche Idee. Wir

müssen irgend etwas Alltägliches, etwas Normales tun, damit unser Leben wieder in normalen Bahnen läuft. Ich möchte das Moor so gern sehen, und das Wetter ist schön. Es wird alle – wie soll ich mich ausdrücken –, es wird alle aufmuntern. Helfen Sie mir also! Versuchen Sie, die andern zu überreden.«

Der Einfall war ein unerwarteter Erfolg. Zuerst konnte sich keiner entschließen mitzumachen, doch dann fanden alle, daß es gar keine so schlechte Idee sei.

Daß man Captain Marshall nicht bitten konnte mitzukommen, verstand sich von selbst. Er hatte sowieso gesagt, daß er an diesem Tag nach Plymouth fahren würde. Mr. Blatt war mit von der Partie und natürlich begeistert. Er war entschlossen, die Seele des ganzen Unternehmens zu sein. Außer ihm machten Emily Brewster und die Redferns mit, Stephen Lane, Mr. und Mrs. Gardener, die man überredet hatte, ihre Abreise um einen Tag zu verschieben, Rosamund Darnley und Linda.

Poirot hatte lange auf Rosamund eingeredet und immer wieder betont, wie gut es Linda tun würde, abgelenkt zu werden. Rosamund gab das zu. »Sie haben recht«, sagte sie. »So ein Schock ist für ein Kind in ihrem Alter sehr schlecht. Sie ist schrecklich nervös.«

»Das ist nur natürlich, Mademoiselle. Aber in diesem Alter vergißt man auch schnell. Überreden Sie sie doch, mitzukommen. Sie schaffen es, davon bin ich überzeugt.«

Major Barry hatte entschieden abgelehnt. Er erklärte, daß er Picknicks nicht leiden könne. »Man schleppt einen Haufen Körbe herum«, sagte er, »und alles ist so unbequem. Mir genügt es, wenn ich mein Essen an einem Tisch einnehme.«

Die Gesellschaft versammelte sich um zehn Uhr. Man hatte drei Wagen bestellt. Mr. Blatt war laut und fröhlich und spielte den Fremdenführer.

»Hier entlang, meine Damen und Herren, hier geht's nach Dartmoor. Heide und Heidelbeeren, Devonshire-Sahne und Sträflinge. Bringen Sie Ihre Frauen mit, meine Herren, oder bringen Sie eine andere Dame mit. Jeder ist willkommen! Garantiert schöne Aussicht! Aufschließen, bitte! Aufschließen!«

Im letzten Augenblick erschien Rosamund Darnley. Sie machte ein besorgtes Gesicht. »Linda kommt nicht mit«, sagte sie. »Sie behauptet, daß sie entsetzliches Kopfweh hat.«

»Aber es wird ihr guttun. Sie müssen sie überreden, Mademoiselle«, rief Poirot.

»Es hat keinen Zweck«, erwiderte Rosamund fest. »Sie ist ein solcher Dickkopf. Ich habe ihr ein paar Aspirintabletten gegeben, und sie hat sich hingelegt.« Sie zögerte einen Augenblick. »Ich glaube, ich bleibe auch da.«

»Das kann ich nicht zulassen, meine liebe Dame, das kann ich nicht zulassen«, rief Mr. Blatt und packte sie scherzhaft am Arm. »*La haute mode* muß der Sache Glanz verleihen. Keine Ausflüchte! Ich verhafte Sie, ha, ha! Verurteilt zu Dartmoor!«

Er führte sie zum ersten Wagen. Rosamund warf Hercule Poirot einen wütenden Blick zu.

»Ich bleibe bei Linda«, sagte Christine Redfern. »Es macht mir nichts aus.«

»Na, komm schon, Christine«, sagte Patrick, ihr Mann.

»Nein, nein, Sie müssen uns begleiten, Madame«, rief Poirot. »Wenn man Kopfweh hat, ist man am liebsten allein. Fahren wir!«

Die drei Wagen fuhren los. Als erstes besuchten sie die echte Feenhöhle in Sheepstor. Sie hatten viel Spaß bei der Suche nach dem Eingang, den sie schließlich mit Hilfe einer Ansichtskarte fanden.

Auf den großen Steinen zu gehen war gefährlich, und Hercule Poirot versuchte es gar nicht erst. Er beobachtete freundlich, wie Christine Redfern munter von Stein zu Stein sprang, und stellte fest, daß ihr Mann immer in ihrer Nähe war. Rosamund Darnley und Emily Brewster nahmen ebenfalls an der Suche teil, wobei letztere ausglitt und sich einen Knöchel leicht verstauchte. Stephen Lane war unermüdlich. Seine große dünne Gestalt wand und zwängte sich zwischen den Steinen hindurch. Mr. Blatt gab sich damit zufrieden, die andern ein kleines Stück zu begleiten und sie dann durch aufmunternde Rufe anzufeuern, während er fotografierte.

Mr. und Mrs. Gardener und Poirot saßen friedlich am Wegrand, während Mrs. Gardener ihre Stimme in einem freundlichen, gleichmäßigen Monolog dahinplätschern ließ, der nur hier und da durch ein gehorsames »Ja, meine Liebe« ihres Mannes unterbrochen wurde.
»... und ich habe schon immer gedacht, Monsieur Poirot, und Mr. Gardener findet es auch, daß Schnappschüsse sehr ärgerlich sein können. Das heißt, außer man macht sie von Freunden. Dieser Mr. Blatt hat nicht das geringste Feingefühl! Er platzt einfach herein, redet ununterbrochen und macht Fotos. Wie ich schon zu Mr. Gardener sagte, ich finde das sehr unerzogen. Nicht wahr, das sagte ich zu dir, Odell?«
»Ja, meine Liebe.«
»Dieses Gruppenbild, das er von uns allen am Strand machte! Gut und schön, aber er hätte vorher fragen müssen. Miss Brewster wollte nämlich gerade aufstehen, und es sieht sehr komisch aus, wie sie dasteht.«
»Das finde ich auch«, bestätigte Mr. Gardener grinsend.
»Und dieser Mr. Blatt verteilt Abzüge an alle Leute, ohne lange zu fragen. Ihnen hat er auch einen gegeben, Monsieur Poirot, wie ich bemerkte.«
Poirot nickte. »Mir gefällt das Bild außerordentlich.«
»Und sehen Sie bloß, wie er sich heute wieder benimmt!« fuhr Mrs. Gardener fort. »Laut und gewöhnlich. Es jagt einem kalte Schauder über den Rücken. Sie hätten dafür sorgen müssen, daß er zu Hause bleibt, Monsieur Poirot!«
»Ach, Madame«, murmelte Poirot, »das wäre sehr schwierig gewesen.«
»Das kann ich mir vorstellen. Dieser Mann drängt sich überall dazwischen. Er hat eben kein Feingefühl!«
In diesem Augenblick verkündeten laute Freudenrufe, daß sie den Eingang zur echten Feenhöhle gefunden hatten.
Kurz darauf brach die Gesellschaft auf und fuhr weiter zu einem Aussichtspunkt, zu dem Hercule Poirot den Weg wies. Von dort war es nur eine kurze Strecke hügelabwärts durch die Heide bis zu einem reizenden Platz bei einem kleinen Bach.
Ein schmaler Holzsteg führte auf die andere Seite, und Poirot

und Mr. Gardener überredeten Mrs. Gardener, hinüberzugehen, da es dort einen Fleck ohne Stechginster gab, der zum Picknicken sehr geeignet war.
Während sich Mrs. Gardener wortreich über die Gefühle ausließ, die sie beim Überschreiten des Steges gehabt hatte, setzte sie sich ins Heidekraut. Plötzlich stieß jemand einen leisen Schrei aus.
Die andern waren fröhlich über die Planken hinübergelaufen, nur Emily Brewster nicht. Sie stand jetzt schwankend mit geschlossenen Augen mitten auf dem Steg und wußte nicht weiter.
Poirot und Patrick Redfern eilten ihr zu Hilfe. Emily Brewster war verlegen. »Vielen Dank«, sagte sie mürrisch. »Tut mir leid. Ich habe noch nie über schmale Brücken gehen können. Da wird mir schwindlig. Sehr dumm!«
Die Lunchpakete wurden ausgepackt, das Picknick begann. Insgeheim waren alle erstaunt, wie sehr sie diesen Ausflug genossen. Vielleicht lag es daran, daß sie auf diese Weise der bedrückenden Atmosphäre des Hotels für kurze Zeit entkommen konnten. Der Bach plätscherte leise, die Luft roch leicht nach Torf, Farne und Heidekraut leuchteten in warmen Farben, und Mord, Polizeiverhöre und Verdacht schienen so weit weg zu sein, daß man fast glauben konnte, so etwas hätte es nie gegeben. Sogar Mr. Blatt vergaß seine Rolle, die Seele der Gesellschaft zu spielen. Nach dem Essen legte er sich ein paar Schritte entfernt hin, und leises Schnarchen verriet bald, daß er selig eingeschlafen war.
Als sie die Picknickkörbe zusammenpackten und aufbrachen, waren alle sehr fröhlich und dankbar und beglückwünschten Poirot immer wieder zu seinem guten Einfall, einen solchen Ausflug zu veranstalten.
Während sie über die schmale gewundene Straße zurückfuhren, sank die Sonne. Von einem Hügel oberhalb der Bucht von Leathercombe konnten sie kurz die Insel mit dem weißen Hotel darauf sehen. Die Szene wirkte im Sonnenuntergang friedlich und unschuldig.
Mrs. Gardener, die ausnahmsweise einmal geschwiegen hatte, seufzte und sagte: »Ich bin Ihnen ja so dankbar,

Monsieur Poirot! Ich fühle mich so ruhig und entspannt. Es war einfach herrlich!«

Bei ihrer Ankunft kam ihnen Major Barry entgegen, um sie zu begrüßen. »Hallo!« rief er. »War der Ausflug schön?«
»Es war herrlich«, erwiderte Mrs. Gardener. »Das Moor war unglaublich schön. So englisch, genau wie man sich die ›Alte Welt‹ vorstellt. Die Luft roch köstlich und würzig. Sie sollten sich schämen, daß Sie zu faul waren, mitzukommen.«
Der Major kicherte. »Ich bin zu alt für so was – im Sumpf zu sitzen und Brote zu essen.«
Ein Zimmermädchen kam aus dem Hotel gelaufen. Sie war etwas außer Atem. Sie zögerte einen Augenblick und ging dann rasch auf Christine Redfern zu.
Hercule Poirot erkannte sie. Es war Gladys Narracott. Sie rief mit aufgeregter Stimme: »Entschuldigen Sie, Madame, aber ich mache mir Sorgen um das junge Mädchen. Um Miss Marshall. Ich habe ihr eben Tee aufs Zimmer gebracht und konnte sie nicht wach bekommen. Sie sieht so – sie sieht irgendwie seltsam aus.«
Christine blickte sich hilfesuchend um. Mit ein paar Schritten war Poirot neben ihr. Er schob seine Hand unter ihren Ellbogen und sagte ruhig: »Gehen wir hinauf, und sehen wir nach ihr.«
Sie eilten die Treppe hinauf, den Gang entlang zu Lindas Zimmer.
Ein Blick genügte, um zu wissen, daß etwas nicht stimmte. Lindas Gesicht hatte eine seltsame Farbe. Sie schien kaum noch zu atmen.
Poirot fühlte ihr den Puls. Im selben Augenblick entdeckte er das Kuvert, das an der Lampe auf dem Nachttisch lehnte. Es war an ihn adressiert.
Captain Marshall kam herein. »Was ist mit Linda los?« fragte er aufgeregt. »Was hat sie?«
Christine Redfern stieß ein leises, erschrecktes Schluchzen aus. Hercule Poirot wandte sich nach Marshall um und sagte: »Holen Sie einen Arzt! Beeilen Sie sich! Aber ich fürchte, ich fürchte sehr, daß es schon zu spät ist.«

Er nahm den Brief mit seinem Namen darauf und riß ihn auf. Darin steckte ein Blatt, das mit Lindas gerader Mädchenschrift bedeckt war. Sie schrieb:
»Ich glaube, dies ist der beste Ausweg. Bitten Sie meinen Vater, mir zu vergeben. Ich habe Arlena umgebracht. Ich dachte, dann wäre ich glücklich. Aber ich bin es nicht. Es tut mir schrecklich leid.«

Sie waren alle in der Halle versammelt – Marshall, die Redferns, Rosamund Darnley und Hercule Poirot. Sie saßen schweigend da und warteten.
Dann öffnete sich die Tür, und Dr. Neasdon kam herein. »Ich habe mein möglichstes getan«, sagte er kurz. »Vielleicht kommt sie durch. Aber ich möchte Ihnen sagen, daß nicht viel Hoffnung besteht.« Er schwieg.
Marshalls Gesicht war wie erstarrt, seine blauen Augen waren eisig. »Wie ist sie an das Zeug rangekommen?« fragte er.
Neasdon öffnete die Tür und winkte jemandem. Ein Zimmermädchen trat ein. Sie hatte geweint.
»Würden Sie wiederholen, was Sie mir schon erzählt haben?« sagte Neasdon.
Das Zimmermädchen schnüffelte und sagte: »Ich dachte doch – nicht für einen Augenblick dachte ich, daß da etwas nicht stimmt. Obwohl das junge Mädchen sich ziemlich komisch benahm.« Der Arzt machte eine leicht ungeduldige Geste, und das Zimmermädchen nahm sich zusammen. »Sie war in Mrs. Redferns Zimmer. In Ihrem Zimmer, Madame. Sie stand beim Waschbecken und nahm gerade ein Fläschchen aus dem Medizinschrank, als ich hereinkam. Sie zuckte zusammen, als sie mich sah, und ich fand es komisch, daß sie etwas aus Ihrem Zimmer holte, aber schließlich konnte es auch etwas sein, was sie Ihnen geliehen hatte. Sie sagte nur: ›Ah, da ist es ja. Das habe ich gesucht‹ ... und lief hinaus.«
»Meine Schlaftabletten«, sagte Christine leise.
»Wieso wußte sie, daß Sie welche haben?« fragte der Arzt barsch.
»Ich gab ihr mal eine«, antwortete Christine. »Am Abend

nach dem Mord. Sie sagte, sie könne nicht schlafen. Ich erinnere mich noch, daß sie fragte, ob eine Tablette genügen werde. Und ich antwortete, daß sie sehr stark seien, daß man mich gewarnt habe, nie mehr als zwei zu nehmen.«

Neasdon nickte. »Sie wollte sichergehen und hat eine ganz hübsche Menge genommen.«

Christine schluckte. »Mein Gott, es ist alles meine Schuld. Ich hätte sie wegschließen sollen!«

Der Arzt zuckte die Schultern. »Das wäre sicherlich klüger gewesen, Mrs. Redfern.«

»Sie stirbt...«, rief Christine verzweifelt. »Und es ist meine Schuld...«

Kenneth Marshall bewegte sich unruhig in seinem Sessel. »Nein, Sie dürfen sich keine Vorwürfe machen. Linda weiß, was sie tut. Sie nahm sie ganz bewußt. Vielleicht – vielleicht ist es auch besser so.« Er blickte auf den Zettel in seiner Hand, den Poirot ihm wortlos gegeben hatte.

»Ich kann es nicht glauben«, rief Rosamund Darnley. »Ich glaube einfach nicht, daß Linda sie getötet hat. Es ist unmöglich. Alle Tatsachen sprechen dagegen.«

»Ja, sie kann es nicht gewesen sein. Sie ist durchgedreht und hat es sich eingebildet.«

Die Tür öffnete sich, Oberst Weston trat ein. »Was ist los? Was habe ich da eben gehört?«

Dr. Neasdon nahm Marshall den zusammengeknüllten Zettel aus der Hand und reichte ihn dem Polizeichef. Weston las ihn.

»Was?« rief er fassungslos. »Das ist doch Unsinn – absoluter Unsinn! Es ist unmöglich!« Er wiederholte nachdrücklich. »Unmöglich! Nicht wahr, Poirot?«

Hercule Poirot sagte zum erstenmal etwas. Leise und traurig meinte er: »Nein, ich fürchte, es ist nicht unmöglich.«

»Aber ich war doch mit ihr zusammen, Monsieur Poirot!« rief Christine Redfern. »Ich war mit ihr bis ein Viertel vor zwölf zusammen. Das habe ich auch der Polizei erzählt.«

»Ihre Aussage verschaffte ihr ein Alibi. Das schon. Aber worauf beruhte Ihre Aussage? Laut Linda Marshalls Armbanduhr war es ein Viertel vor zwölf. Sie wissen nicht, ob es tatsächlich so spät war, als Sie weggingen. Sie wissen nur, daß sie es behauptete. Sie meinten selbst, daß die Zeit sehr schnell vergangen sei.«

Sie starrte ihn betroffen an.

»Überlegen Sie, Madame, als Sie vom Strand aufbrachen, gingen sie da schnell oder langsam ins Hotel zurück?«

»Ich – ich glaube, eher langsam.«

»Erinnern Sie sich noch an Einzelheiten?«

»Nicht sehr. Ich – ich habe nachgedacht.«

»Entschuldigen Sie, wenn ich das frage: Über was haben Sie nachgedacht, während Sie ins Hotel zurückgingen?«

Christine errötete. »Ich nehme an – wenn es wichtig ist... Ich überlegte, ob – ob ich nicht abreisen sollte. Ob ich nicht einfach abreisen sollte, ohne meinem Mann etwas zu sagen. Ich – ich war sehr unglücklich, verstehen Sie.«

»Mein Gott, Christine!« sagte Patrick Redfern. »Ich weiß... ich weiß ja...«

»Eben!« Poirots Stimme klang sachlich und kühl. »Sie dachten über etwas sehr Wichtiges nach. Ich möchte behaupten, daß Sie für Ihre Umgebung blind und taub waren. Vermutlich gingen Sie sehr langsam und blieben hin und wieder stehen, während Sie über Ihre Probleme nachgrübelten.«

Christine nickte. »Wie klug Sie sind. Genauso war es. Als ich vor dem Hotel stand, schien es mir, als erwache ich aus einer Art Traum. Ich lief hinein und hatte Angst, daß ich sehr spät dran sei, aber nach der Uhr in der Halle hatte ich noch eine Menge Zeit.«

»Eben«, sagte Hercule Poirot wieder. Er wandte sich an Marshall. »Ich bin leider gezwungen, Ihnen von ein paar wichtigen Entdeckungen zu erzählen, die ich nach dem Mord im Zimmer Ihrer Tochter machte. Im Kamin lagen ein großes Stück geschmolzenes Wachs auf dem Rost, versengte Haare, Papierreste und eine Nadel. Die Papierreste sind vielleicht nicht weiter wichtig, aber die anderen drei Dinge waren aufschlußreich – besonders, nachdem ich im Bücherregal ein Bändchen aus der Leihbibliothek des Ortes über Magie und Zauberei fand. Das Buch öffnete sich sofort an einer bestimmten Stelle. Auf dieser Seite wurden verschie-

dene Methoden beschrieben, wie man den Tod einer bestimmten Person herbeiführen konnte, indem man eine Wachspuppe von ihr anfertigte. Diese Wachsfigur mußte man dann langsam braten, bis sie zerschmolzen war – oder man stieß ihr eine Nadel tief hinein, bis ins Herz. Das würde den Tod der betreffenden Person zur Folge haben. Ich erfuhr später von Mrs. Redfern, daß Linda Marshall an jenem Morgen schon zeitig unterwegs gewesen war und ein Päckchen Kerzen gekauft hatte. Sie war sehr verlegen geworden, als Mrs. Redfern entdeckte, was in dem Päckchen war. Mir ist völlig klar, was dann geschah. Linda formte eine kleine Wachsfigur und stattete sie vermutlich mit ein paar roten Haaren von Arlena aus, um der Figur mehr Zauberkraft zu geben, dann stach sie ihr eine Nadel ins Herz und hielt sie schließlich ins Feuer, das sie mit etwas Papier anzündete. Sie handelte dumm, kindisch, abergläubisch, aber es verrät doch eines: den Wunsch zu töten.«
»Steckt denn mehr dahinter als der Wunsch zu töten? Kann Linda Marshall ihre Stiefmutter wirklich umgebracht haben?«
»Auf den ersten Blick scheint sie ein perfektes Alibi zu haben, aber in Wahrheit ist es so, daß Linda die Zeitangaben selbst gemacht hat, wie ich eben schon sagte. Sie hätte leicht behaupten können, daß es schon Viertel vor zwölf sei, obwohl es noch eine Viertelstunde früher war.
Es ist sehr gut möglich, daß Linda, nachdem Mrs. Redfern gegangen war, den kurzen Weg bis zu der Leiter lief, hinunterkletterte, ihre Stiefmutter erwürgte und wieder hinaufkletterte, ehe das Boot mit Miss Brewster und Patrick Redfern in Sicht war. Dann hätte sie zur Möwenbucht zurückkehren können, wäre geschwommen und ins Hotel gegangen, ohne jede Eile.
Doch dabei muß man zwei Punkte in Erwägung ziehen. Linda hätte wissen müssen, daß Arlena Marshall in der Feenbucht war, und sie mußte körperlich in der Lage sein, das Verbrechen auszuführen.
Nun, es wäre möglich, daß Linda wußte, wo Mrs. Marshall sich aufhielt – wenn sie selbst ihr unter falschem Namen

geschrieben und sie in die Bucht bestellt hatte. Und was den zweiten Punkt betrifft: Linda hat sehr große, kräftige Hände. Sie sind so groß wie die eines Mannes. Und was ihre Kraft angeht – sie ist in einem Alter, wo Kopf und Herz nicht immer wissen, was sie wollen. Geistige Verwirrungen gehen häufig mit ungewöhnlicher Körperkraft zusammen. Und da ist noch etwas anderes: Lindas Mutter wurde des Mordes angeklagt und auch vor Gericht gestellt.«

Kenneth Marshall hob den Kopf. »Und freigesprochen.«

»Sie wurde freigesprochen«, bestätigte Poirot.

»Und ich sage Ihnen noch etwas, Monsieur Poirot«, fuhr Marshall fort. »Ruth – meine Frau – *war* unschuldig. Das weiß ich mit absoluter Sicherheit. Wir waren sehr vertraut miteinander. Sie hätte mich nicht täuschen können. Sie war das unschuldige Opfer der Umstände.« Er schwieg einen Augenblick. »Und«, fuhr er fort, »ich glaube auch nicht, daß Linda Arlena umbrachte. Es ist lächerlich – verrückt!«

»Glauben Sie also«, fragte Poirot, »daß dieser Brief eine Fälschung ist?«

Marshall streckte die Hand aus. Weston reichte ihm den Zettel. Marshall betrachtete ihn noch einmal lange. Dann schüttelte er den Kopf. »Nein«, antwortete er unwillig. »Er ist echt. Ich glaube, Linda hat das geschrieben.«

»Wenn sie ihn also tatsächlich geschrieben hat, so gibt es zwei Erklärungen: Entweder weil sie Arlena tatsächlich umbrachte oder – oder sie schrieb ihn, um jemand andern zu schützen, jemand, der in Verdacht geraten war.«

»Sie meinen mich?« fragte Marshall.

»Es wäre doch möglich, oder etwa nicht?«

Marshall überlegte einen Augenblick, dann antwortete er ruhig: »Nein, mir scheint dieser Gedanke völlig absurd zu sein. Vielleicht merkte Linda, daß ich anfangs unter Verdacht stand, den Mord begangen zu haben. Aber später wußte sie ganz genau, daß das vorbei war – daß die Polizei mein Alibi glaubte und in einer anderen Richtung suchte.«

»Vielleicht«, sagte Poirot, »ging es gar nicht darum, daß Sie verdächtigt wurden. Vielleicht *glaubte* sie, daß Sie schuldig sind.«

Marshall starrte ihn entgeistert an. »Das ist doch absurd!« Er lachte rauh auf.

»Ich weiß nicht recht. Es gibt, wie Sie wissen, verschiedene Theorien über Mrs. Marshalls Tod. Da ist einmal die Möglichkeit, daß sie erpreßt wurde, daß sie an jenem Morgen mit dem Erpresser verabredet war, der sie dann tötete. Dann gibt es die Annahme, daß die Feenbucht und die Feenhöhle von einem Rauschgiftring als Stützpunkt benutzt wird. Und daß Ihre Frau ermordet wurde, weil sie das zufällig entdeckte. Und es besteht noch eine dritte Möglichkeit – daß sie von einem religiösen Fanatiker umgebracht wurde. Und die vierte Möglichkeit? Sie werden von Ihrer Frau viel Geld erben, Captain Marshall!«

»Ich habe Ihnen doch eben erklärt, daß ...«

»Ja, ja, ich weiß, es ist unmöglich, daß Sie Ihre Frau getötet haben – aber angenommen, jemand hat Ihnen geholfen?«

»Was, zum Teufel, meinen Sie damit?« Zum erstenmal zeigte Marshall, wie erregt er war. Er erhob sich halb aus seinem Stuhl. Seine Stimme klang drohend. Seine Augen blitzten vor Wut.

»Ich will damit sagen, daß dies kein Verbrechen ist, das von einer Person allein ausgeführt wurde. Es waren zumindest zwei. Es stimmt, daß Sie nicht gleichzeitig die Briefe schreiben und in der Feenbucht hätten sein können. Aber Sie hätten den Brief stenographieren und jemand anders hätte ihn in Ihrem Zimmer schreiben können, während Sie in der Bucht waren, um Ihre Frau zu ermorden.«

Hercule Poirot blickte Rosamund Darnley an. »Miss Darnley sagte aus«, fuhr er fort, »daß sie den Sonnenfelsen gegen zehn Minuten nach elf verließ und Sie beobachtete, wie Sie in Ihrem Zimmer tippten. Aber genau zu dieser Zeit kehrte Mr. Gardener ins Hotel zurück, um seiner Frau ein Knäuel Wolle zu holen. Er hat Miss Darnley nicht gesehen und nicht getroffen. Das ist doch wichtig. Es sieht so aus, als hätte Miss Darnley den Sonnenfelsen nicht verlassen oder aber sehr viel früher. Daß sie zur fraglichen Zeit in Ihrem Zimmer saß und eifrig tippte. Noch ein Punkt: Sie sagten aus, daß Sie Miss Darnley im Spiegel sahen, als sie Viertel nach elf Uhr in

Ihr Zimmer kam. Aber an dem fraglichen Tag waren Schreibmaschine und Papiere auf dem Schreibtisch auf der anderen Seite des Zimmers. Der Spiegel dagegen hängt zwischen den beiden Fenstern. Also ist diese Aussage einwandfrei eine Lüge. Später stellten Sie die Schreibmaschine auf den Tisch unter dem Spiegel, um Ihrer Aussage Gewicht zu verleihen – aber da war es zu spät. Da war mir bereits klar, daß Sie und Miss Darnley logen.«

»Was für ein kluger Teufel Sie doch sind!« sagte Rosamund Darnley. Ihre Stimme war leise und sachlich.

»Aber nicht so teuflisch klug wie der Mörder selbst«, antwortete Poirot mit erhobener Stimme. »Überlegen wir doch einen Augenblick. Wen wollte Arlena Marshall an jenem Morgen meiner Meinung – unserer Meinung – nach treffen? Patrick Redfern, das nahmen wir doch alle an, nicht wahr? Es war kein Erpresser, den sie treffen wollte. Das hat mir allein schon ihr Gesicht verraten. O nein, sie wollte sich mit ihrem Liebhaber treffen – oder glaubte, daß sie sich mit ihm treffen würde.

Ja, ich war mir ziemlich sicher, daß Arlena Marshall sich mit Patrick Redfern treffen wollte. Aber eine Minute später tauchte Redfern am Strand auf und suchte sie. Was hatte das zu bedeuten?«

»Irgendein gemeiner Kerl hat meinen Namen mißbraucht«, warf Patrick Redfern wütend ein.

»Sie wirkten sehr aufgeregt«, stellte Poirot fest. »Und überrascht, weil sie nicht gekommen war. Vielleicht *zu* überrascht. Meiner Theorie nach, Mr. Redfern, paddelte Mrs. Marshall zur Feenbucht, weil sie *Sie* treffen wollte. Und sie traf Sie auch! Und Sie ermordeten Arlena, wie Sie es geplant hatten!«

Patrick Redfern starrte ihn verblüfft an. »Sie sind ja verrückt!« sagte er gutmütig. »Ich war doch mit Ihnen zusammen, bis ich mit Miss Brewster ins Boot stieg. Miss Brewster und ich fanden sie gemeinsam.«

»Sie haben sie erst getötet, nachdem Miss Brewster mit dem Boot losgerudert war, um die Polizei zu alarmieren. Arlena Marshall war nicht tot, als Sie zum Strand kamen. Sie wartete

in der Höhle, bis die Luft rein war.«
»Aber die Leiche! Miss Brewster und ich haben sie doch beide gesehen!«
»Da lag jemand auf dem Sand, ja. Aber er war nicht tot. Die Person, die da lag, lebte. Sie hatte sich den Körper, die Arme und Beine gebräunt und den Kopf unter einem grünen Hut aus Pappe versteckt. Christine, Ihre Frau – oder vielleicht ist sie es gar nicht, sondern nur Ihre Partnerin –, half Ihnen bei dem Verbrechen, genau wie sie Ihnen damals half, als sie die tote Alice Corrigan ›entdeckte‹, mindestens zwanzig Minuten, ehe Alice Corrigan tatsächlich starb, ermordet von ihrem Mann Edward Corrigan – Ihnen!«
»Vorsicht, Patrick!« rief Christine. Ihre Stimme klang scharf und kalt. »Werd nur nicht wütend!«
»Es wird Sie interessieren zu erfahren«, sagte Poirot, »daß Sie beide auf einem hier aufgenommenen Gruppenfoto von der Polizei von Surrey wiedererkannt wurden. Man hat Sie sofort identifiziert: als Edward Corrigan und Christine Deverill, die junge Frau, die den Leichnam fand.«
Patrick Redfern war aufgestanden. Sein hübsches Gesicht war von Haß und Wut entstellt – das Gesicht eines Mörders, eines Tigers. Er schrie: »Sie verdammter, gemeiner, hinterlistiger kleiner Kerl!«
Fluchend stürzte er sich mit ausgestreckten Händen auf Poirot und packte ihn an der Kehle...

13

Nachdenklich sagte Poirot: »Wir haben uns kürzlich an einem Morgen, als wir draußen auf der Terrasse saßen, über die Leute unten am Strand unterhalten, die wie abgeschlachtet unbeweglich in der Sonne lagen, um braun zu werden. Dabei fiel mir auf, wie wenig sie sich voneinander unterschieden. Wenn man genauer hinsah – dann natürlich. Doch beim flüchtigen Hinblicken? Alle einigermaßen gut gewachsenen jungen Frauen sind sich auf gewisse Weise ähnlich.

Zwei braune Beine, zwei braune Arme, dazwischen ein winziger Badeanzug – nur ein Körper, der in der Sonne liegt. Wenn eine Frau geht, spricht, lacht, den Kopf wendet, die Hand hebt – ja, dann ist sie jemand Bestimmtes, ein Individuum. Aber wenn sie in der Sonne liegen – nein, da sehen sie alle gleich aus.

An jenem Morgen unterhielten wir uns auch über das Böse, daß die Sonne auf die Guten wie die Schlechten scheine. Mr. Lane zitierte aus der Bibel. Er ist ein sehr feinfühliger Mensch und spürt sofort, wenn etwas in der Luft liegt. Er wird unruhig. Aber obwohl er einen so guten Spürsinn für derartige Dinge besitzt, wußte er doch nicht genau, wo das Böse herkam. Seiner Meinung nach konzentrierte es sich in der Person von Arlena Marshall, und praktisch jeder hier stimmte ihm zu.

Aber meiner Meinung nach personifizierte nicht Arlena Marshall das Böse, das zweifellos vorhanden war. Es stand mit ihr in Verbindung, das ja, doch auf völlig andere Art, als allgemein vermutet wurde. Ich sah in ihr von Anfang an und bis zuletzt – also die ganze Zeit – das ›natürliche Opfer‹. Weil sie schön war, weil sie reizvoll war, weil sich die Männer auf der Straße nach ihr umdrehten, nahm man automatisch an, daß sie zu den Frauen gehörte, die mit den Männern nur spielten und ihr Leben zerstörten. Doch für mich war sie ganz anders. Es war nicht sie, die die Männer unweigerlich in ihren Bann zog – nein, es waren die Männer, die *sie* anzogen. Sie gehörte zu dem Typ, der Männern rasch gefällt und die sie bald wieder los sein wollen. Und alles, was man mir über sie erzählte oder was ich über sie herausfand, bestätigte meine Meinung. Das erste, was ich über sie hörte, war jene Scheidungsgeschichte, in der sie als Zeugin vor Gericht erscheinen mußte. Der Mann, um den es dabei ging, wollte sie später nicht heiraten.

Da erschien Captain Marshall auf dem Plan, einer jener unerschütterlichen, ritterlichen Männer, wie es sie heute nur noch selten gibt, und bat sie um ihre Hand. Für einen scheuen, verschlossenen Mann wie Captain Marshall bedeutete jedes Aufsehen, jedes öffentliche Interesse an seiner

Person die schlimmsten Qualen. Daher seine Liebe und sein Mitleid für seine erste Frau, die des Mordes angeklagt wurde und unschuldig war. Er heiratete sie und stellte bald fest, daß er sich in der Einschätzung ihrer Person nicht getäuscht hatte. Nach ihrem Tod lernt er eine andere schöne Frau kennen, vielleicht sogar vom gleichen Typ, denn Linda hat auch rotes Haar, das sie sicherlich von ihrer Mutter geerbt hat. Und diese Frau wird auch in der Öffentlichkeit durch den Schmutz gezogen. Wieder spielt Marshall den Ritter in der Not. Aber diesmal wurden seine Gefühle nicht belohnt. Arlena ist dumm, ist seine Liebe nicht wert, ist herzlos. Trotzdem bleibt er fair ihr gegenüber, und obwohl er aufhörte, sie zu lieben, und sie ihn langweilte, hatte er Mitleid mit ihr. Sie erschien ihm wie ein Kind, das im Buch des Lebens nicht über eine bestimmte Seite hinaus weiterlesen kann.«
Hercule Poirot machte eine nachdenkliche Pause. »Ich erkannte«, fuhr er dann fort, »daß Arlena Marshall mit ihrer großen Schwäche für das andere Geschlecht Freiwild war für einen bestimmten rücksichtslosen Typ von Mann. Patrick Redfern war dieser Typ. Er sieht gut aus, ist selbstsicher und gewandt und besitzt unbestreitbar viel Charme. Der Abenteurer, der auf diese oder jene Weise von den Frauen lebt. Während ich am Strand saß und die Leute beobachtete, wurde mir klar, daß Arlena Marshall Redferns Opfer war, nicht umgekehrt. Redfern war die Verkörperung des Bösen, und nicht Arlena.
Sie hatte vor kurzem ein großes Vermögen geerbt, das ihr ein alter Verehrer hinterlassen hatte. Er starb, bevor er sie satt bekam. Sie gehört zu den Frauen, die von den Männern immer wieder ausgenommen werden. Miss Brewster erwähnte einen jungen Mann, der von Arlena ›ruiniert‹ worden sei, aber ein Brief von ihm, den wir in ihrem Zimmer fanden, beweist das Gegenteil. Er schreibt zwar, daß er sie gern mit Schmuck behängen würde – so etwas kostet ja nichts –, aber in Wahrheit bedankt er sich nur für den Scheck, den er von ihr erhalten hat. Der typische Fall eines jungen Taugenichts, der einer Frau das Geld aus der Tasche zieht. Zweifellos war es für Patrick Redfern nicht schwierig,

sie zu überreden, ihm Geld zu geben, damit er es für sie ›investierte‹. Vermutlich schwärmte er ihr von den großen Geschäften vor, die er machen würde. Und wie reich sie dann beide wären. Frauen, die allein leben und schutzlos sind, sind eine leichte Beute für diese Männer. Gewöhnlich gelingt es ihnen auch, mit dem Geld zu verschwinden, ohne einen Penny zurückzugeben. Ist aber ein Ehemann da, ein Bruder oder ein Vater, können die Dinge eine unangenehme Wendung nehmen. Wenn Captain Marshall entdeckte, was mit dem Vermögen seiner Frau geschehen war, konnte sich Redfern auf etwas gefaßt machen.
Aber das war ihm egal, denn er hatte sowieso vor, Arlena notfalls aus dem Weg zu räumen. Schließlich war es schon einmal glattgegangen. Damals, als er die junge Frau ermordete, die er unter dem Namen Corrigan geheiratet und überredet hatte, eine hohe Lebensversicherung abzuschließen.
Bei seinen Plänen half und unterstützte ihn die Frau, die wir hier als seine Ehefrau kennen und die er tatsächlich liebt. Sie ist ganz das Gegenteil seiner Opfer – kühl, gelassen, leidenschaftslos – und hält treu zu ihm. Außerdem besitzt sie nicht gerade geringes schauspielerisches Talent. Bei ihrer Ankunft hier auf der Insel übernahm Christine Redfern eine bestimmte Rolle: Sie spielte seitdem die ›arme, kleine Ehefrau‹ – zerbrechlich, rührend, verständnisvoll.
Bedenken Sie, was sie alles behauptete: Daß sie dazu neige, schnell einen Sonnenbrand zu bekommen, weshalb sie nie braun werde, und daß sie keine Höhe vertrage, weil ihr immer schwindlig werde. Erinnern Sie sich an ihre Geschichte, wie sie nicht vom Dach des Mailänder Doms herunterkam? Sie spielte ständig die Zerbrechliche, die Zarte, und fast alle von uns sprachen von ihr nur als ›der kleinen Frau‹. Dabei war sie in Wirklichkeit so groß wie Arlena Marshall, nur ihre Hände und Füße waren sehr klein. Sie deutete an, sie sei früher Lehrerin gewesen, und unterstrich dadurch noch den Eindruck, daß sie Bücher mehr liebe als jede Art von sportlicher Betätigung. Es stimmte zwar, daß sie an einer Schule gewesen war, allerdings als Turnlehrerin.

Christine Redfern war eine äußerst aktive junge Sportlerin, die wie eine Katze klettern und wie ein Profi laufen kann. Die Tat selbst war perfekt geplant und berechnet. Wie ich schon sagte, war es ein raffiniertes Verbrechen, der Zeitplan geradezu genial.
Zur Einleitung setzten sich die beiden erst einmal richtig in Szene. Zum Beispiel spielte Christine oben auf dem Sonnenfelsen bei ihrem Mann die Eifersüchtige, weil sie wußten, daß ich nebenan war. Später gab sie mir in derselben Rolle noch einmal eine Kostprobe. Damals hatte ich das vage Gefühl, so etwas schon einmal irgendwo gelesen zu haben. Es erschien mir so unwirklich. Warum? Weil es nicht stimmte, weil es nicht echt war.
Dann kam der Tag des Verbrechens. Das Wetter war schön – ein wichtiger Punkt in ihrem Plan. Redfern verließ das Hotel sehr früh, und zwar über die direkte Außentreppe. Wenn jemand entdeckte, daß die Fenstertür nicht abgeschlossen war, würde man annehmen, daß ein Hotelgast bereits früh zum Schwimmen gegangen war. Unter seinem Bademantel hatte er einen spitzen grünen Chinesenhut versteckt, dasselbe Modell, das Arlena häufig trug. Er lief zur Leiter, kletterte zur Feenbucht hinunter und versteckte das Ding an einer Stelle zwischen den Steinen, wie er und seine Frau es verabredet hatten.
Das war der erste Akt.
Am Abend vorher hatte er sich für den kommenden Vormittag mit Arlena verabredet. Sie waren bei ihren Rendezvous immer sehr vorsichtig gewesen, da Arlena vor ihrem Mann doch etwas Angst hatte. Sie war damit einverstanden, schon früh zur Feenbucht zu kommen. Am Vormittag war dort selten jemand. Redfern würde sie am Strand treffen, sobald er eine Gelegenheit fand, unauffällig zu verschwinden. Wenn jemand die Leiter herunterkam oder ein Boot auftauchte, sollte sich Arlena in der Feenhöhle verstecken, die er ihr gezeigt hatte, und warten, bis die Luft wieder rein war.
Ende des zweiten Aktes.
Inzwischen würde Christine in Lindas Zimmer gehen, sobald sie überzeugt war, daß Linda wie jeden Tag zum

Schwimmen gegangen sei. Sie wollte Lindas Uhr zwanzig Minuten vorstellen. Natürlich mußte sie riskieren, daß Linda das Falschgehen ihrer Uhr entdeckte, aber das war nicht so schlimm. Christines Alibi stützte sich vor allem darauf, daß sie so kleine Hände hatte. Es wäre ihr also rein körperlich unmöglich gewesen, das Verbrechen zu begehen. Trotzdem konnte eine zusätzliche Absicherung nicht schaden. Als sie in Lindas Zimmer das an einer bestimmten Stelle aufgeschlagene Buch über Magie und Zauberei fand, las sie die Seite, und als Linda hereinkam und das Päckchen mit den Kerzen fallen ließ, begriff sie, was Linda vorhatte. Jetzt eröffneten sich ganz neue Möglichkeiten. Ursprünglich hatte das Pärchen geplant, den Verdacht bis zu einem gewissen Grad auf Kenneth Marshall zu lenken, daher die verschwundene Pfeife, daher das Pfeifenstück, das man bei der Leiter fand.

Christine verabredete also den Ausflug zur Möwenbucht mit Linda und kehrte in ihr eigenes Zimmer zurück. Sie holte eine Flasche Tönungscreme aus dem Koffer, rieb sich sorgfältig damit ein und warf die leere Flasche aus dem Fenster. Beinahe hätte sie Emily Brewster getroffen, die gerade badete.

Damit war Akt drei erfolgreich beendet.

Christine trug einen weißen Badeanzug und darüber ein Paar Strandhosen und eine Jacke mit langen weiten Ärmeln, um ihre seit neuestem braunen Arme und Beine zu verbergen.

Um Viertel nach zehn paddelte Arlena los, ein oder zwei Minuten später erschien Patrick Redfern und mimte Ärger, Erstaunen und so weiter. Christines Aufgabe war nicht besonders schwierig. Sie hatte ihre eigene Uhr weggesteckt und fragte Linda um fünfundzwanzig Minuten nach elf, wie spät es sei. Linda blickte auf ihre Armbanduhr und antwortete, es sei Viertel vor zwölf. Dann geht sie schwimmen, und Christine packt ihr Zeichenzeug ein. Sobald ihr Linda den Rücken gedreht hat, stellt Christine die Uhr wieder richtig, die Linda natürlich nicht mit ins Wasser genommen hat. Christine eilt den Klippenpfad entlang bis zum Anfang der

Leiter, zieht Hose und Jacke aus und versteckt sie zusammen mit ihrem Zeichenkoffer hinter einem Felsen. Dann klettert sie leichtfüßig die Leiter hinunter zur Feenbucht.
Arlena ist unten am Strand und fragt sich, warum Patrick nicht kommt. Sie hört ein Geräusch auf der Leiter, späht hinauf und entdeckt zu ihrem Ärger, daß es ausgerechnet die Person ist, der sie am wenigsten begegnen möchte – der Ehefrau. Sie läuft zur Feenhöhle und versteckt sich.
Christine holt den Hut aus dem Versteck. Eine falsche rotbraune Locke ist hinten unter dem Rand befestigt. Sie setzt ihn auf und legt sich auf dem Bauch in den Sand, Hände und Füße von sich gestreckt. Der Hut verdeckt praktischerweise Gesicht und Nacken.
Der Zeitplan funktioniert glänzend. Ein paar Minuten später taucht das Boot mit Patrick Redfern und Miss Brewster an der Landspitze auf. Sie erinnern sich, daß es Patrick Redfern war, der sich über die Tote beugte und sie oberflächlich untersuchte, Patrick Redfern, der entsetzt und geschockt ist über den Tod seiner Geliebten. Er hatte sich seine Zeugin sorgfältig ausgewählt. Miss Brewster ist nicht schwindelfrei, sie würde nicht versuchen, die Leiter hinaufzuklettern. Sie würde wieder mit dem Boot zurückfahren. Natürlich ist es Patrick Redfern, der bei der Leiche zurückbleibt.
Miss Brewster rudert los, um die Polizei zu alarmieren. Sobald das Boot verschwunden ist, springt Christine auf, zerschneidet den Hut mit der Schere in Stücke, die Patrick Redfern vorsichtshalber mitbrachte, klettert die Leiter im Handumdrehen hinauf, schlüpft in Strandhose und Jacke, packt den Zeichenkoffer und läuft zum Hotel zurück. Sie hat gerade noch Zeit, sich in der Wanne die Bräunungscreme abzuwaschen und in das Tenniskleid zu schlüpfen. Und sie tut noch etwas anderes. Sie verbrennt die grünen Pappstükke des Hutes und die Haarlocke in Lindas Kamin, zusammen mit einem Kalenderblatt, um noch eine falsche Spur zu legen. Jeder würde glauben, daß ein Kalender verbrannt wurde, nicht ein Hut. Wie sie vermutet hatte, hatte Linda irgendwelche Zauberkunststücke gemacht, das Wachs und die Nadel verrieten es.

Dann eilte sie zum Tennisplatz. Sie war die letzte, aber sie wirkte weder aufgeregt noch außer Atem.
Inzwischen ging Patrick Redfern zur Höhle. Arlena hatte nichts gesehen und auch nicht viel gehört – ein Ruderboot, Stimmen –, denn sie mußte ja in ihrem Versteck bleiben. Aber jetzt rief Redfern nach ihr.
Sie kam zum Strand. Dann schlossen sich seine Hände um ihren Hals – und das war das Ende der armen, dummen, schönen Arlena Marshall...«
Hercule Poirot schwieg.
Es dauerte lange, bis jemand das Schweigen brach. Schließlich sagte Rosamund Darnley mit leisem Schaudern: »Sie haben das sehr anschaulich erzählt, Monsieur Poirot. Aber es ist die Geschichte der Gegenseite. Sie haben uns noch nicht verraten, wie Sie selbst hinter die Wahrheit gekommen sind.«
»Ich sagte einmal zu Ihnen«, antwortete Poirot, »daß ich einen sehr nüchternen Verstand habe. Von Anfang an, die ganze Zeit über hatte ich das Gefühl, daß nur die Person Arlena Marshall getötet haben konnte, die vom Typ und vom Charakter her am genauesten ins Bild paßte. Und das war für mich Patrick Redfern. Er ist das Paradebeispiel für einen Mann, der Frauen wie Arlena ausnimmt. Und außerdem ist ihm ein Mord zuzutrauen. Ich kann ihn mir als einen Mann vorstellen, der eine Frau um ihre Ersparnisse bringt und ihr dann noch die Kehle durchschneidet. Wen, so fragte ich mich, hatte Arlena an jenem Morgen treffen wollen? Nach ihrem Gesicht, ihrem Lächeln, ihrem Benehmen, ihren Worten zu schließen konnte es nur einer sein – Patrick Redfern. Und deshalb mußte es nach Lage der Dinge Patrick Redfern sein, der sie ermordete.
Aber sofort stieß ich bei meinen Nachforschungen auf Hindernisse, wie ich Ihnen ja erzählte. Patrick Redfern konnte sie nicht getötet haben, weil er mit mir am Strand war und zusammen mit Miss Brewster die Tote entdeckte. Deshalb suchte ich nach einer anderen Lösung – und es gab sogar mehrere. Ihr Mann hätte sie getötet haben können – mit Miss Darnleys Wissen. Beide hatten in einem Punkt

gelogen, was sie verdächtig machte. Außerdem konnte jemand Arlena getötet haben, weil sie hinter das Geheimnis des Drogenschmuggels kam. Und ein religiöser Fanatiker konnte der Täter sein oder auch ihre Stieftochter. Kurze Zeit hielt ich Linda tatsächlich für die Mörderin. Lindas Verhalten bei ihrem ersten Zusammentreffen mit der Polizei sprach Bände. Und bei einem Gespräch, das ich später mit ihr hatte, stellte sich eines als sicher heraus: Linda hielt sich für schuldig.«

»Sie meinen also, daß sie tatsächlich glaubte, Arlena getötet zu haben?« Rosamunds Stimme klang ungläubig.

Hercule Poirot nickte. »Ja. Bedenken Sie – Linda ist fast noch ein Kind. Sie las das Buch über Zauberkraft und Magie und glaubte halb, was sie da las. Sie haßte Arlena. Sie machte die Wachspuppe, sprach den Zauber, bohrte ihr mit der Nadel ins Herz und ließ sie zerschmelzen – und das tat sie genau an dem Tag, an dem Arlena starb. Ältere und klügere Leute als Linda haben schon an die Zauberei geglaubt. Natürlich dachte sie, daß die Zauberkraft gewirkt hatte, daß sie ihre Stiefmutter durch einen Zauber getötet hatte.«

»Mein Gott, das arme Kind, das arme Kind!« rief Rosamund. »Und ich dachte – ich glaubte – ich vermutete etwas ganz anderes: Daß sie etwas wußte, das...« Rosamund brach ab.

»Ich weiß, was Sie dachten«, erklärte Poirot. »Und Ihr Verhalten hat Linda nur noch mehr erschreckt. Sie glaubte nur, daß sie tatsächlich Arlenas Tod verschuldet hatte und Sie es wüßten. Christine Redfern bedrängte sie auch, indem sie ihr die Idee mit den Schlaftabletten eingab und ihr einen Weg wies, wie sie das Verbrechen schnell und schmerzlos sühnen konnte. Verstehen Sie, nachdem fest stand, daß Captain Marshall ein Alibi hatte, war es lebenswichtig, einen neuen Tatverdächtigen zu finden. Weder Christine noch ihr Mann wußten über den Rauschgiftring Bescheid. Deshalb sollte Linda das Opfer sein.«

»Was für eine Gemeinheit!« sagte Rosamund.

Poirot nickte. »Ja, Christine Redfern ist eine kalte, grausame Frau. Was mich anbetrifft – ich wußte nicht weiter. Hatte Linda nur diesen kindischen Versuch unternommen, einen

Zauber über ihre Stiefmutter zu legen, oder war ihr Haß so groß, daß sie die Tat wirklich beging? Ich versuchte, sie so weit zu bringen, daß sie sich mir anvertraute. Es gelang mir nicht. Ich war mit meiner Weisheit so ziemlich am Ende. Der Polizeichef fand inzwischen die Lösung, daß ein Rauschgiftring dahintersteckte, am vernünftigsten. Ich durfte es nicht dabei bewenden lassen. Noch einmal ging ich alle Details genau durch. Was hatte ich denn? Nur eine Sammlung von Fakten, von Ereignissen, die nichts miteinander zu tun zu haben schienen, einen Haufen Puzzleteile, die ich zusammensetzen mußte. Das Ganze mußte sich doch zu einem harmonischen Bild zusammenfügen lassen! Da war die Schere, die am Strand liegengelassen worden war, dann die Flasche, die jemand aus dem Fenster geworfen hatte, das Bad, das jemand genommen hatte – alles völlig harmlose Vorfälle, die erst wichtig wurden, als ich die Urheber nicht herausfinden konnte. Also, überlegte ich, *mußten* sie eine Bedeutung haben. Aber sie paßten nicht zu der Theorie, daß Captain Marshall oder Linda der Täter war oder ein Rauschgiftring dahintersteckte. Und doch mußten sie etwas zu bedeuten haben.
Ich kehrte zu der ersten Lösung zurück – daß Patrick Redfern der Mörder war. Gab es etwas, das für diese Theorie sprach? Ja, die Tatsache, daß auf Arlenas Bankkonto eine sehr große Summe fehlte. Wer hatte das Geld bekommen? Natürlich Patrick Redfern. Sie war der Typ Frau, der sich von einem hübschen jungen Mann ausnehmen ließ. Aber sie war nicht der Typ, den man erpressen konnte. Dafür war sie viel zu leicht zu durchschauen. Sie konnte kein Geheimnis für sich behalten. Die Geschichte mit dem Erpresser war mir immer ziemlich unglaubwürdig erschienen. Andererseits war da das Gespräch, das jemand belauscht hatte – ah, ja, aber wer war das gewesen? Patrick Redferns Frau! Sie war es gewesen, die diese Aussage gemacht hatte. Es gab keine Hinweise, die ihre Behauptung bestätigten. Warum hatte sie diese Erpressergeschichte erfunden? Die Antwort traf mich wie ein Blitz: Sie sollte das fehlende Geld erklären!
Patrick und Christine Redfern mußten unter einer Decke

stecken! Christine war nicht kräftig genug, um diesen Mord begehen zu können, und besaß auch nicht die Mentalität, die eine solche Tat erforderte. Nein, der Mörder war Patrick Redfern – aber das schien unmöglich. Für jede Minute seiner Zeit, bis man die Tote fand, hatte er ein Alibi.
In meinem Kopf begann es zu arbeiten. Die Tote – menschliche Körper, die bewegungslos in der Sonne am Strand liegen und alle gleich aussehen. Patrick Redfern und Emily Brewster waren zum Strand gekommen und hatten jemand im Sand liegen gesehen. Aber angenommen, es war nicht Arlena gewesen, sondern jemand anders? Der große Sonnenhut hatte das Gesicht verdeckt.
Aber es gab nur eine Leiche – die Arlenas. War es möglich, daß eine lebendige Person so tat, als sei sie tot? War es möglich, daß Arlena selbst die Rolle übernahm, weil Patrick Redfern sie überredet hatte, bei irgendeinem seltsamen Scherz mitzuspielen? Ich schüttelte den Kopf. Nein, das war zu riskant. Eine lebende Person – aber wer? Existierte eine Frau, die Redfern bei seinem Plan helfen würde? Natürlich – seine Frau. Aber sie war ein weißhäutiges zartes Geschöpf. Nun ja, aber man konnte sich auch mit einer Tönungslotion aus einer Flasche bräunen. Die Flasche – wieder paßte ein Puzzlestück ins Bild. Und hinterher mußte sie sich baden, um die verräterische Bräune wegzuwaschen, ehe sie Tennis spielen ging. Und die Schere? Selbstverständlich um den Papphut zu zerschneiden, ein sperriges Ding, das verschwinden mußte. Und in der Eile vergaß sie die Schere – das einzige, was das feine Paar überhaupt vergaß.
Aber wo steckte Arlena die ganze Zeit? Wieder fand ein Puzzleteil seinen Platz. Entweder Rosamund Darnley oder Arlena Marshall waren in der Feenhöhle gewesen, das Parfüm, das beide benützten, verriet es mir. Sicherlich war es nicht Rosamund Darnley gewesen. Also Arlena, die sich dort versteckte, bis die Luft rein war.
Nachdem Emily Brewster mit dem Boot davongerudert war, hatte Patrick den Strand für sich und so die Gelegenheit, den Mord zu begehen. Arlena Marshall wurde später als Viertel vor zwölf getötet, aber der Arzt dachte nur an den frühesten

Zeitpunkt, an dem die Tat begangen worden sein konnte. Arlena sei um Viertel vor zwölf gestorben, hatte man dem Arzt berichtet. Der Arzt hat das der Polizei gegenüber nicht behauptet.
Zwei weitere Punkte mußten noch geklärt werden. Linda Marshalls Aussage verschaffte Christine Redfern ein Alibi. Aber diese Aussage hing von der Zeit auf Lindas Uhr ab. Man mußte jetzt nur beweisen, daß Christine zweimal Gelegenheit gehabt hatte, an die Uhr heranzukommen. Ich fand diese beiden Möglichkeiten sofort. An jenem Morgen war sie allein in Lindas Zimmer gewesen. Und es gab auch noch einen indirekten Beweis: Wie Linda erzählte, hatte sie Angst gehabt, zu spät zu kommen, aber als sie in der Halle auf die Uhr sah, war es erst fünfundzwanzig Minuten nach zehn. Die zweite Gelegenheit zu finden war einfach: Christine konnte Lindas Armbanduhr wieder richtigstellen, als Linda schwimmen ging.
Es blieb also nur noch das Problem mit der Leiter. Christine hatte immer behauptet, daß sie keine Höhe vertrage, weil ihr sofort schwindlig werde. Wieder eine genau geplante Lüge. Alle Puzzlestücke paßten jetzt an ihren Platz – das Bild war vollkommen. Aber unglücklicherweise hatte ich keine stichhaltigen Beweise. Es existierte alles nur in meinem Kopf.
Da kam mir wieder eine Idee. Das Verbrechen war mit solcher Könnerschaft, mit solcher Sicherheit ausgeführt worden. Ich war überzeugt, daß Patrick Redfern das Schema irgendwann noch einmal verwenden würde. Aber was war mit der Vergangenheit? Es konnte doch möglich sein – ich gebe zu, ein weit hergeholter Gedanke –, daß dies nicht sein erster Mord war. Die Mordmethode paßte zu ihm, zu seiner Veranlagung – ein Killer, dem das Töten Spaß machte und der aus Geldgier tötete.
Wenn er je einen Mord begangen hatte, mußte er diesmal dieselbe Methode angewendet haben, davon war ich überzeugt. Ich bat Inspektor Colgate, mir eine Liste der Frauen zu besorgen, die in den letzten Jahren erwürgt worden waren. Das Ergebnis war positiv. Die tote Nellie Parsons, die man erwürgt in einem einsamen Wäldchen gefunden hatte,

konnte Patrick Redferns Werk sein oder auch nicht – nur die Wahl des Tatortes wies auf ihn hin. Aber im Fall von Alice Corrigan fand ich genau, was ich suchte. Im wesentlichen war es dieselbe Methode: das Spiel mit der Zeit. Ein Mord geschieht nicht früher als angenommen, sondern später! Die Leiche wurde angeblich um Viertel nach vier gefunden. Und der Ehemann hatte ein Alibi bis fünfundzwanzig Minuten nach vier.

Aber was war wirklich passiert? Angeblich kam Edward Corrigan ins Café ›Pine Ridge‹, weil er annahm, daß seine Frau schon auf ihn wartete. Aber sie war noch nicht da, und deshalb ging er wieder hinaus und behauptete später, er sei vor dem Haus auf und ab gegangen. In Wirklichkeit lief er, so schnell er konnte, zum Cäsarhain – der nicht weit entfernt war –, tötete sie und eilte zum Café zurück. Die Anhalterin, die das Verbrechen bei der Polizei meldete, war eine unbescholtene junge Frau, Turnlehrerin an einer bekannten Mädchenschule. Dem Anschein nach bestand keine Verbindung zwischen ihr und Edward Corrigan. Sie hatte ziemlich weit laufen müssen, um den Mord zu melden. Der Polizeiarzt untersuchte die Tote erst um Viertel vor sechs. Genau wie in unserem Fall wurde die angegebene Todeszeit nicht weiter nachgeprüft.

Ich beschloß, noch einen letzten Test zu machen. Ich mußte genau wissen, ob Mrs. Redfern eine Lügnerin war oder nicht. Ich arrangierte unseren kleinen Ausflug zum Dartmoor. Wenn jemand nicht schwindelfrei ist, läuft er nur ungern über eine schmale Bachbrücke. Miss Brewster, die tatsächlich eine Höhenphobie hat, wurde es schwindlig. Aber Christine Redfern lief heiter und unbeschwert hinüber. Es war nur eine Kleinigkeit, aber doch wichtig. Wenn sie in diesem Fall gelogen hatte, waren auch die anderen Lügen denkbar.

Inzwischen hatte Colgate das Gruppenfoto an die Polizei von Surrey gesandt, die Redfern als Edward Corrigan wiedererkannte. Nun spielte ich meine Trümpfe nach einem Plan aus, der mir den größten Erfolg zu versprechen schien. Erst wiegte ich Redfern in Sicherheit, dann ging ich auf ihn los

und setzte ihm so lange zu, bis er seine Fassung zu verlieren begann. Als er erfuhr, daß er als Corrigan identifiziert worden war, gab ihm das den Rest.«
Hercule Poirot strich sich nachdenklich über den Schnurrbart. »Was ich tat«, sagte er ernst, »war sehr gefährlich, aber ich bedaure es nicht. Ich hatte Erfolg! Ich habe nicht vergeblich soviel riskiert.«
Es herrschte einen Augenblick Schweigen. Dann seufzte Mrs. Gardener tief auf. »Oh, Monsieur Poirot«, sagte sie. »Es war großartig, Ihre Schilderung der Ereignisse zu hören. Es hat mich genauso fasziniert, als wäre es ein Vortrag über Kriminologie gewesen.
Ja, eigentlich war es sogar ein richtiger Vortrag. Und zu denken, daß meine hellrote Wolle und unser Gespräch über das Sonnenbaden bei der Aufklärung eine Rolle spielten! Ich bin so aufgeregt, daß mir die Worte fehlen, und ich bin sicher, daß es Mr. Gardener genauso geht, nicht, Odell?«
»Ja, meine Liebe«, antwortete Mr. Gardener.
»Auch Mr. Gardener war mir eine große Hilfe«, sagte Hercule Poirot. »Ich wollte wissen, was ein vernünftiger Mann von Mrs. Marshall dachte. Ich fragte Mr. Gardener, was er von Arlena hielt.«
»Tatsächlich?« rief Mrs. Gardener. »Und was hast du geantwortet, Odell?«
Mr. Gardener hüstelte. »Nun, meine Liebe«, erwiderte er, »ich habe nie viel von ihr gehalten, wie du weißt.«
»So was erzählen die Männer ihren Frauen immer«, bemerkte Mrs. Gardener. »Und wenn du mich fragst, so möchte ich sogar behaupten, daß selbst unser guter Monsieur Poirot hier sie eine Spur zu nachsichtig beurteilt, wenn er sie als ›ein natürliches Opfer‹ bezeichnet und so weiter. Es stimmt, sie war keine besonders kultivierte Person. Und da Captain Marshall nicht hier ist, kann ich ja sagen, daß sie mir immer ein wenig dumm erschienen ist. Das habe ich auch zu dir gesagt, nicht wahr, Odell?«
»Ja, meine Liebe.«

Linda saß mit Hercule Poirot in der Möwenbucht. »Eigentlich bin ich froh, daß ich noch lebe«, sagte sie. »Aber wissen Sie, Monsieur Poirot, es ist doch genauso, als hätte ich sie tatsächlich getötet, finden Sie nicht? Ich wollte ja schließlich, daß sie starb.«

»Es ist absolut nicht dasselbe«, erwiderte Hercule Poirot nachdrücklich. »Der Wunsch, zu töten, und der eigentliche Akt des Tötens sind zwei völlig verschiedene Dinge. Wenn statt der kleinen Wachspuppe Ihre Stiefmutter selbst hilflos gefesselt dagelegen hätte und Sie statt der Nähnadel einen Dolch in der Hand gehalten haben würden, hätten Sie ihn ihr nicht ins Herz gestoßen. Eine innere Stimme hätte Sie gewarnt. Mir geht es zum Beispiel genauso. Ich ärgere mich über irgendeinen Dummkopf und sage: ›Ich würde ihm gern einen Tritt geben.‹ Statt dessen gebe ich dem Tisch einen Tritt. ›Der Tisch‹, sage ich, ›ist dieser Dummkopf, und deshalb trete ich ihn.‹ Und dann, wenn ich mir die Zehen nicht zu weh getan habe, bin ich erleichtert, und dem Tisch ist nichts passiert. Aber wenn der Mensch, über den ich mich geärgert habe, selbst dagewesen wäre, hätte ich ihn nicht getreten. Ein Wachspüppchen zu machen und mit einer Nadel zu piken ist dumm, ist kindisch, ja, aber es erfüllt einen Zweck. Ihr Haß übertrug sich auf die Wachsfigur. Und mit der Nadel und den Flammen töteten Sie nicht etwa Ihre Stiefmutter, sondern den Haß, den Sie auf sie hatten. Danach fühlten Sie sich gereinigt, nicht wahr? Noch bevor Sie von ihrem Tod erfuhren, waren Sie heiterer, glücklicher.«

Linda nickte. »Wie können Sie das wissen? Es stimmt genau.«

»Dann machen Sie diese Dummheit nicht noch einmal! Nehmen Sie sich einfach fest vor, Ihre nächste Stiefmutter nicht mehr zu hassen.«

»Glauben Sie, daß mein Vater bald wieder heiratet?« fragte Linda aufgeregt. »Ach, ich verstehe, Sie meinen Rosamund. Ich habe nichts gegen sie.« Sie zögerte kurz. »Sie ist vernünftig«, fügte sie dann hinzu.

Poirot selbst hätte Rosamund Darnley nicht gerade so bezeichnet, aber er verstand, daß es für Linda das höchste Lob war, das sie zu vergeben hatte.

»Wieso bist du auf die verrückte Idee gekommen, daß ich Arlena getötet haben könnte, Rosamund?« fragte Kenneth Marshall.

Rosamund sah ziemlich verlegen aus. »Ich glaube, es war verdammt dumm von mir.«

»Ja.«

»Aber weißt du, Ken, du bist so verschlossen wie eine Auster. Ich wußte nie, was du eigentlich für Arlena fühltest. Ich wußte nicht, ob du sie einfach so nahmst, wie sie war, und nur sehr taktvoll warst, oder ob du ihr – nun, ob du ihr blind glaubtest. Und ich dachte, wenn du ihr gegenüber blind warst und plötzlich entdecktest, daß sie dich betrog, würdest du außer dir sein vor Wut. Ich habe einiges über dich gehört. Du bist immer sehr still und friedlich, aber manchmal kannst du ganz schrecklich sein.«

»Und da dachtest du, ich hätte sie an der Kehle gepackt und so lange zugedrückt, bis sie ihr Leben aushauchte.«

»Hm, ja – so ungefähr. Und dein Alibi schien auch ziemlich schwach zu sein. Deshalb beschloß ich, etwas zu unternehmen, und erfand diese dumme Geschichte, daß ich in deinem Zimmer gewesen sei und dich beim Tippen beobachtet hätte. Und als ich erfuhr, daß du mich im Spiegel gesehen hättest – nun, da war ich von deiner Schuld überzeugt. Und daß Linda verrückt sei.«

Kenneth Marshall seufzte. »Begreifst du denn nicht, daß ich deine Geschichte nur bestätigte, um dir Rückendeckung zu geben? Ich – ich dachte, du brauchtest einen Zeugen.«

Rosamund starrte ihn entgeistert an. »Willst du damit andeuten, daß du glaubtest, *ich* hätte deine Frau umgebracht?«

Kenneth Marshall wurde es unbehaglich. Er murmelte: »Verdammt, Rosamund, erinnerst du dich nicht mehr, wie du damals wegen diesem Hund beinahe einen Jungen umgebracht hättest? Wie du ihn am Hals packtest und nicht mehr loslassen wolltest?«

»Aber das ist viele Jahre her.«

»Ja, schon...«

»Was für ein mögliches Motiv hätte ich denn gehabt?«

unterbrach ihn Rosamund scharf. »Was für ein Motiv hätte ich haben sollen, Arlena umzubringen?«
Er blickte zu Boden. Dann murmelte er etwas Unverständliches.
»Ken, du Heuchler!« rief Rosamund. »Du dachtest, ich hätte sie getötet, um dir zu helfen, nicht wahr? Oder – oder glaubtest du, ich hätte sie umgebracht, weil ich dich für mich haben wollte?«
»Nein, bestimmt nicht«, antwortete Kenneth Marshall empört. »Aber erinnere dich, was du an dem Tag, als sie starb, zu mir sagtest, über Linda und so. Und – und ich hatte den Eindruck, daß es dir nicht gleichgültig war, was mit mir geschah.«
»Es ist mir nie gleichgültig gewesen«, sagte Rosamund.
»Ich glaube dir. Weißt du, Rosamund, ich bin kein großer Redner, ich kann nicht viele Worte machen, aber eines möchte ich klarstellen. Ich liebte Arlena nicht, vielleicht am Anfang ein wenig, ja – und mit ihr Tag für Tag zusammensein zu müssen war ziemlich zermürbend. Offen gestanden, es war die Hölle, aber sie tat mir schrecklich leid. Sie war so dumm, so verrückt nach den Männern, sie konnte nichts dafür. Und die Männer behandelten sie so gemein und betrogen sie. Ich fand einfach, daß ich mich nicht von ihr trennen und sie ihrem Schicksal überlassen durfte. Schließlich hatte ich sie geheiratet. Es war meine Pflicht, mich, so gut ich konnte, um sie zu kümmern. Ich glaube, das wußte sie und war mir dafür auch dankbar. Sie war – sie war wirklich ein so bemitleidenswertes, rührendes Geschöpf.«
»Ist schon in Ordnung, Ken«, sagte Rosamund freundlich. »Ich verstehe dich sehr gut.«
Ohne sie anzusehen, stopfte sich Kenneth Marshall umständlich die Pfeife. »Du – du verstehst überhaupt alles, Rosamund!« murmelte er.
Ein schwaches Lächeln erschien um Rosamunds Mund. »Fragst du mich jetzt, Ken, ob ich dich heiraten möchte, oder bist du entschlossen, noch sechs Monate zu warten?«
Kenneth Marshall fiel die Pfeife aus dem Mund. Sie ging unten auf den Felsen in tausend Stücke. »Verdammt«, sagte

er, »das ist nun schon die zweite Pfeife, die hier kaputtgeht. Und ich habe keine andere. Wieso, zum Teufel, wußtest du, daß ich anstandshalber sechs Monate warten wollte?«
»Vielleicht, weil sechs Monate wirklich die richtige Zeit sind. Aber ich möchte es schon jetzt gern wissen. Denn sonst triffst du womöglich wieder eine Frau, die du retten willst, und spielst den Kavalier.«
Er lachte.
»Diesmal bist du die Frau, die gerettet werden muß, Rosamund. Du wirst dieses verdammte Modeatelier aufgeben und mit mir aufs Land ziehen.«
»Weißt du denn nicht, daß ich mit meinem Atelier ganz nett verdiene? Begreifst du nicht, daß es *mein* Geschäft ist, daß ich es aufgebaut habe und stolz darauf bin? Es ist eine verdammte Unverschämtheit von dir, einfach so zu verlangen, daß ich aufhöre.«
»Ja, so unverschämt bin ich.«
»Und du glaubst, ich bin damit einverstanden, nur weil ich dich liebe?«
»Wenn nicht«, sagte Kenneth Marshall, »hätte ich mich in dir sehr getäuscht.«
»Ach, mein Liebling«, sagte Rosamund zärtlich, »mein ganzes Leben lang wollte ich mit dir auf dem Land leben. Jetzt ist es endlich soweit...«

Rendezvous mit einer Leiche
oder
Der Tod wartet

1

»Und du? Du denkst doch auch, daß sie am besten tot wäre!«
Die Worte schwebten hinaus in die ruhige Nacht, schienen einen Augenblick in der Luft zu hängen und verklangen dann in der Dunkelheit über dem Toten Meer.
Hercule Poirots Hand lag auf dem Fensterriegel. Unbeweglich blieb er eine Minue lang stehen. Dann runzelte er die Stirn und schloß energisch das Fenster, um sich gegen jegliche schädliche Nachtluft abzuschirmen. Hercule Poirot war dazu erzogen worden zu glauben, daß alle frische Luft am besten draußen blieb und besonders die Nachtluft gefährlich für die Gesundheit war.
Er zog die Vorhänge sorgfältig zu und schritt verständnisvoll lächelnd zum Bett.
»Du denkst doch auch, daß sie am besten tot wäre!«
Seltsame Worte, die da ein gewisser Hercule Poirot, von Beruf Privatdetektiv, an seinem ersten Abend in Jerusalem hörte.
»Wirklich, wo ich auch hinfahre, immer werde ich an Verbrechen erinnert«, murmelte er vor sich hin.
Er lächelte immer noch, weil ihm eine Geschichte eingefallen war, die er über den englischen Schriftsteller gehört hatte. Trollope reiste über den Atlantik und belauschte zwei Mitpassagiere, die sich über die letzte Folge eines seiner Romane unterhielten.
»Sehr gut«, erklärte der eine. »Aber er sollte jetzt diese langweilige alte Frau endlich umbringen.«
Mit einem breiten Grinsen mischte sich Trollope ein und sagte: »Gentlemen, ich bin Ihnen zu großem Dank verpflichtet. Ich werde sie sofort ermorden!«
Hercule Poirot überlegte, was der Grund für die Worte war, die er gerade gehört hatte. Vielleicht eine Unterhaltung über ein Theaterstück oder ein Buch.
Möglicherweise werden sie mir eines Tages wieder einfallen, dachte er, und dann haben sie eine viel unheilvollere Bedeutung.
Wie er sich jetzt erinnerte, hatte die Stimme seltsam nervös

und angespannt geklungen – ein Beben schwang in ihr mit, das große Erregung verriet. Eine Männerstimme, oder die eines Jungen ...
Diese Stimme erkenne ich wieder, dachte Hercule Poirot, während er die Nachttischlampe ausmachte.

Die Ellbogen auf das Fensterbrett gestützt, die Köpfe dicht beieinander, sahen Raymond und Carol Boynton in die blaue, endlose Nacht hinaus. Nervös wiederholte Raymond noch einmal: »Du denkst doch auch, daß sie am besten tot wäre!«
Carol Boynton bewegte sich unruhig. »Es ist schrecklich ...« sagte sie mit ihrer tiefen und rauhen Stimme.
»Auch nicht schrecklicher als unser jetziger Zustand!«
»Wahrscheinlich nicht ...«
»So kann es nicht weitergehen!« rief Raymond heftig. »So nicht! Wir müssen etwas unternehmen ... und eine andere Lösung gibt es nicht.«
»Und wenn wir einfach abhauen?« warf Carol ein. Aber sie merkte selbst, wie wenig überzeugend es klang.
»Das geht nicht.« Seine Stimme tönte hohl und hoffnungslos. »Du weißt genau, Carol, wie unmöglich es ist.«
Carol erschauerte. »Ja, Ray, ich weiß es – nur zu gut!«
Er lachte bitter auf. »Man könnte uns für verrückt halten – weil wir nicht imstande sind, einfach wegzugehen.«
»Vielleicht – vielleicht sind wir verrückt«, sagte Carol zögernd.
»Das möchte ich fast behaupten. Ja, wir sind verrückt – oder werden es zumindest bald sein ... obwohl manche Leute sicherlich davon überzeugt wären, daß wir es schon sind. Da stehen wir hier und planen ruhig und kaltblütig, unsere eigene Mutter zu ermorden!«
»Sie ist nicht unsere Mutter!« rief Carol scharf.
»Ja, das stimmt.«
Sie schwiegen lange. Schließlich fragte Raymond sehr sachlich: »Du bist also meiner Meinung?«
»Ich glaube, sie muß sterben – ja«, antwortete Carol mit sicherer Stimme.
Dann brach es plötzlich aus ihr heraus. »Sie ist wahnsinnig ...

ich bin überzeugt, sie ist wahnsinnig... wenn – wenn sie normal wäre, würde sie uns nicht so quälen. Seit Jahren sagen wir: ›So kann es nicht weitergehen!‹ Und es geht so weiter! Wir haben gesagt: ›Irgendwann wird sie sterben.‹ Aber – sie stirbt nicht. Ich glaube, sie stirbt nie, wenn wir nicht...«

»Wenn wir sie nicht töten«, ergänzte Raymond gelassen.

»Ja.« Carol ballte die Hände.

»Du begreifst doch, daß es einer von uns beiden tun muß«, fuhr ihr Bruder in kühlem, sachlichen Ton fort. Nur ein leichtes Zittern verriet seine große innere Anspannung. »Mit Lennox können wir wegen Nadine nicht rechnen. Und Jinny dürfen wir nicht in die Geschichte reinziehen.«

Carol überlief es kalt. »Die arme Jinny... ich habe solche Angst...«

»Ich weiß. Es wird immer schlimmer. Deshalb muß etwas geschehen, und zwar schnell – bevor sie völlig durchdreht.«

Carol straffte sich plötzlich und schob das wirre dunkelbraune Haar aus der Stirn.

»Raymond«, sagte sie. »Du glaubst doch nicht, daß wir schlecht sind, weil wir so etwas tun wollen?«

Er antwortete in dem gleichen gezwungenen sachlichen Ton wie vorhin. »Nein. Es ist eher so, als müßte man einen Hund umbringen, der die Tollwut hat. Weil er jemand schaden kann und man es verhindern will. Es ist für uns die einzige Lösung.«

»Trotzdem«, murmelte Carol, »trotzdem würde man uns auf den elektrischen Stuhl schicken... ich meine, wie sollen wir erklären, wie sie wirklich ist... es klänge zu phantastisch... in gewisser Weise sind wir ja selbst schuld.«

»Niemand wird etwas erfahren. Ich habe einen Plan. Ich habe es mir genau überlegt. Kein Mensch wird uns verdächtigen.«

Carol wandte den Kopf und sah ihn scharf an. »Du bist irgendwie verändert, Raymond. Irgend etwas ist passiert... Wieso bist du ausgerechnet jetzt darauf gekommen?«

»Warum glaubst du, daß mit mir was los ist?« Er wandte sich ab und starrte wieder in die Nacht hinaus.

»Weil es stimmt... Ist das Mädchen im Zug schuld daran, Raymond?«
»Nein, natürlich nicht. Warum auch? Ach, Carol, red keinen Unsinn! Sprechen wir lieber wieder von – von...«
»Von deinem Plan? Bist du sicher, daß er gut ist?«
»Ja, völlig. Natürlich müssen wir die richtige Gelegenheit abpassen. Und dann – wenn alles klappt – sind wir frei. Wir alle!«
»Frei?« Carol seufzte leise und blickte zu den Sternen hoch. Plötzlich wurde sie von einem Weinkrampf geschüttelt.
»Carol, was ist denn?«
»Die Nacht ist so schön...« schluchzte sie herzzerbrechend. »So schön und blau, und die Sterne blitzen. Wenn wir nur dazu gehören könnten... wenn wir so sein könnten wie andere Leute... und nicht so komisch... und verdreht und falsch.«
»Alles wird gut werden – alles – wenn sie tot ist.«
»Bist du sicher? Ist es nicht schon zu spät? Werden wir nicht immer anders sein als die andern?«
»Nein, nein, nein!«
»Ich weiß nicht...«
»Carol, wenn du bloß nicht immer...«
Sie stieß seinen tröstenden Arm weg. »Nein, ich bin auf deiner Seite. Ja, ganz bestimmt. Schon wegen der andern – vor allem wegen Jinny. Wir *müssen* Jinny retten!«
»Dann –« Raymond schwieg einen Augenblick. »Dann machen wir also weiter?«
»Ja.«
»Gut. Jetzt erzähle ich dir von meinem Plan...« Er neigte sich zu ihr.

2

Die junge Ärztin Sarah King stand im Schreibzimmer des Hotels »Solomon« in Jerusalem und blätterte in den Zeitungen und Zeitschriften auf dem Tisch. Ihre Stirn war gerunzelt, sie wirkte nachdenklich.
Der große Franzose mittleren Alters, der durch die Tür zur Halle das Zimmer betrat, beobachtete sie ein paar Sekunden, ehe er zur anderen Seite des langen Tisches ging. Als sich ihre Blicke trafen, lächelte ihm Sarah als Zeichen des Wiedererkennens freundlich zu. Sie erinnerte sich daran, wie der Mann ihr bei der Abfahrt von Kairo geholfen hatte. Weil kein Träger aufzutreiben gewesen war, hatte er einen ihrer Koffer getragen.
»Ihnen gefällt Jerusalem, nicht wahr?« fragte Dr. Gerard, nachdem sie sich begrüßt hatten.
»In mancher Beziehung ist es ziemlich schrecklich«, antwortete Sarah und fügte hinzu: »Was für eine seltsame Religion!«
Den Franzosen schien diese Bemerkung zu amüsieren.
»Ich weiß, was Sie meinen.« Sein Englisch war beinahe perfekt. »Alle nur erdenklichen Sekten, die sich zanken und befehden!«
»Und dazu die scheußlichen Dinge, die man gebaut hat«, ergänzte Sarah.
»Ja, das stimmt.«
Sarah seufzte. »Heute hat man mich irgendwo rausgeworfen, weil ich ein ärmelloses Kleid trug«, sagte sie traurig. »Offenbar gefallen Gott dem Allmächtigen meine Arme nicht, obwohl er sie geschaffen hat.«
Dr. Gerard lachte. »Ich wollte eben Kaffee bestellen«, sagte er dann. »Möchten Sie auch eine Tasse, Miss –«
»King ist meine Name. Sarah King.«
»Und ich heiße – erlauben Sie.« Er holte schwungvoll eine Visitenkarte aus der Tasche. Sarah nahm sie in Empfang. Ihre Augen weiteten sich vor ehrfürchtiger Freude.
»Sie sind Theodore Gerard? Oh! Mein Gott, wie ich mich freue, Sie kennenzulernen! Ich habe natürlich alle Ihre Bücher

gelesen! Ihre Ansichten über Schizophrenie sind äußerst interessant.«

»Wieso natürlich?« Dr. Gerards Augenbrauen hoben sich fragend.

»Wissen Sie«, antwortete Sarah etwas scheu, »ich bin Ärztin. Ich habe gerade mein Examen gemacht.«

»Aha, ich verstehe.«

Dr. Gerard bestellte Kaffee, und sie setzten sich in eine Ecke der Halle. Der Franzose war weniger an Sarahs medizinischem Können interessiert als an ihrem schwarzen Haar, das ihr in weichen Wellen bis in den Nacken fiel, und an ihrem schöngeformten roten Mund. Die so offensichtliche Ehrfurcht, mit der sie ihn anblickte, amüsierte ihn.

»Bleiben Sie lange hier?« fragte er im Gesprächston.

»Ein paar Tage. Das ist alles. Dann möchte ich nach Petra fahren.«

»Ah! Ich habe mir auch schon überlegt, ob ich es besuchen soll, falls die Zeit reicht. Am Vierzehnten muß ich nämlich wieder in Paris sein.«

»Soviel ich weiß, braucht man eine Woche – zwei Tage Hinfahrt, zwei Tage Aufenthalt, zwei Tage zurück.«

»Ich werde morgen vormittag zum Reisebüro gehen und mal fragen, was man da machen kann.«

Eine Gruppe von Gästen betrat die Halle und setzte sich. Sarah beobachtete sie neugierig. »Die Leute, die eben hereingekommen sind«, sagte sie mit leiser Stimme, »haben Sie sie nicht auch im Zug bemerkt? Sie sind mit uns von Kairo hergekommen.«

Dr. Gerard drückte sich sein Monokel ins Auge und blickte ungeniert hinüber. »Amerikaner?« fragte er.

Sarah nickte.

»Ja. Eine amerikanische Familie – eine ziemlich ungewöhnliche, finde ich.«

»Eine ungewöhnliche Familie? In welcher Hinsicht?«

»Na, sehen Sie doch hin! Vor allem die alte Frau!«

Dr. Gerard gehorchte. Sein scharfer, beruflich geschulter Blick glitt rasch von einem Gesicht zum andern.

Als erstes musterte er einen großen, ziemlich schlaksigen Mann von ungefähr dreißig Jahren. Er hatte ein angenehmes, aber zu weiches Gesicht. Seine Bewegungen wirkten seltsam apathisch. Dann war da ein gutaussehendes junges Paar. Der Mann besaß ein beinahe griechisches Profil.
Mit dem stimmt auch was nicht, überlegte Dr. Gerard. Ja, ganz entschieden zu nervös. Das Mädchen war eindeutig seine Schwester, es bestand eine große Ähnlichkeit, und sie wirkte ebenfalls äußerst erregt. Noch ein junges Mädchen saß dort – mit rötlichblondem Haar, das ihren Kopf wie einen Heiligenschein umgab. Sie konnte ihre Hände nicht ruhig halten und zog und zerrte an einem Taschentuch in ihrem Schoß. Und da war noch eine Frau, jung, ruhig, dunkelhaarig, mit auffallend schöner weißer Haut und einem sanften Gesicht, das an eine Madonna von Luini erinnerte. Und das Zentrum der Gruppe – um Gottes willen, dachte Dr. Gerard entsetzt, wie es nur Franzosen über häßliche Frauen sein können. Was für eine gräßliche Person! Alt, aufgedunsen saß sie da, unbeweglich wie ein alter dicker Buddha. Eine fette Spinne in ihrem Netz.
»*La Maman* ist nicht besonders schön, was?« sagte er zu Sarah und zuckte die Achseln.
»Sie hat so etwas – so etwas Düsteres, finden Sie nicht auch?« fragte sie.
Dr. Gerard betrachtete sie wieder. Diesmal mit dem Auge des Arztes, nicht des Ästheten.
»Wassersucht – krankes Herz...« Es folgten noch ein oder zwei fachliche Bemerkungen.
»Ja, das auch.« Sarah interessierte die medizinische Seite nicht. »Aber sie benehmen sich der Alten gegenüber so seltsam, finden Sie nicht?«
»Wer sind die Leute eigentlich, wissen Sie das zufällig?«
»Sie heißen Boynton. Die Mutter, ein verheirateter Sohn, seine Frau, außerdem Raymond, der jüngere Sohn, und zwei jüngere Töchter.«
»*La famille Boynton* macht eine Weltreise.«
»Eine komische Art zu reisen. Sie sprechen mit niemand, mit

keinem Fremden. Und ohne die Erlaubnis der alten Frau unternimmt keiner etwas.«

»Sie ist der Typ der Stammesmutter«, sagte Dr. Gerard nachdenklich.

»Meiner Meinung nach ein richtiger Tyrann«, erklärte Sarah.

Dr. Gerard zuckte die Achseln und bemerkte, daß die amerikanischen Frauen eben die Welt beherrschten – das wisse doch jeder.

»Ja – nur ist es bei ihr mehr als das.« Sarah blieb hartnäckig. »Sie – sie hat sie völlig eingeschüchtert. Sie müssen alle nach ihrer Pfeife tanzen. Es ist richtig peinlich.«

»Zuviel Macht zu haben ist für Frauen nicht gut«, bestätigte Dr. Gerard, plötzlich ernst geworden. Er schüttelte den Kopf. »Eine Frau erliegt leicht der Versuchung, ihren Einfluß zu mißbrauchen.«

Er warf Sarah einen kurzen Seitenblick zu. Sie beobachtete die Familie – oder interessierte sie sich für jemand Bestimmten? Dr. Gerard lächelte verständnisinnig. Aha, so war das also!

»Sie haben sich mal mit ihnen unterhalten?« fragte er vorsichtig.

»Ja – zumindest mit einem von ihnen.«

»Mit dem jungen Mann – dem jüngeren Sohn?«

»Ja. Im Zug von Kantara. Er stand im Gang. Ich sprach ihn an.«

Sarahs Einstellung zum Leben war zuversichtlich und selbstbewußt. Die Mitmenschen interessierten sie. Sie kam ihnen freundlich, wenn auch etwas ungeduldig, entgegen.

»Wieso haben Sie ihn angesprochen?« fragte Dr. Gerard.

Sarah zog erstaunt die Brauen hoch. »Warum nicht? Ich spreche häufig mit den Leuten, wenn ich unterwegs bin. Ich bin neugierig auf die Menschen – wie sie leben, was sie denken und fühlen.«

»Sie legen sie unters Mikroskop. Darauf läuft es doch hinaus.«

»Vielleicht stimmt das«, gab Sarah zu.

»Und in diesem Fall – was hatten Sie für einen Eindruck?«

»Nun.« Sie zögerte. »Er war so seltsam... um mal damit anzufangen – er errötete bis unter die Haarwurzeln.«

»Ist das so ungewöhnlich?« fragte Dr. Gerard trocken.

Sarah lachte.
»Sie meinen, er hielt mich für ein leichtes Mädchen, das ihm ein schamloses Angebot machen wollte? Nein, das glaube ich nicht. Männer kennen sich doch aus, nicht wahr?«
Sie sah ihn offen und fragend an. Dr. Gerard nickte.
»Ich hatte den Eindruck«, fuhr Sarah langsam und nachdenklich fort, »daß er – wie drücke ich mich am besten aus? – daß er aufgeregt und entsetzt zugleich war. Über jedes normale Maß hinaus aufgeregt und zur gleichen Zeit verrückterweise auch sehr ängstlich. Ist das nicht seltsam? Denn ich habe immer wieder festgestellt, daß Amerikaner ungewöhnlich selbstsicher sind. Ein amerikanischer junger Mann von, sagen wir mal, zwanzig Jahren weiß unendlich viel besser, wie es in der Welt zugeht, und hat viel mehr Lebenserfahrung als ein Engländer im gleichen Alter. Und dieser Mann ist sicher über zwanzig.«
»Etwa drei-, vierundzwanzig, schätze ich.«
»So alt?«
»Würde ich sagen.«
»Ja ... vielleicht haben Sie recht ... nur, irgendwie wirkt er schrecklich jung ...«
»Geistig unterentwickelt. Der Kindfaktor überwiegt.«
»Dann täusche ich mich also nicht? Ich meine, er ist tatsächlich nicht ganz normal?«
Dr. Gerard hob abwehrend die Hände. Er mußte unwillkürlich über ihren Eifer lächeln.
»Meine liebe junge Dame, wer ist schon normal? Aber ich kann Ihnen versichern, daß er irgendeine Art von Neurose hat.«
»In Verbindung mit diesem entsetzlichen alten Weib, nehme ich an.«
»Sie scheinen sie gar nicht zu mögen«, stellte Dr. Gerard fest und musterte sie neugierig.
»Nein. Sie hat – oh, sie hat den bösen Blick!«
»Den kriegen viele Mütter«, murmelte Dr. Gerard, »wenn sich ihre Söhne zu faszinierenden jungen Damen hingezogen fühlen.«

Sarah zuckte ungeduldig die Schultern. Franzosen sind alle gleich, dachte sie, sie denken an nichts anderes als an Sex. Obwohl sie natürlich als gewissenhafte Psychologin zugeben mußte, daß Sex bei fast allem, was der Mensch dachte, fühlte und erlebte, eine zumindest unterschwellige Rolle spielte.

Plötzlich wurde sie aus ihren Gedanken gerissen. Raymond Boynton ging ins Schreibzimmer und suchte sich vom Stapel auf dem großen Tisch in der Mitte eine Zeitschrift aus. Als er auf dem Rückweg an ihrem Sessel vorbeikam, nickte Sarah ihm zu und fragte: »Haben Sie sich heute ein paar Sehenswürdigkeiten angesehen?«

Es war ihr nicht wichtig, was sie gefragt hatte. Sie wollte nur beobachten, wie er reagierte.

Raymond zögerte kurz, errötete und scheute wie ein nervöses Pferd. Seine Augen wanderten besorgt zur Hauptfigur seiner um einen Tisch gruppierten Familie. »Oh – oh, ja – wieso...«, murmelte er stockend. »Ja, gewiß. Ich...«

Dann, so abrupt, als habe man ihm die Sporen gegeben, eilte er zu den Seinen zurück.

Die groteske, budhaähnliche Gestalt streckte eine fette Hand nach der Zeitschrift aus. Wie Dr. Gerard bemerkte, wendete sie dabei die Augen nicht vom Gesicht des jungen Mannes ab. Sie gab einen Grunzton von sich. Wie ein Dank hörte es sich entschieden nicht an. Die Haltung ihres Kopfes änderte sich etwas. Der Arzt stellte fest, daß sie jetzt Sarah gründlich musterte. Ihr Gesicht war ausdruckslos, ohne jede Regung. Unmöglich zu beurteilen, was sich im Hirn dieser Frau abspielte.

Sarah sah auf die Uhr und stieß einen leisen Schrei aus.

»Es ist schon viel später, als ich dachte.« Sie erhob sich. »Vielen Dank für den Kaffee, Dr. Gerard. Ich muß jetzt noch ein paar Briefe schreiben.«

Dr. Gerard stand ebenfalls auf und nahm ihre Hand. »Ich hoffe, wir sehen uns bald wieder.«

»Ja, natürlich. Vielleicht fahren Sie auch nach Petra?«

»Ich hoffe, daß es mir möglich ist.«

Sarah lächelte ihm zu und wandte sich ab. Beim Hinausgehen mußte sie an den Boyntons vorbei.
Dr. Gerard, der die Szene weiter beobachtete, bemerkte, daß Mrs. Boyntons Blick wieder zu ihrem Sohn wanderte, der sie ebenfalls ansah. Als Sarah vorbeiging, wandte Raymond Boynton den Kopf – nicht in ihre Richtung, sondern von ihr weg. Es war eine langsame, unwillige Bewegung. Man hätte glauben können, Mrs. Boynton habe an einer unsichtbaren Schnur gezogen.
Sarah fiel diese ablehnende Haltung ebenfalls auf, und sie war jung und weiblich genug, sich darüber zu ärgern. Im Gang des ratternden Zuges hatten sie sich so ungezwungen über Ägypten unterhalten und über die komische Sprachmischung der Eseljungen und Straßenhändler gespottet. Sarah hatte ihre Begegnung mit einem Kamelführer beschrieben, der hoffnungsvoll und frech fragte: »Sie englisch Dame oder Amerika?« Ihre Antwort »Nein, Chinese« hatte ihn derart verblüfft, daß er sie nur noch sprachlos anstarrte. Die Szene war sehr komisch gewesen. Der junge Mann, dieser Raymond Boynton, hatte sich wie ein netter, eifriger Schuljunge benommen – sein Eifer hatte beinahe etwas Rührendes gehabt. Und jetzt war er verlegen, unhöflich bis zur Grobheit.
»Von jetzt an ist er Luft für mich«, murmelte Sarah wütend. Denn Sarah besaß, ohne über Gebühr eingebildet zu sein, eine ziemlich gute Meinung von sich selbst. Sie wußte genau, wie anziehend sie auf das andere Geschlecht wirkte, und gehörte nicht zu den Frauen, die eine Abfuhr gelassen hinnehmen. Jetzt hatte er bewiesen, was für ein ungehobelter Rüpel von Amerikaner er war!
Statt die erwähnten Briefe zu schreiben, setzte sich Sarah an ihren Frisiertisch, kämmte sich die Haare aus der Stirn und betrachtete ihre aufgebrachten, haselnußbraunen Augen. Sie machte eine Bestandsaufnahme ihres Lebens.
Sie hatte eine große Gefühlskrise durchlebt und vor einem Monat ihre Verlobung mit einem jungen, vier Jahre älteren Arzt gelöst, obwohl sie ihn sehr liebte. Aber sie waren sich in ihrem Temperament zu ähnlich gewesen. Meinungsverschie-

denheiten und Streitereien waren an der Tagesordnung. Sarah war ein Mensch, der schnell ungeduldig und wütend wurde. Es gelang ihr selten, beherrscht und gelassen zu bleiben. Wie viele stolze Frauen bildete sie sich ein, Stärke zu bewundern, und hatte sich eingeredet, daß der Mann, den sie liebe, sie auch beherrschen müsse. Aber als sie so einem Mann begegnete, entdeckte sie, daß es ihr ganz und gar nicht gefiel. Die Verlobung zu lösen, hatte sie viel Herzblut gekostet, doch sie war Realistin genug einzusehen, daß ihre gegenseitigen Gefühle als Basis für ein lebenslanges Glück nicht genügten. Um schneller zu vergessen, hatte sie diese Ferienreise gebucht. Danach würde sie ernsthaft anfangen zu arbeiten.

Sarahs Gedanken kehrten aus der Vergangenheit in die Gegenwart zurück.

Ich möchte gern wissen, überlegte sie, ob Dr. Gerard mit mir über seine Arbeit reden wird. Er hat soviel geleistet. Hoffentlich nimmt er mich als Kollegin ernst... vielleicht frage ich ihn in Petra, falls er auch hinfährt...

Dann fiel ihr wieder der seltsame, unhöfliche junge Amerikaner ein. Sie hatte jetzt nicht mehr den geringsten Zweifel, daß er wegen seiner Familie so komisch reagiert hatte. Trotzdem konnte sie ein gewisses verächtliches Gefühl nicht unterdrükken. So unter der Fuchtel der Mutter zu stehen – wirklich lächerlich! Vor allem für einen Mann!

Trotzdem...

Ein sonderbares Gefühl beschlich sie. An der ganzen Geschichte war irgend etwas faul.

Plötzlich sagte sie laut: »Dem jungen Mann muß geholfen weren. Ich unternehme etwas.«

3

Nachdem Sarah gegangen war, blieb Dr. Gerard noch ein paar Minuten in seinem Sessel sitzen. Dann schlenderte er ins Schreibzimmer, holte sich die neueste Ausgabe von »Le

Matin« und steuerte einen nur ein paar Meter von den Boyntons entfernten Stuhl an. Seine Neugierde war geweckt. Zuerst hatte ihn die Anteilnahme der jungen englischen Frau an dieser Familie aus Amerika amüsiert. Er war schnell zu der Diagnose gekommen, daß vor allem ein bestimmtes Mitglied dieser Familie daran schuld war. Doch der Eindruck des Ungewöhnlichen, den diese Gruppe machte, erregte nun sein sachlicheres Interesse als Wissenschaftler.

Sehr diskret, hinter seiner Zeitung versteckt, machte er Bestandsaufnahme. Zuerst der junge Mann, der der attraktiven jungen Engländerin so sehr gefiel. Ja, überlegte Gerard, entschieden der Typ, der ihr vom Temperament her liegt. Sarah King besaß Kraft, sie hatte gute Nerven, einen kühlen Verstand und einen eisernen Willen. Dr. Gerard hielt den jungen Mann für sensibel, einsichtsvoll, unsicher und sehr beeinflußbar. Mit dem Blick des Arztes stellte er fest, daß er im Augenblick in einem Zustand höchster Nervenanspannung war. Dr. Gerard fragte sich, warum. Es beschäftigte ihn. Warum war ein junger Mann, dessen Gesundheit anscheinend hervorragend war und der den Aufenthalt in einem fremden Land genoß, in so einer Verfassung, daß er jeden Augenblick einen Nervenzusammenbruch haben konnte?

Der Arzt wandte seine Aufmerksamkeit den anderen Mitgliedern der Familie zu. Die Frau mit dem braunen Haar war offensichtlich Raymonds Schwester. Sie sahen sich sehr ähnlich, beide zartknochig, gutgewachsen, mit feinen Gesichtszügen. Sie hatten die gleichen schlanken, schöngeformten Hände, die gleiche klare Kinnlinie und die gleiche Kopfhaltung. Auch die Schwester war nervös. Sie vollführte unkontrollierte kleine hektische Gesten, und unter ihren unnatürlich glänzenden Augen lagen tiefe Schatten. Beim Sprechen klang ihre Stimme eine Spur atemlos. Sie sprach zu schnell, war wachsam, lebhaft und unfähig, sich zu entspannen.

Sie hat auch Angst, dachte Gerard. Ja, sie hat auch Angst.

Er fing Satzfetzen auf, Bruchstücke einer ganz normalen, alltäglichen Unterhaltung.

»Ob wir Salomos Ställe besuchen?« – »Wird es unserer Mutter

nicht zuviel?« – »Und morgen vormittag die Klagemauer?« – »Natürlich der Tempel – Omar-Moschee heißt er. Warum wohl?« – »Weil er den Moslems gehört, Lennox.«
Die übliche Unterhaltung von Touristen. Und doch hatte Dr. Gerard ein eigenartiges Gefühl der Unwirklichkeit, als seien diese Gesprächsbruchstücke nur eine Tarnung, die unterschwellige gefährliche Strömungen verdecken sollte, etwas, das zu abgründig und formlos war, um es in Worte fassen zu können... Wieder warf er im Schutz seiner Zeitung einen verstohlenen Blick auf die Gruppe.
Lennox – das mußte der ältere Bruder sein. Auch bei ihm war eine gewisse Familienähnlichkeit zu erkennen, doch es bestand ein deutlicher Unterschied. Lennox war nicht so angespannt, kein so nervöses Temperament, urteilte Gerard. Trotzdem schien mit ihm ebenfalls etwas nicht zu stimmen. Kein Anzeichen körperlicher Anspannung wie bei seinen beiden Geschwistern. Er saß gelassen da, fast kraftlos. Verblüfft ließ Gerard im Geist die Bilder von Patienten vorüberziehen, die so in ihrem Bett gesessen hatten.
Er ist erschöpft, überlegte er, ja ausgelaugt und müde, weil er soviel durchgemacht hat. Der Ausdruck seiner Augen – wie der Blick eines verletzten Hundes oder eines kranken Pferdes: dumpfes Leid der Kreatur. Komisch, er scheint nicht krank zu sein. Trotzdem steht fest, daß er in letzter Zeit ziemlich viel durchgemacht hat – geistig gelitten hat. Jetzt leidet er nicht mehr. Er hat resigniert und wartet darauf, daß das Schicksal zuschlägt. Worauf wartet er eigentlich? Bilde ich mir das nur ein? Nein, überlegte Gerard, der Mann wartet auf etwas Bestimmtes – auf das Ende. So sehen Krebskranke aus, die auf den Tod warten und froh sind, wenn ihnen ein schmerzstillendes Mittel ihre Qualen ein wenig erleichtert...
Lennox Boynton stand auf und hob ein Wollknäuel auf, das seine Mutter fallen gelassen hatte.
»Hier, Mutter.«
»Vielen Dank.«
Was strickte dieser teilnahmslose Koloß von einer alten Frau? Etwas Dickes und Grobes. Fäustlinge für Strafgefangene,

dachte Gerard, und mußte über diesen phantastischen Einfall selbst lächeln.
Er betrachtete das jüngste Mitglied der Runde – ein junges Mädchen mit rötlichblondem Haar, noch keine zwanzig. Ihre Haut besaß die vollkommene Reinheit, wie man sie häufig bei Rothaarigen findet. Obwohl es viel zu schmal war, war es doch ein schönes Gesicht. Sie saß da und lächelte vor sich hin – sie lächelte ins Leere. Es lag etwas Unheimliches in diesem Lächeln, es war so weit weg, so fern des Hotels »Solomon«, so fern von Jerusalem. Es erinnerte Dr. Gerard an ... an ... Dann fiel es ihm blitzartig ein: Es war das seltsame, überirdische Lächeln der Karyatiden der Akropolis – fern und lieblich und ein wenig unmenschlich. Der Zauber dieses Lächelns, die Ferne und Ruhe gaben ihm einen kleinen Stich.
Da sah er ihre Hände. Es traf ihn wie ein Schock. Der Tisch verbarg sie vor den andern, doch Gerard saß so, daß er sie genau sehen konnte. Sie hielt sie im Schoß verborgen, und ihre Finger zupften – zupften und zerrten an einem dünnen Taschentuch und zerrissen es in kleine Fetzen.
Es war ein Bild des Schreckens – das ferne ruhige Lächeln, die Ruhe ihres Körpers und diese eifrig und zerstörerisch reißenden Hände.

4

Ein leises, asthmatisch-keuchendes Husten war zu hören, dann öffnete die riesige strickende Frau den Mund.
»Du siehst müde aus, Ginevra«, sagte sie.»Geh jetzt zu Bett!«
Das junge Mädchen schreckte auf, ihre Hände lagen plötzlich still in ihrem Schoß. »Ich bin aber nicht müde, Mutter.«
Gerard stellte erfreut fest, daß ihre Stimme weich und melodisch klang. Sie besaß eine Samtigkeit und Wärme, die noch den gewöhnlichsten Äußerungen einen Zauber verlieh.
»Doch, das bist du. Ich merke es jedesmal. Ich glaube auch nicht, daß du morgen irgend etwas unternehmn kannst.«

»Ach, ich möchte mir so gern die Moschee ansehen. Mir geht es großartig.«
Mit rauher, tiefer Stimme, die fast mißtönend klang, erwiderte ihre Mutter: »Nein, das stimmt nicht. Du bist auf dem besten Weg, krank zu werden.«
»Nein! Nein!« Das junge Mädchen begann heftig zu zittern.
Da sagte eine sanfte, ruhige Stimme: »Ich begleite dich auf dein Zimmer, Jinny.« Eine ruhige Frau mit großen, nachdenklichen grauen Augen und sorgsam gewelltem dunklen Haar stand auf.
»Nein. Sie geht allein hinauf«, erklärte die alte Mrs. Boynton.
»Nadine soll mitkommen!« jammerte das Mädchen.
»Natürlich komme ich mit.« Die junge Frau trat auf Jinny zu.
»Das Kind möchte allein hinaufgehen – nicht wahr, Jinny?«
Niemand sagte etwas. Nach kurzem Schweigen antwortete Ginevra Boynton, die alle nur Jinny nannten, mit einer plötzlich ausdruckslos und hohl klingenden Stimme. »Ja, ich glaube, ich gehe lieber allein hinauf. Danke, Nadine.«
Sie schritt davon, eine große, eckige Gestalt, die sich mit erstaunlicher Anmut bewegte.
Dr. Gerard ließ die Zeitung sinken und gönnte sich einen gründlichen Blick auf die alte Mrs. Boynton. Sie sah ihrer Tochter nach. Auf ihrem fetten Gesicht lag ein seltsames Lächeln, fast die Karikatur des lieblichen, überirdischen Lächelns, das noch vor ein paar Augenblicken ihre Tochter so verklärt hatte.
Dann wanderte der Blick der alten Frau zu Nadine und wurde boshaft. Nadine hatte sich wieder gesetzt. Jetzt hob sie die Augen und musterte ihre Schwiegermutter mit ausdrucksloser Miene.
Was für eine groteske alte Tyrannin, dachte Dr. Gerard.
Und dann ruhte plötzlich der Blick der alten Frau voll auf ihm.
Er zog scharf den Atem ein. Es waren glühende kleine Augen, die eine große Kraft ausstrahlten, Willensstärke, listige Bösartigkeit. Dr. Gerard wußte über die Macht der Persönlichkeit Bescheid. Es gehörte in sein Fach. Er erkannte, daß es sich

hier nicht um eine verwöhnte tyrannische Kranke handelte, die ihren kleinlichen Launen frönte. Diese alte Frau war stark. Die Boshaftigkeit ihres Starrens erinnerte ihn an eine Kobra. Mrs. Boynton mochte alt und gebrechlich sein, das Opfer ihrer Leiden, aber sie war nicht kraftlos. Sie war eine Frau, die die Bedeutung der Macht kannte, die ihr Leben lang Macht ausgeübt und nie an ihrer Stärke gezweifelt hatte.

Dr. Gerard war einmal einer Frau begegnet, die einen äußerst gefährlichen und eindrucksvollen Dressurakt mit Tigern zeigte. Die großen Raubkatzen gehorchten ihr auf den geringsten Wink und führten die beschämenden und erniedrigenden Tricks aus, die sie verlangte. Die Augen der Tiere und ihr leises Knurren verrieten ihren Haß, einen bitteren, fanatischen Haß, aber sie gehorchten kriecherisch. Es war eine junge Frau gewesen, eine Frau von einer arroganten dunklen Schönheit, und der Blick war der gleiche gewesen.

»Eine Dompteuse«, murmelte Dr. Gerard in sich hinein.

Und nun begriff er auch die geheimen Gefühle, die hinter dem harmlosen Familiengespräch verborgen gewesen waren: Haß – ein dunkler wirbelnder Strom von Haß.

Die meisten Leute würden glauben, die Phantasie sei mit mir durchgegangen, dachte er. Sie würden mich für verrückt halten! Da genießt eine friedliche amerikanische Durchschnittsfamilie ihre Reise nach Jerusalem – und ich spinne eine Geschichte finsterster Magie um sie.

Jetzt musterte er aufmerksam die ruhige Frau, die Nadine hieß. Sie trug einen Ehering, und während er sie beobachtete, warf sie dem hellhaarigen, schlaksigen Lennox einen raschen, verräterischen Blick zu. Da wußte er Bescheid.

Die beiden waren Mann und Frau. Doch es war mehr ein mütterlicher Blick gewesen als der einer Ehefrau, ein richtig mütterlicher Blick, ängstlich und beschützend. Und er stellte noch etwas fest. Er erkannte, daß Nadine Boynton als einzige der Faszination des alten Buddhas nicht erlag. Vielleicht mochte sie die alte Frau nicht, aber auf jeden Fall hatte sie keine Angst vor ihr. Der Koloß besaß keine Macht über sie.

Nadine war unglücklich und um ihren Mann äußerst besorgt, aber sie war frei.
»Das ist alles höchst interessant«, murmelte Dr. Gerard.

5

In alle diese dunklen Hirngespinste brach die Welt des Alltäglichen mit einer fast komischen Wirkung ein.
Ein Mann betrat die Halle, entdeckte die Boyntons und eilte zu ihnen. Er war ein freundlicher Amerikaner mittleren Alters, eine durch und durch unauffällige Erscheinung, gut angezogen, mit einem langen glattrasierten Gesicht und einer monoton klingenden Stimme. Er sprach langsam und angenehm.
»Ich habe Sie alle schon gesucht«, rief er.
Er reichte einem nach dem andern die Hand. »Und wie fühlen Sie sich, Mrs. Boynton? Doch hoffentlich nicht zu erschöpft von der Reise?«
Die alte Frau keuchte fast freundlich: »Nein. Nett, daß Sie fragen. Sie wissen ja, daß meine Gesundheit nicht besonders ist...«
»Ja, leider. Bedauerlich, sehr bedauerlich.«
»Aber es geht mir keinesfalls schlechter als gewöhnlich.« Dann fügte sie mit einem breiten, schlangenhaften Lächeln hinzu: »Meine liebe Nadine hier kümmert sich ganz reizend um mich, nicht wahr, Nadine?«
»Ich tue mein Bestes.« Ihre Stimme war ausdruckslos.
»Na, das glaube ich Ihnen unbesehen«, erwiderte der Fremde warm. »Und Sie, Lennox, wie finden Sie die Stadt König Davids?«
»Ach, ich weiß nicht.«
Die Antwort klang apathisch, uninteressiert.
»Wohl etwas enttäuscht, was? Ich muß bekennen, daß es mir zuerst auch so gegangen ist. Aber vielleicht haben Sie noch wenig gesehen?«
»Wir unternehmen nicht allzuviel – wegen unserer Mutter«, warf Carol Boynton ein.

»Zwei Stunden Besichtigung ist das äußerste, was ich schaffe«, erklärte Mrs. Boynton.
»Ich finde es großartig, wieviel Sie unternehmen, Mrs. Boynton«, meinte der Fremde herzlich.
Mrs. Boynton ließ ein träges, keuchendes Kichern hören. Es klang beinahe hämisch.
»Ich lasse mich nicht von meinem Körper regieren! Es ist der Geist, der zählt! Ja, der Geist...«
Ihre Stimme erstarb. Gerard beobachtete, wie Raymond Boynton nervös zuckte.
»Sind Sie schon an der Klagemauer gewesen, Mr. Cope?« fragte er.
»Aber selbstverständlich, es war einer der ersten Orte, die ich besuchte. Ich hoffe, daß ich in ein paar Tagen mit Jerusalem gründlich durch bin. Dann lasse ich mir bei Cooks eine Reise zusammenstellen, damit ich das Heilige Land richtig kennenlerne – Bethlehem, Nazareth, Tiberias, das Tote Meer. Unerhört interessant, das alles. Dann gibt's noch Jerash mit seinen sehr interessanten Ruinen – römisch, wissen Sie. Und dann möchte ich mir auch noch Petra ansehen, die rosarote Stadt, ein höchst bemerkenswertes Naturphänomen, soviel ich hörte – und abseits der üblichen Touristenpfade –, aber man braucht fast eine Woche für die Hin- und Rückreise und eine gründliche Besichtigung.«
»Ich würde schrecklich gern hinfahren. Es hört sich großartig an«, sagte Carol.
»Nun, ich möchte behaupten, daß es ganz entschieden einen Besuch wert ist – ja, ganz entschieden.« Mr. Cope machte eine Pause, warf Mrs. Boynton einen etwas zweifelnden Blick zu und fuhr dann mit einer Stimme fort, die in den Ohren des lauschenden Franzosen ausgesprochen unsicher klang:
»Vielleicht kann ich einige von Ihnen überreden, mich zu begleiten? Natürlich weiß ich, daß es für *Sie*, Mrs. Boynton, zuviel würde, und natürlich wollen wir Sie auch nicht allein lassen, aber wenn Sie Ihre Truppen sozusagen teilten...«
Er schwieg. Nur das gleichmäßige Klicken von Mrs. Boyntons Stricknadeln war zu hören. Dann entgegnete sie:

»Ich glaube nicht, daß wir uns teilen möchten. Wir sind eine so harmonische kleine Gruppe.« Sie sah von ihrem Strickzeug auf. »Nun, Kinder, was meint ihr dazu?«
Es lag ein seltsamer Unterton in ihrer Stimme. Die Antworten kamen sofort. »Nein, Mutter.« – »Ach, lieber nicht.« – »Nein, selbstverständlich nicht.«
»Da haben Sie es – man möchte mich nicht allein hierlassen«, sagte Mrs. Boynton und lächelte ihr seltsames Lächeln. »Wie steht's mit dir, Nadine? Du hast dich noch nicht geäußert?«
»Nein, Mutter, danke. Nur wenn Lennox mitfahren würde.«
Mrs. Boynton wandte langsam den Kopf und musterte ihren Sohn.
»Na, Lennox, was ist? Warum fährst du mit Nadine nicht hin? Sie möchte es doch offensichtlich so gern.«
»Ich – nun – nein, ich glaube, wir bleiben lieber alle zusammen«, antwortete ihr Sohn zögernd.
»Das nenne ich eine anhängliche Familie!« rief Mr. Cope jovial. Aber seine Fröhlichkeit wirkte etwas gezwungen und nicht sehr glaubwürdig.
»Wir bleiben unter uns«, sagte Mrs. Boynton und begann, ihre Wolle einzupacken. »Ach, übrigens, Raymond, wer war die junge Dame, die eben mit dir sprach?«
Raymond errötete, dann wurde er bleich. »Ich – ich ...«, stotterte er und fing noch einmal von vorn an. »Ich weiß nicht, wie sie heißt. Sie war im selben Zug mit uns.«
Mrs. Boynton begann sich langsam aus ihrem Sessel hochzuhieven.
»Ich glaube nicht, daß wir uns viel mit ihr abgeben sollten«, bemerkte sie.
Nadine erhob sich und half der alten Frau beim Aufstehen. Sie tat es geschickt, fast professionell, was Gerards Aufmerksamkeit erregte.
»Zeit zum Schlafengehen«, sagte Mrs. Boynton. »Gute Nacht, Mr. Cope.«
»Gute Nacht, Mrs. Boynton. Gute Nacht.«
Sie gingen – eine kleine Prozession. Es schien keinem der jüngeren Familienmitglieder einzufallen, zurückzubleiben.

Mr. Cope stand da und sah ihnen nach. Der Ausdruck auf seinem Gesicht war ziemlich seltsam.
Dr. Gerard wußte aus Erfahrung, daß Amerikaner ein freundlicher Menschenschlag waren, nicht so steif und mißtrauisch wie die reisenden Engländer. Für einen Mann von Dr. Gerards Erfahrung war es nicht weiter schwierig, mit Mr. Cope Bekanntschaft zu schließen. Der Amerikaner fühlte sich einsam und war tatsächlich aufgeschlossen und freundlich. Dr. Gerard präsentierte erneut eine Visitenkarte.
Mr. Jefferson Cope las sie und war gehörig beeindruckt.
»Ach, ja, Dr. Gerard – Sie waren erst kürzlich bei uns in den Staaten, nicht wahr?«
»Im vergangenen Herbst. Ich hielt Vorlesungen in Harvard.«
»Ich erinnere mich. Sie sind einer der bekanntesten Vertreter Ihres Berufs, Dr. Gerard. Sie sind der führende Kopf in Paris.«
»Mein Lieber, Sie sind zu freundlich! Ich muß protestieren.«
»Nein, wirklich, es ist mir eine große Ehre, Sie so zwanglos kennenlernen zu dürfen. Im Augenblick sind sogar mehrere sehr bekannte Leute hier in Jerusalem. Sie und dann Lord Welldon und Sir Gabriel Steinbaum, der Finanzmann. Außerdem der alte englische Archäologe Sir Manders Stone. Und Lady Westholme, eine prominente englische Politikerin. Nicht zu vergessen der berühmte belgische Privatdetektiv Hercule Poirot.«
»Der kleine Hercule Poirot ist auch in Jerusalem?«
»Ich las in der hiesigen Zeitung, daß er kürzlich eingetroffen ist. Anscheinend gibt sich die ganze Welt und noch ein paar Leute mehr im ›Solomon‹ ein Stelldichein. Ist ja auch ein wirklich schönes Hotel. Und so geschmackvoll eingerichtet.«
Kein Zweifel, Mr. Jefferson Cope genoß das Leben. Dr. Gerard konnte, wenn er Lust hatte, eine Menge Charme entwickeln. Es dauerte nicht lange, und die beiden Männer hatten ihren Standort in die Bar verlegt.
Nach ein paar Drinks fragte Gerard: »Sagen Sie mal, ist das eigentlich eine typisch amerikanische Familie, mit der Sie sich vorhin unterhielten?«
Jefferson Cope nippte nachdenklich an seinem Drink. »Nein,

das möchte ich nicht behaupten«, erwiderte er schließlich. »Nicht unbedingt typisch.«
»Nicht? Es macht den Eindruck, als verstünde man sich prächtig.«
»Sie meinen, weil sich alles um die alte Dame dreht?« fragte Cope. »Das ist nur zu wahr. Sie ist eine sehr bemerkenswerte Person, wissen Sie.«
»Ach, wirklich?«
Mr. Cope brauchte keine weitere Ermunterung mehr. Diese freundliche Einladung genügte bereits.
»Ich kann Ihnen verraten, Dr. Gerard, daß ich mich mit der Familie ziemlich viel beschäftigt habe. Immer wieder muß ich an sie denken. Ich möchte es einmal so ausdrücken – es wäre mir eine große Erleichterung, wenn wir uns über dieses Thema etwas unterhalten könnten. Das heißt, falls es Sie nicht langweilt.«
Dr. Gerard beruhigte ihn in diesem Punkt. Mr. Copes freundliches glattrasiertes Gesicht nahm einen nachdenklichen Ausdruck an.
»Ehrlich gesagt«, fuhr er fort, »bin ich ein wenig besorgt. Mrs. Boynton ist eine gute Freundin von mir, verstehen Sie. Das heißt, nicht die alte Mrs. Boynton, sondern die junge, Lennox Boyntons Frau.«
»Ach ja, jene sehr charmante dunkelhaarige junge Dame.«
»Genau. Das ist Nadine. Nadine Boynton ist ein sehr liebenswerter Mensch, Dr. Gerard. Ich kannte sie schon, bevor sie heiratete. Damals arbeitete sie in einem Krankenhaus und wollte Schwester werden. Dann verbrachte sie einmal den Urlaub bei den Boyntons und heiratete Lennox.«
»Tatsächlich?«
Mr. Jefferson Cope nippte wieder an seinem Drink und fuhr fort:
»Ich würde Ihnen gern ein wenig mehr über die Familiengeschichte erzählen, Dr. Gerard.«
»Ja? Das interessiert mich sehr.«
»Tja, also, wissen Sie, der verstorbene Elmer Boynton, ein ziemlich bekannter Mann, eine große Persönlichkeit, heiratete

zweimal. Seine erste Frau starb, als Carol und Raymond fast noch in den Windeln steckten. Die zweite Mrs. Boynton soll zur Zeit der Eheschließung hübsch gewesen sein, allerdings schon nicht mehr ganz jung. Wenn man sie heute erlebt, kann man kaum fassen, daß sie mal gut ausgesehen haben soll. Doch ich weiß es aus sehr glaubwürdiger Quelle. Wie auch immer – ihr Mann hielt große Stücke von ihr und fragte sie in allem um Rat. Die letzten Jahre vor seinem Tod kränkelte er, und sie führte das Regiment. Sie ist eine sehr tüchtige Frau und hat Geschäftssinn. Äußerst gewissenhaft. Nach Elmers Tod lebte sie nur noch für die Kinder. Sie hatte auch ein eigenes, eine Tochter, Ginevra, ein hübsches rothaariges Mädchen, nur ein wenig zart. Na, wie ich schon sagte, Mrs. Boynton ging ganz in ihrer Familie auf. Sie schloß sich völlig von der Außenwelt ab. Ich weiß ja nicht, was Sie davon halten, Dr. Gerard, aber ich finde das ziemlich unvernünftig.«
»Da haben Sie recht. Für junge Menschen in der Entwicklung ist es äußerst gefährlich.«
»Ja, das trifft genau den Kern. Mrs. Boynton schirmte die Kinder vor der Welt ab und erlaubte nie, daß sie Kontakt zu andern Menschen bekamen. Das Ergebnis ist, daß sie – nun, daß sie irgendwie unsicher sind, nervös, zerfahren, wenn Sie verstehen, was ich meine. Sie können sich mit Fremden nicht anfreunden. Zu schlimm, so was.«
»Ja, sehr schlimm.«
»Ich bin überzeugt, daß Mrs. Boynton nur das Beste wollte. Zu große Mutterliebe.«
»Leben sie alle zu Hause?« fragte der Arzt.
»Ja.«
»Die Söhne arbeiten nicht?«
»Wieso? Nein. Elmer war reich. Er hinterließ zwar das ganze Geld seiner Frau, aber er nahm selbstverständlich an, daß sie immer für die Familie sorgen würde.«
»Sie sind also finanziell von ihr abhängig?«
»So ist es. Sie hat sie auch nicht ermuntert, etwas zu lernen und sich Arbeit zu suchen. Das ist vermutlich ganz in Ordnung, schließlich ist ein Haufen Geld da. Sie können es sich

leisten, nichts zu tun. Nur bin ich überzeugt, daß für das männliche Geschlecht Arbeit ein gutes Allheilmittel ist. Dann ist da noch etwas anderes – keiner hat irgendein Hobby. Sie spielen nicht Golf. Sie gehören zu keinem Klub. Sie tanzen nicht und gehen auf keine Feste – sie tun überhaupt nichts, was andere junge Leute tun. Sie wohnen in einer riesigen Kaserne von Haus mitten auf dem Land, meilenweit weg vom nächsten Nachbarn. Ich sage Ihnen, Dr. Gerard, ich finde das alles ganz und gar nicht richtig.«

»Ganz Ihrer Meinung«, bestätigte Dr. Gerard.

»Keiner von ihnen hat auch nur das leiseste Sozialgefühl. Der Sinn für die Gemeinschaft – das ist es, was ihnen vollkommen abgeht. Sie mögen ja eine sehr harmonische Familie sein, aber sie kapseln sich völlig von der Welt ab.«

»Tauchte denn nie das Problem auf, daß einer von ihnen ein selbständiges Leben führen wollte?«

»Nicht, daß ich wüßte. Sie sitzen bloß herum.«

»Geben Sie den Kindern die Schuld oder der Mutter?«

Jefferson Cope zuckte unbehaglich die Achseln.

»Nun, in gewisser Weise finde ich, daß die Mutter mehr oder weniger dafür verantwortlich ist. Sie hat sie falsch erzogen. Trotzdem – wenn ein junger Kerl erwachsen wird, sollte er auch mal über die Stränge schlagen. Er sollte nicht ständig an Mutters Schürzenzipfel hängen. Er muß sich von ihr freimachen und unabhängig werden.«

»Vielleicht ist es unmöglich«, meinte Dr. Gerard nachdenklich.

»Wieso unmöglich?«

»Es gibt Methoden, Mr. Cope, einen Baum am Wachsen zu hindern.«

Cope starrte ihn verblüfft an. »Die sind alle völlig gesund, Dr. Gerard.«

»Der Geist kann genauso in seiner Entwicklung gehindert werden und verkrüppeln wie der Körper.«

»Aber sie sind intelligent und wach!« Jefferson Cope schwieg einen Augenblick und fuhr dann fort: »Nein, Dr. Gerard, glauben Sie mir, der Mensch hat es selbst in der Hand, wie er

sein Schicksal gestaltet. Ein Mann mit Selbstachtung zieht allein los und versucht, aus seinem Leben etwas zu machen. Er sitzt nicht nur herum und dreht Daumen. Keine Frau könnte so einen Mann achten.«
Gerard sah in neugierig an. Nach ein paar Augenblicken des Schweigens sagte er: »Sie meinen damit wohl Mr. Lennox Boynton?«
»Hm, ja, ich dachte dabei vor allem an Lennox. Raymond ist fast noch ein Knabe. Aber Lennox ist bald dreißig. Zeit zu zeigen, aus was für einem Holz er geschnitzt ist.«
»Vermutlich hat es seine Frau nicht leicht?«
»Natürlich ist es für sie besonders schwierig! Nadine ist eine großartige Frau. Ich bewundere sie mehr, als ich sagen kann. Sie beklagt sich nie, mit keinem Wort. Aber sie ist nicht glücklich, Dr. Gerard. Sie ist so unglücklich, wie man nur sein kann.«
Gerard nickte. »Ja, das glaube ich auch.«
»Ich weiß ja nicht, wie *Sie* darüber denken, Dr. Gerard, aber *ich* finde, daß es eine Grenze für das gibt, was eine Frau sich gefallen lassen muß! Wenn ich Nadine wäre, würde ich das dem jungen Lennox mal klarmachen. Entweder unternimmt er etwas und zeigt, was er kann, oder ...«
»Oder sie sollte ihn verlassen?«
»Es ist auch *ihr* Leben, Dr. Gerard, um das es geht. Wenn Lennox sie nicht so behandelt, wie es ihr zusteht, dann – nun, es gibt noch andere Männer.«
»Wie Sie, zum Beispiel?«
Der Amerikaner errötete. Dann sah er dem andern mit einer gewissen einfachen Würde offen in die Augen.
»Ja, das stimmt«, sagte er. »Ich schäme mich meiner Gefühle für die Dame nicht. Ich respektiere sie und fühle mich sehr zu ihr hingezogen. Ich möchte nur, daß sie glücklich wird. Wenn sie es mit Lennox wäre, würde ich sie in Ruhe lassen und sofort verschwinden.«
»Aber so wie der Fall liegt ...«
»So wie der Fall liegt, warte ich ab. Wenn sie mich braucht – ich bin da!«

»Sie sind wirklich der perfekte edle Ritter«, murmelte Gerard.
»Wie bitte?«
»Mein Lieber, Kavaliere gibt es heute nur noch in Amerika. Sie sind glücklich, wenn Sie der Dame Ihres Herzens dienen dürfen, auch ohne Hoffnung auf Belohnung! So etwas ist bewundernswert! Wie wollen Sie ihr denn eigentlich helfen?«
»Ich bin einfach da, wenn sie mich braucht.«
»Und darf ich fragen, wie die ältere Mrs. Boynton darüber denkt?«
»Ich bin mir über die alte Dame nicht im klaren«, erwiderte Jefferson Cope. »Wie ich Ihnen schon erzählte, hat sie mit der Außenwelt wenig Kontakt. Aber mir gegenüber verhält sie sich anders. Sie ist immer sehr freundlich und behandelt mich fast, als gehörte ich zur Familie.«
»Sie billigt also Ihre Freundschaft mit Nadine?«
»Ja.«
Dr. Gerard zuckte die Achseln. »Ist das nicht ein wenig seltsam?«
»Ich kann Ihnen versichern, Dr. Gerard«, erklärte Jefferson Cope steif, »daß an unserer Beziehung nichts Ehrenrühriges ist. Sie ist rein platonischer Natur.«
»Mein Lieber, davon bin ich überzeugt. Trotzdem beharre ich darauf, daß ich Mrs. Boyntons Benehmen in diesem Punkt ziemlich komisch finde. Wissen Sie, Mr. Cope, Mrs. Boynton interessiert mich – sie interessiert mich sogar sehr!«
»Bestimmt ist sie eine ausgeprägte Persönlichkeit. Elmer Boynton hatte größtes Vertrauen in ihr Urteilsvermögen.«
»Ein so großes Vertrauen sogar, daß er seine Kinder auf Gnade oder Ungnade ihrer Mutter auslieferte. – ich meine, was die finanzielle Seite ihres Lebens betrifft. In meinem Land, Mr. Cope, wäre dies unmöglich. Wir haben Gesetze, die so etwas verhindern.«
Mr. Cope stand auf. »Wir Amerikaner«, rief er, »glauben fest an die absolute Freiheit des Menschen!«
Dr. Gerard erhob sich ebenfalls. Mr. Copes letzte Bemerkung beeindruckte ihn nicht besonders. Schon viele Angehörige der unterschiedlichsten Nationen hatten diese Behauptung

aufgestellt. Der Glaube, Freiheit sei das besondere Vorrecht der eigenen Rasse, war ziemlich weit verbreitet.
Dr. Gerard war klüger. Er wußte, daß keine Rasse, kein Land, kein Individuum als frei bezeichnet werden konnte. Doch er wußte auch, daß es verschiedene Grade der Unfreiheit gab. Nachdenklich und neugierig zugleich ging er auf sein Zimmer.

6

Sarah King stand auf dem Tempelplatz, den Rücken dem Felsendom zugewandt. Das Rauschen der Brunnen klang ihr sanft in den Ohren. Manchmal kamen Trüppchen von Touristen vorbei, ohne den Frieden dieser fremdländischen Atmosphäre zu stören.
Seltsam, dachte Sarah, daß ein Jebusiter diesen Platz einmal als Dreschboden benützt haben soll und König David ihn für sechshundert Schekel Gold erwarb und in einen heiligen Ort verwandelte. Und heute schnatterten hier die Touristen in allen Sprachen der Erde.
Sie drehte sich um und betrachtete die Moschee, die jetzt den Schrein barg, und überlegte, ob Salomos Tempel auch nur halb so schön gewesen war.
Das Klappern von Schritten war zu hören. Eine kleine Gruppe trat aus der Moschee. Es waren die Boyntons, begleitet von einem geschwätzigen Führer. Mrs. Boynton ging zwischen Lennox und Raymond, die sie stützten. Nadine und Mr. Cope folgten ihnen. Carol kam als letzte. Als sie Sarah sah, zögerte sie.
Während die anderen weitergingen, wirbelte sie plötzlich herum und lief leicht und geräuschlos über den Platz.
»Entschuldigen Sie«, sagte sie atemlos. »Ich muß – ich – ich muß einfach mit Ihnen reden.«
»Ja?« fragte Sarah nur. Carol zitterte heftig. Ihr Gesicht war sehr weiß.

»Es ist wegen – wegen meines Bruders. Als Sie gestern abend – als Sie ihn gestern abend ansprachen, benahm er sich sehr unhöflich. Aber er meinte es nicht so. Er – er kann nichts dafür. O bitte, glauben Sie mir!«
Sarah fand die ganze Szene ziemlich lächerlich. Sowohl ihr Stolz wie ihr guter Geschmack waren beleidigt worden. Warum kam dieses junge Mädchen wie eine Verrückte auf sie zugerannt und entschuldigte sich auf diese unsinnige Weise für ihren Flegel von Bruder?
Eine nichtssagende Antwort schwebte ihr auf den Lippen, doch dann änderte sich ihre Meinung.
Irgend etwas stimmte nicht. Dem jungen Mädchen war es todernst mit seiner Entschuldigung. Sarah hatte nicht umsonst den Beruf des Arztes gewählt. Ihr Instinkt sagte ihr, daß das junge Mädchen sehr unglücklich war.
»Erzählen Sie doch mehr«, meinte sie aufmunternd.
»Er unterhielt sich mit Ihnen im Zug, nicht wahr?« begann Carol.
Sarah nickte. »Ja. Eigentlich war ich es, die ihn dazu ermunterte.«
»Natürlich. Anders kann ich es mir auch gar nicht denken. Aber wissen Sie, gestern abend hatte Ray Angst...« Sie brach abrupt ab.
»Wieso Angst?«
Carols blasses Gesicht lief hochrot an.
»Ach, ich weiß, es klingt verrückt, völlig verrückt. Verstehen Sie, meine Mutter ist – sie – also, es geht ihr nicht besonders – und sie möchte nicht, daß wir uns mit irgendwelchen Leuten anfreunden. Aber – aber ich weiß, daß Ray gern Ihr Freund sein möchte.«
Sarahs Neugierde regte sich. Doch ehe sie antworten konnte, sprach Carol schon weiter. »Ich – ich weiß, was ich da sage, klingt sehr komisch, aber wir sind auch eine – eine ziemlich komische Familie.« Sie blickte sich rasch um. Offensichtlich hatte sie Angst. »Ich – ich darf nicht mehr länger bleiben«, murmelte sie. »Man wird mich schon vermissen.«
Sarah faßte einen Entschluß. »Warum sollten Sie nicht noch

ein wenig hierbleiben, wenn Sie Lust haben? Gehen wir doch etwas spazieren.«

»O nein!« Carol trat einen Schritt zurück. »Das ist unmöglich. Ganz unmöglich!«

»Warum?«

»Es geht wirklich nicht. Meine Mutter würde – sie würde ...«

Da sagte Sarah ruhig und betont: »Manchmal ist es für Eltern schrecklich schwierig einzusehen, daß ihre Kinder erwachsen geworden sind. Sie wollen immer weiter bestimmen, wie sie leben sollen. Aber es ist ein Jammer, wissen Sie, wenn man nachgibt. Man muß um sein Recht kämpfen.«

»Sie haben keine Ahnung ...« sagte Carol leise. »Sie begreifen nicht das geringste ...« Ihre Hände verkrampften sich nervös ineinander.

»Manchmal gibt man nach, weil man Angst vor einer Auseinandersetzung hat. Streitereien sind sehr unangenehm, aber ich glaube, die eigene Freiheit ist es wert, daß man sich dafür einsetzt.«

»Was für eine Freiheit?« Carol starrte sie entgeistert an. »Keiner von uns ist je frei gewesen. Wir werden es nie sein.«

»Unsinn!« rief Sarah empört.

Carol beugte sich vor und berührte ihren Arm. »Hören Sie! Ich möchte so gern, daß Sie mich verstehen. Vor ihrer Heirat war meine Mutter – eigentlich meine Stiefmutter – Gefängnisaufseherin. Mein Vater war der Direktor, und sie heirateten. Also – es hat sich nie etwas geändert. Sie ist immer noch die Wärterin – unsere Wärterin. Und deswegen leben wir alle – wir leben wie in einem Gefängnis.« Sie warf wieder einen unruhigen Blick über den Platz. »Man wird mich schon suchen. Ich, ich muß weiter.«

Sie wollte davonstürzen, doch Sarah hielt sie am Ärmel zurück. »Einen Augenblick noch. Wir müssen uns wiedersehen und weiter darüber sprechen.«

»Ich kann nicht. Unmöglich.«

»Doch, Sie können es!« Es klang wie ein Befehl. »Wenn sie alle schlafen gegangen sind, kommen Sie zu mir. Ich habe Zimmer 319. Vergessen Sie nicht: 319!«

Sie ließ den Ärmel los. Carol rannte davon, um ihre Familie einzuholen.
Sarah stand da und blickte ihr nach. Sie war so in Gedanken versunken, daß sie Dr. Gerards Kommen nicht bemerkte.
»Guten Morgen, Miss King. Sie haben sich also mit Miss Carol Boynton etwas unterhalten?«
Sarah schreckte auf und begrüßte ihn. Dann sagte sie: »Ja, wir hatten ein höchst seltsames Gespräch. Hören Sie!«
Sie wiederholte das Wesentliche der Geschichte, die Carol ihr erzählt hatte. Gerard fand vor allem einen Punkt interessant.
»Soso, sie war Gefängnisaufseherin, das alte Nilpferd. Vielleicht ist das sehr wichtig.«
»Sie meinen, es könnte der Grund für ihr tyrannisches Regiment sein? Es ist ihr durch den früheren Beruf zur Gewohnheit geworden?«
Gerard schüttelte den Kopf. »Nein. Die Sache von diesem Blickwinkel aus zu betrachten wäre falsch. Der Grund liegt viel tiefer. Ein Zwang beherrscht sie. Sie ist nicht etwa deshalb eine Despotin, weil sie einmal Gefängniswärterin war. Ich möchte vielmehr behaupten, daß sie eine wurde, eben weil sie die Macht liebte. Meiner Theorie nach war es ihre heimliche Sehnsucht, die Menschen zu knechten, die sie diesen Beruf ergreifen ließ.«
Sein Gesicht war sehr ernst. »Was für seltsame Dinge doch tief im Unbewußten verborgen sind. Die Gier nach Macht, die Gier nach Grausamkeit, das wilde Verlangen niederzureißen, zu zerstören – das ganze Erbe unserer menschlichen Entwicklung. Es ist alles da, Miss King, Grausamkeit, Wildheit, Gier... Wir schließen davor die Augen und verdrängen diese Gefühle aus dem bewußten Leben, aber manchmal – manchmal sind sie zu stark.«
Sarah erschauerte. »Ich weiß.«
»Wir erleben es täglich«, fuhr Gerard fort. »In den politischen Glaubensbekenntnissen, im Verhalten der Völker. Eine Abkehr von der Menschenliebe, vom Mitleid, vom brüderlichen guten Willen. Manchmal klingen diese politischen Bekenntnisse überzeugend, dank einer klugen Führung, einer ge-

schickten Regierung, aber sie beruhen auf Gewalt, auf einem Fundament aus Grausamkeit und Angst. Sie öffnen weit die Tür, diese Apostel der Gewalt, sie lassen die alte Wildheit frei, die alte Freude an der Grausamkeit um ihrer selbst willen. Ja, es ist schwierig – der Mensch ist ein Tier und hat ein sehr empfindliches seelisches Gleichgewicht. Sein oberstes Gebot ist – zu überleben. Vorauszulaufen kann genauso tödlich sein wie zurückzubleiben. Er muß überleben. Vielleicht ist ein gewisses Maß an Barbarei tatsächlich notwendig, aber man darf sie nicht – auf keinen Fall – zur Gottheit erheben.«

Sie schwiegen eine Weile. Dann sagte Sarah: »Sie halten die alte Mrs. Boynton also für eine Art Sadistin.«

»Ich bin beinahe sicher. Ich glaube, sie freut sich, wenn sie andern Schmerz zufügen kann. Wohlgemerkt, seelischen Schmerz, keinen körperlichen. So etwas gibt es seltener und ist auch viel schwieriger nachzuweisen. Sie liebt die Macht über ihre Mitmenschen, und es macht ihr Spaß, sie leiden zu sehen.«

»Ziemlich gemein«, stellte Sarah fest.

Gerard berichtete ihr von seinem Gespräch mit Jefferson Cope.

»Er begreift also gar nicht, was los ist?« fragte sie zweifelnd.

»Wie sollte er. Er ist kein Psychologe.«

»Stimmt. Er ist nicht so mißtrauisch wie wir.«

»Er ist ein netter, ordentlicher, normaler Amerikaner. Er glaubt mehr an das Gute als an das Schlechte. Er merkt zwar, daß die Familie nicht so harmonisch zusammenlebt, wie sie vorgibt, aber er glaubt, daß Mrs. Boyntons übertriebene Mutterliebe daran schuld ist, nicht bewußte Bösartigkeit.«

»Das gefällt ihr bestimmt«, meinte Sarah.

»Glaube ich auch.«

»Aber warum brechen sie nicht aus?« fragte Sarah heftig. »Das könnten sie doch!«

Gerard schüttelte erneut den Kopf. »Nein, Sie täuschen sich. Das können sie eben nicht. Haben Sie mal das bekannte Experiment mit einem Huhn gesehen? Sie ziehen einen Kreidestrich auf den Boden und legen das Huhn mit dem Schnabel darauf. Es glaubt, daß es festgebunden ist, und rührt sich nicht. Es kann den Kopf nicht heben. So geht es auch diesen Unglücklichen. Erinnern Sie sich, daß sie sie seit ihrer Kindheit bearbeitet hat! Und ihr Einfluß war geistiger Art! Sie hat sie so hypnotisiert, daß sie überzeugt sind, sie *könnten* ihr gar nicht ungehorsam sein! Ja, mir ist klar, daß die meisten Leute so etwas für Unsinn halten – aber Sie und ich, wir wissen es besser. Mrs. Boynton hat ihren Kindern eingebläut, daß sie ihre vollkommene Abhängigkeit nicht ändern können. Sie sind schon so lange im Gefängnis, daß es ihnen gleichgültig ist, ob die Zellentür offensteht oder nicht. Mindestens einer von ihnen hat gar nicht mehr das Verlangen, frei zu sein. Außerdem hätten sie alle Angst vor der Freiheit.«

»Was passiert, wenn sie stirbt?« fragte Sarah nüchtern.

Gerard zuckte die Achseln. »Das hängt von verschiedenen Dingen ab. Etwa davon, wie bald es passiert. Jetzt, zum Beispiel, wäre es meiner Meinung nach noch nicht zu spät. Der Bruder und die Schwester – sie sind noch jung und wandlungsfähig. Ich glaube, sie würden sich zu normalen menschlichen Wesen entwickeln. Bei Lennox ist es vermutlich schon zu spät. Er macht auf mich den Eindruck eines Mannes, der jede Hoffnung verloren hat. Er lebt und leidet wie ein Tier.«

»Seine Frau hätte etwas unternehmen müssen«, stellte Sarah fest. »Sie hätte ihn wachrütteln müssen.«

»Ich weiß nicht recht. Vielleicht hat sie es versucht – und versagt.«

»Glauben Sie, daß sie auch unter dem Einfluß der Alten steht?«

»Nein. Meiner Meinung nach hat sie keine Macht über Nadine. Und deshalb haßt sie sie bis zur Erbitterung. Achten Sie mal auf ihre Augen.«

Sarah runzelte die Stirn. »Ich kann sie nicht richtig einschätzen – ich meine die jüngere Mrs. Boynton. Ist ihr wohl klar, was eigentlich los ist?«

»Ich denke doch, daß sie merkt, was gespielt wird.«

»Hm«, machte Sarah. »Dieses alte Weib sollte man umbringen. Arsen in den Frühstückstee wäre mein Rezept.«

Dann fragte sie abrupt: »Was ist mit der jüngsten Tochter? Der Rotblonden mit dem faszinierenden fernen Lächeln?«
Gerard strich sich nachdenklich über das Kinn. »Ich weiß es nicht. Da stimmt auch irgend etwas nicht. Ginevra Boynton ist ihre eigene Tochter.«
»Ja. Vermutlich macht das einen Unterschied – oder doch nicht?«
»Ich glaube nicht«, sagte Gerard langsam, »daß ein Mensch, der von dem Wunsch nach Macht besessen ist und sich an den Qualen anderer weidet, jemanden verschont, und sei es das Liebste, was er hat.«
Er schwieg einen Augenblick und fuhr dann fort: »Sind Sie Christin, Mademoiselle?«
»Ich weiß nicht recht«, antwortete Sarah zögernd. »Ich dachte immer, ich sei gar nichts, doch nun – nun bin ich nicht mehr so sicher. Ich habe das Gefühl – ja, ich würde am liebsten all dies hier –« Sie machte eine heftige Geste mit der Hand, »– alle Gebäude und Religionsgemeinschaften und die sich so heftig zankenden Kirchen verschwinden lassen. Vielleicht – vielleicht würde ich Christus sehen, wie er still auf einem Esel in Jerusalem einreitet. Und vielleicht würde ich dann glauben können.«
»Ich halte zumindest von einem der christlichen Dogmen etwas«, erklärte Gerard ernst. »Nämlich sich zu bescheiden mit dem, was man hat. Ich bin Arzt und weiß, daß Ehrgeiz, der Wunsch, Erfolg zu haben – Macht zu haben –, die Ursache für die meisten Krankheiten der menschlichen Seele ist. Wenn dieser Ehrgeiz befriedigt wird, stellt sich Arroganz ein, Gewalttätigkeit und schließlich Überdruß. Doch wenn man seinen Ehrgeiz nicht befriedigen kann – ah, ja dann! Öffnet bloß die Irrenanstalten! Sie sind der beste Beweis. Sie sind voll von Menschen, die ihre Mittelmäßigkeit, ihre Bedeutungslosigkeit, ihre Einflußlosigkeit nicht ertragen konnten und sich ihren eigenen Fluchtweg aus der Wirklichkeit schufen, so daß sie für immer vom Leben ausgeschlossen bleiben.«
»Es ist ein Jammer«, sagte Sarah trocken, »daß die alte Boynton nicht in so einer Anstalt ist.«

Gerard winkte ab. »Nein, ihr Platz ist nicht bei den Versagern. Viel schlimmer! Sie hat erreicht, was sie wollte, verstehen Sie. Sie machte ihren Traum wahr.«
Sarah überlief es kalt. »So etwas sollte es nicht geben!« rief sie heftig.

7

Sarah war sehr neugierig, ob Carol Boynton ihre nächtliche Verabredung einhalten würde. Eigentlich zweifelte sie daran. Sie befürchtete, daß Carol ihr halbvertrauliches Gespräch vom Vormittag unterdessen bereute und ins andere Extrem verfiel. Trotzdem traf sie ihre Vorbereitungen, schlüpfte in einen blauen Satinmorgenmantel und stellte Wasser auf dem kleinen Spirituskocher bereit.
Sie wollte Carol gerade ganz aufgeben – es war schon nach ein Uhr – und zu Bett gehen, als es leise an die Tür klopfte. Sie öffnete und trat rasch zurück, um Carol einzulassen.
»Ich hatte Angst, Sie würden schon schlafen...« sagte Carol außer Atem. »Ich...«
Sarah hatte beschlossen, einen sachlichen Ton anzuschlagen. »Nein, nein«, antwortete sie ruhig. »Ich habe auf Sie gewartet. Möchten Sie nicht eine Tasse Tee trinken? Es ist echter Lapsang Souchong.«
Sie brachte ihr eine Tasse. Carol war nervös und unsicher gewesen. Jetzt nahm sie die Tasse und einen Keks in Empfang und wurde ruhiger.
»So was macht doch Spaß«, sagte Sarah und lächelte.
Carol sah sie ein wenig mißtrauisch an. »Ja«, sagte sie zweifelnd. »Ja, sicher.«
»Es erinnert mich an die mitternächtlichen Feste im Internat«, fuhr Sarah fort. »Sie waren wohl auf keiner Schule?«
Carol schüttelte den Kopf. »Nein, wir sind nie von zu Hause weggekommen. Wir hatten Erzieherinnen – viele. Sie blieben nie sehr lange.«

»Sie waren noch nie allein fort?«
»Nein. Wir haben immer im selben Haus gelebt. Dies ist unsere erste Reise.«
»Es muß für Sie ja ein großes Abenteuer sein«, meinte Sarah freundlich.
»O ja! Es – es ist wie ein Traum!«
»Was hat Ihre – Ihre Stiefmutter dazu veranlaßt, diese Reise zu unternehmen?«
Bei der Erwähnung von Mrs. Boyntons Namen war Carol zusammengezuckt. Sarah sagte rasch: »Sie müssen wissen, ich bin Ärztin. Ich habe gerade mein Examen gemacht. Ihre Mutter – oder vielleicht ihre Stiefmutter interessiert mich sehr, als Fall, verstehen Sie? Ich möchte behaupten, daß sie ganz entschieden krank ist.«
Carol starrte sie entgeistert an. Offensichtlich war dieser Gedanke für sie etwas völlig Neues. Sarah hatte absichtlich mit einem gewissen Nachdruck gesprochen. Mrs. Boynton thronte wie ein riesiges häßliches Götzenbild über ihrer Familie, und Sarah wollte versuchen, dieser Gewalt den Schrecken zu nehmen.
»Ja«, sagte sie. »Es gibt eine Krankheit des Geistes, eine Art Größenwahn, der einen Menschen befallen kann. Man wird sehr herrschsüchtig und verlangt, daß alles genauso gemacht wird, wie man selber es will. Alles in allem sind es Menschen, mit denen nur sehr schwer auszukommen ist.«
Carol stellte ihre Tasse ab.
»Ach«, rief sie, »bin ich froh, daß wir darüber sprechen! Ich glaube nämlich, daß Ray und ich ziemlich – nun, ziemlich komisch geworden sind. Wir haben uns über alles schrecklich aufgeregt.«
»Mit einem Außenseiter zu reden tut immer gut«, antwortete Sarah. »Unter sich, in der Familie, kann man manchmal zu heftig werden.« Dann fragte sie beiläufig: »Haben Sie nie daran gedacht fortzugehen – wenn Sie schon so unglücklich sind?«
Carol wurde aufgeregt. »Nein, nein. Wie könnten wir denn? Ich – ich meine, unsere Mutter würde es nie erlauben.«

»Aber sie kann Sie nicht zurückhalten«, erwiderte Sarah vorsichtig. »Sie sind volljährig.«
»Ich bin dreiundzwanzig.«
»Eben.«
»Aber trotzdem, ich weiß nicht, wie ich – ich meine, wo sollte ich hingehen, was sollte ich tun?« Ihre Stimme klang bestürzt. »Wir haben doch gar kein Geld.«
»Haben Sie keine Freunde, die Sie besuchen könnten?«
»Freunde?« Carol schüttelte den Kopf. »Nein, wir haben niemand.«
»Dachte keines Ihrer Geschwister je daran, wegzugehen?«
»Nein, ich glaube nicht. O nein, es ist unmöglich!«
Sarah wechselte das Thema. Carol war so bestürzt, daß sie ihr leid tat.
»Mögen Sie Ihre Stiefmutter?« fragte sie.
Langsam schüttelte Carol den Kopf. »Ich hasse sie. Genau wie Ray. Wir haben uns – wir haben uns oft gewünscht, sie wäre tot.«
Wieder wechselte Sarah das Thema. »Erzählen Sie mir von Ihrem älteren Bruder.«
»Von Lennox? Ich weiß wirklich nicht, was mit ihm los ist. Er redet kaum noch ein Wort und läuft herum, als wäre er mit den Gedanken ganz woanders. Nadine macht sich schreckliche Sorgen um ihn.«
»Sie mögen Ihre Schwägerin?«
»Ja. Nadine ist anders. Sie ist immer nett. Aber sie ist sehr unglücklich.«
»Wegen Ihres Bruders?«
»Ja.«
»Sind sie schon lange verheiratet?«
»Vier Jahre.«
»Und sie wohnten immer im Haus?«
»Ja.«
»Gefällt das Ihrer Schwägerin?« fragte Sarah.
»Nein.«
Es entstand eine kurze Pause. Dann erzählte Carol:
»Es gab mal eine große Aufregung. Das ist jetzt über vier Jahre

her. Wie ich Ihnen erzählte, geht nie jemand von uns weg. Natürlich gehen wir in den Park, aber weiter nicht. Aber Lennox unternahm mal was. An einem Abend verschwand er. Er fuhr nach Fountain Springs, zum Tanzen. Als meine Mutter es entdeckte, wurde sie schrecklich böse. Es war fürchterlich! Und dann, danach, lud sie Nadine ein. Nadine ist eine sehr entfernte Kusine meines Vaters. Sie hatte kein Geld und arbeitete in einem Krankenhaus, weil sie Krankenschwester werden wollte. Sie nahm die Einladung an und blieb einen Monat. Ich kann Ihnen gar nicht sagen, wie aufregend es war, Besuch zu haben. Und sie verliebten sich, Lennox und Nadine. Meine Mutter meinte, es sei doch das beste, wenn sie gleich heirateten und weiter bei uns im Haus wohnten.«

»War Nadine damit einverstanden?«

Carol zögerte.

»Ich glaube nicht, daß es ihr besonders gefiel. Aber sie hatte auch nichts dagegen. Später wollte sie fort – mit Lennox natürlich ...«

»Aber sie blieben?« fragte Sarah.

»Ja, meine Mutter wollte nichts davon hören.« Sie schwieg nachdenklich. »Ich glaube, sie mag Nadine nicht besonders«, fuhr sie dann fort. »Nadine ist komisch. Man weiß nie, was sie denkt. Sie versucht, Jinny zu helfen, und das paßt meiner Mutter nicht.«

»Jinny ist Ihre jüngere Schwester?«

»Ja. Eigentlich heißt sie Ginevra.«

»Ist sie auch so – so unglücklich?«

Zweifelnd schüttelte Carol den Kopf. »Seit kurzem benimmt sich Jinny sehr seltsam. Ich verstehe sie nicht mehr. Sie war immer sehr zart, wissen Sie, und meine Mutter macht viel Aufhebens um sie und – und dadurch wird alles noch schlimmer. In letzter Zeit ist Jinny wirklich sehr komisch. Manchmal macht sie mir direkt Angst. Sie – sie weiß nicht immer, was sie tut.«

»War sie beim Arzt?«

»Nein. Nadine wollte das auch, aber meine Mutter erlaubte es nicht. Jinny wurde völlig hysterisch und schrie, sie wolle sich nicht untersuchen lassen. Ich mache mir wirklich Sorgen um sie.«

Plötzlich stand Carol auf.

»Ich möchte Sie nicht länger stören. Es – war ganz reizend, daß ich Sie besuchen durfte und wir uns unterhalten konnten. Sie müssen uns für eine sehr seltsame Familie halten.«

»Ach, eigentlich sind alle Menschen irgendwo seltsam«, antwortete Sarah leichthin. »Kommen Sie doch wieder! Und bringen Sie Ihren Bruder mit!«

»Darf ich das wirklich?«

»Ja. Dann schmieden wir Pläne. Ich möchte auch, daß Sie einen Freund von mir kennenlernen, Dr. Gerard, einen schrecklich netten Franzosen.«

Carols Wangen färbten sich rosig. »Wie ich mich freue! Wenn nur meine Mutter nichts merkt!«

Sarah unterdrückte eine impulsive Antwort und meinte nur: »Warum sollte sie? Gute Nacht. Wollen wir uns für morgen nacht verabreden? Um die gleiche Zeit?«

»Ja, sehr schön. Übermorgen fahren wir vielleicht weg.«

»Dann machen wir es für morgen also fest. Gute Nacht.«

»Gute Nacht – und vielen Dank.«

Carol schlüpfte hinaus und huschte leise über den Gang. Ihr eigenes Zimmer lag ein Stockwerk höher. Sie ging hinauf, öffnete die Tür und blieb wie erstarrt auf der Schwelle stehen. In einem Sessel beim Kamin saß Mrs. Boynton. Sie trug einen wollenen roten Morgenrock.

Carol stieß einen kleinen Schrei aus. Ein Paar schwarze Augen bohrten sich in ihr Gesicht. »Wo warst du, Carol?«

»Ich – ich ...«

»Wo warst du?«

Diese leise, rauhe Stimme mit dem seltsam drohenden Unterton ließ Carols Herz jedesmal vor Entsetzen schneller schlagen. »Ich besuchte Miss King – Miss Sarah King.«

»Die Frau, die sich mit Raymond unterhielt?«

»Ja, Mutter.«

»Hast du die Absicht, sie wiederzusehen?«

Carols Lippen bewegten sich, ohne daß ein Wort zu hören

war. Sie konnte nur nicken, weil eine große Welle der Furcht sie zu überspülen drohte.
»Wann?«
»Morgen nacht.«
»Du gehst nicht hin. Verstanden?«
»Ja, Mutter.«
»Du versprichst es?«
»Ja – ja!«
Mrs. Boynton versuchte, sich aus dem Sessel hochzuziehen. Automatisch trat Carol auf sie zu und half ihr. Auf einen Stock gestützt, schritt Mrs. Boynton langsam durch das Zimmer. Bei der Tür blieb sie stehen und drehte sich um.
»Diese Miss King ist von jetzt an Luft für dich, verstanden?«
»Ja, Mutter.«
»Wiederhole es!«
»Sie ist Luft für mich.«
»Gut.«
Mrs. Boynton ging hinaus und schloß die Tür.
Hölzern bewegte sich Carol durch das Zimmer. Ihr war elend zumute, ihr Körper fühlte sich steif und unwirklich an. Sie ließ sich auf das Bett fallen und brach plötzlich in heftiges Schluchzen aus.
Ihr war gewesen, als hätte sich vor ihr der Blick geöffnet auf eine sonnenbeschienene Landschaft mit Bäumen und Blumen. Und jetzt schlossen sich die schwarzen Mauern wieder um sie.

8

»Kann ich Sie einen Augenblick sprechen?«
Nadine Boynton wandte sich erstaunt um und musterte das dunkle, eifrige Gesicht der ihr völlig unbekannten jungen Frau.
»Aber natürlich!«
Noch während sie sprach, warf sie unwillkürlich einen raschen nervösen Blick über die Schulter zurück.
»Ich heiße Sarah King«, sagte die andere.

»Ja, bitte?«
»Was ich jetzt sage, werden Sie sicherlich sehr seltsam finden, Mrs. Boynton. Kürzlich habe ich mich mit Ihrer Schwägerin ziemlich lange unterhalten.«
Ein leichter Schatten huschte über Nadine Boyntons ernstes Gesicht.
»Sie sprachen mit Ginevra?«
»Nein, nicht mit Ginevra. Mit Carol.«
Nadines Gesicht erhellte sich. »Ach so! Mit Carol.« Sie wirkte erstaunt und erfreut zugleich. »Wie haben Sie denn das geschafft?«
»Sie kam auf mein Zimmer – spätabends.« Sarah sah, wie sich die zarten nachgezogenen Brauen hoben. Etwas verlegen fuhr sie fort: »Das finden Sie bestimmt sehr komisch, Mrs. Boynton.«
»Nein«, antwortete Nadine, »gar nicht. Ich freue mich. Ich freue mich sogar sehr. Es ist schön, wenn Carol eine Freundin hat, mit der sie sich unterhalten kann.«
»Wir – wir verstanden uns ausgezeichnet, ja.« Sarah wählte ihre Worte sehr sorgfältig. »Wir verabredeten uns sogar. Sie wollte mich in der nächsten Nacht wieder besuchen.«
»Und?«
»Carol kam nicht.«
»Sie kam nicht?«
Nadines Stimme klang kühl und nachdenklich. Ihr ruhiges, schönes Gesicht verriet Sarah nichts.
»Ja. Gestern ging sie in der Halle an mir vorbei. Ich sprach sie an, aber sie reagierte nicht. Sie sah mich nur an und blickte wieder weg und lief davon.«
»Ich verstehe.«
Sie schwiegen. Sarah wußte nicht mehr weiter. Schließlich meinte Nadine Boynton: »Das tut mir leid. Wirklich. Aber Carol ist schrecklich nervös.«
Wieder schwiegen sie. Sarah nahm ihren ganzen Mut zusammen. »Wissen Sie, Mrs. Boynton«, begann sie, »ich bin Ärztin. Ich glaube – ich glaube, es würde Ihrer Schwägerin guttun, sich nicht so sehr von anderen Leuten abzukapseln.«

Nadine sah Sarah nachdenklich an. »Aha, Sie sind Ärztin«, sagte sie. »Das ist natürlich etwas anderes.«
»Verstehen Sie, worauf ich hinaus will?« drängte Sarah.
Nadine senkte den Kopf. Sie war immer noch sehr nachdenklich. »Sie haben recht«, sagte sie nach einer Pause. »Aber da gibt es gewisse Probleme. Die Gesundheit meiner Schwiegermutter ist nicht die beste. Sie hat eine, ich möchte fast sagen pathologische Abneigung gegen Fremde, die sich für ihre Familie interessieren.«
»Aber Carol ist doch erwachsen«, protestierte Sarah.
Nadine schüttelte den Kopf.
»O nein«, erwiderte sie. »Vielleicht körperlich, aber nicht geistig. Da Sie sich mit ihr unterhalten haben, muß es Ihnen aufgefallen sein. In einer Notsituation wird sie immer wie ein verschrecktes Kind reagieren.«
»Glauben Sie, daß das der Grund ist? Glauben Sie, daß sie Angst bekommen hat?«
»Ich könnte mir vorstellen, Miss King, daß meine Schwiegermutter Carol untersagte, weiter mit Ihnen zu verkehren.«
»Und Carol läßt sich das gefallen?«
»Halten Sie es wirklich für möglich, daß sie sich wehren würde?« fragte Nadine Boynton ruhig.
Die Augen der beiden Frauen trafen sich. Sarah spürte, daß sie sich trotz der unverbindlichen Unterhaltung verstanden. Nadine schätzte die Situation richtig ein, aber sie war nicht gewillt, darüber zu sprechen.
Sarahs Mut sank. An jenem Abend hatte es so ausgesehen, als sei die Schlacht schon zur Hälfte gewonnen. Sie hatte geglaubt, daß sie sich von nun an öfter treffen würden und sie Carol und selbstverständlich auch Raymond zur Revolte anstiften könnte. (Sei ehrlich, Sarah, hast du bei der ganzen Sache nicht vor allem an Raymond gedacht?) Und nun war sie schon in der ersten Runde des Kampfes von diesem unförmigen Haufen Fleisch mit den bösen Augen schmählich geschlagen worden. Carol hatte widerstandslos kapituliert.
»Es ist alles so falsch!« rief Sarah.
Nadine antwortete nicht. Ihr Schweigen legte sich wie eine

eisige Hand auf Sarahs Brust. Sie weiß, wie hoffnungslos es ist, dachte Sarah. Sie lebt seit Jahren mit dieser Hoffnungslosigkeit.

Die Türen des Fahrstuhls öffneten sich. Die alte Mrs. Boynton trat heraus, gestützt auf ihren Stock. Auf der anderen Seite ging Raymond.

Sarah gab es einen kleinen Ruck. Sie beobachtete, wie die Augen der alten Frau von ihr zu Nadine wanderten und wieder zurück. Sie war darauf gefaßt gewesen, Abneigung in diesen Augen zu sehen, ja sogar Haß. Doch was sie jetzt in ihnen entdeckte – darauf war sie nicht vorbereitet gewesen: triumphierende, boshafte Freude. Sarah wandte sich ab. Nadine ging auf die beiden zu.

»Da bist du ja, Nadine«, sagte Mrs. Boynton. »Ich werde mich ein wenig setzen und ausruhen, ehe wir weggehen.«

Sie brachten sie zu einem hochlehnigen Sessel, in dem sie sich ächzend niederließ. Nadine setzte sich neben sie.

»Mit wem hast du dich eben unterhalten, Nadine?«

»Mit einer gewissen Miss King.«

»Ach ja, das ist die Frau, die kürzlich mal mit Raymond sprach. Na, Ray, warum gehst du nicht zu ihr und begrüßt sie? Sie sitzt drüben beim Schreibtisch.«

Der Mund der alten Frau verzog sich zu einem breiten, boshaften Lächeln. Raymond errötete. Er senkte den Kopf und murmelte etwas Unverständliches.

»Was sagtest du eben, mein Sohn?«

»Ich möchte nichts mit ihr zu tun haben.«

»Ja, das glaube ich auch. Du könntest gar nicht mit ihr reden, und wenn du es noch so gern wolltest.«

Sie hustete plötzlich – ein pfeifendes Husten.

»Mir macht diese Reise großen Spaß, Nadine«, sagte sie. »Um nichts auf der Welt hätte ich sie versäumen mögen.«

»Tatsächlich?« Nadines Stimme war ausdruckslos.

»Ray?«

»Ja, Mutter?«

»Hol mir doch bitte ein Blatt Papier – von dem Tisch dort drüben in der Ecke.«

Gehorsam stand Raymond auf. Nadine hob den Kopf. Aber sie beobachtete nicht den jungen Mann, sondern Mrs. Boynton. Die alte Frau hatte sich vorgebeugt, ihre Nasenflügel bebten wie vor Freude. Raymond schritt dicht an Sarah vorbei. Sie sah ihn an. Ein hoffnungsvoller Ausdruck lag auf ihrem Gesicht. Doch er verschwand sofort, als Raymond hastig weiterging, ein paar Bogen Papier nahm und wortlos kehrtmachte.
Auf seiner Stirn standen kleine Schweißtropfen. Sein Gesicht war leichenblaß.
»Ah, danke«, sagte Mrs. Boynton leise. Dann merkte sie, daß Nadines Blick immer noch auf ihr ruhte. Sie starrte sie haßerfüllt an. »Wo ist denn eigentlich Mr. Cope?« fragte sie.
Nadine schlug die Augen nieder. »Ich weiß es nicht. Ich habe ihn heute vormittag noch nicht gesehen«, antwortete sie in freundlichem, nichtssagendem Ton.
»Mir gefällt er«, fuhr Mrs. Boynton fort. »Er gefällt mir sogar sehr. Wir sollten ihn öfters einladen. Das möchtest du doch auch, Nadine, nicht wahr?«
»Ja«, erwiderte Nadine. »Das würde mich freuen.«
»Was ist in letzter Zeit nur mit Lennox los! Er wirkt so still und in sich gekehrt. Ihr habt euch doch nicht etwa gestritten?«
»Nein, nein. Dazu haben wir keinen Grund.«
»Ich weiß nicht recht. Eheleute sind nicht immer ein Herz und eine Seele. Vielleicht wärt ihr glücklicher, wenn ihr ein eigenes Heim hättet?«
Nadine sagte nichts.
»Nun, was hältst du von meiner Idee? Gefällt sie dir?«
Nadine schüttelte den Kopf. »Ich glaube eher, Mutter«, sagte sie lächelnd, »daß sie *dir* nicht gefällt.«
Mrs. Boyntons Lider zuckten. »Du warst schon immer gegen mich, Nadine«, sagte sie giftig.
Nadine blieb gelassen. »Es tut mir leid, daß du so etwas denkst.«
Die Hand der alten Frau packte den Stock fester. Ihr Gesicht schien noch einen Ton röter zu werden. »Ich habe meine Tropfen vergessen«, sagte sie kühl. »Geh und hol sie mir, Nadine!«

»Sofort.«
Nadine stand auf und ging durch die Halle zum Aufzug. Mrs. Boynton sah ihr nach. Raymond saß schlaff in seinem Sessel und starrte dumpf vor sich hin.
Nadine fuhr hinauf und ging den Korridor entlang. Dann betrat sie das Wohnzimmer ihrer Suite. Lennox saß am Fenster, ein Buch in der Hand, doch er las nicht. Bei Nadines Eintritt schreckte er auf. »Hallo, Nadine«, sagte er.
»Ich will nur Mutters Tropfen holen. Sie hat sie vergessen.«
Sie ging weiter zu Mrs. Boyntons Schlafzimmer. Aus einem Fläschchen auf dem Waschständer zählte sie sorgfältig die vorgeschriebene Dosis in ein kleines Medizinglas und füllte es mit Wasser auf. Als sie wieder im Wohnzimmer war, blieb sie stehen und sagte leise: »Lennox.«
Es dauerte ein paar Augenblicke, ehe er reagierte. Es war, als habe das Wort einen weiten Weg zurückzulegen.
»Entschuldige bitte. Was gibt's denn?« fragte er schließlich.
Nadine stellte das Glas sorgfältig auf einem Tischchen ab und trat zu ihm. »Sieh doch die Sonne, Lennox, dort draußen vor dem Fenster! Das Leben kann so schön sein, glaube mir! Wir sollten jetzt woanders sein, statt hier drin, getrennt von der Welt durch eine Scheibe...«
Wieder schwieg er lange. Dann sagte er: »Tut mir leid. Möchtest du weggehen?«
»Ja, ich möchte weggehen«, antwortete sie heftig. »Mit dir! Hinaus in den Sonnenschein, hinaus ins Leben. Und leben möchte ich – mit *dir!* Nur wir beide!«
Er schien in seinem Stuhl zusammenzuschrumpfen. In seinen Augen lag ein ruheloser, gehetzter Ausdruck. »Meine liebe Nadine – mußt du denn schon wieder davon anfangen?«
»Ja, ich muß! Verschwinden wir! Leben wir unser eigenes Leben!«
»Wie können wir das? Wir haben kein Geld.«
»Wir werden welches verdienen.«
»Wie? Was könnten wir tun? Ich habe nichts gelernt. Tausende von Menschen, Leute mit einer guten Ausbildung, mit Erfahrung, haben keine Arbeit. Wir würden es nie schaffen!«

»Ich verdiene für uns beide.«
»Meine Liebe, du hast kein Examen. Es ist hoffnungslos – unmöglich.«
»Nein, das stimmt nicht. Hoffnungslos und unmöglich ist nur das Leben, das wir leben.«
»Du weißt nicht, wovon du redest. Unsere Mutter ist so gut zu uns. Sie verwöhnt uns und gibt uns, was wir haben wollen.«
»Nur keine Freiheit. O Lennox, versuch es doch wenigstens! Komm mit mir, jetzt, sofort...«
»Du bist verrückt, Nadine!«
»Nein, ich bin ganz normal. Völlig normal. Ich möchte mein eigenes Leben leben, zusammen mit dir, draußen im Sonnenschein – nicht im dumpfen Schatten einer alten Frau, einer Tyrannin, der es Spaß macht, wenn du unglücklich bist.«
»Vielleicht ist meine Mutter etwas eigenwillig, aber...«
»Deine Mutter ist verrückt. Völlig verrückt!«
»Das ist nicht wahr«, antwortete er ruhig. »Sie hat einen bemerkenswerten Geschäftssinn.«
»Na ja – vielleicht.«
»Und denk auch daran, Nadine, daß sie schließlich nicht ewig leben wird. Sie wird alt, und ihre Gesundheit ist alles andere als gut. Nach ihrem Tod wird das Geld meines Vaters zu gleichen Teilen unter uns Kindern geteilt. Erinnerst du dich an das Testament, das sie uns vorlas?«
»Bis sie stirbt, ist es vielleicht zu spät.«
»Zu spät wozu?«
»Zu spät, daß wir noch glücklich werden können.«
»Zu spät für unser Glück«, murmelte Lennox. Ein Schauder überlief ihn. Nadine trat noch näher und legte ihm die Hand auf die Schulter.
»Ich liebe dich, Lennox! Es ist ein Kampf zwischen deiner Mutter und mir. Bist du auf meiner Seite oder auf ihrer?«
»Auf deiner – nur auf deiner!«
»Dann komm mit!«
»Es ist unmöglich!«
»Nein, es ist nicht unmöglich! Überleg doch, Lennox. Wir könnten Kinder haben...«

»Meine Mutter möchte auch, daß wir Kinder haben. Das hat sie gesagt.«
»Ich weiß. Aber ich will kein Kind auf die Welt bringen, das in ihrer Einflußsphäre aufwachsen muß, so wie ihr. *Dich* kann deine Mutter beeinflussen, aber über *mich* hat sie keine Macht.«
»Du ärgerst sie manchmal«, murmelte Lennox. »Das ist nicht sehr klug, Nadine.«
»Sie ärgert sich nur, weil sie weiß, daß sie mich nicht beeinflussen und mir nicht vorschreiben kann, was ich denken soll.«
»Du bist immer freundlich und höflich zu ihr, wirklich. Du bist großartig. Und du bist viel zu gut für mich. Das warst du immer. Als du einverstanden warst, mich zu heiraten, konnte ich es gar nicht fassen. Es war wie ein Traum.«
»Es war falsch, dich zu heiraten«, sagte Nadine ruhig.
»Ja, es war falsch.« Es klang hoffnungslos.
»Du verstehst mich nicht. Ich meine es so: Wenn ich damals wieder weggegangen wäre und dich gebeten hätte, mitzukommen, hättest du es getan. Ja, davon bin ich überzeugt... Ich war deiner Mutter nicht gewachsen. Ich begriff nicht, worauf sie hinauswollte.«
Sie schwieg nachdenklich. »Du weigerst dich also, mitzukommen?« fragte sie dann. »Nun, ich kann dich nicht zwingen. Aber mich hält hier nichts. Ich glaube, es ist besser, wenn wir uns trennen...«
Er starrte sie ungläubig an. Zum erstenmal antwortete er sofort, als flösse der träge Strom seiner Gedanken endlich schneller. »Aber – aber –«, stammelte er. »Das kannst du doch nicht! Meine Mutter – sie würde es nie zulassen.«
»Sie kann mich nicht aufhalten.«
»Du hast kein Geld.«
»Ich verdiene welches, ich leihe es mir, stehle oder bettle. Verstehst du, Lennox, deine Mutter hat keine Macht über mich! Ich kann gehen oder bleiben, ganz wie ich will. Ich habe fast das Gefühl, daß ich dieses Leben langsam satt habe.«
»Nadine – verlaß mich nicht! Verlaß mich nicht...«

Nachdenklich sah sie ihn an, ohne jede Erregung, mit ausdruckslosem Gesicht.
»Bleib bei mir, Nadine!«
Es klang wie eine kindliche Bitte. Sie wandte sich ab, damit er die Betroffenheit in ihren Augen nicht sah. Sie beugte sich zu ihm hinab. »Dann komm doch mit, Lennox! Komm mit! Du kannst es! Wirklich! Wenn du nur willst.«
Er schob sie von sich. »Unmöglich! Es ist unmöglich. Ich habe nicht – mein Gott, ich habe nicht den Mut dazu...«

9

Dr. Gerard betrat das Reisebüro Castle und entdeckte Sarah sofort. Sie stand an der Theke und lächelte ihm freundlich zu. »Hallo, guten Morgen!« rief sie. »Ich mache gerade die Tour nach Petra fest. Eben höre ich, daß Sie doch mitfahren.«
»Ja. Ich kann es noch einschieben.«
»Wie nett.«
»Ob es eine Menge Leute werden?«
»Man sagte mir, es seien noch zwei Damen dabei – außer Ihnen und mir. Also ein Wagen voll.«
»Wie erfreulich«, sagte Gerard mit einer kleinen Verbeugung. Dann wandte er sich an einen der Angestellten und besprach die näheren Einzelheiten.
Kurz darauf schloß er sich wieder Sarah an, die vor der Agentur auf ihn gewartet hatte. Es war ein frischer, sonniger Tag. Ein kühler Hauch lag in der Luft.
»Was gibt es Neues über Ihre Freunde, die Boyntons?« fragte Dr. Gerard. »Ich war inzwischen in Bethlehem und Nazareth und noch an ein paar anderen Orten – eine Tour von drei Tagen.«
Langsam, fast etwas widerwillig, erzählte Sarah von ihren fehlgeschlagenen Bemühungen, sich mit Carol oder Nadine anzufreunden.

»Wie auch immer, ich habe es nicht geschafft«, schloß sie. »Und morgen reisen sie ab.«

»Wohin fahren sie?«

»Ich habe keine Ahnung.« Dann fügte sie etwas ärgerlich hinzu: »Wissen Sie, ich habe das Gefühl, daß ich mich ziemlich dumm benommen habe.«

»Wieso?«

»Weil ich mich in anderer Leute Angelegenheiten eingemischt habe.«

Gerard zuckte die Achseln. »Das ist Ansichtssache.«

»Sie meinen, ob man sich einmischen soll oder nicht?«

»Ja.«

»Und Sie?«

Der Franzose grinste. »Sie wollen wissen, ob mich das Privatleben meiner Mitmenschen beschäftigt? Meine ehrliche Antwort ist nein.«

»Dann finden Sie, es war falsch zu versuchen, den jungen Boyntons zu helfen?«

»Nein, nein, Sie mißverstehen mich!« Gerard wurde energisch. »Meiner Meinung nach kann man sich darüber streiten.« Er sprach jetzt sehr schnell. »Wenn man sieht, wie jemandem Unrecht geschieht, soll man ihm zu Hilfe kommen? Sich einzumischen kann richtig sein, aber man kann auch unermeßlichen Schaden anrichten. Feste Regeln gibt es nicht. Manche Leute haben eine wahre Begabung zu helfen und erreichen viel. Andere sind sehr ungeschickt und sollten es lieber bleibenlassen. Außerdem ist es auch eine Frage des Alters. Junge Menschen kämpfen für ihre Ideale mit Mut und Überzeugung, aber sie denken eher theoretisch als praktisch. Sie haben noch nicht die Erfahrung gemacht, daß sich die Theorie der Praxis widersetzt. Wenn man Selbstvertrauen hat und von dem, was man tut, überzeugt ist, kann man häufig viel erreichen, was sich zu erreichen lohnt. (Übrigens richtet man dabei meistens auch ziemlich viel Schaden an!) Andererseits besitzt man, wenn man älter wird, Erfahrung. Der Mensch entdeckt, daß es meistens mehr schadet als nützt, sich in anderer Leute Angelegenheiten zu mischen. Weshalb er sich – klug geworden – aus allem heraushält. Das Ergebnis ist in beiden Fällen dasselbe: die Jugend richtet Schaden an und tut Gutes, der weise gewordene Mensch in mittleren Jahren tut weder das eine, noch das andere.«

»Das hilft mir nicht viel weiter«, bemerkte Sarah.

»Kann man überhaupt dem andern helfen? Es ist *Ihr* Problem, nicht meines.«

»Soll das heißen, daß Sie wegen der Boyntons überhaupt nichts unternehmen?«

»Ja. Denn meine Erfolgschancen wären gleich Null.«

»Also meine auch?«

»Bei Ihnen könnte die Sache anders liegen.«

»Wieso?«

»Weil Sie bestimmte Vorbedingungen mitbringen: Sie sind jung und eine Frau.«

»Aha!«

»Es läuft immer wieder darauf hinaus, nicht wahr? Bei der jungen Frau hatten Sie kein Glück. Daraus folgt nicht, daß Sie auch bei ihrem Bruder scheitern würden. Was Sie mir eben berichteten – ich meine die Geschichte, die Carol Ihnen erzählte –, verrät sehr deutlich, woher Mrs. Boyntons Selbstherrlichkeit Gefahr droht. Als junger Mann lehnte sich ihr ältester Sohn, Lennox, gegen sie auf. Er riß von zu Hause aus und ging im Nachbarort tanzen. Seine Sehnsucht nach dem anderen Geschlecht war stärker als der hypnotische Einfluß seiner Mutter. Sie war sich über die Macht des Sex sehr wohl klar. Sie wird in ihrem Beruf einiges davon mitbekommen haben. Geschickt, wie sie mit dem Problem fertig wurde! Sie holte ein hübsches, aber armes Mädchen ins Haus – und förderte eine baldige Heirat. So hatte sie noch jemand, der ihr hörig war.«

Sarah schüttelte den Kopf. »Ich glaube nicht, daß die junge Mrs. Boynton keinen eigenen Willen mehr hat.«

Gerard stimmte ihr zu. »Ja, vielleicht. Weil sie ein so ruhiges, freundliches junges Mädchen war, unterschätzte Mrs. Boynton wahrscheinlich ihre Willenskraft. Zur Zeit ihrer Heirat war Nadine Boynton zu jung und zu unerfahren, um ihre Lage zu begreifen. Jetzt hat sie begriffen. Aber es ist zu spät.«

»Glauben Sie, sie hat alle Hoffnung aufgegeben?«
Dr. Gerard schüttelte zweifelnd den Kopf. »Falls sie irgendwelche Pläne hat, weiß es sicherlich niemand. Es gäbe noch die Möglichkeit, Cope ins Spiel einzubeziehen. Jeder Mann ist von Natur aus ein eifersüchtiges Tier – und die Eifersucht ist ein starker Motor. Vielleicht würde das Lennox Boynton aus seiner Lethargie aufschrecken, in der er immer mehr versinkt.«
»Und Sie finden –«, Sarah sprach absichtlich in einem neutralen, sachlichen Ton, »Sie finden, daß ich eine kleine Chance habe, Raymond zu helfen?«
»Ja.«
Sarah seufzte. »Vielleicht hätte ich es wirklich versuchen sollen. Na ja, jetzt ist es jedenfalls zu spät. Außerdem – außerdem gefällt mir dieser Gedanke nicht.«
Gerard lächelte. »Das kommt, weil Sie Engländerin sind. Die Engländer haben einen Komplex, was das Sexuelle betrifft. Sie halten es für eine schmutzige Sache.«
Sarahs empörter Protest beeindruckte ihn nicht.
»Doch, doch, es stimmt! Ich weiß, daß Sie sehr modern sind, daß Sie in der Öffentlichkeit die schlimmsten Ausdrücke verwenden, die Sie im Lexikon finden können, daß Sie als Ärztin keine Vorurteile haben und aufgeschlossen sind. *Tout de même* – trotzdem ist für Sie typisch, was schon für Ihre Mutter und Großmutter typisch war: Sie sind immer noch die hold errötende englische Maid, obwohl Sie nicht mehr erröten.«
»Ich habe noch nie so einen Unsinn gehört!«
Dr. Gerard grinste und fügte völlig unbeeindruckt hinzu: »Und es steht Ihnen ganz entzückend!«
Diesmal war Sarah sprachlos.
Hastig lüftete Dr. Gerard den Hut und sagte: »Ich verabschiede mich jetzt besser – ehe Sie die Gelegenheit haben, mir all das an den Kopf zu werfen, was Sie denken.« Er flüchtete ins Hotel. Sarah folgte ihm langsam.
Vor dem Hotel herrschte ziemliche Unruhe. Mehrere mit Gepäck beladene Wagen fuhren gerade ab. Lennox Boynton und seine Frau standen mit Mr. Cope vor einem großen Reisewagen und überwachten das Verladen einiger Gepäck-

stücke. Ein dicker Reiseführer redete schnell und in kaum verständlichem Englisch auf Carol ein.
Sarah schritt an ihnen vorbei, ohne sie zu beachten, und betrat das Hotel.
Mrs. Boynton saß in einen dicken Mantel gewickelt in einem Sessel und wartete, daß man sie holen würde. Während Sarah sie betrachtete, schlug ihre Meinung über sie plötzlich um. Bis jetzt hatte sie immer gedacht, Mrs. Boynton sei eine finstere Gestalt, die Verkörperung des Bösen, der Boshaftigkeit.
Jetzt sah sie die alte Frau in einem ganz neuen Licht – eine tragische Figur, eine Versagerin. Mit einer solchen Machtgier geboren zu werden, mit einem solchen Verlangen zu herrschen – und dann nichts weiter zu werden als ein kleiner Familiendrachen! Wenn ihre Kinder sie doch so hätten sehen können, wie Sarah sie in diesem Augenblick sah – ein Gegenstand des Mitleids, eine dumme, böse, pathetische alte Frau, die sich in Pose setzte. Impulsiv trat Sarah auf sie zu.
»Auf Wiedersehen, Mrs. Boynton«, sagte sie. »Ich wünsche Ihnen eine gute Reise.«
Die alte Dame musterte sie. Feindseligkeit und Haß lagen in ihrem Blick.
»Sie wollten mir eins auswischen«, sagte Sarah. (Bin ich verrückt geworden, dachte sie, warum, in aller Welt, rede ich so mit ihr?) »Sie wollten verhindern, daß sich Ihr Sohn und Ihre Tochter mit mir anfreunden. Finden Sie nicht, daß so was dumm und kindisch ist? Sie tun gern so, als wären Sie eine Art Ungeheuer – wie im Märchen –, aber wissen Sie, in Wirklichkeit sind Sie zu bemitleiden und ziemlich lächerlich. An Ihrer Stelle würde ich dieses einfältige Spiel aufgeben. Vermutlich werden Sie mich für das, was ich gesagt habe, hassen. Aber es ist mir ernst – und ich hoffe, daß etwas hängenbleibt. Wissen Sie, Sie können noch soviel Freude am Leben haben. Es ist wirklich viel besser, freundlich und gütig zu sein. Das könnten sie sein, wenn Sie es versuchen.«
Es entstand eine Pause.
Mrs. Boynton war zu völliger Unbeweglichkeit versteinert. Schließlich fuhr sie sich mit der Zunge über die trockenen

Lippen. Ihr Mund öffnete sich. Doch sie brachte kein Wort hervor.
»Nur zu!« rief Sarah. »Sagen Sie es schon! Sie können mich nicht beeindrucken. Aber denken Sie mal über meine Worte nach!«
Schließlich fand Mrs. Boynton ihre Sprache wieder. Ihr Basiliskenblick ruhte nicht auf Sarah, sondern auf einem Punkt hinter ihrer Schulter. Es hatte den Anschein, als spräche sie nicht mit Sarah, sondern mit irgendeinem vertrauten Geist.
»Ich vergesse nie«, sagte sie mit leiser, rauher und doch durchdringender Stimme. »Denken Sie daran! Ich habe noch nie etwas vergessen – kein wichtiges Ereignis, keinen Namen, kein Gesicht ...«
Die Worte selbst waren harmlos, doch die Gehässigkeit, mit der sie gesprochen wurden, entsetzte Sarah. Sie trat unwillkürlich einen Schritt zurück. Und dann lachte Mrs. Boynton. In Sarahs Ohren klang es schauerlich.
Sie zuckte die Achseln. »Sie arme alte Frau«, sagte sie und wandte sich ab.
Beim Fahrstuhl wäre sie beinahe mit Raymond Boynton zusammengeprallt. Einer Regung des Augenblicks folgend, sagte sie zu ihm: »Gute Reise! Hoffentlich haben Sie eine schöne Zeit. Vielleicht sehen wir uns einmal wieder.« Sie lächelte ihn an, es war ein herzliches, warmes Lächeln. Dann ging sie rasch weiter.
Raymond stand da wie zu Stein erstarrt. Er war so in Gedanken versunken, daß ein kleiner Mann mit einem großen Schnurrbart, der den Fahrstuhl verlassen wollte, mehrmals »*Pardon*« sagen mußte, bis Raymond merkte, daß er ihm den Weg versperrte.
Schließlich reagierte er und trat zur Seite. »Entschuldigen Sie«, sagte er. »Ich – ich war mit dem Kopf woanders.«
Carol kam auf ihn zu.
»Bitte, hol Jinny, Ray! Sie ging noch mal auf ihr Zimmer. Wir sind startbereit.«
»Gut. Ich sage ihr, daß sie sofort herunterkommen muß.« Raymond trat in den Lift.

Hercule Poirot stand da und blickte ihm mit hochgezogenen Brauen nach, den Kopf etwas schief gelegt, als lausche er. Dann nickte er befriedigt. Während er durch die Halle ging, betrachtete er Carol gründlich, die bei ihrer Mutter saß.
Dann winkte er dem Oberkellner, der in seiner Nähe einen Tisch abräumte. »*Pardon!* Können Sie mir sagen, wie die Leute dort drüben heißen?«
»Der Name ist Boynton, Monsieur. Sie sind Amerikaner.«
»Vielen Dank!« sagte Hercule Poirot.
Im dritten Stock ging Dr. Gerard durch den Gang auf sein Zimmer zu, als ihm Raymond Boynton und Ginevra begegneten, die unterwegs zum Lift waren. Gerade als sie ihn betreten wollten, rief Ginevra: »Warte einen Moment, Ray, ich bin gleich wieder da!«
Dr. Gerard sah sich erstaunt um.
Das junge Mädchen lief auf ihn zu und ergriff seinen Arm. »Sie bringen mich weg. Vielleicht werden sie mich töten... Ich gehöre gar nicht zu ihnen, wissen Sie. Ich heiße nämlich nicht Boynton...«
Sie plapperte weiter, und ihre Worte überstürzten sich: »Ich vertraue Ihnen ein Geheimnis an. Ich bin – ich bin von *königlicher* Geburt, ja! Ich bin Thronerbin. Und deshalb – ich bin von Feinden umgeben. Sie wollen mich vergiften – alles mögliche... Helfen Sie mir! Ich muß fliehen...«
Sie brach ab. Schritte waren zu hören. »Jinny!«
Sie war schön, als sie plötzlich eine erschrockene Bewegung machte und den Finger an die Lippen legte. Sie warf Gerard noch einen flehenden Blick zu und rannte davon.
»Ich komm schon, Ray!«
Mit nachdenklich hochgezogenen Brauen ging Dr. Gerard weiter. Immer wieder schüttelte er den Kopf.

10

Es war am Morgen der Abreise nach Petra.

Als Sarah vor das Hotel trat, stand dort eine große, energische Frau mit einer Nase wie die eines Schaukelpferdes. Sie war ihr schon im Hotel aufgefallen. Die energische Frau beschwerte sich heftig über das Auto.

»Es ist viel zu klein! Vier Personen sollen reinpassen? Und der Führer? Da brauchen wir einen viel größeren Reisewagen. Bringen Sie das Auto zurück und kommen Sie mit einem anständigen Fahrzeug wieder!«

Vergeblich versuchte der Angestellte des Castle-Reisebüros, die Lage zu erklären. Dieser Wagentyp werde stets für die Reise zur Verfügung gestellt. Es sei wirklich ein sehr bequemes Gefährt. Ein größeres sei für die Wüstenpisten ungeeignet. Die große Frau ging über ihn hinweg wie eine Dampfwalze.

Dann wandte sie sich an Sarah. »Sie sind also Miss King?« fragte sie. »Ich bin Lady Westholme. Sie sind doch sicherlich auch meiner Meinung, daß dieser Wagen völlig ungeeignet ist? Er ist viel zu klein!«

»Nun«, antwortete Sarah vorsichtig, »ich finde auch, daß die Fahrt in einem größeren angenehmer wäre.«

Der junge Mann von Castle murmelte, daß ein größeres Auto die Sache verteuern würde.

»Der Preis«, erklärte Lady Westholme fest, »versteht sich inklusive. Ich weigere mich entschieden, irgendwelche zusätzlichen Kosten zu akzeptieren. In Ihrem Prospekt steht deutlich: Fahrt in bequemem Reisewagen. Sie werden sich an Ihr Angebot halten müssen.«

Der junge Mann von Castle sah seine Niederlage ein, murmelte, daß er sein Bestes tun werde, und zog geschlagen ab. Lady Westholme sah Sarah mit einem triumphierenden Lächeln auf dem wettergegerbten Gesicht an, und ihre großen roten Schaukelpferdnüstern blähten sich.

Lady Westholme war in der englischen Politik eine sehr bekannte Figur. Als der arglose Lord Westholme, Angehöriger des englischen Hochadels und im Leben an nichts anderem interessiert als am Reiten, Fischen und Jagen, einmal von einer Reise in die Vereinigten Staaten zurückkehrte, lernte er auf dem Schiff eine Mitreisende namens Mrs. Vansittart kennen. Kurze Zeit nach der Ankunft im Mutterland wurde aus Mrs. Vansittart Lady Westholme. Die Heirat wurde oft als warnendes Beispiel für die vielfältigen Gefahren einer Schiffsreise angeführt. Die neue Lady trug nie etwas anderes als Tweed und derbe Schuhe, züchtete Hunde, verschreckte die Dorfbewohner und zwang ihren Mann erbarmungslos, ein öffentliches Amt zu übernehmen. Als ihr schließlich dämmerte, daß die Politik nicht Lord Westholmes Berufung war und auch nie sein würde, erlaubte sie ihm gnädig, seine sportlichen Betätigungen wiederaufzunehmen. Sie kandidierte selbst fürs Parlament, wurde mit großer Mehrheit gewählt und stürzte sich mit Vehemenz ins politische Leben. Vor allem in der Fragestunde wurde sie aktiv. Bald erschienen die ersten Karikaturen über sie – immer ein sicheres Zeichen für Erfolg. In der Öffentlichkeit machte sie sich stark für so altmodische Werte wie Familienleben und Frauenarbeit in der Wohlfahrt und war eine glühende Anhängerin des Völkerbundes. In Fragen der Landwirtschaft, des Wohnungsbaus und der Slumsanierung hatte sie ganz klare Vorstellungen. Sie genoß allgemein viel Respekt, jedoch kaum Sympathie. Es war höchst wahrscheinlich, daß sie als Unterstaatssekretärin im Parlament einziehen würde, sobald ihre Partei wieder an die Macht kam. Im Augenblick waren die Liberalen am Ruder, was niemand erwartet hatte.

Lady Westholme blickte dem abfahrenden Wagen mit grimmiger Zufriedenheit nach. »Die Männer glauben immer, sie könnten mit uns Frauen machen, was sie wollen«, erklärte sie.

Sarah überlegte, daß ein Mann schon mehr als mutig sein mußte, um es mit Lady Westholme aufzunehmen. Sie stellte Dr. Gerard vor, der inzwischen aus dem Hotel gekommen war.

»Ihr Name ist mir natürlich bekannt«, sagte Lady Westholme und schüttelte ihm die Hand. »Ich traf kürzlich Professor Chantereau in Paris. Das Problem der Behandlung mittelloser nervenkranker Patienten beschäftigt mich sehr. Wollen wir hineingehen und in der Halle warten, bis der Ersatzwagen kommt?«

Es stellte sich heraus, daß die unscheinbare kleine Dame mit den grauen Haarsträhnen, die schon längere Zeit vor dem Hoteleingang herumgestanden hatte, Miss Amabel Pierce war, die letzte der vier Teilnehmer der Reise. Auch sie wurde unter Lady Westholmes schützenden Fittichen in die Halle gescheucht.

»Sind Sie berufstätig, Miss King?«

»Ich habe gerade mein Arztexamen gemacht.«

»Sehr gut«, lobte Lady Westholme etwas gönnerhaft. »Wenn auf dieser Welt etwas geändert werden soll, dann nur mit Hilfe der Frauen. Denken Sie immer daran!«

Zum erstenmal im Leben war es Sarah in ihrer Rolle als Frau etwas unbehaglich. Scheu folgte sie Lady Westholme zu einer Sitzgruppe in der Halle.

Während sie warteten, erzählte Lady Westholme, daß sie die Einladung des Hochkommissars, während ihres Aufenthalts in Jerusalem bei ihm zu wohnen, ausgeschlagen habe. »Ich wollte durch diese Beamten in meiner Bewegungsfreiheit nicht eingeschränkt werden. Mir ist es lieber, die Dinge aus direkter Anschauung kennenzulernen.«

Was meint sie damit, überlegte Sarah.

Lady Westholme erklärte noch einmal, sie wohne im »Solomon«, um ungestört zu sein. Sie fügte hinzu, daß sie dem Direktor schon einige Vorschläge gemacht habe, wie man das Hotel besser führen könne.

»Tüchtigkeit«, rief sie. »Das ist meine Parole.«

Das schien in der Tat nicht gelogen! Denn nach einer Viertelstunde traf ein großer und äußerst bequemer Wagen ein, und kurz darauf – nachdem Lady Westholme gute Ratschläge gegeben hatte, wie das Gepäck zu verstauen sei – brach die kleine Gruppe auf.

Am Toten Meer machten sie zum erstenmal Rast. In Jericho aßen sie zu Mittag. Nachdem Lady Westholme, bewaffnet mit

einem Baedeker, Miss Pierce, Dr. Gerard und der dicke Führer weggegangen waren, um das alte Jericho zu besichtigen, schlenderte Sarah in den Garten des Hotels.
Sie hatte leichte Kopfschmerzen und wollte allein sein. Eine tiefe Deprimiertheit hatte sie ergriffen, deren Ursache sie sich nicht erklären konnte. Plötzlich fühlte sie sich lustlos, hatte an nichts mehr Interesse und keinerlei Verlangen, Sehenswürdigkeiten zu besichtigen. Die Mitreisenden langweilten sie. In diesem Augenblick wünschte sie, daß sie sich nie auf diese Tour nach Petra eingelassen hätte. Es würde sehr teuer werden, und sie war gar nicht sicher, ob es ihr gefiel. Lady Westholmes dröhnende Stimme, Miss Pierces endloses Gezwitscher und die antijüdischen Ausfälle des Führers zerrten heftig an ihren Nerven. Beinahe ebensowenig mochte sie Dr. Gerards amüsierte Miene, als wisse er genau, wie sie sich fühlte.
Sie überlegte, wo die Boyntons jetzt waren – vielleicht reisten sie nach Syrien und waren schon in Baalbek oder Damaskus. Raymond – was er jetzt wohl gerade machte? Seltsam, wie deutlich sie sein Gesicht vor sich sah, seine Lebhaftigkeit, seine Unsicherheit, seine nervöse Gespanntheit...
Ach, zum Teufel! Warum dachte sie an Leute, die sie vermutlich nie im Leben wiedersehen würde. Die Szene, die sie der alten Frau gemacht hatte – was war nur über sie gekommen? Sich vor der alten Dame aufzubauen und einen Haufen Unsinn zu reden! Noch andere Leute mußten ihre Worte gehört haben. War nicht Lady Westholme in der Nähe gewesen? Sarah versuchte, sich genau zu erinnern, was sie gesagt hatte. Auf jeden Fall mußte es ziemlich hysterisch und verrückt geklungen haben. Mein Gott, wie dumm sie sich benommen hatte! Aber eigentlich war es nicht ihre, sondern Mrs. Boyntons Schuld. Sie hatte irgend etwas an sich, das einen durcheinanderbrachte. Man verlor jeden Sinn für das richtige Maß.
Dr. Gerard erschien im Garten und ließ sich neben Sarah in einen Stuhl fallen.

»Puh! Die Frau sollte man vergiften!« rief er und wischte sich den Schweiß von der Stirn.
Sarah schreckte hoch. »Mrs. Boynton etwa?«
»Wieso Mrs. Boynton? Nein, ich meine diese Lady Westholme! Unfaßbar, daß sie seit Jahren verheiratet ist und ihr Mann es noch nicht getan hat. Ich frage Sie, was ist das überhaupt für ein Mann?«
Sarah lachte. »Er ist der sportliche Typ, der gern jagt und fischt.«
»Psychologisch gesehen sehr vernünftig. Er befriedigt seine Mordlust an der sogenannten einfacheren Kreatur.«
»Er soll auf die Karriere seiner Frau sehr stolz sein.«
»Vermutlich, weil sie dadurch häufig von zu Hause fort ist«, meinte der Franzose. »Das kann ich verstehen.« Er machte eine Pause. Dann fragte er: »Was sagten Sie eben? Sie erwähnten Mrs. Boynton. Zweifellos wäre es eine sehr gute Idee, auch sie zu vergiften. Sicher die einfachste Lösung dieses Familienproblems. Ach, eigentlich müßte man eine Menge Frauen umbringen. Alle alten und häßlichen.« Er zog ein Gesicht.
Sarah lachte herzlich. »Oh, Sie Franzose!« rief sie. »Wenn eine Frau nicht jung und hübsch ist, können Sie nichts mit ihr anfangen.«
Gerard zuckte die Achseln. »Wir sind bloß ehrlicher, das ist alles. Kein Engländer steht in der U-Bahn oder im Zug wegen einer häßlichen Frau auf – bestimmt nicht!«
»Wie deprimierend das Leben sein kann«, sagte Sarah und seufzte.
»*Sie* haben keinen Grund zu seufzen, Mademoiselle.«
»Nun – ich bin heute eben schrecklich mißmutig.«
»Natürlich.«
»Was heißt das – natürlich?« fragte Sarah wütend.
»Wenn Sie ehrlich zu sich sind und genau darüber nachdenken, entdecken Sie die Ursache sehr schnell.«
»Ich glaube, die beiden mitreisenden Damen sind an meiner Depression schuld. Es ist schrecklich, wirklich, aber ich hasse die Frauen. Wenn sie unfähig und dumm sind wie Miss Pierce, machen sie mich wütend, und wenn sie so tüchtig sind

wie Lady Westholme, ärgere ich mich sogar noch mehr über sie.«
»Ich möchte behaupten, daß Sie sich zwangsläufig über die beiden ärgern müssen. Lady Westholme ist für das Leben, das sie führt, wie maßgeschneidert. Sie ist völlig glücklich. Sie hat Erfolg. Miss Pierce arbeitete jahrelang als Kinderfräulein. Mit dem bißchen Geld, das sie erbte, hat sie sich den Traum ihres Lebens verwirklicht: Sie macht eine große Reise. Bis jetzt hat sie noch keine Enttäuschung erlebt. Weil man andererseits *Ihre* Pläne durchkreuzt hat und Sie nicht erreichten, was Sie erreichen wollten, ärgert Sie natürlich die Existenz von Leuten, die im Leben erfolgreicher waren als Sie.«
»Sie haben wohl recht«, antwortete Sarah düster. »Was für ein guter Gedankenleser Sie sind! Einfach scheußlich! Ich versuche, mir etwas vorzumachen, und Sie lassen es nicht zu.«
In diesem Augenblick kehrten auch die anderen zurück. Der Führer schien der erschöpfteste von den dreien zu sein. Auf der Fahrt nach Amman war er ziemlich still und gab nur spärliche Auskünfte. Nicht ein einziges Mal erwähnte er die Juden. Wofür alle mehr als dankbar waren. Seine wortreichen, wilden Berichte über ihre Schlechtigkeit waren ihnen seit Jerusalem auf die Nerven gegangen.
Jetzt wand sich die Straße vom Jordan in vielen Kurven aufwärts. Roter Oleander blühte am Wegrand.
Sie erreichten Amman am späten Nachmittag. Nach einer kurzen Besichtigung des griechisch-römischen Theaters gingen sie bald zu Bett. Am nächsten Morgen wollten sie früh aufbrechen, weil die Fahrt durch die Wüste bis Ma'an einen ganzen Tag dauerte.
Sie fuhren kurz nach acht Uhr los. Niemand hatte große Lust, sich zu unterhalten. Es war ein heißer windstiller Tag, und als sie mittags Rast machten, um Picknick zu machen, hatten sie das Gefühl, in einem Backofen zu schmoren. Bei dieser Hitze den ganzen Tag im Wagen zusammengepfercht zu sein, zehrte an den Nerven.
Lady Westholme und Dr. Gerard hatten eine leicht gereizte Auseinandersetzung über den Völkerbund, dessen glühende

Anhängerin Lady Westholme war, während der Franzose über ihn spottete. Über die Haltung des Völkerbundes in der Abessinien- und Spanienfrage kamen sie zum Grenzstreit von Litauen, von dem Sarah noch nie gehört hatte, und landeten schließlich bei den Maßnahmen, die der Völkerbund zur Eindämmung des Rauschgifthandels ergriffen hatte.
»Sie müssen zugeben, daß Großes geleistet wurde. Wirklich gute Arbeit!« trompetete Lady Westholme.
Dr. Gerard machte eine nichtssagende Geste. »Vielleicht. Aber die Kosten sind auch großartig.«
»Die Sache ist doch sehr wichtig. Seit dem Drogengesetz...«
Sie stritten weiter.
»Es ist *riesig* interessant, mit Lady Westholme zu reisen«, zwitscherte Miss Pierce Sarah zu.
»Ach, tatsächlich?« sagte Sarah bissig. Aber Miss Pierce bemerkte die Schärfe nicht und zwitscherte fröhlich weiter.
»Ich habe ihren Namen so *oft* in der Zeitung gelesen. Es müssen so *intelligente* Frauen sein, die in die Politik gehen und sich da behaupten. Ich bin immer *froh*, wenn *Frauen* etwas erreichen.«
»Warum?« fragte Sarah wütend.
Miss Pierces Mund formte ein erstauntes O. »Nun, weil –«, stotterte sie, »weil, ich meine – weil es gut ist, wenn Frauen etwas *tun* können.«
»Ich kann Ihnen nicht zustimmen«, antwortete Sarah. »Ich finde es erfreulich, wenn irgendein menschliches Wesen etwas im Leben erreicht. Es spielt absolut keine Rolle, ob es ein Mann oder eine Frau ist. Warum auch?«
»Ja, natürlich –«, sagte Miss Pierce. »Ja – ich muß gestehen, wenn man es von dieser Seite her betrachtet –«
Sie sah etwas betrübt aus. Sarah meinte freundlicher:
»Entschuldigen Sie bitte, aber ich hasse diese Unterscheidung in Mann und Frau. ›Die moderne Frau hat eine sachliche, karrierebewußte Einstellung zum Leben‹, wie ich irgendwo einmal gelesen habe. Es ist einfach nicht wahr! Manche Frauen wollen beruflich etwas erreichen und andere nicht. Manche Männer sind Träumer und Wirrköpfe, andere denken logisch

und haben einen klaren Verstand. Es gibt eben die unterschiedlichsten Gehirne. Das Geschlecht spielt nur dort eine Rolle, wo es konkret um Sex geht.«
Bei dem Wort »Sex« errötete Miss Pierce ein wenig und wechselte rasch das Thema.
»Ich kann mir nicht helfen, aber etwas Schatten wäre angenehm«, sagte sie. »Finden Sie nicht auch, daß dieses leere Land etwas Großartiges hat?«
Sarah nickte.
Ja, dachte sie, die Leere ist großartig... tröstlich... friedlich. Kein menschliches Wesen kann einen mit seinen Gefühlen und Wünschen quälen... keine brennenden Probleme. Jetzt hatte sie endlich das Gefühl, sich von den Boyntons befreit zu haben. Sie hatte nicht mehr den seltsamen, drängenden Wunsch, sich in das Leben von Menschen einzumischen, die sie kaum berührten. Sie fühlte sich ruhiger und war mit sich im reinen. Hier war Einsamkeit, Leere, Größe – ja, Friede.
Nur war sie nicht allein, um ihn zu genießen. Lady Westholme und Dr. Gerard hatten das Thema Rauschgift beendet und diskutierten jetzt über die unschuldigen jungen Mädchen, die auf die finsterste Weise in argentinische Nachtklubs verschleppt wurden. Während der ganzen Unterhaltung hatte Dr. Gerard wenig Ernsthaftigkeit gezeigt, was Lady Westholme, die wie alle wahren Politiker keinen Sinn für Humor besaß, äußerst beklagenswert fand.
»Wir fahren jetzt weiter, ja?« verkündete der Führer, der einen Fes trug, und begann wieder von der Schlechtigkeit der Juden zu sprechen.
Etwa eine Stunde vor Sonnenuntergang erreichten sie schließlich Ma'an. Seltsame Männer mit wilden Gesichtern scharten sich um den Wagen. Nach einem kurzen Aufenthalt fuhren sie weiter.
Sarah blickte über das flache Wüstenland und fragte sich, wo die Felsenstadt Petra wohl lag. Sicherlich konnte man hier meilenweit sehen? Es gab keine Berge, keine Hügel. Wie weit mochten sie vom Ziel ihrer Reise noch entfernt sein?
Sie kamen nach Ain Musa, wo sie den Wagen stehen lassen

mußten. Es warteten Pferde auf sie – traurig aussehende magere Tiere. Miss Pierces gestreifter Rock war zum Reiten nicht sehr praktisch, was sie äußerst beunruhigte. Lady Westholme hatte vernünftigerweise Reithosen angezogen, für ihre Figur vielleicht nicht besonders schmeichelhaft, aber auf jeden Fall zweckdienlich.
Die Pferde wurden aus dem Ort geführt. Sie ritten über einen schmalen Weg mit losen Steinen. Der Boden senkte sich, ein Zickzackpfad führte in die Tiefe. Die Sonne ging gerade unter.
Sarah war von der langen Reise in dem heißen Wagen sehr müde und wie betäubt. Der Ritt war wie ein Traum. Später dachte sie daran zurück wie an das Tor zur Hölle, das sich zu ihren Füßen geöffnet hatte. Immer weiter ging es abwärts, hinunter in die Schlucht. Die Felswände wurden zusehends höher, und sie mußten noch weiter hinunter, hinunter ins Innere der Erde, durch ein Labyrinth roter Klippen, die jetzt zu beiden Seiten aufragten. Sarah fühlte sich unsicher, bedroht von der sich immer weiter verengenden Schlucht.
Hinunter ins Tal des Todes, dachte sie benommen, hinunter ins Tal des Todes...
Und immer weiter hinab. Es wurde dunkel, das lebhafte Rot der Felsen verblaßte, und kein Ende war abzusehen. Sie war gefangen, verloren in einem Irrgarten aus Stein.
Es ist phantastisch, unglaublich... eine tote Stadt, dachte Sarah.
Lampen wurden angezündet. Die Pferde fanden den Weg wie von allein. Plötzlich kamen sie in ein weites Tal hinaus, die Wände fielen zurück. In der Ferne waren Lichter zu erkennen.
»Das ist das Lager«, sagte der Führer.
Die Pferde gingen etwas schneller, nicht sehr viel, dazu waren sie zu unterernährt und lustlos, doch sie zeigten immerhin einen Anflug von Begeisterung. Jetzt führte der Weg ein steiniges Flußbett entlang. Die Lichter kamen näher.
Sie konnten eine Ansammlung von Zelten erkennen, eine

Reihe stand direkt unter einer Felsenwand. Auch Höhlen waren zu sehen, Löcher in den Felsen.
Sie waren am Ziel. Beduinendiener kamen angerannt. Sarah starrte zu einer der Höhlen hinauf. Saß dort nicht eine Gestalt? Wer war sie? Ein Götzenbild? Ein riesiger hockender Gott? Nein, es hatte im unruhigen Lichtschein nur so groß und drohend gewirkt. Aber es mußte eine Art Götzenbild sein. Unbeweglich saß die Gestalt da und blickte drohend über das Tal...
Und dann machte Sarahs Herz plötzlich einen Satz. Sie hatte sie erkannt.
Verflogen war das Gefühl der Ruhe, der Leichtigkeit, das sie in der Wüste verspürt hatte. Sie war aus der Freiheit in die Gefangenschaft zurückgebracht worden. Sie war in diese dunkle gewundene Schlucht hinuntergeritten, und hier saß wie die Urpriesterin eines vergessenen Kults, wie ein ungeheurer weiblicher Buddha Mrs. Boynton.

11

Mrs. Boynton war in Petra!
Mechanisch beantwortete Sarah alle Fragen, die man stellte. Ob sie sofort zu Abend essen wolle, es sei alles fertig. Ob sie sich vorher waschen wolle? Ob sie lieber im Zelt oder in einer Höhle schlafe?
Die Antwort auf die letzte Frage kam rasch: im Zelt. Beim Gedanken an eine Höhle erschauerte sie. Wieder sah sie im Geist die riesige Gestalt dasitzen. (Wieso hatte sie das Gefühl, daß an dieser Frau etwas Übermenschliches war?)
Sie folgte einem der Eingeborenendiener. Er trug stark geflickte Khakireithosen, unordentliche Wickelgamaschen und eine so zerrissene Jacke, daß er sie ebensogut hätte weglassen können. Sein Beduinenkopftuch, das auch den Nacken schützte, wurde von einer fest um den Kopf geschlungenen schwarzen Seidenschnur zusammengehalten. Sarah be-

wunderte die Leichtigkeit und Eleganz, mit der er ging, und seine stolze Kopfhaltung. Nur die europäischen Kleidungsstücke wirkten billig und falsch.

Die Zivilisation ist an allem schuld, dachte Sarah. Wenn wir keine Zivilisation hätten, gäbe es auch keine Mrs. Boynton. Bei den Wilden hätte man sie schon längst getötet und aufgegessen. Etwas belustigt stellte sie fest, daß sie übermüdet und gereizt war. Eine Säuberung mit warmem Wasser und etwas Puder auf die Wangen, und sie war wieder ihr altes Selbst – kühl, beherrscht und etwas verlegen über ihre panische Reaktion bei Mrs. Boyntons Anblick.

Sie kämmte sich das dichte schwarze Haar und betrachtete ihr Ebenbild im flackernden Schein einer kleinen Öllampe in einem ziemlich unzulänglichen Spiegel.

Dann schob sie den Zeltvorhang beiseite und trat in die Nacht hinaus. Sie wollte zu dem weiter unten liegenden größeren Zelt hinuntergehen.

»Was – Sie sind auch hier?« Es klang fast wie ein leiser Schrei, erstaunt und ungläubig.

Sie wandte sich um und sah direkt in Raymond Boyntons Augen. Wieviel Erstaunen in ihnen lag! Und eine unfaßbare Freude, die sie verlegen und stumm machte. Als hätte er einen Blick ins Paradies getan – erstaunt, dankbar, demütig. Niemals in ihrem ganzen Leben würde Sarah diesen Blick vergessen.

»Ja«, sagte sie nur.

Er trat einen Schritt auf sie zu und ergriff plötzlich ihre Hand.

»Sie sind es tatsächlich!« rief er. »Sie sind aus Fleisch und Blut! Zuerst hielt ich Sie für einen Geist – denn ich dachte ständig an Sie.« Er schwieg lange und sagte dann: »Ich liebe Sie ... von dem Moment an, als ich Sie im Zug sah. Das ist mir inzwischen klargeworden. Und ich möchte, daß Sie es wissen. Denn es ist nicht mein wahres Ich, das ... nein, ich bin es nicht, der sich so ungehobelt benimmt. Sehen Sie, nicht einmal jetzt kann ich für mein Benehmen garantieren. Ich wäre zu – zu allem fähig. Vielleicht gehe ich an Ihnen vorbei, ohne Sie zu grüßen, oder behandle Sie wie Luft – doch das bin ich nicht, es ist nicht mein wahres Selbst. Bitte, glauben Sie mir! Es sind meine

Nerven. Ich kann nichts dagegen machen. Wenn *sie* befiehlt, tu dieses, tu jenes – dann tue ich es. Meine schwachen Nerven bringen mich dazu. Sie verstehen das doch, nicht wahr? Sie können mich verachten, wenn Sie wollen ...«

»Ich werde Sie nicht verachten«, unterbrach ihn Sarah. Ihre Stimme war leise und sanft.

»Trotzdem, ich bin ein Schwächling. Ich sollte mich wie ein Mann benehmen können.«

Sei es, daß sie an Dr. Gerards Rat dachte, sei es, daß sie selbst daran glaubte oder es hoffte – Sarah antwortete bestimmt und energisch: »Von nun an werden Sie es können.«

»Wirklich?« Seine Stimme klang zweifelnd. »Vielleicht ...«

»Sie haben jetzt den Mut dazu. Ich bin fest davon überzeugt.«

Er warf den Kopf zurück. »Mut?« rief er. Er straffte sich. »Ja, nur etwas Mut ist nötig.«

Plötzlich beugte er sich vor und berührte ihre Hand mit den Lippen. Dann war er gegangen.

12

Sarah schlenderte zu dem großen Zelt hinunter. Ihre drei Reisegefährten waren schon da. Sie saßen an einem Tisch und aßen. Der Führer erzählte, daß noch eine andere Gruppe gekommen sei.

»Vor zwei Tagen. Reisen übermorgen. Amerikaner. Mutter sehr fett. Herbringen schwierig. Im Stuhl getragen. Die Leute sagen, sehr schwere Arbeit. Viel Schweiß. Ja.«

Sarah mußte plötzlich lachen. Natürlich, wenn man es genau betrachtete, war die ganze Geschichte doch sehr komisch.

Der dicke Führer sah sie dankbar an. Seine Aufgabe war nicht einfach. Lady Westholme hatte ihn heute mit ihrem Baedeker dreimal widerlegt und dann noch das Bett bemängelt, in dem sie schlafen sollte. Er war froh, daß wenigstens ein Mitglied seiner Gruppe so gute Laune hatte, wenn er auch nicht wußte, warum.

»Ha!« rief Lady Westholme. »Ich glaube, die Leute waren auch im ›Solomon‹. Die alte Mutter erkannte ich hier wieder. Ich glaube, Sie unterhielten sich mit ihr in der Halle, Miss King.«
Sarah errötete schuldbewußt und hoffte, daß Lady Westholme nicht viel von der Unterhaltung mitbekommen hatte. Wirklich, wie hatte sie so etwas nur tun können, dachte Sarah. Es wurmte sie immer noch.
Inzwischen hatte Lady Westholme eine Erklärung abgegeben. »Uninteressante Leute. Sehr spießig«, sagte sie.
Miss Pierce gab eifrig heuchlerisch-zustimmende Zischlaute von sich, und Lady Westholme begann ausführlich von verschiedenen prominenten Amerikanern zu erzählen, die sie vor kurzem kennengelernt hatte.
Da das Wetter für die Jahreszeit ungewöhnlich warm war, wurde für den nächsten Tag ein früher Aufbruch verabredet. Die vier trafen sich um sechs Uhr zum Frühstück. Von den Boyntons war weit und breit nichts zu sehen. Nachdem Lady Westholme ihr Mißfallen über das Fehlen von Obst verkündet hatte, tranken sie Tee mit Dosenmilch und aßen in Fett schwimmende Spiegeleier mit sehr salzigem Speck.
Dann brachen sie auf. Lady Westholme diskutierte mit Dr. Gerard lebhaft über die Bedeutung der Vitamine bei einer Abmagerungskur und über die richtige Ernährung der arbeitenden Klassen.
Plötzlich hörten sie laute Rufe aus dem Lager. Sie blieben stehen, weil ihnen jemand nachgelaufen kam. Es war Mr. Jefferson Cope. Mit vor Anstrengung gerötetem Gesicht holte er sie ein.
»Ich hoffe, Sie haben nichts dagegen, wenn ich mich anschließe!« rief er. »Guten Morgen, Miss King. Was für eine Überraschung, Sie und Dr. Gerard hier wiederzusehen. Was halten Sie davon?«
Er machte eine schwungvolle Geste zu den phantastischen roten Felsen, die das Tal einschlossen.
»Es ist großartig und auch ein wenig schrecklich«, sagte Sarah. »Ich hatte immer so romantische Vorstellungen – die

›rosarote Stadt‹ – wie ein Traum. Aber es ist alles viel wirklicher. So wirklich wie – wie ein Stück rohes Fleisch.«
»Und hat auch so eine Farbe«, stimmte Mr. Cope zu.
»Aber es ist unglaublich schön«, sagte Sarah.
Sie begannen aufzusteigen. Zwei Beduinenführer gingen voran, große Männer mit elastischen Bewegungen. Sie traten in ihren genagelten Schuhen sicher auf dem glatten Gestein auf. Bald begannen die Schwierigkeiten. Sarah war völlig schwindelfrei, Dr. Gerard ebenfalls. Aber sowohl Mr. Cope als Lady Westholme waren alles andere als glücklich, und die arme Miss Pierce mußte man über besonders steile Stücke fast tragen. Ihr Gesicht war grünlich, und sie jammerte unaufhörlich vor sich hin.
»Ich konnte nie in die Tiefe sehen! Nie – schon als Kind nicht!« klagte sie immer wieder.
Einmal erklärte sie, sie wolle umkehren, doch als sie sah, welchen Weg sie gekommen waren, wurde ihre Haut noch eine Schattierung grünlicher, und widerwillig erkannte sie, daß ihr nichts anders übrigblieb, als weiterzugehen.
Dr. Gerard war verständnisvoll und ermunterte sie, wo er konnte. Er blieb hinter ihr und hielt einen Stock zwischen sie und den Abgrund wie ein Geländer. Miss Pierce gestand, daß ihr diese Illusion eines Schutzes bei der Bekämpfung ihres schrecklichen Schwindelgefühls half.
Sarah, die ein wenig keuchte, fragte Mahmud, den einen Führer, der trotz seiner Körperfülle keine Ermüdungserscheinungen zeigte: »Haben Sie nie Mühe, die Leute hinaufzuführen? Vor allem die älteren?«
»Immer – immer haben wir Probleme«, bestätigte Mahmud.
»Aber Sie nehmen jeden an und gehen mit ihm hinauf?«
Mahmud zuckte mit den dicken Schultern.
»Sie wollen mitkommen. Sie haben Geld bezahlt, um was zu sehen. Und dann wollen sie es auch sehen. Die Beduinenführer sind sehr tüchtig, sehr sicher. Sie schaffen es immer.«
Schließlich waren sie oben. Sarah atmete tief ein.
Um sie und unter ihnen erhoben sich blutrote Felsen, ein seltsamer, unwirklicher, einzigartiger Anblick. In der saube-

ren, klaren Morgenluft standen sie da wie Götter, die ihr Reich überblicken, ein unter ihnen liegendes Reich flammender Gewalttätigkeit.
Wie der Führer berichtete, war dies die Opferstätte, der Thron. Er zeigte ihnen die Mulde, die in den flachen Stein gehauen worden war.
Sarah entfernte sich etwas von den andern und den glatten Worten, die dem Führer so mühelos über die Lippen flossen. Sie setzte sich auf einen Stein, strich sich das dichte schwarze Haar zurück und blickte auf die Welt zu ihren Füßen hinunter. Dann wurde ihr bewußt, daß jemand neben ihr stand. Es war Dr. Gerard.
»Jetzt sehen Sie, wie richtig im Neuen Testament die Versuchung durch den Teufel beschrieben ist. Satan führte unseren Herrn auf den Gipfel des Berges und zeigte Ihm die Welt. ›Dies alles will ich dir geben, wenn du vor mir niederfällst und mich anbetest.‹ Wieviel größer ist doch die Versuchung in solcher Höhe, sich als mächtiger Gott zu fühlen.«
Sarah nickte, aber sie war offensichtlich mit ihren Gedanken ganz woanders. Gerard musterte sie erstaunt.
»Worüber grübeln Sie nach?« fragte er.
»Es war ein großartiger Einfall, hier oben eine Opferstätte zu errichten«, antwortete sie nachdenklich. »Finden Sie nicht auch, daß manchmal ein Opfer nötig ist... ich meine, man schätzt das Leben manchmal zu hoch ein. Der Tod ist nicht so wichtig, wie wir immer tun.«
»Wenn Sie das glauben, Miss King, haben Sie Ihren Beruf verfehlt. Für uns Ärzte ist und bleibt der Tod der Erzfeind.«
Sarah erschauerte. »Ja, vermutlich haben Sie recht. Und trotzdem wird ein Problem oft durch den Tod gelöst. Ja, er kann sogar mehr Leben schaffen...«
»›...der sich selbst gegeben hat, für alle zur Erlösung‹«, zitierte Gerard ernst.
Verwundert sah ihn Sarah an. »So meinte ich es nicht...« Sie brach ab, weil Jefferson Cope auf sie zuschritt.
»Ist das nicht ein unglaublicher Anblick!« rief er. »Wirklich beeindruckend! Ich bin so froh, daß ich mitgekommen bin.

Mrs. Boynton ist gewiß ein bemerkenswerte Frau, und ich bewundere ihren mutigen Entschluß, hierher zu reisen, aber durch sie werden manche Dinge doch recht kompliziert. Ihre Gesundheit ist nicht die beste, und natürlich nimmt man dann wenig Rücksicht auf die Gefühle seiner Mitmenschen. Es scheint ihr nicht in den Sinn zu kommen, daß ihre Familie auch einmal einen Ausflug ohne sie machen könnte. Sie ist so gewöhnt, sie um sich zu haben, daß sie vergißt...«

Mr. Cope schwieg plötzlich. Sein nettes, freundliches Gesicht wirkte leicht beunruhigt.

»Wissen Sie«, fuhr er fort, »ich habe etwas über Mrs. Boynton erfahren, das mich doch sehr beschäftigt.«

Sarah hing wieder ihren Gedanken nach. Mr. Copes Stimme drang nur wie das Plätschern eines fernen Baches an ihr Ohr. Aber Dr. Gerard war neugierig geworden.

»Tatsächlich?« rief er. »Was haben Sie denn gehört?«

»Im Hotel in Tiberias lernte ich zufällig eine Dame kennen, die mir die Geschichte erzählte. Es handelt sich um ein Dienstmädchen, das bei Mrs. Boynton arbeitete. Die junge Frau hatte – sie war...«

Mr. Cope machte eine Pause, warf Sarah einen scheuen Blick zu und senkte seine Stimme. »Sie war schwanger«, sagte er leise. »Die alte Dame fand das heraus, war aber ganz freundlich zu ihr. Dann, ein paar Wochen bevor das Kind kommen sollte, warf sie sie zum Haus hinaus.«

Dr. Gerard runzelte die Stirn. »Soso«, sagte er nachdenklich.

»Meine Informantin war sich über die Einzelheiten ganz sicher. Ich weiß nicht, ob Sie mir zustimmen, aber ich finde so etwas sehr grausam und herzlos. Ich kann nicht begreifen –«

Dr. Gerard unterbrach ihn.

»Überlegen Sie mal! Zweifellos hatte Mrs. Boynton viel Spaß daran.«

Mr. Cope sah ihn entsetzt an. »Nein, Sir«, erwiderte er nachdrücklich, »das kann ich nicht glauben. So etwas ist unvorstellbar.«

»Mein Lieber«, sagte Dr. Gerard, »ich habe es mir in meinem Leben zur Aufgabe gemacht, all die seltsamen Dinge zu erforschen, die sich im Kopf des Menschen abspielen. Es hat keinen Zweck, nur die hellen Seiten des Lebens zu sehen. Hinter der Wohlanständigkeit und den gesellschaftlichen Spielregeln des Alltagslebens liegt ein riesiges Reservoir mit den wunderlichsten Dingen verborgen. Nehmen wir zum Beispiel die Freude an der Grausamkeit um ihrer selbst willen. Wenn Sie ihr begegnen, werden Sie entdecken, daß dahinter noch etwas anderes steckt: eine echte und bemitleidenswerte Sehnsucht nach Liebe. Wenn sie nicht erfüllt wird, wenn ein Mensch nicht die Anteilnahme erfährt, die er braucht, wendet er andere Mittel an. Er will Gefühle wecken, er will Eindruck machen, und so kommt es zu zahllosen seltsamen Perversionen. Grausamkeit kann zur Gewohnheit werden, man pflegt sie, sie ergreift Besitz von einem...«

Mr. Cope hüstelte. »Ich glaube, Dr. Gerard, daß Sie ziemlich übertreiben. Die Luft hier oben ist so herrlich...«

Er kehrte zu den andern zurück. Gerard lächelte. Dann sah er Sarah an. Sie runzelte die Stirn. Ihr junges Gesicht war ernst. Sie erinnerte Dr. Gerard an eine junge Richterin, die gerade das Urteil sprechen will.

Er wandte sich um, weil er Schritte hinter sich hörte. Miss Pierce trippelte unsicher auf ihn zu. »Wir steigen ab«, plapperte sie. »O Gott! Ich schaffe es *bestimmt* nicht. Der Führer meint, daß der Weg *leichter* ist. Es ist eine andere Route. Na, hoffentlich. Denn schon als Kind war ich nicht schwindelfrei...«

Der Abstieg führte ein Bachbett hinunter. Es lagen zwar viele lose Steine herum, was nicht ungefährlich war, denn man konnte sich rasch den Knöchel vertreten, doch wenigstens gab es keine Ausblicke in Abgründe mehr.

Die Gruppe traf müde, aber in guter Stimmung und sehr hungrig im Lager ein. Es war kurz nach zwei Uhr, noch Zeit für ein spätes Mittagessen.

Die Familie Boynton saß an dem großen Tisch im Zelt. Sie hatten gerade fertig gegessen. In ihrem herablassendsten Ton richtete Lady Westholme zwei hübsche Sätze an ihre Adresse. »Das war wirklich ein höchst interessanter Vormittag«, sagte sie. »Petra ist ein wunderschönes Fleckchen.«

Carol, an die die Worte gerichtet zu sein schienen, warf ihrer Mutter einen hastigen Blick zu und murmelte: »O ja – ja, bestimmt.« Dann verstummte sie wieder.
In dem Gefühl, dem Anstand Genüge getan zu haben, widmete sich Lady Westholme ihrem Essen. Dann besprachen die vier noch ihre Pläne für den Nachmittag.
»Ich glaube, ich ruhe mich etwas aus«, meinte Miss Pierce. »Es ist gefährlich, wenn man zuviel unternimmt.«
»Ich mache einen Spaziergang und schaue mich etwas um«, sagte Sarah. »Wie steht's mit Ihnen, Dr. Gerard?«
»Ich begleite Sie.«
Mrs. Boynton ließ einen Löffel auf den Boden fallen, und ihre Kinder sprangen auf, um ihn aufzuheben.
»Ich denke«, sagte Lady Westholme, »daß ich Ihrem Beispiel folge, Miss Pierce. Vielleicht lese ich eine halbe Stunde, dann lege ich mich hin und mache ein Nickerchen von mindestens einer Stunde. Dann ein kurzer Spaziergang.«
Mit Lennox' Hilfe zog sich die alte Mrs. Boynton langsam aus ihrem Stuhl hoch. Einen Augenblick stand sie schweigend da, dann sagte sie unerwartet freundlich: »Ihr geht heute nachmittag am besten alle spazieren.«
Es war fast etwas komisch zu beobachten, was für erstaunte Gesichter ihre Kinder machten.
»Aber was ist mit dir, Mutter?«
»Ich brauche euch nicht. Ich ziehe mich mit einem Buch zurück. Jinny gegleitet euch besser nicht. Sie soll sich hinlegen und etwas schlafen.«
»Ich bin nicht müde, Mutter! Ich möchte mit den andern gehen.«
»Doch, du bist erschöpft. Kopfweh hast du auch! Du mußt gut auf dich aufpassen! Geh und leg dich hin! Ich weiß, was für dich gut ist.«
»Ich – ich –« Jinny warf den Kopf zurück und starrte ihre Mutter herausfordernd an. Dann senkte sie die Augen und wurde unsicher.
»Du dummes Ding«, sagte Mrs. Boynton. »Lauf in dein Zelt!« Sie stampfte hinaus. Die andern folgten ihr.

»Du meine Güte!« zwitscherte Miss Pierce, nachdem sie verschwunden waren, »was für seltsame Leute. Und das Gesicht! Ich meine, von der Mutter. Hochrot war es. Vermutlich das Herz. Die Hitze muß ihr ziemlich zu schaffen machen.«

Sie läßt sie allein weg, heute nachmittag, überlegte Sarah, und sie weiß, daß Raymond mit mir zusammensein möchte. Warum macht sie das? Ist es eine Falle?

Nach dem Essen, als sie im Zelt stand und sich ein frisches Baumwollkleid anzog, beschäftigte sie dieser Gedanke immer noch. Seit dem vergangenen Abend hatte sich ihre Einstellung Raymond gegenüber geändert. Sie dachte jetzt mit großer Zärtlichkeit an ihn und hatte das dringende Verlangen, ihn zu beschützen. Das mußte Liebe sein – wenn man sich wegen eines andern so quälte, wenn man den heißen Wunsch hatte, den anderen vor Angst und Schmerz zu bewahren ... ja, sie liebte Raymond Boynton! Der heilige Georg und der Drache – nur umgekehrt. Hier kam sie als Retter, und Raymond war das hilflose Opfer.

Und Mrs. Boynton war der Lindwurm, dessen plötzliche Freundlichkeit in Sarahs mißtrauischen Augen höchst verdächtig war.

Ungefähr Viertel nach drei Uhr schlenderte Sarah zum großen Zelt hinunter.

Lady Westholme saß in einem Stuhl. Trotz der Hitze trug sie immer noch ihren praktischen Harristweedrock. In ihrem Schoß lag der Bericht einer Untersuchungskommission. Dr. Gerard unterhielt sich mit Miss Pierce, die mit einem Buch in der Hand vor ihrem Zelt stand. Der Titel des Buches lautete »Der Schrei nach Liebe«, und im Klappentext wurde eine spannende Geschichte um Leidenschaft und Mißverständnisse versprochen.

»Es ist nicht gut, sich sofort nach dem Mittagessen hinzulegen«, erklärte Miss Pierce. »Es ist wegen der Verdauung, wissen Sie. Hier im Zeltschatten ist es kühl und angenehm. Mein Gott, glauben Sie, es ist richtig, daß die alte Dame dort oben in der Sonne sitzt?«

Alle blickten zu dem Felsen vor ihnen hinauf. Mrs. Boynton saß wie ein unbeweglicher Buddha vor dem Eingang zu ihrer Höhle, genau wie gestern abend. Sonst war keine Menschenseele zu sehen. Die Beduinen, die im Lager arbeiteten, schliefen. Weiter in der Ferne war eine kleine Gruppe von Leuten zu erkennen, die einen Talweg entlanggingen.

»Ausnahmsweise«, sagte Dr. Gerard, »erlaubt die liebe Mama, daß sie sich allein amüsieren. Ist das etwa eine neue Teufelei von ihr?«

»Wissen Sie«, erklärte Sarah, »ich habe eben dasselbe gedacht.«

»Wie mißtrauisch wir sind! Kommen Sie, gehen wir den Flüchtlingen nach.«

Sie überließen Miss Pierce ihrer aufregenden Lektüre und machten sich auf den Weg. Nach einer Weile, als sie um einen Felsvorsprung bogen, hatten sie die jungen Boyntons beinahe eingeholt, weil diese sehr langsam gingen. Ausnahmsweise wirkten sie glücklich und sorglos. Auch Mr. Cope war da.

Die Begrüßung war freundlich und ungezwungen, und bald unterhielt man sich fröhlich und lachend.

Alle hatten das Gefühl, daß dies ein gestohlener Augenblick der Freiheit war – eine unverhoffte Freude, die bis zur Neige ausgekostet werden mußte. Sarah und Raymond sonderten sich nicht ab. Im Gegenteil – Sarah ging neben Carol und Lennox. Dr. Gerard unterhielt sich mit Raymond. Als letzte kamen Nadine und Jefferson Cope.

Es war dann der Franzose, der den Frieden störte. Schon seit einiger Zeit hatte er etwas verkrampft gesprochen. Plötzlich blieb er stehen. »Ich bitte tausendmal um Entschuldigung. Ich fürchte, ich muß umkehren.«

Sarah sah ihn aufmerksam an. »Stimmt etwas nicht?«

Er nickte. »Ich habe Fieber. Ich merke es schon seit dem Mittagessen.«

»Malaria?«

»Ja. Ich drehe um und schlucke Chinin. Hoffentlich ist es kein zu schlimmer Anfall. Ein Andenken an eine Reise in den Kongo.«

»Soll ich mitkommen?« fragte Sarah.
»Nein, nein. Ich habe die nötigen Medikamente immer bei mir. Eine dumme Geschichte. Bitte lassen Sie sich nicht stören!«
Er ging rasch in Richtung des Camps davon.
Unentschlossen starrte Sarah ihm nach. Dann spürte sie Raymonds Blick, sie lächelte ihn an, und Dr. Gerard war vergessen.
Eine Zeitlang gingen die sechs, Carol, Sarah, Lennox, Mr. Cope, Nadine und Raymond zusammen weiter. Dann blieben Sarah und Raymond ohne besonderen Grund etwas zurück. Sie kletterten über Steine und schmale Spalten und machten schließlich an einer schattigen Stelle Rast.
Sie schwiegen lange. Dann fragte Raymond: »Wie heißen Sie eigentlich? King, ich weiß. Aber Ihr Vorname?«
»Sarah.«
»Sarah. Darf ich Sie auch so nennen?«
»Natürlich.«
»Erzählen Sie mir etwas von sich, Sarah!«
Sarah lehnte sich gegen einen Felsen und berichtete ihm von ihrem Leben zu Hause in Yorkshire, von ihren Hunden und der Tante, die sie erzogen hatte.
Dann war Raymond an der Reihe. Er sagte nicht viel und erzählte nur bruchstückhaft.
Wieder herrschte Schweigen. Wie zufällig berührten sich ihre Hände. Wie Kinder saßen sie Hand in Hand da und fühlten sich merkwürdig zufrieden.
Als die Sonne schon sehr tief stand, wurde Raymond unruhig. »Ich kehre jetzt um«, sagte er. »Nein, nicht mit dir zusammen. Ich möchte allein zurückgehen. Da ist noch etwas, das ich erledigen muß. Wenn ich es hinter mir habe, wenn ich bewiesen habe, daß ich kein Feigling bin, dann komme ich zu dir und bitte dich um Hilfe. Denn ich werde Hilfe brauchen, weißt du. Wahrscheinlich muß ich dich um Geld anpumpen.«
Sarah grinste. »Freut mich, daß du Realist bist. Du kannst mit mir rechnen.«
»Aber vorher muß ich noch etwas erledigen.«

»Was denn?«
Sein jungenhaftes Gesicht wurde sehr ernst. »Ich muß beweisen, daß ich Mut habe. Wenn ich es jetzt nicht tue, habe ich keine Gelegenheit mehr dazu.« Er stand auf und ging mit schnellen Schritten davon.
Sarah beobachtete seine immer kleiner werdende Gestalt. Irgend etwas an seinen Worten beunruhigte sie. Er hatte so gespannt gewirkt, so ernst und doch nervös. Einen Augenblick wünschte sie, daß sie ihn begleitet hätte.
Doch sofort rief sie sich zur Ordnung. Raymond wollte für sich allein einstehen und seinen neugefundenen Mut beweisen. Das war sein gutes Recht.
Sie betete aus tiefstem Herzen, daß ihn dieser Mut nicht verließ...
Die Sonne sank, als Sarah das Camp erreichte. Während sie durch die Dämmerung darauf zuging, konnte sie Mrs. Boynton oben im Eingang zu ihrer Höhle sitzen sehen. Beim Anblick der großen bewegungslosen Gestalt lief Sarah ein Schauder über den Rücken.
Sie eilte den Pfad unter dem Felsen entlang und betrat das hellerleuchtete große Zelt.
Lady Westholme saß da und strickte einen marineblauen Pullover. Ein Strang Wolle hing ihr um den Hals. Miss Pierce bestickte eine Tischdecke mit bleichsüchtigen Vergißmeinnicht und wurde dabei über die Reformbedürftigkeit der Scheidungsgesetze informiert.
Die Diener kamen und gingen und trafen Vorbereitungen für das Abendessen. Die Boyntons saßen am anderen Ende des Zeltes in Segeltuchstühlen und lasen. Mahmud erschien, dick und würdevoll, und beklagte sich jammernd. Nach dem Tee sei eine so schöne Besichtigung eingeplant gewesen, aber kein Mensch sei dagewesen... das Programm sei nun völlig durcheinandergeraten... Dabei sei eine so schöne Führung durch die Bauten der Nabatäer geplant gewesen.
Sarah sagte hastig, sie hätten sich alle auch so glänzend unterhalten.
Sie ging in ihr Zelt, um sich vor dem Abendessen noch zu

waschen. Auf dem Rückweg blieb sie vor Dr. Gerards Zelt stehen und rief ihn leise beim Namen: »Dr. Gerard!«
Nichts rührte sich. Sie hob den Vorhang und spähte hinein. Der Arzt lag still auf seinem Bett. Sarah schlich sich leise weg und hoffte, daß er schlief.
Ein Diener kam auf sie zu und deutete auf das große Zelt. Offensichtlich war das Abendessen fertig. Sie schlenderte hinunter. Alle waren schon versammelt, mit Ausnahme von Dr. Gerard und Mrs. Boynton. Ein Diener wurde losgeschickt, um der alten Dame mitzuteilen, daß das Essen bereit sei. Plötzlich entstand draußen Unruhe. Zwei erschreckte Diener kamen hereingerannt und sprachen in Arabisch heftig auf den Führer ein.
Mahmud blickte aufgeregt um sich und eilte hinaus. Aus einem Impuls heraus folgte ihm Sarah.
»Was ist passiert?« fragte sie.
»Es ist wegen der alten Dame. Abdul sagt, sie sei krank – sie kann sich nicht bewegen.«
»Ich komme mit und sehe sie mir an.«
Sarah hatte es plötzlich eilig. Sie stieg hinter Mahmud den Felsenpfad hinauf, bis sie zu der im Sessel sitzenden Gestalt kam, berührte das fleischige Handgelenk, suchte nach dem Puls, beugte sich über sie ...
Als sie sich wieder aufrichtete, war sie sehr blaß.
Sie eilte zum Zelt zurück. Im Eingang blieb sie zögernd stehen und betrachtete die Gruppe am unteren Ende des Tisches.
»Es tut mir sehr leid«, sagte sie mit einer Stimme, die in ihren Ohren brüsk und unnatürlich klang. »Ihre Mutter ist tot, Mr. Boynton.« Sie hatte absichtlich zu Lennox, dem Oberhaupt der Familie, gesprochen.
Wie aus weiter Ferne beobachtete sie neugierig die Gesichter der fünf Menschen, für die diese Nachricht die Freiheit bedeutete.

13

Oberst Carbury lächelte seinem Gast über den Tisch zu und hob sein Glas. »Also, auf das Verbrechen!«
In Hercule Poirots Augen blitzte es auf. Der Toast gefiel ihm. Poirot war mit einem Empfehlungsschreiben von Oberst Race aus Amman zu Carbury gekommen.
Carbury hatte den weltberühmten Privatdetektiv kennenlernen wollen, über dessen Können Race, sein alter Freund und Kollege im Geheimdienst, so voll des Lobes war.
»Die sauberste psychologische Lösung, die ich je erlebt habe«, hatte Race über die Klärung des Shaitana-Mordes geschrieben.
»Sie müssen alle Sehenswürdigkeiten hier in der Gegend besichtigen«, sagte Carbury und zwirbelte seinen etwas struppigen graumelierten Schnurrbart. Er war ein ungepflegter, dicklicher Mann, mittelgroß, mit einer Halbglatze und leeren, freundlichen blauen Augen. Er sah nicht im geringsten wie ein Offizier aus. Er sah nicht einmal besonders intelligent aus. Er war auch nicht das, was man sich unter einem disziplinierten Menschen vorstellte. Trotzdem hatte er hier in Transjordanien großen Einfluß.
»Da ist zum Beispiel Jerash«, sagte er. »Interessieren Sie sich für so etwas?«
»Ich interessiere mich für alles!«
»Ja«, sagte Carbury. »Das ist die einzig mögliche Einstellung dem Leben gegenüber.« Er schwieg einen Augenblick. »Hören Sie mal«, begann er dann, »passiert es Ihnen manchmal, daß Ihr Beruf Sie verfolgt?«
»Pardon?«
»Also – wie drücke ich mich aus –, Sie reisen irgendwohin, um Urlaub vom Verbrechen zu machen, und dann stolpern Sie über eine Leiche.«
»Das ist schon vorgekommen, ja. Mehr als einmal.«
»Hm«, machte Oberst Carbury und sah besonders geistesabwesend aus.
Dann gab er sich einen Ruck. »Ich habe da eine Leiche, über die ich nicht sehr glücklich bin«, bemerkte er.

»Ach, wirklich?«
»Ja. Hier in Amman. Eine alte Amerikanerin. Sie machte mit ihrer Familie die Tour nach Petra. Eine anstrengende Fahrt, ungewöhnlich heiß für diese Jahreszeit, die alte Frau hatte sowieso ein schlechtes Herz, die Strapazen der Reise waren größer, als sie gedacht hatte, eine zusätzliche Belastung für ihr Herz – und weg war sie!«
»Hier in Amman?«
»Nein, unten in Petra. Heute wurde die Leiche hergebracht.«
»Ah.«
»Alles ganz normal. Durchaus möglich. So etwas passiert alle Tage. Nur –«
»Nur?«
Oberst Carbury kratzte seinen fast kahlen Schädel. »Ich habe das Gefühl«, sagte er, »daß ihre Familie sie um die Ecke gebracht hat.«
»Und wieso haben Sie dieses Gefühl?«
Oberst Carbury antwortete auf diese Frage nicht direkt. »Anscheinend eine unangenehme Person. Kein großer Verlust. Allgemein ist man erleichtert, daß sie tot ist. Jedenfalls dürfte es sehr schwierig sein, irgend etwas zu beweisen, solange die Familie dichthält und, wenn nötig, lügt wie der Teufel. Man möchte keine Komplikationen oder Unannehmlichkeiten auf internationaler Ebene. Am einfachsten wäre es wohl, die Sache auf sich beruhen zu lassen! Nichts, womit man was anfangen könnte. Ich kannte mal einen Arzt, der hatte öfter den Verdacht, einer seiner Patienten sei zu schnell ins Jenseits befördert worden. *Er* meinte, man solle am besten den Mund halten, außer man hätte einen wirklich guten Ansatzpunkt. Sonst gibt's nur gräßlichen Stunk, man kann nichts beweisen, und ein hart arbeitender seriöser Arzt hat einen schwarzen Fleck auf der Weste. So ungefähr sagte er. Trotzdem –« Er kratzte sich wieder am Kopf. »Ich bin ein ordentlicher Mensch«, bemerkte er überraschend.
Oberst Carburys Krawatte saß unter seinem linken Ohr, seine Socken waren verrutscht, das Jackett voller Flecken und abgewetzt. Trotzdem lächelte Hercule Poirot nicht. Er sah sehr

wohl, wie klar und logisch Oberst Carburys Verstand arbeitete, wie sorgfältig er Fakten sammelte und Eindrücke analysierte.

»Ja, ich bin ein ordentlicher Mensch«, wiederholte Carbury. Er wedelte mit der Hand durch die Luft. »Ich mag keine Unordnung. Wenn mir so was unterkommt, möchte ich immer aufräumen. Verstehen Sie?«

Hercule Poirot nickte ernst. Er verstand.

»Da unten gab es keinen Arzt?« fragte er.

»Doch. Sogar zwei. Der eine hatte zwar gerade einen Malariaanfall. Der andere ist eine Frau. Sie kommt frisch von der Universität. Trotzdem versteht sie was von ihrem Fach, glaube ich. An dem Tod ist aber nichts faul. Die alte Frau hatte ein schwaches Herz und mußte schon seit längerer Zeit Medikamente nehmen. Kein Wunder, daß ihre Pumpe so plötzlich streikte.«

»Was, mein Freund, beunruhigt Sie dann so?« fragte Poirot freundlich.

Oberst Carbury blickte ihn mit seinen blauen Augen gequält an. »Haben Sie schon mal von einem Franzosen namens Gerard gehört? Theodore Gerard?«

»Natürlich. Ein sehr bekannter Mann in seinem Fach.«

»Klapsmühlen«, bestätigte Oberst Carbury. »Weil Sie sich mit vier Jahren in die Putzfrau verliebten, bilden Sie sich mit achtunddreißig ein, Sie seien der Erzbischof von Canterbury. Wieso und warum habe ich nie begriffen und werde es wohl auch in Zukunft nicht, aber diese Herrschaften erklären es sehr einleuchtend.«

»Dr. Gerard ist jedenfalls eine Autorität für gewisse Formen schwerer Neurosen«, stellte Poirot mit einem Lächeln fest. »Gehen – hm – zielt seine Ansicht über die Ereignisse in Petra in diese Richtung?«

Oberst Carbury schüttelte heftig den Kopf.

»Nein, nein! Dann hätte ich mich nicht weiter darum gekümmert. Ich bezweifle ja nicht, daß es so etwas gibt. Es gehört nur zu den Dingen, die ich nicht verstehe. Wenn einer meiner Beduinen mitten in der flachen Wüste aus dem Wagen steigt, mit der Hand über den Boden tastet und einem auf ein bis zwei Meilen genau sagt, wo man sich befindet, verstehe ich das auch nicht. Es ist keine Zauberei, aber es kommt mir so vor. Nein, Dr. Gerards Geschichte hält sich an Tatsachen, alles verständlich und eindeutig. Falls es Sie interessiert – es interessiert Sie doch?«

»Ja, ja.«

»Freut mich. Am besten rufe ich ihn gleich an und bitte ihn, herzukommen. Dann können Sie alles von ihm direkt hören.«

Nachdem der Oberst einen Burschen losgeschickt hatte, fragte Poirot: »Wer gehört alles zur Familie?«

»Sie heißen Boynton. Es sind zwei Söhne, der eine verheiratet. Seine Frau ist hübsch, der ruhige, vernünftige Typ. Und außerdem zwei Töchter. Beide sehen blendend aus, auf ganz verschiedene Art. Die jüngere wirkt etwas zerfahren, aber das kann der Schock sein.«

»Boynton«, wiederholte Poirot und runzelte die Stirn. »Wie seltsam – sehr seltsam!«

Carbury sah ihn fragend an. Doch als Poirot nichts weiter sagte, meinte er: »Anscheinend war die Mutter eine Pest. Sie ließ sich von Kopf bis Fuß bedienen. Alle mußten ständig um sie herumtanzen. Sie hatte die Hand auf dem Geldbeutel. Keiner besaß auch nur einen Penny.«

»Aha. Alles sehr interessant. Ist bekannt, wem sie ihr Vermögen hinterließ?«

»Diese Frage habe ich so nebenbei mit einfließen lassen – Sie verstehen schon. Es wird christlich geteilt.«

Poirot nickte. Dann fragte er: »Ihrer Meinung nach stecken sie alle unter einer Decke?«

»Ich weiß nicht. Da liegt der Hund begraben! Ob es eine Gemeinschaftsaktion war oder nur der Einfall eines besonders hellen Kopfes – keine Ahnung. Vielleicht ist das Ganze eine Ente. Mir kommt es nur auf folgendes an: Ich hätte gern Ihre Meinung als Fachmann dazu gehört. Ach, da ist Gerard schon!«

14

Mit raschen, aber nicht hastigen Schritten trat der Franzose ein. Während er Oberst Carbury die Hand schüttelte, warf er Poirot einen neugierigen Blick zu.
»Dies ist Monsieur Hercule Poirot«, stellte Carbury vor. »Er ist bei mir zu Besuch. Wir unterhielten uns eben über diese Geschichte unten in Petra.«
»Ach, wirklich?« Gerard musterte Poirot kurz von Kopf bis Fuß. »Interessiert es Sie?«
Hercule Poirot warf die Hände in die Luft. »Leider ist man unersättlich, wenn es um den Beruf geht.«
»Stimmt«, sagte Gerard.
»Möchten Sie etwas trinken?« fragte Carbury.
Er goß Whisky mit Soda ein und stellte das Glas neben Gerard. Fragend hielt er die Flasche hoch, doch Poirot schüttelte den Kopf. Oberst Carbury setzte sich wieder und zog dabei seinen Sessel etwas näher.
»Also«, sagte er, »wo waren wir stehengeblieben?«
»Wie ich höre«, sagte Poirot zu Gerard, »ist Oberst Carbury etwas verunsichert.«
Gerard machte eine ausdrucksvolle Geste. »Und das ist meine Schuld. Vielleicht irre ich mich auch. Bitte, vergessen Sie nicht, daß ich das gesagt habe, Oberst Carbury. Ich kann mich irren!«
Carbury gab nur einen Grunzton von sich. »Erzählen Sie Poirot die Geschichte.«
Dr. Gerard begann mit einer kurzen Zusammenfassung der Ereignisse, die der Reise nach Petra vorausgegangen waren. Dann entwarf er in knappen Zügen ein Bild der verschiedenen Familienmitglieder und schilderte die emotionale Anspannung, unter der sie gestanden hatten.
Interessiert hörte Poirot zu.
Dann kam Gerard zu dem, was sich am ersten Tag ihres Aufenthalts in Petra abgespielt hatte. Er erzählte, warum er ins Lager zurückgekehrt war.
»Ich hatte einen heftigen Malariaanfall«, erklärte Dr. Gerard.

»Und deshalb verschrieb ich mir eine intravenöse Injektion mit Chinin. Das ist die übliche Behandlungsmethode.«
Poirot nickte verständnisvoll.
»Das Fieber war schon ziemlich hoch. Ich taumelte fast in mein Zelt. Zuerst konnte ich meinen Medikamentenkoffer nicht finden. Er war nicht da, wo ich ihn hingestellt hatte. Als ich ihn schließlich entdeckte, fehlte die Spritze. Ich suchte eine Zeitlang herum, gab schließlich auf, schluckte eine starke Dosis Chinin und warf mich aufs Bett.«
Gerard schwieg eine Weile. Dann berichtete er weiter: »Mrs. Boyntons Tod wurde erst nach Sonnenuntergang entdeckt. Weil sie so aufrecht dasaß und der Stuhl ihrem Körper Halt gab, änderte sich ihre Haltung nicht, und erst als einer der Diener sie um halb sieben zum Abendessen holen wollte, bemerkte man, daß etwas nicht in Ordnung war.«
Er schilderte genau die Lage der Höhle und ihre Entfernung zum Hauptzelt.
»Miss King, eine ausgebildete Ärztin, untersuchte die Tote. Sie holte mich nicht, weil sie wußte, daß ich Fieber hatte. Außerdem konnte man nichts machen. Mrs. Boynton war tot – sie war es schon eine Weile.«
»Wie lange genau?« fragte Poirot.
»Ich glaube nicht«, erwiderte Gerard, »daß sich Miss King um diesen Punkt besonders kümmerte. Vermutlich hielt sie es nicht für wichtig.«
»Aber es läßt sich doch feststellen, wann man sie zuletzt lebend sah?«
Oberst Carbury räusperte sich und nahm ein amtlich aussehendes Schreiben in die Hand.
»Kurz nach vier Uhr sprachen Lady Westholme und Miss Pierce mit Mrs. Boynton. Gegen halb fünf Uhr unterhielt sich Sohn Lennox noch mit ihr. Etwa fünf Minuten später hatte die Schwiegertochter ein langes Gespräch mit ihr. Carol Boynton wechselte ebenfalls ein paar Worte mit ihrer Mutter, aber ihre Zeitangabe ist ungenau – wenn man die Aussagen der anderen Familienmitglieder berücksichtigt, muß es etwa zehn Minuten nach fünf gewesen sein.

Jefferson Cope, Amerikaner und Freund der Familie, kehrte mit Lady Westholme und Miss Pierce ins Lager zurück und glaubte, sie schliefe. Er sprach nicht mit ihr. Das muß etwa zwanzig Minuten vor sechs gewesen sein. Raymond Boynton, der jüngere Sohn, hat sie anscheinend als letzter lebend gesehen. Nach seiner Rückkehr von einem Spaziergang – gegen zehn Minuten vor sechs – ging er zu ihr. Um halb sieben wurde der Leichnam entdeckt, als ein Diener der alten Frau melden wollte, daß das Abendessen bereit sei.«

»In der Zwischenzeit, bis halb sieben, kam niemand in ihre Nähe?« fragte Poirot.

»Angeblich nicht.«

»Aber jemand hätte zu ihr gehen können?« bohrte Poirot weiter.

»Ich glaube, das wäre beobachtet worden. Ab ungefähr sechs Uhr herrschte ziemlicher Betrieb im Lager: Diener kamen und gingen, die Gäste kehrten zurück. Wir haben niemand gefunden, der einen Besucher bei der alten Dame beobachtet hätte.«

»Dann war Raymond Boynton also mit Sicherheit der letzte, der sie lebend sah?« fragte Poirot.

Dr. Gerard und Oberst Carbury warfen sich einen kurzen Blick zu. Oberst Carbury trommelte mit den Fingern auf den Tisch.

»Jetzt geraten wir in tiefes Wasser«, sagte er. »Erzählen Sie weiter, Gerard! Es ist Ihre Geschichte!«

»Wie ich schon erwähnte, sah Miss King bei ihrer Untersuchung keinen Grund, die genaue Todeszeit festzustellen. Sie meinte nur, daß Mrs. Boynton schon ›eine kleine Weile‹ tot gewesen sein müsse, doch als ich am nächsten Tag aus privaten Gründen genaueres wissen wollte und zufällig erwähnte, daß Mrs. Boynton zuletzt von ihrem Sohn Raymond kurz vor sechs Uhr lebend angetroffen worden sei, behauptete Miss King zu meiner großen Verblüffung, daß dies unmöglich sei. Mrs. Boynton müsse zu diesem Zeitpunkt bereits tot gewesen sein.«

Poirot zog die Brauen hoch. »Seltsam! Sehr seltsam! Und was sagt Raymond Boynton dazu?«

Oberst Carbury mischte sich ein. »Er schwört, daß seine

Mutter noch lebte. Er ging zu ihr hinauf und sagte: ›Ich bin wieder da. Hast du einen angenehmen Nachmittag verbracht?‹ Irgend etwas in der Art. Er behauptet, sie habe gemurmelt: ›War ganz nett.‹ Und da sei er weiter zu seinem Zelt gegangen.«

Poirot war verblüfft. »Seltsam«, wiederholte Poirot. »Und Sie, Dr. Gerard, wann bekamen Sie die Leiche zu Gesicht?«

»Erst am nächsten Tag. Um genau zu sein, um neun Uhr vormittags.«

»Und auf wann setzen Sie die Todeszeit an?«

Der Franzose zuckte mit den Schultern. »So lange danach ist eine genaue Beurteilung schwierig. Notwendigerweise muß man eine Toleranz von mehreren Stunden einräumen. Wenn ich unter Eid aussagen sollte, könnte ich nur erklären, daß sie mindestens zwölf Stunden tot war und nicht länger als achtzehn. Wie Sie sehen, nützt das nicht sehr viel.«

»Nur weiter, Gerard«, rief Oberst Carbury. »Erzählen Sie auch noch den Rest.«

»Als ich am Morgen aufstand«, sagte Dr. Gerard, »entdeckte ich meine Spritze. Sie lag hinter meinem Toilettenkoffer auf dem Tisch.« Er beugte sich vor. »Sie können jetzt sagen, daß ich sie am Tag zuvor einfach übersehen habe. Ich fühlte mich sehr elend, hatte heftiges Fieber und zitterte am ganzen Körper. Und wie oft sucht man nach etwas, das die ganze Zeit über da ist, und doch findet man es nicht. Dazu kann ich nur sagen, daß ich ganz sicher bin: Die Spritze war nicht da!«

»Das ist noch nicht alles«, warf Carbury ein.

»Ja, zwei Punkte sind noch erwähnenswert. Sie sind sehr wichtig. Am Handgelenk der Toten war eine kleine verletzte Stelle – wie sie durch eine Spritze entstehen kann. Ich möchte hinzufügen, daß ihre Tochter behauptet, es sei ein Nadelstich –«

Poirot machte eine Bewegung. »Welche?«

»Ihre Tochter Carol.«

»Aha. Bitte, erzählen Sie weiter.«

»Und jetzt zum letzten Punkt. Zufällig überprüfte ich meinen kleinen Medikamentenkoffer, und dabei stellte ich fest, daß mein Vorrat an Digitoxin ziemlich zusammengeschmolzen war.«

»Digitoxin«, sagte Poirot, »ist ein Gift, nicht wahr?«

»Ja. Es wird aus ›digitalis purpurea‹, dem gemeinen Fingerhut, gewonnen. Es gibt vier Arten: Digitalin, Digitonin, Digitalein, Digitoxin. Digitoxin ist das giftigste Mittel, das aus den Fingerhutblättern gewonnen wird.«

»Und was bewirkt eine hohe Dosis?«

»Eine hohe Dosis Digitoxin«, antwortete Dr. Gerard ernst, »die durch eine intravenöse Injektion in die Blutbahn gerät, führt zu einer raschen Herzlähmung und damit zum Tod. Man schätzt, daß vier Milligramm bei einem Erwachsenen genügen.«

»Und Mrs. Boynton war herzkrank?«

»Ja. Sie nahm sogar ein Mittel, das Digitalin enthielt.«

»Das ist äußerst interessant«, sagte Poirot.

»Wollen Sie damit andeuten«, fragte Oberst Carbury, »daß ihr Tod durch eine Überdosis ihres eigenen Medikamentes herbeigeführt wurde?«

»Das auch. Aber es geht noch um mehr.«

»Bis zu einem gewissen Grad«, sagte Dr. Gerard, »kann man sich an Digitalin auch gewöhnen. Außerdem, was den Obduktionsbefund betrifft, so zerstört dieser Wirkstoff zwar Leben, aber er hinterläßt keine Spuren.«

Poirot nickte anerkennend. »Wie geschickt – sehr geschickt! Bei den Geschworenen würde man damit kaum durchkommen. Ja, ich sage Ihnen, Gentlemen, wenn es Mord ist, dann haben wir es mit einem gerissenen Täter zu tun! Die Spritze wurde zurückgelegt, ein Gift verwendet, das das Opfer bereits als Herzmittel einnahm, weshalb die Möglichkeiten eines Fehlers, eines Unfalls erdrückend sind. O ja, dahinter steckt Verstand. Man hat an alles gedacht, für alles vorgesorgt – genial!«

Einen Augenblick saß er schweigend da, dann hob er die Hand. »Trotzdem – eine Sache ist mir ein Rätsel.«

»Was denn?«

»Der Diebstahl der Spritze.«
»Sie wurde nur weggenommen«, erwiderte Dr. Gerard rasch.
»Und wieder zurückgelegt?«
»Ja.«
»Seltsam«, sagte Poirot. »Sehr seltsam. Sonst paßt alles so schön zusammen...«
Oberst Carbury sah ihn neugierig an. »Nun? Was ist Ihre Meinung als Fachmann. War es Mord – oder nicht?«
Poirot machte eine abwehrende Geste. »Moment! Soweit sind wir noch nicht. Wir haben noch nicht das ganze Belastungsmaterial gesichtet.«
»Wieso? Ich habe Ihnen alles erzählt.«
»Schon. Es handelt sich um das Material, welches ich, Hercule Poirot, beisteure.«
Er nickte und lächelte ein wenig über die erstaunten Gesichter.
»Ja, ist das nicht spaßig? Daß ich, dem Sie die Geschichte erzählen, eine Information für Sie habe, die Sie nicht kennen. Es handelt sich um folgendes. Eines Abends trat ich in meinem Zimmer im Hotel ›Solomon‹ ans Fenster, um nachzusehen, ob es geschlossen war –«
»Geschlossen oder offen?« fragte Carbury.
»Geschlossen«, antwortete Poirot nachdrücklich. »Es stand offen, und ich machte es natürlich zu. Doch vorher, als ich die Hand schon am Riegel hatte, hörte ich eine Stimme, eine angenehme Stimme, leise und deutlich, mit einem leichten Zittern, als sei der Sprecher nervös und aufgeregt. Diese Stimme würde ich wiedererkennen, dachte ich bei mir. Und was sagte sie? Sie sagte folgendes: ›Du denkst doch auch, daß sie am besten tot wäre!‹
In jenem Augenblick nahm ich natürlich nicht an, daß es sich um einen richtigen Mord handelte. Ich dachte, irgendein Schriftsteller spreche, oder ein Dichter. Doch jetzt – jetzt bin ich nicht mehr so sicher. Das heißt, nun bin ich überzeugt, daß es sich ganz anders verhielt.«
Wieder schwieg er einen Augenblick. »Ich will es Ihnen verraten, Gentlemen. Nach bestem Wissen und Gewissen

erkläre ich, daß diese Worte von einem jungen Mann stammen, den ich später in der Hotelhalle sah und der, wie man mir sagte, Raymond Boynton hieß.«

15

»Raymond Boynton sagte das!« rief Dr. Gerard erstaunt.
»Sie halten es für unwahrscheinlich – psychologisch gesehen?« fragte Poirot gelassen.
Gerard schüttelte den Kopf. »Nein, das möchte ich nicht behaupten. Ich war nur überrascht. Verstehen Sie, ich war überrascht, eben weil Raymond Boynton für die Rolle des Hauptverdächtigen wie geschaffen ist.«
Oberst Carbury seufzte. Diese klugen Psychologen, schien er damit sagen zu wollen. »Die Frage ist«, murmelte er, »was fangen wir nun an?«
Gerard zuckte mit den Schultern. »Ich sehe nicht, wie Sie eingreifen könnten«, gestand er. »Das Beweismaterial genügt nicht. Selbst wenn Sie sicher wüßten, daß es Mord ist, dürfte es schwierig sein, es zu beweisen.«
»Ich verstehe«, sagte Oberst Carbury. »Wir haben zwar einen Verdacht, doch wir können nur dasitzen und Daumen drehen. Das gefällt mir nicht.« Als wolle er seine letzte Bemerkung etwas abschwächen, wiederholte er den seltsamen Ausspruch, den er vorhin schon getan hatte. »Ich bin ein ordentlicher Mensch.«
»Ich weiß. Ich weiß.« Poirot nickte verständnisvoll. »Sie möchten Klarheit haben. Sie möchten gern wissen, was passiert ist und wie es passiert ist. Und Sie, Dr. Gerard? Sie meinten, man könne nichts unternehmen – das Beweismaterial sei nicht stichhaltig. Vermutlich ist es wahr. Sind Sie auch der Meinung, daß man die Sache auf sich beruhen lassen sollte?«
»Sie war eine Plage«, antwortete Gerard langsam. »Außerdem wäre sie sicherlich sowieso bald gestorben – in einer Woche – in einem Monat – in einem Jahr.«

»Sie wollen also nichts unternehmen?« fragte Poirot hartnäckig.
»Zweifellos war ihr Tod – wie soll ich mich ausdrücken – eine Wohltat für die Allgemeinheit. Er hat der Familie die Freiheit gebracht. Sie haben jetzt die Möglichkeit, sich zu entfalten, und meiner Meinung nach sind es Leute mit Intelligenz und Charakter. Sie werden – jetzt – zu nützlichen Mitgliedern der Gesellschaft werden. So wie ich es sehe, hat Mrs. Boyntons Tod nur Gutes gebracht.«
»Sie sind also zufrieden?« fragte Poirot.
»Nein!« Dr. Gerard schlug plötzlich mit der Faust auf den Tisch. »Ich bin nicht ›zufrieden‹, wie Sie es ausdrücken. Es ist meine Aufgabe, Leben zu erhalten, nicht vorzeitigen Tod herbeizuführen. Deshalb rebelliere ich dagegen, auch wenn mein Verstand mir immer wieder sagt, daß der Tod dieser Frau eine gute Sache ist. Es ist nicht richtig, Gentlemen, daß ein Mensch stirbt, bevor seine Zeit gekommen ist!«
Poirot lächelte. Zufrieden mit der Antwort, nach der er so geduldig gebohrt hatte, lehnte er sich in seinem Sessel zurück.
»Er mag Mord nicht«, stellte Oberst Carbury ruhig fest. »Genausowenig wie ich.«
Er stand auf und goß sich einen großen Whisky-Soda ein. Die Gläser seiner Gäste waren noch voll.
»Und nun«, sagte er und kam damit wieder zum Thema, »wollen wir mal grundsätzlich werden: Können wir überhaupt irgend etwas unternehmen? Auch wenn es uns nicht paßt – nein. Wir werden es schlucken müssen. Es hat keinen Zweck zu gackern, wenn wir das Ei nicht legen können.«
Gerard beugte sich vor. »Was ist Ihre Meinung, Monsieur Poirot? Sie sind der Fachmann.«
Es dauerte eine Weile, bis Poirot antwortete. Mechanisch schob er einen Aschenbecher hin und her und legte die benützten Streichhölzer auf ein Häufchen. Schließlich sagte er:
»Nicht wahr, Oberst Carbury, Sie möchten wissen, wer Mrs. Boynton getötet hat. Das heißt, falls sie überhaupt getötet wurde und nicht eines natürlichen Todes starb. Wie und wann sie ermordet wurde – einfach die ganze Wahrheit.«

»Die würde ich gern erfahren, ja.« Carbury blieb völlig ruhig.
»Ich sehe nicht ein«, antwortete Hercule Poirot, »warum das nicht möglich sein sollte.«
Dr. Gerard sah ihn ungläubig an. Oberst Carbury wirkte nicht sonderlich beeindruckt. »Aha«, sagte er. »Sie halten das also für möglich? Interessant. Und wie wollen Sie es machen?«
»Indem ich das Beweismaterial methodisch durchgehe. Indem ich gründlich nachdenke.«
»Meinen Segen haben Sie«, sagte Oberst Carbury.
»Und indem ich die psychologischen Möglichkeiten untersuche.«
»Das hört Dr. Gerard sicher gern«, sagte Carbury. »Und wenn Sie also das Beweismaterial geprüft und ein wenig nachgedacht und mit der Psychologie herumgespielt haben, dann zaubern Sie – hop – das Kaninchen aus dem Zylinder?«
»Ich wäre schon sehr erstaunt, wenn mir das nicht gelänge«, erwiderte Poirot gelassen.
Oberst Carbury starrte ihn über den Rand seines Glases hinweg entgeistert an. Einen Augenblick lang waren seine leeren blauen Augen nicht mehr leer, sondern musterten Poirot abschätzend und wohlwollend zugleich. Dann stellte er brummend sein Glas ab. »Was sagen Sie denn dazu, Dr. Gerard?« fragte er.
»Ich gebe zu, daß ich bezüglich des Erfolgs skeptisch bin ... obwohl ich weiß, daß Monsieur Poirot über große Gaben verfügt.«
»Ich habe eine gewisse Begabung – stimmt«, sagte der kleine Mann und lächelte bescheiden.
Oberst Carbury wandte das Gesicht ab und hüstelte.
»Zuerst müssen wir entscheiden«, fuhr Poirot fort, »ob es ein von der Familie gemeinsam geplanter Mord war oder ob es einer allein tat. Im zweiten Fall wäre weiter zu überlegen, wer am ehesten in Frage kommt.«
»Da hätten wir Ihre eigene Aussage«, meinte Dr. Gerard. »Ich finde, daß Raymond Boynton der Hauptverdächtige ist.«
»Ich möchte Ihnen beipflichten«, sagte Poirot. »Durch die Bemerkung, die ich mit anhörte, und den Widerspruch zwi-

schen seiner Geschichte und der der jungen Ärztin ist er entschieden belastet. Er steht in der vordersten Reihe der Verdächtigen.
Er war der letzte, der Mrs. Boynton lebend sah. So lautet seine Geschichte. Sarah Kings Aussage widerspricht dieser Version. Sagen Sie mal, Dr. Gerard, gibt es zwischen den beiden – hm – Sie wissen schon, was ich meine –, besteht zwischen den beiden eine gewisse zärtliche Beziehung?«
Der Franzose nickte. »Ganz bestimmt.«
»Aha! Ist diese junge Dame dunkelhaarig, das Haar aus der Stirn gekämmt, mit großen braunen Augen und sehr energisch?«
Dr. Gerard sah Poirot ziemlich verblüfft an. »Ja, Ihre Beschreibung stimmt genau.«
»Dann habe ich sie gesehen, im Hotel ›Solomon‹. Sie sprach mit diesem Raymond Boynton, und danach war er völlig geistesabwesend und versperrte den Fahrstuhlausgang. Ich mußte dreimal ›*Pardon*‹ sagen, ehe er mich hörte und zur Seite trat.«
Er schwieg eine Weile, in Gedanken versunken. Dann fuhr er fort: »Also müssen wir Miss Sarah Kings medizinischen Befund mit einer gewissen Reserve betrachten. Sie ist nicht unparteiisch.« Wieder machte er eine Pause. »Glauben Sie, Dr. Gerard«, fragte er dann, »daß Raymond Boynton zu einem Mord fähig ist? Hat er das Temperament dazu?«
»Sie meinen, zu einem vorsätzlichen Mord?« fragte Gerard zögernd. »Ja, ich halte es für möglich – allerdings nur unter heftigem emotionalem Druck.«
»Und der war gegeben?«
»Absolut. Diese Reise erhöhte zweifellos noch die Nervosität und Spannung, unter der die jungen Leute standen. Der Unterschied zwischen ihrem eigenen Leben und dem anderer Leute wurde ihnen klarer. Und in Raymond Boyntons Fall –«
»Nun?«
»In seinem Fall wurde die Sache noch zusätzlich kompliziert durch seine Gefühle für Sarah King.«

»Das heißt, er hätte ein weiteres Motiv gehabt? Einen stärkeren Anreiz?«
»Ja.«
Oberst Carbury hustete. »Ich möchte noch folgendes zu bedenken geben«, sagte er. »Die Worte, die Sie hörten, Monsieur Poirot – sie müssen doch zu jemand gesagt worden sein.«
»Ein wichtiger Punkt«, antwortete Poirot. »Ich habe ihn nicht vergessen. Ja, mit wem unterhielt sich Raymond Boynton? Zweifellos mit einem Mitglied der Familie. Aber mit welchem? Können Sie uns etwas über die geistige Verfassung seiner Geschwister und seiner Schwägerin erzählen, Doktor?«
Der Arzt kam der Bitte sofort nach. »Ich hatte den Eindruck, daß Carol Boynton in ganz ähnlicher Verfassung war wie Raymond – in einem Zustand der Auflehnung, begleitet von großer Nervosität, aber in ihrem Fall nicht so kompliziert, da das Sexuelle keine Rolle spielte. Lennox Boynton war über dieses Stadium schon hinaus und völlig in Apathie versunken. Ich glaube, er konnte sich kaum noch auf etwas richtig konzentrieren. Er reagierte auf seine Umwelt, indem er sich mehr und mehr in sich selbst verschloß. Er ist stark introvertiert.«
»Und seine Frau?«
»Seine Frau ist zwar müde und unglücklich, aber sie hielt sich abseits. Ich glaube, sie war gerade dabei, eine wichtige Entscheidung zu treffen.«
»Was für eine Entscheidung?«
»Ob sie ihren Mann verlassen sollte oder nicht.« Er berichtete von seiner Unterhaltung mit Jefferson Cope. Poirot nickte verständnisvoll.
»Und was ist mit der Jüngsten – heißt sie nicht Ginevra?«
Das Gesicht des Arztes wurde ernst. »Ich möchte behaupten, daß sie geistig äußerst gefährdet ist. Sie hat bereits erste Anzeichen von Schizophrenie gezeigt. Da man sie ihr eigenes Leben nicht leben läßt und sie das nicht erträgt, flüchtet sie sich in das Reich der Phantasie. Sie leidet bereits unter

starkem Verfolgungswahn, zum Beispiel behauptet sie, von königlicher Abstammung zu sein. Sie sei in Gefahr, von Feinden umgeben – das übliche Zeug.«
»Und so was ist gefährlich?«
»Sehr gefährlich. Es ist häufig der Beginn eines Tötungswahns. Der Leidende tötet, nicht aus Lust am Töten, sondern zur Selbstverteidigung. Er oder sie tötet, um nicht selbst getötet zu werden. Von seinem oder ihrem Standpunkt aus betrachtet, ist das völlig vernünftig.«
»Sie halten es also für möglich, daß Ginevra Boynton ihre Mutter umbrachte?«
»Ja. Nur bezweifle ich, daß sie die in diesem Fall notwendigen Kenntnisse und das entsprechende logische Denken besaß. Gewöhnlich handelt man in diesem Stadium des Verfolgungswahns sehr direkt, ohne große Gerissenheit. Und ich bin auch überzeugt, daß sie eine spektakulärere Methode gewählt hätte.«
»Aber sie kommt in Betracht?« fragte Poirot hartnäckig.
»Ja«, gab Gerard zu.
»Und später – nach dem Mord. Glauben Sie, die andern wissen, wer der Täter ist?«
»Sie wissen es!« rief Oberst Carbury überraschend aus. »Wenn ich je Leuten begegnet bin, die was zu verbergen hatten – dann sind sie es! Sie verschweigen etwas, ganz bestimmt.«
»Wir werden sie schon zum Sprechen bringen«, sagte Poirot.
»Wie denn?« fragte Oberst Carbury.
»Durch ganz normale Unterhaltung. Im allgemeinen erzählen die Menschen nämlich die Wahrheit. Weil es einfacher ist. Weil sie dann ihre Phantasie weniger anstrengen müssen. Man kann eine Lüge erzählen – oder zwei – oder drei – oder sogar vier –, aber man kann nicht *immer* lügen. Und deshalb kommt schließlich die Wahrheit zum Vorschein.«
»Da ist etwas dran«, stimmte Carbury zu. Dann fragte er ohne Umschweife: »Sie werden sich mit ihnen unterhalten, sagen Sie? Heißt das, daß Sie sich um die Sache kümmern?«
Poirot machte eine kleine Verbeugung. »Wollen wir eines

klarstellen«, sagte er. »Sie möchten die Wahrheit wissen, und ich versuche, sie herauszufinden. Aber bedenken Sie bitte, daß wir sie vielleicht erfahren, aber keine Beweise dafür haben. Das heißt, kein Beweismaterial, das ein Gericht akzeptiert. Verstehen Sie, was ich meine?«

»So ziemlich«, sagte Carbury. »Sie kriegen heraus, was wirklich passiert ist, und dann ist es an mir zu entscheiden, ob etwas unternommen werden soll oder nicht – auch im Hinblick darauf, daß es Ausländer sind. Jedenfalls wird Klarheit geschaffen, das ist mir wichtig. Ich hasse Unordnung.«

Poirot lächelte.

»Noch etwas«, sagte Carbury. »Viel Zeit haben wir nicht. Ich kann die Leute hier nicht ewig festhalten.«

»Vierundzwanzig Stunden genügen«, erwiderte Poirot ruhig. »Morgen abend kennen Sie die Wahrheit.«

Oberst Carbury starrte ihn entgeistert an. »Sie sind ja ziemlich zuversichtlich, was?« rief er.

»Ich kenne meine Fähigkeiten«, murmelte Poirot.

Oberst Carbury wurde es bei diesem unenglischen Verhalten etwas ungemütlich. Er blickte weg und strich sich mit dem Finger über den struppigen Schnurrbart. »Na ja«, sagte er nur, »es liegt alles an Ihnen.«

»Und wenn Sie es schaffen, mein Freund«, sagte Dr. Gerard, »dann sind Sie wirklich zu bewundern.«

16

Sarah King musterte Hercule Poirot lange und gründlich, seinen eiförmigen Kopf, den riesigen Schnurrbart, seine etwas aufdringliche Eleganz und das verdächtig schwarze Haar. Ein zweifelnder Ausdruck trat in ihre Augen.

»Nun, Mademoiselle, sind Sie zufrieden?«

Sarah errötete unter Poirots amüsiertem ironischem Blick.

»Entschuldigen Sie«, sagte sie verlegen.

»*Du tout*! Sie haben sich nur überlegt, was Sie von mir halten sollen, nicht wahr?«
Sarah lächelte schwach. »Jedenfalls können Sie mit mir dasselbe tun«, sagte sie.
»Selbstverständlich. Das habe ich bereits.«
Sie sah ihn scharf an. Der Ton, in dem er es gesagt hatte, gefiel ihr nicht. Aber Poirot zwirbelte nur selbstzufrieden seinen Schnurrbart, und Sarah dachte – schon zum zweitenmal –, was für ein Angeber er doch sei.
Sie hatte ihre Selbstsicherheit wiedergefunden und straffte sich ein wenig. »Ich verstehe nicht ganz, warum Sie mich sprechen wollten«, sagte sie.
»Der gute Dr. Gerard hat es Ihnen nicht näher erklärt?«
Sarah runzelte die Stirn. »Ich weiß nicht, was er will. Er scheint zu glauben, daß –«
»– daß etwas faul ist im Staate Dänemark«, ergänzte Poirot. »Sie sehen, ich kenne Ihren Shakespeare.«
Sarah fegte Shakespeare mit einer Handbewegung hinweg. »Was soll diese ganze Aufregung überhaupt?« fragte sie.
»*Eh bien*, man möchte doch in dieser Affäre die Wahrheit erfahren, nicht wahr?«
»Sprechen Sie von Mrs. Boyntons Tod?«
»Ja.«
»Wird nicht zuviel Aufheben darum gemacht? Natürlich, Sie sind Fachmann, Monsieur Poirot. Es ist nur normal, daß Sie –«
»– daß ich immer nach einem Vorwand suche, um hinter allem ein Verbrechen vermuten zu können?« ergänzte Poirot für sie den Satz.
»Nun ja – vielleicht.«
»Sie selbst haben keinen Zweifel, was Mrs. Boyntons Tod anbelangt?«
Sarah zuckte die Achseln. »Wirklich, Monsieur Poirot, wenn Sie in Petra gewesen wären, wüßten Sie, wie anstrengend so eine Tour ist, vor allem für eine alte Frau, deren Herz nicht besonders gut ist.«
»Für Sie ist der Fall klar?«
»Gewiß. Ich begreife Dr. Gerards Haltung in dieser Angele-

genheit nicht. Er hat die Vorfälle ja nicht einmal miterlebt. Er lag mit Fieber im Bett. Natürlich erkenne ich seine fachliche Überlegenheit an – aber mit dieser Geschichte hat er doch gar nichts zu tun. Sicherlich könnte in Jerusalem eine Obduktion gemacht werden, falls man mit meinem Befund nicht zufrieden ist.«

Poirot schwieg einen Augenblick. Dann sagte er: »Es gibt da einen Punkt, den Sie noch nicht kennen. Dr. Gerard hat es Ihnen nicht erzählt.«

»Was denn?« fragte Sarah.

»Aus Dr. Gerards Medikamentenkoffer fehlt eine Dosis Digitoxin.«

»Oh!« Sie erkannte die Bedeutung dieser Neuigkeit sofort. Und sie entdeckte auch sofort den einzigen schwachen Punkt dabei. »Ist Dr. Gerard völlig sicher?«

Poirot machte eine abwehrende Geste. »Wie Sie aus eigener Erfahrung wissen, Mademoiselle, überlegt ein Arzt immer genau, wenn er zu fachlichen Fragen etwas sagen muß.«

»Ja, natürlich. Das ist selbstverständlich. Aber Dr. Gerard hatte einen Malariaanfall.«

»Das stimmt.«

»Hat er irgendeine Idee, wann das Mittel verschwunden sein könnte?«

»Am Abend seiner Ankunft in Petra hatte er einen Grund, den Medikamentenkoffer zu öffnen. Er brauchte Phenacetin – wegen seiner starken Kopfschmerzen. Er ist fast sicher, daß noch alle Medikamente da waren, als er am nächsten Morgen das Phenacetin zurücklegte und den Koffer schloß.«

»Fast sicher –,« sagte Sarah.

»Ja, es besteht ein gewisser Zweifel!« gab Poirot zu. »Ein Zweifel, den jeder ehrliche Mensch haben würde.«

Sarah nickte. »Ich weiß. Mißtrauisch machen einen nur die Leute, die sich zu sicher sind. Trotzdem, Monsieur Poirot, ein sehr schwacher Beweis. Mir scheint –« Sie schwieg. Und wieder ergänzte Poirot ihren Satz.

»Sie finden es unklug, daß ich Nachforschungen anstelle.«

Sarah sah ihn fest an. »Offen gestanden, ja. Sind Sie sicher,

Monsieur Poirot, daß Sie sich nicht auf Kosten anderer Leute amüsieren wollen?«
Poirot lächelte. »In das Leben einer Familie Unruhe und Aufregung bringen – damit Hercule Poirot seinen Spaß hat und ein bißchen Detektiv spielen kann?«
»Ich wollte Sie nicht beleidigen, aber ist etwas Wahres dran?«
»Sie stehen also auf der Seite der Familie?«
»Ich glaube schon. Sie haben soviel durchgemacht. Sie – man sollte sie in Ruhe lassen.«
»Und *la maman*? Sie war unfreundlich, tyrannisch, ekelhaft. Sie ist besser tot als lebendig, das auch – *hein*?«
»Wenn Sie es so sagen –« Sarah schwieg, errötete und meinte dann: »Man sollte das wohl nicht in Betracht ziehen.«
»Und trotzdem – man tut es. Das heißt, *Sie* tun es, Mademoiselle! Ich – ich tue es nicht! Für mich sind sie alle gleich. Ob das Opfer ein Heiliger war oder das Gegenteil, ein böses Monster, es berührt mich nicht. Die Tatsache bleibt – ein Leben wurde ausgelöscht. Ich sage es immer wieder: Ich kann Mord nicht gutheißen.«
»Wieso Mord?« Sarah zog scharf die Luft ein. »Was für Beweise haben Sie denn? Mehr als schwache! Dr. Gerard selbst ist sich nicht einmal sicher!«
»Wir haben noch mehr Anhaltspunkte, Mademoiselle«, antwortete Poirot gelassen.
»Welcher Art?« Ihre Stimme war scharf.
»Den Einstich einer Spritze am Handgelenk der Toten. Und noch etwas anderes – eine Bemerkung, die ich in Jerusalem hörte, an einem klaren, ruhigen Abend, als ich das Fenster meines Zimmers schloß. Soll ich Ihnen diese Worte wiederholen, Miss King? Ich hörte, wie Mr. Raymond Boynton sagte: ›Du denkst doch auch, daß sie am besten tot wäre!‹«
Poirot sah, wie alle Farbe aus Sarahs Wangen wich. »Das haben Sie gehört?« fragte sie.
»Ja.«
Sarah starrte schweigend ins Leere. Schließlich sagte sie: »Ausgerechnet *Sie* haben es gehört!«
»Ja, ausgerechnet ich«, bestätigte Poirot. »So etwas kann

passieren. Begreifen Sie jetzt, warum ich eine Untersuchung für notwendig erachte?«
»Ich glaube, Sie haben recht«, erwiderte Sarah leise.
»Aha! Und Sie werden mir helfen?«
»Gewiß.« Das klang sachlich und unbewegt. Ein kühler Blick traf Poirot.
Poirot verneigte sich. »Vielen Dank, Mademoiselle. Jetzt möchte ich Sie bitten, mir mit Ihren eigenen Worten zu erzählen, woran Sie sich noch erinnern. Was geschah an jenem Tag?«
Sarah überlegte einen Augenblick.
»Warten Sie mal! Am Vormittag machten wir einen Ausflug. Von den Boyntons war keiner dabei. Ich sah sie beim Mittagessen. Als wir kamen, hatten sie gerade fertiggegessen. Mrs. Boynton schien ungewöhnlich guter Laune zu sein.«
»Sie war meistens nicht besonders liebenswürdig, soviel ich hörte.«
»Alles andere als das«, erwiderte Sarah und zog eine kleine Grimasse. Dann schilderte sie, wie Mrs. Boynton ihrer Familie für den Nachmittag freigegeben hatte.
»Das war auch ungewöhnlich?«
»Ja. Sie wollte sie sonst immer um sich haben.«
»Glauben Sie, daß sie vielleicht plötzlich Gewissensbisse hatte, daß sie sozusagen eine ›gute Stunde‹ hatte?«
»Nein, das glaube ich nicht«, sagte Sarah ehrlich.
»Was dachten Sie dann?«
»Ich war erstaunt. Ich hielt es eher für eine Art Katz-und-Maus-Spiel.«
»Könnten Sie mir das näher erklären, Mademoiselle?«
»Einer Katze macht es Spaß, die Maus entkommen zu lassen. Und dann fängt sie sie wieder. Mrs. Boyntons Denkweise war ähnlich. Ich vermutete, daß sie sich irgendeine neue Gemeinheit ausgedacht hatte.«
»Was geschah dann weiter, Mademoiselle?«
»Die Boyntons wollten einen Spaziergang machen –«
»Alle?«
»Nein, die jüngste Tochter, Ginevra, blieb im Lager. Sie sollte sich ausruhen.«

»Wollte sie das denn?«
»Nein. Doch das spielte keine Rolle. Sie mußte gehorchen. Die andern brachen auf. Dr. Gerard und ich schlossen uns ihnen an –«
»Wann war das?«
»Gegen halb vier.«
»Wo war Mrs. Boynton da?«
»Nadine – die junge Mrs. Boynton – hatte sie zum Stuhl vor ihrer Höhle gebracht.«
»Und weiter?«
»Wir folgten den andern und holten sie schließlich ein. Wir gingen alle zusammen weiter. Dann, nach einer Weile, wollte Dr. Gerard umkehren. Mir war schon aufgefallen, daß er etwas komisch aussah. Er hatte Fieber. Ich wollte ihn begleiten, doch er ließ es nicht zu.«
»Wie spät war es da?«
»Ach, so ungefähr vier Uhr.«
»Und die übrigen?«
»Wir gingen weiter.«
»Alle zusammen?«
»Zuerst ja. Dann teilten wir uns.« Sarah sprach hastig weiter, als kenne sie die nächste Frage schon. »Nadine Boynton und Mr. Cope trennten sich von Carol, Lennox, Raymond und mir.«
»Und so spazierten Sie weiter?«
»Nun – nein. Raymond Boynton und ich sonderten uns ab. Wir setzten uns auf einen Felsen und bewunderten das wilde Land, die seltsamen Felsformationen, die Farben. Dann drehte er um. Ich blieb noch ein wenig. Als ich auf die Uhr sah, war es halb sechs. Ich mußte aufbrechen. Gegen sechs Uhr erreichte ich das Lager. Die Sonne ging gerade unter.«
»Sie kamen an Mrs. Boynton vorbei?«
»Ich stellte fest, daß sie immer noch im Stuhl oben vor ihrer Höhle saß.«
»Sie fanden es nicht seltsam – daß sie sich anscheinend nicht vom Fleck gerührt hatte?«
»Nein. Am Abend vorher, als wir ankamen, saß sie auch so da.«
»Ich verstehe. Bitte, erzählen Sie weiter.«

»Ich ging ins Zelt. Die andern waren alle schon da – außer Dr. Gerard. Dann machte ich mich etwas frisch und ging wieder zu dem großen Zelt. Das Abendessen war fertig. Einer der Diener wurde losgeschickt, um Mrs. Boynton zu holen. Er kam zurückgerannt und berichtete, daß sie krank sei. Ich lief hinauf. Sie saß in ihrem Stuhl wie vorher, doch als ich sie berührte, wußte ich, daß sie tot war.«

»Sie bezweifelten nicht, daß sie eines natürlichen Todes gestorben war?«

»Ganz und gar nicht. Ich hatte gehört, daß sie herzkrank war. Allerdings wußte ich nichts Genaueres.«

»Sie dachten einfach, daß sie da in ihrem Stuhl ruhig gestorben sei?«

»Ja.«

»Ohne um Hilfe zu rufen?«

»Ja. So etwas gibt es. Vielleicht war sie auch im Schlaf gestorben. Sicherlich hatte sie ein Nickerchen gemacht. Außerdem schlief im Lager am Nachmittag alles. Niemand hätte sie gehört. Oder sie hätte sehr laut rufen müssen.«

»Bildeten Sie sich eine Meinung darüber, wie lange sie schon nicht mehr lebte?«

»Nun, ich habe nicht weiter darüber nachgedacht. Offensichtlich war sie schon eine Zeitlang tot.«

»Was verstehen Sie darunter?« fragte Poirot.

»Sicherlich über eine Stunde. Oder auch länger. Die Wärmerückstrahlung der Felsen verhinderte, daß die Leiche schnell kalt wurde.«

»Über eine Stunde? Wissen Sie eigentlich, Mademoiselle King, daß Mr. Raymond Boynton noch etwa eine halbe Stunde vorher mit ihr sprach? Und da lebte sie und war gesund und munter.«

Sarah schüttelte den Kopf. »Er muß sich getäuscht haben«, sagte sie und senkte den Blick. »Es muß früher gewesen sein.«

»Nein, Mademoiselle, es war nicht früher.«

Sie blickte ihm offen in die Augen. Wieder fiel Poirot der energische Zug um ihren Mund auf.

»Gut«, sagte Sarah, »ich bin jung und habe keine große

Erfahrung mit Toten – aber ein wenig weiß ich doch Bescheid. Für mich steht fest: Mrs. Boynton war mindestens eine Stunde tot, als ich ihre Leiche untersuchte.«

»So lautet also *Ihre* Geschichte«, sagte Poirot, »und Sie bleiben dabei! Können Sie mir dann verraten, warum Mr. Boynton behaupten sollte, seine Mutter habe noch gelebt, wenn sie in Wirklichkeit schon gestorben war?«

»Ich habe keine Ahnung. Vermutlich besitzen sie alle kein besonders ausgeprägtes Zeitgefühl. Die ganze Familie ist ziemlich nervös.«

»Wie oft, Mademoiselle, haben Sie sich mit ihnen unterhalten?« fragte Poirot.

Sarah runzelte leicht die Stirn und überlegte einen Augenblick. »Ich kann es Ihnen genau sagen«, meinte sie dann. »Ich unterhielt mich im Gang des Schlafwagens nach Jerusalem mit Raymond Boynton. Zweimal sprach ich mit Carol Boynton, vor der Omar-Moschee und nachts in meinem Hotelzimmer. Am nächsten Morgen hatte ich ein kurzes Gespräch mit Mrs. Nadine Boynton. Das ist alles – bis zu dem Nachmittag, an dem Mrs. Boynton starb und wir alle zusammen spazierengingen.«

»Mit Mrs. Boynton selbst kamen Sie nicht zusammen?«

Sarah errötete vor Verlegenheit. »Doch. Wir wechselten ein paar Worte – an dem Tag, an dem sie aus Jerusalem abreiste.« Sie schwieg und platzte dann heraus: »Offen gestanden, ich habe mich wie ein Idiot benommen.«

»Ach?«

Es blieb Sarah nichts anderes übrig, als Poirot die ganze Geschichte zu erzählen. Sie tat es nur sehr ungern und machte nicht viele Worte. Poirot wirkte sehr interessiert und nahm sie sofort ins Kreuzverhör.

»Mrs. Boyntons geistige Verfassung ist in dieser Sache äußerst wichtig«, sagte er. »Und Sie als Außenseiterin sind eine unparteiische Beobachterin. Deshalb ist Ihre Meinung über sie so bedeutsam.«

Sarah antwortete nicht. Sie fühlte sich bei dem Gedanken an das Gespräch immer noch unbehaglich.

»Vielen Dank, Mademoiselle«, sagte Poirot schließlich. »Ich werde jetzt mit den übrigen Zeugen sprechen.«
Sarah erhob sich. »Entschuldigen Sie, Monsieur Poirot, aber dürfte ich wohl einen Vorschlag machen –«
»Selbstverständlich. Selbstverständlich!«
»Warum verschieben Sie Ihre Nachforschungen nicht, bis eine Autopsie stattgefunden hat und Sie wissen, ob Ihre Vermutungen zutreffen oder nicht? Es kommt mir so vor, als wollten Sie das Pferd beim Schwanz aufzäumen.«
Poirot machte eine beredte Geste. »Das sind eben Hercule Poirots Methoden«, verkündete er.
Sarah preßte die Lippen zusammen und verließ das Zimmer.

17

Lady Westholme betrat den Raum mit der Wucht eines Ozeandampfers, der am Pier festmacht.
Miss Amabel Pierce, ein Schiff unbestimmbarer Bauart, folgte im Kielwasser des Dampfers und setzte sich auf einen einfacheren Stuhl, etwas hinter Lady Westholme.
»Selbstverständlich, Monsieur Poirot«, dröhnte Lady Westholme, »wird es mir ein Vergnügen sein, Sie mit allen mir zu Gebote stehenden Mitteln zu unterstützen. Ich war immer der Meinung, daß man bei derartigen Ereignissen der Öffentlichkeit gegenüber die Pflicht hat –«
Nachdem sich Lady Westholmes Pflichten der Öffentlichkeit gegenüber ein paar Minuten in den Vordergrund gedrängt hatten, gelang es Poirot geschickt, eine Frage einzuwerfen.
»An den fraglichen Nachmittag erinnere ich mich sehr genau«, antwortete Lady Westholme. »Miss Pierce und ich werden alles tun, um Ihnen zu helfen.«
»Ach ja!« seufzte Miss Pierce fast schwärmerisch. »Was für eine *tragische* Geschichte, finden Sie nicht? Tot – einfach so –, von einer Sekunde zur anderen!«
»Wenn Sie mir bitte genau schildern würden, was an jenem

Nachmittag geschah?«
»Selbstverständlich«, lärmte Lady Westholme. »Nach dem Mittagessen beschloß ich, eine kleine Siesta zu halten. Der Ausflug am Vormittag war ziemlich anstrengend gewesen. Nicht daß ich richtig müde war – das bin ich selten. Ich weiß eigentlich gar nicht, was Müdigkeit bedeutet. Bei Auftritten in der Öffentlichkeit kann man keine Rücksicht darauf nehmen, wie man sich fühlt, und so –«
Wieder eine geschickte Bemerkung von Poirot, die sie zum Thema zurückführte.
»Wie ich schon sagte, ich wollte eine kleine Siesta halten. Miss Pierce ebenfalls.«
»Ach ja«, seufzte Miss Pierce. »Nach den Anstrengungen am Vormittag war ich *entsetzlich* müde. Was für ein *gefährlicher* Aufstieg. Sehr interessant, aber *wahnsinnig* anstrengend. Ich fürchte, ich bin nicht so kräftig wie Lady Westholme.«
»Müdigkeit«, erklärte Lady Westholme, »kann man überwinden wie alles andere auch. Es ist mein Prinzip, den körperlichen Bedürfnissen nie nachzugeben.«
Poirot nahm den Faden wieder auf. »Also, nach dem Mittagessen gingen die beiden Damen zu ihrem Zelt?«
»Ja.«
»Mrs. Boynton saß vor ihrer Höhle?«
»Ihre Schwiegertochter brachte sie zu ihrem Stuhl, ehe sie wegging.«
»Konnten Sie beide sie sehen?«
»O ja!« sagte Miss Pierce. »Die Höhle lag genau gegenüber. Nur, natürlich, etwas entfernt und etwas höher.«
Lady Westholme führte diese Bemerkung noch näher aus. »Die Höhlen liegen an einem Felsenband. Darunter standen ein paar Zelte. Dann kam ein kleines Bachbett, und dahinter waren das große Zelt und noch einige kleine. Das von Miss Pierce und meines befanden sich in der Nähe des großen Zeltes, ihres rechts, meines links. Die Zeltöffnungen gingen auf den Felssims hinaus. Aber natürlich war er ein Stück weg.«
»Ungefähr zweihundert Meter, habe ich gehört.«
»Möglich.«

»Ich habe einen Plan hier«, sagte Poirot, »der mit Hilfe des Führers, diesem Mahmud, gemacht wurde.«
Lady Westholme bemerkte, daß er in diesem Fall kaum stimmen dürfte.
»Der Mann macht grobe Schnitzer. Ich las in meinem Baedeker nach, was er uns erzählte. Mehrere Male waren seine Informationen entschieden irreführend.«
»Laut diesem Plan«, fuhr Poirot fort, »bewohnte Lennox, der eine Sohn, mit seiner Frau die Höhle neben der von Mrs. Boynton. Raymond, Carol und Ginevra Boynton hatten Zelte, direkt unterhalb, etwas rechts – eigentlich genau gegenüber dem großen Zelt. Rechts von Ginevra Boyntons Zelt stand das von Dr. Gerard, dann kam Miss King. Auf der anderen Seite des Baches – auf der linken Seite des großen Zeltes – wohnten Sie und Mr. Cope. Und Miss Pierce rechts davon, wie Sie schon sagten. Stimmt das?«
Lady Westholme gab widerstrebend zu, daß es ihres Wissens richtig sei.
»Ich danke Ihnen. Das wäre also klar. Bitte, berichten Sie weiter, Lady Westholme.«
Lady Westholme schenkte ihm ein huldvolles Lächeln und sagte: »Etwa um ein Viertel vor vier Uhr schlenderte ich zu Miss Pierce, um nachzusehen, ob sie wach war und Lust zu einem Spaziergang hatte. Sie saß vor dem Zelt und las. Wir verabredeten uns für eine halbe Stunde später, weil dann die Sonne nicht mehr so heiß sein würde. Ich kehrte in mein eigenes Zelt zurück und las die nächsten fünfundzwanzig Minuten oder so. Dann holte ich Miss Pierce ab. Sie wartete schon, und wir machten uns auf den Weg. Alle Leute im Lager schienen zu schlafen. Kein Mensch war zu sehen. Mrs. Boynton saß allein dort oben, und ich machte den Vorschlag, sie zu fragen, ob sie etwas brauche.«
»Ja, so war es«, murmelte Miss Pierce. »*Sehr* rücksichtsvoll von Ihnen, fand ich.«
»Ich hielt es für meine Pflicht«, erklärte Lady Westholme mit einer großen Portion Selbstgefälligkeit.
»Und sie war so unhöflich!« rief Miss Pierce.

Poirot sah fragend in die Runde.

»Unser Weg führte genau unter dem Felssims vorüber«, erklärte Lady Westholme. »Ich rief zu ihr hinauf, daß wir einen Spaziergang machen wollten und ob wir irgend etwas für sie tun könnten, ehe wir aufbrachen. Stellen Sie sich vor, Monsieur Poirot, sie grunzte als Antwort bloß. Nur ein Grunzen. Sie sah auf uns herunter, als seien wir – als seien wir Dreck!«

»Es war schändlich!« rief Miss Pierce und wurde rot.

»Ich muß bekennen«, gestand Lady Westholme und errötete ebenfalls ein wenig, »daß ich eine ziemlich unfreundliche Bemerkung machte.«

»Ich finde, Sie waren im Recht«, sagte Miss Pierce. »*Wirklich* – wenn man bedenkt, was sich abgespielt hatte.«

»Was für eine Bemerkung war das?« fragte Poirot.

»Ich sagte zu Miss Pierce, ob Mrs. Boynton vielleicht eine heimliche Trinkerin sei. Denn sie benahm sich wirklich sehr seltsam. Es war mir schon früher aufgefallen. Ich hielt es für möglich, daß der Alkohol daran schuld war. Die Gefahren übermäßigen Alkoholgenusses sind, wie allgemein bekannt ist, nicht zu –«

Geschickt steuerte Poirot die Unterhaltung von diesem Thema weg. »War ihr Benehmen an diesem Tag besonders seltsam gewesen? Beim Mittagessen zum Beispiel?«

»Nein – nein«, erwiderte Lady Westholme zögernd. »Nein, eigentlich möchte ich behaupten, daß sie sich ziemlich normal verhielt – soweit sich das von einer Amerikanerin wie ihr sagen läßt«, fügte sie herablassend hinzu.

»Zu dem einen Diener war sie besonders gemein«, bemerkte Miss Pierce.

»Welcher war das?«

»Es passierte kurz bevor wir losgingen.«

»O ja, ich erinnere mich. Sie war über ihn besonders verärgert. Natürlich ist es sehr unangenehm«, fuhr Lady Westholme fort, »wenn man Diener hat, die kein Wort Englisch verstehen, aber ich sage immer, wenn man reist, muß man Zugeständnisse machen.«

»Was für ein Diener war das?« fragte Poirot.

»Einer der Beduinen aus dem Lager. Er ging zu ihr hinauf – ich vermute, sie hatte ihn losgeschickt, um etwas zu holen, und er brachte das Falsche – also, ich weiß nicht, was los war –, aber sie ärgerte sich schrecklich darüber. Der Ärmste schlich sich davon, so schnell er konnte, und sie drohte ihm mit dem Stock und schimpfte.«

»Was sagte sie?«

»Wir waren zu weit weg und verstanden sie nicht. Jedenfalls ich verstand kein Wort. Sie etwa, Miss Pierce?«

»Nein. Ich glaube, er sollte was aus dem Zelt ihrer jüngsten Tochter holen. Oder vielleicht war sie wütend, weil er in das Zelt ihrer jüngsten Tochter gegangen war – ich kann es nicht genau sagen.«

»Wie sah er aus?«

Miss Pierce, an die Poirot die Frage gerichtet hatte, schüttelte nur den Kopf. »Wirklich, ich weiß es nicht. Er war zu weit weg. Für mich sehen diese Araber sowieso alle gleich aus.«

»Er war größer als der Durchschnitt«, sagte Lady Westholme, »und trug das übliche Kopftuch. Er steckte in zerschlissenen, geflickten Reithosen – es war wirklich eine Schande, wie sie aussahen –, und seine Gamaschen waren unordentlich gewikkelt. Was diesen Leuten fehlt ist Disziplin!«

»Würden Sie den Mann unter den Dienern des Lagers herausfinden?«

»Ich bezweifle es. Wir sahen sein Gesicht nicht. Er war zu weit weg. Und wie Miss Pierce bereits feststellte, sehen sich alle Araber ähnlich.«

»Ich würde zu gern wissen«, sagte Poirot nachdenklich, »warum Mrs. Boynton so ärgerlich war.«

»Manchmal stellten sie die Geduld auf eine harte Probe«, antwortete Lady Westholme. »Einer der Diener nahm meine Schuhe mit, obwohl ich ihm ausdrücklich klargemacht hatte – auch mit Gesten –, daß ich sie selbst putzen wollte.«

»Ich mache das auch immer selbst«, sagte Poirot, der sich für einen Augenblick vom Thema ablenken ließ. »Ich nehme überall meine kleine Schuhputzgarnitur mit. Und auch einen Staublappen.«

»Ich ebenfalls.« Plötzlich klang Lady Westholme ganz menschlich.
»Denn diese Araber wischen nie Staub.«
»Nie. Natürlich muß man seine Sachen drei- bis viermal täglich säubern –«
»Aber es lohnt sich.«
»Ja, wirklich. Ich hasse Schmutz!« Lady Westholme sah sehr streitbar aus. Mit Gefühl fügte sie hinzu: »Und die Fliegen – in den Bazars –, schrecklich!«
»Nun ja!« Poirot sah leicht schuldbewußt aus. »Wir können den Mann persönlich fragen, worüber Mrs. Boynton so ärgerlich war. Würden Sie bitte weitererzählen, Lady Westholme?«
»Wir gingen sehr langsam«, sagte Lady Westholme. »Und irgendwann trafen wir Dr. Gerard. Er taumelte beinahe und sah sehr krank aus. Ich merkte sofort, daß er Fieber hatte.«
»Er zitterte«, warf Miss Pierce ein. »Er zitterte am ganzen Körper.«
»Ich erkannte sofort, daß es ein Malariaanfall war«, sagte Lady Westholme. »Ich wollte ihn ins Lager begleiten und Chinin holen, aber er lehnte ab. Er habe selbst die nötigen Medikamente, erklärte er.«
»Der arme Mann«, sagte Miss Pierce. »Es bedrückt einen immer, wenn ein Arzt krank ist. Irgendwie ist das so falsch.«
»Wir schlenderten weiter«, sagte Lady Westholme, »und setzten uns dann auf einen Stein.«
»Ja, ich war immer noch müde, nach dem anstrengenden Vormittag – das Steigen –«, murmelte Miss Pierce.
»Ich bin nie müde!« erklärte Lady Westholme energisch. »Aber es hatte keinen Zweck, weiterzugehen. Eine bessere Aussicht auf die Berge konnten wir nicht finden.«
»Waren Sie in Sichtweite des Lagers?«
»Ja. Wir blickten auf es hinunter.«
»So romantisch«, murmelte Miss Pierce. »Ein Zeltlager, mitten in einer Wüste rosaroter Felsen.« Sie seufzte und schüttelte den Kopf.
»Das Lager könnte viel besser geführt sein«, stellte Lady Westholme fest. Ihre Schaukelpferdnüstern blähten sich. »Ich

werde ein Wörtchen mit den Leuten von Castle reden. Ich glaube, das Trinkwasser ist weder abgekocht noch gefiltert, wie sich das gehört. Denen werde ich was erzählen!«

Poirot hüstelte und fragte, um das Thema Trinkwasser rasch zu beenden: »Trafen Sie noch andere aus der Gruppe?«

»Ja. Den älteren Mr. Boynton und seine Frau. Sie kamen auf dem Rückweg an uns vorbei.«

»Waren sie zusammen?«

»Nein. Mr. Boynton erschien zuerst. Er wirkte, als hätte er zuviel Sonne gekriegt. Er ging etwas unsicher.«

»Den Nacken!« rief Miss Pierce. »Man muß den Nacken schützen! Ich trage immer ein dickes seidenes Halstuch.«

»Was tat Mr. Lennox Boynton nach seiner Rückkehr ins Lager?« fragte Poirot.

Ausnahmsweise gelang es Miss Pierce, eher als Lady Westholme zu antworten: »Er lief sofort zu seiner Mutter. Aber er blieb nicht lange bei ihr.«

»Wie lange?«

»Nur ein oder zwei Minuten.«

»Ich möchte behaupten, etwas länger als eine Minute«, erklärte Lady Westholme. »Dann verschwand er in seiner eigenen Höhle. Später ging er zum großen Zelt hinunter.«

»Und seine Frau?«

»Sie tauchte eine Viertelstunde später auf. Sie blieb kurz stehen und unterhielt sich mit uns. Sehr höflich!«

»Ich finde sie sehr nett«, bemerkte Miss Pierce. »Wirklich, richtig nett!«

»Sie ist nicht so unmöglich wie der Rest der Familie«, gab Lady Westholme zu.

»Sie beobachteten ihre Ankunft im Lager?«

»Ja. Sie ging zu ihrer Schwiegermutter hinauf und sprach mit ihr. Dann holte sie einen Stuhl aus ihrer Höhle und setzte sich eine Weile zu ihr. Ungefähr zehn Minuten, schätze ich.«

»Und dann?«

»Dann trug sie den Stuhl in die Höhle und ging hinunter zum großen Zelt, wo ihr Mann war.«

»Was geschah weiter?«

»Ein sehr komischer Amerikaner kam vorbei«, sagte Lady Westholme. »Cope heißt er, glaube ich. Er erzählte uns, daß gleich hinter der nächsten Felsennase eine sehenswerte Ruine liege, die wir unbedingt besichtigen müßten. Wir sahen sie uns also an. Mr. Cope hatte einen höchst interessanten Artikel über Petra und die Nabatäer dabei.«

»Es war alles *so* interessant«, erklärte Miss Pierce.

Lady Westholme erzählte unbeirrt weiter: »Wir schlenderten zum Camp zurück. Das muß gegen zwanzig vor sechs gewesen sein. Es wurde merklich kühl.«

»Mrs. Boynton saß immer noch so da?«

»Ja.«

»Redeten Sie mit ihr?«

»Nein. Ehrlich gesagt, beachtete ich sie nicht weiter.«

»Was taten Sie dann?«

»Ich ging in mein Zelt, zog andere Schuhe an und holte ein Päckchen chinesischen Tee aus meinem Koffer. Dann ging ich zum großen Zelt. Der Führer war da, und ich bat ihn, für Miss Pierce und mich Tee machen zu lassen – mit meinem Tee und mit Wasser, das längere Zeit gekocht hatte. Er solle genau aufpassen. Er kündigte an, daß das Abendessen in einer halben Stunde serviert würde. Die Boys deckten gerade den Tisch. Trotzdem wollte ich den Tee vorher noch trinken.«

»Ich behaupte immer, daß eine Tasse Tee Wunder tut«, murmelte Miss Pierce etwas zusammenhanglos.

»War noch jemand im Zelt?«

»Aber ja. Mr. Lennox Boynton und seine Frau saßen am Tischende und lasen. Carol Boynton war auch da.«

»Und Mr. Cope?«

»Der trank mit uns Tee«, sagte Miss Pierce. »Obwohl er behauptete, daß dies in den Staaten nicht Sitte sei.«

Lady Westholme räusperte sich. »Ich fürchtete schon, daß Mr. Cope uns lästig werden würde – daß er sich an uns hängen würde wie eine Klette. Manchmal ist es auf Reisen schwierig, sich die Leute vom Leib zu halten. Ich habe festgestellt, daß manche sich da zuviel herausnehmen. Vor allem die Amerikaner sind häufig ziemlich aufdringlich.«

»Ich bin überzeugt, Lady Westholme«, murmelte Poirot gefällig, »daß Sie mit einer derartigen Situation rasch fertig werden. Wenn Ihnen eine Reisebekanntschaft nicht mehr nützlich sein kann, werden Sie sie sicherlich schnell wieder los.«
»Ich denke doch, daß ich mit fast jeder Situation fertig werde«, sagte Lady Westholme selbstzufrieden. Das ironische Aufblitzen in Poirots Augen entging ihr völlig.
»Wenn Sie jetzt zu Ende erzählen wollen?« sagte Poirot.
»Gewiß. Soviel ich mich erinnere, kamen Raymond Boynton und seine rothaarige Schwester kurz darauf herein. Miss King erschien als letzte. Inzwischen war das Abendessen fertig. Einer der Diener wurde von dem Führer losgeschickt, um die alte Mrs. Boynton zu holen. Der Mann kam dann ziemlich aufgeregt angerannt, zusammen mit einem seiner Kollegen, und sie redeten in Arabisch auf den Führer ein. Es fiel die Bemerkung, daß Mrs. Boynton krank sei. Miss King bot ihre Hilfe an. Sie ging mit dem Führer hinaus. Kurz darauf kehrte sie zurück und informierte die Familie.«
»Sie sagte es ohne jede Vorwarnung«, bemerkte Miss Pierce. »Sie platzte einfach damit heraus. Ich persönlich hätte es etwas schonender formuliert.«
»Und wie nahm Mrs. Boyntons Familie die Nachricht auf?« fragte Poirot.
Ausnahmsweise schienen Lady Westholme und Miss Pierce nicht zu wissen, was sie sagen sollten. Schließlich antwortete Lady Westholme mit einer Stimme, die ihren selbstsicheren Klang verloren hatte: »Ja – also – hm –, das ist schwierig zu beurteilen. Sie waren sehr still.«
»Erschüttert«, stellte Miss Pierce fest. Es klang allerdings mehr wie eine Vermutung und nicht wie eine Tatsache.
»Sie gingen alle zusammen mit Miss King hinaus«, sagte Lady Westholme. »Miss Pierce und ich waren natürlich so taktvoll zu bleiben, wo wir waren.«
An diesem Punkt des Berichts trat ein leicht sehnsüchtiger Ausdruck in Miss Pierces Augen.
»Ich verabscheue die gemeine Neugier«, fuhr Lady Westholme fort.

Der sehnsüchtige Ausdruck in Miss Pierces Augen wurde stärker. Es war klar, daß sie nur gezwungenermaßen die von Lady Westholme verordnete gemeine Neugier ebenfalls mißbilligte.
»Später«, schloß Lady Westholme ihren Bericht, »kehrten der Führer und Miss King zurück. Ich schlug vor, das Abendessen sofort zu servieren, damit die Boyntons später allein und ungestört essen könnten. Mein Vorschlag wurde angenommen, und gleich nach dem Essen zog ich mich in mein Zelt zurück. Miss King und Miss Pierce machten es genauso. Mr. Cope blieb im großen Zelt, soviel ich weiß. Er war ein Freund der Familie und dachte, daß er sich irgendwie nützlich machen könnte. Das ist alles, was ich weiß, Monsieur Poirot.«
»Gingen *alle* Familienangehörigen mit Miss King hinaus, nachdem sie ihnen die Nachricht übermittelt hatte?«
»Ja – das heißt, nein. Jetzt, da Sie fragen, fällt mir ein, daß die rothaarige Tochter zurückblieb. Vielleicht erinnern Sie sich, Miss Pierce?«
»Ja, ich glaube auch. Ich bin sogar ziemlich sicher.«
»Was machte sie?« fragte Poirot.
Lady Westholme starrte ihn fragend an. »Wieso, Monsieur Poirot? Wenn ich mich recht erinnere, tat sie nichts.«
»Ich meine, nähte sie – oder las sie – wirkte sie ängstlich – sagte sie irgend etwas?«
»Ja, nun –« Lady Westholme runzelte die Stirn. »Sie – hm – sie saß bloß da, soviel ich mich erinnere.«
»Sie spielte unruhig mit den Fingern«, sagte Miss Pierce plötzlich. »Ich erinnere mich, daß es mir auffiel. Das arme Ding, dachte ich noch, es verrät seine Gefühle! Sonst merkte man ihr nichts an, verstehen Sie. Ihr *Gesicht* war ausdruckslos. Nur ihre Hände konnte sie nicht stillhalten.« Miss Pierce geriet in Fahrt. »Ich erinnere mich, daß ich auf diese Art einmal eine Einpfundnote zerriß – weil mir nicht bewußt war, was ich tat. Soll ich den nächsten Zug nehmen und sie besuchen, überlegte ich die ganze Zeit. Es handelte sich um meine Großtante, die plötzlich krank geworden war. Oder soll ich nicht hinfahren? Ich konnte mich einfach nicht entschlie-

ßen. Und als ich auf meine Hände blickte – da hatte ich nicht das Testament in kleine Fetzen zerrissen, sondern eine Pfundnote – eine *Pfundnote*!« Miss Pierce schwieg dramatisch.
Lady Westholme, der der plötzliche Spurt ihrer Begleiterin ins Rampenlicht nicht sehr gefiel, fragte kühl: »Ist sonst noch etwas, Monsieur Poirot?«
Mit einem Ruck tauchte Poirot aus seinen Gedanken auf. »Nein, nein. Ihre Erzählung war sehr genau. Sehr gut.«
»Ich habe ein hervorragendes Gedächtnis«, antwortete Lady Westholme zufrieden.
»Noch eine letzte Bitte, Lady Westholme«, sagte Poirot. »Bitte, bleiben Sie so sitzen, wie Sie augenblicklich sitzen. Drehen Sie sich nicht um! Wären Sie jetzt so nett zu beschreiben, was Miss Pierce heute trägt – falls Miss Pierce nichts dagegen hat, natürlich.«
»O nein, nicht im geringsten!« zwitscherte Miss Pierce.
»Wirklich, Monsieur Poirot, was für einen Sinn –«
»Bitte, tun Sie es, Lady Westholme!«
Lady Westholme zuckte mit den Schultern und sagte ziemlich unwillig:
»Miss Pierce trägt ein braun-weiß gestreiftes Baumwollkleid mit einem afrikanischen Gürtel aus rotem, blauem und beigem Leder. Sie trägt helle Seidenstrümpfe und braune Spangenschuhe aus Glacéleder. Im linken Strumpf hat sie eine Laufmasche. Außerdem trägt sie eine Kette aus Karneolperlen und eine aus leuchtend dunkelblauen Perlen – und eine Brosche mit einem Perlenschmetterling. Am Mittelfinger der rechten Hand steckt ein Ring mit einem falschen Skarabäus. Und sie trägt einen breitrandigen rosa und braunen Filzhut.«
Sie schwieg. Sie schien auf ihre Tüchtigkeit stolz zu sein. Dann fragte sie kühl: »Sonst noch etwas, Monsieur Poirot?«
Poirot breitete in einer vielsagenden Geste die Hände aus. »Sie haben meine ganze Bewunderung, Lady Westholme. Ihre Beobachtungsgabe ist hervorragend.«
»Einzelheiten entgehen mir nur selten.«
Lady Westholme erhob sich, nickte leicht und verließ den

Raum. Miss Pierce warf einen kläglichen Blick auf ihr linkes Bein und wollte ihr folgen. Da sagte Poirot:
»Bitte, bleiben Sie noch einen Augenblick, Mademoiselle!«
»Ja?« Miss Pierce sah ihn mit besorgter Miene an.
Poirot beugte sich vertraulich vor. »Sehen Sie diesen Blumenstrauß auf dem Tisch?«
»Ja«, sagte Miss Pierce verständnislos.
»Fiel Ihnen auf, daß ich ein- oder zweimal niesen mußte, kurz nachdem Sie hereinkamen?«
»Ja?«
»Wissen Sie noch, ob ich vorher an den Blumen roch?«
»Nun – wirklich – ich bin nicht sicher.«
»Aber Sie erinnern sich, daß ich nieste?«
»O ja, *daran* erinnere ich mich!«
»Na ja, es ist nicht so wichtig. Ich überlegte nur, verstehen Sie, ob ich von diesen wildwachsenden Blumen Heuschnupfen bekomme. Aber es ist nicht so wichtig!«
»Heuschnupfen?« rief Miss Pierce. »Ich erinnere mich, daß eine Kusine *entsetzlich* darunter litt! Sie behauptete, wenn man die Nase täglich mit einer Boraxlösung –«
Nur unter Schwierigkeiten gelang es Poirot, Miss Pierce und die Nasenpflege der Kusine loszuwerden. Er schloß die Tür und kehrte mit nachdenklich gerunzelter Stirn ins Zimmer zurück.
»Aber ich nieste nicht«, murmelte er. »Das steht fest. Ich nieste nicht.«

18

Lennox Boynton betrat das Zimmer mit schnellen, entschlossenen Schritten. Wenn Dr. Gerard dagewesen wäre, würde er sich über die Veränderung des Mannes gewundert haben. Seine Teilnahmslosigkeit war verschwunden. Er wirkte energisch und wachsam, allerdings auch nervös. Sein Blick glitt unruhig von einem Punkt zum anderen.

»Guten Morgen, Monsieur Boynton.« Poirot erhob sich und machte eine förmliche Verbeugung. Lennox nickte etwas steif.
»Es freut mich, daß Sie mir ein paar Fragen beantworten wollen.«
»Oberst Carbury meinte – hm –«, begann Lennox Boynton etwas unsicher, »es sei nützlich, wenn ich – es handle sich nur um ein paar Formalitäten – sagte er.«
»Bitte, setzen Sie sich doch, Monsieur Boynton.«
Lennox setzte sich auf den Stuhl, auf dem Lady Westholme noch vor kurzem gesessen hatte.
»Es muß ein großer Schock für Sie gewesen sein«, bemerkte Poirot im Gesprächston.
»Ja, natürlich. Oder eigentlich doch nicht... wir wußten schließlich, daß unsere Mutter ein schwaches Herz hatte.«
»War es unter diesen Umständen klug, ihr eine so anstrengende Reise zuzumuten?«
Lennox Boynton straffte sich. Er antwortete nicht ohne eine gewisse traurige Würde.
»Meine Mutter, Monsieur Poirot, traf ihre Entscheidungen allein. Wenn sie sich zu etwas entschlossen hatte, war es sinnlos, ihr zu widersprechen.«
Er zog scharf die Luft ein. Bei den letzten Worten war er ziemlich blaß geworden.
»Ich weiß sehr gut«, bemerkte Poirot, »daß alte Damen manchmal sehr dickköpfig sein können.«
»Was soll das Ganze eigentlich?« fragte Lennox gereizt. »Das möchte ich gern wissen. Wieso sind auf einmal so viele Formalitäten zu erledigen?«
»Vielleicht ist Ihnen nicht klar, Monsieur Boynton, daß im Falle eines plötzlichen und ungeklärten Todes immer ein paar Probleme auftauchen.«
»Was meinen Sie mit ›ungeklärt‹?« fragte Lennox scharf.
Poirot zuckte die Achseln. »Man muß sich immer die Frage stellen: Ist der Tod auf natürliche Weise eingetreten – oder könnte es Selbstmord sein?«
»Selbstmord?« Lennox Boynton starrte Poirot entgeistert an.
»Sie, Monsieur Boynton«, sagte Poirot leichthin, »könnten

darüber natürlich am besten Auskunft geben. Oberst Carbury kann das nicht beurteilen. Er ist gezwungen zu entscheiden, ob eine Untersuchung – eine Autopsie – stattfindet und so weiter. Da ich zufällig hier bin und in diesen Dingen viel Erfahrung besitze, schlug er mir vor, ein paar Nachforschungen anzustellen und ihm zu raten. Selbstverständlich möchte er Ihnen keine Unannehmlichkeiten bereiten, wenn es sich vermeiden läßt.«

»Ich werde unserem Konsul in Jerusalem telegrafieren«, sagte Lennox ärgerlich.

»Das ist Ihr gutes Recht«, erwiderte Poirot zurückhaltend. Es entstand eine Pause. Dann spreizte Poirot die Hände und sagte: »Wenn Sie meine Fragen nicht beantworten wollen –«

»Nein, nein!« sagte Lennox Boynton hastig. »Nur – es erscheint mir so – so überflüssig.«

»Ich verstehe. Ich verstehe durchaus. Aber es ist eigentlich alles ganz einfach. Reine Routinesache, wie es so schön heißt. Also, Monsieur Boynton: An dem Nachmittag, an dem Ihre Mutter starb, machten Sie einen Spaziergang?«

»Ja. Wir alle zusammen – abgesehen von meiner Mutter und meiner jüngsten Schwester.«

»Ihre Mutter saß vor dem Eingang ihrer Höhle?«

»Ja, genau davor. Wie jeden Nachmittag.«

»Gut. Und wann brachen Sie auf?«

»Kurz vor drei, glaube ich.«

»Und wann kehrten Sie zurück?«

»Ich kann wirklich nicht genau sagen, wie spät es war – vier Uhr, fünf Uhr?«

»Ihr Ausflug dauerte also ein oder zwei Stunden?«

»Ja – ungefähr. Das dürfte stimmen.«

»Kamen Sie auf dem Rückweg an jemand vorbei?«

»Wie bitte?«

»Ob Sie jemand trafen. Zum Beispiel zwei Damen, die auf einem Felsen saßen.«

»Keine Ahnung. Ja, ich glaube schon.«

»Vielleicht waren Sie so in Gedanken versunken, daß Sie sie nicht bemerkten?«

»Ja.«
»Unterhielten Sie sich nach Ihrer Rückkehr ins Camp mit Ihrer Mutter?«
»Ja – ja, ich sprach mit ihr.«
»Sie klagte nicht darüber, daß sie sich nicht wohl fühle?«
»Nein – nein, sie schien ganz in Ordnung zu sein.«
»Darf ich fragen, über was Sie sich unterhielten?«
Lennox schwieg lange.
»Sie meinte, ich sei früh zurückgekommen«, begann er dann. »Ich stimmte ihr zu.« Er schwieg wieder und überlegte. »Ich sagte, es sei heiß. Sie – sie fragte mich nach der Uhrzeit, weil ihre Armbanduhr stehengeblieben war. Ich zog sie auf, stellte sie und band sie ihr wieder um.«
»Und wieviel Uhr war es da?« fragte Poirot vorsichtig.
»Wie?«
»Wie spät war es, als Sie die Uhr stellten?«
»Ach so, ich verstehe. Es war – es war fünfundzwanzig Minuten vor fünf.«
»Also wissen wir jetzt genau, wann Sie zurück waren«, stellte Poirot freundlich fest.
Lennox errötete. »Mein Gott, was für ein Dummkopf ich bin! Entschuldigen Sie, Monsieur Poirot. Ich bin etwas durcheinander. Die ganze Aufregung –«
»Das ist sehr verständlich«, unterbrach ihn Poirot rasch. »Völlig verständlich! Eine schlimme Geschichte! Und was geschah weiter?«
»Ich fragte meine Mutter, ob sie etwas brauche. Ob sie etwas trinken möchte – Tee, Kaffee und so weiter. Sie lehnte ab. Dann ging ich zum großen Zelt hinunter. Es schien kein Diener da zu sein. Ich fand eine Flasche Sodawasser und trank sie. Ich war durstig. Ich fand auch ein paar alte Ausgaben der ›Saturday Evening Post‹, setzte mich in eine Ecke und las. Irgendwann muß ich eingedöst sein.«
»Ihre Frau kam auch ins Zelt?«
»Ja. Nicht lange nach mir.«
»Sie sahen Ihre Mutter nicht lebend wieder?«
»Nein.«

»Als Sie sich mit ihr unterhielten – schien sie Ihnen aufgeregt oder wütend zu sein?«
»Nein, sie war genau wie immer.«
»Sie beschwerte sich nicht über einen Diener, mit dem sie Ärger gehabt hatte?«
»Nein, nicht daß ich wüßte.«
»Das ist alles, was Sie mir erzählen können?«
»Ich fürchte – ja.«
»Vielen Dank, Monsieur Boynton.«
Poirot neigte den Kopf als Zeichen, daß das Gespräch beendet war. Lennox schien nur ungern zu gehen. An der Tür blieb er zögernd stehen. »Hm – ist sonst noch etwas?«
»Nein. Vielleicht sind Sie so nett und bitten Ihre Frau, zu mir zu kommen?«
Langsam ging Lennox hinaus. Auf den Notizblock neben sich schrieb Poirot: L. B. 16.35 Uhr.

19

Poirot sah der großen jungen Frau interessiert entgegen. Er stand auf, verbeugte sich höflich und sagte: »Mrs. Nadine Boynton? Hercule Poirot, zu Ihren Diensten.«
Nadine Boynton setzte sich. Nachdenklich ruhte ihr Blick auf Poirots Gesicht.
»Ich hoffe, Madame, Sie sind mir nicht böse, daß ich Sie in Ihrem Kummer störe.«
Ihre Augen blieben ruhig und ernst. Sie antwortete nicht sofort. Schließlich seufzte sie und sagte: »Es ist wohl das beste, wenn ich offen zu Ihnen bin, Monsieur Poirot.«
»Ganz meiner Meinung, Madame.«
»Sie entschuldigen sich, daß Sie mich in meinem Kummer stören, Monsieur Poirot. Doch ich traure nicht um meine Schwiegermutter, und es wäre dumm von mir, dies nicht zuzugeben. Ich mochte sie nicht und kann deshalb nicht ehrlichen Herzens behaupten, daß ich ihren Tod bedaure.«

»Vielen Dank, Madame, für Ihre große Offenheit.«
»Und wenn ich auch keine Trauer empfinde«, fuhr Nadine fort, »so muß ich doch gestehen, daß ich etwas anderes fühle – Gewissensbisse.«
»Gewissensbisse?« Poirot zog die Augenbrauen hoch.
»Ja. Denn ich bin an ihrem Tod schuld, verstehen Sie. Deswegen mache ich mir die bittersten Vorwürfe.«
»Was sagen Sie da, Madame?«
»Ich sage, daß ich die Schuld am Tod meiner Schwiegermutter habe. Denn ich dachte, es sei nur anständig, es ihr mitzuteilen. Aber es hatte eine höchst unglückliche Auswirkung. Wie man es auch dreht und wendet – ich habe sie getötet.«
Poirot lehnte sich in seinem Stuhl zurück. »Würden Sie so nett sein, mir Ihre Behauptung näher zu erklären, Madame?«
Nadine senkte den Kopf. »Ja, das möchte ich auch. Natürlich war meine erste Reaktion, meine privaten Probleme zu verschweigen, doch nun finde ich, daß es besser ist, wenn ich es erzähle. Sicher haben Sie schon häufig Mitteilungen sehr vertraulicher Art erhalten, Monsieur Poirot?«
»Ja, das stimmt.«
»Dann werde ich Ihnen kurz schildern, was passierte. Meine Ehe, Monsieur Poirot, ist nicht besonders glücklich. Daran ist nicht nur mein Mann schuld. Seine Mutter hatte keinen guten Einfluß auf ihn. Seit geraumer Zeit hatte ich das Gefühl, daß mein Leben immer unerträglicher wurde.«
Sie schwieg einen Augenblick und fuhr dann fort:
»An dem Nachmittag, an dem meine Schwiegermutter starb, kam ich zu einem Entschluß. Ich habe einen Freund – einen sehr guten Freund, der mir mehr als einmal vorschlug, mein Schicksal mit dem seinen zu verbinden. An jenem Nachmittag nahm ich seinen Vorschlag an.«
»Sie wollten Ihren Mann verlassen?«
»Ja.«
»Und weiter?«
»Nachdem ich mich also entschlossen hatte«, fuhr Nadine mit leiserer Stimme fort, »wollte ich auch, daß es die andern so schnell wie möglich erfuhren. Ich kehrte allein ins Camp

zurück. Meine Schwiegermutter saß vor ihrer Höhle, niemand war zu sehen, und plötzlich hatte ich Lust, es ihr auf der Stelle zu sagen. Ich holte einen Stuhl, setzte mich neben sie und erzählte ihr von meinem Entschluß, ohne lange Einleitung.«
»War sie erstaunt?«
»Ich fürchte, es war ein großer Schock für sie. Sie war überrascht und ärgerlich – sehr ärgerlich. Sie steigerte sich immer mehr in eine schreckliche Aufregung hinein! Schließlich weigerte ich mich, weiter mit ihr über die Angelegenheit zu reden. Ich stand auf und ging weg.« Ihre Stimme wurde traurig. »Ich habe sie nicht mehr lebend wiedergesehen.«
Poirot nickte langsam. »Ich verstehe«, sagte er. Dann fügte er hinzu: »Sie glauben, dieser Schock war die Todesursache?«
»Das steht für mich so gut wie fest. Sehen Sie, diese Reise war schon fast zuviel für sie gewesen. Die Empörung über meinen Entschluß, der Ärger, das gab ihr den Rest ... Ich fühle mich auch besonders schuldig, weil ich einmal als Krankenschwester gearbeitet habe und hätte voraussehen müssen, daß so etwas passieren konnte.«
Poirot saß ein paar Minuten schweigend da, dann fragte er: »Was taten Sie genau – nachdem Sie gegangen waren?«
»Ich trug den Stuhl, den ich geholt hatte, in meine Höhle zurück und ging hinunter zum großen Zelt, wo mein Mann war.«
Poirot betrachtete sie forschend. »Erzählten Sie ihm auch von Ihrem Entschluß? Oder hatten Sie es ihm schon gesagt?«
Nadine zögerte eine Sekunde, ehe sie antwortete: »Ich sagte es ihm erst da.«
»Wie nahm er es auf?«
»Er war sehr betroffen.«
»Wollte er, daß Sie Ihren Entschluß noch einmal überdachten?«
Sie schüttelte den Kopf. »Nein. Er sagte nicht sehr viel. Verstehen Sie, wir wußten beide schon seit einiger Zeit, daß so etwas geschehen könnte.«
»Entschuldigen Sie, wenn ich so direkt frage«, sagte Poirot. »Der andere Mann ist wohl Mr. Jefferson Cope?«

Sie senkte den Kopf. »Ja.«
Wieder hing jeder seinen Gedanken nach. Schließlich fragte Poirot, ohne daß sich seine Stimme veränderte: »Haben Sie eine Spritze, Madame?«
»Ja – das heißt, nein.«
Poirot runzelte die Stirn.
»In meinem Medikamentenköfferchen befindet sich auch eine Spritze, aber ich habe es mit dem größeren Gepäck in Jerusalem gelassen.«
»Ach so.«
Nadine überlief ein leiser Schauer. »Warum fragen Sie mich das eigentlich, Monsieur Poirot?«
Er beantwortete ihre Frage nicht, sondern bemerkte nur: »Mrs. Boynton nahm regelmäßig ein Mittel, das Digitalis enthielt.«
»Ja, das stimmt.«
Poirot hatte den Eindruck, daß sie jetzt sehr auf der Hut war.
»Sie nahm das Medikament wegen ihres schwachen Herzens?«
»Ja.«
»Falls Mrs. Boynton eine zu hohe Dosis –«
Sie unterbrach ihn sofort. »Unmöglich. Sie paßte genau auf«, sagte sie entschieden.»Und ich ebenfalls, wenn ich die Medizin für sie zurechtmachte.«
»Vielleicht war die Mischung in dem Fläschchen nicht richtig. Der Apotheker, von dem sie stammte, hätte sich irren können.«
»Das halte ich für sehr unwahrscheinlich«, antwortete sie ruhig.
»Nun ja – die Analyse wird uns bald mehr verraten.«
»Unglücklicherweise wurde das Fläschchen zerbrochen.«
Poirot musterte sie mit neuem Interesse. »Tatsächlich? Wer war es?«
»Ich weiß es nicht genau. Einer der Diener, nehme ich an. Als man den Leichnam meiner Schwiegermutter in ihre Höhle trug, herrschte ein ziemliches Durcheinander, und das Licht war sehr schlecht. Ein Tisch wurde umgestoßen.«
»Das ist ein sehr wichtiger Punkt«, meinte Poirot nachdenklich.

Nadine Boynton bewegte sich unruhig auf ihrem Stuhl. »Wenn ich richtig verstehe, wollen Sie andeuten, daß meine Schwiegermutter an einer Überdosis Digitalis starb und nicht an einem Schock?« Ihre Stimme klang zweifelnd. Dann fügte sie hinzu: »Das halte ich für höchst unwahrscheinlich.«
Poirot beugte sich vor.
»Auch wenn ich Ihnen verrate, daß Dr. Gerard, dem französischen Arzt, eine beträchtliche Menge Digitoxin aus seinem Medikamentenkoffer fehlt?«
Ihr Gesicht wurde sehr blaß. Poirot sah, wie sie die Faust ballte. Er senkte die Augen. Nadine saß sehr still da. Wie eine steinerne Madonna, dachte Poirot.
»Nun, Madame«, fragte er. »Was meinen Sie?«
Die Sekunden verstrichen, doch Nadine sagte nichts. Es dauerte zwei Minuten, ehe sie den Kopf hob. Als Poirot den Blick in ihren Augen sah, zuckte er leicht zusammen.
»Monsieur Poirot«, sagte Nadine, »ich habe meine Schwiegermutter nicht getötet. Das wissen Sie. Als ich ging, lebte sie und war wohlauf. Eine Menge Leute kann das bestätigen. Und deshalb, weil ich das Verbrechen nicht begangen habe, wage ich es, Sie zu fragen: Warum müssen Sie sich in diese Sache einmischen? Wenn ich Ihnen schwöre, daß nur der Gerechtigkeit Genüge getan wurde – werden Sie dann Ihre Nachforschungen einstellen? Es hat soviel Leid gegeben. Sie ahnen nicht, wieviel! Jetzt ist endlich Frieden, jetzt gibt es die Chance, ein glücklicheres Leben zu führen. Wollen Sie das alles zerstören?«
Poirot richtete sich sehr gerade auf. In seinen Augen glomm ein gefährliches Feuer. »Wollen wir offen sein, Madame: Was verlangen Sie?«
»Ich behaupte, daß meine Schwiegermutter eines natürlichen Todes gestorben ist, und möchte, daß Sie dieses akzeptieren.«
»Was in Wirklichkeit bedeutet: Sie glauben, daß Ihre Schwiegermutter getötet wurde, und bitten mich, einen Mord zu vertuschen.«
»Ich bitte Sie, Mitleid zu haben.«
»Ja – mit jemand, der selbst keines hatte.«

»Sie sehen es falsch. So war es nicht.«
»Haben Sie den Mord selbst begangen, Madame, daß Sie so gut Bescheid wissen?«
Nadine schüttelte den Kopf. Sie verriet mit keiner Geste, ob sie sich schuldig fühlte oder nicht. »Nein«, antwortete sie ruhig. »Als ich ging, lebte sie.«
»Und dann – was geschah dann? Sie wissen es – oder haben Sie nur Vermutungen?«
»Man hat mir erzählt, Monsieur Poirot«, rief Nadine plötzlich leidenschaftlich, »daß Sie damals bei dem Mord im Orientexpreß die offizielle Version der Ereignisse akzeptierten.«
Poirot blickte sie neugierig an. »Ich wüßte gern, wer das gesagt hat.«
»Stimmt es?«
»Der Fall war – anders«, antwortete Poirot zögernd.
»Nein, er war nicht anders. Der Mann, der getötet wurde, war schlecht –«, sie senkte die Stimme, »– so schlecht wie sie ...«
»Der Charakter des Opfers spielt keine Rolle! Ein Mensch, der sich das Recht anmaßt, selbst Justiz zu üben, und einen anderen Menschen umbringt, ist für die Gemeinschaft nicht mehr tragbar. Das ist *meine* Meinung. Das sage *ich*, Hercule Poirot!«
»Wie hart Sie sind!«
»Ich habe meine Grundsätze, Madame. Ich kann Mord nicht gutheißen! Das ist Hercule Poirots letztes Wort!«
Nadine stand auf. Ihre grauen Augen blitzten. »Dann machen Sie doch weiter! Ruinieren Sie das Leben unschuldiger Leute! Machen Sie ihnen Kummer! Ich habe nichts weiter zu sagen.«
»Aber ich finde, Madame, daß Sie mir noch eine Menge –«
»Nein!«
»O doch! Was geschah nach Ihrem Weggang, Madame? Während Sie und Ihr Mann zusammen im großen Zelt waren?«
Nadine zuckte die Achseln. »Wie soll ich das wissen?«
»Sie *wissen* es – oder vermuten es.«
Sie blickte ihn fest an. »Ich weiß gar nichts, Monsieur Poirot.«
Sie wandte sich um und ging hinaus.

Nachdem Poirot N. B. 16.40 Uhr auf seinem Notizblock notiert hatte, öffnete er die Tür und rief nach dem Burschen, den ihm Oberst Carbury zur Verfügung gestellt hatte. Es war ein intelligenter Mann, der ziemlich gut Englisch sprach. Poirot bat ihn, Miss Carol Boynton zu holen.

Als sie eintrat, musterte Poirot sie mit einem gewissen Interesse – das kastanienbraune Haar, die Haltung des Kopfes auf dem schlanken Hals, die nervösen, schöngeformten Hände.

»Bitte setzen Sie sich doch, Mademoiselle«, sagte er.

Carol gehorchte. Ihr Gesicht war blaß und ausdruckslos. Poirot drückte ihr höflich sein Beileid aus, das sie entgegennahm, ohne irgendeine Regung zu zeigen.

»Und nun, Mademoiselle, möchte ich Sie bitten, mir zu erzählen, wie Sie den Nachmittag des fraglichen Tages verbrachten.«

Ihre Antwort kam so schnell, daß Poirot den Verdacht hatte, sie könnte vorher einstudiert worden sein.

»Nach dem Mittagessen gingen wir spazieren. Ich kehrte ins Lager zurück –«

»Einen Augenblick, bitte!« unterbrach sie Poirot. »Blieben Sie bis dahin alle zusammen?«

»Nein. Die meiste Zeit ging ich mit meinem Bruder Raymond und Miss King. Dann schlenderte ich allein weiter.«

»Danke. Sie sagten, Sie kehrten zum Camp zurück. Wie spät war es da ungefähr?«

»Ich glaube, es war zehn Minuten nach fünf Uhr.«

Poirot notierte: C. B. 17.10 Uhr.

»Und dann?«

»Meine Mutter saß noch immer vor ihrer Höhle, wie bei unserem Aufbruch. Ich sprach kurz mit ihr und ging dann weiter zu meinem Zelt.«

»Erinnern Sie sich an die genauen Worte?«

»Ich sagte nur, daß es sehr heiß sei und ich mich etwas hinlegen wolle. Meine Mutter erwiderte, sie wolle noch etwas sitzen bleiben. Das war alles.«

»Fiel Ihnen irgend etwas Ungewöhnliches auf? War sie anders als sonst?«
»Nein. Das heißt –« Sie schwieg zweifelnd und starrte Poirot nachdenklich an.
»Von *mir* können Sie keine Hilfe erwarten, Mademoiselle«, sagte Poirot ruhig.
»Ich überlege nur. Damals fiel es mir nicht weiter auf, aber jetzt, wenn ich daran zurückdenke –«
»Ja?«
»Es stimmt – sie sah komisch aus. Ihr Gesicht war sehr rot, röter als gewöhnlich.«
»Vielleicht hatte sie sich aufgeregt oder einen Schock gehabt?« half Poirot weiter.
»Einen Schock?«
»Ja. Sie konnte sich über einen der arabischen Diener geärgert haben oder so.«
»Ach so!« Ihr Gesicht hellte sich auf. »Ja, das ist möglich.«
»Sie erwähnte nichts Derartiges?«
»Nein – mit keinem Wort.«
»Und was taten Sie dann, Mademoiselle?«
»Ich ging zu meinem Zelt und legte mich eine halbe Stunde hin. Dann ging ich zum großen Zelt. Mein Bruder und meine Schwägerin waren dort und lasen.«
»Und weiter?«
»Ich mußte etwas flicken. Dann blätterte ich in einer Zeitschrift.«
»Machten Sie auf dem Weg zum großen Zelt noch einen Abstecher zu Ihrer Mutter?«
»Nein. Ich glaube, ich habe nicht einmal zu ihr hingesehen.«
»Und dann?«
»Ich blieb im großen Zelt, bis Miss King sagte, daß sie tot sei.«
»Und das ist alles, was Sie wissen, Mademoiselle?«
»Ja.«
Poirot beugte sich vor. Immer noch im selben leichten Gesprächston fragte er: »Und was *fühlten* Sie, Mademoiselle?«
Sie starrte ihn an. »Ich verstehe nicht, was Sie meinen!«
»Ich glaube, Sie verstehen sehr gut.«

Sie senkte die Augen. »Es war – es war ein großer Schock«, sagte sie unsicher.
»Tatsächlich?«
Das Blut schoß ihr ins Gesicht. Unsicher blickte sie ihn an. Poirot sah, daß sie Angst hatte.
»War es wirklich ein so großer Schock, Mademoiselle? Wenn man an ein bestimmtes Gespräch denkt, das Sie mit Ihrem Bruder an einem Abend in Jerusalem hatten?«
Der Schuß saß. Alle Farbe wich aus ihren Wangen.
»Sie wissen darüber Bescheid?« fragte sie fast unhörbar.
»Ja.«
»Aber wieso?«
»Sie wurden belauscht.«
»Mein Gott!« Carol Boynton vergrub das Gesicht in den Händen und schluchzte laut. Hercule Poirot wartete eine Weile und sagte dann: »Sie machten gemeinsam einen Plan, wie Sie Ihre Stiefmutter töten könnten.«
Carol schluchzte noch lauter. »Wir waren verrückt – völlig verrückt!« rief sie.
»Vielleicht.«
»Sie können unmöglich verstehen, in was für einer Verfassung wir waren.« Carol setzte sich auf und schob das Haar zurück. »Es ist zu verrückt. In Amerika war es noch nicht so schlimm. Aber die Reise hat uns die Augen geöffnet.«
»Worüber?« Poirots Stimme klang freundlich und verständnisvoll.
»Daß wir so anders waren als die andern. Wir – wir waren so verzweifelt. Auch wegen Jinny.«
»Wer ist Jinny?«
»Meine Schwester. Sie kennen sie nicht. Sie benahm sich immer seltsamer. Und unsere Mutter machte alles noch schlimmer. Sie merkte gar nicht, was los war. Wir hatten solche Angst – Ray und ich –, daß Jinny richtig überschnappen würde. Und wir wußten auch, daß Nadine das gleiche dachte, und deshalb bekamen wir noch mehr Angst, denn Nadine weiß über Krankenpflege und so was Bescheid.«
»Ja, und?«

»An dem Abend damals in Jerusalem lief das Faß über. Ray war völlig außer sich. Er und ich – wir waren so durcheinander und fanden es völlig richtig, uns zu überlegen, wie wir sie töten könnten. Ja, völlig richtig! Unsere Mutter – sie war nicht normal. Ich weiß nicht, wie Sie darüber denken, aber es kann ganz richtig sein – fast eine edle Tat –, jemand zu töten.«
Poirot nickte langsam. »Ja, so dachten schon viele Menschen. Die Geschichte beweist es.«
»So dachten Ray und ich damals...« Sie schlug mit der Hand auf den Tisch. »Aber wir taten es nicht. Natürlich nicht! Bei Tageslicht sah die ganze Sache anders aus, es war absurd, melodramatisch – ja, und auch verrückt. Wirklich, Monsieur Poirot, unsere Mutter starb natürlich an Herzversagen. Ray und ich haben nichts damit zu tun.«
»Schwören Sie, Mademoiselle, so wie Sie auf eine Erlösung nach dem Tode hoffen, daß Sie Mrs. Boyntons Tod nicht verschuldet haben?«
Sie hob den Kopf. Ihre Stimme klang ruhig und tief. »Ich schwöre«, sagte Carol, »daß ich ihr nie etwas zuleide tat.«
Poirot lehnte sich in seinem Stuhl zurück. »So«, sagte er, »das hätten wir.« Sie schwiegen. Poirot strich sich nachdenklich über seinen schönen Schnurrbart. »Was für einen Plan hatten Sie eigentlich?« fragte er dann.
»Wieso Plan?«
»Ja. Sie und Ihr Bruder müssen doch einen Plan gemacht haben.«
Im stillen zählte er die Sekunden – eins, zwei drei. Erst dann antwortete sie.
»Es gab keinen«, antwortete Carol schließlich. »Soweit kam es gar nicht.«
Hercule Poirot erhob sich. »Das ist alles, Mademoiselle. Wären Sie so nett, Ihren Bruder zu mir zu schicken?«
Auch Carol stand auf. »Monsieur Poirot, Sie – Sie glauben mir doch?«
»Habe ich das Gegenteil behauptet?« fragte Poirot.
»Nein, nur...« Sie schwieg.
»Sagen Sie Ihrem Bruder, er möchte hereinkommen.«

»Ja.«
Langsam schritt sie zur Tür. Sie öffnete sie zögernd, wandte sich um und rief heftig: »Ich *habe* Ihnen die Wahrheit gesagt. Die volle Wahrheit!«
Hercule Poirot antwortete nicht.

21

Gleich beim Eintritt von Carols Bruder fiel Poirot die Ähnlichkeit zwischen den Geschwistern auf.
Raymond Boyntons Gesicht war ernst und unbewegt. Er wirkte weder nervös noch ängstlich. Er ließ sich auf einen Stuhl fallen, starrte Poirot an und sagte: »Nun?«
»Hat Ihre Schwester mit Ihnen gesprochen?« fragte Poirot freundlich.
Raymond nickte. »Ja. Sie sagte, ich solle zu Ihnen kommen. Natürlich sehe ich ein, daß Ihr Verdacht ziemlich berechtigt ist. Wenn man unser Gespräch an jenem Abend bedenkt, so muß einen der plötzliche Tod unserer Stiefmutter mißtrauisch machen. Ich kann Ihnen nur versichern, daß dieses Gespräch aus einer Verrücktheit des Augenblicks heraus geführt wurde. Wir standen in jener Zeit unter einem unerträglichen Druck. Mit der phantastischen Idee, meine Stiefmutter zu töten, hatten wir – wie soll ich mich ausdrücken –, ließen wir sozusagen Dampf ab.«
Hercule Poirot nickte bedächtig. »So etwas«, sagte er, »ist denkbar. «
»Am nächsten Morgen erschien uns das Ganze natürlich völlig absurd. Ich schwöre Ihnen, Monsieur Poirot, daß ich nie wieder an die Sache dachte!«
Poirot antwortete nicht.
»Ja, ich weiß«, fuhr Raymond hastig fort, »so etwas behauptet man leicht. Ich kann nicht erwarten, daß Sie mir auf meine bloßen Worte hin glauben. Aber betrachten wir die Tatsachen. Ich unterhielt mich mit meiner Mutter kurz vor sechs Uhr. Da

war sie ganz bestimmt noch lebendig und wohlauf. Ich ging zu meinem Zelt, wusch mich und traf dann die andern im großen Zelt. Von diesem Augenblick an waren Carol und ich dort. Jeder konnte uns sehen. Begreifen Sie doch, Monsieur Poirot, daß meine Stiefmutter eines natürlichen Todes starb – ein Fall von Herzversagen. Anders kann es nicht gewesen sein. Es lief ein Haufen Diener herum, es herrschte ein ständiges Kommen und Gehen. Jeder andere Gedanke ist absurd.«

»Wissen Sie eigentlich, Mr. Boynton«, fragte Poirot ruhig, »was Miss King glaubt? Sie untersuchte die Leiche um halb sieben Uhr und stellte fest, daß der Tod mindestens eineinhalb Stunden früher eingetreten sein mußte, wenn nicht sogar zwei.«

Entgeistert starrte Raymond Poirot an. Er wirkte, als habe er einen Schlag bekommen. »Das hat Sarah festgestellt?« rief er fassungslos.

Poirot nickte. »Was sagen Sie nun?«

»Aber – aber das ist unmöglich!«

»So lautet jedenfalls Miss Kings Aussage. Jetzt kommen *Sie* und erzählen mir, daß Ihre Mutter noch etwa vierzig Minuten, ehe Miss King eintraf, wohl und munter war.«

»Aber es stimmt!« rief Raymond.

»Seien Sie vorsichtig, Mr. Boynton!«

»Sarah muß sich irren! Sie muß irgend etwas übersehen haben. Die Wärmeausstrahlung der Felsen spielt eine Rolle, alle diese Dinge... Ich versichere Ihnen, Monsieur Poirot, kurz vor sechs Uhr war meine Mutter noch am Leben. Denn da sprach ich mit ihr.«

Poirots Gesicht verriet nicht, was er dachte.

Raymond beugte sich vor. »Monsieur Poirot«, sagte er eindringlich, »ich weiß, was für ein Eindruck die Geschichte auf Sie machen muß, aber bitte versuchen Sie, objektiv zu sein! Sie sind voreingenommen. Das liegt an der Natur der Dinge. Sie leben in einer Atmosphäre des Verbrechens. Bei jedem plötzlichen Tod denken Sie sofort, es könnte Mord sein. Begreifen Sie nicht, daß Sie sich auf Ihr Urteilsvermögen nicht verlassen können? Jeden Tag sterben Menschen mit einem

schwachen Herzen, und an ihrem Tod ist nichts Düsteres oder Geheimnisvolles.«
Poirot seufzte. »Sie wollen mir also erklären, wie ich meine Arbeit machen soll?«
»Nein, selbstverständlich nicht. Ich glaube nur, daß Sie nicht objektiv sind – wegen dieser unglückseligen Unterhaltung, damals am Abend. Am Tod meiner Stiefmutter ist wirklich nichts, was einen Mordverdacht rechtfertigen würde – außer jenem dummen Gespräch zwischen Carol und mir.«
Poirot schüttelte den Kopf. »Sie irren sich«, sagte er. »Da ist noch etwas anderes. Jemand stahl Gift aus Dr. Gerards Medikamentenkoffer.«
»Gift?« Raymond sah Poirot entgeistert an. »Wirklich Gift?« Er schob seinen Stuhl etwas zurück. Er schien völlig verblüfft zu sein. »Nehmen Sie das tatsächlich an?«
Poirot schwieg, um ihm Zeit zu geben, darüber nachzudenken. Schließlich sagte er leise und fast kühl: »Ihr Plan sah anders aus – was?«
»Aber ja!« Raymond antwortete fast automatisch. »Das ist auch der Grund, warum – es ändert alles ... ich – ich kann nicht mehr klar denken.«
»Wie war denn *Ihr* Plan?«
»Unser Plan? Er war –« Raymond schwieg abrupt. Sein Blick wurde wachsam. »Ich glaube, ich sage kein Wort mehr.«
»Wie Sie wollen.«
Raymond stand auf und ging hinaus. Poirot blickte ihm grübelnd nach. Dann zog er den Notizblock zu sich heran und schrieb mit kleinen sauberen Buchstaben: R. B. 17.55 Uhr? Es war die letzte Eintragung.
Dann nahm er einen großen Bogen und begann eifrig zu schreiben. Als er fertig war, lehnte er sich mit schiefgelegtem Kopf zurück und betrachtete das Ergebnis. Es sah wie folgt aus:

15.05 (ca.) Die Boyntons und Jefferson Cope verlassen das Lager.
15.15 (ca.) Dr. Gerard und Sarah King verlassen das Lager.

16.15	Lady Westholme und Miss Pierce verlassen das Lager.
16.20 (ca.)	Dr. Gerard kehrt ins Lager zurück.
16.35	Lennox Boynton kehrt ins Lager zurück.
16.40	Nadine Boynton kehrt ins Lager zurück und spricht mit Mrs. Boynton.
16.50 (ca.)	Sie geht zum großen Zelt.
17.10	Carol Boynton trifft im Lager ein.
17.40	Lady Westholme, Miss Pierce und Mr. Jefferson Cope treffen im Lager ein.
17.50	Raymond Boynton trifft im Lager ein.
18.00	Sarah King trifft im Lager ein.
18.30	Die Tote wird entdeckt.

22

»Ich bin neugierig«, sagte Hercule Poirot und faltete die Liste zusammen. Er ging zur Tür und bat den Burschen, Mahmud zu holen. Der dicke Führer war sehr redselig, sein Wortschwall kaum aufzuhalten.

»Immer, immer habe ich die Schuld. Wenn etwas passiert – immer meine Schuld! Immer meine Schuld! Als Lady Ellen Hunt sich ihren Knöchel verstauchte, beim Rückweg von der Opferstätte, war ich auch schuld, obwohl sie hochhackige Schuhe trug und über sechzig war – vielleicht schon siebzig. Mein Leben ist ein einziges Elend. Ah! Was für Schlechtigkeiten die Juden uns antun –«

Da gelang es Poirot endlich, seinen Redefluß zu unterbrechen und eine Frage zu stellen.

»Halb sechs, sagen Sie? Nein, ich glaube nicht, daß Diener da waren. Verstehen Sie, das Mittagessen war spät – zwei Uhr. Dann mußte aufgeräumt werden. Am Nachmittag schliefen alle. Die Amerikaner trinken keinen Tee. Um halb vier schliefen wir. Gegen fünf kam ich, die Tüchtigkeit in Person, heraus, weil es für alle englischen Ladys Teezeit war. Ich denke immer

– immer an die Bequemlichkeit der Herrschaften, die ich bediene. Aber niemand war da. Sie waren alle spazierengegangen. Für mich war das sehr angenehm – schöner als sonst. Ich konnte weiterschlafen. Um Viertel vor sechs fing der Ärger an. Die große Engländerin – sehr groß – kehrte zurück und wollte Tee trinken, obwohl schon für das Abendessen gedeckt wurde. Sie machte viel Aufsehen. Das Wasser sollte gekocht sein. Ich kümmerte mich selbst darum. Ach, mein lieber Herr, was für ein Leben – was für ein Leben! Ich tue, was ich kann – und immer bin *ich* schuld – ich –«

Poirot erkundigte sich nach Beschwerden über die Diener.

»Da ist noch eine kleine Sache«, sagte er. »Die tote Dame hatte sich über einen der Diener geärgert. Wissen Sie, wer es war und um was es sich handelte?«

Mahmuds Hände wiesen zum Himmel. »Kann ich das wissen? Natürlich nicht. Die alte Dame hat sich nicht bei *mir* beklagt.«

»Könnten Sie es herausfinden?«

»Nein, mein lieber Herr, das ist unmöglich. Keiner der Diener würde es zugeben. Die alte Dame war über einen Diener ärgerlich, sagen Sie? Natürlich würde es keiner zugeben. Abdul schiebt die Schuld auf Mohammed, Mohammed auf Aziz und Aziz auf Aissa und so weiter. Es sind alles sehr dumme Beduinen. Sie begreifen gar nichts.«

Er holte Luft und fuhr fort: »Aber ich – ich war auf der Missionsschule. Ich kann Ihnen Keats und Shelley aufsagen –«

Poirot zuckte zusammen. Obwohl Englisch nicht seine Muttersprache war, beherrschte er es ausgezeichnet. Er hatte von Mahmuds fehlerhafter Aussprache genug.

»Großartig!« sagte er hastig. »Großartig. Ich werde Sie meinen Freunden aufs wärmste empfehlen.«

Es gelang ihm, den redefreudigen Führer loszuwerden. Dann nahm er seine Liste und ging zu Oberst Carbury, der in seinem Büro saß.

Carbury gab seinem Krawattenknoten einen kleinen Stoß, so daß er noch schiefer saß, und fragte: »Was Neues?«

»Soll ich Ihnen meine Theorie erzählen?« fragte Poirot.

»Wenn Sie möchten«, antwortete Oberst Carbury und seufzte. Im Laufe seines Lebens hatte er auf diese oder jene Weise schon eine ziemliche Menge von Theorien gehört.

»Nach meiner Theorie ist die Kriminologie die einfachste Wissenschaft von der Welt! Man braucht den Täter nur reden lassen – früher oder später verrät er alles.«

»Ich erinnere mich, daß Sie dies schon früher einmal sagten. Wer hat Ihnen denn etwas verraten?«

»Alle!« In kurzen Worten schilderte Poirot die Gespräche des Vormittags.

»Hm«, machte Carbury. »Ja, vielleicht haben Sie ein oder zwei Hinweise bekommen. Schade ist nur, daß sie sich widersprechen. Haben wir nun einen Mordfall oder nicht?«

»Nein.«

Carbury seufzte wieder. »Das befürchtete ich schon.«

»Aber bis heute abend werden Sie die Wahrheit erfahren haben.«

»Nun ja, mehr haben Sie mir auch nicht versprochen«, sagte Oberst Carbury. »Und ich bezweifle sogar, daß Ihnen dies gelingen würde. Sind Sie sicher?«

»Sehr sicher.«

»Wie angenehm, wenn man so überzeugt sein kann«, bemerkte der andere. Falls ein leichter spöttischer Schimmer in seinen Augen aufblitzte, so schien ihn Poirot nicht zu bemerken. Er holte seine Liste hervor.

»Saubere Arbeit«, lobte Oberst Carbury und beugte sich über sie. Ein oder zwei Minuten später fragte er: »Wissen Sie, was ich denke?«

»Es würde mich freuen, wenn Sie es mir verrieten.«

»Der junge Raymond Boynton ist aus dem Schneider.«

»Ach, meinen Sie?«

»Ja. Das ist sonnenklar. Wir hätten es von Anfang an wissen müssen. Da er, wie in einem Kriminalroman, die Person war, die sich am verdächtigsten gemacht hatte. Denn schließlich hörten Sie, wie er davon sprach, die Alte um die Ecke zu bringen. Wir hätten erkennen müssen, was es bedeutete – daß er unschuldig war.«

»Sie haben wohl schon viele Kriminalromane gelesen, was?«
»Unzählige«, antwortete Oberst Carbury. Sein Ton bekam etwas Schuljungenhaft-Sehnsüchtiges. »Aber wahrscheinlich können Sie es nicht so machen wie die Privatdetektive in den Büchern. Eine Liste mit den wichtigsten Punkten aufstellen, die gar nichts zu bedeuten scheinen und doch schrecklich wichtig sind – all so was.«
»Aha«, sagte Poirot freundlich, »diese Art Kriminalromane gefallen Ihnen also besonders gut? Aber gewiß, es wird mir ein Vergnügen sein.«
Er nahm ein großes Blatt Papier und schrieb in seiner sauberen Schrift:

Wichtige Punkte

1. Mrs. Boynton nahm ein Medikament, das Digitalis enthielt.
2. Dr. Gerard fehlte eine Spritze.
3. Mrs. Boynton fand großen Gefallen daran, ihre Kinder zu isolieren und von andern Leuten fernzuhalten.
4. Am Nachmittag ihres Todes bat Mrs. Boynton ihre Kinder, sie allein zu lassen und spazierenzugehen.
5. Mrs. Boynton war eine Sadistin.
6. Die Entfernung zwischen dem großen Zelt und der Höhle, vor der Mrs. Boynton saß, betrug etwa 200 Meter.
7. Zuerst behauptete Lennox Boynton, nicht genau zu wissen, wann er im Lager eintraf, später gab er zu, die Armbanduhr seiner Mutter gestellt zu haben.
8. Dr. Gerards und Miss Ginevra Boyntons Zelt standen nebeneinander.
9. Als um halb sieben das Abendessen fertig war, ging ein Diener zu Mrs. Boynton, um sie zu holen.

Der Oberst las die Aufstellung und war sehr zufrieden.
»Großartig!« lobte er. »Genau richtig! Es sieht schwierig aus und auf den ersten Blick unwichtig – genau die richtige Mischung! Übrigens finde ich, daß ein oder zwei sehr wichti-

ge Dinge fehlen. Aber damit wollen Sie sicherlich nur die Dummköpfe in die Irre führen, was?«
In Poirots Augen glitzerte es ein wenig, aber er antwortete nicht.
»Nummer zwei, zum Beispiel«, fuhr Oberst Carbury vorsichtig fort. »Dr. Gerard fehlte zwar eine Spritze, aber er vermißte außerdem noch ein Fläschchen mit konzentrierter Digitalislösung oder wie das heißt.«
»Letzteres ist nicht so wichtig wie das Fehlen der Spritze«, bemerkte Poirot.
»Großartig!« rief Oberst Carbury und lächelte bis über beide Ohren. »*Ich* komme jedenfalls nicht dahinter. *Ich* hätte gedacht, daß das Digitalis viel wichtiger ist! Und was ist mit dem Diener als Täter – diese Möglichkeit taucht doch immer wieder auf. Ein Diener wird losgeschickt, um zu melden, daß das Abendessen fertig sei. Und dann die Geschichte, daß sie am Nachmittag einem Diener mit dem Stock drohte? Sie wollen mir doch nicht erzählen, daß einer meiner armen dummen Wüstensöhne sie erledigt hat? Denn«, fügte Oberst Carbury ernst hinzu, »das wäre *Betrug*.«
Poirot lächelte, antwortete aber nicht. Während er hinausging, murmelte er in sich hinein: »Unglaublich! Diese Engländer werden nie erwachsen!«

23

Sarah King saß auf einem Hügel und zerpflückte zerstreut eine wilde Blume. Dr. Gerard hockte auf einer niedrigen Steinmauer neben ihr.
»Warum mußten Sie sich einmischen?« sagte sie plötzlich heftig. »Wenn Sie nicht gewesen wären ...«
»Sie finden also, ich hätte den Mund halten sollen?«
»Ja.«
»Trotz der Dinge, die ich wußte?«
»Sie *wußten* sie gar nicht«, sagte Sarah.

Der Franzose seufzte. »O doch. Aber ich gebe zu, daß man nie völlig sicher sein kann.«
»Man kann es sehr wohl sein«, erwiderte Sarah unversöhnlich.
Dr. Gerard zuckte mit den Schultern. »Sie vielleicht!«
»Sie hatten Fieber«, fuhr Sarah fort. »Starkes Fieber. Sie konnten nicht klar denken. Vermutlich lag die Spritze die ganze Zeit da. Und Sie können sich auch wegen des Digitoxins geirrt haben, oder ein Diener hat mit dem Medikamentenkoffer herumgespielt.«
»Keine Angst!« sagte Gerard spöttisch. »Das Beweismaterial ist dürftig. Sie werden erleben, daß Ihre Freunde, die Boyntons, mit einem blauen Auge davonkommen.«
»Das möchte ich ebenfalls nicht«, sagte Sarah heftig.
Er schüttelte den Kopf. »Sie sind unlogisch.«
»Waren nicht *Sie* es«, fragte Sarah, »der mir in Jerusalem einen Vortrag hielt darüber, ob man sich in das Leben andrer Leute einmischen sollte oder nicht? Jetzt haben Sie's!«
»Ich habe mich nicht eingemischt. Ich habe nur erzählt, was ich wußte.«
»Und ich behaupte, daß Sie es nicht wissen *können*. Ach Gott, da fangen wir wieder von vorne an. Wir drehen uns im Kreis.«
»Es tut mir leid, Miss King«, sagte Gerard freundlich.
»Verstehen Sie denn nicht«, sagte Sarah leise. »Trotz allem sind sie nicht frei – keiner. Sie ist immer noch da! Sogar über das Grab hinaus übt sie ihren Einfluß aus. Sie hatte etwas – etwas Schreckliches an sich, solange sie lebte. Und jetzt, da sie tot ist, ist sie noch genauso schrecklich. Ich spüre es – ich spüre, daß ihr die ganze Geschichte großen Spaß macht.«
Sie ballte die Hände. Dann sagte sie in einem völlig anderen, alltäglichen Ton: »Sehen Sie mal, da kommt der kleine Mann den Hügel herauf.«
Dr. Gerard blickte sich um. »Aha! Er sucht uns wahrscheinlich.«
»Ist er so dumm, wie er aussieht?« fragte Sarah.
»Er ist absolut kein Dummkopf«, erwiderte Dr. Gerard ernst.
»Das habe ich befürchtet«, meinte Sarah.
Mit düsterem Blick beobachtete sie Hercule Poirots Aufstieg.

Schließlich stand er vor ihnen. Er stieß ein lautes »Uff« aus und wischte sich die Stirn. Bedauernd musterte er seine Lackschuhe. »Schrecklich!« sagte er. »Was für ein steiniges Land! Meine armen Schuhe!«
»Sie können sich ja von Lady Westholme das Schuhputzzeug leihen«, sagte Sarah unfreundlich. »Und ihr Staubtuch. Sie reist mit der kompletten Ausrüstung eines Dienstmädchens.«
»Die Kratzer gehen nicht mehr weg, Mademoiselle«, bemerkte Poirot und schüttelte traurig den Kopf.
»Vielleicht nicht. Warum, in aller Welt, tragen Sie hier auch solche Schuhe?«
Poirot legte den Kopf etwas schief. »Ich möchte immer gepflegt sein«, sagte er.
»In der Wüste würde ich den Versuch aufgeben«, sagte Sarah.
»Frauen sind in der Wüste auch nicht in Hochform, was ihr Äußeres betrifft«, bemerkte Dr. Gerard träumerisch. »Unsere Miss King hier, ja, die ist immer nett und adrett. Aber Lady Westholme mit ihren großen dicken Jacken und Röcken und den unglaublich häßlichen Reithosen, die ihr überhaupt nicht stehen, und den Stiefeln – *quelle horreur de femme*! Und dann die arme Miss Pierce – ihre Kleider hängen so schlapp an ihr wie welke Kohlblätter, und dazu ihre klickenden Perlen und Ketten! Sogar die junge Mrs. Boynton, eine wirklich gutaussehende Frau, kann man nicht chic nennen. Ihre Sachen sind farblos.«
»Ich nehme nicht an«, warf Sarah ungeduldig ein, »daß Monsieur Poirot heraufgekommen ist, um sich über Mode zu unterhalten.«
»Das ist wahr«, bestätigte Poirot. »Ich wollte Dr. Gerard um Rat fragen. Seine Meinung ist mir wichtig – und Ihre auch, Mademoiselle. Sie sind jung und haben moderne Ansichten über die Psychologie. Ich möchte, daß Sie mir alles erzählen, was Sie über Mrs. Boynton wissen.«
»Kennen Sie es inzwischen nicht schon auswendig?« fragte Sarah.
»Nein. Ich habe das Gefühl – eigentlich ist es sogar mehr als das –, ja, ich bin überzeugt, daß Mrs. Boyntons geistige

Verfassung für diesen Fall sehr wichtig ist. Mit Menschen wie ihr ist Dr. Gerard sicherlich vertraut.«
»Von meinem Standpunkt aus betrachtet, war sie ein interessantes Studienobjekt«, sagte der Arzt.
»Erzählen Sie!«
Dr. Gerard hatte nichts dagegen. Er beschrieb sein Interesse an der Familie, seine Unterhaltung mit Jefferson Cope und daß dieser die Situation völlig mißverstanden habe.
»Dann ist er also ein Gefühlsmensch«, stellte Poirot fest.
»Ja, unbedingt. Er hat Ideale – weil er im Grunde seines Herzens träge ist. Von allen Menschen das Beste zu glauben und die Welt als einen angenehmen Aufenthaltsort zu betrachten, ist zweifellos die leichteste Art, durchs Leben zu kommen. Folglich hat Jefferson Cope nicht die leiseste Ahnung, wie die Leute in Wirklichkeit sind.«
»Das kann manchmal ziemlich gefährlich sein«, sagte Poirot.
»Er blieb hartnäckig dabei«, fuhr Gerard fort, »das ›Boynton-Problem‹, wie ich es nennen möchte, als einen Fall von fehlgeleiteter Mutterliebe anzusehen. Von dem verborgenen Haß, dem Aufruhr, den Demütigungen und dem ganzen übrigen Elend hatte er kaum eine Idee.«
»Ziemlich dumm, so was«, bemerkte Poirot.
»Trotzdem«, fuhr Dr. Gerard fort, »auch der hartnäckigste Gefühlsoptimist kann nicht ganz blind sein. Ich glaube, daß Mr. Cope auf der Reise nach Petra die Augen geöffnet wurden.«
Und er schilderte das Gespräch, das er am Morgen von Mrs. Boyntons Todestag mit dem Amerikaner gehabt hatte.
»Interessant, diese Geschichte mit dem Dienstmädchen«, sagte Poirot nachdenklich. »Es wirft ein gutes Licht auf die Methoden der alten Frau.«
»Es war wirklich ein seltsamer Morgen«, sagte Gerard. »Sie sind noch nicht in Petra gewesen, Monsieur Poirot. Wenn Sie hinfahren, müssen Sie unbedingt zur Opferstätte hinaufsteigen. Es ist – wie soll ich mich ausdrücken –, es ist ein unglaubliches Erlebnis!« Er beschrieb genau, was sie gesehen hatten, und meinte zum Schluß: »Mademoiselle hier saß da

wie eine junge Richterin und sprach von dem Opfer eines einzelnen, um viele zu retten. Erinnern Sie sich, Miss King?«
Sarah überlief es kalt. »Bitte nicht! Reden wir nicht mehr von jenem Tag.«
»Ja, ja«, sagte Poirot. »Reden wir über Ereignisse, die weiter zurückliegen. Mich würde interessieren, Dr. Gerard, wie Sie Mrs. Boynton einschätzen. Ich verstehe nicht, warum sie diese Reise unternahm, denn dadurch bestand doch die Gefahr, daß ihre Familie Kontakt zu anderen Menschen bekam und ihre Autorität geschwächt wurde. Wozu hatte sie dann ihre Familie in absoluter Abhängigkeit gehalten?«
Dr. Gerard beugte sich erregt vor. »Aber, *mon vieux,* das ist es ja gerade! Überall auf der Welt sind sich die alten Damen ähnlich: Sie fangen an, sich zu langweilen. Wenn sie zum Beispiel gern Patience legen, dann kriegen sie die Karten irgendwann satt, weil sie das Spiel zu genau kennen. Sie möchten gern eine neue Variante lernen. Und in unserem Fall reagierte die alte Frau genauso, auch wenn ihre Unterhaltung – so unglaublich es klingen mag – darin bestand, andere Menschen zu unterdrücken und zu quälen. Mrs. Boynton hatte ihre Kinder gezähmt wie die Dompteuse ihre Tiger. Sicherlich gab es in der Zeit, in der sie heranwuchsen, einige Aufregung. Auch Lennox' Heirat mit Nadine war ein Abenteuer. Aber dann wird plötzlich alles farblos und eintönig. Lennox hat sich so in seine Melancholie vergraben, daß es praktisch unmöglich ist, ihn zu verletzen. Raymond und Carol zeigen Reaktionen, sie wehren sich nicht. Ginevra – ah, *la pauvre* Ginevra – ist in den Augen ihrer Mutter das armseligste Spielzeug. Denn sie hat einen Ausweg gefunden. Sie flüchtet sich in das Reich der Phantasie. Je mehr ihre Mutter sie herumkommandiert, desto mehr fühlt sie sich als verfolgtes Opfer, als Heldin, was ihr insgeheim sogar ziemlichen Spaß macht. Mrs. Boynton langweilt sich entsetzlich. Sie möchte neue Welten erobern, wie Alexander der Große. Und so plant sie eine Reise ins Ausland. Sie sucht die Gefahr, das Risiko, damit ihre gezähmten Bestien rebellieren, sie sucht Gelegenheiten, neue Qualen, neue Schmerzen zu bereiten. Es

klingt verrückt, nicht wahr? Aber so dachte sie. Sie brauchte neue Aufregung.«

Poirot holte tief Luft. »Es paßt alles zusammen, ja. Ich verstehe sehr gut, was Sie meinen. So muß es gewesen sein! Perfekt! Sie wollte gefährlich leben, *la maman* Boynton – und dafür mußte sie bezahlen!«

Sarahs blasses, kluges Gesicht war sehr ernst. »Sie meinen also«, sagte sie, »daß sie ihre Opfer zu sehr quälte und sie sich wehrten? Oder daß eines von ihnen sich wehrte?«

Poirot neigte leicht den Kopf.

»Wer ist es?« fragte Sarah, und ihre Stimme klang etwas atemlos.

Poirot sah sie an, betrachtete ihre Hände, die krampfhaft ein paar Blumen hielten, das blasse, ernste Gesicht.

Er antwortete nicht. Er brauchte nicht mehr zu antworten, denn in diesem Augenblick berührte Gerard seine Schulter und rief: »Da kommt jemand.«

Ein junges Mädchen wanderte an der Seite des Hügels entlang. Sie bewegte sich mit einer seltsam rhythmischen Anmut, als sei sie kein Wesen aus Fleisch und Blut. Ihr rötlichblondes Haar leuchtete in der Sonne, ein geheimnisvolles fernes Lächeln lag um ihren schönen Mund. Poirot hielt den Atem an.

»Wie schön sie ist...«, sagte er. »So herzbewegend schön... Ophelia sollte so gespielt werden – eine junge Göttin, die sich aus einer anderen Welt zu uns verirrt hat und glücklich ist, weil sie der Knechtschaft menschlicher Freuden und Leiden entkommen ist.«

»Ja, ja, Sie haben recht!« sagte Gerard. »Ein Gesicht wie aus einem Traum, nicht wahr? *Ich* träumte von ihr. Damals, im Fieber, sah ich einmal dieses Gesicht vor mir, als ich die Augen öffnete. Dieses holde, überirdische Lächeln... es war ein schöner Traum. Schade, daß ich aufwachte...«

Dann wurde Dr. Gerard wieder sachlich und fügte hinzu: »Es ist Ginevra Boynton.«

24

Eine Minute später stand das junge Mädchen vor ihnen. Dr. Gerard übernahm es, sie vorzustellen. »Miss Boynton, dies ist Monsieur Hercule Poirot.«

»Oh!« Sie sah ihn unsicher an. Unruhig spielte sie mit ihren Fingern. Die verzauberte Nymphe war aus dem Reich der Feen zurückgekehrt. Jetzt war sie nur ein linkisches, leicht nervöses junges Mädchen, das sich ziemlich unbehaglich fühlte.

»Was für ein glücklicher Zufall, daß ich Sie hier treffe, Mademoiselle«, sagte Poirot. »Ich wollte Sie schon im Hotel sprechen.«

»Tatsächlich?«

Sie lächelte leer und zupfte am Gürtelschloß ihres Kleides.

»Wollen Sie einen kleinen Spaziergang mit mir machen?« fragte er freundlich.

Sie lehnte nicht ab, sondern ging gehorsam mit ihm. Plötzlich fragte sie mit atemlos klingender Stimme: »Sie sind – Sie sind Privatdetektiv, nicht wahr?«

»Ja, Mademoiselle.«

»Ein sehr bekannter Privatdetektiv?«

»Der beste, den es auf der Welt gibt«, antwortete Poirot. Für ihn war dies einfach die Wahrheit, nicht mehr und nicht weniger.

Ginevra Boynton atmete vorsichtig ein. »Sind Sie hier, um mich zu beschützen?« fragte sie.

Poirot strich sich nachdenklich über den Schnurrbart. »Sind Sie denn in Gefahr, Mademoiselle?«

»Ja, ja!« Sie blickte sich rasch und mißtrauisch um. »Ich erzählte es Dr. Gerard schon in Jerusalem. Er benahm sich sehr geschickt. Er verriet sich mit keinem Zeichen, aber er folgte mir – zu der schrecklichen Stadt mit den roten Felsen.« Sie erschauerte. »Man will mich umbringen. Ich muß sehr aufpassen.«

Poirot nickte verständnisvoll.

»Er ist freundlich – und gut. Er liebt mich!« sagte Ginevra.

»Ach?«
»O ja! Er sagt meinen Namen im Schlaf...« Ihre Stimme wurde leiser. Auf ihrem Gesicht lag wieder ein entrückter Ausdruck, der es überirdisch schön erscheinen ließ. »Er hatte Fieber und warf sich hin und her und sagte meinen Namen... ich habe mich leise davongeschlichen.« Sie schwieg. »Hat *er* Sie etwa hergeholt?« fragte sie dann. »Ich habe entsetzlich viele Feinde, wissen Sie. Sie sind überall, manche verkleiden sich sogar.«
»Ja, ja«, sagte Poirot freundlich. »Aber hier sind Sie sicher – Ihre ganze Familie ist bei Ihnen.«
Sie richtete sich stolz auf. »Es ist nicht *meine* Familie. Ich habe nichts mit ihnen zu tun. Ich darf Ihnen nicht verraten, wer ich wirklich bin – es ist ein großes Geheimnis. Sie würden staunen, wenn Sie's wüßten.«
»War der Tod Ihrer Mutter ein großer Schock für Sie, Mademoiselle?« fragte Poirot freundlich.
Ginevra stampfte mit dem Fuß auf. »Ich sage Ihnen doch – sie ist nicht meine Mutter! Meine Feinde haben sie für diese Rolle bezahlt. Sie sollte aufpassen, daß ich nicht entfliehe.«
»Wo waren Sie am Nachmittag, als sie starb?«
»In meinem Zelt... es war fürchterlich heiß drinnen, aber ich wagte mich nicht hinaus... Vielleicht hätten sie mich dann erwischt...« Sie erschauerte. »Einer von ihnen sah in mein Zelt. Er hatte sich verkleidet, aber ich erkannte ihn. Ich stellte mich schlafend. Der Scheich hatte ihn geschickt. Der Scheich wollte mich kidnappen.«
Ein paar Minuten gingen sie schweigend weiter. Dann sagte Poirot: »Sie klingen sehr hübsch, diese Geschichten, die Sie sich vormachen.«
Sie blieb stehen und starrte ihn wütend an. »Sie sind wahr! Sie sind alle *wahr*!« Wieder stampfte sie mit dem Fuß auf.
»Ja«, bemerkte Poirot, »sie sind sehr klug ausgedacht.«
»Sie sind wahr – *wahr* –«, rief Ginevra.
Dann machte sie wütend kehrt und rannte den Hügel hinunter. Poirot sah ihr nach. Ein paar Minuten später hörte er eine Stimme hinter sich fragen: »Was sagten Sie zu ihr?«
Poirot wandte sich um. Dr. Gerard stand vor ihm. Er war etwas

außer Atem geraten. Sarah folgte ihm, aber sie ließ sich mehr Zeit.
»Ich sagte zu ihr«, antwortete Poirot, »daß sie sich ein paar sehr hübsche Geschichten ausgedacht habe.«
Der Arzt nickte nachdenklich. »Und sie wurde wütend? Das ist ein gutes Zeichen. Verstehen Sie? Es beweist, daß sie noch nicht völlig durchgedreht ist. Sie erkennt noch, daß es *nicht* die Wahrheit ist. Ich werde sie heilen.«
»Ach, Sie können sie heilen?«
»Ja. Ich habe mich darüber mit der jungen Mrs. Boynton und ihrem Mann unterhalten. Ginevra wird nach Paris kommen und in einer meiner Kliniken bleiben. Sie will Schauspielerin werden.«
»Schauspielerin?«
»Ja. Sie könnte auf der Bühne großen Erfolg haben. Und das ist es, was sie braucht – was sie haben muß! In einigen wesentlichen Punkten ist sie ihrer Mutter sehr ähnlich.«
»Nein!« rief Sarah protestierend.
»Es mag Ihnen unmöglich erscheinen, aber gewisse Grundzüge sind dieselben. Sie haben beide ein großes Geltungsbedürfnis. Sie wollen beide Eindruck machen. Die arme Tochter wurde bei jeder Gelegenheit kaltgestellt, behindert, unterdrückt. Sie fand kein Ventil für ihren großen Ehrgeiz, ihre Lebenslust, ihre lebhafte, gefühlvolle Natur.« Er lachte. »*Nous allons changer tout ça*!«
Dann verbeugte er sich leicht und murmelte: »Bitte, entschuldigen Sie mich jetzt.« Er lief den Hügel hinunter, hinter dem jungen Mädchen her.
»Dr. Gerard denkt immer nur an seine Arbeit«, sagte Sarah King.
»Das habe ich gemerkt.«
»Trotzdem finde ich es unerträglich«, fuhr sie mit gerunzelter Stirn fort, »daß er Ginevra mit der alten schrecklichen Frau vergleicht. Obwohl es auch mal eine Zeit gab, da mir Mrs. Boynton selbst leid tat.«
»Wann war das, Mademoiselle?«
»Als ich in Jerusalem war. Ich erzählte Ihnen davon. Plötzlich

dachte ich, daß ich die ganze Geschichte mißverstanden hatte. Sie kennen sicherlich das Gefühl, wenn man für einen kurzen Augenblick eine Sache ganz anders sieht, wie durch ein umgedrehtes Fernrohr. Ich regte mich schrecklich auf, ging zu ihr und benahm mich wie ein Idiot.«
Wie immer, wenn sie an ihre Unterhaltung mit Mrs. Boynton dachte, wurde Sarah rot.
»Ich kam mir sehr großartig vor, als habe ich eine Mission zu erfüllen! Und später, als Lady Westholme mich mit ihren Fischaugen ansah und sagte, sie habe mich mit Mrs. Boynton beobachtet, dachte ich, daß sie das Gespräch vermutlich belauscht hatte, und schämte mich noch mehr.«
»Was hat die Alte eigentlich zu Ihnen gesagt?« fragte Poirot. »Können Sie sich an die genauen Worte erinnern?«
»Ja. Sie machten einen großen Eindruck auf mich. ›Ich vergesse nie‹, sagte sie so ungefähr. ›Denken Sie immer daran. Ich habe noch nie etwas vergessen – weder einen Namen noch ein Gesicht, noch ein wichtiges Ereignis.‹« Sarah schüttelte sich. »Sie sagte es so drohend, so böse, und blickte mich dabei nicht einmal an. Ich kann sie direkt hören – sogar jetzt noch ...«
»Es hat Sie sehr beschäftigt?« fragte Poirot freundlich.
»Ja. Ich habe nicht so leicht Angst. Aber manchmal träume ich von ihr, wie sie diese Worte sagt. Mit einem bösen, hämischen, triumphierenden Gesicht. Huh!« Sie schüttelte den Kopf. Dann sah sie Poirot plötzlich scharf an.
»Monsieur Poirot«, sagte sie, »vielleicht sollte ich Sie das nicht fragen, nur – haben Sie die Lösung gefunden? Haben Sie etwas Wichtiges entdeckt?«
»Ja.«
Er sah, daß ihre Lippen zitterten »Was?« fragte sie.
»Ich habe herausgefunden, mit wem sich Raymond Boynton an jenem Abend in Jerusalem unterhielt: mit seiner Schwester Carol.«
»Mit Carol – natürlich!« Dann fuhr sie zögernd fort: »Fragten Sie ihn – fragten Sie ihn –«
Es hatte keinen Zweck. Sie konnte nicht weitersprechen. Poirot betrachtete sie ernst und voll Mitgefühl.

»Ist es für Sie so wichtig, Mademoiselle?« fragte er ruhig.
»Mehr als alles auf der Welt!« antwortete Sarah. »Ich muß einfach Bescheid wissen.«
»Er meinte, es sei nur ein Ausbruch von Hysterie gewesen, nichts weiter! Daß er und seine Schwester überreizt waren. Am nächsten Tag sei ihnen diese Idee phantastisch und unglaublich erschienen.«
»Ich verstehe...«
»Miss Sarah«, sagte Poirot vorsichtig, »wollen Sie mir nicht verraten, wovor Sie Angst haben?«
Sarah wandte ihm ihr blasses, verzweifeltes Gesicht zu.
»An dem bewußten Nachmittag waren wir – waren wir zusammen. Bevor er umdrehte, sagte er – sagte er, daß er etwas zu erledigen habe, und zwar sofort, solange er den Mut dazu habe. Ich nahm an, daß er ihr die Wahrheit sagen wollte. Über uns. Aber angenommen, er – er...«
Die Stimme versagte ihr. Sie stand steif da und rang nach Fassung.

25

Nadine Boynton trat aus dem Hoteleingang und sah sich zögernd um. Eine Gestalt, die in der Nähe gewartet hatte, sprang auf sie zu. Es war Jefferson Cope. Mit ein paar Schritten war er an der Seite der Dame seines Herzens.
»Gehen wir hier entlang. Ich finde, es ist der schönste Weg«, sagte er.
Nadine nickte nur.
Sie gingen gemeinsam weiter, und Mr. Cope redete. Er sprach viel, und es klang ein wenig monoton. Es ist nicht sicher, ob er merkte, daß Nadine ihm gar nicht zuhörte. Als sie den steinigen, blumenbedeckten Hügel erreichten, unterbrach sie ihn.
»Entschuldigen Sie, Jefferson. Ich muß mit Ihnen reden.«
Er war blaß geworden. »Natürlich, meine Liebe. Wie Sie

wollen. Aber bitte, machen Sie sich keine Sorgen!«
»Sie sind viel klüger, als ich dachte. Sie wissen, was ich Ihnen sagen möchte, nicht wahr?«
»Es ist eine alte Tatsache«, sagte Mr. Cope, »daß man sich nach den Umständen richten muß. Ich weiß sehr wohl, daß unter den jetzigen Verhältnissen gewisse Entscheidungen noch einmal überdacht werden müssen.« Er seufzte. »Lassen Sie sich nicht beirren, Nadine. Tun Sie, was Sie tun müssen!«
»Sie sind so gut zu mir, Jefferson«, sagte Nadine bewegt. »Sie haben solche Geduld mit mir. Dabei habe ich Sie sehr schlecht behandelt. Ich war richtig gemein zu Ihnen.«
»Hören Sie, Nadine, ich möchte etwas klarstellen. Ich wußte immer, wo meine Grenzen waren. Ich habe die größte Zuneigung und den tiefsten Respekt für Sie – seit ich Sie kenne. Ich möchte nur, daß Sie glücklich sind. Mehr habe ich nie gewollt. Sie unglücklich zu sehen, hat mich fast verrückt gemacht. Und ich möchte auch sagen, daß ich Lennox dafür verantwortlich machte. Ich fand, daß er Sie nicht behalten durfte, wenn er Ihr Glück so wenig wichtig nahm.«
Mr. Cope atmete tief ein und fuhr fort:
»Allerdings muß ich zugeben, daß ich nach unserer Reise nach Petra an Lennox' Schuld zu zweifeln begann. Was Sie betraf, so benahm er sich ganz und gar nicht egoistisch. Aber seiner Mutter gegenüber war er nicht egoistisch genug! Über Tote soll man zwar nicht schlecht reden, aber ich finde, daß Ihre Schwiegermutter eine ungewöhnlich schwierige Frau war.«
»Das kann man wohl behaupten«, antwortete Nadine leise.
»Gestern kamen Sie nun zu mir«, sagte Mr. Cope, »und erzählten mir, daß Sie Ihren Mann endgültig verlassen wollten. Ich freute mich über Ihren Entschluß. Es war nicht gut – das Leben, das Sie führten. Sie waren ehrlich zu mir. Sie taten nicht so, als würden Sie mich mehr als nur ein wenig mögen. Nun, mir war das recht. Ich wollte nur eines: für Sie sorgen und Sie so behandeln, wie Sie es verdienten. Ich muß gestehen, der Nachmittag war der glücklichste in meinem Leben.«
»Es tut mir so leid – so schrecklich leid!« rief Nadine.
»Ach, meine Liebe, die ganze Zeit hatte ich das Gefühl, es

könne nicht wahr sein. Jeden Tag hatte ich Angst, Sie würden es sich anders überlegen. Jetzt hat sich alles verändert. Sie und Lennox können endlich Ihr eigenes Leben leben.«

»Ja. Ich werde Lennox nicht verlassen. Bitte verzeihen Sie mir.«

»Da gibt es nichts zu verzeihen«, erklärte Mr. Cope. »Sie und ich bleiben einfach die guten alten Freude, die wir immer waren.«

Nadine legte ihre Hand auf seinen Arm. »Mein lieber Jefferson, ich danke Ihnen. Ich muß jetzt Lennox suchen gehen.« Sie wandte sich um und ging davon. Mr. Cope blieb allein zurück.

Nadine fand Lennox im griechisch-römischen Theater. Er saß am oberen Ende und war so in Gedanken versunken, daß er sie erst bemerkte, als sie sich atemlos neben ihm niederließ.

»Hallo, Nadine.« Er wandte sich ihr halb zu.

»Wir haben uns noch nicht in Ruhe unterhalten können«, sagte sie. »Du weißt, daß ich nicht weggehe, nicht wahr?«

»Hast du es wirklich vorgehabt, Nadine?« fragte er ernst.

Sie nickte. »Ja. Es wäre mir nichts anderes übriggeblieben, verstehst du? Ich hoffte – ich hoffte, daß du mir folgen würdest. Der arme Jefferson! Ich war so gemein zu ihm.«

Lennox lachte auf. »Nein, das stimmt nicht. Jemand, der so selbstlos ist wie Cope, muß Gelegenheit bekommen, seinen Edelmut auszutoben. Und du hattest ja recht, Nadine. Als du sagtest, daß du mit ihm weggehen wolltest, war das der größte Schock meines Lebens. Wirklich, ich glaube, daß ich in letzter Zeit ziemlich seltsam geworden bin. Warum, zum Teufel, habe ich die Sache nicht mit einem Achselzucken abgetan und bin mit dir verschwunden, als du das wolltest?«

»Du konntest es nicht, Liebling!« sagte Nadine zärtlich. »Es war unmöglich.«

»Meine Mutter war verdammt komisch...«, sagte Lennox nachdenklich. »Wir waren alle wie hypnotisiert.«

»Ja.«

Lennox schwieg eine Weile. Dann fuhr er fort: »Als du es mir an dem Nachmittag sagtest, war ich wie vor den Kopf geschlagen. Völlig verwirrt ging ich zurück, und dann erkannte ich plötzlich, was für ein Narr ich gewesen war. Ich begriff, daß es nur noch einen Ausweg gab, wenn ich dich nicht verlieren wollte.«

Er spürte, wie sie erstarrte. Sein Ton wurde härter. »Ich zog los und –«

»Nein…«

Er warf ihr einen kurzen Blick zu. »Ich zog los und zankte mich mit ihr.« Seine Stimme klang nun anders – nachdenklich und fast tonlos. »Ich sagte, daß ich zwischen ihr und dir wählen müßte – und daß ich dich gewählt habe.«

Es entstand eine Pause.

Dann wiederholte er fast stolz und selbstbewußt: »Ja, das sagte ich zu ihr.«

26

Auf dem Rückweg begegnete Poirot zwei Personen. Die erste war Mr. Jefferson Cope.

»Monsieur Hercule Poirot? Mein Name ist Jefferson Cope.«

Die beiden Männer schüttelten sich förmlich die Hand.

Während Mr. Cope neben Poirot herging, sagte er: »Ich habe jetzt erst erfahren, daß Sie eine Art Routineuntersuchung über den Tod meiner alten Freundin, Mrs. Boynton, durchführen. Eine schreckliche Geschichte, das Ganze! Wissen Sie, die alte Dame hätte so eine anstrengende Reise nie unternehmen dürfen. Aber sie war dickköpfig, Monsieur Poirot. Ihre Familie konnte sich nicht durchsetzen. Sie war ein Tyrann – hatte wohl zu lange immer ihren Willen bekommen. Ihr Wort war Befehl. Ja, Sir, so war es.«

Mr. Cope schwieg eine Weile.

»Ich möchte Ihnen nur sagen, Monsieur Poirot«, fuhr er dann fort, »daß ich ein alter Freund der Familie bin. Natürlich regen sie sich über die Geschichte sehr auf. Sie sind ohnehin alle

nervös und überreizt, verstehen Sie? Wenn ich also irgendwie helfen kann – bei der Erledigung der notwendigen Formalitäten, bei den Arrangements für die Beerdigung, bei der Überführung der Toten nach Jerusalem –, dann möchte ich tun, was in meinen Kräften steht, damit sie es leichter haben. Sagen Sie mir einfach Bescheid, wenn irgend etwas zu tun ist.«
»Ich bin überzeugt, daß Ihnen die Familie für Ihr Angebot sehr dankbar ist«, sagte Poirot. »Sie sind, glaube ich, vor allem mit der jungen Mrs. Boynton befreundet?«
Mr. Jefferson Cope errötete leicht.
»Nun, ich glaube, das ist nicht so wichtig, Monsieur Poirot. Wie ich hörte, sprachen Sie heute vormittag mit Nadine, und vielleicht machte sie Ihnen gegenüber eine Andeutung, wie es zwischen uns steht. Doch das ist jetzt vorbei. Mrs. Boynton ist eine großartige Frau. Sie weiß, daß es ihre erste Aufgabe ist, ihrem Mann in seinem großen Kummer beizustehen.«
Poirot nickte langsam. Dann sagte er:
»Oberst Carbury möchte einen genauen Bericht haben, was Sie an dem Nachmittag taten, an dem Mrs. Boynton starb. Würden Sie es mir bitte erzählen?«
»Selbstverständlich. Nach dem Mittagessen und einer kleinen Ruhepause machten wir uns auf eine Art Erkundungstour. Zu unserem Glück gelang es uns, diese Pest von einem Führer abzuhängen. Wenn er auf das Thema Juden zu sprechen kommt, dreht er richtig durch. Ich glaube, er ist in dieser Beziehung nicht ganz normal. Jedenfalls, wie ich schon sagte, gingen wir los. Auf diesem Spaziergang fand auch das bewußte Gespräch mit Nadine statt. Danach wollte sie mit ihrem Mann allein sein, um es ihm zu sagen. Ich ging also allein weiter und kehrte schließlich ins Lager zurück. Auf halbem Weg begegnete ich den beiden englischen Damen, die schon an dem Ausflug vom Vormittag teilgenommen hatten. Die eine ist eine Adlige, soviel ich gehört habe.«
Poirot bestätigte es.
»Ah, eine großartige Frau, mit einem scharfen Verstand und sehr gut informiert. Die andere war ziemlich farblos und schien halbtot vor Müdigkeit. Die Tour am Vormittag war sehr

anstrengend gewesen, vor allem, wenn man die Höhe nicht verträgt. Nun, wie ich schon erwähnte, stieß ich auf die beiden Damen. Ich erzählte ihnen von den Nabatäern, über die sie wenig wußten. Dann besichtigten wir noch eine Ruine und kehrten gegen sechs Uhr gemeinsam ins Lager zurück. Lady Westholme wollte unbedingt Tee trinken, und ich hatte das Vergnügen, in ihrer Gesellschaft eine Tasse mitzutrinken – der Tee war ziemlich schwach, hatte aber einen interessanten Geschmack. Dann deckten die Diener den Tisch für das Abendessen. Jemand sollte die alte Dame holen, und da stellte man fest, daß sie tot auf ihrem Stuhl saß.«

»Als Sie zurückkamen, fiel sie Ihnen da auf?«

»Ich sah sie oben vor ihrer Höhle sitzen, wie immer am Nachmittag und Abend, aber ich achtete nicht besonders auf sie. Ich erklärte Lady Westholme gerade den Kurssturz an unserer Börse, und außerdem mußte ich noch auf Miss Pierce aufpassen. Sie war so müde, daß sie ständig stolperte.«

»Vielen Dank, Mr. Cope. Darf ich die indiskrete Frage stellen, ob Mrs. Boynton ein großes Vermögen hinterläßt?«

»Ein sehr großes. Das heißt, genaugenommen konnte sie es gar nicht vererben. Sie hatte nur die lebenslange Nutznießung. Nach ihrem Tod wird es unter den Kindern des toten Elmar Boynton aufgeteilt. Na, jedenfalls sind sie jetzt gut dran.«

»Geld«, sagte Poirot, »spielt eine große Rolle. Wie viele Verbrechen wurden deswegen schon begangen!«

Mr. Cope schien diese Bemerkung etwas zu erschrecken. »Ja, das kann schon sein«, sagte er zögernd.

Poirot lächelte freundlich. »Aber es gibt so viele Motive für einen Mord, nicht wahr? Vielen Dank, Mr. Cope. Sie waren sehr hilfreich.«

»Das habe ich gern getan«, sagte Mr. Cope. »Sitzt dort oben nicht Miss King? Ich werde mal zu ihr gehen und mich ein bißchen mit ihr unterhalten.«

Poirot ging allein weiter den Hügel hinunter. Er stieß auf Miss Pierce, die hinaufhuschen wollte. Atemlos begrüßte sie ihn.

»Ich bin so froh, daß ich Sie treffe, Monsieur Poirot! Ich sprach mit diesem sehr seltsamen Mädchen, der jüngsten Tochter, Sie wissen schon. Sie sagte die seltsamsten Dinge – über irgendwelche Feinde und einen Scheich, der sie kidnappen will, und daß überall Spione seien. Wirklich, es hörte sich *sehr* romantisch an! Lady Westholme behauptet, daß alles Unsinn sei. Sie hat mal eine rothaarige Küchenhilfe gehabt, die auch solche Lügen erzählte. Ich finde, manchmal ist Lady Westholme zu *hart*. Es könnte doch auch wahr sein, oder etwa nicht, Monsieur Poirot? Vor ein paar Jahren las ich mal, daß eine Tochter des Zaren während der Revolution nicht getötet wurde, sondern heimlich von Rußland nach Amerika fliehen konnte. Ich glaube, es war die Großherzogin Tatjana. Wenn es stimmt, *könnte* sie doch ihre Tochter sein, nicht wahr? Sie machte so eine Andeutung, daß sie aus einer Königsfamilie stammt, und sie sieht auch so aus, nicht wahr? Etwas slawisch, vor allem die Backenknochen. Wie aufregend das wäre!«

»Es passieren wirklich die seltsamsten Dinge im Leben«, bemerkte Poirot philosophisch.

»Mir wurde erst heute vormittag klar, wer Sie eigentlich sind«, rief Miss Pierce und klatschte in die Hände. »Natürlich sind Sie *der* berühmte Privatdetektiv! Über die ABC-Morde habe ich *alles* genau gelesen. Es war schrecklich *aufregend*! Damals arbeitete ich nämlich gerade als Erzieherin in der Nähe von Doncaster.«

Poirot murmelte etwas Unverständliches. Miss Pierce wurde immer aufgeregter.

»Deshalb glaube ich, daß ich mich heute vormittag nicht richtig – daß ich mich vielleicht nicht richtig verhalten habe. Man muß *alles* sagen, nicht wahr? Nicht das *kleinste* Detail darf man weglassen, auch wenn es einem noch so unwichtig *erscheint*. Denn wenn *Sie* sich mit der Sache beschäftigen, Monsieur Poirot, dann muß die arme Mrs. Boynton ja ermordet worden sein! Ich nehme doch nicht an, daß Mr. Mah Mud – ich vergesse immer seinen Namen, ich meine unseren Führer –, ich nehme nicht an, daß er ein *bolschewistischer* Agent ist? Oder vielleicht sogar Miss King? Soviel ich hörte, sind viele, *ganz* ordentlich erzogene junge Frauen aus *gutem* Haus kommunistisch. Deshalb frage ich mich, ob ich Ihnen erzählen *müßte* – verstehen Sie, genauer betrachtet ist es nämlich ziemlich seltsam.«

»Eben«, sagte Poirot. »Und deshalb werden Sie mir alles genau erzählen.«

»Na ja, eigentlich ist es nichts Besonderes. Es ist nur so – also, am Morgen nach Mrs. Boyntons Tod war ich schon ziemlich früh auf. Ich blickte aus dem Zelt, weil ich den Sonnenaufgang bewundern wollte, verstehen Sie. Nur, es gab keinen Sonnenaufgang. Sie mußte schon eine Stunde früher aufgegangen sein. Jedenfalls, es war ziemlich früh –«

»Ja, ja! Und was sahen Sie da?«

»Es war sehr komisch. Bloß damals *fand* ich es nicht wichtig. Ich sah nur, wie die junge Boynton aus ihrem Zelt trat und etwas in den Bach warf. Natürlich ist nichts dabei, wenn man so was macht – nur: Es glitzerte! Es glitzerte in der Sonne! Während es durch die Luft flog, *glitzerte* es! Verstehen Sie?«

»Wer war es?«

»Ich glaube, sie heißt Carol. Eine sehr gut aussehende Person. Sie ist ihrem Bruder sehr ähnlich. Sie könnten *Zwillinge* sein. Allerdings hätte es auch die *jüngste* Tochter sein können. Die Sonne blendete mich, ich konnte nicht genau sehen. Aber ich glaube, das Haar war nicht rotblond, eher bräunlich. Ich liebe diesen Kupferton! Rotes Haar erinnert mich immer an gelbe Rüben!« Sie kicherte.

»Und sie warf einen glitzernden Gegenstand fort?« fragte Poirot.

»Ja. Wie ich schon erwähnte, hielt ich es *damals* nicht für wichtig. Aber später spazierte ich den Bach entlang, und Miss King spazierte da auch. Zwischen einer Menge scheußlicher Dinge – sogar Blechdosen lagen da – entdeckte ich eine kleine schimmernde Metallschachtel, nicht quadratisch, eher länglich, wenn Sie verstehen, was ich meine –«

»Aber ja, ich verstehe Sie ausgezeichnet. Ungefähr so lang?«

»Ja. Wie *klug* Sie sind! Und da dachte ich bei mir: Die hat bestimmt die junge Boynton weggeworfen. So eine hübsche kleine Schachtel! Aus reiner Neugierde hob ich sie auf und öffnete sie. Drinnen lag eine Spritze – mit so einer hat man mir auch in den Arm gestochen, als ich gegen Typhus geimpft wurde. Komisch, dachte ich, daß man so was wegwirft. Denn sie war nicht kaputt oder so. Und wie ich noch überlegte, sprach Miss King mich an. Ich hatte sie nicht kommen gehört. Sie sagte: ›Ach, vielen Dank. Sie gehört mir. Ich suchte gerade nach ihr.‹ Also gab ich sie ihr, und sie ging damit zurück ins Lager.«

Miss Pierce machte eine Pause und redete dann hastig weiter:

»Und natürlich ist sicherlich *nichts* dran – nur, ich fand es *wirklich* etwas seltsam, daß Carol Boynton Miss Kings Spritze wegwarf. Ich fand es komisch, wenn Sie verstehen, was ich meine. Obwohl ich natürlich annehme, daß es eine triftige Erklärung dafür gibt.«

Sie schwieg und sah Poirot erwartungsvoll an.

Er machte ein ernstes Gesicht. »Vielen Dank, Mademoiselle. Was Sie mir eben erzählten, ist vielleicht für sich allein betrachtet nicht wichtig, aber ich verrate Ihnen dies: Jetzt ist mein Fall vollständig! Jetzt ist alles klar und logisch.«

»Ach, wirklich?« Miss Pierce freute sich wie ein Kind.

Poirot begleitete sie ins Hotel zurück. Als er wieder in seinem Zimmer war, notierte er einen weiteren Punkt auf seiner Liste. Punkt zehn: Ich vergesse nie. Denken Sie daran, ich vergesse nie etwas...

»*Mais oui*«, sagte er. »Jetzt ist mir alles klar!«

27

»Ich bin mit den Vorbereitungen fertig«, sagte Hercule Poirot. Mit einem leisen Seufzer trat er ein paar kleine Schritte zurück und betrachtete die Szene. Er und Oberst Carbury befanden sich in einem der unbenützten Zimmer des Hotels. Oberst Carbury lehnte unelegant am Bett, das gegen die Wand geschoben worden war, und sog lächelnd an seiner

Pfeife. »Sie sind ein komischer Kerl, was, Poirot?« sagte er. »Mit Ihrem Hang, die Dinge zu dramatisieren.«
»Vielleicht stimmt es«, gab der kleine Detektiv zu. »Aber eigentlich ist es nicht nur meine Eitelkeit. Wenn man eine Komödie gibt, muß zuerst die Dekoration aufgestellt werden.«
»Ist es denn eine Komödie?«
»Auch wenn es eine Tragödie ist, muß das *décor* richtig sein.«
Oberst Carbury sah ihn neugierig an. »Nun«, sagte er. »Es ist Ihr Bier. Ich habe keine Ahnung, was Sie vorhaben. Ich nehme aber an, daß Sie fündig geworden sind.«
»Ich habe die Ehre, Ihnen das zu präsentieren, worum Sie mich baten – die Wahrheit!«
»Glauben Sie, wir können jemand verhaften?«
»Das, mein Freund, kann ich Ihnen nicht versprechen.«
»Auch recht. Vielleicht bin ich später froh darüber. Wir werden sehen.«
»Meine Argumente sind hauptsächlich psychologischer Natur«, bemerkte Poirot.
Oberst Carbury seufzte. »Das befürchtete ich schon.«
»Aber Sie werden beeindruckt sein«, versicherte Poirot. »Ja, sie sind überzeugend! Die Wahrheit, habe ich immer wieder festgestellt, ist seltsam und schön.«
»Manchmal«, sagte Oberst Carbury, »ist sie verdammt unerfreulich.«
»Nein, nein!« Poirot meinte es ernst. »Sie nehmen das zu persönlich. Betrachten Sie es mal sachlicher, objektiver. Dann ist die vollkommene Logik der Ereignisse faszinierend und sinnvoll.«
»Ich werde mich bemühen«, sagte der Oberst.
Poirot warf einen Blick auf seine Uhr, eine riesige, groteske Zwiebel von Uhr. »Hm, ja«, sagte er. »Sie gehörte schon meinem Großvater.«
»Dachte ich mir beinahe.«
»Es wird Zeit, das Verfahren zu eröffnen«, sagte Poirot. »Sie, *mon Colonel*, setzen sich hier an diesen Tisch. Sie müssen einen amtlichen Eindruck machen.«

»Na, wenn Sie wollen«, grunzte Carbury. »Soll ich etwa auch noch meine Uniform anziehen?«
»Nein, nein. Wenn Sie erlauben, ziehe ich nur Ihre Krawatte gerade.« Er ließ seinen Worten sofort die Tat folgen. Oberst Carbury grinste nur, setzte sich auf den Stuhl, auf den Poirot gedeutet hatte, und verschob einen Augenblick später unbewußt seine Krawatte, so daß sie wieder unter dem linken Ohr zu hängen schien.
»Hier«, fuhr Poirot fort und schob ein paar Stühle näher zusammen, »plazieren wir die Familie. *La famille Boynton.* Und hier drüben setzen wir die drei Außenseiter hin, die alle ein Interesse an dem Fall haben. Von Dr. Gerards Aussage hängt es ab, ob Anklage erhoben wird oder nicht. Bei Miss King spielen zwei Dinge eine Rolle: Sie ist als Privatperson in die Geschichte verwickelt und als medizinischer Gutachter. Mr. Jefferson Cope, der mit den Boyntons sehr befreundet ist, gehört entschieden ebenfalls zur interessierten Partei.«
Er brach ab. »Aha!« rief er plötzlich. »Sie kommen!« Er riß die Tür auf.
Lennox Boynton und seine Frau waren die ersten. Danach folgten Raymond und Carol. Ginevra ging allein. Ein schwaches, fernes Lächeln spielte um ihren Mund. Dr. Gerard und Sarah King machten das Schlußlicht. Mr. Jefferson Cope kam ein paar Minuten zu spät und entschuldigte sich schon beim Eintreffen.
Als alle Platz genommen hatten, trat Poirot vor.
»Meine Damen und Herren«, sagte er. »Dies ist ein rein informatives Zusammentreffen, verursacht durch meine zufällige Anwesenheit in Amman. Oberst Carbury beehrte mich mit der Bitte –«
Poirot wurde unterbrochen. Die Unterbrechung kam aus einer völlig unerwarteten Ecke. Lennox Boynton rief plötzlich und kampflustig:
»Warum? Warum, zum Teufel, holte er Sie dazu?«
Poirot winkte würdevoll mit der Hand. »Ich werde häufig bei plötzlichen Todesfällen hinzugezogen.«

»Die Ärzte schicken also jedesmal nach Ihnen«, sagte Lennox Boynton, »wenn ein Herzkranker stirbt?«
»Herzkrankheit«, bemerkte Poirot, »ist eine so vage und unwissenschaftliche Bezeichnung.«
Oberst Carbury räusperte sich. Es hörte sich sehr amtlich an. Er sagte in amtlichem Ton:
»Am besten stelle ich ein paar Dinge klar. Über die Umstände, die zum Tod führten, wurde mir berichtet. Eine ganz natürliche Ursache. Es war ungewöhnlich schwüles Wetter, die Reise für eine ältere Dame mit schlechter Gesundheit sehr anstrengend. Soweit war alles ziemlich eindeutig. Aber Dr. Gerard erschien bei mir und sagte freiwillig aus –«
Er sah Poirot fragend an. Poirot nickte.
»Dr. Gerard ist ein bedeutender Arzt von internationalem Ruf. Wenn er eine Aussage macht, so ist dies keine Nebensächlichkeit. Dr. Gerard sagte folgendes aus: Am Morgen nach Mrs. Boyntons Tod stellte er fest, daß aus seinem Medikamentenkoffer eine gewisse Menge eines sehr wirksamen Herzmittels fehlte. Am vorangegangenen Nachmittag hatte er entdeckt, daß eine Spritze verschwunden war. Die Spritze wurde während der Nacht zurückgelegt. Und der letzte Punkt – am Handgelenk der Toten war ein Stich, der von einer Spritze herrühren konnte.«
Oberst Carbury schwieg kurz.
»Unter diesen Umständen entschied ich, daß es die Pflicht der zuständigen Behörden sei, eine genauere Untersuchung durchzuführen. Monsieur Hercule Poirot war bei mir zu Gast und bot mir freundlicherweise seine Hilfe an. Ich gab ihm Blankovollmacht. Er konnte tun, was immer er für richtig hielt. Wir sind jetzt hier versammelt, um uns seinen Bericht in dieser Angelegenheit anzuhören.«
Es herrschte Schweigen. Die Stille war so absolut, daß man eine Stecknadel hätte fallen hören können, wie es im Sprichwort so schön heißt. Tatsächlich ließ jemand etwas fallen. Das Geräusch kam aus dem Nebenzimmer. Es klang, als habe jemand einen Schuh fallen lassen. Es tönte in der Stille wie eine Bombe.

Poirot warf der kleinen Gruppe von drei Personen zu seiner Rechten einen kurzen Blick zu, dann musterte er die fünf Menschen, die eng beisammen zu seiner Linken saßen. Sie hatten alle ängstliche Augen.

Poirot sagte ruhig: »Als Oberst Carbury mit seinem Problem zu mir kam, nannte ich ihm meine Meinung als Fachmann. Ich räumte ein, daß es vielleicht nicht möglich sein würde, Beweise zu liefern, Beweise, die bei Gericht zugelassen würden, aber ich sagte ihm auch, daß ich völlig sicher sei, die Wahrheit herauszufinden – einfach durch Befragen der betroffenen Personen. Denn ich darf Ihnen einiges verraten, meine Freunde: Wenn man ein Verbrechen aufklären will, braucht man nur den Schuldigen oder die Schuldigen reden zu lassen – am Ende werden sie Ihnen immer erzählen, was Sie wissen wollen.« Er machte eine Pause.

»Obwohl Sie mich in diesem Fall belogen haben, sagten Sie mir unwissentlich auch die Wahrheit.«

Poirot hörte ein schwaches Seufzen, rechts von ihm scharrte jemand mit dem Stuhl, aber er blickte nicht dorthin. Er sah weiter die Boyntons an.

»Zuerst prüfte ich die Möglichkeit, daß Mrs. Boynton eines natürlichen Todes gestorben war – und entschied mich dagegen. Das fehlende Herzmittel, die Spritze und vor allem die Haltung der Familie der Toten überzeugten mich, daß diese Annahme falsch war.

Mrs. Boynton war nicht nur kaltblütig getötet worden – jedem Mitglied der Familie war dies auch bewußt! Gemeinsam reagierten sie, als seien sie schuldig.

Aber es gab gewisse unterschiedliche Grade der Schuld. Ich prüfte die Beweise sorgfältig im Hinblick darauf, ob der Mord – denn es *war* Mord! – von der Familie der alten Dame nach einem *gemeinsamen* Plan begangen worden war.

Es gab ein, wie ich mal sagen möchte, überwältigendes Motiv. Alle konnten durch ihren Tod nur gewinnen, sowohl in finanzieller Hinsicht, denn er bedeutete Unabhängigkeit und ein beträchtliches Erbe, als auch in psychischer Hinsicht: Befreiung von einer fast unerträglich gewordenen Tyrannei.

Weiter: Ich kam zu dem Schluß – beinahe sofort –, daß die Theorie einer gemeinsamen Aktion nicht zutraf. Die Berichte der einzelnen Familienmitglieder paßten nicht nahtlos zusammen, und man hatte keine glaubwürdigen Alibis abgesprochen. Die Tatsachen schienen eher darauf hinzudeuten, daß ein oder möglicherweise zwei Mitglieder der Familie in geheimem Einverständnis gehandelt und die andern sich nur der Beihilfe nach der Tat schuldig gemacht hatten. Als nächstes prüfte ich, welche Person am ehesten in Frage kam. Hier muß ich gestehen, daß ich durch einen bestimmten Umstand, den nur ich kannte voreingenommen war.«

Poirot berichtete von dem im Hotel »Solomon« belauschten Gespräch.

»Natürlich machte diese Geschichte Mr. Raymond Boynton besonders verdächtig. Ich sah mir die Familie näher an und schloß, daß der wahrscheinlichste Gesprächspartner seine Schwester Carol war. Sie ähneln sich sehr, im Aussehen und im Naturell, und hatten deshalb eine besonders enge Beziehung zueinander. Außerdem besaßen sie auch das aufrührerische Temperament und die Nervosität, die für einen solchen Plan nötig sind. Daß ihr Motiv nicht nur eigennützig war – sie wollten der ganzen Familie und vor allem der jüngsten Schwester helfen –, machte die Planung dieser Tat nur noch glaubwürdiger.« Poirot schwieg.

Raymond Boynton öffnete den Mund und schloß ihn wieder. Er sah Poirot die ganze Zeit an, mit einem Blick, in dem so etwas wie dumpfe Verzweiflung lag.

»Ehe ich mich weiter mit Raymond Boyntons Plan befasse, möchte ich Ihnen eine Liste mit den wichtigsten Punkten vorlesen, die ich schon Oberst Carbury vorlegte.

1. Mrs. Boynton nahm ein Medikament, das Digitalis enthielt.
2. Dr. Gerard fehlte eine Spritze.
3. Mrs. Boynton fand großen Gefallen daran, ihre Kinder zu isolieren und von andern Leuten fernzuhalten.
4. Am Nachmittag ihres Todes bat Mrs. Boynton ihre Kinder, sie allein zu lassen und spazierenzugehen.

5. Mrs. Boynton war eine Sadistin.
6. Die Entfernung zwischen dem großen Zelt und der Höhle, vor der Mrs. Boynton saß, betrug etwa 200 Meter.
7. Zuerst behauptete Lennox Boynton, nicht genau zu wissen, wann er im Lager eintraf, später gab er zu, die Armbanduhr seiner Mutter gestellt zu haben.
8. Dr. Gerards und Miss Ginevra Boyntons Zelt standen nebeneinander.
9. Als um halb sieben das Abendessen fertig war, ging ein Diener zu Mrs. Boynton, um sie zu holen.
10. Mrs. Boynton sagte in Jerusalem einmal folgende Worte: ›Ich vergesse nie. Denken Sie daran, ich vergesse nie etwas.‹

Obwohl ich die Punkte einzeln durchnumeriert habe, gehören manche paarweise zusammen. Zum Beispiel die ersten beiden: Mrs. Boynton nahm ein Medikament, das Digitalis enthielt, und Dr. Gerard fehlte eine Spritze. Diese beiden Umstände fielen mir als erste auf, und ich gestehe, daß ich sie sehr seltsam fand und dachte, sie paßten nicht zusammen. Sie verstehen nicht, was ich meine? Macht nichts. Ich komme gleich noch einmal darauf zurück. Es genügt zu wissen, daß ich mir diese beiden Punkte merkte, weil ich für sie noch keine befriedigende Erklärung gefunden hatte.

Ich möchte jetzt meine Überlegungen über Raymond Boyntons mögliche Schuld abschließen. Die Fakten sind folgende: Er wurde gehört, wie er erwog, Mrs. Boyntons Leben zu beenden. Er war in einem Zustand äußerster nervlicher Anspannung. Er hatte gerade ... entschuldigen Sie, Mademoiselle –«, er verneigte sich vor Sarah, »– er hatte gerade eine Gefühlskrise erlebt. Das heißt, er hatte sich verliebt. Der Ansturm seiner Gefühle konnte sich auf verschiedene Weise Luft machen. Entweder würde er milde und freundlich gestimmt sein, gegenüber der Welt im allgemeinen und seiner Mutter im besonderen, oder jetzt endlich den Mut haben, sich gegen sie durchzusetzen und ihren Einfluß abzuschütteln, oder aber den letzten Anstoß erhalten, um das geplante

Verbrechen in die Tat umzusetzen. Doch das ist alles Psychologie. Bleiben wir bei den Tatsachen.
Raymond Boynton verließ das Lager zusammen mit den andern gegen Viertel nach drei. Mrs. Boynton war gesund und munter. Schon bald darauf fanden sich Raymond und Sarah King zu einem Gespräch unter vier Augen. Dann kehrte er allein um. Laut seinen Angaben war er um zehn vor sechs wieder im Lager. Er besuchte seine Mutter, wechselte ein paar Worte mit ihr, ging zu seinem Zelt und etwas später weiter zum großen Zelt. Er erklärt, daß Mrs. Boynton zehn Minuten vor sechs Uhr *gesund und munter* war.
Jetzt kommen wir zu einer Tatsache, die diese Aussage genau widerlegt. Um halb sieben wurde Mrs. Boyntons Tod von einem Diener entdeckt. Miss King, die eine ausgebildete Ärztin ist, untersuchte die Leiche und schwört, daß Mrs. Boynton schon mindestens eine Stunde tot gewesen sein muß, wenn nicht länger.
Wir haben es hier also mit zwei sich widersprechenden Aussagen zu tun. Wenn wir bei Miss King die Möglichkeit eines Irrtums ausschließen, dann –«
»Ich mache keine Fehler«, rief Sarah dazwischen. »Das heißt, wenn ich einen gemacht hätte, würde ich es zugeben.« Ihre Stimme klang klar und entschlossen.
Poirot verbeugte sich höflich. »Dann gibt es nur zwei Möglichkeiten – entweder Miss King lügt, oder Mr. Boynton! Überlegen wir, was für einen Grund Mr. Boynton dazu hätte. Falls Miss King sich *nicht* irrt und *nicht* lügt. Wie war dann der Lauf der Ereignisse? Raymond Boynton kommt ins Lager, sieht seine Mutter oben vor ihrer Höhle sitzen, geht zu ihr und entdeckt, daß sie tot ist. Was tut er? Ruft er um Hilfe? Informiert er die andern? Nein. Er wartet ein oder zwei Minuten, geht dann zu seinem Zelt, trifft später seine Familie im großen Zelt und sagt überhaupt nichts. So ein Benehmen ist höchst seltsam, nicht wahr?«
»Es wäre völlig idiotisch«, sagte Raymond scharf. Er wirkte sehr nervös. »Es müßte Sie überzeugen, daß meine Mutter gesund und munter war, wie ich sagte. Miss King war verwirrt

und aufgeregt und täuschte sich.«

»Man fragt sich nun«, fuhr Poirot unbeeindruckt fort, »ob es für dieses Benehmen einen Grund gab. Oberflächlich betrachtet scheint es, daß Raymond Boynton nicht schuldig sein kann, weil seine Stiefmutter schon tot war, als er zu ihr ging. Also angenommen, Raymond Boynton ist unschuldig – wie können wir sein Verhalten erklären?

Und ich behaupte nun, daß wir es können! Denn erinnern wir uns an die Worte, die ich belauschte: daß er wünschte, sie sei tot. Er kehrt von seinem Spaziergang zurück, entdeckt, daß sie tot ist, und sofort denkt er – denn er hat ein schlechtes Gewissen – an eine bestimmte Möglichkeit: Sein Plan ist ausgeführt worden, nicht von ihm, sondern von seiner Mitwisserin. *Tout simplement* – er hat den Verdacht, daß seine Schwester Carol die Täterin ist.«

»Das ist eine Lüge«, sagte Raymond mit leiser, unsicherer Stimme.

»Betrachten wir einmal die Möglichkeit«, fuhr Poirot fort, »daß Carol Boynton die Mörderin ist. Was für Beweise haben wir dafür? Sie ist genauso überempfindlich und nervös wie ihr Bruder, und ihrer Veranlagung gemäß könnte diese Tat sogar etwas Heldenhaftes haben. An jenem Abend in Jerusalem hatte sich ihr Bruder nämlich mit *ihr* unterhalten. Carol Boynton ist zehn Minuten nach fünf wieder im Camp. Laut ihrer eigenen Aussage ging sie zu ihrer Mutter hinauf und sprach mit ihr. Keiner hat sie dabei beobachtet. Das Camp war leer, die Diener schliefen. Lady Westholme, Miss Pierce und Mr. Cope steckten in irgendwelchen Ruinen oder Höhlen. Es gab keine Zeugen für Carol Boyntons angeblichen Besuch bei ihrer Mutter. Die Zeit paßt ebenfalls gut. Carol konnte den Mord sehr wohl begangen haben.« Poirot schwieg eine Weile. Carol hatte den Kopf gehoben. Sie sah ihn gelassen und etwas traurig an.

»Noch etwas. Am nächsten Morgen, sehr früh am nächsten Morgen, beobachtete jemand, wie Carol Boynton etwas in den Bach warf. Es besteht Grund zu der Annahme, daß es eine Spritze war.«

»Wie ist denn das möglich!« rief Dr. Gerard erstaunt. »Meine Spritze ist doch wiederaufgetaucht! Ja, ja, ich habe sie wieder!«
Poirot nickte energisch.
»Diese Geschichte mit der zweiten Spritze ist sehr seltsam und sehr interessant. Ich habe den Eindruck, daß diese Spritze Miss King gehört. Habe ich recht?«
Sarah zögerte für den Bruchteil einer Sekunde.
Carol mischte sich ein. »Es war nicht Miss Kings Spritze«, sagte sie hastig. »Sie gehört mir.«
»Dann geben Sie zu, daß Sie sie weggeworfen haben, Mademoiselle?«
Sie antwortete nicht sofort. »Ja, natürlich«, erklärte sie dann. »Warum auch nicht?«
»Carol!« Es war Nadine. Sie beugte sich vor und sah Carol besorgt an. »Carol... mein Gott, ich verstehe nicht –«
Carol wandte sich um. In ihrem Blick lag etwas Feindseliges. »Da gibt es nichts zu verstehen«, sagte sie. »Ich habe bloß eine alte Spritze weggeworfen. Das Gift habe ich nie angerührt.«
Da meldete sich Sarah. »Was Miss Pierce Ihnen erzählte, Monsieur Poirot, ist wahr: Die Spritze gehörte tatsächlich mir!«
Poirot lächelte.
»Sehr verwirrend – diese Geschichte mit der Spritze. Und doch glaube ich, daß man sie klären kann. Hm, ja, wir hätten jetzt also herausgefunden, daß Raymond Boynton unschuldig und seine Schwester Carol schuldig ist. Aber ich – ich bemühe mich immer, so fair wie möglich zu sein. Jedes Ding hat zwei Seiten. Überlegen wir doch einmal, wie der Fall aussieht, wenn Carol Boynton keine Schuld träfe.
Sie kehrt ins Lager zurück, sie geht hinauf zu ihrer Stiefmutter und stellt fest – nehmen wir es ruhig an –, daß sie tot ist. Woran denkt sie zuerst? Sie wird vermuten, daß ihr Bruder Raymond sie getötet hat. Sie weiß nicht, wie sie sich verhalten soll. Deshalb sagt sie nichts. Und eine Stunde später, als Raymond Boynton zurückkommt und zu seiner Mutter geht, sagt er ebenfalls nichts. Glauben Sie nicht, daß Carol jetzt von Ray-

monds Schuld überzeugt sein muß? Vielleicht geht sie zu seinem Zelt und entdeckt dort eine Spritze. Das ist – so glaubt sie – der letzte Beweis. Sie nimmt sie mit und versteckt sie. Am nächsten Morgen wirft sie sie so weit weg, wie sie kann.

Es gibt noch einen Hinweis auf Carol Boyntons Unschuld. Auf meine diesbezügliche Frage erklärte sie, daß sie und ihr Bruder niemals ernsthaft beabsichtigten, ihren Plan auszuführen. Ich bat sie, es zu beschwören – und sie willigte sofort ein. Sie schwor feierlich, daß sie das Verbrechen nicht begangen habe. Verstehen Sie, so drückte sie sich aus. Sie schwor nicht, daß sie beide – ihr Bruder und sie – das Verbrechen nicht begangen hatten. Sie schwor für sich allein – und dachte, ich würde den Unterschied nicht merken.

Eh bien – dies wären die Argumente für Carol Boyntons Unschuld. Und jetzt lassen Sie uns eine Kehrtwendung machen und überlegen, was für Raymond Boyntons Schuld spricht. Nehmen wir an, Carol sagt die Wahrheit und Mrs. Boynton lebte um zehn Minuten nach fünf Uhr noch. Unter welchen Umständen könnte Raymond Boynton schuldig sein? Wir dürfen annehmen, daß er seine Mutter um zehn Minuten vor sechs tötete, zu dem Zeitpunkt also, als er zu ihr hinaufging, um mit ihr zu sprechen. Zwar liefen im Camp Diener herum, doch es dämmerte schon. Er hätte seine Tat ausführen können. Aber dann konnte Miss King nicht die Wahrheit gesagt haben. Vergessen Sie nicht, sie kehrte nur fünf Minuten nach Raymond zurück. Aus der Ferne hätte sie beobachten können, wie er zu seiner Mutter hinaufging. Als sie die Tote untersuchte, wurde Miss King bewußt, daß Raymond sie ermordet haben mußte. Um ihn zu retten, log sie, denn sie wußte, daß Dr. Gerard einen Malariaanfall hatte und ihre Behauptung nicht entkräften konnte.«

»Es war keine Lüge!« sagte Sarah laut.

»Wir müssen noch eine andere Möglichkeit berücksichtigen. Wie ich bereits sagte, kehrte Miss King nur ein paar Minuten später als Raymond zurück. Falls Raymond Boynton seine Mutter wohl und munter antraf, muß es Miss King gewesen sein, die die tödliche Injektion machte. Sie ist überzeugt, daß

Mrs. Boynton im Grunde ihres Herzens ein schlechter Mensch war. Vielleicht hielt sie es nur für eine gerechte Strafe, sie zu töten. Auch das würde sehr glaubwürdig erklären, warum sie hinsichtlich der Todesstunde log.«

Sarah war sehr blaß geworden. »Es ist richtig«, sagte sie mit leiser, ruhiger Stimme, »daß ich von dem Opfertod eines einzelnen zur Rettung von vielen sprach. Es war oben auf dem Felsen bei der Opferstätte. Aber ich schwöre, daß ich dieser widerlichen alten Frau nichts getan habe. So eine Idee wäre mir nie in den Sinn gekommen.«

»Und trotzdem«, sagte Poirot freundlich, »muß einer von Ihnen beiden lügen.«

Raymond Boynton schlug unruhig die Beine übereinander. »Sie haben gewonnen, Monsieur Poirot!« rief er. »Ich habe gelogen! Meine Mutter war tot. Es – es hat mich einfach umgeworfen. Ich wollte doch reinen Tisch mit ihr machen, verstehen Sie? Ich wollte ihr sagen, daß ich von jetzt an mein eigener Herr sei. Ich war – nun, Sie wissen schon ... und da saß sie – und war tot! Ihre Hand war kalt und weich. Und ich dachte – ich dachte genauso, wie Sie es eben beschrieben haben. Ich dachte, daß Carol vielleicht – mir fiel der Einstich am Gelenk auf ...«

»Das ist ein Punkt, über den ich nicht genau informiert bin«, warf Poirot ein. »Welche Methode wollten Sie denn anwenden? Denn Sie hatten doch eine, nicht wahr? Eine Spritze spielte dabei eine Rolle. Soviel ist mir klar. Wenn ich Ihnen glauben soll, müssen Sie mir schon alles übrige erzählen.«

»Ich las darüber in einem Buch ...«, erwiderte Raymond hastig. »Es war ein englischer Kriminalroman: Man sticht mit einer leeren Spritze zu, das ist der Trick. Es klang so richtig wissenschaftlich. Ich – ich hielt es für eine gute Methode.«

»Aha!« sagte Poirot. »Jetzt begreife ich. Und Sie kauften eine Spritze?«

»Nein. Eigentlich ist es so – ich klaute die von Nadine.«

Poirot warf ihr einen kurzen Blick zu. »Die Spritze, die angeblich in Ihrem großen Gepäck in Jerusalem ist?« fragte er.

Eine leichte Röte stieg Nadine in die Wangen. »Ich – ich hatte keine Ahnung, wo sie hingekommen war«, sagte sie leise.
»Sie reagieren sehr schnell, Madame«, erwiderte Poirot.

28

Es entstand eine lange Pause. Dann räusperte sich Poirot – es klang etwas affektiert – und sagte:
»Wir haben jetzt das Geheimnis der sogenannten zweiten Spritze geklärt. Sie gehörte Mrs. Nadine Boynton und wurde von Raymond Boynton vor seiner Abreise aus Jerusalem entwendet. Dann nahm sie Carol Raymond weg, nachdem sie Mrs. Boyntons Leiche entdeckt hatte, und warf sie in das Bachbett. Miss Pierce fand sie, und da behauptete Miss King, sie gehöre ihr. Ich nehme an, daß Miss King sie noch besitzt.«
»Ja«, sagte Sarah nur.
»So daß Sie eben gelogen haben, als Sie behaupteten, es sei Ihre.«
»Das ist etwas anderes«, erwiderte Sarah ruhig. »Es geht nicht um berufliche Dinge.«
Gerard nickte bestätigend.
»In gewisser Weise haben Sie recht«, sagte Poirot. »Ich kann Sie sehr gut verstehen, Mademoiselle.«
»Danke«, antwortete Sarah nur.
Wieder räusperte sich Poirot. »Und jetzt zum Zeitplan über das Kommen und Gehen im Lager. Also:

15.05 (ca.)	Die Boyntons und Jefferson Cope verlassen das Lager.
15.15 (ca.)	Dr. Gerard und Sarah King verlassen das Lager.
16.15	Lady Westholme und Miss Pierce verlassen das Lager.
16.20 (ca.)	Dr. Gerard kehrt ins Lager zurück.
16.35	Lennox Boynton kehrt ins Lager zurück.

16.40	Nadine Boynton kehrt ins Lager zurück und spricht mit Mrs. Boynton.
16.50 (ca.)	Sie geht zum großen Zelt.
17.10	Carol Boynton trifft im Lager ein.
17.40	Lady Westholme, Miss Pierce und Mr. Jefferson Cope treffen im Lager ein.
17.50	Raymond Boynton trifft im Lager ein.
18.00	Sarah King trifft im Lager ein.
18.30	Die Tote wird entdeckt.

Sie werden bemerkt haben, daß es eine Lücke von zwanzig Minuten gibt zwischen 16.50 Uhr, als Nadine Boynton ihre Schwiegermutter verließ, und 17.10 Uhr, als Carol zurückkehrte. Falls Carol also die Wahrheit sagt, muß Mrs. Boynton in diesen zwanzig Minuten ermordet worden sein.
Wer könnte sie getötet haben? Zu der fraglichen Zeit waren Miss King und Raymond Boynton zusammen. Mr. Cope, der übrigens kein erkennbares Tatmotiv hat, besitzt ein Alibi. Er war mit Lady Westholme und Miss Pierce zusammen. Lennox Boynton und seine Frau saßen im großen Zelt. Dr. Gerard lag mit einem Malariaanfall in seinem Zelt. Das Camp war leer, die Diener schliefen. Genau der richtige Augenblick für ein Verbrechen. Gab es nicht doch noch jemand, der in diesen zwanzig Minuten den Mord an Mrs. Boynton hätte begehen können?«
Sein Blick ruhte nachdenklich auf Ginevra Boynton.
»Ja, diesen jemand gab es: Ginevra Boynton war den ganzen Nachmittag über in ihrem Zelt. Jedenfalls wurde uns das erzählt, aber ich habe Grund zu glauben, daß es nicht stimmt. Ginevra Boynton machte eine sehr aufschlußreiche Bemerkung. Sie sagte, daß Dr. Gerard im Fieber ihren Namen gerufen habe. Und Dr. Gerard berichtete, daß er von Ginevra Boynton geträumt habe. Aber es war kein Traum! Er sah tatsächlich ihr Gesicht, denn sie stand an seinem Bett. Er glaubte, das Fieber sei schuld und er bilde sich alles nur ein – aber es war die Wahrheit. Ginevra war in Dr. Gerards Zelt. Wollte sie etwa die Spritze zurückbringen – nachdem sie sie benützt hatte?«
Ginevra Boynton hob den Kopf mit der Krone aus rotblondem

Haar und starrte Poirot mit ihren schönen Augen an, die noch ausdrucksloser als gewöhnlich waren. Sie glich einer entrückten Heiligen.

»*Ah, ça, non*!« rief Dr. Gerard.

»Ist es, vom Standpunkt des Psychologen aus betrachtet, unmöglich?« fragte Poirot.

Der Franzose senkte den Blick.

»Es ist völlig unmöglich!« rief Nadine Boynton.

Poirot wandte sich ihr sofort zu. »Wieso unmöglich, Madame?«

»Weil –« Sie schwieg und biß sich auf die Lippen. Dann sagte sie: »Ich will von einer so schändlichen Beschuldigung nichts hören! Wir – wir alle wissen, daß es unmöglich ist.«

Ginevra machte eine Bewegung. Ihr Gesicht entspannte sich. Um ihre Lippen erschien ein Lächeln – das rührende, unschuldige Lächeln eines sehr jungen Mädchens.

»Es ist unmöglich«, wiederholte Nadine. Ihr gewöhnlich so freundliches Gesicht war hart geworden. Sie hielt Poirots Blick ruhig stand.

»Madame ist sehr intelligent«, sagte er.

»Was wollen Sie damit andeuten, Monsieur Poirot?« fragte sie ruhig.

»Ich möchte damit sagen, Madame, daß ich gleich von Anfang an gemerkt habe, was für ein ›kluges Köpfchen‹ Sie sind, wie es so schön heißt.«

»Sie schmeicheln.«

»Das finde ich nicht. Sie haben Ihre Lage immer sehr objektiv gesehen, im großen Zusammenhang. Nach außen hin schienen Sie mit Ihrer Schwiegermutter auf gutem Fuß zu stehen, weil Sie glaubten, es sei das beste, aber insgeheim verurteilten und verdammten Sie sie. Vor einiger Zeit wurde Ihnen klar, daß Ihr Mann versuchen mußte, sich von seiner Familie zu lösen, wenn er mit sich ins reine kommen wollte – er mußte für sich selbst verantwortlich werden, gleichgültig, wie schwierig und finanziell bedrückend sein Leben sein würde. Sie waren bereit, jedes Risiko einzugehen, und gaben sich alle Mühe, ihn dazu zu bringen, das Haus zu verlassen. Es gelang

Ihnen nicht, Madame. Lennox Boynton wollte die Freiheit nicht mehr. Er versank immer mehr in Apathie, wurde immer melancholischer und wehrte sich nicht dagegen.
Ich habe keinen Zweifel, Madame, daß Sie Ihren Mann lieben. Ihr Entschluß, ihn zu verlassen, wurde nicht durch eine größere Liebe zu einem anderen Mann ausgelöst. Es war eine Verzweiflungstat, ihre letzte Hoffnung. Eine Frau in Ihrer Lage konnte nur dreierlei versuchen: Sie konnten es mit Bitten und Überreden versuchen. Wie ich schon sagte, hatten Sie damit keinen Erfolg. Sie konnten Ihrem Mann drohen, ihn zu verlassen. Aber es ist durchaus vorstellbar, daß Lennox Boynton nicht einmal diese Drohung beeindruckte. Es würde ihn nur noch stärker in die Isolierung treiben, aber er würde deswegen nicht rebellieren. Da wollten Sie den letzten verzweifelten Schritt tun: ihn verlassen und zu einem anderen Mann gehen. Eifersucht und Besitzanspruch sind tiefverwurzelte, fundamentale menschliche Instinkte. Sie bewiesen große Klugheit, indem Sie versuchten, an diesen verdrängten Urinstinkt zu appellieren. Wenn Lennox Boynton Sie, ohne auch nur den kleinen Finger zu rühren, mit einem anderen Mann weggehen ließ, konnte ihm wirklich kein Mensch mehr helfen. Dann konnten Sie ebensogut versuchen, allein ein neues Leben zu beginnen.
Nehmen wir an, daß auch dieser letzte Versuch mißlang. Ihr Mann war über Ihren Entschluß äußerst erregt, aber trotzdem reagierte er nicht wie jeder normale Mann reagiert hätte und wie Sie es gehofft hatten: Er verteidigte seinen Besitz nicht. Gab es überhaupt noch eine Möglichkeit, Ihren Mann von dem immer rascher voranschreitenden geistigen Verfall zu bewahren? Sie hatten noch eine Chance – *wenn Ihre Schwiegermutter starb.* Vielleicht war es noch nicht zu spät. Vielleicht konnte er als freier Mensch noch einmal ein neues Leben anfangen, wieder männlich und selbstbewußt werden.«
Poirot schwieg eine Weile. Dann wiederholte er vorsichtig: »Wenn Ihre Schwiegermutter starb ...«
Nadine sah ihn immer noch an. Mit kühler Stimme fragte sie: »Wollen Sie andeuten, daß ich mithalf, die alte Frau zu

ermorden? Aber das ist unmöglich, Monsieur Poirot. Nachdem ich ihr erklärt hatte, daß ich meinen Mann verlassen würde, ging ich direkt ins große Zelt, das ich nicht mehr verließ, bis ich von ihrem Tod erfuhr. Ich mag an ihrem Tod mitschuldig sein, weil mein Entschluß für sie ein großer Schock war, aber dann müßte sie eines natürlichen Todes gestorben sein. Wenn sie aber, wie Sie behaupten, ermordet würde, dann hatte *ich* keine Gelegenheit, diese Tat zu begehen.«

»Wie Sie eben feststellten, verließen Sie das große Zelt nicht mehr, bis Sie erfuhren, daß Ihre Schwiegermutter gestorben sei. Und das, Mrs. Boynton, ist einer der Punkte, die ich an dieser Geschichte seltsam finde.«

»Was heißt das?«

»Ich habe es hier auf meiner Liste notiert: Punkt neun. Als um halb sieben das Essen fertig war, wurde ein Diener losgeschickt, um Mrs. Boynton Bescheid zu sagen.«

»Ich verstehe nicht, was Sie meinen«, sagte Raymond.

»Ich auch nicht«, warf Carol ein.

Poirot blickte von einem zum andern.

»Wirklich nicht? Hm. Es wurde ein Diener losgeschickt – warum ein *Diener*? Waren Sie – Sie alle – sonst nicht immer eifrig und aufmerksam um die alte Dame besorgt gewesen? Begleitete sie nicht immer einer von Ihnen – auch zu den Mahlzeiten? Sie war krank. Sie hatte Schwierigkeiten, von einem Stuhl ohne Hilfe hochzukommen. Immer war der eine oder andere von Ihnen in ihrer Nähe. Ich finde, daß es das natürlichste von der Welt gewesen wäre, wenn einer von Ihnen zu ihr gegangen wäre und sie geholt hätte. Aber keiner unternahm etwas. Sie waren alle im großen Zelt, vor Entsetzen wie gelähmt. Sie beobachteten einander heimlich und überlegten, warum keiner sie holen ging.«

»Das ist doch absurd, Monsieur Poirot!« rief Nadine wütend. »Wir waren alle schrecklich müde. Es hätte sie einer von uns holen müssen – das gebe ich gern zu –, aber an jenem Abend tat es eben keiner!«

»Genau das meine ich. An jenem bestimmten Abend rührte

sich niemand. Sie, Madame, kümmerten sich vielleicht noch mehr als die andern um sie. Sie akzeptierten Ihre Pflichten ganz automatisch. Allerdings – an jenem Abend erboten Sie sich nicht, Ihre Schwiegermutter zu holen. Warum? Das habe ich mich immer wieder gefragt – warum? Und ich verrate Ihnen auch die Antwort: weil *Sie genau wußten, daß sie tot war*...

Nein, nein, bitte unterbrechen Sie mich nicht, Madame!« Poirot wehrte mit einer kühlen Handbewegung ab. »Sie werden mir jetzt ruhig zuhören – mir, Hercule Poirot! Für Ihren Besuch bei Ihrer Schwiegermutter gibt es Zeugen. Zeugen, die Sie *sahen*, aber nicht *hören* konnten. Lady Westholme und Miss Pierce waren zu weit weg. Sie beobachteten, daß Sie sich mit Ihrer Schwiegermutter unterhielten, aber was beweist das eigentlich? Ich möchte Ihnen statt dessen lieber von meiner Theorie erzählen. Sie haben Verstand, Madame. Auf Ihre ruhige, überlegte Art haben Sie beschlossen, die Mutter Ihres Mannes zu eliminieren, wenn Sie mir dieses Wort gestatten. Sie führen Ihren Entschluß umsichtig und nach genauem Plan durch. Während Dr. Gerards Ausflug am Vormittag können Sie in sein Zelt gehen. Sie sind ziemlich sicher, daß Sie ein passendes Mittel finden werden. Ihre Kenntnisse als Krankenschwester helfen Ihnen. Sie wählen Digitoxin – die alte Dame nimmt ein ähnliches Mittel – und entwenden seine Spritze, denn zu Ihrem Ärger ist Ihre eigene verschwunden. Sie wollen die Spritze zurücklegen, ehe der Arzt ihr Fehlen bemerken kann.

Bevor Sie den anderen Teil Ihres Plans ausführen, unternehmen Sie einen letzten Versuch, Ihren Mann aus seiner Lethargie zu reißen. Sie erzählen ihm, daß Sie Jefferson Cope heiraten wollen. Obwohl sich Ihr Mann sehr darüber aufregt, reagiert er nicht, wie Sie gehofft hatten – und deshalb sind Sie gezwungen, auch noch den letzten Schritt zu tun. Sie kehren ins Camp zurück und wechseln unterwegs ein paar freundliche harmlose Worte mit Lady Westholme und Miss Pierce. Sie gehen hinauf zu Ihrer Schwiegermutter. Die Spritze mit dem Mittel haben Sie dabei. Es ist ganz einfach, ihre Hand zu ergreifen – schließlich haben Sie als Krankenschwester Übung im Umgang mit Patienten – und die Injektionsnadel ins Fleisch zu drücken. Es ist passiert, ehe Ihre Schwiegermutter begreift, was los ist. Die andern unten im Tal sehen nur, wie Sie sich mit ihr unterhalten, wie Sie sich über sie beugen. Dann holen Sie ganz bewußt einen Stuhl und setzen sich zu ihr. Es hat den Anschein, als unterhielten Sie sich angeregt mit Ihrer Schwiegermutter. Dabei muß der Tod fast sofort eingetreten sein. Sie sprechen zu einer Toten, aber wer sollte Verdacht schöpfen? Dann bringen Sie den Stuhl zurück und gehen hinunter ins große Zelt. Ihr Mann ist schon dort. Er liest. Und sie gehen absichtlich nicht mehr weg. Sie sind überzeugt, daß man Mrs. Boyntons schlechtem Herzen die Schuld an ihrem Tod geben wird, was ja im Grunde auch stimmt. Nur ein Punkt Ihres Plans funktionierte nicht. Sie können die Spritze nicht zurückbringen, weil Dr. Gerard mit einem Malariaanfall in seinem Zelt liegt. Sie wissen es zwar nicht, aber er *vermißt* seine Spritze bereits. Das, Madame, war der Fehler in dem sonst so perfekten Verbrechen.«

Es herrschte Schweigen – ein tödliches Schweigen. Dann sprang Lennox Boynton auf und schrie: »Nein, das ist eine verdammte Lüge! Nadine hat nichts getan. Sie konnte auch gar nichts tun. Denn meine Mutter – meine Mutter war schon tot.«

»Ach?« Poirots Blick war nicht unfreundlich. »Dann sind *Sie* es also gewesen, Mr. Boynton?«

Wieder wurde es still. Dann ließ sich Lennox Boynton auf seinen Stuhl fallen und schlug die Hände vors Gesicht. »Ja – ja – es stimmt«, sagte er. »Ich habe sie getötet.«

»Sie holten das Digitoxin aus Dr. Gerards Zelt?«

»Ja.«

»Wann?«

»Wie – wie Sie schon sagten – am Vormittag.«

»Und die Spritze?«

»Die Spritze? Auch.«

»Warum haben Sie sie getötet?«

»Können Sie das noch fragen?«

»Ja, ich frage Sie, Mr. Boynton!«
»Aber Sie wissen es – meine Frau wollte mich verlassen – mit Cope –«
»Schon. Aber das erfuhren Sie erst am *Nachmittag*.«
Lennox starrte ihn entgeistert an. »Natürlich. Wir waren draußen im Tal...«
»Das Mittel und die Spritze besorgten Sie sich schon am Vormittag, noch ehe Sie es wußten?«
»Was sollen diese Fragen, verdammt noch mal?« Er schwieg und strich sich mit zitternder Hand über die Stirn. »Was spielt es für eine Rolle?«
»Es spielt sehr wohl eine Rolle. Ich rate Ihnen, Mr. Lennox Boynton, mir die Wahrheit zu sagen!«
»Die Wahrheit?« fragte Lennox fassungslos.
»Ja, das sagte ich – die Wahrheit.«
»Mein Gott, ja, ich werde die Wahrheit sagen!« rief Lennox. »Obwohl ich nicht sicher bin, daß Sie mir glauben.« Er holte tief Luft. »Als ich an dem Nachmittag Nadine allein ließ, war ich völlig gebrochen. Ich hätte nie auch nur im Traum daran gedacht, daß sie mit einem anderen Mann weggehen könnte. Ich war – ich war völlig durchgedreht und hatte das Gefühl, als sei ich betrunken oder schwer krank gewesen.«
Poirot nickte. »Lady Westholme erzählte mir, daß ihr Ihr seltsamer Gang auffiel. Deshalb wußte ich auch, daß Ihre Frau nicht die Wahrheit sagte, als sie behauptete, sie habe Ihnen ihren Entschluß erst nach der Rückkehr ins Lager mitgeteilt. Bitte, berichten Sie weiter, Mr. Boynton!«
»Ich wußte kaum, was ist tat – doch je näher ich dem Lager kam, desto klarer wurde mein Kopf. Wie ein Blitz traf mich die Erkenntnis, daß nur ich allein Schuld hatte. Was für ein Feigling war ich! Ich hätte mich schon vor Jahren mit meiner Stiefmutter auseinandersetzen und von zu Hause weggehen müssen. Und mir kam der Gedanke, daß es jetzt zu spät sein könnte. Da oben saß sie, die alte Teufelin, dick und regungslos wie ein häßlicher Götze. Ich ging direkt zu ihr, um endlich reinen Tisch zu machen. Ich wollte ihr erzählen, was ich dachte, daß ich allein leben wollte, mit Nadine, und so weiter.

Ich hatte sogar die verrückte Idee, sofort mit Nadine wegzugehen, noch am selben Abend, und in Ma'an zu übernachten.«

»Oh, Lennox, Liebling –«

Ein tiefer Seufzer war zu hören.

»Und dann, mein Gott!« rief Lennox. »Ich dachte, die Erde würde sich vor mir öffnen! Sie war tot! Sie saß da und war tot ... Ich – ich wußte nicht, was ich tun sollte – ich war wie vor den Kopf geschlagen – wie benebelt. Alles, was ich ihr hatte sagen wollen, lag wie Blei auf mir – ich kann es nicht erklären –, es war, als würde ich zu Stein erstarren. Automatisch nahm ich ihre Armbanduhr, die in ihrem Schoß lag, und band sie ihr um. Der Arm fühlte sich schrecklich leblos und schlaff an ...«

Er erschauerte. »Gott – es war entsetzlich! Ich taumelte weg, hinunter zum großen Zelt. Ich hätte jemand rufen sollen, jemand Bescheid sagen sollen – ich konnte es nicht. Ich saß nur da, blätterte Seiten um und wartete ...«

Er schwieg.

»Sie glauben mir nicht, nicht wahr, Monsieur Poirot? Warum holte ich keine Hilfe? Warum sagte ich es nicht Nadine? Ich weiß es nicht.«

Dr. Gerard räusperte sich.

»Ihr Bericht ist durchaus glaubwürdig, Mr. Boynton«, stellte er fest. »Sie waren in einem Zustand höchster nervlicher Anspannung. Zwei Gemütserschütterungen so kurz hintereinander können eine Wirkung haben, wie Sie sie beschreiben. Lassen Sie es mich an einem Beispiel erklären. Wenn ein Vogel in eine Scheibe fliegt und zu Boden stürzt, bleibt er auch noch bewegungslos liegen, wenn er sich von dem Schrecken erholt hat – weil er weiß, daß sich sein Nervenzentrum erst beruhigen muß. Ich kann mich in Englisch nicht so gut ausdrücken. Was ich meine, ist folgendes: Sie konnten nicht anders handeln! In jenem Augenblick waren Sie zu keiner überlegten Handlung fähig. Sie machten eine Phase geistiger Lähmung durch.« Er blickte Poirot an. »Ich versichere Ihnen, mein Freund, es ist so!«

»Oh, ich bezweifle es nicht«, erwiderte Poirot. »Wie mir auffiel, läßt sich ein Punkt an der Geschichte – daß Mr.

Boynton seiner Stiefmutter die Armbanduhr umlegte – auf zwei Arten interpretieren. Mr. Boynton tat es, um die Einstichstelle zu verdecken, oder seine Frau beobachtete ihn dabei und deutete seine Bewegung falsch. Sie kehrte bereits fünf Minuten nach ihrem Mann zurück. Deshalb muß sie ihn gesehen haben. Als sie entdeckte, daß ihre Schwiegermutter tot war und sie die Einstichstelle am Gelenk fand, schloß sie automatisch, daß ihr Mann sie ermordet hatte – daß ihr Entschluß, ihn zu verlassen, eine völlig andere Reaktion verursacht hatte, als sie gehofft hatte. Kurz, Nadine Boynton glaubte, sie sei schuld, daß ihr Mann zum Mörder geworden war.«

Er sah Nadine an. »Stimmt es, Madame?«

Sie neigte leicht den Kopf. »Haben Sie mich tatsächlich verdächtigt, Monsieur Poirot?«

»Es war eine Möglichkeit, Madame.«

Sie beugte sich vor. »Und nun? Was geschah wirklich, Monsieur Poirot?«

29

»Was wirklich geschah?« wiederholte Poirot. Er griff hinter sich, zog einen Stuhl heran und nahm darauf Platz. Er wirkte jetzt entspannt und freundlich. »Das ist die Frage, nicht wahr? Denn das Digitoxin *wurde* gestohlen, die Spritze fehlte tatsächlich, an Mrs. Boyntons Handgelenk *war* eine Einstichstelle zu sehen.

In ein paar Tagen werden wir genau wissen, ob Mrs. Boynton an einer Überdosis Digitalis starb oder nicht. Dann wird eine Autopsie stattgefunden haben. Aber vielleicht ist es da schon zu spät! Besser, wir finden heute abend die Wahrheit heraus, solange der Mörder noch erreichbar ist.«

Nadine warf mit einem Ruck den Kopf zurück. »Wollen Sie damit andeuten, daß Sie trotz allem glauben, einer von uns hier...« Ihre Stimme erstarb.

Poirot nickte leicht. »Ich versprach Oberst Carbury zu klären, was wirklich geschah. Und nun, nachdem einige Dinge bereinigt sind, bin ich wieder dort angelangt, wo ich heute schon einmal war. Als ich nämlich die Liste über die wichtigsten Punkte zum Mordfall aufstellte, stachen mir sofort zwei Widersprüchlichkeiten ins Auge.«
Zum erstenmal mischte sich Oberst Carbury ein. »Wie wäre es, wenn Sie es uns erzählten?« schlug er vor.
»Ich bin gerade dabei«, erwiderte Poirot würdevoll. »Beschäftigen wir uns noch einmal mit den zwei ersten Punkten auf meiner Liste: Mrs. Boynton nahm ein Digitalismittel, und Dr. Gerard vermißte eine Spritze. Wenn wir diese Tatsachen einmal im Zusammenhang mit dem unbestreitbaren Faktum betrachten – es fiel mir sofort auf –, daß alle Angehörigen der Familie ein schlechtes Gewissen hatten, dann scheint doch so gut wie sicher zu sein, daß einer von ihnen die Tat beging! Und doch sprachen eben diese beiden Punkte gegen diese Theorie. Denn, verstehen Sie, eine konzentrierte Lösung Digitalis zu verwenden – ja, das ist eine kluge Idee, denn Mrs. Boynton mußte ein ähnliches Mittel nehmen. Aber was würde ein Mitglied der Familie tun? Ah, *ma foi*! Es gibt nur eine einzige logische Antwort auf diese Frage. Man hätte das Gift in *ihre* Medizinflasche getan! Jeder, der auch nur ein Gramm gesunden Menschenverstand besitzt, hätte so gehandelt, vorausgesetzt, daß er an das Fläschchen herankommen konnte! Früher oder später hätte Mrs. Boynton ihr Medikament genommen und wäre gestorben. Und selbst wenn das Digitalis in dem Fläschchen entdeckt worden wäre, hätte man es als Fehler der Apotheke erklären können. Man hätte nichts beweisen können.
Warum wurde dann die Injektionsspritze gestohlen?
Es gibt nur zwei Möglichkeiten: Entweder übersah Dr. Gerard die Spritze, und sie wurde nie gestohlen, oder sie wurde entwendet, weil der Mörder an das Medizinfläschchen nicht herankonnte – das heißt, er gehörte *nicht* zur Familie. Diese beiden Umstände deuten also äußerst überzeugend darauf hin, daß ein Außenseiter der Täter ist!

Das erkannte ich sehr genau – nur war ich erstaunt, daß alle Mitglieder der Familie ein so schlechtes Gewissen zu haben schienen. War es möglich, daß alle Boyntons trotz ihrer schuldbewußten Haltung nichts mit dem Fall zu tun hatten? Ich machte mich daran, dies zu beweisen – nicht daß sie schuldig waren, sondern daß sie unschuldig waren!

Da stehen wir jetzt. Der Mord wurde von einem Außenseiter begangen, das heißt von jemand, der Mrs. Boynton nicht näher kannte. Der nicht in ihr Zelt gehen und an dem Medizinfläschchen herumspielen konnte.«

Er schwieg.

»Drei Leute sind hier«, fuhr Poirot dann fort, »die technisch gesehen Außenseiter sind, aber mit dem Fall in engem Zusammenhang stehen.

Beschäftigen wir uns zuerst mit Mr. Cope. Er ist mit der Familie seit einiger Zeit gut befreundet. Besitzt er ein Motiv? Hatte er die Gelegenheit? Anscheinend nicht. Mrs. Boyntons Tod wirkt sich auf sein Leben anders aus als auf das ihrer Familie: Durch ihn mußte er gewisse Hoffnungen begraben. Falls Mr. Copes Motiv nicht der fast fanatische Wunsch war, anderen Gutes zu tun, können wir keinen Grund entdecken, warum er Mrs. Boyntons Tod gewollt hätte. Außer, es gibt noch einen anderen Grund, von dem wir nichts wissen. Wir wissen nicht, wie Mr. Copes Beziehungen zur Familie Boynton waren.«

»Das erscheint mir ein wenig weit hergeholt, Monsieur Poirot«, antwortete Mr. Cope mit Würde. »Sie werden sich erinnern, daß ich keine Gelegenheit zu diesem Mord hatte, und außerdem habe ich ziemlich strikte Ansichten über die Unantastbarkeit des menschlichen Lebens.«

»Sie sind über jeden Verdacht erhaben«, bemerkte Poirot ernst. »In einem Roman würde Sie genau das verdächtig machen.«

Er wandte sich etwas zur Seite. »Wir kommen jetzt zu Miss King«, sagte er und nickte ihr zu. »Miss King hat in gewisser Weise ein Motiv. Sie besitzt die nötigen Fachkenntnisse, ist energisch und entschlossen, aber da sie das Lager vor halb vier Uhr verließ und erst um sechs Uhr zurückkam, hatte sie wohl kaum die Gelegenheit.

Und wie steht es mit Dr. Gerard? Hier müssen wir vor allem berücksichtigen, *wann* der Mord begangen wurde. Laut Mr. Lennox Boyntons letzter Aussage war seine Mutter um 16.35 Uhr bereits tot. Lady Westholme und Miss Pierce berichteten, daß sie um 16.15 Uhr, als sie aufbrachen, noch wohl und munter gewesen sei. Bleibt also eine Lücke von genau zwanzig Minuten. Während die beiden Damen weitergingen, begegneten sie Dr. Gerard, der ins Lager zurückwollte. Niemand kann sagen, was Dr. Gerard nach seiner Rückkehr tat, denn die beiden Damen sahen ihn nicht, weil sie in entgegengesetzter Richtung gingen. Deshalb ist es durchaus möglich, daß Dr. Gerard das Verbrechen verübte. Als Arzt konnte er alle Symptome eines Malariaanfalls vortäuschen. In gewisser Weise, möchte ich behaupten, hatte er sogar ein Motiv. Vielleicht wollte Dr. Gerard jemand retten, der dabei war, seinen Verstand zu verlieren, was manchmal schlimmer ist, als das Leben zu verlieren. Vielleicht glaubte er, daß dafür das Leben einer alten, kranken Frau geopfert werden müßte.«
»Was für eine blühende Phantasie Sie haben!« rief Dr. Gerard.
Ohne seinen Einwurf zu beachten, fuhr Poirot fort: »Aber warum hätte Dr. Gerard dann darauf aufmerksam machen sollen, daß an Mrs. Boyntons Tod etwas nicht stimmte? Es steht fest, daß niemand Verdacht geschöpft hätte, wenn er sich nicht bei Oberst Carbury gemeldet hätte. Es war Dr. Gerard, der als erster an die Möglichkeit eines Mordes dachte. Das, meine Freunde«, schloß Poirot, »ergibt also keinen Sinn.«
»Scheint mir auch so«, erklärte Oberst Carbury unwillig.
»Noch etwas wäre zu bedenken«, sagte Poirot nun. »Mrs. Nadine Boynton bezweifelte eben heftig die Möglichkeit, daß ihre junge Schwägerin schuldig sein könnte. Als Beweis führte sie an, daß ihre Schwiegermutter zur fraglichen Zeit schon tot war. Aber, wie Sie sich erinnern, war Ginevra Boynton den ganzen Nachmittag über im Lager. Als Lady Westholme und Miss Pierce gegangen waren und bevor Dr. Gerard eintraf – da...«

Ginevra schreckte auf und sah Poirot mit einem seltsam unschuldigen und erstaunten starren Blick an. »Ich soll es gewesen sein? Sie glauben, ich war es?«
Plötzlich sprang sie auf – eine Bewegung von unglaublich schöner Geschmeidigkeit –, fegte durch das Zimmer und warf sich vor Dr. Gerard auf die Knie. Sie klammerte sich an ihn und rief mit leidenschaftlichem Gesicht: »Nein, nein, lassen Sie es nicht zu! Sie ziehen den Kreis um mich immer enger! Es ist nicht wahr! Ich habe es nicht getan! Sie hassen mich – sie wollen mich ins Gefängnis stecken – mich einschließen! Sie *müssen* mir helfen. *Sie* müssen mir helfen!«
»Nun, nun, mein Kind!« Der Arzt tätschelte ihr zart den Kopf. Dann wandte er sich an Poirot. »Was Sie da behaupten, ist völliger Unsinn! Total aus der Luft gegriffen.«
»Verfolgungswahn?« fragte Poirot leise.
»Ja. Allerdings hätte sie es nie auf diese Art und Weise versucht. Ist Ihnen nicht klar, daß sie etwas Dramatischeres gewählt hätte? Einen Dolch zum Beispiel. Irgendeinen Theaterdonner hätte sie inszeniert – aber diese kühle Logik? Sie paßt nicht zu ihr. Ich versichere Ihnen, mein Freund, ich habe recht. Dieses Verbrechen war genau geplant und durchdacht – von einem gesunden Geist!«
Poirot lächelte. Dann verbeugte er sich plötzlich. »Ich bin *entièrement* Ihrer Meinung«, sagte er glatt.

30

»Nun«, sagte Hercule Poirot, »wir haben noch ein kleines Stück Arbeit vor uns. Dr. Gerard beschwor die Psychologie. Also prüfen wir den Fall im Hinblick auf seine psychologische Seite. Wir haben die Tatsachen besprochen, eine zeitliche Reihenfolge der Ereignisse aufgestellt und die Beweise untersucht. Es bleibt noch der psychologische Aspekt übrig. Und hier steht wieder die alte Mrs. Boynton im Mittelpunkt – ihr Charakter ist der Schlüssel zum Ganzen.

Nehmen wir Punkt drei und vier meiner Liste: Mrs. Boynton machte es Spaß, ihre Kinder daran zu hindern, andere Menschen näher kennenzulernen. Aber an jenem fraglichen Nachmittag schlug Mrs. Boynton selbst vor, daß die Familie spazierengehen und sie allein lassen sollte.
Diese beiden Punkte widersprechen sich eindeutig! Warum verhielt sich Mrs. Boynton an diesem bestimmten Nachmittag so anders als gewöhnlich? Entwickelte sie plötzlich eine gewisse Herzenswärme, wollte sie ihren Kindern eine Freude machen?
Nach allem, was ich erfuhr, erscheint mir dies sehr zweifelhaft. Trotzdem – sie mußte einen Grund gehabt haben. Was für einen Grund?
Betrachten wir Mrs. Boyntons Charakter etwas genauer. Es gab die verschiedensten Meinungen über sie. Sie sei eine tyrannische Alte gewesen, die alle Leute herumkommandierte, eine Sadistin, die Verkörperung des Bösen. Ja sogar, sie sei verrückt gewesen. Was stimmt wirklich?
Versetzen wir uns einmal in Mrs. Boyntons geistige Verfassung, soweit uns das möglich ist. Ein Mensch mit ungeheurem Ehrgeiz, einem grenzenlosen Verlangen, andere zu beherrschen und zu beeindrucken. Sie sublimierte ihre Herrschsucht nicht mittels anderer Aktivitäten und versuchte auch nicht, sie zu unterdrücken – nein, meine Damen und Herren, sie kultivierte sie sogar noch! Aber worauf lief am Ende alles hinaus? Was hatte sie schließlich davon? Sie besaß nicht viel Macht. Sie wurde nicht überall gefürchtet und gehaßt. Sie war nur die kleinliche Tyrannin über eine einzige Familie. Und wie Dr. Gerard mir erklärte, begann ihr Hobby sie zu langweilen – wie jede andere alte Dame auch. Sie wollte ihre Aktivitäten erweitern und sich amüsieren, indem sie ihre Überlegenheit und Macht noch auf andere Menschen ausdehnte. Womit wir zu einem ganz neuen Aspekt des Falles kommen. Auf ihrer Auslandsreise erkannte sie zum erstenmal, wie unbedeutend, wie unwichtig sie eigentlich war.
Und das führt uns direkt zu Punkt zehn – zu dem, was sie in Jerusalem zu Sarah King sagte. Sie müssen nämlich wissen,

daß Sarah King den Finger genau auf die Wunde legte. Sie machte Mrs. Boynton schonungslos klar, was für eine erbärmliche Existenz sie führte. Und jetzt achten Sie gut auf die Worte, die Mrs. Boynton sagte. Miss King erschrak über die Boshaftigkeit, mit der Mrs. Boynton sprach. Sie sah Miss King dabei nicht einmal an. Sie antwortete etwa folgendes: ›Ich vergesse nie – keinen Namen, kein Gesicht, kein wichtiges Ereignis.‹

Miss King war außerordentlich beeindruckt, vor allem auch über den eindringlichen rauhen Ton, der in Mrs. Boyntons Stimme mitschwang. Der Eindruck war so stark, daß sie offenbar gar nicht merkte, was für eine weitreichende Bedeutung die Worte hatten.

Merken Sie, worauf ich hinauswill?« Poirot schwieg eine Weile. »Anscheinend doch nicht... Aber, *mes amis*, das war doch keine vernünftige Antwort auf Miss Kings Anschuldigungen! ›Ich vergesse nie – keinen Namen, kein Gesicht, kein wichtiges Ereignis.‹ Es ergibt keinen Sinn. Wenn sie erklärt hätte, daß sie Miss Kings Unverschämtheit nie vergessen würde, irgend etwas in dieser Art – doch nein, sie sagte ›kein Gesicht‹...

Ach!« rief Poirot und schlug die Hände zusammen. »Aber es springt einem doch direkt ins Auge. Jene Worte, die sie zu Miss King sagte, waren nicht für sie bestimmt. Sie galten jemand, der hinter Miss King stand.«

Poirot schwieg und musterte ihre Gesichter.

»Doch, es fällt einem sofort auf. Es war ein wichtiger psychologischer Augenblick in Mrs. Boyntons Leben. Eine junge intelligente Frau hatte ihr den Spiegel vorgehalten. Sie war wütend und bestürzt. Und in diesem Augenblick erkannte sie jemand wieder, ein Gesicht aus der Vergangenheit: ein neues Opfer, das ihr sozusagen frei Haus geliefert wurde.

Damit wären wir wieder bei der Frage des Außenseiters! Und bei Mrs. Boyntons plötzlicher Freundlichkeit am Nachmittag ihres Todes. Jetzt ist klar, was sie zu bedeuten hatte. Sie wollte ihre Familie los sein, weil sie Besseres zu tun hatte. Sie wollte ungestört sein bei ihrem Gespräch mit einem neuen Opfer...

Wollen wir von diesem neuen Standpunkt aus die Ereignisse des Nachmittags noch einmal betrachten. Die Familie war gegangen, Mrs. Boynton saß oben vor ihrer Höhle. Jetzt untersuchen wir die Aussagen von Lady Westholme und Miss Pierce sehr genau. Miss Pierce war keine zuverlässige Zeugin, sie paßt nicht genau auf und ist beeinflußbar. Dagegen ist Lady Westholme, was die Fakten betrifft, genau und sachlich und außerdem eine glänzende Beobachterin. In einem Punkt sind sich beide Damen einig: Ein Araber, einer der Diener, geht zu Mrs. Boynton, sie ärgert sich über ihn, und er verschwindet eilig wieder. Lady Westholme sagte aus, daß der Diener zuerst in Ginevra Boyntons Zelt war, aber vielleicht erinnern Sie sich, daß es neben dem von Dr. Gerard steht. Es ist durchaus möglich, daß der Araber in Dr. Gerards Zelt ging...«
»Wollen Sie mir erzählen«, unterbrach ihn Carbury, »daß einer meiner Beduinen sie mit einer Spritze umbrachte? Phantastisch!«
»Augenblick, Oberst Carbury, ich bin noch nicht fertig. Nehmen wir mal an, daß tatsächlich ein Araber aus Dr. Gerards Zelt kam und nicht aus dem von Ginevra Boynton. Wie geht es weiter? Beide Damen stimmen darin überein, daß sie sein Gesicht nicht deutlich erkennen konnten und sie nicht hörten, was gesprochen wurde. Das ist verständlich. Die Entfernung zwischen dem großen Zelt und der Höhle beträgt etwa zweihundert Meter. Andererseits beschrieb Lady Westholme den Mann sehr genau, seine geflickten Reithosen und die Unordentlichkeit, mit der seine Gamaschen gewickelt waren.«
Poirot beugte sich vor.
»Und das, meine Freunde, ist höchst seltsam! Denn wenn sie sein Gesicht nicht sehen konnte und nicht verstand, was gesprochen wurde, hätte sie auch nicht feststellen können, in welchem Zustand seine Hosen und Wickelgamaschen waren! Nicht auf diese Entfernung.
Es mußte ein Irrtum sein, verstehen Sie? Er brachte mich auf eine komische Idee. Warum waren die geflickten Reithosen und die unordentlichen Wickelgamaschen so wichtig? Waren

die Hosen möglicherweise gar nicht geflickt, existierten die Gamaschen etwa nicht? Sowohl Lady Westholme wie Miss Pierce sahen den Mann – doch die beiden Damen konnten einander *nicht* sehen, was folgender Umstand beweist. Lady Westholme ging zu Miss Pierce, um festzustellen, ob sie wach war. Miss Pierce saß lesend vor ihrem Zelt.«
»Mein Gott!« rief Oberst Carbury und setzte sich plötzlich sehr aufrecht. »Wollen Sie behaupten...«
»Ich behaupte folgendes: Nachdem Lady Westholme festgestellt hatte, was Miss Pierce machte – jemand anders kam als Zeuge nicht in Frage, denn nur sie war wach –, kehrte sie zu ihrem Zelt zurück, zog ihre Reithosen an, Stiefel, eine khakifarbene Jacke, machte aus ihrem karierten Staubtuch und einem Strang Wolle eine arabische Kopfbedeckung und marschierte so kostümiert kühn zu Dr. Gerards Zelt. Sie durchsuchte seinen Medikamentenkoffer, wählte das passende Mittel, nahm die Spritze, zog sie auf und ging hinauf zu ihrem Opfer.
Vielleicht döste Mrs. Boynton gerade. Lady Westholme war schnell. Sie packte sie am Gelenk und gab ihr die Spritze. Mrs. Boynton schrie auf – versuchte aufzustehen – sank zurück. Der ›Araber‹ rannte verwirrt und beschämt davon. Mrs. Boynton drohte ihm mit ihrem Stock, versuchte noch einmal aufzustehen und sank auf ihren Stuhl zurück.
Fünf Minuten später besucht Lady Westholme Miss Pierce und unterhält sich mit ihr über den Vorfall, den diese beobachtet hat, wobei sie Miss Pierce ihre eigene Version der Geschichte als wahr unterschiebt. Dann brechen die beiden Damen zu einem Spaziergang auf und bleiben kurz unter dem Felsen stehen, auf dem Mrs. Boynton sitzt. Lady Westholme ruft etwas zu ihr hinauf, aber die alte Dame antwortet nicht – denn sie ist tot. Lady Westholme bemerkt zu Miss Pierce, daß es doch sehr unhöflich sei, als Antwort nur zu grunzen. Miss Pierce glaubt ihr, denn sie hat häufig beobachtet, wie Mrs. Boynton auf eine Bemerkung nur mit einer Art Grunzen reagierte. Sie wird, falls nötig, allen Ernstes beschwören, daß sie es gehört hat. Lady Westholme kennt Frauen wie Miss

Pierce aus ihren Komiteesitzungen und weiß, wie man sie mit seiner eigenen Bedeutung und seiner Persönlichkeit beeindrucken kann. Der einzige Punkt ihres Plans, der nicht klappte, war das Zurücklegen der Spritze. Dr. Gerards vorzeitige Rückkehr brachte ihre Zeitrechnung durcheinander. Sie hoffte, daß er die Spritze nicht vermissen oder glauben würde, er habe sie übersehen. In der Nacht brachte sie sie zurück.«

Poirot schwieg.

»Aber warum?« fragte Sarah. »Warum hätte Lady Westholme Mrs. Boynton töten sollen?«

»Erzählten Sie mir nicht, daß Lady Westholme damals in der Hotelhalle ziemlich dicht hinter Ihnen stand, während Sie sich mit Mrs. Boynton unterhielten? Es war Lady Westholme, der Mrs. Boyntons Antwort galt – daß sie niemals vergesse, kein Gesicht, keinen Namen. Bringen Sie diese Worte mit dem Umstand in Verbindung, daß Mrs. Boynton Gefängniswärterin war, dann können Sie sich ungefähr vorstellen, wie die Wahrheit aussieht. Lord Westholme lernte seine Frau während der Rückreise von Amerika auf einem Passagierschiff kennen. Vor ihrer Heirat war sie im Gefängnis gewesen.

Begreifen Sie jetzt, in was für einem entsetzlichen Dilemma sie sich befand? Ihre Karriere, ihre ehrgeizigen Pläne, ihre gesellschaftliche Stellung – alles stand auf dem Spiel. Für welches Verbrechen sie verurteilt wurde, wissen wir noch nicht – wir werden es bald erfahren –, aber wenn es bekanntgeworden wäre, hätte es genügt, sie politisch zu erledigen. Und bedenken Sie auch folgendes: Mrs. Boynton war keine gewöhnliche Erpresserin. Sie wollte kein Geld. Sie wollte sich an den Qualen ihres Opfers eine Weile weiden und dann die Wahrheit auf eine möglichst sensationelle Weise genüßlich enthüllen. Nein – solange Mrs. Boynton lebte, war Lady Westholme nicht in Sicherheit. Sie gehorchte Mrs. Boyntons Anweisung, sie in Petra zu treffen. Ich fand es von Anfang an seltsam, daß eine Frau, die von ihrer eigenen Wichtigkeit so überzeugt ist wie Lady Westholme, wie eine einfache Touristin reiste. Im Geist schmiedete Lady Westholme sicherlich während der ganzen Fahrt Pläne, wie sie Mrs. Boynton erledigen könnte.

Sie sah ihre Chance und nützte sie kaltblütig. Nur zwei Kleinigkeiten verrieten sie: Sie redete zuviel – die Beschreibung der geflickten Reithosen machte mich mißtrauisch –, und sie ging zuerst ins falsche Zelt, in das von Ginevra. Ginevra war nur leicht eingedämmert. Daher ihre Geschichte von dem verkleideten Scheich, die zur Hälfte stimmte. Nur verdrehte sie die Wahrheit, damit es aufregender klang, doch der Hinweis, den sie mir gab, genügte mir.«

Wieder schwieg Poirot einen Augenblick.

»Wir werden bald genaueres wissen. Ich beschaffte mir heute Lady Westholmes Fingerabdrücke, ohne daß sie es merkte. Die Abdrücke wurden an das Gefängnis geschickt, in welchem Mrs. Boynton als Aufseherin arbeitete. Man wird sie dort mit den Abdrücken in den Akten vergleichen, und dann werden wir die Wahrheit bald erfahren.«

Monsieur Poirot war am Ende seiner Geschichte angekommen. Es herrschte Schweigen. Plötzlich ertönte ein scharfer Knall.

»Was war das?« rief Dr. Gerard.

»Klang wie ein Schuß«, sagte Oberst Carbury und sprang auf. »Es kam von nebenan. Wer bewohnt das Zimmer eigentlich?«

»Ich habe so eine Ahnung«, murmelte Poirot. »Das Zimmer gehört Lady Westholme.«

Epilog

Auszug aus dem »Evening Shout«:

»Mit großem Bedauern haben wir erfahren, daß Lady Westholme, Mitglied des Parlaments, auf tragische Weise ums Leben kam. Lady Westholme, die häufig in ferne Länder reiste, nahm stets einen kleinen Revolver mit. Während sie die Waffe reinigte, löste sich ein Schuß. Lady Westholme war auf der Stelle tot...«

An einem warmen Juni-Abend fünf Jahre später saß Sarah

Boynton mit ihrem Mann in London im Theater. Es wurde »Hamlet« gegeben. Als die Worte der Ophelia über die Rampe schwebten, ergriff sie Raymonds Arm.

»Wie erkenn ich dein Treulieb
Von den andern nun?
An dem Muschelhut und Stab
Und den Sandelschuhn.
Er ist lange tot und hin,
Tot und hin, Fräulein!
Ihm zu Häupten ein Rasen grün,
Ihm zu Fuß ein Stein.«

Sarah wurde die Kehle eng. Diese zerbrechliche leere Schönheit, dieses liebliche, überirdische Lächeln eines Wesens, das jenseits von Kummer und Leid in Gefilden lebte, wo die Wahrheit noch eine schwebende Fata Morgana war...
Wie schön sie ist, dachte Sarah.
Die Stimme war immer warm und melodisch gewesen, doch jetzt war sie das vollkommene Instrument einer erfolgreichen Schauspielerin, die jahrelang hart gearbeitet hatte.
Nachdem sich der Vorhang gesenkt hatte, sagte Sarah voll Bewunderung zu Raymond: »Jinny ist großartig gewesen! Einfach phantastisch!«
Später saßen sie im »Savoy« bei einem späten Abendessen. Ginevra lächelte versonnen und sagte zu dem bärtigen Mann neben ihr: »Ich war doch gut, nicht wahr, Theodore?«
»Du warst wundervoll, *chérie*!« antwortete Dr. Gerard.
»Eigentlich hast *du* immer an mich geglaubt«, sagte sie. »Du hast immer gewußt, daß ich etwas kann, daß ich die Menschen erschüttern kann...«
An einem Tisch in der Nähe saß der Hamlet des Abends und stellte düster fest: »Wie geziert und gekünstelt sie ist! Natürlich mögen die Leute so was am Anfang – aber ich behaupte, daß das nicht *Shakespeare* ist. Hast du gemerkt, wie sie mir meinen Abgang verdorben hat?«
Nadine, die Ginevra gegenübersaß, sagte: »Wie aufregend,

daß wir hier in London sind und Jinny als Ophelia sehen können. Wer hätte gedacht, daß sie so berühmt werden würde!«

»Es war nett von euch, rüberzukommen«, sagte Ginevra leise.

»Ein richtiges Familienfest«, stellte Nadine fest und blickte lächelnd in die Runde. »Glaubst du nicht, Lennox, daß die Kinder schon in die Matinee gehen könnten? Sie möchten Tante Jinny so gern auf der Bühne sehen!«

Lennox, ein gesunder, fröhlicher Lennox mit humorvollen Augen, hob sein Glas. »Auf das junge Paar. Auf Mr. und Mrs. Cope!« rief er.

Jefferson Cope und Carol tranken ihm zu.

»Der treulose Verehrer«, sagte Carol lachend. »Jeff, du solltest auch mit deiner ersten Liebe anstoßen. Schließlich sitzt sie dir gegenüber.«

»Jeff wird rot!« stellte Raymond fest und zwinkerte ihm zu. »Es gefällt ihm nicht, wenn man ihn an die alten Zeiten erinnert.« Er wurde plötzlich ernst. Sarah berührte zärtlich seine Hand. Raymond sah sie an und lächelte wieder. »Es kommt mir immer noch wie ein böser Traum vor«, sagte er.

Eine adrett gekleidete Gestalt blieb bei ihrem Tisch stehen. Hercule Poirot, in makellosem Anzug, mit gepflegtem Schnurrbart, verbeugte sich würdevoll.

»Mademoiselle«, sagte er zu Ginevra, »*mes hommages.* Sie waren wundervoll!«

Sie begrüßten ihn herzlich, und Sarah machte neben sich Platz für ihn.

Er lächelte alle strahlend an, und während sie sich fröhlich unterhielten, beugte er sich zu Sarah und sagte leise: »*Eh bien,* anscheinend geht jetzt alles gut bei *la famille Boynton!*«

»Das verdanken wir *Ihnen*«, antwortete Sarah.

»Ihr Mann wird berühmt. Heute las ich eine lobende Kritik über sein letztes Buch.«

»Es war wirklich ziemlich gut – auch wenn ich das sage. Wußten Sie, daß Carol und Jefferson Cope endlich geheiratet haben? Lennox und Nadine haben zwei reizende Kinder –

niedlich, nennt sie Raymond. Und Jinny – ich glaube, Jinny ist ein Genie!«
Sie betrachtete das schöne Gesicht ihr gegenüber und das rotblonde Haar, und plötzlich zuckte sie leicht zusammen. Ein ernster Ausdruck huschte über ihr Gesicht. Langsam hob sie das Glas und trank einen Schluck.
»Auf wen haben Sie getrunken, Madame?« fragte Poirot.
»Ich mußte plötzlich an die alte Frau denken«, erwiderte Sarah langsam. »Als ich eben Jinny ansah, entdeckte ich zum erstenmal die Ähnlichkeit zwischen den beiden. Sie haben die gleiche Veranlagung – nur steht Jinny im Licht, und sie stand im Dunkeln ...«
Da sagte Ginevra plötzlich: »Unsere arme Mutter ... sie war so seltsam ... wir sind jetzt alle so glücklich, und sie tut mir schrecklich leid. Sie hat im Leben nicht bekommen, was sie haben wollte. Es muß sehr schwer für sie gewesen sein.«
Nach einer kaum spürbaren Pause zitierte sie leise eine Strophe aus »Cymbeline«. Die andern lauschten wie verzaubert.

»Fürchte nicht mehr Sonnenglut
Noch des Winters grimmen Hohn!
Jetzt dein irdisch Treiben ruht,
Heim gehst, nahmst den Tageslohn.«